James A. Sullivan

Die Granden von Pandaros

JAMES A. SULLIVAN

Die Granden von Pandaros

Roman

PIPER

Von James A. Sullivan liegen im Piper Verlag vor:
Chrysaor
Die Granden von Pandaros

MIX
Papier aus verantwortungsvollen Quellen
FSC® C083411
FSC
www.fsc.org

Originalausgabe
ISBN 978-3-492-70418-2

Satz: Fotosatz Amann GmbH & Co. KG
Gesetzt aus der Trump Mediäval
Druck und Bindung: CPI books GmbH, Leck
Printed in Germany

»Mit einem Schwarm Nanomaschinen sank ich in die Tiefe und fand dort im Kleinsten die Vergangenheit geschrieben. Als Beobachter reiste ich zurück in der Zeit – durch die Sinne und Gedanken der Menschen schwebend.

Mal war ich beim einen zu Gast, mal beim anderen, und fließend vermochte ich zwischen ihnen zu wechseln. So fand ich sie – die Granden von Pandaros-3.«

(Die KI Chrysaor im Jahr 2495)

Amberson & Glennscaul

In der zentralen Halle des automatisierten Raumfrachters *Vanya-17* standen Cosima Amberson und John Glennscaul einander vom Kampf gezeichnet gegenüber und machten sich schwer atmend ein weiteres Mal bereit, aufeinander loszugehen. Das ganze Schiff war ihre Arena gewesen, und seit Cosimas Lasergewehr überhitzt war und John keine Munition mehr für seine Pistole hatte, kämpften sie mit bloßen Händen gegeneinander. Weder das Feuer, das um sich griff und dessen Flammen an einer Stelle bereits die Wand emporkrochen, noch die Explosionen, die das Schiff immer wieder erschütterten, würden sie dazu bringen, den Kampf abzubrechen.

Während Cosimas Crew lauthals damit drohte, sich ohne sie zurückzuziehen, falls sie nicht endlich zur Vernunft käme und einsähe, dass ein Ausharren auf dem umkämpften Frachter den sicheren Tod bedeutete, bettelten Johns Leute geradezu darum, den Kampf auf einen anderen Tag zu verschieben. Statt jedoch auf die Zeichen der Zerstörung zu reagieren und auf die Worte ihrer Leute zu hören, bewegten sich Cosima und John wie hungrige Raubkatzen aufeinander zu.

Verächtlich lächelnd breitete Cosima die Arme aus und lockte John. Er holte zu einem schnellen Schlag aus, verfehlte sie aber, und schon war ihre Faust in seinem Gesicht. Unwillkürlich drehte er sich um; nach einem Tritt in die Kniekehlen knickte er ein, und kaum war er zu Boden gegangen, war sie über ihm und drückte ihm mit aller Gewalt die Kehle zu.

John schüttelte sich und schaute hoch in Cosimas glänzendes Gesicht. Ihre Wangen waren so rot, dass sie das Braun ihrer Haut übertünchten. Sie machte sich groß, um ihre langen Arme auszuspielen, doch seine waren nicht minder lang. So drückten sie sich gegenseitig die Luft ab, während die Stimmen um sie herum verstummten und nur das andauernde Warnsignal des Frachters erschallte.

Nein, John würde sich nicht von ihr brechen lassen – und Cosima würde sich nicht von ihm brechen lassen. Beide hatten immer wieder bewiesen, dass sie selbst die schlimmsten Niederlagen einsteckten, um dann mit umso größerer Macht zurückzuschlagen. Doch wie sie einander nun in die blutunterlaufenen Augen schauten, überkam John die Verzweiflung, während sich in Cosima die Gewissheit festsetzte, dass ihr Feind unterliegen würde. Er hatte jetzt schon verloren. War er eben noch blass gewesen, hatte er nun einen roten Kopf. Sie durfte nur nicht nachlassen, dann hätte sie ihn.

John war bereit aufzugeben. Die Erinnerung an ihre Anfänge und ihren Aufstieg – die Erinnerung an eine Zeit, in der das, was gerade geschah, undenkbar gewesen wäre – trieb ihn ebenso dazu wie ein altes Schuldgefühl. Cosimas anklagender Blick konnte nur bedeuten, dass es auch ihr um den Tod Nerina Bohligs ging – einen Tod, den er nicht hatte verhindern können und für den er sich trotz allem, was geschehen war, verantwortlich fühlte. Mit diesem nun freigelegten Schuldgefühl im Kopf konnte er sich nicht dazu durchringen, sie zu töten. Im gegenseitigen Würgegriff hatten sie stumm ihre Taten gegeneinander abgewogen, und er war der Unterlegene gewesen.

John wollte ihr sagen, warum er nun nachgeben würde, doch Cosima ließ mit ihrem Griff nicht mehr als ein Röcheln zu. Und er ahnte nicht, dass sie in diesem Augenblick überhaupt nicht an Nerina dachte. John hatte sich ihr einmal zu oft in den Weg gestellt. Er hatte sie durch die Niederlagen, in die er sie gezwungen hatte, gedemütigt und ihr zu viele liebgewonnene Menschen genommen. Nun stellte er das einzige Hindernis auf dem Weg an die Spitze dar. Es gab kein Zurück mehr. Die Explosionen, die das Schiff erbeben ließen, würden sie ebenso wenig von ihrem Ziel abbringen wie die Hitze der Flammen, die ihren Rücken emporkroch.

Fort, nur fort hier, dachte John. Er ließ von Cosimas Hals ab und versuchte sie von sich zu stoßen, doch Cosima blieb unerbittlich. Gleich wäre es so weit; gleich würde sie das Leben aus ihm herausquetschen.

Mit einem Mal überkam Cosima ein Hustenreiz. Diese Chance nutzte John, versetzte ihr einen klatschenden Schlag ins Gesicht und stieß sie mit einem wuchtigen Tritt von sich.

Cosima prallte gegen die kupferfarbene Wand. Sie wandte sich sofort wieder John zu und wollte erneut auf ihn losgehen, aber die Art, wie er dort gebückt auf allen vieren hustete, erinnerte sie an etwas. Zuerst wusste sie nicht, was es war, doch als er den Kopf drehte und zu ihr herüberschaute, war es, als wäre sie wieder daheim auf der Raumstation Pandaros-3 beim Jupiter. Dort hatte sie John vor anderthalb Jahrzehnten, im Frühjahr 2299, im Club *Galactic Requiem* am Boden gesehen, niedergeprügelt von drei Schlägern aus ihrem Schattenkonzern – nur weil er es gewagt hatte, mit ihr zu reden. Damals war sie noch weit davon entfernt gewesen, die Grande von Amberson Unbound zu sein. Die Schläger hatten nur einen Vorwand gesucht, um gegen John vorzugehen; immerhin war er der Neffe des damaligen Granden von Glennscaul Unlimited. Wäre sie nicht eingeschritten, hätten sie ihn vielleicht sogar getötet. Und sie fragte sich, was Johns Tod damals zur Folge gehabt hätte. Allein der Gedanke daran machte ihr Angst.

Neben Cosima schlugen Flammen aus dem Gang, aus dem sie mit ihren Leuten gekommen war, und der Gestank von verbrannten Kabeln stieg ihr in die Nase. Sie schaute sich um, doch außer den Toten, deren Anblick ihr einen Schauer durch den Körper trieb, konnte sie keinen ihrer Leute sehen. Sie hatten tatsächlich das Weite gesucht.

John erhob sich taumelnd und sprach nach Luft ringend in den runden Patch-Computer, der an seiner linken Handfläche haftete: »Meldet euch!«

»Haben sie dich sitzen lassen?«, fragte Cosima und lachte und hustete. Mit einem Schlag war die Angst verflogen, die sie eben noch verspürt hatte. Aber die Mordlust war ebenso verschwunden. Dafür traten die Schmerzen hervor: Ihr Kiefer pochte, ihre Fäuste waren blutig geschlagen, und ihr Hals brannte – besonders auf der rechten Seite, wo die Kante von Johns Patch in ihre Haut geschnitten hatte.

»Ja, meine Teuerste«, erwiderte John und hustete abermals. Die Rauchschwaden krochen bereits über die Decke. »Deine haben dich aber auch im Stich gelassen.« In seinem Hals spürte er einen Druck, als würde Cosima ihn noch immer würgen.

»Das würden sie nie tun«, erwiderte Cosima. »Deine melden sich nicht, weil meine sie erledigt haben.«

John musste lachen. »Hier ist niemand mehr.« Der Gestank von verbranntem Kunststoff stieg ihm in die Nase und ließ ihn niesen. Er wischte sich über die Stirn, und ein starker Schmerz zog sich von der Augenbraue bis zur Wange.

Cosima tippte auf den tränenförmigen Patch auf dem Rücken ihrer linken Hand. Trotz des heftigen Schlags, den sie John damit versetzt hatte, war der Computer unversehrt und baute seinen transparenten Bildschirm flackernd auf. Sie ließ ihre Fingerspitzen über dessen warme Oberfläche gleiten. Tatsächlich kam keine Verbindung zustande. Die Scanner verrieten, dass keiner ihrer Leute und keines ihrer Schiffe in der Nähe war.

»Du bekommst deinen Wunsch, Schätzchen«, sagte John. Für seine eigenen Ohren klang er zu souverän. Sie hatte sie gesehen – seine Verzweiflung. Sie hatte gemerkt, dass er im Grunde aufgegeben hatte. »Du hast versucht, mich zu töten. Und nun *werde* ich sterben. Aber mein Tod ist auch dein Ende.«

»Ich habe nicht vor zu sterben«, erwiderte Cosima. »So

wichtig bist du mir auch wieder nicht, John.« Leichtfüßig lief sie auf einen Gang zu, in dem das Feuer noch nicht wütete, drehte sich dann aber noch einmal zu ihm um. »Ich habe es bemerkt, John!«, rief sie. »Dass du schwach geworden bist; dass du es nicht bis zum Ende durchziehen konntest. Ich habe es bemerkt!« Sie rief es ihm entgegen, fürchtete aber zugleich, dass er seinerseits ihr Zögern gesehen und ihre Angst erkannt hatte. Als er nicht reagierte und sie einfach gehen ließ, war sie erleichtert.

John schaute ihr nach. Dass ihr seine Schwäche aufgefallen war, machte die Lage schlimmer als jeder andere Verlust dieses Tages. Selbst die Toten, die hier lagen und von denen er die meisten kannte, gingen ihm nicht so nahe wie die Worte seiner Feindin. Er wäre lieber durch ihre Hand gestorben, als im Schatten ihres Triumphes weiterzuleben.

Ein Schmerz in der Brust ließ ihn nach seinem Glücksbringer tasten, den er unter dem Hemd an einer leichten Halskette trug. Einer von Cosimas Tritten musste die kleine Kugel, die früher einmal Teil eines wertvollen Schlüsselmoduls gewesen war, gegen Johns Brustbein gepresst haben. Lächelnd zog er die graue Kugel an der Kette hervor. Er mochte es, wie das kleine Computermodul, das im Grunde wertlos war, in seiner Hand lag.

Er schaute sich um. Ein Tod hier, von Flammen umgeben – das war nicht nach seinem Geschmack. Die Schmerzen rüttelten nun zwar seinen Lebenswillen wach, änderten aber nichts an dem Gefühl, eine schwere Niederlage erlitten zu haben. Er hatte die Chance, Cosima zu erledigen, nicht genutzt. Und dafür hasste er sich. Der Augenblick der Schwäche beruhte darauf, dass er einst das Leben von Nerina Bohlig nicht hatte retten können. Sie war Cosimas Vertraute gewesen und hatte mit ihm über das Ende der Fehde verhandelt, die sich zwischen Amberson Unbound und Glennscaul Unlimited entwickelt hatte. Sie waren zu einer Einigung gekommen – Nerina im Namen Cosimas, John stellvertretend für seinen Onkel, Ward Glennscaul, der damals der Grande des Schattenkonzerns gewesen war. Dann hatte sein Onkel Nerina umgebracht, und John hatte es nicht verhindern können.

Während John in den Gang, den er gekommen war, zurückkehrte, fand Cosima nach einem Umweg abseits des mit Gravitationspanels ausgestatteten Bereichs zu der Schleuse zurück, an der sie mit ihren Leuten angedockt hatte. Doch die Fähre war fort. Ihre Leute hatten sie tatsächlich im Stich gelassen. Eine Explosion und eine Stichflamme in einem Seitengang brachten Cosima ins Taumeln. Sie stützte sich an der Wand ab und versuchte erneut, über ihren Patch Verbindung zu ihren Leuten aufzunehmen. Ihre Signale liefen ins Leere.

Auf der Flucht vor dem Feuer und der Suche nach einer Rettungskapsel fand Cosima auf einer Kreuzung ein Kommunikationspanel. Schon die roten Anzeigen auf der runden Fläche machten deutlich, dass es Probleme gab. Sie versuchte auch hier, eine Verbindung nach draußen zu etablieren, indem sie ihre Signale über das Com-System der *Vanya-17* leitete. Doch auch auf diesem Wege konnte sie keinen Kontakt zu ihren Leuten aufnehmen.

Die blinkende Anzeige zur Luftqualität bereitete ihr Sorgen. Der Sauerstoffgehalt war gerade von siebzehn auf sechzehn Prozent gesunken, und die Löschsysteme waren für weite Teile des Schiffes gestört. Der Wohnbereich im Herzen des Frachters war aber unversehrt.

Nachdem das Panel ihren Befehl, die Schutztore zwischen den Bereichen zu schließen, zurückgewiesen hatte, machte Cosima sich auf die Suche nach der Kommandozentrale. Von dort aus konnte sie das Schiff vielleicht vor der Zerstörung bewahren – nur so lange, bis ihre Leute sie holten.

Noch ehe sie den Fuß in die Zentrale setzte, vernahm sie ein Fluchen. »Verdammte Scheiße!«, rief eine vertraute Stimme. John Alfred Glennscaul war ihr zuvorgekommen. Kaum hatte er Cosima erblickt, verzog er die Miene und schüttelte den Kopf. »Du bist also noch hier.«

Cosima lehnte sich gegen den Türrahmen und musterte John. Seine linke Gesichtshälfte war ein wenig geschwollen, besonders am geröteten Wangenknochen. Eine kleine Wunde über der Augenbraue blutete. Er strich immer wieder mit den Fingerspitzen darüber und wischte sich diese dann an seinem bereits blutigen Hemd ab. Seine Jacke, die an vielen Stellen aufgerissen war, lag auf der Konsole. »Hast du von hier aus dafür gesorgt, dass ich nicht entkommen kann?«, fragte sie ihn.

»Leider nicht«, entgegnete er. »Unsere Leute sind abgehauen.« John wies auf einen der Schirme, der die Bilder einiger Außenkameras wiedergab. Da bewegten sich Schiffe von einem Trümmerfeld fort. »Du kannst Freund und Feind kaum unterscheiden. Die wollen nur noch weg.« John fielen die Kratzer an Cosimas Hals und an ihrer Stirn auf. Als er ihre blutigen Handrücken sah, ahnte er, wie sein Gesicht aussehen musste.

»Wie ist unsere Position?«, fragte Cosima.

John konnte keine Daten finden; sie wurden einfach nicht angezeigt. »Keine Ahnung«, sagte er, fand dann aber immerhin einige Statusinformationen unter den Warnmeldungen. »Wir haben keine Peilung zum Flugkorridor«, erklärte er. »Die Hälfte aller Systeme ist ausgefallen.«

»Dann ist das wirklich unser Ende?«, fragte Cosima und überlegte, ob sie John angreifen sollte.

John strich sich über die unrasierten Wangen und stöhnte leise, als er dem linken Wangenknochen zu nahe kam. Schließlich sagte er: »Ich kann damit leben … ich meine: sterben.«

»Kann ich irgendwas tun, um zu überleben, nachdem ich dich umgebracht habe?«, fragte Cosima.

John lachte. »Wir müssen nur das Feuer löschen und die Steuersysteme zum Laufen kriegen.«

»Schließ die Tore!«

»Die Verbindung ist unterbrochen, sogar das Sauerstoffsystem ist blockiert. Wir werden also elend verrecken.«

»Dummkopf! Stubenhocker!«, erwiderte Cosima. »Wir müssen da raus und die Türen per Hand schließen.«

»Und der Sauerstoff?«

»Keine Ahnung. Aber was wir gerade machen, beunruhigt mich.«

»Was?«

»Dass wir offenbar zusammenarbeiten.«

John grinste. »Mach dir keine Sorgen. Wenn wir alles gesichert haben, können wir uns immer noch die Köpfe einschlagen.«

»Klingt vielversprechend«, sagte Cosima und strich sich das lange Haar zurück.

John lächelte. »Ich habe eine Idee.«

»Hoffentlich mal zur Abwechslung eine gute.«

John drohte Cosima mit dem Finger. »Du weißt nicht, wann du den Mund halten musst!«

»Deine Idee, bitte!«

»Die Sauerstoffanlage kann so eingestellt werden, dass sie nur die Räume versorgt, die ans System angrenzen. Wir können dann Räume und Gänge benutzen, um den Sauerstoff zu leiten.«

Cosima nickte. »Klingt gut. Und die Wasserversorgung?«

»Das System ist hinüber. Es gibt aber ein Alternativsystem, allerdings kriege ich keine Verbindung. Wir müssen tatsächlich da runter und es per Hand starten. Und das alte müssen wir dann ausschalten.«

»Ich den Sauerstoff? Du das Wasser?«

John nickte nur.

Sie verließen das Kontrollzentrum, musterten einander schweigend und trennten sich. Unterwegs plagten sie ähnliche Gedanken. Sie fragten sich beide, wie es so weit hatte kommen können. Cosima erinnerte sich an die Zeit in den Clubs von Pandaros-3, als sie Teenager gewesen waren und alles anders hatten machen wollen als die Alteingesessenen. Cosima wollte als letzte Erbin der Ambersons, dass endlich wieder ein Familienmitglied die Geschicke des Schattenkonzerns lenkte, während John ihr damals offenbart hatte, dass er gerne an seines Onkels Stelle der Grande von Glennscaul Unlimited gewesen wäre, um den Dingen eine andere Richtung zu geben.

John dachte auf seinem Weg durch die Gänge an die Zeit, als sie tatsächlich die Gelegenheit gehabt hatten, ihre Träume wahr zu machen. Damals hatten er und Cosima den Krieg zwischen ihren Schattenkonzernen für ihren Aufstieg genutzt. Sie schalteten Widersacher und Rivalen in den eigenen Reihen dadurch aus, dass sie die Gegenseite auf sie ansetzten. Wenn Cosima ihre Rivalen nicht loswurde, sorgte John dafür, dass diese ihr fortan nicht mehr im Wege standen. Eine Demütigung, eine schmachvolle Niederlage oder das Offenlegen eines Geheimnisses reichte manchmal bereits aus. Oft konstruierten sie aber etwas, das denjenigen, der ihrem Aufstieg im Wege stand, ins Gefängnis oder in eine andere Art der Bedrängnis brachte. In seltenen Fällen war Gewalt im Spiel. Cosima tat das Gleiche für John. Und wenn einmal die Spuren verfolgt wurden, wiesen sie nur auf die Seite des Feindes.

Damals hatten sie einander aus Schwierigkeiten herausgeholfen, und als Cosima endlich an die Spitze von Amberson Unbound gelangt war, wollte John, dass sie seinen Onkel Ward aus dem Weg schaffte, damit er seinerseits zum Granden aufstieg und sie den Schattenkrieg nach einer letzten Eskalation beendeten. John hatte Ward gehasst. Er hatte vermutet, dass er hinter dem Bombenanschlag steckte, der unter anderem seinen Vater aus dem Leben gerissen hatte. Wie sich erst nach Wards Tod herausstellte, war das ein Irrtum gewesen.

Während John auf dem Weg zum Wassersystem dem Feuer die Türen verschloss und in den Bereich vordrang, in dem keine Gravitationspanels verbaut waren und so die Schwerelosigkeit herrschte, erinnerte er sich, wie frustriert er gewesen war, als Cosima seine Bitte, seinen Onkel auszuschalten, abgelehnt hatte. Sie wollte den Krieg nicht weiter anstacheln und hatte Zweifel, ob er sich beenden ließe, falls sie seinen Onkel aus dem Weg schaffte. Zuerst wollte sie mit Ward verhandeln und alle Möglichkeiten ausschöpfen, ehe sie gegen ihn vorging. John hatte in der Gewissheit zugestimmt, dass sein Onkel sich niemals auf Verhandlungen einlassen würde.

Zu seiner Überraschung war Ward zu Gesprächen bereit gewesen. Was dann geschehen war, hatte vielversprechend begonnen, verwandelte sich dann aber in einen Albtraum. Sein Onkel hatte sein wahres Gesicht gezeigt. Er hatte Nerina Bohlig mit seinen Leibwächtern und seinen engsten Vertrauten entführt, vergewaltigt und getötet.

Die Nacht, in der es geschehen war, würde John nie vergessen. Er war zu spät vor Ort gewesen, um den Albtraum zu verhindern. Er konnte nur noch seiner Verzweiflung und seiner Wut freien Lauf lassen. Er hatte sie alle getötet – bis auf seinen Onkel. Noch heute wusste John nicht, warum er Ward nicht einfach erschossen hatte. Er konnte sich nicht erklären, wie er Nerina in die toten Augen hatte schauen können, ohne dann vom Schmerz überwältigt seinem Onkel ein Loch in den Kopf zu brennen. Stattdessen hatte er Cosima angerufen und Ward mit einem Medi-Patch am Leben gehalten, bis sie da war. Die Trauer hatte Cosima erst niedergeworfen. Sie hatte über Nerinas Leiche geweint und sie schluchzend an sich gedrückt. Schließlich aber hatte sie sich voller Hass erhoben und war über Ward hergefallen wie eine Tigerin über ihre Beute. Als sie sich mit blutigen Händen von Wards Leiche abgewandt hatte, war sie an John herangetreten, hatte ihn mit verzweifelter Miene angeschaut und mit zitternder Stimme gedankt.

Die Verantwortung für die Toten hatten sie unter sich aufgeteilt, indem sie im Untergrund verbreitet hatten, dass Johns Onkel Nerinas Mörder war und Cosima ihn und seine Vertrauten daraufhin aus Rache getötet hatte.

So war John damals an die Spitze von Glennscaul Unlimited gelangt, und Cosima und er hatten, um den eigenen Leuten das zu geben, wonach sie verlangten, den Schattenkrieg fortgeführt. Was ein Schaukampf mit einem inszenierten Ende hätte sein sollen, hatte sich Schritt für Schritt zu einer echten Feindschaft entwickelt. Mit jedem Toten und durch den Rat der Alteingesessenen auf beiden Seiten geschürt, konnte der Hass zwischen ihnen wuchern und hatte hier auf der *Vanya-17* seinen Höhepunkt gefunden.

Johns Schwebeflug durch die Korridore kam zu einem Ende. Die künstlich erzeugte Gravitation nahm mit der Annäherung an die Tür zu. Das sollte den Übergang erleichtern. Dennoch geriet John aus dem Gleichgewicht; fluchend stützte er sich an der Wand ab und öffnete die Tür zum Kontrollbereich der Wasseranlage. Auf der weiten Konfigurationsfläche waren das Standardsystem und das Notsystem in einer Übersicht angeordnet. Die roten Flecken auf der Darstellung des Standardsystems zeigten den Schaden ebenso an wie die blinkende Verbindung zu den Hauptleitungen. Zu Johns Erleichterung schien das Notsystem unbeschädigt zu sein. Er strich mit den Fingerspitzen über das Display vor ihm, das eine kleine Reproduktion der Anzeige auf dem Hauptschirm war. Er tippte auf das Symbol des Notsystems, das sofort eine Verbindung zum Wasserleitsystem aufbaute, während die Darstellung des Standardsystems mit all dessen Verknüpfungen verblasste.

Da kam John ein Einfall. Er wollte nicht noch einmal gegen Cosima kämpfen, war sich aber sicher, dass sie auf ihn losgehen würde, sobald sich die Lage auf dem Schiff stabilisiert hatte. Vielleicht würde sie sogar versuchen, ihn zu töten, während er schlief. Deswegen brauchte er ein Druckmittel. So tippte er den Patch-Computer an, der an seiner linken Handfläche haftete, und stellte eine Verbindung zum Wassersystem her. Mit einem seiner Spezialprogramme, das er sonst zur Sabotage verwendete, brachte er die Wasseranlage unter seine Kontrolle und beschränkte den Zugang darauf. Er konfigurierte das System so um, dass die Versorgung nach einem Tag abbrach. Nur zur Demonstration. Sollten sie länger bleiben, würde er die Zeitspanne vergrößern.

John ahnte nicht, dass zur gleichen Zeit Cosima eine Bombe durch die Schwerelosigkeit schob. Sie hatte sie bei der Leiche von Elmer, einem ihrer Waffenexperten, gefunden und bei wieder ansteigender Gravitation nun beinahe fallen lassen. Sie platzierte sie vorsichtig am Sauerstoffsystem und schützte den Zugriff auf sie durch einige der Sicherheitsprogramme, die auf ihrem Patch gespeichert waren. Wenn sie die Bombe nicht innerhalb von drei Tagen entschärfte, würde sie detonieren. Und John und sie würden ersticken. Das war ihre Versicherung gegen irgendwelche Attacken von John.

Zufrieden verließ sie die Sauerstoffanlage und genoss auf dem Rückweg das Schweben durch die Schwerelosigkeit.

Als Cosima längst wieder festen Boden unter den Füßen hatte und auf die Brücke kam, war John bereits dort.

»Und?«, fragte er. »Hat's geklappt?«

»Alles in Ordnung«, erwiderte sie.

»Die Feuer werden ersticken.« Auf den Schirm hatte John den Lageplan gelegt. Die Warnsysteme arbeiteten immer noch gut und zeigten die Ausfälle und die Feuer an. Weite Teile des Schiffes waren nicht mehr zugänglich, weil der Bordcomputer sie hatte abriegeln müssen, nachdem er die lang gezogene Bresche in der Bordwand registriert hatte. Bei Feuer schlossen sich lediglich die einfachen Zwischentüren, die man per Hand öffnen konnte, um zu entkommen. »Wir müssen sehen, was noch zu retten ist.«

»Ich habe unterwegs Raumanzüge gesehen«, sagte Cosima. »Mit allem Drum und Dran. Damit könnten wir gegen das Feuer vorgehen. Jedes Stück Ausrüstung, das überlebt, kann wichtig sein.«

»Gut«, sagte John. »Und damit es klar ist: Mit dem Töten ist es vorbei. Ich habe beschlossen, dass wir das auf später vertagen – nachdem wir gerettet worden sind.«

»Was sollte mich daran hindern, dich zu erledigen, John?«

»Auf dem Wassersystem liegt ein Code. Ohne meine Freigabe wird das Wasser morgen abgestellt, und wir sind erledigt.«

»Glaubst du nicht, dass hier irgendwo ein paar Getränke gelagert werden?«

John lachte. »Ich dachte nicht daran, dass du zugrunde gehst, weil es keine Cocktails mehr gibt, Cosima. Das Sauerstoffsystem braucht unter anderem Wasser, damit es läuft. Und das Modul ist nicht unabhängig. Ohne das Wassersystem kein Sauerstoff.«

»Das trifft sich gut, John. Denn ich habe das Sauerstoffsystem mit einer Bombe versehen. Entschärfe ich die nicht, ersticken wir. Oder anders gesagt: Sollte ich tot sein, wird es auch dein Tod, mein lieber Mr. Glennscaul.«

* * *

Nachdem Cosima und John sich Medi-Patches auf ihre Wunden geheftet hatten, machten sie sich an die Arbeit. In den Raumanzügen, die Cosima entdeckt hatte, löschten sie schwitzend über Stunden hinweg Brände. Als sie der Erschöpfung nahe waren, zogen sie sich zurück, und keiner von beiden hätte sagen können, wer dabei die Initiative ergriffen hatte. Aber sie waren beide froh, dass sie nun endlich eine Pause bekamen. Nicht mehr in den Anzügen mit ihren haftenden Stiefeln in der Schwerelosigkeit zu operieren, sondern sich hier im Wohnbereich bei gewohnter Gravitation niederzulassen und frische Luft zu atmen, ließ sie hoffen, dass sie die Zeit an Bord der *Vanya-17* unbeschadet überstehen würden.

Sie wussten zwar, dass nun die Bereiche, in denen sie nicht gelöscht hatten, vermutlich verloren waren – mit allem, was sich darin befand. Aber sie hatten den größten Teil der Frachtcontainer gerettet.

Wie die meisten automatisierten Frachter war auch die *Vanya-17* zusätzlich für eine Besatzung ausgelegt. Der Wohnbereich war jedoch unberührt; es hatte auf diesem Flug keine Crew gegeben. Das Schiff war auf Autopilot unterwegs und wäre an seinem Bestimmungsort, dem Mars, von dem Leitsystem oder einer Künstlichen Intelligenz übernommen worden, um sicher dort zu landen.

Cosima wäre gerne im Kapitänsquartier untergekommen, aber dieses befand sich ebenso wie die Passagierquartiere in einem Bereich unterhalb der Brücke, der den Flammen erlegen war. Die Einrichtung war zerstört, allem voran die Gravitationspanels.

Das Wohnquartier, in dem sie sich befanden, war für das Arbeitspersonal gedacht. Die Zimmer waren schmale Schlafräume, und der Wohnbereich im Zentrum machte klar, dass hier eine Crew leben sollte, die eine unzertrennliche Gemeinschaft bildete. Dass mit ihnen hier nun zwei unzertrennliche Feinde einkehrten, brachte Cosima zum Grinsen und John zum Kopfschütteln.

Sie fanden Kleidung, von der die adaptive Unterwäsche noch die modischste war. Graue Overalls, Hosen, hellgraue Shirts, schwere Gürtel und schwere Schuhe. Dass es Arbeitskleidung war, störte sie nicht.

Cosima entdeckte die Großraumdusche und nutzte sie sofort. Sie löste die Medi-Patches bereits wieder von ihrem Körper, weil sie ihr lästig waren und sie lieber mit einigen roten und blauen Flecken zurechtkam.

Inzwischen prüfte John die Vorräte auf dem Schirm im Essbereich. Sie verfügten über genug Nahrung, und die Kochmodule waren einsatzbereit.

Als Cosima zurückkehrte und John anstarrte, während sie sich das Haar mit einem Handtuch abtrocknete, starrte er zurück, aber keiner von beiden sprach ein Wort. Sie dachten an ihre Vergangenheit und fragten sich ein weiteres Mal, wie es so weit hatte kommen können.

Nachdem John seinerseits geduscht und sich von den Medi-Patches befreit hatte, ließen sie sich von einem der Kochmodule dicke Nudeln mit süßsaurer Soße zubereiten und ruhten sich nach dem Essen auf der halbrunden Couch im Wohnbereich aus.

Nach einer weiteren Weile des Schweigens rief John den Lageplan auf dem Schirm an der Wand auf. Schließlich sagte Cosima: »Die Langstrecken-Kommunikation ist beschädigt.«

»Vielleicht kriegen wir das hin«, erwiderte John und fuhr sich über die Wange. Der Medi-Patch hatte die Schwellung abklingen lassen, aber es schmerzte noch. »Es ist ein großes Schiff, und vielleicht können wir einige Module aus den abgeriegelten Teilen verwenden, um andere Dinge zu reparieren.« Cosima zeigte mit dem Finger auf die abgebildeten Lagerbereiche des Schiffs. »Ja, vielleicht haben wir Glück, und bei der Fracht ist was dabei.«

John nickte. »Sieht vielversprechend aus.«

Cosima deutete auf eine kleine Liste am Rand des Schirms, die das Ergebnis ihrer Anfrage an das System war. »Da die meisten Steuerungssysteme ausgefallen sind, müssen wir manche Dinge auch weiterhin manuell machen. Das gilt ebenfalls für die Wartung einiger Module.«

»Wir werden vor Reparatur- und Wartungsarbeiten kaum Zeit für was anderes haben«, erklärte John. »Ich meine: um uns an die Kehle zu gehen. Am besten stellen wir uns Timer für die *Versicherungen*, die wir beim Wasser und beim Sauerstoff angebracht haben.«

»Habe ich schon«, erklärte Cosima grinsend. »Ich bin dir wie üblich ein paar Schritte voraus, John. Ich gehe davon aus, dass wir eine ganze Weile hier draußen sein werden. Wir sind vom Kurs abgekommen und bewegen uns in Bereichen, in die sich niemand verirren wird – oder will.«

»Du meinst, dass wir für immer hierbleiben müssen – irgendwo bei den drei Sprungtoren?«

»Falls wir in deren Nähe bleiben«, erwiderte Cosima. »Viel wahrscheinlicher ist, dass wir abdriften, und dann können wir von Glück sagen, wenn uns jemand aufgreift.« Die drei Sprungtore bildeten das sogenannte Nachtglanz-

Dreieck, welches sich zwischen der Erde und der Venus befand und als eine Art Drehscheibe diente. Sie hatten die *VANYA-17* auf dem Weg zwischen zwei Sprungtoren abgefangen und ein wenig abseits des Flugkorridors darum gekämpft.

»Vielleicht schaffen wir es mit Reparaturen, den Kurs zu ändern«, sagte Cosima nach einer Weile.

»Also eine unabsehbar lange Zeit mit dir, Cosima. Na toll!«

»Wir werden Regeln brauchen«, sagte Cosima mit großen Augen.

»Dass wir uns nicht an die Kehle gehen, ist eigentlich keine Regel, sondern eine Grundvoraussetzung«, entgegnete John. »Natürlich könntest du trotzdem versuchen, mich zu töten. Vielleicht reicht es dir, mich sterben zu sehen.« Ein schiefes Grinsen schob sich in sein Gesicht, auf dem von den Verletzungen nur noch rote Flecken übrig waren. »Aber vielleicht hast du auch gerade entdeckt, dass du letztlich doch ein bisschen an deinem Leben hängst«, sagte John.

Cosima schwieg, denn sie wollte ihm nicht recht geben. Ihr Lebenswille war geweckt, sie würde sich bestimmt nicht für seinen Tod opfern. »Dich zu töten, würde bedeuten, dass dein Tod mir wichtiger wäre als mein Leben. Und das – mein lieber John – glaubst du doch wohl selbst nicht.«

»Wir sind uns also einig, dass wir einander nicht töten. Wir haben die Quartiere aufgeteilt, und Vorräte scheinen erst einmal genug da zu sein.«

»Aber wir brauchen weitere Regeln, John. Darum geht es.«

»Okay. Scheiße, dass es Gemeinschaftsduschen gibt. Wir können absprechen, wer wann duscht.«

»Ich hätte dir mehr Selbstbewusstsein zugetraut«, entgegnete sie und musterte ihn anzüglich.

»Nicht jeder kann eine Nymphomanin wie du sein, Cosima.«

»Du hast noch nie zu einer solchen Crew gehört, oder? Du hast noch nie mit deinen Leuten alles geteilt. Du hattest immer deinen eigenen Bereich. Hast du jemals irgendwem vertraut?«

»Früher habe ich dir vertraut. Das war mein Fehler.«

»Und weil wir einander nicht vertrauen, brauchen wir klare Absprachen.«

»Ja, brauchen wir«, sagte John und nickte.

»Wir sind uns einig, dass wir beide überleben wollen.«

»Sind wir.«

Cosima wies um sich herum. »Und dass wir so lange kooperieren, bis wir dieses Schiff sicher verlassen haben.«

»Abgemacht«, sagte John.

»Und wir einigen uns im Rahmen dieser Kooperation auf gewisse Regeln.«

»Welche Regeln denn?«, fragte John.

»Regel Nr. 1«, sagte Cosima mit durchdringendem Blick. »Wir haben keinen Sex miteinander.«

John erstarrte, dann musste er lachen. »*Das* ist deine Regel Nr. 1?« Er schaute sich um. »Ich muss zugeben, mich für einen nicht ganz abstoßenden Mann zu halten. Aber ich wusste nicht, dass du auf mich stehst.«

»Ich möchte nur Klarheit haben, mein lieber Johnny. In Situationen wie dieser kommen Männer aus irgendeinem Grund auf die Idee, dass Sex zum Überleben irgendwie dazugehört. Ich möchte nur klarstellen, dass es in unserem Fall nicht dazugehört.«

»Oder du hältst dich für so unwiderstehlich, dass du fürchtest, ich könnte den Kopf verlieren?«

»Glaub mir, ich habe Männer und leider auch Frauen erlebt, die in weit weniger ernsten Situationen auf das Niveau von Steinzeitmenschen zurückgefallen sind – und das mit voller Überzeugung. Und da ich nicht zu diesen Frauen gehöre, mir bei dir aber nicht sicher bin, wann du den Drang verspürst, auf die Bäume zurückzuklettern, gibt es Regel Nr. 1.«

»Ich muss schon sagen. *Das* als Regel Nr. 1 zu haben, sagt viel über dich aus, Cosima.«

»Über uns, mein lieber Johnny. Über *uns* sagt es viel aus. Über unsere qualvolle Beziehung zueinander.«

»Meine allerliebste Cosima. Es wird mir leichtfallen, Regel Nr. 1 einzuhalten. Denn du bist die Letzte, die Allerletzte, mit der ich etwas anfangen würde.«

»Ich bin vielleicht die Einzige, *Alfie*.«

John verzog das Gesicht. Diesen Spitznamen hatte er seit Jahren nicht mehr gehört. Cosima hatte ihn damals so genannt, als sie die Clubs unsicher gemacht hatten, und er hatte nichts dagegen gehabt. Den Namen aber jetzt zu hören, das war für ihn wie ein Schlag ins Gesicht. »Du hast also den Spitznamen wieder ausgegraben?«

»Was dagegen?«

»Nein. Regel Nr. 2: Um nicht wahnsinnig zu werden, dürfen wir einander Spitznamen geben und einander mit Schimpfwörtern betiteln. Ist das eine gute Regel?«

»Gut gemacht, Alfie.«

»Da also Sex für uns nicht infrage kommt und ich jetzt keine Lust habe, dich mit Wörtern zu betiteln, die dir die Schamröte ins Gesicht treiben, sollten wir nach einer anderen Beschäftigung suchen.«

»Schlafen?«

»Es war immerhin ein langer Tag.«

Cosima erhob sich. »Bis morgen«, sagte sie.

»Bis morgen, meine liebste – meine allerliebste *Cozy*.«

Cosima blieb stehen. Sie hatte einen Fehler gemacht. Ehe sie ihn mit seinem alten Spitznamen konfrontierte, hätte sie daran denken sollen, wie er sie damals genannt hatte. Cozy! Sie schüttelte den Kopf und sagte: »Diese Runde geht an dich, John Glennscaul!«

»Schöne Träume!«, sagte er und bemühte sich um ein unschuldiges Lächeln.

»Ich werde davon träumen, dass wir bald hier rauskommen.«

»Unsere Leute werden uns schon rausfischen«, sagte John. »Ein paar Tage, vielleicht ein paar Wochen. Allein um unsere Leichen zu bergen. Zwei Wochen. Du wirst sehen.«

* * *

Nach zwei Tagen fanden John und Cosima die Reinigungsroboter und andere Service-Maschinen, die der Crew ein wenig von ihrer Last nehmen sollten und über die sie sich nun freuten. Und sie fanden die winzige Totenhalle und das dazugehörige Lager. Endlich konnten sie die Leichen in Särge legen, die sie mit ihren Systemen bis zu ihrer endgültigen Bestattung konservieren würden – wann immer das sein mochte.

Bislang hatten sie die Toten mit Medi-Modulen versehen, die nicht nur Wunden versorgten, sondern auch Leichen vor dem Verfall bewahrten. Zudem hatten Cosima und John die Temperatur in einem der Lagerräume heruntergeregelt und die Körper dort nebeneinander auf den Boden gelegt – Cosimas Leute auf die eine Seite, Johns auf die andere. Es war ein schmerzvoller Prozess gewesen, denn dies waren ihre Mitstreiter, für die sie die Verantwortung getragen hatten. Sie jetzt endlich in Särge zu betten, hatte etwas Versöhnendes.

Irgendwann würden die Toten auf Pandaros-3 ihre letzte Ruhe finden – in der Nekropole, die sich in der Hinterstadt erstreckte. Cosima und John wussten von den meisten, woran sie geglaubt hatten, und so tauschten sie dieses Wissen aus. Sie stellten fest, dass bei den meisten die Vorstellung prägend war, dass eines Tages die Künstlichen Intelligenzen die konservierten Toten in Maschinenkörpern wiederbelebten und für sie dann beim Erwachen nur ein Augenblick vergangen war. Es war eine tröstende Vorstellung, die Cosima und John für möglich hielten, doch sie sprachen kein weiteres Wort darüber.

* * *

Nach zwei Wochen hatten sie sich an das Leben an Bord und an die Abläufe gewöhnt – und auch daran, dass jeder Tag eine neue Herausforderung für sie bereithalten konnte. So nahmen sie die Meldung des Bordcomputers, wonach der Reaktor beschädigt war, mit Galgenhumor.

Sie wussten, dass sie nicht in der Lage waren, das System zu reparieren. Die Reaktortechnik lag ganz in den Händen der Künstlichen Intelligenzen und damit weit jenseits dessen, was ein Mensch im Detail hätte verstehen können.

Dennoch prüften sie die Statusdaten, die die Reaktorsoftware ihnen lieferte, und stellten fest, dass einige Leitungen zur Tiefenenergie beschädigt waren – jener Energie, die dem Kleinsten entsprang und Mitte des 21. Jahrhunderts zusammen mit weiteren Entdeckungen die Basis der technischen Singularität gebildet hatte.

Würde der Zugang des Reaktors in die Tiefe ganz ausfallen, wären sie verloren. Sie studierten die Konfigurationsmöglichkeiten und stellten fest, dass der Reaktor nicht nur Energie aus der Tiefe schöpfte, sondern dort auch Prozesse und Strukturen als Speicher und als CPU verwendete. Im Grunde saß dort in der Tiefe je eine Steuereinheit für die einzelnen Leitungen des Reaktors.

Cosima und John versuchten, die Steuereinheiten so einzustellen, dass sie die Leitungen zumindest teilweise belasten konnten.

Aber es gelang ihnen nicht, das System dazu zu bringen, die beschädigten Leitungen zu verwenden. Sie waren ein für alle Mal ausgefallen.

Es blieb ihnen nichts anderes übrig, als den Energieverbrauch zu verringern. Sie schalteten Bereiche des Schiffes ab, in denen sie sich nicht bewegten. Doch erst als sie die Schilde herabfuhren, die sich um das Schiff legten, konnten sie sicher sein, dass die Energie ausreichte, um die Systeme am Laufen zu halten.

An diesem Abend stellte John heimlich die Zeit seiner Sperre für das Wassersystem auf einen Monat um, und

Cosima – ebenso heimlich – das System der Bombe an der Sauerstoffanlage auf drei Wochen.

* * *

Nach zwei Monaten brach ein Feuer im Recycling-System aus, und Cosima und John kümmerten sich in ihren Schutzanzügen sofort darum. Einen ganzen Tag kämpften sie sich durch den schwerelosen Bereich vor, löschten oder erstickten die Flammen und ersetzten beschädigte Module, so gut sie es vermochten. So retteten sie die Recycling-Anlage und damit ihr Leben.

Als das Ambiente-System an Bord den Abend einläutete, kehrten sie in ihren Wohnbereich zurück und duschten. Und dann betrachteten sie einander. Sie kamen sich nahe, sie liebkosten sich und vereinigten sich sogar. Kaum hatte der Sex jedoch angefangen, schreckten sie voneinander zurück, und keiner von beiden konnte sagen, wer mit dem Rückzug begonnen hatte. Entsetzt waren sie beide – sowohl voneinander als auch von sich selbst.

Am nächsten Morgen frühstückten sie gemeinsam und schwiegen einander an. Und erst nachdem John seinen Kaffee und Cosima ihren Tee getrunken hatte, sagte John: »Es wäre ein Fehler gewesen. Das weißt du.« Er war sich dessen sicher, und doch war die Versuchung groß gewesen, und er musste vor sich selbst gestehen, es zu bedauern, dass sie aufgehört hatten.

Cosima nickte. »Nach so einem Tag ist eine kleine Schwäche zu verzeihen.« Doch es war nicht nur eine kleine Schwäche gewesen. Es war das geschehen, was passieren musste. Sie hatte John immer für einen attraktiven Mann gehalten, und sie wusste, dass er sie nicht ganz unansehnlich fand. Gestern war für einen Moment all der Hass vergessen gewesen, und das erschreckte sie jetzt noch. John hatte recht: Es wäre ein Fehler gewesen. Und es war gut, dass er es auch so sah. Aber sie fragte sich, ob diese Einsicht nicht auch hinterher, nach durchlebter Lust, genauso gültig gewesen wäre. Nun hatten sie Regel Nr. 1 zumindest halb gebrochen. Und halbe Sachen mochte sie nicht. »Ab jetzt gibt es für unser Sexleben nur noch Solomissionen.« Sie starrte ihn mit großen Augen an. »Alles klar?«

»Solomissionen. Klingt verwegen – und geht in Ordnung. Klingt fast wie ein Spiel.« Da fiel ihm glücklicherweise etwas ein, denn er wollte unbedingt das Thema wechseln. »Erinnerst du dich noch an *Triptyx Racing*?«

Cosima nickte. »Das haben wir damals in den Clubs gespielt, als es gerade rauskam. Natürlich kenne ich das. Ich spiele es heute noch immer mal wieder.« Es war das beliebteste Rennspiel überhaupt, bei dem man eine Mischung aus Raumschiff und Schwebegleiter vom Start ins Ziel steuern musste. Die Strecke war dabei immer in drei unterschiedliche Bereiche geteilt, die den Spielern diverse Fähigkeiten abverlangen sollten.

In den letzten Jahren war Triptyx zu einem der führenden Medienereignisse geworden, sodass die KI Eleonore von der Erde aus eine Liga ins Leben gerufen hatte, bei der die Spieler die Play-Offs und die Turniere in Steuerkabinen austrugen, die den Körper massiv forderten. Es war angeblich so, als würden die Piloten tatsächlich in echten Boliden fliegen. Wenn man die erschöpften Sieger nach dem Rennen sah, wie sie ihre Pokale entgegennahmen, musste man das glauben. Viele von ihnen waren zu Stars geworden. Von manchen kannte man nicht einmal das Gesicht, weil sie stets Helme trugen und offenbar kein Interesse daran hatten, ihre Identität preiszugeben. Inzwischen war das Spiel so populär, dass es sogar Bestrebungen gab, echte Triptyx-Strecken zu bauen und echte Boliden auf ihnen fliegen zu lassen.

Cosima und John hatten das Spiel auf ihren Patch-Computern. Sie ließen die Schirme hochfahren und aus deren Basis Controller formen. Beides beruhte auf der Schildtechnik. Ursprünglich sollte diese einen Schutz um Raumschiffe legen, doch die KIs hatten sie für allerlei Zwecke weiterentwickelt, allem voran für Bildschirme. Controller aus ihnen formen zu lassen, war keine perfekte Lösung, aber eine hinreichende.

Seit damals, als Cosima und John Triptyx gemeinsam in den Clubs gespielt hatten, waren ihre Interessen zwar stark abgewandert, aber sie waren immer wieder einmal zu dem Spiel zurückgekehrt – entweder zur Ablenkung, oder aber weil gerade eine neue Version erschienen war und sie feststellen wollten, ob sie noch mithalten konnten. Sie hatten in all den Jahren zwar nie an irgendwelchen Ligen oder Turnieren teilgenommen, aber ihre Fähigkeiten waren bemerkt worden, und bald schon rankten sich Gerüchte um ihre Identität. Cosima verbarg sich hinter dem Namen *Chimaira*, und John war als *Triptycian* bekannt.

Als ihnen nun gegenseitig klar wurde, mit wem sie es zu tun hatten, konnten sie nur die Köpfe schütteln. »Ich kann nicht glauben, dass du Chimaira bist«, sagte John und erinnerte sich an spannende Rennen, die auch in die Zeit fielen, als er und Cosima bereits Feinde gewesen waren.

»Vielleicht hätten wir unsere Kämpfe im Spiel austragen sollen«, sagte Cosima und dachte an die Bewunderung, die sie für Triptycians eleganten Rennstil empfunden hatte. Sie hatte sich damals gewünscht, ihn kennenzulernen. »Weißt du eigentlich«, sagte sie, »dass ich mich an Tagen, an denen ich dich wegen irgendwas hasste, an Triptyx gesetzt habe und gegen dich gefahren bin?«

»Daran erinnerst du dich?«, fragte John.

»Ja. Weil ich mir dachte, wie toll es doch wäre, einen Feind wie dich durch einen fairen Gegner wie Triptycian zu ersetzen. Ich hatte ja keine Ahnung.«

John staunte. »Hat sich in diesen Worten gerade tatsächlich ein Kompliment eingeschlichen?«

»Sagen wir, dass wir endlich etwas gefunden haben, auf das wir gemeinsam Lust haben und in dem wir gut sind«, entgegnete sie lächelnd.

* * *

Nach zwei Jahren waren Cosima und John gefestigt, streitlustig wie eh und je, aber sie hatten sich nach ihrem Ausrutscher an ihre Regeln gehalten und ihre Arbeiten verrichtet. Sie glaubten jedoch kaum noch an eine Rettung. Zwar hatten sie endlich eine Notnavigation repariert, aber das System gab keine Statusinformationen nach außen, so sehr war es beschädigt. Es mochte sein, dass es sie auf irgendeinen abwegigen Kurs gebracht hatte und sie bis zu ihrem Lebensende auf diesem Schiff bleiben würden.

Sie hatten inzwischen weit weniger Wartungsarbeiten zu leisten und dadurch mehr Zeit, einfach in den Tag hineinzuleben. Dabei nutzten sie die Module aus, die sie im Frachter fanden. Neben dem Triptyx-Spiel, das sie auf ihren Patches trugen, maßen sie sich auch in anderen Spielen. Sie fanden in der Fracht Module mit riesigen Spiele-Bibliotheken, die unerschöpflich schienen. Und sie fanden Film- und Musikbibliotheken, die in Systeme integriert eine Art Basis liefern sollten und im Grunde gewaltige Archive waren. Sogar Literaturmodule gab es, die die Texte der gesamten Literaturgeschichte enthielten. Sie wählten sich Erzähler aus und ließen sich vom System Geschichten vortragen. All das hätten sie früher übers Netz abgerufen, aber hier, wo sie von allem abgeschnitten waren, entpuppten sich diese Bibliotheken als wahre Schätze.

Durch das gemeinsame Spielen und Rezipieren und den Austausch darüber fiel ihnen das Zusammenleben viel leichter, und sie reflektierten öfter und tiefgreifender über ihre Lage – jeder für sich.

John sprach in dieser Zeit ein Tagebuch in seinen Patch, Cosima zeichnete aus der Erinnerung Motive von Pandaros-3. Und gemeinsam studierten sie die Technik des Frachters und der Module, um vielleicht doch noch das eine oder andere System reparieren zu können.

Sie sprachen viel miteinander, ohne jedoch Entscheidendes preiszugeben; auch stritten sie oft und stachelten sich gerne gegenseitig auf. Eine ihrer Lieblingsbeschäftigungen war neben dem Triptyx-Spielen der Kampfsport. Das Ausmaß ihrer Feindschaft hatten sie längst ausgelotet. Ohne eine Konfrontation konnte es keine Annäherung geben, dafür hatten sie sich als Granden ihrer Schattenkonzerne zu sehr geschadet; zu viele Tote und zu viele Demütigungen standen zwischen ihnen. Aber das Ausmaß der Feindschaft zu kennen und sich ab und zu still einzugestehen, dass es eine Zeit gegeben hatte, in der sie beinahe Freunde gewesen waren, veränderte sowohl Cosima als auch John.

Eines Nachts begab sich John zur Wasseranlage und löste seine Sperre vom System, und nur wenige Wochen später war es Cosima, die ihre Bombe heimlich vom Sauerstoffsystem entfernte. Sie hatten beide ihre Druckmittel aufgegeben, ohne dass der andere davon erfuhr.

Cosima stellte sich nun die Frage, ob John wirklich noch ein Feind war, und John hatte beinahe das Gefühl, dass es immer so zwischen ihnen hätte sein sollen, wie es nun zwangsweise sein musste. Und gerade in dieser Phase, in der sie kurz davorstanden, einander mehr von sich preiszugeben, erschien die *Vanya-17* am Mittag des 4. September 2316 auf den Scannern eines Schiffes – eines Schiffes namens *Inanna*.

Manderton

Da Captain Yuka Manderton das fremde Schiff nicht durch das Cockpitfenster sehen konnte, fuhr sie mit den Fingerspitzen über die Konsole, und mit einem Glitzern entstand ihr Hauptschirm vor ihr und zeigte einen kupferfarbenen Frachter mit zahlreichen dunkelgrauen Segmenten, an die Container und ganze Logistikmodule angedockt waren. Kein Zweifel: Dieser lang gezogene Kasten, der dort draußen im All trieb, war ein automatisierter Frachter, der offenbar außer Kontrolle geraten war.

Yuka hatte bislang erst einmal ein herrenloses Schiff gesehen. Sie war damals vor etwa einem Jahrzehnt noch eine junge Offizierin auf der Raumstation *Spinning Jenny* beim Neptun gewesen. Ihr Captain hatte gesagt, sie solle sich das Schiff gut anschauen, wie es sich mit den gewaltigen Sonnensegeln näherte. Es sei mehr als hundert Jahre alt und werde wahrscheinlich das einzige verschollene Schiff bleiben, das sie je zu Gesicht bekomme.

Der alte George hatte keine Ahnung gehabt, was ihnen allen bevorstand! Zwar gelangte man durch bessere Sprungportale auf Ebenen des Hyperraums, auf denen der Weg zum Ziel drastisch verkürzt war, aber einige wenige Sprungtore mussten, um günstige Verbindungen herzustellen, weit abseits der Erde und der Kolonien platziert werden. Und auf dem Weg dorthin konnte viel geschehen. Gerade jetzt, da der Aufbau neuer Verbindungen viele neue Kolonien ermöglicht und damit noch mehr Schiffe ins All gebracht hatte, war es wahrscheinlicher geworden, dass Schiffe verschwanden. Besonders hier im Nachtglanz-Dreieck, wo zwischen der Erde und der Venus drei Tore nahe beieinander platziert waren und es ermöglichten, beinahe alle Sprungtore zu erreichen, die je erbaut wurden, gingen hin und wieder Schiffe verloren. Manche tauchten, von Notsystemen gesteuert, hier in der Nähe der drei Sprungtore wieder auf. Einmal hatte es ein Schiff, das hier verschwunden war, sogar nach Jahren bis zur Venus verschlagen, und es war, zum Glück für die Crew, von den Scannern erfasst worden.

Dieser Frachter, dem sie sich nun näherten, war Yukas erster Schiffsfund als Kapitänin.

»Es gibt keine Daten, Captain«, sagte Zayda Sakamoto. Yukas Erste Offizierin strich sich durch den langen Pferdeschwanz, zu dem sie ihr schwarzes Haar gebunden hatte. »Nicht einmal ein Notsignal. Aber die Signatur am Rumpf ist zu lesen. Das ist die *Vanya-17*.« Zum Beweis schickte Zayda ihr das kurze Video auf ihren Schirm, das eine der Sonden von der Seite aus aufgezeichnet hatte.

Yuka wandte sich an Osred Eckert, ihren Zweiten Offizier, der über seine Konsole gebeugt saß und sich unruhig an seinem kurz geschorenen Kopf kratzte. »Irgendwas in den Datenbanken?«, fragte sie ihn.

»Ja. Die *Vanya-17* ist vor zwei Jahren vom Mars aufgebrochen und irgendwo hier im Nachtglanz-Dreieck verloren gegangen. Sie gehörte der Algorithmic Idol Foundation.«

»Gehörte?«

»Ja. Sie haben ihre Besitzansprüche nach einer vergeblichen Suche aufgegeben.«

Yuka nickte zufrieden. Da hier draußen die Eigentümer eines Schiffes für den Schaden eines Wracks aufkommen mussten und gerade die automatisierten Frachter oft mit Notsystemen ausgestattet waren, die sie auf die bekannten Routen zurückführten, nutzten fast alle in solchen Unglücksfällen eine Lücke im Verkehrskodex. Sie mussten dazu lediglich die Eigentumsrechte an einem verschollenen Schiff aufgeben. Es gab sogar Piraten, die damit ein Geschäft machten. Sie ließen Frachter verschwinden und warteten, bis die Eigentümer die Ansprüche aufgaben. Dann kamen sie aus der Deckung und verkauften das Schiff und dessen Ladung völlig legal.

Zayda schaute zu ihr herüber. Auf ihren lilafarbenen Lippen formte sich ein Lächeln. »Könnte ein Glücksfall für Sie sein, Captain«, sagte sie. »Das sind eine Menge Container.«

Auch Osred wandte den Kopf und grinste wie ein kleiner Junge. »Den Daten zufolge war das Ding bei seinem Abflug vollbeladen. Hundertzwölf Container.«

Yuka tippte auf ihren Schirm. »Sieht ein bisschen gerupft aus«, murmelte sie. Es wirkte, als hätte irgendwer willkürlich zahlreiche Container herausgelöst.

»Schauen Sie sich das große Loch am Heck an«, sagte Zayda. Tatsächlich klaffte dort eine gewaltige Lücke. Der Kunststoff war gesplittert, das Metall nach außen gebogen. »Eine Explosion im Inneren. Das könnte einige der Container gelöst haben. Und da!« Ein breiter Riss zog sich an der Seite entlang. »Das Modell müsste von den Schleusen bis in die Wohnbereiche und zur Brücke Gravitationspanels haben«, erklärte Zayda. »Wenn es so ist, reden wir von einem kleinen Vermögen.«

Yuka klatschte in die Hände und erhob sich. »Also gut! Schickt die schweren Drohnen raus. Holt mir das Ding! Ich gehe runter und schau mir die Kiste an. Und schickt mir Teodor mit seinen Leuten runter. Ich möchte keine Überraschungen erleben.« Sie nahm ihre blaue Uniformjacke von der Konsole und zog sie sich über ihre cremefarbene Bluse.

»Glauben Sie, da ist jemand an Bord?«, fragte Zayda, während sie sich erhob. »Etwa Piraten?«

»Man kann nie vorsichtig genug sein«, sagte sie, während sie die Uniformjacke zuknöpfte.

Zayda nickte, und während Yuka die Brücke verließ, hörte sie noch, wie ihre Erste Offizierin Osred anwies, einige Scans des Schiffes zu machen. »Wenn es schon keine Daten sendet, können wir vielleicht auch so etwas herauskitzeln.«

Yuka folgte dem stillen Gang des Kommandobereichs hinaus auf einen der großen Ringgänge. Jeder Quadratmeter war hier ein Vermögen wert, denn die oberen Ebenen des Schiffes waren mit Gravitationspanels ausgestattet. Sie hatte sich die Platten, die in die Böden eingesetzt waren, nur durch den Kredit der Carrender-Foundation leisten können, aber sie verliehen Yukas Schiff einen ungeheuren Glanz. Ohne die Carrender-Foundation hätte sie sich den Umbau des Frachters zu einem Kongressschiff nicht leisten können. Carrender hatte ihr nicht nur Kredite gegeben, sondern auch selbst investiert, indem sie ihr einen Teil der Crew bezahlte. Und auch sonst hatte die Foundation sie in jeder Hinsicht unterstützt. Natürlich wusste sie, dass sie dadurch in der Hand der Foundation war und rechtlich gesehen das Risiko trug, während Carrender lediglich ein finanzielles Wagnis einging, was angesichts der Größe des Unternehmens nicht weiter ins Gewicht fiel.

Gänge, auf denen man niemandem begegnete, gab es selten auf Schiffen mit Gravitationspanels. Hier aber war es ein Luxus, den sie sich leisten konnte. Die Stille war ein Privileg. Erst in Kürze würde es hier von Besuchern wimmeln, von denen jeder an der großen Auktionswoche teilnehmen wollte, die sie hier auf der *Inanna* wieder einmal veranstaltete.

Für Yuka war es diesmal so verwunderlich wie vor drei Jahren, als die Carrender-Foundation ihr zum ersten Mal die Ehre hatte zukommen lassen, der Gastgeber der Veranstaltung zu sein. Sie hatte nicht damit gerechnet; schließlich war sie lediglich bei Carrender unter Vertrag. Die *Inanna* gehörte ihr, und die Foundation war stets vorsichtig gewesen, den Freien solche Privilegien zu gewähren. Für irgendwelche Kongresse war sie gut genug gewesen, aber für so etwas Prestigeträchtiges wie eine der großen Auktionswochen hatte die Foundation stets die eigenen Schiffe genommen. Offenbar war die Führung mit ihrer Arbeit zufrieden.

Yuka stieg in den Transporter. Früher einmal war es ein einfacher Aufzug gewesen, doch mit den Erweiterungen war es zu einer sehr flexiblen Transportkabine geworden, die sie rasch in jeden Bereich des Schiffes brachte. Sie bevorzugte zwar die Fahrsteige in den offenen Bereichen und den breiten Gängen, aber wenn es schnell gehen musste, gab es nichts Besseres als den Transporter.

Die Tür öffnete sich mit einem leichten Zischen, und Yuka trat hinaus auf den hellen Gang. Teodor Rowak, ihr Sicherheitsoffizier, kam ihr entgegen. Sie würde sich wohl nie daran gewöhnen, dass er sich die blonden Locken hatte abschneiden lassen, musste aber zugeben, dass der beinahe kahl geschorene Kopf seine grünen Augen zur Geltung brachte und dadurch weit bedrohlicher wirken ließ. Und das passte zu einem Sicherheitsoffizier.

»Wir haben angedockt und sind bereit zum Zugriff«, sagte er.

»Zugriff? Es geht hier nicht um Verbrecher, die sich verschanzt haben, Teodor. Wahrscheinlich ist niemand an Bord.«

»Man kann nie wissen«, entgegnete der groß gewachsene Offizier und führte sie um die Ecke auf einen Gang zu den Bordwachen, die vor der Schleusentür standen und die Waffen bereithielten.

Yuka schüttelte den Kopf. »Runter mit den Waffen!«, befahl sie. »Wer immer da drin ist, braucht vielleicht unsere Hilfe.«

»In Ordnung, Captain«, sagte Teodor. »Aber Sie halten sich zurück, ja?«

Yuka nickte, trat bis zur Wand zurück und ließ ihre Leute ihre Arbeit machen.

Sie öffneten die Schleusentür. Teodor prüfte etwas auf dem transparenten Schirm, der aus dem Patch an seinem Ärmel wuchs. Sämtliche rechteckigen Mikroschilde auf seiner Uniform schalteten sich ein. Die kleinen Flächen, die nun blau leuchteten, konnten einen leichten Beschuss abwehren. Für all die Extras, mit denen die Wachuniformen ausgestattet waren, hatte Yuka ein Vermögen bezahlt. Ihre eigene Uniform verfügte weder über Mikroschilde noch über Flächen, die für das Anheften von Modulen gedacht waren. Sie war trotz des gleichen Blautons ebenso wie die von Zayda und Osred lediglich zu Repräsentationszwecken gedacht und wirkte damit eleganter und ansehnlicher.

»Das Klimasystem läuft standardmäßig«, sagte Teodor. »Keine giftigen Gase. Alles in Ordnung.«

Das bedeutete, dass sie die Schleuse nicht benötigten, sondern gefahrlos die Tür öffnen konnten.

»Aber ich will auf Nummer sicher gehen«, fügte Teodor hinzu.

Yuka nickte nur.

Teodor schloss die Schleuse hinter sich und winkte ihr durch das Sichtfenster zu. Bei ihr waren nur noch drei Wachen, die sich nicht die Mühe machten, ihre Mikroschilde einzuschalten.

»Sie müssen ihn verstehen«, sagte Juliana Weddington, eine der jüngeren Wachfrauen, die ihr braunes Haar heute zu einem Zopf geflochten hatte. »Hier gibt es so wenige Vorfälle.«

»Ich verstehe es ja, Julie. Aber ich hoffe, er versaut den ersten Eindruck nicht.«

»Selbst wenn. Wir können immer sagen, dass er nur seinen Job macht. Nicht er wird den ersten Eindruck machen, sondern Sie – die Kapitänin.«

Yuka lächelte. »Ich werde dich vermissen, Juliana«, sagte sie. »Gibt es noch irgendeine Möglichkeit, dich zu halten?«

»Leider nicht«, sagte die junge Wachfrau mit einem verlegenen Schmunzeln. »Oder würden Sie einen Platz an der DeGarmo ausschlagen?«

»Wenn ich dein musikalisches Talent hätte, wohl kaum. Versprich mir eins: Wenn du eine berühmte Komponistin geworden bist, kommst du zurück und gibst hier ein Konzert mit deinen Stücken.«

»Ich verspreche es«, sagte Juliana. Ihre blauen Augen glänzten.

Yuka strich der jungen Frau über die Schulter.

In der Schleuse tat sich etwas. Hinter der Scheibe bewegte sich jemand. Da öffnete sich die Tür, und Teodor führte zwei Fremde vor sie – einen Mann und eine Frau.

Sie wirkten gepflegt, trugen aber Arbeiteroveralls. Im ersten Moment dachte Yuka, sie wären ein Paar, doch dann musterte die Frau den Mann von oben bis unten, als wollte sie sich von ihm distanzieren; und der Mann grinste verwegen zurück, als hätte er eine riskante Wette gewonnen. Diese beiden waren alles andere als ein Paar.

Yuka wusste nicht, wen von beiden sie anschauen sollte, und so zogen diese beiden Gestalten immer wieder ihren Blick hin und her. Es geschah nicht ruckartig, sondern fließend, als würden beide sie mit sanfter Hand zu sich locken.

Der Mann war blass und hatte dunkelbraunes Haar und mittelbraune Augen. Hatte er die Frau gerade noch wie ein frecher Junge angegrinst, lächelte er Yuka so schamlos offen entgegen, als hätte sie ihm gerade ein Kompliment gemacht. Wie er es schaffte, unrasiert dennoch gepflegt zu wirken, fragte sie sich. Und die Frau! Eine beeindruckende Gestalt. Jede Geste war zielsicher. Diese Frau war das Befehlen gewohnt. In respektabler Kleidung hätte man sie für eine Kapitänin oder die Chefin eines Unternehmens halten können. Sie hatte schulterlanges schwarzes Haar. Ihre braune Haut war gerade dunkel genug, um die rosigen Wangen nicht ganz zu überdecken. Sie war ungeschminkt und durch nichts an irgendeinen Trend angepasst. So schaute Yuka zu dem Mann zurück. Neben der Frau hätte jeder unterlegen wirken müssen, doch dieser Mann strahlte ein Selbstvertrauen aus, das einfach umwerfend war.

Egal, wer diese beiden waren, Yuka wollte sie kennenlernen. Sie hoffte, dass sie den ersten Eindruck nicht zunichtemachten, sobald sie den Mund öffneten. Und umgekehrt fürchtete sie, sich lächerlich zu machen, wenn sie zu ihnen sprach.

»Ich bin Yuka Manderton, Kapitänin dieses Schiffes – der

Inanna«, sagte sie und war zufrieden mit ihrer Stimme und ihrer Haltung. Sie reichte der Frau die Hand.

»Cosima Amberson«, sagte diese, und Yuka erkannte den Namen. Diese Frau war berüchtigt – die Grande des Schattenkonzerns Amberson Unbound, die in der Grauzone der Kolonien operierte. Sie hatte sogar einmal ein Video von ihr gesehen. Aber der Unterschied zwischen der Frau in dem Abendkleid, die perfekt gestylt den roten Teppich irgendeiner Gala entlanggging, und der ungeschminkten Frau, die hier mit einem Arbeitsoverall vor ihr stand, war einfach zu groß, als dass sie sie erkannt hätte. Dass sie eine Grande war, der Kopf eines Schattenkonzerns, passte allerdings zu diesem scheinbaren Widerspruch – eine Frau, die im Verborgenen Verbrechen beging und am Abend wie die personifizierte Unschuld auf Partys erschien. Was sie hier zu suchen hatte, konnte Yuka sich jedoch nicht erklären.

»John Glennscaul«, sagte der Mann und drückte Yuka die Hand.

Sie stutzte und schaute dann zwischen ihren beiden Gästen hin und her. »Ihr wollt mich verarschen«, sagte sie. Natürlich kannte sie den Namen John Glennscaul und hatte auch von dem Schattenkonzern Glennscaul Unlimited gehört. Aber diesen Mann hatte sie noch nie gesehen. Es hieß, er meide die Öffentlichkeit und bewege sich in ihr unerkannt. »Wer seid ihr wirklich?«, fragte sie. Denn die beiden Granden, deren Feindschaft bekannt war, an einem Ort vereint – das war unmöglich.

Die Geretteten tauschten einen Blick, dann sagte die Frau: »Wir *verarschen* Sie nicht. Wir sind Cosima Amberson und John Alfred Glennscaul.«

»Aber ihr seid Feinde. Eure Fehden sind legendär.«

»Sie sagen die Wahrheit«, erklärte Teodor und zeigte auf dem Schirm über seinem Ärmel die Identifizierung. »Sofern sie nichts haben machen lassen, sind sie es.«

Yuka lächelte schief. »Irgendwelche Straftaten?«

»Es ist nichts im System.«

Sie schaute zwischen Amberson und Glennscaul hin und her. »Dann heiße ich Sie im Namen der Carrender-Foundation herzlich auf der *Inanna* willkommen.« Sie musste ihnen nicht erklären, dass sie in Schwierigkeiten geraten würden, falls sie hier irgendetwas Zwielichtiges durchführten. Die Erwähnung der Carrender-Foundation musste selbst den Dümmsten klarmachen, dass dies kein Ort für irgendwelche Straftaten war.

»Kommen Sie«, sagte Yuka und führte die beiden Granden den Gang entlang. Teodor signalisierte ihr, dass er sich die *Vanya-17* ansehen wolle. Yuka nickte.

»Sie trauen uns nicht?«, fragte Cosima Amberson.

»In manchen Dingen traue ich Ihnen, in anderen überhaupt nicht.«

»Das ist mehr, als man uns sonst zugesteht«, sagte John Glennscaul. »Wie kommen wir zu der Ehre?«

»Nun, das will ich Ihnen nicht vorenthalten: Sie sind Granden von Schattenkonzernen. Sie sind nicht dumm. Sie wissen, dass Sie ein Schiff wie die *Inanna* nicht überfallen können, ohne dass die Carrender-Foundation über Sie kommt wie eine Supernova. Sie wissen genau, gegen wen Sie vorgehen können und von wem Sie lieber die Finger lassen. Deshalb haben Sie so lange überlebt. Also kann ich Ihnen *insofern* vertrauen. Aber was Gesetzeslücken und Grauzonen angeht, vertraue ich Ihnen überhaupt nicht. Ich frage mich nur eins: Wie kommt es, dass Sie zusammen hier sind? Es heißt doch, Sie würden sich bis aufs Blut bekämpfen.«

»Das haben wir auch«, sagte Cosima. »Und das werden wir auch wieder. Aber wenn man auf einem Wrack gefangen ist, muss man halt manchmal Kompromisse schließen, um zu überleben.«

»Also haben wir die Feindschaft ruhen lassen, um sie bald wieder aufzunehmen«, erklärte John.

Yuka blieb stehen. »Bald ist gut. Bald – das heißt, wenn wir auf der Erde angekommen sind. Solange Sie hier sind, werden Sie sich zurückhalten. Ich meine: Wie lange waren Sie auf dem Schiff?«

John setzte zum Sprechen an: »Zw…«

»Anderthalb Jahre«, sagte Cosima.

»Also zwei Jahre«, erwiderte Yuka. »Und vor zwei Jahren ist der Frachter verschwunden. Ganz ehrlich: Es ist mir egal, wie Sie auf den Frachter gekommen sind – ob Sie für das Verschwinden verantwortlich sind. Vielleicht könnten wir sogar ins Geschäft kommen.«

Cosima grinste. »Nun, wir sind Geschäftsleute. Das ist unser Job.«

»Es geht um den Frachter?«, fragte John.

Yuka nickte. »Meine Leute werden ihn genauer in Augenschein nehmen, und dann mache ich Ihnen vielleicht ein Angebot. In drei Tagen beginnt hier an Bord eine Auktionswoche. Da könnten Sie sich von dem Erlös etwas kaufen. Sogar Schiffe werden angeboten.«

»Sie fliegen nicht zufällig nach Pandaros-3?«, fragte Glennscaul.

»Nein. Unsere Reise endet auf der Erde. Aber wenn Sie wollen, könnte ich schauen, welche Schiffe, die hier anlegen, den Weg zum Jupiter nehmen.«

»Und das Wrack wollen Sie an die Carrender-Foundation übergeben?«, fragte John.

Yuka lachte leise. »Natürlich.«

Cosima spitzte die Lippen. »Die Carrender-Foundation hält sich an die KI-Konventionen. Also wären wir bereit, die Summe, die die KI-Analyse ermittelt, zu akzeptieren, wenn Sie es uns hier sehr gemütlich machen.«

»Sie werden mit Ihren Quartieren und dem Service mehr als zufrieden sein«, entgegnete Yuka.

»Bei dem Schaden auf dem Schiff ist unsere Crew ums Leben gekommen«, sagte John und wich erstmals ihrem Blick aus. »Wir haben sie in Särgen bestattet. Würden Sie dafür sorgen, dass man sie nach Pandaros-3 bringt?«

»Wenn Sie mir garantieren, dass bei dem *Schaden* keine

Unbeteiligten umgekommen sind, kann ich das machen«, erwiderte Yuka. Wegen zahlreicher Gesetzeslücken gab es hier draußen keine zielführende Handhabe gegen Schattenkonzerne, die sich auf einem herrenlosen Frachter eine Schlacht lieferten. In dem Augenblick, als der alte Eigentümer der *VANYA-17* seine Besitzansprüche aufgegeben hatte, war aus dem Frachter ein gesetzloser Ort geworden. Und solange die beiden Granden schwiegen und keine Beschuldigungen gegeneinander erhoben, konnten die Behörden nichts unternehmen. Yuka musterte die beiden Granden und fragte sich, wie sie nach einem Kampf, der auf beiden Seiten Tote gefordert hatte, hier so ruhig nebeneinanderstehen konnten.

»Außer unseren Leuten war niemand an Bord«, sagte John.

»Und sind die Zieldaten in den Särgen gespeichert?«, fragte Yuka.

»Es ist die Nekropole von Pandaros-3«, erklärte John mit glasigen Augen. »Die Toten sind identifiziert, sodass das System sie an ihre Ruhestätte bringen würde.«

»Ich werde es veranlassen.«

»Ich danke Ihnen«, sagte er, und eine ungeheure Wärme schwang in seiner Stimme mit.

»Also«, sagte Yuka. »Haben wir einen Deal?«

John reichte ihr die Hand, Cosima ebenfalls. Und Yuka wusste nicht, wem sie zuerst die Hand geben sollte, entschied sich dann aber für John, weil er schneller gewesen war und weil sie seine Sorge um die Toten berührt hatte. Dann aber schaute sie Cosima mit großen Augen an. Die Grande blinzelte ihr zu und akzeptierte schließlich ihre Hand.

Von einem Moment auf den anderen war das Geschäft besiegelt. Sie alle wussten, dass der Frachter Millionen Dollar – Erddollar – bringen würde. Über die Carrender-Foundation vermittelt, würde Yuka kein Risiko tragen. Eine der Handels-KIs würde die Summe bestimmen, die Carrender-Foundation würde sie überweisen, und sie würde ihre Provision von sechzehn Prozent erhalten.

Yuka führte ihre neuen Gäste in den Transporter. »Habe

ich das richtig verstanden? Sie haben dort zwei Jahre zusammengearbeitet, um zu überleben? Waren die Systeme so wartungsbedürftig?«

John nickte.

Cosimas braune Augen glänzten. »Sagen wir so: Man könnte uns jetzt als Raumschiff-Techniker bezeichnen.«

»Und nach allem, was Sie durchgestanden haben, sind Sie immer noch Feinde?«, fragte Yuka. »Ich meine: Sie hatten viel Zeit, die Dinge zu klären.«

»Es grenzt an ein Wunder, dass wir uns nicht gegenseitig getötet haben«, sagte Cosima. »Das ist doch auch schon was. Wir können einander halt nicht besonders gut leiden.«

John Glennscaul nickte zum wiederholten Mal, diesmal langsamer.

»Und doch stehen Sie hier in aller Ruhe zusammen.«

»Ein Waffenstillstand«, sagte John. »Nichts weiter. Wenn wir erst wieder auf Pandaros-3 sind, machen wir da weiter, wo wir aufgehört haben.«

Yuka schaute zwischen den beiden hin und her, und sie glaubte ihnen kein Wort. Sie ließen es so klingen, als hätte sich nichts geändert. Aber man konnte keine zwei Jahre auf einem Schiff verbringen, ohne den anderen besser kennenzulernen. Dass zwei so attraktive Menschen, die für die Reize des anderen empfänglich schienen, so lange gemeinsam eingepfercht sein konnten, ohne schwach zu werden und sich der Lust zu ergeben, war nur dann denkbar, wenn der Hass zwischen ihnen tief verwurzelt war. So viel schien an ihrer Geschichte zu stimmen.

»Wissen Sie was von Pandaros-3?«, fragte John.

»Sie wollen wissen, was Ihre … *Unternehmen* so machen?«

John nickte.

»Ich weiß es nicht. Vor zwei Jahren geisterte mal durch die Medien, dass es einen Krieg zwischen Amberson Unbound und Glennscaul Unlimited gab. Dann wurde das verdrängt durch … ich glaube, das war die Venus-Revolte.«

»Venus-Revolte?«, sagte Cosima.

»Die Wolkenstädte sind jetzt unabhängig. Die Stationen im Orbit aber stehen noch unter der Kontrolle der Erde und einiger Unternehmen. Das hat sich inzwischen beruhigt. Eine Verbindung der Marsregierung und einiger Konzerne hat das eingefädelt. Ansonsten ist es das übliche Hin und Her.«

John brach das Schweigen. »Wer hat in den zwei Jahren die Meisterschaft gewonnen?«

»Im Basketball?«, fragte Yuka.

»Fußball«, erwiderte John.

»Beide Male die Jupiter Archers«, sagte sie mit einem schiefen Schmunzeln.

Cosima klatschte lachend in die Hände, während John eine leidende Miene machte. »Tja, das ist mein Team«, sagte sie.

»Und Sie, Glennscaul?«

»Ich hatte auf Titan Corruption gewettet.«

»Die wurden wegen Überaugmentierung gesperrt und mit Strafen überzogen. Davon haben sie sich nicht erholt. Sie sind zwar noch in der Liga, aber das wird sicherlich dauern, bis sie wieder oben mitspielen. Haben Sie viel Geld verloren?«

»Nein, nein. Es ist nur ein Spielchen. Ich habe eine Dauerwette.«

»Ich auch«, sagte Cosima.

»Ah. Eine Gemeinsamkeit!«, sagte Yuka grinsend.

»Wir spielen auf vielen Ebenen dasselbe Spiel«, erwiderte John.

»Aber natürlich immer in unterschiedlichen Teams«, fügte Cosima hinzu.

Yuka führte sie in den Wohnbereich hinaus und musste lächeln, als sie die großen Augen ihrer neuen Gäste betrachtete. Die klaren Flächen, die abgerundeten Ecken und die hellen, geschwungenen Gänge mussten einen willkommenen Kontrast zu den Frachterquartieren darstellen.

»Das hier ist kein einfaches Wohnmodul«, sagte Cosima, »sondern eine Maßanfertigung.«

»Das ist Ihr Schiff, nicht wahr?«, fragte John. »Sie sind nicht einfach von der Carrender-Foundation als Kapitänin eingesetzt worden, oder?«

Yuka stutzte. »Habe ich wieder wie eine stolze Mutter geschaut?«

»Irgendwie schon.«

»Ja. Es ist mein Schiff – ein Entwurf der KI Hesperos. Montiert und später dann umgebaut wurde sie in Kythira.«

Cosima schnalzte. »Von der Venus. Nicht schlecht. Die Roboter und Drohnen der Wolkenstädte sollen die besten sein.« Sie schaute die Decke entlang. »Ein kleines Vermögen haben Sie hier, Captain.«

Yuka nickte nur. Ihre ehemaligen Freunde und ihre Verwandten hatten sie damals für verrückt gehalten, als sie sich mit all ihren Ersparnissen an einem scheinbar unbedeutenden Unternehmen beteiligt hatte. Doch diese Investition hatte sich mit einem Schlag ausgezahlt, und sie war zu einer reichen Frau geworden. Sie war damals schon Kapitänin gewesen und hatte davon geträumt, ihr eigenes Schiff zu besitzen und nicht von irgendwelchen Aufträgen abhängig zu sein.

»Was mich immer interessiert hat«, sagte John. »Wenn Kapitäninnen gerade nichts zu tun haben, setzen sie sich dann gerne hin und steuern das Schiff selbst? Einfach so, um die Kontrolle zu haben?«

»Natürlich – vorausgesetzt das jeweilige Schiff ist überhaupt zur Steuerung vorgesehen. Die *Inanna* ist es. Und beim Anflug ans Ziel fliege ich gerne mal selbst. Bis die Hafen-KI oder das Leitsystem übernimmt. Das ist ein Gefühl von Macht. Aber wem sage ich das?« Sie wusste, dass die Schattenkonzerne oft auf automatisierte Schiffe verzichteten, um flexibler und nicht so leicht manipulierbar zu sein.

»Aber eine KI haben Sie nicht an Bord, oder?«, fragte Cosima.

Yuka schüttelte den Kopf. »Hätte ich es, müsste ich mich wohl kaum auf die Carrender-Foundation verlassen. Dann wäre ich tatsächlich unabhängig, aber das kann ich mir nicht leisten.« Sie kamen auf eine Kreuzung. Hier blieb Yuka stehen. »Dies hier ist mehr, als ich jemals zu hoffen wagte«, sagte sie und wies dann auf den Boden. »Allein all die Gravitationspanels verschaffen mir einen Vorsprung vor der Konkurrenz. Viele der großen Schiffe setzen noch auf Rotation, was sie dazu zwingt, fast so groß wie eine Raumstation zu sein. Es hat schon einen Vorteil, aus dem Fenster ins All zu schauen, wenn alles ruhig ist da draußen. Wenn wir vor dem Mars oder der Erde liegen und die Gäste können sich beim Dinner alles in Ruhe ansehen – das ist schon was Besonderes.«

Cosima nickte. »Es hat auch den Vorteil, dass die Fenster nicht im Boden sind oder das, was draußen ist, mit Spiegeln umgelenkt wird – oder schlimmer noch: nur auf Schirmen zu sehen ist.«

»Natürlich werden meine Konkurrenten aufholen«, erklärte Yuka. »Bis dahin muss ich mich in eine sichere Position gebracht haben.«

»Falls Sie je einen Investor suchen, kommen Sie zu mir«, sagte Cosima.

»Sollte ich einen suchen, werde ich das vielleicht sogar tun«, sagte sie. Aber sie hatte nicht vor, Geld von irgendwelchen Granden zu nehmen. So verzweifelt war sie nicht. Wenn man deren Geld erst einmal akzeptierte, dauerte es nicht lange, und sie würden Einfluss nehmen wollen. Aber sie konnte sich beim besten Willen nicht vorstellen, dass der Einfluss, den die ach so saubere Carrender-Foundation nahm, von den Schattenkonzernen überboten werden konnte. Manchmal wäre es ihr lieber gewesen, sie hätte sich in irgendwelchen Grauzonen bewegt, als das Saubermann-Image der Carrender-Foundation aufrechtzuerhalten.

»Ich meine es ernst«, sagte Cosima. »Sie haben mich gerettet. Sollten Sie je Hilfe brauchen, um von Carrender loszukommen, dann sollten wir uns unterhalten. Sie könnten auch Geld in unsere Geschäfte investieren.«

»Tun Sie das nicht«, sagte John. »Das Geld sehen Sie nie wieder. Wir bei Glennscaul garantieren Prozente. Und niemand kann Geldströme besser verschleiern als wir.«

Yuka hob die Hand zu einer beschwichtigenden Geste. »Ich weiß, dass Sie beide Feinde sind. Den einen zu unterstützen, hieße, dem anderen zu schaden. Sollten Sie jemals Ihre Feindschaft beilegen, können wir reden.« Sie tippte auf ihr Computer-Armband und ließ den transparenten Schirm hochfahren, auf dem sich ein Lageplan zeigte. »Damit Sie sich die Köpfe nicht einschlagen, gebe ich Ihnen Zimmer in verschiedenen Flügeln. Außenzimmer, damit Sie ins All schauen können. Wenn die anderen Schiffe kommen, ist das ein hübscher Anblick. Besonders nach zwei Jahren auf dem Frachter. Fühlen Sie sich wie zu Hause. Nein, lassen Sie mich das korrigieren: Das hier ist kein Schattenkonzern. Sie sind hier Gäste. Benehmen Sie sich wie solche. Ich gebe Ihnen Zugang zu allen Gästebereichen.« Sie musterte die beiden Granden und schüttelte den Kopf. »Zwei Jahre! Da dürfen Sie die Annehmlichkeiten genießen. Leider muss ich Sie spätestens in drei Tagen umquartieren. Denn alle Gästezimmer sind dann belegt. Dann müssen Sie in ein Crew-Quartier umziehen.«

John stöhnte.

»Keine Sorge. Es ist zwar nicht so schön wie unsere Sternensuite, aber sicherlich eine hübsche Abwechslung zu dem Frachter. Sie werden es lieben.« Sie wies nach links. »Ms. Amberson!« Dann wies sie nach rechts. »Mr. Glennscaul! Ich wünsche Ihnen beiden eine angenehme Zeit an Bord. Nutzen Sie die Gelegenheit, sich umzuschauen. In drei Tagen wird es hier voll werden.«

»Danke«, sagte John.

»Ich stehe in Ihrer Schuld«, erklärte Cosima.

Yuka blickte zwischen den beiden Granden hin und her. »Ich dachte, Granden würden dafür sorgen, dass es umgekehrt ist. Aber ich werde darauf zurückkommen – eines Tages. Und ich hoffe, Sie erinnern sich dann noch daran.«

»Das werde ich«, entgegnete die Grande und schluckte. Ein Augenblick der Schwäche. Sie zeigte Erleichterung, aber schon im nächsten Moment war die Fassade wieder perfekt.

John Glennscaul nickte. »Was Cozy damit sagen will: Sie hätten uns da hinten über den Haufen schießen und sich den Frachter nehmen können. Sie hätten es tun können und hätten einen großen Schritt auf Ihre Unabhängigkeit zu getan. Aber Sie haben es nicht getan.«

»Weil ich nicht so operiere. Ja, ich hätte wohl schnell Geld machen können. Aber was ist am Ende wertvoller: zwei Granden, die in meiner Schuld stehen, oder das Geld, das mich ein Stückchen näher an die Unabhängigkeit heranrückt? Letzteres ist nichts weiter als eine Zahl auf einem Konto. Ich glaube an Beziehungen zu Menschen. Solche Beziehungen und das damit verbundene Vertrauen – das hat mich reich gemacht. Ich investiere in Menschen. Und indem ich Sie nicht über den Haufen geschossen habe, investiere ich in Sie. Vergessen Sie das nicht, wenn Sie wieder bei Ihren Schattenkonzernen sind.«

Sie nickte den beiden zu und machte sich auf den Rückweg zur Brücke. Sie hatte keine Ahnung, was sich aus ihrer Gastfreundschaft gegenüber den beiden Granden entwickeln würde. Aber das war ihr Geschäft. Sie suchte nach diesen Beziehungen, nach Dankbarkeit für alles, was sie für andere tat. Und immer wieder ging die Saat auf: ein Besatzungsmitglied, das weiterzog und es zu etwas brachte und sich an sie erinnerte; ein Unternehmer, dem sie eine grandiose Zeit auf dem Schiff ermöglicht hatte, unterstützte sie, wenn es einmal einen Engpass gab. Selbst bei der Carrender-Foundation besaß sie hohes Ansehen und wurde bevorzugt behandelt – weil sie zuverlässig war und mehr einbrachte als andere. Natürlich hatte das einen Preis: enttäuscht zu werden. Und wer würde ihre Gastfreundschaft ausnutzen, wenn nicht zwei Granden? Sie würde ein Auge auf sie haben müssen, ihnen aber dennoch das Gefühl geben, komplett frei zu sein und tun oder lassen zu dürfen, was sie wollten.

Zu Gast auf der *INANNA*

John schaute sich das Schiff, auf dem sie nun zu Gast waren, auf zwei Wandsegmenten an, die er in den Bildschirmmodus umgeschaltet hatte. Die *Inanna* war weiß, massiv, abgerundet und mit hellblauen Flächen als Übergänge zwischen den Segmenten versehen.

Sein Zimmer war geräumig und elegant eingerichtet, und der Blick ins All fesselte ihn. Das hatte er sich in den zwei Jahren oft gewünscht – die Sterne zu betrachten. Nachdem auf der *Vanya-17* die Außenkameras ausgefallen waren, hatten sie nicht mehr sehen können, was sich draußen bot.

Schon nach kurzer Zeit reichte John der Blick ins All nicht mehr aus. Er trat an den Schirm heran und öffnete sich ein Bedienfeld, um die wichtigsten Nachrichten des Sonnensystems abzurufen.

Er war überrascht, dass sich in dem Konflikt mit dem Tartaros-System kaum etwas getan hatte. Die Erde führte immer noch Krieg gegen die ehemalige Kolonie. Und nach wie vor spielten die Künstlichen Intelligenzen dabei eine Rolle: Eleonore bekämpfte die abtrünnige KI Hydra. Es war enttäuschend, dass es Regierungen und Unternehmen gelang, KIs für ihre Zwecke zu missbrauchen, und diese sich wegen ihrer Loyalität gezwungen sahen, ihre Gebieter im Rahmen ihrer Möglichkeiten zu unterstützen.

Ansonsten gab es die üblichen Nachrichten von Handelskonflikten und Erfolgsgeschichten irgendwelcher Unternehmen, von denen John noch nie gehört hatte. Und natürlich durften die Referenden auf Raumstationen über den Umstieg von der Rotationstechnik auf Gravitationspanels nicht fehlen. Aus dem Bericht über einige Stationen im Keto-System ging hervor, dass Pandaros-3 sich einem Umbau widersetzt hatte. John war stolz auf die Pandriden. Sie wussten ihre Station zu verteidigen. Zu seiner Überraschung gab es ein Interview mit der Bürgermeisterin von Pandaros-3, Kaoru Synnott, die dafür warb, sich an der Entscheidung ihrer Station von vor einem Dreivierteljahr ein Beispiel zu nehmen.

John kannte Kaoru, die inzwischen erwachsen und mit ihrem hochgesteckten Haar und in dem blauen Kleid kaum wiederzuerkennen war. Sie hatte in der Stationsmitte mit ihren sozialkritischen Aktionen immer für Aufsehen gesorgt. John hatte sie oft unterstützt, insbesondere bei ihrem Kampf gegen die Schutzgelderpressung, bei der einige Schattenkonzerne Bürgern Teile ihres Grundeinkommens abgenommen hatten. John hatte auch in ihre Wahlkämpfe investiert, als kaum einer an sie geglaubt hatte. Dass Kaoru nun die Bürgermeisterin von Pandaros-3 war, mochte sich zu einem gewaltigen Vorteil für Glennscaul Unlimited entwickeln.

John überlegte, ob er es wagen sollte, Informationen über seinen Schattenkonzern einzuholen, entschied sich aber trotz seiner Neugier dagegen. Für verlässliche Nachrichten hätte er sich in eines der Schattennetze einloggen müssen. Dadurch jedoch hätten seine Leute unter Umständen erfahren, dass er noch am Leben war. Da er heimkehren wollte, ohne dass sich irgendwer auf ihn vorbereiten konnte, widerstand er dem Drang, sich über die aktuellen Verhältnisse in seinem Konzern zu informieren.

Nachdem John genug Nachrichten abgerufen hatte, verließ er sein Zimmer und spazierte die weitläufigen Gänge der Wohnbereiche entlang. Er schritt mit anerkennenden Blicken durch Säle hindurch, die minimalistisch und geschmackvoll eingerichtet waren. Er mochte dieses Schiff, in dem die Ecken der Räume ebenso wie Fenster und Türen gerundet waren. Er mochte es, dass sich die verschiedenen

Bereiche in unterschiedlichen Farben und variabler Lichtgestaltung präsentierten. Je näher man den Maschinenbereichen kam, umso grauer und gröber wurden die Wände und umso kühler wurde das Licht. Es war ein Ambientewechsel von einer sauberen Ästhetik hin zu einer industriellen.

In den Wohnbereichen war es still, in vielen der Unterhaltungsbereiche und insbesondere in der Nähe der Tagungsräume herrschte jedoch Aufregung. Hier sah John überhaupt erst, wie groß die Crew war. Dutzende trieben sich hier herum und installierten Module und verlegten Teppiche. Vieles davon hätten Roboter erledigen können, und tatsächlich waren zahlreiche Maschinen unter den Arbeitern. Aber sie besaßen keine echte KI, sondern waren spezialisiert. Dennoch war es wegen der hohen Wartungs- und Reparaturkosten oft günstiger, Menschen einzustellen, die mit Spezialwerkzeugen Panels verlegten, Bildschirme anbrachten oder andere Arbeiten verrichteten.

Ein nahe gelegenes Restaurant war für die Arbeiter geöffnet. John hatte zwar im Zimmer auf dem Schirm gesehen, dass es hervorragende Restaurants gab, von denen einige offenbar für die Kapitänin und die anderen Oberen gedacht waren, aber er wollte sich lieber unter die Arbeiter mischen. So folgte er ihnen in eine einfache Kantine, in der auch die Techniker aus dem Maschinenbereich aßen. Und hier reichte ein Blick, und er erspähte sie: Cosima.

Seine Widersacherin saß am Rand in einer Nische. Und sie war allein. Das wunderte ihn. Es dauerte sonst nicht lange, bis sie irgendwo Anschluss fand. Er sah sogar, wie sie jemanden mit ernster Miene abwies. Der Kerl, der schulterzuckend zu seinen Kollegen zurückkehrte und »Einen Versuch war's wert« sagte, hatte sich offenbar Chancen ausgerechnet. Aber warum war sie überhaupt hier? Sie war doch eher der Typ, der in ein feines Restaurant ging.

Sie starrte ihm entgegen und verdrehte die Augen.

Er grinste nur und nahm in einer der leicht erhöhten Nischen Platz, die ihrer gegenüberlag. Ihm gefiel diese Konstellation: sie dort drüben – zwischen ihnen die Arbeiter – und er hier.

Während John bereits bedauerte, nicht zu ihr hinübergegangen zu sein, um sie herauszufordern, fragte sich Cosima, ob er ihr gefolgt war oder ob die zwei Jahre auf der *VANYA-17* dazu geführt hatten, dass sie beide in ähnlichen Mustern vorgingen. Letzteres hätte ihr missfallen, und so verdrängte sie es. Es war gewiss nur ein Zufall – oder er hatte sie gesucht, um sich selbstgefällig dort hinzusetzen, weil er wusste, wie sie darauf reagieren würde.

John konnte nicht aufhören zu grinsen. Sie saß dort, als drehte sich ein ganzes Planetensystem um sie. Doch so, wie sie sich nun umschaute, vermutete er, dass sie wie er von all dem Treiben in diesem Bereich angelockt worden war.

John hatte die Stille satt, und er genoss sogar das Geschnatter der Leute, das Gelächter und all die anderen Geräusche. *Zwei Jahre*, dachte John und tippte auf das Bedienfeld auf dem Tisch. Ein blauer Bildschirm bildete sich flackernd vor ihm und stabilisierte sich. Allein die Bilder der Angebote waren bereits sehr appetitlich. Dennoch ließ er seine Finger über den sanften Schirm gleiten und blätterte weiter. Nicht einmal der köstliche Duft von Gebratenem, der in der Luft lag, verführte ihn zu einer Entscheidung. Zwei Jahre – und alles, wonach er sich sehnte, war Pesto.

Cosima blickte dem schmalen Roboter entgegen, der ihr einen Burger mit allerlei Beilagen brachte. Einen guten Burger, das hatte sie vermisst. Und während sie hineinbiss und den Geschmack genoss, schaute sie zu John hinüber. Sie hatte ihm gesagt, dass sie sich nach einem Burger sehnte, und er hatte sie oft damit aufgezogen. Sein breiter werdendes Grinsen verriet ihr, dass er sich daran erinnerte.

Kurz darauf brachte der Roboter John das Essen. Die Linguine waren ihm zu dick, aber das Pesto war genial – mit weniger Parmesan und mehr Pinienkernen als üblich. Auch er wagte einen Blick zu seiner Widersacherin. Sie grinste und schien etwas zu sagen. Er konnte es nicht hören. Es hatte ein langes *e* in der ersten Silbe und endete auf ein langes *o*. *Fredo*! Das musste sie ihm natürlich unter die Nase reiben. Sie hatte ihm *Fredos Restaurant* auf Pandaros-3 abgejagt. Dort hatte es das beste Pesto gegeben. Natürlich hatte er es ihr übelgenommen, denn fortan waren seine Lieblingsgerichte von der Speisekarte verschwunden. Es waren kleine Sticheleien in einem großen Kampf. Und sie war eine Meisterin darin, Stiche zu setzen.

Der Patch-Computer auf Johns Handfläche summte. Er tippte darauf, und schon drang Cosimas Lachen daraus empor. »Ich hoffe, du bist noch böse auf mich, weil ich dir das *Fredo* weggenommen habe«, sagte sie.

Nachdem John geschluckt hatte, erwiderte er: »Warum sollte ich? Das *Fredo* ohne Satoru ist nichts.«

»Zu schade, dass er sein eigenes Ding machen wollte. Und jetzt macht er nur noch traditionell Japanisches.«

John nickte. »Und moderne chinesische und marsianische Küche. Ja. Aber für seine Stammkunden kocht er alles«, sagte er. »Auch das beste Pesto der Galaxis.«

»Du musst gleich wieder übertreiben, nicht wahr?«, sagte Cosima mit ernster Miene.

»Hast du es denn schon probiert?«

»Zugegeben, Satorus Pesto ist gut. Und ich gebe auch zu, dass ich das *Fredo* nur übernommen habe, um dir eins auszuwischen.«

»Ich hatte mir schon Sorgen gemacht, dass du Satoru einen Killer schickst.«

»Dafür schätze ich seine Fähigkeiten viel zu sehr. Und sein Restaurant ist neutraler Boden. Das war sehr nützlich.«

»Das waren gute Verhandlungen«, sagte John und schob sich mit der Gabel Pasta in den Mund.

»Satoru hat uns kein Besteck gebracht – außer Stäbchen. Hätte da ein Messer gelegen, hätte ich dir wahrscheinlich die Kehle durchgeschnitten.«

John schluckte erneut, nippte an seinem Wein und sagte

dann: »Ist *dies* neutraler Boden, Cosima? Hören wir also auf Yuka?«

»Ja.«

»Dann könnten wir jetzt ein für alle Mal alles regeln.«

Cosima lachte, nahm einen Bissen von ihrem Burger und sprach mit vollem Mund: »Wenn zwei Jahre auf einem Wrack nicht zu einem Ergebnis führen, was wollen wir dann hier erreichen?« Sie schluckte. »Wir werden niemals miteinander auskommen. Ich bin bereit, das zu akzeptieren.«

»Eine Mediatorin wie der Captain könnte uns vielleicht helfen.«

»Die würde uns beide umbringen, ehe wir an der Oberfläche unserer … *Beziehung* gekratzt haben.«

»Das heißt, wenn wir zurück auf Pandaros-3 sind, bekämpfen wir uns wirklich wieder.«

»Nein«, sagte Cosima kopfschüttelnd. »Nicht sofort. Aber wir werden natürlich unseren Geschäften nachgehen und uns zwangsläufig in die Quere kommen. Und dann werden wir tun, was ein Grande halt zu tun hat.«

»Glaubst du, es wird wieder damit enden, dass wir versuchen, uns gegenseitig zu erwürgen?«, fragte John.

»Es gibt andere Wege, einander zu quälen. Komm mir einfach nicht in die Quere, ja?«

»Ich bemühe mich«, sagte John gelangweilt und schaltete den Patch mit einem Tippen aus. Er schüttelte den Kopf und schaute zu ihr hinüber. Was dachte sie sich? In die Quere kommen! *Sie* war es doch, die ihn angerufen hatte.

Cosima aber war mit sich zufrieden. Sie biss in ihren Burger und war sich sicher, dass John ihre Drohung ernst nahm. Hatte sie nicht oft genug bewiesen, wozu sie fähig war? Sie musste diese Karte nun ausspielen, denn in Wahrheit wusste sie nicht, ob sie es je wieder so weit kommen lassen würde. Sie empfand ihn immer noch als unmöglich. Und gerade jetzt, da er dort drüben saß, konnte sie nicht glauben, dass sie zwei Jahre allein mit ihm auf einem Schiff verbracht hatte – ohne ihn zu töten. Und noch schlimmer war, dass sie es nicht bedauerte. Er war nicht wie sein Onkel. Aber sie hatten sich so viel angetan, dass es so hatte enden müssen.

Die zwei Jahre ermöglichten vielleicht so etwas wie einen Neuansatz. Sie würden niemals Freunde sein, aber ihr würde es reichen, wenn es nicht wieder Blut zwischen ihnen geben würde. Sie würde ihm durch Klugheit und Geschick eins auswischen und sich Vorteile verschaffen. Aber sie würde nicht länger versuchen, ihn und seine Bande auszulöschen. Sie wollte, dass der Mann, der dort hinten geradezu unverschämt seine Pasta runterschlang, nie wieder zu ihrem Feind wurde, sondern ein Rivale blieb. Aber zu diesem Spiel gehörten zwei.

Nachdem sie ihren Burger aufgegessen und ihr eiskaltes Wasser getrunken hatte, machte Cosima sich wieder auf den Weg und warf John noch einen herausfordernden Blick zu. Sein Lächeln vermochte sie nicht mehr klar zu deuten. Seit jenem einen Tag, als sie zu weit gegangen waren, war alles anders. Ein Ausrutscher, über den sie nur kurz gesprochen, den sie seither aber nicht mehr erwähnt hatten. Sie hatten Regel Nr. 1 zumindest halb gebrochen, und das nagte noch immer an ihr.

Draußen bog sie um zwei Ecken, und es herrschte wieder Stille. Sie wunderte sich. Hatte sie der Stille nicht entfliehen wollen? Und nun suchte sie diese auf den weitläufigen Gängen in der Schiffsmitte.

Als sie an einer transparenten Wand vorbeikam und in einen Sportbereich hineinblickte, war klar, was sie tun würde. Zu ihrer Überraschung öffnete sich die Tür, noch ehe sie in der Nähe war, und weitere Lichter gingen an, als sie ins Innere schritt. Hier war niemand, und doch schien alles auf sie gewartet zu haben. Sie schaute sich unter all den Geräten und Vorrichtungen um. Doch sie wollte nur laufen. Sie fand den Eingang in die Halle. Diese war groß genug, um ein Fußballspiel auszutragen. Es gab sogar eine kleine Tribüne. Der Belag war jedoch nicht auf Rasen, sondern auf hellgrauen Kunststoff mit blauen Laufbahnen eingestellt.

Links von Cosima ging ein Licht an und lockte sie in eine Umkleide. Dort stellte sie sich vor einen in die Wand eingelassenen Scanner, der ihre Maße nahm, und traf dann am Schirm eine grundlegende Auswahl: statt Schuhen eine Schutzschicht, statt ihres alten grauen Shirts ein Trägertop mit allerlei Sensoren und dazu eine halblange Hose.

In einer Kabine, deren Tür sich ihr öffnete, glitt die Kleidung aus einem Fach. Alles passte perfekt. Nachdem sie ihre Füße in eine große Öffnung gesteckt hatte und diese mit der Schutzschicht besprüht waren, ging sie hinaus.

Ungestört lief sie los und drehte ihre Runden, mal auf der äußeren Bahn, mal auf der inneren. In jedem Umlauf sah sie durch eine gewölbte Öffnung einen Gang entlang und fragte sich, ob er in eine andere Halle führte.

Zu ihrer Überraschung bemerkte sie in der Kurve eine andere Läuferin auf der Bahn. Und erst beim genaueren Hinsehen erkannte sie die Kapitänin. Sie trug weite Kleidung, als hätte sie die Standardkleidung, die die Umkleide ausgab, durch eine lange Hose und ein weites Shirt ergänzt.

Cosima versuchte zu ihr aufzuschließen, doch Captain Manderton legte immer wieder zu. Es war wie ein Spiel. Sie hätte auf eine der inneren Bahnen wechseln oder den Weg schamlos abkürzen können, sie hätte auch langsamer laufen können, um sich überrunden zu lassen, aber die Kapitänin hatte ihren Ehrgeiz geweckt. Gerade als Cosima ein gutes Stück näher an sie herangekommen war, wich Manderton von der Bahn ab und lief geradewegs in den Gang hinein, der Cosima aufgefallen war.

Sie folgte ihr. Der Gang führte ein Stück in die Höhe und schraubte sich dann weiter empor. Es war ein Laufweg, der oben auf einen Rundgang unter dem Dach der Halle führte. Durch transparente Wände bot sich ein Blick in die Tiefe. Hier ging das alte Spiel von vorne los.

Cosima trieb sich immer weiter voran. Ihr Wille würde sie zur Kapitänin bringen. Manderton war sportlich, und sie wusste, was sie wollte, aber sie hatte gewiss keine Vorstellung davon, wie sehr Cosima bereit war, sich zu quälen. Das hatte sie in der Welt der Schattenkonzerne nach oben gebracht, und das hatte es überhaupt erst ermöglicht, die zwei Jahre mit John zu überstehen.

Nach einer Weile merkte sie, dass Manderton langsamer wurde und schließlich deutlich nachließ, um Cosima aufschließen zu lassen.

Als Cosima neben ihr war, verlangsamte Manderton ihren Schritt noch einmal, und sie joggten nun nebeneinanderher.

»Sie sind zäh, Ms. Amberson«, sagte Yuka Manderton.

Cosima blieb stehen und atmete durch, dann ging sie neben dem Captain langsam Seite an Seite. Es dauerte einen Augenblick, bis sie genug Luft hatte, etwas zu sagen. »Nennen Sie mich nicht Ms. Amberson. *Cosima* wäre mir lieber. Zumindest dann, wenn wir unter uns sind. Ich meine: Sie sind der Captain. Es ist Ihre Entscheidung.«

»Normalerweise biete ich es nicht so schnell an. Aber du kannst mich Yuka nennen.«

Cosima nickte.

»Du bist gut in Form für eine Frau, die zwei Jahre auf einem Frachter gefangen war.«

Cosima lächelte. »Glücklicherweise gab es einen kleinen Sportraum. Da haben wir uns fit gehalten und uns im Kampfsport miteinander gemessen – oder was wir dafür hielten.«

»Du und Glennscaul – ihr seid schon was Besonderes.«

»Fang mir nicht mit John an.«

»Dann eben nur du. Das machst du oft, nicht wahr?«

»Was?«

»Schnelle Kontakte knüpfen. Nähe suchen.«

»Ich gehe gerne Risiken ein.« Doch die Wahrheit war weit weniger ruhmreich: In Wirklichkeit hatte sie Angst, dass John sich an Yuka heranmachen und sie gegen sie in Stellung bringen könnte. »Und du scheinst das Risiko auch zu schätzen.«

»Weil es nur so etwas zu gewinnen gibt«, erklärte Yuka.

Sie ging zu einem Panel und drückte einen Button. Eine Nische öffnete sich, und Yuka zog zwei Handtücher und zwei Wasserflaschen aus einem Regal. Sie teilte mit Cosima. »Mich haben die Granden schon immer fasziniert. Sich in den Grauzonen zu bewegen und nicht unterzugehen – das verlangt viele Fähigkeiten. Und du und John – ihr scheint sie zu besitzen.«

»Wir sind zwar nicht die Reichsten, aber nur wenige spielen dieses Spiel auf unserem Niveau. Wir kennen das Geheimnis dieses Geschäftes.«

»Wie könnt ihr euch halten?«, fragte sie. Dann öffnete sie ihre Flasche und nahm einen kleinen Schluck.

Cosima wischte sich mit dem Handtuch den Schweiß aus dem Gesicht. »Am Anfang war es Ignoranz«, sagte sie. »Hätten wir die Risiken richtig eingeschätzt, wären wir nie so weit gekommen. Nicht gewusst zu haben, was wir inzwischen wissen, hat uns dazu gebracht, diese Risiken einzugehen. Wir sind die, denen man gesagt hat, dass wir untergehen, weil wir zu schnell zu viel wollten. Aber die Wahrheit ist, dass wir es deswegen geschafft haben, weil wir wussten, was wir wollten, die Risiken unterschätzten – und mit viel Neugier unseren eigenen Weg gefunden haben. Das Problem ist nur, dass unsere Pfade sich immer wieder kreuzen und wir einander folgen – wie bei einem Wettrennen, bei dem wir den anderen abhängen wollen. Auf Wegen, auf denen uns niemand sonst folgen kann.«

»Konkurrenz bringt oft das Beste hervor«, sagte Yuka.

»John ist mehr als ein Konkurrent. Wir sind Feinde.«

»Selbst nach allem, was ihr durchgemacht habt? Ich kann das einfach nicht glauben.«

»Jetzt erst recht«, sagte sie, und sie wusste, dass das nicht stimmte. Er *war* ihr Konkurrent, und sie konnte nur hoffen, dass er nie wieder ihr Feind sein würde.

Yuka führte sie in einen weiteren Röhrengang, der sich in die Tiefe wand. »Ich bin mir sicher, es gibt keine Frage, die dich schockieren würde.«

Cosima grinste. Sie mochte es, wie Yuka ihre Neugier offenbarte. »Stell mich auf die Probe!«

»Ihr wart zwei Jahre auf dem Frachter.«

Cosima hob die Hand. »Du willst wissen, ob wir Sex hatten.«

»Nein. Ich will wissen, wie der Sex gewesen ist.«

Cosima wich ihrem Blick aus. »Unsere Regel Nr. 1 war: kein Sex.«

»Aber daran habt ihr euch doch wohl nicht gehalten, oder?«

»Warum nicht? So toll ist John auch wieder nicht. Und vergiss nicht: Er ist mein Feind.«

»Aber ihr habt es getan.«

Cosima atmete tief durch. »Ein Mal«, sagte sie. »Und nicht einmal ganz. Nur im Ansatz. Ehe es richtig losging, hörten wir auch schon wieder auf.«

»Also ein Mal.«

Cosima nickte und biss sich auf die Lippen.

»Ein Ausrutscher?«

»Zum Glück nur der eine. Sonst …«

»Wärt ihr am Ende keine Feinde mehr.«

»Ich bin mir nicht mal sicher, ob das wirklich passiert ist.«

»Ihr habt nie darüber gesprochen?«

»Nur ganz kurz. Und selbst das erscheint mir unwirklich. Wir wissen beide, dass es ein Fehler war.«

»Aber warum?«, fragte Yuka.

»Weil ich es hasse, dass es darauf hinausgelaufen ist. Das ist das, was jeder erwarten würde.«

Unten angekommen, durchquerten sie die große Halle.

»Du hast es genossen«, sagte Yuka schließlich. »Deswegen …«

»Es war nicht schlecht«, sagte Cosima. »Es hätte was Großes werden können. Aber auch nicht so groß, dass ich den Kopf verloren hätte und mich wieder und wieder danach gesehnt hätte. Ich war einfach von mir selbst enttäuscht. Ein Mann und eine Frau auf einem Schiff. Und natürlich müssen sie es miteinander treiben. Es war einfach ein Augenblick der Schwäche, der alles nur noch schlimmer gemacht hat. Wir haben uns so sehr bekämpft und so viel Schmerz zugefügt, dass dieser Ausrutscher wie ein Verrat an der eigenen Sache ist. Ich konnte es in seinem Gesicht sehen.«

»Und jetzt geht alles wieder von vorne los.«

Cosima zuckte mit den Schultern. »Vielleicht.«

»Willst du das denn?«, fragte Yuka. »Ich meine, als Außenstehende sehe ich zwei Menschen, die sich sehr ähnlich sind und gewissermaßen in ihrer eigenen Welt leben. Alle anderen auf diesem Schiff können niemals verstehen, wie es ist, eine Grande zu sein. Ihr hattet eine Gelegenheit, zumindest dafür zu sorgen, dass der Streit nicht wieder von vorne losgeht. Oder sehnst du dich danach, wieder gegen ihn vorzugehen? Denn so wie ihr miteinander sprecht, erweckt ihr diesen Eindruck.«

Sie betraten den Umkleideraum. »Eigentlich nicht«, antwortete Cosima. »Ich habe keine Lust, nach ein paar Jahren in der gleichen Situation zu sein. Er hatte mich fast.«

Sie schritten an den Einzelduschkabinen vorbei, betraten die Schleuse zum großen Duschraum, zogen sich dort aus und legten die Kleidung in Fächer, die sich sofort schlossen. Nachdem sie ihre Füße in eine Öffnung gehalten hatten, um die Schutzschicht davon abzuwaschen, die sie vor dem Lauf hatten aufsprühen lassen, betraten sie Seite an Seite den lang gezogenen Duschraum.

»Er hat dich also fast getötet?«, fragte Yuka.

Cosima konnte nicht anders, als ihren Blick von oben bis unten über den schlanken Körper der Kapitänin wandern zu lassen. »Verdammt, Yuka! Ich glaube, du bist die heißeste Kapitänin weit und breit.«

»Du willst nicht darauf antworten, oder?«, fragte Yuka und ging voraus.

»Ich möchte vor allem, dass wir aufhören über John zu

reden. War es nicht mal gesellschaftlich verpönt, wenn Frauen über Männer reden, sobald sie unter sich sind?«

»So schlimm?«, fragte die Kapitänin und begab sich unter einen der ovalen Duschköpfe.

»Schlimmer«, sagte Cosima und stellte sich an den Platz neben Yuka. »Ich habe irgendwann alles nach ihm gerichtet. Es ging immer nur darum, wie ich ihn zu Fall bringe. Und dann haben wir gemeinsam versucht zu überleben. Manchmal hatte ich das Gefühl, dass der Scheißfrachter eine KI hatte, die uns vernichten wollte – oder mich einfach nur dazu zwingen wollte, mich mit John zu versöhnen. Und jetzt möchte ich, dass sich bei mir nichts mehr um John Glennscaul dreht.«

»Das heißt, wenn ich euch heute Abend beide zum Essen einlade, kommst du nicht?«, fragte Yuka, und mit einem Wisch über das Panel an der Wand regnete das Wasser auf sie herab. Sie strich sich durch ihr dunkles Haar, schaute Cosima aber immer noch erwartungsvoll an.

»Das heißt es überhaupt nicht«, antwortete Cosima und schaltete ebenfalls das Wasser an. Während sie das Nass auf ihrer Haut genoss und es noch kühler stellte, sagte sie: »Würde ich fernbleiben, würde ich meine Entscheidung ja wieder von John abhängig machen. Ob er da ist, spielt einfach keine Rolle mehr. Es ist mir egal.«

»Du kommst also nachher?«, fragte Yuka und hielt ihre Hand in die Vertiefung unter den Duschgel-Spender.

»Ja«, sagte Cosima. »Aber du wirst es wahrscheinlich bereuen.«

***

Nachdem John vom Gang aus Cosima und die Kapitänin in der Sporthalle gesehen hatte, beschloss er, statt zu laufen, schwimmen zu gehen. Er hatte gesehen, dass es auf der anderen Seite des Schiffes ein Bad gab. Einsamkeit, endlich Einsamkeit und Weite – danach sehnte er sich nach dem

Trubel in der Kantine, der ihm eben noch so willkommen gewesen war, ihn schließlich aber fortgetrieben hatte.

Als John in das warme Wasser des weiten Beckens tauchte, konnte er seine Gedanken nicht lange von Cosima fernhalten. Sie war eine Schlange. Nun, da sie nicht länger auf ihn angewiesen war, knüpfte sie bereits neue Bande. Er war sich nicht sicher, ob sie wirklich gegen ihn vorgehen würde, aber nach allem, was er von ihr wusste, musste er ihr alles zutrauen.

Der erste Eindruck, den er von Yuka Manderton gewonnen hatte, ließ ihn zwar zweifeln, dass sie Cosimas Charme ohne Weiteres erlag, aber er war nicht so dumm, Cosima zu unterschätzen. Sie schloss schnell Freundschaften und verstand sich darauf, diese gegen ihn zu wenden.

John schwamm Bahn um Bahn und malte sich dabei aus, wie Cosima und Yuka über ihn sprachen und was daraus Negatives für ihn erwachsen konnte.

Erschöpft stieg er nach einer guten Stunde aus dem Wasser und duschte kalt. Und während er sich anzog, atmete er immer wieder tief durch und konnte kaum glauben, dass die Zeit auf der *Vanya-17* nun tatsächlich hinter ihm lag. Dies war der schönste Tag seit langer, langer Zeit. Dennoch kehrten seine Gedanken immer wieder zu Cosima zurück, und sofort drohte sich ein Schatten über alles zu legen.

Während er sich die Kette mit seinem kleinen, kugeligen Glücksbringer anlegte, fragte er sich, was seine Leute in den zwei Jahren gemacht hatten. Hatte sein bester Freund Trent Kalish überlebt? Immerhin hatte er sich bei der Auseinandersetzung im Hintergrund gehalten. Andere hatten sich weiter vorgewagt. Er hatte selbst gesehen, wie seine führende Modultechnikerin, Kendra Bassetti, von einem Geschoss am Kopf getroffen zu Boden gegangen und unter der Führung seines Waffenexperten Edison Nealy fortgeschafft worden war. Die meisten, die er kannte und schätzte, mochten tot sein.

Er hatte Angst, heimzukehren und festzustellen, dass sich

durch die Schlacht vor zwei Jahren alles verändert hatte. Alle, die den Kampf überlebt hatten, mussten ihn für tot halten, sonst wären sie sofort gekommen, um nach ihm zu suchen, und hätten ihn gefunden. Wer wohl jetzt die Kontrolle übernommen hatte? Entweder Trent oder aber Joseph Tolston, der über die größten Ambitionen verfügte. Trent wäre ihm lieber gewesen. Aber ganz gleich, wer es nun war, er würde seinen Platz räumen müssen, sobald John zurückkehrte.

Als er sich angezogen hatte, schob John sich seinen Patch auf die Handfläche, und kaum haftete der hauchdünne Computer auf seiner Haut, leuchtete dessen Display orange auf. John tippte darauf, und auf dem Schirm, der sich nun über seiner Hand aufbaute, erschien Yuka Mandertons Gesicht.

»Mr. Glennscaul«, sagte sie lächelnd.

»Captain«, erwiderte er und lächelte zurück.

»Verzeihen Sie. Ich habe lediglich geraten, dass der Client im Schwimmbad Ihnen gehören muss.«

»Es ist Ihr Schiff. Und ich bin jemand, den Sie besser im Auge behalten sollten.«

»Und genau deswegen möchte ich Sie heute Abend zum Essen einladen. Sie und Cosima. So besondere Gäste habe ich gerne um mich.«

»Um wie viel Uhr?«, fragte er und prüfte die Zeit. Es war 16 Uhr 46 Standardzeit, und wie an so vielen Orten war auch das Ambiente-System dieses Schiffes an die Standardzeit der Erde angepasst.

»Um 20 Uhr?«

»Ich werde da sein«, sagte er und fragte sich, wie sehr er sich ins Zeug legen musste, um den Vorsprung aufzuholen, den Cosima in der Gunst der Kapitänin gewonnen hatte.

* * *

Als Yuka im Restaurant *Sternfels* saß und auf die Granden wartete, fragte sie sich, ob sie nicht übertrieb. Ein schwarzes Abendkleid für einen Mann und eine Frau, die ständig einen

Schritt davon entfernt standen, als Verbrecher hinter Gittern zu verschwinden. Wenn es darum gegangen wäre, die Granden für sich zu gewinnen, um sich später ihrer Fähigkeiten zu bedienen, wäre es verständlich gewesen, aber darum drehte es sich hierbei nicht. Sie hatte einen Plan. Noch bestand er nur aus einem Geflecht von Einfällen, und sie wusste nicht, ob sie ihn tatsächlich verwirklichen konnte. Aber ihre Faszination für Cosima und John ließ ihr keine Ruhe. Sie wollte die beiden Granden dazu bringen, ihre Feindschaft zu begraben. Als Verbündete wären sie ihr eine Hilfe, als Feinde würde sie sich keinem von beiden annähern wollen. Denn das hieße, den anderen vor den Kopf zu stoßen.

Zunächst einmal wollte sie alles über Cosima und John wissen, um zu verstehen, warum sie kein Paar waren. Und sie stellte sich vor, wie es wohl wäre, mit John zwei Jahre auf einem Frachter zu verbringen. Und dann stellte sie sich vor, wie es wäre, mit Cosima das Gleiche zu tun. Und bei beiden musste sie an Sex denken. Dann malte sie sich aus, wie Cosima und John sich nahe kamen, und wünschte sich, sie wäre bei dem Ausrutscher, von dem Cosima gesprochen hatte, dabei gewesen, und die beiden hätten es nicht als Ausrutscher erkannt, sondern zu Ende geführt. Das alles erregte sie, und sie fragte sich, ob es klug war, sich den beiden Granden zu stellen. Sie fürchtete, sich durch irgendetwas zu verraten und dadurch zu blamieren.

Sie überlegte, ob sie noch einen Rückzieher machen konnte. Sie hätte sich jetzt noch schnell bei ihnen mit der Behauptung melden können, es wäre etwas dazwischengekommen. Doch da erschien John Glennscaul am Eingang und trat mit einem frechen Lächeln näher. Unterwegs schaute er sich im Raum um, als suchte er nach jemandem. Natürlich waren sie hier allein. Dies war nicht der Ort, den sich die Arbeiter leisten oder an dem sie sich an die Regeln halten wollten. Und auch die Offiziere und das andere höhere Personal mieden normalerweise diesen Ort, an dem sonst die Bosse speisten. Aber die Küche war hervorragend, das Personal präzise und freundlich – natürlich besonders zu ihr und ihren Gästen. Kirsten, die Bedienung, empfing John mit einer elegant angedeuteten Verbeugung und wies grazil in Yukas Richtung. Sie führte Glennscaul zu ihr an den Tisch.

»Captain Manderton«, sagte John, und die förmliche Anrede klang aus seinem Mund, als hätte er ihren Vornamen oder sogar einen liebevollen Kosenamen ausgesprochen. »Nochmals danke für die Einladung!«

»Nehmen Sie Platz, Mr. Glennscaul.«

»John. Bitte.«

»Gut, John«, erwiderte sie und bemerkte das verwunderte Gesicht der Bedienung. Ihre blassen Wangen wurden rot. Kirsten hatte recht: Sonst war sie nicht so schnell bei Vornamen und konnte kühl und abweisend sein. »Dann nenn mich bitte nicht mehr Captain, sondern Yuka?« Sie merkte, dass sie es wie eine Frage klingen ließ. Die Bedienung schaute zwischen ihnen hin und her.

Yuka lächelte. »John? Magst du Weißwein?«

»Wenn er gut ist.«

»Uranosischer Weißwein.«

»Von wo?«

»Kronos-4.«

John machte große Augen. »Doch nicht etwa aus District-36?«

Yuka grinste. »Ein Kenner«, sagte sie und blickte Kirsten ins Gesicht. »Steht die Flasche bereit?«

»Ja«, sagte sie, verbeugte sich und zog sich schließlich leise zurück.

»Wie bist du an eine Flasche D-36 gekommen?«, fragte John. »Stehst du auf der Liste?«

»Nicht ich. Aber die Carrender-Foundation. Ich habe letztes Jahr als … *Bonus* eine Kiste bekommen.«

»Dann ist dies ein besonderer Anlass?«

»Eine Kapitänin hat nicht jeden Tag zwei Granden wie dich und Cosima an Bord.«

»Du willst also was von uns.«

Yuka biss sich auf die Lippen. Hitze stieg ihr zu Kopf, und sie konnte nicht anders, als ihn anzustarren und zu lächeln.

»Planst du irgendetwas, oder ist dies das Spiel, mit dem du zur Kapitänin aufgestiegen bist?«

»Letzteres.«

John nickte. »Einige der großen Granden, die Pioniere unseres Geschäftes, haben in der Mitte des 21. Jahrhunderts ähnlich gespielt. Leute wie Yakubu oder Inglewood.«

»Waren das nicht eher Freiheitskämpfer in der Demokratiebewegung?«, fragte Yuka.

John nickte. »Für die einen waren sie Freiheitskämpfer, die im Untergrund Dinge beschafft haben, und für die anderen waren sie Verbrecher. Aber dort in der Demokratiebewegung, auf deren Nährboden die KI-Forschung den Durchbruch schaffte – dort liegen die Anfänge der Schattenkonzerne.«

»Und wie sah das Spiel aus, das meinem so sehr ähneln soll?«, fragte sie und war gespannt auf die Antwort. Sie wusste nur wenig über die Schattenkonzerne. Und was sie über die Demokratiebewegung Mitte des 21. Jahrhunderts wusste, beschränkte sich auf das, was an die Oberfläche gedrungen war.

»Das Spiel ist eigentlich einfach. Du musst freigiebig sein. Du vergibst Gefallen und Hilfe, wie du Kredite vergibst, und erschaffst dadurch Leute, die sich dir verpflichtet fühlen, als hätten sie eine Schuld abzuzahlen. Das hat dich weit gebracht. Du hast selbst gesagt, dass du in Menschen investierst. Das ist das Spiel der Granden.«

»Das heißt, dass wir im Grunde im gleichen Geschäft sind?«

»Nein, denn dir kann man vertrauen.«

»Bist du dir da sicher?«, fragte sie und starrte ihn herausfordernd an.

»Ich liege in solchen Dingen selten falsch«, sagte er mit einem zurückhaltenden Lächeln.

»Das heißt also, ich sollte dir und Cosima nicht vertrauen.«

»Aber du tust es, und ich frage mich, warum das so ist. Ich meine, du kennst unser Geschäft. Hast du keine Angst?«

»Hättest du denn Angst?«

»Ich würde Leuten wie mir und Cosima nicht vertrauen.«

»Was sagt das über mich aus, wenn ich es dennoch tue?«

»Entweder bist du naiv, oder du spielst dieses Spiel auf einem Level, das dich selbstbewusst macht.« Er schaute sich um. »Und naiv bist du nicht.«

»Was ist dein Geheimnis, John Alfred Glennscaul? Du gibst dich offen. Es scheint, als würdest du immer das sagen, was du denkst. Aber jemand wie du kommt nicht in deine Position, ohne andere zu täuschen.«

»Natürlich nicht. Aber mein Geheimnis würde dich überraschen, vielleicht sogar schockieren.«

»Stell mich auf die Probe«, sagte sie und musste schmunzeln, weil sie damit einen Spruch wiederholte, mit dem Cosima vorhin in der Sporthalle auf sie reagiert hatte.

»Es gibt nur wenige, die es wissen«, sagte John.

»Und wir stehen uns nicht nahe genug, dass du es mir verraten willst«, sagte Yuka nickend. »Das verstehe ich.«

John schüttelte den Kopf und wollte etwas sagen, dann aber blickte er an ihr vorbei.

Kirsten kam und brachte den Wein. Yuka war froh darüber. Beinahe wäre eine unangenehme Situation entstanden. Sie hatte sich zu weit vorgewagt.

Als sie die gefüllten Weingläser in Händen hielten und Kirsten sich zurückgezogen hatte, hoffte Yuka, sie könnten nun das Thema wechseln, doch John sagte: »Ich werde dir mein Geheimnis verraten.«

»Warum?«, fragte sie, biss sich auf die Lippen und überlegte, warum sie ihn nicht einfach reden ließ.

»Es ist ein Geheimnis, das nicht einmal Cosima kennt. Würde sie es kennen, würde sie es wahrscheinlich gegen mich verwenden.«

Yuka staunte.

»Die Wahrheit ist, dass ich ein miserabler Lügner bin. Ausweichen und Dinge mit Ironie überspielen – das kann ich gut. Aber ansonsten bin ich ein mieser Lügner. Das heißt, in den entscheidenden Situationen bin ich absolut offen. Das ist dann kein Spiel. In meinem Geschäft rechnet jeder damit, dass du unehrlich bist. Und sie sind nicht im Mindesten darauf vorbereitet, dass du ehrlich bist. Sie glauben immer, da verberge sich etwas. Und wenn sie merken, dass da nichts ist, gehen sie immer noch nicht davon aus, dass du ehrlich warst, sondern vermuten eine noch viel verschlagenere Absicht. Und wenn du dann schweigst und grinst, halten sie dich beinahe für ein Genie.«

»Geschickt«, sagte sie. »Du hast auch mich in die Irre geführt.« Yuka fühlte sich ertappt. Was er gerade beschrieben hatte, ähnelte ihrem eigenen Vorgehen. Sie verbarg gerne eine geschickte Lüge hinter einer offensichtlichen, damit man auf sie aufmerksam wurde und sie für die Wahrheit hielt. »Du lässt also die Wahrheit als Lüge erscheinen«, sagte sie.

John nickte. »Und deshalb konnte ich mich bisher halten.«

»Aber du musst doch auch lügen.«

»Natürlich. Aber es ist so viel einfacher, die Wahrheit zu sagen und sie als Heuchelei oder Lüge erscheinen zu lassen.«

»Das heißt, wenn Lügendetektoren nicht verboten wären, würde es schlecht für dich aussehen«, sagte sie.

»Ich wäre erledigt. Es sei denn, ich hätte ein Gedächtnismodul, mit dem ich mir vorgaukeln kann, dass die Lüge die Wahrheit ist.«

»Gibt es die Dinger wirklich?«, fragte Yuka. Sie hatte Verschwörungstheorien gehört, wonach die sogenannten Lügenmodule nur ein Mythos der KIs seien, um das Verbot von Lügendetektoren zu rechtfertigen.

»Doch, doch. Als ich klein war, hatten wir eines im Konzern. Kannst du dir vorstellen, dass du plötzlich an deine eigene Lüge glaubst?«

»Nein. Das wäre ja wie eine Gehirnwäsche.«

»Die Gedächtnismodule sollten eigentlich bei der Behandlung psychischer Traumata helfen. Natürlich fand man Mittel und Wege, es für andere Zwecke einzusetzen. Und wenn erst einmal die Möglichkeit existiert, jeden Lügendetektor zu umgehen, dann kann man Zeugenaussagen ebenso wenig glauben wie Audio- oder Videoaufnahmen. Mit einem Mal könnte alles eine Fälschung sein.«

»Und hast du es je benutzt?«

Er schüttelte den Kopf. »Das war mir zu gruselig. Als ich das Sagen hatte, habe ich das Ding verkauft.«

»Und wenn sie die Lügendetektoren wieder erlauben?«

»Dann bleibt mir immer noch das Schweigen.«

»Und mit welcher Frage könnte ich dich zum Schweigen bringen, John?«, sagte sie.

»Ich würde dir auf alles antworten, Yuka«, sagte er und lächelte sie mit hochgezogenen Augenbrauen an, als flehte er darum, dass sie seine Offenheit nicht ausnutzte.

»Und wenn ich dich nach Cosima frage?«

»Dann fällt mir die Antwort leicht«, erklärte er.

»Du liebst sie doch, oder?«

John lachte. »Nein. Wir sind Feinde.«

Sie konnte nicht sagen, ob das die Wahrheit war. Vielleicht kannte sie ihn dazu nicht gut genug. »Sie ist eine beeindruckende Frau«, erklärte sie.

John hob die Hand. »Ich weiß, wie sie auf andere wirkt. Aber wir haben viel durchgemacht, und ich kann sie nicht unbefangen ansehen. Aber ich gebe zu, dass es sich etwas verändert hat. Doch wenn wir wieder auf Pandaros-3 sind, wird alles wie vorher sein. Dafür wird sie sorgen. Sie kann nicht anders.«

»Cosima hat mir von eurem Ausrutscher erzählt«, sagte sie und wartete auf eine Reaktion. John spitzte die Lippen und nickte anerkennend. »Auch sie muss dir vertrauen. Es wundert mich, dass sie es dir gesagt hat. Ich hatte das Gefühl, dass sie sich dafür schämt.«

»Und du?«

»Schämen, nein. Wir waren lange isoliert, und natürlich haben wir uns nach Nähe gesehnt. Aber wir sind beide klug genug, um zu erkennen, dass es falsch war.«

»Faszinierend. Bei solchen Feindschaften ist oft sexuelle Gewalt im Spiel.«

»Das ist das Einzige, worauf wir stolz sein dürfen. Dass wir es einfach abgebrochen haben und es nicht in Gewalt umgewandelt haben.«

Sie glaubte ihm, war aber noch nicht überzeugt, ob er wirklich so offen war, wie er es erscheinen ließ. »Hat Sex zwischen euch nie eine Rolle gespielt?«, fragte sie.

»Würde ich nicht sagen. Wir ziehen uns gerne gegenseitig auf. Es hat Gründe, warum es keine Rolle spielen kann.« Ein Ausdruck von Verzweiflung huschte über Johns Gesicht, und dann schluckte er. Und als wollte er es irgendwie rechtfertigen, nahm er einen kleinen Schluck aus seinem Glas. »Der Wein ist köstlich«, sagte er mit glänzenden Augen. Und während sie sich fragte, was wohl in der Vergangenheit zwischen ihm und Cosima lag, sagte er: »Ich glaube, ich wüsste ihn nicht so sehr zu schätzen, wenn ich nicht die letzten zwei Jahre auf dem Frachter verbracht hätte.«

Yuka nickte, und ein Lächeln seinerseits kam ihr wie ein Dankeschön vor, dass sie nicht weiter nach ihm und Cosima fragte. »Ich lasse dir eine Flasche auf dein Zimmer bringen«, sagte sie.

Er musterte sie lange.

»Was ist?«, fragte sie.

»Du bist die Kapitänin, und ich bin mir nicht sicher, ob ich die Frage stellen sollte.«

»Frag einfach.«

»Was immer es auch ist?«

Sie nickte.

»Ich habe dir von meinem Sexleben erzählt. Wie wäre es, wenn du mir von deinem erzählst?«

»Ich … ich fragte nur, weil Cosima und du wie ein Paar gewirkt habt. Und ihr seid attraktive Leute. Ich meine …«

»Du willst nicht. Ist in Ordnung.«

»Nein, nein. Du hast recht. Was willst du wissen?« Ihr Herz pochte. Kein Mann, der auch nur annähernd für sie in Betracht kam, hatte sich ihr je so schnell angenähert.

»Hätte ein Grande je eine Chance bei dir?«, fragte er.

»Das müsste schon ein besonderer Grande sein«, antwortete sie. Sie merkte sofort, dass sie seinem Blick ausgewichen war, und sah ihm rasch wieder ins Gesicht, damit er bloß nicht an ihrem Selbstbewusstsein zweifelte. Dabei kam sie sich wie ein Teenager vor und schämte sich für ihre Unsicherheit. War sie nicht eine erfahrene Frau? Hatte sie nicht schon genug erlebt? Hatte sie nicht Männer und Frauen erobert? Sie hätte ihm geradeheraus ihre Bedingungen darlegen können. Er wäre Wachs in ihren Händen gewesen. »Es müsste ein Grande sein, der geduldig ist«, sagte sie. »Und du musst doch wohl der geduldigste Mensch im ganzen Sonnensystem sein. Ein Blick auf Cosima, und das ist jedem klar.«

»In den letzten zwei Jahren habe ich das Ausmaß meiner Geduld kennengelernt«, sagte John.

»Solche Granden mag ich«, sagte sie.

»Dann werde ich dich nicht enttäuschen.«

In diesem Augenblick sah sie Cosima, die am Eingang erschien. Die Grande sah beeindruckend aus. Woher hatte sie nur das Kleid – dieses schwarz-weiße Kleid?

Yuka erhob sich, um Cosima zu empfangen, und sofort herrschte eine andere Atmosphäre am Tisch. John musterte seine Gegenspielerin kurz und begrüßte sie mit einem Nicken.

»Ihr sitzt hier wie ein Pärchen«, sagte Cosima und nahm Platz. Kirsten war sofort da und goss Cosima einen Wein ein.

»Was blieb uns anderes übrig, wenn eine gewisse Grande dazu neigt, zu spät zu kommen?«, entgegnete John.

»Das heißt, wenn ich noch später gekommen wäre …«

»Hätten wir wahrscheinlich Händchen gehalten«, sagte Yuka. Und dann hob sie ihr Weinglas. »Auf diesen Abend, auf die Ruhe vor dem Sturm. Feiern wir eure Rettung!«

Sie stießen an und tranken. Und Cosima schloss die Augen. »Ein wunderbarer Wein. Von der Erde?«

John lachte leise und zog Cosimas düsteren Blick auf sich.

»Von Kronos-4«, sagte Yuka.

Cosima nickte anerkennend. »Nicht schlecht. Wir sind also Ehrengäste.«

»So ist es.«

»Und ich dachte, ich könnte meinem lieben Johnny aus dem Weg gehen. Aber dir zuliebe habe ich meine Pläne geändert.« Sie musterte John von oben bis unten. »Was ist los? Hat sie dich abblitzen lassen?«, fragte sie. Und Yuka war erstaunt, wie zielsicher Cosima den Finger in die Wunde legte.

»Natürlich, Cozy. Sie ist eine Dame und zugleich der Captain dieses Schiffes.« In diesem Moment wünschte Yuka sich, sie hätte ihn nicht vertröstet, sondern ihm offen klargemacht, dass sie hier und jetzt an ihm interessiert war.

»Lasst uns bestellen«, sagte Yuka, und Kirsten öffnete den Schirm ihres Card-Computers. Sie hätten die Bestellungen auch über ihre Patches aufgeben können, aber hier setzte Yuka auf persönlichen Kontakt. Das war einer der Gründe, warum viele das Restaurant mieden, die einfach nur per Patch bestellen und ihre Speisen am liebsten von einem Roboter geliefert bekommen wollten.

Yuka sah mit Freude, dass die Granden den Kontakt zu Kirsten suchten. Cosima fragte sie nach ihrem Namen, und John stellte ihr Fragen zum Angebot, zur Herkunft der Zutaten und zur Zubereitung, die Kirsten alle beantworten konnte. Er ließ sie mit ihrem Wissen glänzen und dankte ihr dann dafür. Das Strahlen auf Kirstens Gesicht machte Yuka neugierig auf die Zustände in den Schattenkonzernen der beiden Granden. Sie wussten genau, wie sie das Selbstwertgefühl ihres Gegenübers stärken konnten.

Cosima bestellte Zander und Krebse in Riesling, John Rehpörkölt mit Nockerln und Yuka eine gegrillte Goldbrasse.

Nachdem Kirsten sich zurückgezogen hatte, sagte er: »Ich habe vergessen zu fragen: Das Fleisch ist doch synthetisch, oder?«

Yuka lachte. »Ja. Natürliches ist zu teuer und zu schlecht. Manche behaupten zwar immer, dass natürliches Fleisch besser wäre, aber das kann man ja testen. Und dann kommt heraus, dass das alles nur Einbildung ist.«

»Wollen denn viele natürliches Fleisch?«, fragte John.

»Ab und zu fragt mal einer danach. Und du glaubst nicht, wie viele von *echtem* und *unechtem* Fleisch sprechen. Dabei ist das synthetische genauso echt – nur eben ohne all die Nachteile der Tierhaltung. Aber alles andere – von Fisch über Schalentiere bis hin zu Obst und Gemüse – ist natürlich.«

»Und?«, fragte Cosima. »Kochmodul oder Küchenchef?«

Yuka lachte und winkte die Granden näher. Sie fuhr den Schirm ihres Patches aus und griff auf die Kameras in der Küche zu, wo man den Händen eines Kochs zusehen konnte, der den Teig für die Nockerln formte. »Ihr könnt jederzeit zuschauen, wie es gemacht wird. Aber natürlich benutzen wir für manche Sachen Kochmodule und andere Hilfen.«

Nachdem Yuka ihnen von ihren Erfahrungen mit den Gästen erzählt hatte und den Schlüssen, die sie aus deren Wünschen gezogen hatte, stießen sie erneut auf ihre Rettung an.

Cosima lächelte. »Bist du sicher, dass du diesen Abend mit uns verbringen willst?«, fragte sie.

»Bisher ist es doch ganz gut verlaufen«, sagte Yuka.

»Aber das war ja nicht zu erwarten. Du willst doch irgendwas. Sonst würdest du zwei wie uns nicht gleichzeitig an einen Tisch bitten.«

»Vielleicht liebe ich es, zwei Streithähne zu beobachten«, entgegnete Yuka. »Es ist mir immer noch ein Rätsel, wie ihr zwei Jahre gemeinsam in Isolation verbringen konntet. Ich gebe zu, dass ich fasziniert bin.«

»Von uns?«, fragte Cosima.

»Ihr seid Granden. Und ich bin neugierig. Und … ich frage mich, ob es zwischen euch nicht irgendeine Einigung geben kann.«

»Du willst also vermitteln«, sagte John und schaute Cosima fragend an.

Die Grande lächelte schief. »Du glaubst also, uns irgendwie retten zu können – und zu zähmen wie wilde Tiger.«

Yuka war bereit, ihren Plan zu offenbaren. »Ich sehe zwei Personen mit viel Potenzial und Ausstrahlung. Zwei Personen, die ihr Geschäft kennen und auch einander gut einschätzen können; die aber viel Energie darauf verschwenden, gegeneinander zu arbeiten. Die zwei Jahre hätten euch doch zeigen müssen, dass ihr gemeinsam etwas erreichen könnt.«

»Das Problem sind unsere Ziele«, sagte John. »Was wir erreichen wollen, lässt keinen Platz für den anderen. Nur einer von uns kann dorthin.«

»Und ich glaube, genau an dieser Stelle irrt ihr euch«, sagte Yuka. »Ja, ihr seid ambitioniert. Aber habt ihr euch je gefragt, warum ihr euch wirklich so lange auf Pandaros-3 habt halten können?« Sie blickte Cosima in ihre dunklen Augen. »Es war sicherlich nicht nur Ignoranz. Ihr kennt euch von früher. Ihr seid nebeneinander aufgestiegen.«

»Ja«, antwortete Cosima. »Und wärst du dabei gewesen, hättest du nie geglaubt, dass wir uns irgendwann einmal bekämpfen könnten. Aber es sind Dinge geschehen, die uns verändert haben. Am Anfang sieht man vielleicht noch Wege zu einer Einigung, aber mit der Zeit fügt man einander so viel Schmerz zu, dass die Wege blockiert sind.«

»Wir reden von Todesopfern«, fügte John hinzu.

Yuka nickte. »Es ist also etwas Emotionales?«

»Auch«, antwortete Cosima. »Aber es ist auch offensichtlich, dass wir einander schaden.«

»Vertraut ihr mir?«, fragte sie.

»Ja«, sagte John.

»Ich weiß nicht, warum John dir vertraut«, sagte Cosima. »Das macht mich stutzig. Euer Gespräch eben muss sehr schnell sehr tief gegangen sein.«

»Nur nicht eifersüchtig werden, Cozy«, sagte John leise.

»Jedenfalls vertraue ich dir auch«, erklärte Cosima.

»Dann tut mir einen Gefallen. Ihr werdet das Geld für den Frachter von mir bekommen. Ich zahle es auf ein Konto ein, das ihr gemeinsam nutzt. Davon kauft ihr euch gemeinsam ein Schiff. Ihr verbringt die Auktionswoche hier als meine Gäste und versucht miteinander auszukommen. Arbeitet zusammen. Kauft und verkauft Dinge. Macht Geschäfte, ohne euch an die Kehle zu gehen. Bemüht euch. Und wenn es Probleme gibt, kommt ihr zu mir. Und schließlich kehrt ihr gemeinsam heim.«

»Wird das so etwas wie eine Kurztherapie?«, fragte Cosima.

»Im Grunde ja. Auf dem Frachter ging es ums Überleben, aber hier handelt ihr aus freien Stücken. Niemand verlangt von euch, dass ihr aufhört, übereinander zu spotten. Aber für diese eine Woche möchte ich, dass ihr so tut, als wäret ihr Verbündete. Würdet ihr das machen?«

John schaute zu Cosima. Sie wich erst seinem Blick aus, fixierte ihn dann aber. »Eine Woche?«, fragte John. »Kein Problem.«

Cosima nickte. »Aber was machen wir, wenn wir – und das wird zweifellos passieren – in einen Streit geraten? Wirst du dann *wirklich* vermitteln?«

»Das werde ich. Aber ich warne euch. Wenn ich vermittle, könnte das Ergebnis euch beiden missfallen.«

»Verstehe«, sagte Cosima und fixierte John.

»Was?«, fragte John grinsend.

»Ich dachte, wir wären einander los.«

»Keine Sorge, Cozy, die eine Woche kriegen wir auch noch rum. Eine Woche Shopping mit dir? Klingt verrückt, könnte aber funktionieren.«

Cosima schüttelte den Kopf. »Du nimmst das nicht ernst, oder? Du sitzt das auf einer Backe ab, und nächste Woche auf Pandaros-3 geht alles so weiter wie vorher. Hast du verstanden, was Yuka will? Hast du das wirklich kapiert?«

John nickte langsam, und das Lächeln verging. »Sie möchte, dass wir nachholen, was wir in unserer Unfähigkeit in den zwei Jahren nicht hinbekommen haben.«

Yuka fasste die Hände der beiden Granden. »Ich möchte, dass ihr nicht nach Pandaros-3 zurückkehrt und binnen kürzester Zeit wieder da landet, wo ihr hergekommen seid. Nur so eine Idee: Habt ihr mal überlegt, gemeinsam ein legales Unternehmen zu gründen? Nichts, bei dem ihr ständig vor Ort sein müsst. Ein geheimes Ding, bei dem ihr aus der Ferne die Geschicke lenkt.«

»Darüber habe ich aus gutem Grund noch nie nachgedacht«, sagte John.

»Was sollte das bringen?«, fragte Cosima.

»Gewinn. Ich bin mir sicher, dass ihr, wenn ihr zusammenarbeitet, ein solches Unternehmen nutzen könntet, um gemeinsame Ziele zu erreichen.«

»Und was hast *du* davon?«, fragte Cosima.

»Ich erkenne Talent, wenn ich es sehe«, antwortete Yuka. »Ich würde mich an einem solchen Unternehmen beteiligen.«

»Und als Vermittlerin für uns fungieren?«

»Natürlich.«

»Also würde dieses Unternehmen so eine Art Therapieobjekt sein?«, fragte John.

»Wenn du es so sehen willst.«

Cosima zuckte mit den Schultern. »Es ist nicht schwer, ein kleines Unternehmen aufzubauen, ohne dass irgendwer weiß, wer die Bosse sind.«

»Ich schlage euch Folgendes vor: Ihr verbringt die Woche

hier, kehrt dann in aller Ruhe nach Pandaros-3 zurück, und irgendwann melde ich mich bei euch, und ich werde das Unternehmen aufsetzen, und ihr werdet einsteigen. Ich halte mich zurück, aber es muss unbedingt legal sein.«

»Keine Grauzonen?«, fragte John mit großen Augen.

Yuka wiegte den Kopf hin und her. »Es gibt keine Unternehmen, die ohne ein paar Grauzonen auskommen. Aber ich meine damit, dass ihr nicht eurem üblichen Geschäft nachgeht.«

»In Ordnung«, sagte John.

»Wir können es versuchen«, fügte Cosima hinzu. »Falls diese Auktionswoche nicht in einer Katastrophe endet.«

Yuka grinste. »Wenn ihr gleich das Essen bekommt, werdet ihr eure Streitigkeiten vergessen, und wenn ihr die Möglichkeit habt, jeden Abend hier zu essen, dann wird die Woche ein Spaziergang.«

Beide lächelten gequält, nickten aber.

Yuka zweifelte selbst daran, dass es gut gehen könnte. Aber falls es gelang und falls sie diese beiden brillanten Menschen für sich gewinnen und mit ihnen etwas auf die Beine stellen könnte, dann würde sie es als Triumph betrachten.

Chimaira & Triptycian

John saß in dem stillen Bistro und wartete auf Cosima. Yuka hatte diesen automatisierten Ort empfohlen. Die Crew kam so gut wie nie hierher; hier konnten sie sich den letzten Tag, bis sich die Pforten für die ersten Gäste öffneten, treffen und verhandeln. Yuka! John lehnte sich in dem halbhohen Sessel zurück und schüttelte den Kopf. Diese Yuka hatte ihn tatsächlich um den Finger gewickelt. Sie hatte ihn durchschaut und gewusst, dass er ihr den Wunsch nicht abschlagen konnte. Aber warum hatte Cosima sich auf die Sache eingelassen?

Als Cosima mit ruhigen Schritten herankam, vermutete John, dass irgendetwas zwischen ihr und Yuka vorgefallen war. In der Sporthalle hatten sie miteinander gesprochen, und er zweifelte nicht daran, dass die Kapitänin einen ähnlichen Effekt auf Cosima gehabt hatte wie auf ihn.

Doch so, wie John annahm, dass zwischen Yuka und Cosima etwas vorging, so vermutete Cosima etwas zwischen Yuka und John. Auch sie war misstrauisch, was den Plan der Kapitänin anging, aber sie war bereit mitzuspielen. »Wir müssen wahnsinnig sein«, sagte sie und setzte sich ihm gegenüber in den Sessel.

»Es kann nicht am Wein liegen«, sagte er. »So viel hatten wir nicht.«

»Yuka ist eine kleine Schlange. Gibt sich offen und harmlos, aber in Wirklichkeit hat sie das die ganze Zeit geplant. Die weiß, wie sie vorankommt. Sie wäre eine gute Grande.«

»Kein Zweifel. Aber ich glaube nicht, dass sie so berechnend ist«, sagte John. Er hatte vielmehr den Verdacht, dass ihr Vorgehen seinem ähnelte. Sie hatte sofort verstanden, was er gemeint hatte, und ihre Fragen wirkten im Nachhinein beinahe ironisch; ganz so, als fragte sie nach etwas, das sie längst wusste, als wollte sie ihn darauf aufmerksam machen.

»Du meinst also, dass ihr was an uns liegt?«, fragte Cosima und dachte an ihr Gespräch mit Yuka im Sportbereich. »Fasziniert wirkte sie schon.«

»Und interessiert.«

»Du sagtest doch, dass sie dich hat abblitzen lassen.«

»An *uns* interessiert, meine ich. Wir beide sind ihr ein Rätsel.«

»Also? Wie gehen wir vor? Ich meine: Wir hatten zwei Jahre, aber wir waren so klug, solche Gespräche zu vermeiden.«

»Die Spiele haben geholfen«, sagte John. »Gegen dich zu spielen, fühlte sich richtig an. Und gemeinsam mit dir etwas zu reparieren, fühlte sich so falsch an.«

»Wenn wir wieder zu Hause sind, dürfen wir das niemandem sagen.«

»Was?«

»Dass wir so lange auf der *Vanya-17* waren, ohne zu einem Ergebnis zu kommen. Keiner wird verstehen, dass es vielleicht nur deshalb funktioniert hat, weil wir nicht versucht haben, irgendetwas zu klären. Wir haben im Augenblick existiert und getan, was getan werden musste.«

»Kommen wir direkt zum Punkt«, sagte John und strich mit den Fingerspitzen über den Tisch. »Wie überwinden wir all die Toten, mit denen unser Weg gepflastert ist? Wenn es nur eine Rivalität wäre, hätten wir uns wahrscheinlich längst vertragen. Aber ich muss an so viele denken, die durch dich und deine Befehle gestorben sind – und auch an die, für deren Tod ich verantwortlich bin. Wäre es ein Krieg zwischen Militärs, wäre es leichter zu ertragen, dass so viele tot sind. Wir hätten es damals verhindern können und haben wegen unserer Ambitionen den Spielraum nicht genutzt.«

»Ich kann dir das nicht vergeben, John. Ich habe das Gefühl, Verrat zu begehen. Allein die Tatsache, dass ich hier mit dir sitze!« Aber auf der *VANYA-17* *hatte* sie ihm beinahe vergeben. Sie *hatte* nicht mehr den Feind in ihm gesehen.

»Ich weiß, was du meinst«, sagte John. »Aber dann denke ich manchmal, dass all das, was wir uns angetan haben, der eigentliche Verrat war. Dass ich weniger für den Tod deiner Leute verantwortlich bin als für den meiner eigenen, die meinen Befehlen gehorchend oder im Glauben, in meinem Sinne zu handeln, losgezogen sind. Und dann denke ich: Ja, *ich* könnte Cosima vergeben, aber vielleicht kann ich mir selbst nicht vergeben.«

»Irgendjemand muss für all die Toten geradestehen. Wenn wir es uns gegenseitig nicht auflasten können, dann bleibt die Schuld nur bei uns selbst.«

»Wie ich das hasse, Cozy!«

»Hier mit mir zu sitzen?«, fragte sie.

»Dass wir in der Zwickmühle stecken.«

»Vielleicht hilft das«, sagte Cosima und tippte auf ihren Patch. »Drei Millionen Dollar.«

»Für die *VANYA-17*?«

Cosima nickte.

»Nicht schlecht. Ein kleines Schmuckstückchen müssten wir dafür kriegen können.«

»Und was machen wir damit, wenn wir auf Pandaros-3 sind?«

»Einlagern oder verkaufen«, sagte John.

»Wir könnten das Geld nehmen und das Unternehmen gründen, von dem Yuka gesprochen hat.«

»Du willst das also wirklich durchziehen?«

Cosima stutzte. »Du etwa nicht? Willst du mir erzählen, dass du ihr zusagst, dann aber einen Rückzieher machst?«

»Ich habe mich da vielleicht zu etwas verführen lassen. Ich sehe aber einfach nicht, wie wir das gemeinsam hinkriegen sollen.«

»Triptyx«, sagte Cosima.

»Was?«

»So wie wir Triptyx hinbekommen haben. Das hat doch Spaß gemacht, oder?«

John legte den Kopf schief. »Schon.«

Cosima nickte und machte große Augen. »Die ganzen Spiele, die wir gespielt haben. Das war nicht schlecht.«

John überlegte und strich sich über die rasierten Wangen. »Du meinst, dass wir dieses Unternehmen als ein Spiel sehen können.«

»Wenn wir es aus der Ferne lenken, wird es für uns genauso sein wie ein Spiel.«

»Das wäre immerhin ein Ansatz«, sagte John. »Aber Voraussetzung ist, dass wir diese Woche überstehen, Cozy.«

»Mein lieber, lieber Alfie. Eine Woche mit dir Geld ausgeben: Das werde ich gerade noch überleben.«

»Meinst du, Yuka hat recht? Dass wir gemeinsam etwas bewegen können?«

»Zumindest würde das den anderen Konzernen Angst machen. Amberson und Glennscaul zusammen. Die würden wie die Hasen laufen.«

»Es würde natürlich schiefgehen, Cozy.«

»Natürlich, ... Alfie. Wir würden Schwierigkeiten bekommen mit unseren Leuten. Selbst wenn wir die jeweilige Schuld auf uns nähmen und irgendwie zurechtkämen, würden unsere Leute uns die Hölle heißmachen. Besonders die Alten. Die würden uns an die Notwendigkeiten erinnern.«

»Du denkst an Spencer«, sagte John.

Cosima nickte. Spencer Haverly war ihr Mentor gewesen. Er hatte ihr das Geschäft beigebracht und überhaupt erst darauf gedrängt, die Verbindung zu John zu nutzen, um in ihren eigenen Reihen aufzusteigen. Und er hatte ihr klargemacht, dass John sie vernichten werde, falls sie keine Stärke zeigte. Sie vermisste ihn – und hätte sich nun gerne auf seinen Rat gestützt. »Die Alten haben uns die Realität vor Augen geführt.«

»Du meinst, sie haben unsere Ideale zertrümmert und

uns zu dem gemacht, was wir jetzt sind«, sagte John. Er bedauerte es inzwischen, auf den Rat der Alteingesessenen in seinen Reihen gehört zu haben. Und er fragte sich, was geschehen wäre, wenn er und Cosima ihren Idealen treu geblieben wären – wenn sie es besser gemacht hätten als ihre Vorgänger.

»Spencer würde verstehen, dass sich was ändern muss«, behauptete Cosima.

John schüttelte den Kopf. »Nein, Amy würde es verstehen. Und bei mir würde es Trent verstehen, vielleicht auch eine Handvoll anderer. Aber die Alten nicht. Es würde bedeuten, dass sie Jahrzehnte auf einem falschen Weg unterwegs gewesen sind.«

»Dann müssen wir es geheim halten. Zumindest vor den meisten«, sagte Cosima.

John atmete tief durch.

Cosima grinste. »Das schmeckt dir nicht. Deine Leute zu belügen.«

»Cozy. Was ich mit dir hinter verschlossenen Türen mache, geht die nichts an. Aber Trent würde ich schon davon erzählen. Falls er noch lebt.«

»Er hat die Schlacht überlebt«, erklärte Cosima. »Ich habe mal nach unseren Unternehmen geschaut. Meines ist recht oft in Erscheinung getreten. Als ob sie die Öffentlichkeit unbedingt davon überzeugen wollten, dass ich noch die Geschicke von Amberson Unbound lenke. Sehr clever. Ist bestimmt auf Amys Mist gewachsen.«

John nickte. Amy Mendelowski war eine brillante Strategin, deren Pläne ihn und Trent oft an den Rand der Verzweiflung getrieben hatten.

»Jedenfalls bin ich bei meinen Recherchen auch über Amy und Trent gestolpert. Die haben an einem Wettbewerb teilgenommen. Ein Strategiespiel, das vom Nachtglanz-Kartell gefördert wurde. Sind aber nicht bis in die letzte Runde gekommen.«

»Gut zu wissen, dass die beiden das Chaos überstanden

haben. Aber glaubst du wirklich, es ist klug, dass deine Leute Schlagzeilen mit dir machen?«

»Es ist eine Gratwanderung. Aber es gibt keine Haftbefehle, nicht mal ernsthafte Anschuldigungen. Und wenn ich wieder an Bord bin, werden wir schön wieder auf Tauchstation gehen. Und dann können wir unser Projekt durchziehen.«

»Ich würde es Trent anvertrauen«, sagte John. »Ich muss.«

»Und ich würde Amy einweihen.«

John lachte leise. »Vielleicht nehmen wir beide uns zu wichtig. Natürlich würde der Hass, der mir von deinen Leuten entgegenschlägt, sich rasch gegen dich wenden, wenn bekannt würde, dass wir auch nur hier sitzen und über diese Dinge reden. Aber die Vorstellung, unser kleines Projekt könnte bedeuten, dass Trent und Amy zusammenarbeiten – das hat was Reizvolles.«

Cosima leckte sich über die Lippen. »John. Das ist das Schärfste, das du in den letzten zwei Jahren zu mir gesagt hast.«

»Trent und Amy?«

Cosima nickte. »Trent und Amy. Hast du nie darüber nachgedacht? Die beiden wären ein heißes Paar.«

»Tut mir leid, Cozy. Meine Sexfantasien beziehen sich meist auf mich selbst, seltener auf andere.«

»Du bist eben ein Egoist, der König der Solomissionen.«

»Natürlich, und du bist die personifizierte Empathie.«

»Amy und Trent zusammenarbeiten zu sehen«, sagte Cosima, »dafür würde ich manches Opfer bringen.«

John starrte ins Leere.

»Was ist los?« Sie musste lachen. »Du stellst dir vor, wie Amy und Trent als Paar wären.«

John schüttelte den Kopf. »Vielleicht später. Ich stelle mir vielmehr vor, dass Yukas Einfall vielleicht die genialste Idee ist, die je an mich herangetragen wurde. Ein Unternehmen, das überhaupt nicht auf Vertrauen basiert, sondern auf Misstrauen und Rivalität – mit einer Mediatorin und zwei Wächtern, die mit allen Wassern gewaschen sind. Ich möchte dies – du möchtest das. Amy und Trent versuchen das unter einen Hut zu bringen. Und wenn nichts weiterhilft, entscheidet Yuka.« Er starrte ins Nichts. »Das könnte funktionieren.«

»Und wenn nicht, dann ist es eben so.«

John schaute sie misstrauisch an. »Was, wenn es zu gut funktioniert?«

Cosima grinste schief. »Dann sahnen wir ab und lassen alles weiterlaufen, um später *wieder* abzusahnen.«

John blickte ihr ernst entgegen. »Du weißt, was ich meine.«

»Was, wenn es größer wird als unsere Schattenkonzerne? Das meinst du.«

»Yuka würde das bestimmt nicht gerne hören. Aber am Ende könnte ein solches Unternehmen nichts anderes sein als das legale Gesicht unserer Schattenkonzerne.«

»Phase 4«, sagte Cosima und dachte an ihre großen Pläne, die sie als Teenager geschmiedet hatten.

»Du hast es nicht vergessen«, erwiderte John mit verwunderter Miene. Sie hatten sich damals vorgenommen, ihre Schattenkonzerne irgendwann zu Unternehmen zu machen, die komplett legal operierten.

»Natürlich nicht. Phase 4 wäre möglich, wenn das klappt. Aber jeder Schritt in diese Richtung ist immer kläglich gescheitert. Der Schlüssel wäre die Geheimhaltung.«

»Wir werden es also tun?«, fragte John und hielt ihr die Hand hin.

Cosima musterte die Hand, als klebte etwas Ekelhaftes an ihr, dann aber schaute sie ihm in die Augen und lächelte ihn an. »Die Chance, für all das, was ich mit dir durchmache, entschädigt zu werden, lasse ich mir nicht entgehen.« Sie schlug ein. »Und wenn es ein Reinfall wird, bin ich nicht enttäuscht.«

»Cozy«, sagte John. »Ich habe keine Angst davor, dass es

ein Reinfall wird. Der Gedanke, dass es klappen könnte – der macht mir Angst.«

Sie zogen ihre Hände zurück. Cosima schüttelte den Kopf. »Du beleidigst mich.«

»Ich bin gut darin.«

»Du beleidigst mich, weil ich nicht glauben kann, dass so ein Angsthase wie du mich so lange beschäftigen konnte.«

»Das sagt mehr über dich aus als über mich. Ich stehe zu meinen Ängsten.«

»Ich glaube dir kein Wort. Du tust nur so. Ich glaube inzwischen, dass du vor gar nichts Angst hast.«

John grinste. »Und genau das, Cozy, wollte ich die ganze Zeit erreichen.«

Cosima stutzte. »Ich kenne dich so lange, und irgendwie komme ich nicht dahinter, wie du tickst.«

»Frag Yuka. Sie hat nach fünf Minuten gewusst, wie ich ticke. Das Problem mit dir ist, dass du mir nicht glaubst – mir nicht vertraust.«

»Und Yuka hat dir vertraut?«

»Sie hat mir geglaubt, was ich ihr sagte. Aber wenn ich es dir sage, dann würdest du mir das niemals glauben.«

Cosima faltete die Hände. »Gut. Ich bin bereit, die große Offenbarung des legendären John Alfred Glennscaul zu hören.«

»Es ist ganz einfach«, sagte er. »Ich tue nicht so. Die meiste Zeit sage ich dir geradeheraus, was ich will und was ich denke. Und ich sehe mit Genugtuung, wie du und andere das nicht erkennen.«

Cosima musterte ihn lange. Sollte sie sich so sehr in ihm getäuscht haben? »Du hast auch schon gelogen.«

»Die Wahrheit ist, dass ich ein *miserabler* Lügner bin. Aber das merkt niemand, weil man glaubt, dass ich die ganze Zeit lüge.«

»Okay. Ein Test: Hast du es bedauert, dass wir unseren Ausrutscher nicht zu Ende gebracht haben?«

Er zögerte. Er wollte es ihr nicht sagen. Aber er hatte das

Gefühl, dass sie es längst wusste. Und die meisten Frauen nahmen von Männern an, dass sie Sex niemals bedauerten. »Im ersten Augenblick nicht. Da war ich erleichtert. Dann aber habe ich es unendlich bedauert. Und später habe ich mich gefragt, ob wir es nicht genauso gut hätten zu Ende bringen können. Dann hätte sich der Ausrutscher gelohnt. Und dann fragte ich mich, ob das nur ein Vorwand war, weil es mir wirklich gefallen hat. Und jetzt …«

»Und jetzt?«

»Und jetzt macht es keinen Unterschied.«

»Würdest du es noch mal so weit kommen lassen?«

»Es wäre ein noch größerer Fehler. Nein. Nicht so, wie es jetzt ist.«

»Du schließt es aber nicht aus.«

»Da ich es vor unserem Ausrutscher für unmöglich gehalten hätte, würde ich aufgrund der Erfahrung niemals nie sagen. Das wäre nach allem mehr als leichtfertig.«

»Hast du jemals etwas für mich gefühlt?«, fragte Cosima.

John grinste. »Du nutzt die Gelegenheit jetzt aber schamlos aus.«

»Ich meine es ernst, John.«

»Gut. Als ich dich zum ersten Mal gesehen habe, war ich furchtbar in dich verliebt. Und auch als wir diese großen Pläne geschmiedet haben, war da was. Aber dann hast du dich mit Garrick eingelassen. Und ich war enttäuscht. Nicht, dass du mich nicht in Betracht gezogen hast, sondern weil du ausgerechnet mit ihm zusammengekommen bist.«

»Echt? Ich hatte den Eindruck, dass du nur Augen für Masako hattest. Die spielte aber nur mit dir. Und sie war eine Freundin von mir.«

»Jedenfalls war es da mit den Gefühlen vorbei.«

»Ist dir klar, dass du mir gegenüber noch nie so offen warst?«

»Und du?«

Sie erhob sich. »Ich, mein lieber Alfie, bin eine verschlossene Frau. Auch wenn es sonst anders erscheint. Und ich kann dir nur sagen, dass du damals in einem entscheidenden Augenblick unaufmerksam gewesen bist.«

Er blickte an ihr hoch. »Was?«

»Du hast mich zurückgewiesen, als ich mich offensichtlich an dich heranmachen wollte. Weißt du noch? In dem Augenblick war mir alles egal, und du hättest mich haben können.«

»Ist das wirklich passiert?«

»O ja, John. Wir hatten über unsere Pläne geredet, und ich habe gefragt, ob wir all das, was wir uns vorgenommen haben, nicht gemeinsam machen wollten. Du hast gezittert und Unsinn geredet. Und ich habe gesagt, dass du es ewig bereuen würdest, wenn du mich zurückweist. Du hast nichts getan. Also bin ich gegangen.«

»Ich war überfordert. Das hat mich aus heiterem Himmel getroffen.«

»Aber du warst doch interessiert.«

»Ja.«

»John«, sagte sie grinsend und kopfschüttelnd. »Du hattest mich. Du hattest mich sicher.«

»Es hätte nicht funktioniert.«

»Natürlich nicht. Wir hätten unsere Pläne nicht so durchziehen können. Aber wir hätten damals eine Grundlage legen können für ein Verhältnis, das nicht dahin führte, wo wir beinahe umgekommen sind. Unser Ausrutscher auf der *Vanya-17* war ein Fehler. Aber dass wir damals nicht zusammengekommen sind – nicht mal für eine Weile oder insgeheim –, das war vielleicht der größere Fehler. Jetzt ist es natürlich zu spät.« Sie schüttelte den Kopf. »Ich kann gar nicht glauben, was ich damals für dich empfunden habe. Und ich bin entsetzt, dass du das Gefühl erwidert hast. Wie konntest du mich da zurückweisen?«

»Ich dachte, das wäre nie passiert.«

»Ich gebe zu, du hattest etwas getrunken.«

Johns Blick wanderte suchend umher. »Kennst du das: Du kommst jemanden sehr nahe, und dann am nächsten Tag fragst du dich, ob es wirklich passiert ist? Und dann bist du dir sicher, dass es nur Einbildung gewesen sein kann.«

Cosima wartete, bis er ihr wieder ins Gesicht schaute, und sagte: »Ja, ich war schon mal verliebt.«

John schüttelte den Kopf. »Ich hatte das verdrängt.«

»Ich hätte vielleicht nicht lockerlassen sollen.«

»Und ich glaube, wir hätten es nicht ansatzweise so weit gebracht. Wir hatten Glück.«

»Ich war jedenfalls damals schnell über dich hinweg«, sagte Cosima. »Und du doch auch. Helena ist auf dich aufmerksam geworden, und wer könnte neben ihr bestehen?«

»Für die Zeit, die es gedauert hat, war es schön.« Er war drei Jahre mit Helena zusammen gewesen. »Es war vielleicht das Beste, was uns passieren konnte. Dass wir damals nicht zusammengekommen sind. Yuka irrt sich. Wir sind nicht vereint stark. Wir sind stark, wenn wir eine Weile gemeinsam im Verborgenen zusammenarbeiten.«

»Wie damals, als du mir geholfen hast«, sagte Cosima.

»Und du mir im Gegenzug nicht geholfen hast«, erwiderte John.

»Das ist eine Schuld, mit der ich leben muss. Hätte ich dir damals geholfen, wäre Nerina noch am Leben.«

John erstarrte. »Du gibst dir selbst die Schuld?«

»Würdest du das nicht?«, fragte sie und wunderte sich über ihre verzweifelte Stimme.

»Ich dachte, du würdest es *mir* übelnehmen.«

»Das habe ich nie, John. Du hast immer geglaubt, dass ich es tue, und ich habe dich gerne in dem Glauben gelassen. Aber das habe ich nie. Ich habe dir für alles Mögliche die Schuld gegeben. Aber nicht *dafür*. Oder glaubst du, du wärst jetzt noch am Leben, wenn es anders wäre?«

»Wahrscheinlich nicht.«

Sie nahmen ihre Kaffeebecher, verließen das Bistro und spazierten durch die leeren Gänge.

»Wir brauchen einen Plan für unsere Rückkehr nach Pandaros-3«, sagte John.

»Eine Geschichte, die wir erzählen können«, erwiderte Cosima. »Dass wir jede Sekunde gehasst und einander das Leben schwer gemacht haben.«

»So in etwa. Aber wir müssen es auf eine Weise machen, die nicht gleich wieder in den Kampf mündet.«

»Wer weiß, wie die Dinge zu Hause stehen!«

»Das spielt keine Rolle«, erwiderte John. »Wenn die Lage zwischen unseren Konzernen ruhig ist, werden wir den Konflikt nicht wieder anstacheln. Und wenn es hoch hergehen sollte, werden wir die Wogen glätten. Ganz ehrlich: Als wir auf dieses Schiff kamen, dachte ich, alles würde bald schon wieder so werden wie vorher. Und wahrscheinlich würden wir früher oder später wieder aufeinander losgehen. Ich möchte nicht, dass es wieder so weit kommt.«

»Es wäre jämmerlich«, sagte Cosima. »Wenn wir heimkehrten und nichts aus dieser Zeit gelernt hätten.«

John musste lachen.

»Was denn?«, fragte Cosima.

»Wir müssen wahnsinnig sein, uns auf Yukas Sache einzulassen. Es kann nur schlecht enden. Wir werden es versauen, Cozy.«

Cosima lachte ebenfalls. »Vielleicht wird es ein riesiger Reinfall. Aber ein Teil von mir wäre nicht unglücklich, wenn es halbwegs funktionieren würde.«

»Willst du das denn wirklich?«

Sie blieb stehen. »Okay. Ich werde dir was gestehen: Die letzten Monate waren nicht schlecht.«

»Machst du Witze? Wir haben uns ständig gestritten.«

»Ja. Das hat Spaß gemacht.«

John schaute sie ernst an, aber dann musste er grinsen.

»Glaubst du nicht, dass es sich auf dieser Basis gut auskommen ließe?«, fragte sie.

»Dazu müssten wir die Spiele fortsetzen.«

»Ich habe gestern vor dem Einschlafen schon Triptyx gespielt. Ich wäre enttäuscht, wenn du mir keine Revanche geben würdest.«

»Du hast also geübt«, sagte John. Bei dem Rennspiel, das sie auf der *Vanya-17* immer wieder gespielt hatten, neigte Cosima dazu, im ersten Abschnitt zu viel zu wagen, im zweiten an ihre Grenzen zu stoßen und im dritten an Boden zu verlieren. Doch immer wieder reichte ihr der Vorsprung, besonders wenn sie ihre Waffen gekonnt zum Einsatz brachte. Aber John hatte zuletzt die Oberhand gehabt und genoss es, Cosima frustriert zu sehen.

»Irgendwie muss ich ja an dich rankommen«, sagte sie. »Und jetzt kann ich dir deine Frage beantworten.«

»Welche Frage?«

»Ob wir bei dem Spiel an unsere Fähigkeiten von früher rankommen.« Sie grinste.

»Und?«

»Ich bin unter den ersten Hundert.«

»Nicht schlecht.«

»Das bedeutet, dass du es auch sein wirst.«

John schüttelte den Kopf. »Aber wie kann das sein? Wir haben nicht mehr die Reflexe von früher.«

»Erfahrung, Orientierung und Vorausschau sind wichtiger als Reflexe. Das Spiel ist leichter geworden. Die alten Hasen sind immer noch gut. Das Spiel zwingt einem nicht mehr die Lernkurve von einst auf.«

»Wir haben also Glück gehabt«, sagte John.

»So ist es.«

»Unfassbar!«

Cosima lächelte. »Vielleicht liegt da mehr Geld als in allem anderen, was wir machen.«

»Mit der Sache müssen wir uns beschäftigen, wenn wir auf Pandaros-3 sind.« Er warf ihr einen fragenden Blick zu. »Vielleicht sollten wir ein Team bilden.«

Zu Johns Überraschung nickte Cosima und sagte: »Ja, ein Team. Und das sponsern wir mit unserem legalen Unternehmen. Und heute Abend im Bistro treten wir zusammen bei ein paar Rennen an und bringen ein paar Zeiten in die Listen.«

»Du bist verrückt!«, sagte John.

»Und liebenswürdig – und unwiderstehlich.«

John musste lachen. »Und egozentrisch und überheblich.«

»Deshalb liebst du mich, Alfie. Deshalb. Und wegen meines Körpers.«

»Natürlich, Cozy. Natürlich.« Er liebte sie nicht, aber der Hass war fort. Und Cosima musste sich eingestehen, dass sie John mit neuen Augen sah. Auch sie liebte ihn nicht, aber auch sie hasste ihn nicht mehr. Als er aufhörte zu lächeln, sagte sie: »Mir ist gerade klar geworden, dass die Lösung vielleicht nicht in komplett getrennten Wegen besteht, John.«

»Aber ein ausgedehnter Urlaub voneinander würde schon guttun.«

»Natürlich. Und ich bin jetzt nicht dafür, dass wir viel Zeit miteinander verbringen, sondern dass wir es machen wie damals, als wir uns heimlich getroffen haben, um Intrigen zu schmieden. Wir hätten damals die Verbindung zwischen uns nicht ganz abbrechen lassen dürfen.«

»Nach Nerinas Tod haben wir einfach alles falsch gemacht«, sagte John. »Als wir unser Ziel erreicht hatten, dachten wir, es wäre vorbei. Das war der Fehler.«

»Ich frage mich oft, was wäre, wenn Nerina noch am Leben wäre.«

John fragte sich das auch gelegentlich.

»Sie hat dir etwas bedeutet, nicht wahr?«, fragte Cosima.

»Ich hatte mir vorgenommen, mich an sie heranzumachen, wenn die Verhandlungen vorbei waren.«

»Sie mochte dich.« Cosima atmete weit aus. »Wo wären wir heute, wenn ich deinen Onkel damals beseitigt hätte und du *dann* mit Nerina den Frieden ausgehandelt hättest? Ihr wärt ganz bestimmt zusammengekommen.«

»Das ist eine schöne Vorstellung.«

»Ich vermisse sie, John.«

»Ich auch. Aber auch all die anderen, die wir verloren haben. Wir können nur vorwärtsgehen und hoffen, dass noch irgendwer übrig ist. Ich kann es nicht erwarten, Trent wiederzusehen.«

Cosima dachte an Amy. Sie war noch nie so lange von ihrer besten Freundin und Strategin getrennt gewesen. Sie hatte recht gehabt: Die Operation *Vanya-17* hatte sich zu einer Katastrophe entwickelt.

***

Yukas Tag fing früh an und ließ ihr kaum einmal Ruhe. Wenn sie nicht gerade unterwegs war, um das Schiff zu inspizieren und Anweisungen zu erteilen, befand sie sich in ihrem Büro und nahm Kontakt zu Gästen auf, die in Kürze eintreffen würden und natürlich – weil sie so angesehene Persönlichkeiten waren – unbedingt mit der Kapitänin sprechen wollten. Sie redete mit ihnen, dann übergaben beide Seiten die Kommunikation in andere Hände, die dann irgendwelche Details aushandelten. So kam sie mit verschiedenen Unternehmern ins Gespräch.

Mit Lucretia Thorington von Rhode Island Spaceships sprach sie über die Ausmaße des Flugdecks, auf dem sie ihre Schiffe anbieten wollte; mit Nelson Kempinski redete sie über die Sicherheit. Der Großunternehmer hatte zahlreiche Produkte im Angebot, insbesondere eine Mikro-KI, die einer der Höhepunkte der Auktionswoche werden sollte. Wie es hieß, war der Konzern Kreuder Modul-Logistik daran interessiert. Angelika Kreuder hatte zwar abgesagt, aber darum gebeten, dass ihr Stellvertreter statt ihrer in der Sternensuite unterkam. Er würde ohne jeden Zweifel wie seine Vorgänger mit vollen Taschen anreisen, und wenn er etwas ins Auge gefasst hatte, das seiner Chefin gefiel, würden nur wenige mit ihm konkurrieren können.

Ganz anders verhielten sich wieder einmal die Mitarbeiter von Collingridge Interfaces. Sie würden die üblichen Quartiere beziehen und hatten bislang überhaupt keine Ansprüche gestellt, während andere, wie der Konzernchef

Welton Bennath, ein wenig mehr Platz für die Gefolgschaft benötigten und so taten, als hinge das Schicksal des Universums davon ab.

Am Mittag erreichte Yuka die Nachricht, dass die Manager der Carrender-Foundation nicht zur Auktionswoche kommen würden, da die Verschärfung der Handelsblockade im Uranos-System, die gerade durch die Medien ging, nach ihrer Aufmerksamkeit verlangte. Das fand sie bedauerlich, aber Yuka war solche Dinge gewohnt und erklärte sich bereit, die Eröffnungsrede zu halten und die Manager auch anderweitig zu vertreten. Die Foundation war einverstanden, ihr dafür einen Bonus zu zahlen.

Sie erhielt auch eine kurze Notiz, wonach das Geld für die *Vanya-17* auf einem Konto beim Nachtglanz-Kartell hinterlegt und auch ihre Provision überwiesen sei. Yuka klatschte vor Freude in die Hände. 480 000 Dollar – und das nur, weil sie die beiden Granden freundlich aufgenommen hatte.

In der Mittagspause aß sie in der Kantine eine mexikanische Pizza und machte sich dann auf die Suche nach John und Cosima. Sie ließ sich den Standort auf ihrem Patch anzeigen. Sie waren im Bistro. Als Yuka sich ihnen näherte, saßen sie nebeneinander an einem Tisch und starrten auf eine der Scheiben, die als Schirm ein Triptyx-Rennen übertrug. Yuka schaute gelegentlich mit der Crew den einen oder anderen Lauf und war jedes Mal froh, wenn sie alle drei Rennabschnitte mitverfolgen konnte und nicht durch irgendeine Pflicht davon abgebracht wurde.

Yuka hielt sich im Hintergrund und wartete. Ein blauer Renner, der beinahe wie eine längliche Qualle wirkte, schob sich an einem spitz zulaufenden Silberboliden vorbei und schoss einen Hauch vor ihm über die Ziellinie.

John und Cosima sprangen jubelnd auf. Jetzt erst bemerkten die beiden Granden sie und schauten sie an wie ertappte Kinder.

»Waren wir zu laut?«, fragte John.

»Nein, nein«, erwiderte Yuka.

»Alles in Ordnung?«, fragte Cosima.

»Ja. Ich wusste nicht, dass ihr das Interesse an den Rennen teilt. Macht ihr etwa Fortschritte?«

»Auf der *VANYA-17* haben wir zwar gespielt, konnten aber nur davon träumen, mal wieder so ein Rennen live zu schauen.«

»Da wir gerade von der *VANYA* sprechen«, sagte Yuka, und die beiden Granden erhoben sich und grinsten sie an. »Ihr habt es schon gesehen, oder?«

Cosima nickte. »Drei Millionen Dollar!«, sagte sie, jedes Wort auskostend.

»Beim Nachtglanz-Kartell hinterlegt. Also hundertprozentig sicher«, fügte John hinzu.

»Ich gehe davon aus, dass deine Provision auch schon da ist?«, fragte Cosima.

Yuka spitzte die Lippen. »Und ich glaube, das müssen wir feiern.«

»Im Restaurant?«, fragte Cosima.

»Nun, wenn ihr gerne Triptyx-Rennen fliegt – wie wäre es, wenn ihr mal zeigt, was ihr draufhabt. Im Spielbereich haben wir mehrere Steuerkabinen. Das sind MA-829.«

»Nicht schlecht«, erwiderte John. »In denen spiele ich gerne. Das sind vielleicht die besten Kabinen, die es gibt.«

»Ein paar meiner Leute sind recht gut. Wie wär's? Wir gegen euch?«

»Ich sehe schon«, sagte Cosima. »Die Therapeutin ist wieder mal hellwach. Aber: John und ich werden euch fertigmachen.«

»Das höre ich gerne. Aber Osred und Zayda sind nicht schlecht, meine Lieben. Also um acht im Spielepalast.

»Um acht«, wiederholte Cosima.

John nickte. »Gut, um acht!«

***

Cosima und John spielten zum ersten Mal in einem Team. Dabei hätten sie auch auf der *Vanya-17*, wo es keine Anbindung ans Netz gegeben hatte, die Möglichkeit gehabt, gemeinsam gegen das System zu spielen. Aber es war naheliegender gewesen, gegeneinander anzutreten. Nun aber saßen sie jeder für sich in einer geschlossenen Steuerkabine. Die vielschichtigen Schirme boten einen Blick wie aus einem echten Cockpit auf die rostfarbene Strecke, die von einem grünen Schild überspannt wurde. Die Kabine neigte sich und wurde erschüttert, und die brummenden Triebwerke durchdrangen alles.

Johns Bolide wurde nach einem Stoß von Zaydas Renner durchgeschüttelt. »Cozy, wo bist du?«, fragte John über das Com-System. Wie üblich hatte sie sich im ersten Abschnitt abgesetzt und alles aufgeboten. John hatte mit Zayda und mit Osred zu tun und konnte deshalb nicht mithalten. Zayda war nun schräg vor ihm, während ihm Osred im Nacken saß, aber offenbar über keine Waffen verfügte oder sie wegen Zaydas Nähe nicht abfeuern wollte. »In einem Team zu sein heißt, dass man sich gegenseitig hilft«, sagte John.

»Danke, dass du sie da hinten festhältst. So kann ich gewinnen und in der Gesamtabrechnung müssten wir vorne stehen.«

»War ja klar!«, entgegnete John, überholte Zayda und spürte, wie Yukas Offizierin rasch zurückfiel. Das konnte nichts Gutes bedeuten. Falls Osred über Waffen wie Raketen oder Laser verfügte, hätte er jetzt eine freie Schussbahn. »Mist! Verdammter Mist!«, murmelte John vor sich hin.

»Was?«, fragte Cosima und bereute es beinahe, sich so weit abgesetzt zu haben.

»Ich glaube, die wollen mich abschießen.« Natürlich war das übertrieben. Man konnte andere nicht komplett abschießen, sondern nur für eine Weile aufhalten. Nur fiel man dann meist so weit zurück, dass das Rennen nicht mehr zu gewinnen war.

Ein Piepsen und ein rotes Leuchten der Anzeige sagten John, dass er jetzt reagieren musste. Er fluchte, denn seine Reflexe waren nicht mehr so gut wie früher. Aber es reichte, um leicht abzuheben und eine Schraube zu fliegen. Je weiter man von der Strecke abhob, umso langsamer wurde man. So fiel er zurück, erhielt einen gewaltigen Ruck von rechts und sah seine beiden Kontrahenten vor sich. Osreds rotes Schiff hatte sich quergestellt, während Zayda mit ihren silbernen Boliden vorwärtsstrebte.

John kannte diese Situationen. Er hatte zwar selten in Teams gespielt, war aber oft genug gegen solche angetreten. Das war das typische Verhalten: Der eine sollte Bremsklotz spielen, der andere flog voran. John gab Schub und rammte Osreds roten Renner zur Seite, hörte noch das Kreischen, das das Schiff machte, als es an der Streckenbegrenzung entlangschabte, und schon war er vergessen, und John fand sich direkt hinter Zayda wieder.

»Alles klar?«, fragte Cosima, und zum ersten Mal in diesem Rennen nagte es an ihr, dass John nicht zu ihr aufschließen konnte. Sie wollte das Rennen im Team beenden – aber natürlich vor John. Sie hätte es jedoch als Niederlage empfunden, falls er hinter Yukas Offizieren ins Ziel gekommen wäre.

»Osred ist zurückgefallen«, erklärte John. Auf dem Schirm konnte er jetzt Cosimas Schiff sehen. »Wir holen auf.«

»Ich habe noch die Minen«, sagte sie.

»Dir ist klar, dass ich hier hinten bin.«

»Alfie, du bist doch ein Meister im Ausweichen.«

»Tu das nicht!«, rief er.

»Du machst das schon«, sagte sie ruhig.

»Lass es!«

»Es ist nur ein Spiel, John«, sagte Cosima. »Nur ein Spiel!« Sie wusste, dass ihn das nicht beruhigen würde. Sie hoffte darauf, dass es ihn zu Höchstleistungen herausforderte. Denn John war brillant, wenn man ihn unter Druck setzte.

Die Strecke stieg steil an, das Schiff löste sich vom Boden, und mit einem Mal waren sie von Dunkelheit umgeben. John hörte nur noch den Krach seiner simulierten Triebwerke und das Klicken der Steuerdüsen. Es wirkte alles so echt, weshalb John verstehen konnte, dass es Bestrebungen gab, aus dem Spiel Realität zu machen und echte Boliden auf echten Rennstrecken einzusetzen.

Die Strecke bestand hier draußen im All nun nicht länger aus einem Grund, sondern aus Schildröhren, die sie daran hinderten, den vorgegebenen Weg zu verlassen. Sie entstanden vor ihnen und lösten sich hinter ihnen wieder auf. In der Ferne konnte John die glühenden Triebwerke von Cosimas Schiff erkennen, und dahinter leuchtete das Portal zum dritten Abschnitt vor einem Sternenhimmel.

Der Weg führte sie durch zwei Biegungen, als John die roten Objekte sah, die in der Mitte der Röhre schwebten. Zayda machte eine heftige Lenkbewegung und wollte darüber hinwegzischen. John schob sich nach unten. Die Minen bewegten sich auf alle Objekte zu, die sie passierten. Wenn sich der Gegner vor einem darüber hinwegbewegen wollte, konnte man in der Regel, wenn man nachrückte und nach unten strebte, gefahrlos durchkommen.

Ein Energiestoß über ihm, und es gab eine Explosion. Zayda hatte eine Mine zerschossen, die zweite jedoch erschütterte ihr Schiff. John war fast an ihrem Boliden vorüber, da steuerte sie nach unten.

Ein Ruck ging durch Johns Schiff, und er spürte, wie er an Schub verlor. Ein Schaden! Im Rückschirm sah er Zaydas silbernen Renner. Von Osred war noch nichts zu sehen.

»Und?«, fragte Cosima.

»Danke, Cozy! Zayda hat was abgekriegt und mich gerammt.«

»Aber du bist noch vor ihr, oder?«

»Ja. Aber wie lange, das ist die Frage!«

Johns Schiff wurde durchgerüttelt. Im Rückschirm sah er die Visualisierung eines Laserstrahls, der von Zaydas Schiff ausging. Doch dieser brach plötzlich ab. Offenbar hatte Zayda die Energie für ihre Waffe aufgebraucht.

John hatte einen frei schwenkbaren Laser, der schwer zu steuern war, dessen Energie er vorhin jedoch verbraucht hatte, um an Osred vorbeizukommen. Seine Schilde waren verloren. Ihm blieb nur übrig, auf der Ideallinie weiterzufliegen – und das mit möglichst wenigen Richtungsänderungen. Hier draußen im All ging es nicht um Beschleunigung, sondern darum, wenige Lenkbewegungen zu machen. Jede Richtungsänderung bedeutete Schub; jeder Schub bedeutete einen Energieverlust.

Schon bald merkte John, dass Zayda nicht mithalten konnte. Allerdings mochte es sein, dass sie sich die Energie für die Gerade aufhob, die in den dritten Rennbereich führte.

Als sie dort angekommen waren, sah John im Rückschirm, dass Osred wieder zu Zayda aufgeschlossen hatte. Er musste in den schwerelosen Bereichen einen phänomenalen Flug hingelegt haben. Nun näherten sie sich dem dritten und letzten Abschnitt, und es bewahrheitete sich: Zayda kam mit vollem Schub näher, und es schien, als würde Osred ihr Energie abgeben. Ein Kabel verband die Schiffe. Dennoch ging John mit einem Vorsprung von gewiss hundert Metern in den nächsten Bereich. Es war eine Stadt auf einem Asteroiden. So stellte er sich die äußeren Städte in den Hesperiden im Keto-System vor. Helle Gebäude auf dunklem Fels. Die Strecke führte mitten hindurch.

Bereits nach der zweiten Kurve erblickte er Cosimas schwarz-weißen Renner an einem gebogenen Anstieg. Auf der nächsten Geraden war er hinter ihr.

»Da bist du ja«, sagte sie.

»Ich bezweifle, dass die uns noch kriegen.«

»Sprich nur für dich«, entgegnete sie. »Ich habe kaum noch Energie.«

»Ich habe noch genug«, sagte John. »Aber eigentlich müsste ich dich schmoren lassen – wegen der Minen.«

»Auf der nächsten Geraden können wir einen Link herstellen. Oh, warte, es gibt ja gar keine lange Gerade mehr außer der Zielgeraden.«

»Hält uns so etwas denn ab?«, fragte John.

»Du willst den Link in den Kurven herstellen? Eine falsche Bewegung, und …«

»Die Frage ist nur, ob du oben oder unten sein möchtest.«

»Unten, John. Unten«, sagte Cosima. »Sonst werde ich noch langsamer.«

»Komm schon! Wir bringen uns in Stellung und fliegen ein Stück im Einklang. Wenn es klappt, stellen wir die Verbindung her.«

»Ein Vorspiel!«, rief Cosima lachend.

»Du denkst immer nur an Sex, oder?«

Sie ging tiefer und brachte sich schräg unter ihm in Position. »Natürlich nur, wenn es dich aufregt, Alfie.«

Nun steuerten sie im Parallelflug durch die Kurven. John verlor zwar durch das Entfernen vom Streckenboden ein wenig an Geschwindigkeit, aber er hätte ohnehin schneller fliegen können als Cosima.

»Komm zur Sache, John«, sagte Cosima mit verführerischer Stimme, nur um dann zu lachen.

»Du versaust es noch, Cozy!«, erwiderte er. Dann stellte er den Link zwischen den Schiffen her.

»So ist es gut, Alfie«, sagte Cosima hauchend.

»Lass das!«

»Was?«

»Mit derart aufreizend heiserer Stimme zu sprechen. Funkstille jetzt!«

Hoch konzentriert steuerte John durch die Kurven. Cosima bemühte sich ebenfalls um Konzentration, aber sie musste immer wieder lachen, besonders wenn es eng wurde – wenn die Strecke auszugehen drohte oder wenn sie zu hoch oder John zu weit nach unten kam. Einmal kratzte John mit einem seiner Flügel über Cosimas Dach. Das Schiff erzitterte, war dann aber wieder frei. »Sachte, John, sachte!«, sagte sie mit scheinbar flehender Stimme.

»Funkstille, Cozy! Funkstille!«

Cosima schaute auf die Anzeige. Als sie genug Energie hatte, löste sie den Link von ihrer Seite und gab Schub.

»Du willst mich verarschen!«, rief John.

»Die beiden kommen nicht mehr an uns ran. Jetzt geht es nur noch um dich und mich, Alfie.«

John fluchte und setzte Cosima nach. Einen Augenblick überlegte er, ob er sie nicht einfach fliegen lassen sollte. Aber sie war überheblich, und er wollte ihr zeigen, dass sie damit nicht durchkam. Er flog so gut er konnte, indem er auch hier die Lenkbewegungen reduzierte. Er kam tatsächlich näher.

Mit einem Jubelschrei gelangte Cosima auf die Gerade. Sie sah John im Rückschirm und schaute auf die Energieanzeige. Fünfzig Meter vor dem Ziel fiel der Schub aus. Ihre Energie war am Ende. John kam herangeschossen. Doch es reichte nicht: Cosima glitt eine Schiffslänge vor ihm über die Linie und jubelte erneut.

»Du verfluchte …« John beendete den Satz nicht.

»Gutes Rennen, Alfie«, sagte sie.

»Das kannst du dir …«, sagte er, wurde aber von ihr unterbrochen. »Ich liebe es, wenn du dich ärgerst«, sagte sie. »Und das bei einem Teamrennen. Wir beide, mein lieber Alfie! Wir beide haben gewonnen. Da ist es doch unwichtig, wer von uns zuerst ins Ziel kam.«

John schwieg darauf. Sie wusste genau, dass er es hasste, wenn sie diese Spielchen spielte.

Als sie aus den Steuerkabinen stiegen, kam es John so vor, als erwachte er aus einem Klartraum. Für einen Moment erschien es ihm unwirklich, hier im Spielepalast zu sein. Hätte er in einer Kuppelstadt auf dem Asteroiden sein Cockpit verlassen und einer jubelnden Menschenmenge zugewinkt, wäre es das Natürlichste im Universum gewesen. Er liebte die MA-829-Kabinen.

Osred und Zayda kamen kopfschüttelnd, aber lächelnd auf John und Cosima zu, während Yuka und Juliana sich mit Drinks näherten.

»John!«, rief Zayda. »Das war erste Klasse!«

Osred nickte. »Und ich dachte, *ich* würde mit wenigen Lenkbewegungen durch die Kurven kommen.«

Zayda blickte zu Cosima. »Von dir habe ich lange Zeit gar nichts gesehen. Richtig old-school, wie du am Anfang loslegst und am Ende versuchst, über die Zeit zu kommen.«

»Bei Rennen mit vielen Teilnehmern ist das oft der Schlüssel zum Sieg«, erklärte Cosima.

John wandte sich an Yuka. »Wie sah es von draußen aus?«, fragte er.

»Ich bin beeindruckt«, antwortete die Kapitänin und reichte John und Cosima einen Sekt.

»Ihr seid doch Profis, oder?«, fragte Juliana und ließ den Blick zwischen Cosima und John hin- und herwandern. Dann gab sie Zayda und Osred die Gläser.

»Nein«, entgegnete Cosima. »Wir haben früher oft gespielt. Wie wir herausgefunden haben, sogar oft gegeneinander.«

»So, wie ihr spielt, könntet ihr oben mithalten«, meinte Osred. Er musterte John. »Die Manöver, die du gemacht hast, und diese Präzision – es wäre eine Verschwendung, das nicht zu nutzen. Granden hin, Granden her.«

»Das wäre leicht verdientes Geld, wenn man es mit Wetten verbinden würde«, fügte Zayda hinzu.

»Ich habe da keine übermäßigen Ambitionen«, sagte John.

Cosima nickte.

Osred machte ein misstrauisches Gesicht. »Ich könnte schwören, dass ich dieses Schraubenmanöver, mit dem du von der Strecke abgehoben bist, schon einmal gesehen habe. Habt ihr beiden feste Personae im Spiel?«

Cosima und John tauschten einen Blick, dann nickten sie beide.

»Und?«, fragte Yuka.

John schaute sie erwartungsvoll an. »Versprecht ihr, es nicht weiterzusagen?«

»Versprochen«, antwortete Osred, und auch die anderen schlossen sich ihm an.

»Na gut«, sagte Cosima. »Ich bin früher unter dem Namen Chimaira geflogen.«

Yuka und ihre Offiziere starrten sie nur an. Osred stand sogar der Mund offen.

»Und du?«, fragte Yuka. »Sag nicht, dass du …?«

»Ich bin Triptycian.«

»Was?«, brachte Zayda hervor.

Cosima und John war nicht klar, dass ihre Namen so weit verbreitet waren und man sie sogar hier kannte. Gewiss, absolute Insider, die schon lange dabei waren, mochten sie von früher kennen, aber Yuka, Zayda und Osred schauten sie an, als hätten sie Geister gesehen.

»Chimaira und Triptycian!«, sagte Yuka jede Silbe auskostend.

»Ihr seid Legenden«, fügte Osred hinzu.

»Wirklich?« John war sich da nicht so sicher. »Keiner von uns hat je an einem Turnier teilgenommen. Nichts.«

»Aber das ist es ja. Habt ihr denn nicht mitbekommen, dass …?« Er brach ab und klopfte sich auf die Stirn. »Natürlich nicht.«

»Was?«, fragte John.

Yuka lächelte. »Was Osred meint, ist, dass es jetzt neben den puren Netzspielen und den Eventspielen mit Steuerkabinen auch echte Rennstrecken gibt – mit echten Boliden.«

»Haben sie es also wirklich durchgezogen?« Cosima schüttelte den Kopf. »Ich war sicher, dass sie es nie hinkriegen würden.«

»Aber was hat das mit uns zu tun?«, fragte John.

»In dem Zusammenhang haben sich die Macher vorgestellt, die Legenden für diese neue Sache zu gewinnen«, erklärte Yuka. »Und man hat neben anderen auch euch gesucht. Da wurden noch mal die Matches durchgesehen, und man stellte fest, dass man über euch nichts weiß.« Sie schüttelte den Kopf. »Ein paar eurer Rennen sind beinahe lehrbuchmäßig und wurden in allerlei Medien präsentiert.«

»Wann habt ihr angefangen?«, fragte Zayda.

»Wir haben das als Teenager gespielt, gerade als es rauskam«, erklärte John. »Vor etwa … sechzehn Jahren?«

»Deswegen konnte ich einen Namen wie Chimaira überhaupt kriegen«, fügte Cosima hinzu.

»Und Triptycian auch«, sagte Osred. »Heute werden keine Namen mehr zugelassen, die zu einem Großteil aus dem Spieltitel bestehen.«

»Ihr erinnert euch an euer Versprechen?«, fragte John.

»Natürlich«, antwortete Osred.

»Macht euch keine Sorgen«, sagte Yuka. »Ich würde nicht für alle hier auf dem Schiff die Hand ins Feuer legen. Die meisten sind mir von der Carrender-Foundation geschickt worden. Aber Zayda, Osred, Juliana«, sie schaute zur Tür, »und auch Teodor – denen könnt ihr vertrauen.«

»Euch ist klar, dass alleine eure Personae Hunderttausende wert sind«, sagte Osred. »Ist euch bewusst, wie viel Geld seit den echten Renn-Events in diesem Spiel steckt?«

»Keine Ahnung. Insgesamt ein paar Millionen«, vermutete Cosima.

»Milliarden, Ms. Amberson. Milliarden.«

Cosima lächelte. »Bevor ich dir das glaube, müsstest du mir einen Gefallen tun, ja?«

»Was denn?«, fragte Osred und machte große Augen.

»Nenn mich nicht Ms. Amberson, sondern Cosima. Würdest du das tun?«

»Natürlich«, sagte der junge Offizier mit beinahe schwärmerischem Blick.

»Wir sollten uns definitiv über diese Renngeschichte unterhalten, Cosima«, sagte John. »Vielleicht haben wir tatsächlich unser gemeinsames Betätigungsfeld gefunden – unser kleines Projekt.«

»Vielleicht, John. Aber nur vielleicht«, erwiderte Cosima und strich sich nachdenklich über die Lippen.

Geöffnete Tore

Cosima und John saßen im Café *Tears of Sahara*, das direkt unter der Galerie im Eingangsbereich lag und durch dessen Fenster man bis zu den Schleusen schauen konnte. Die Gäste strömten in Schüben durch die Halle. Mal traten sie aus dieser Schleuse, mal aus jener – je nachdem, wo gerade das letzte Shuttle angedockt hatte. Die Anzugträger dominierten zwar, aber die Unterschiede traten mit jeder Delegation deutlich hervor. Die Kleidung der Tritoniden war überwiegend extravagant, die der Marsianer bodenständig, die der Ketoniden war farbenfroh, die der Uranosier protzig, die der Erdlinge konservativ. Und was beim Eintreten durch die Schleuse noch klar zu trennen war, löste sich mit dem Weg durch die Halle immer mehr auf. Die Farben und Stile vermischten sich, bis sie schließlich dem nahekamen, was Cosima und John von Pandaros-3 kannten und was die Station als Handelsposten markierte.

»Wie bei uns daheim«, sagte John.

»Nur dass bei uns die anderen die Zutaten bringen und wir das dann mischen«, entgegnete Cosima. »Auf einen Anzug von der Erde vielleicht einen ketonidischen Mantel. Und dazu Stiefel vom Mars.«

»Wenn ich jemals einen Rat in Sachen Mode brauche, erinnere mich daran, dich nicht zu fragen.«

»Du hast eben keine Fantasie.« Sie musterte ihn. »Bei dir würde ich aber nicht zu farbenfroh werden. Einfach und elegant. Vielleicht ein bisschen egozentrisch, aber subtil. So wie dein Fahrstil.«

John verzog das Gesicht und trank einen Schluck seines

Jovialis. Hatte er eben beim Servieren noch bewundert, wie sehr das Getränk mit all den Schichten optisch an den Jupiter erinnerte, musste er jetzt feststellen, dass ein wenig zu viel Milch und zu viel roter Sirup den Kaffeegeschmack überdeckten.

»Bist du immer noch sauer, weil ich gestern gewonnen habe?«, fragte sie.

»Das hättest du wohl gern«, antwortete er. »Ist dir nicht aufgefallen, dass wir gestern nach dem Rennen über alles gesprochen haben, nur nicht über *deinen* Sieg?«

Cosima nickte. John hatte sich vor allem von Juliana Weddingtons Liedern, die sie am Klavier gespielt hatte, ablenken lassen. Die junge Wachfrau hatte tatsächlich ungeheures Talent, und John – das musste Cosima zugeben – hatte ein Ohr für Musik und ein Auge für Musikerinnen. Juliana hatte mit ihren Liedern bei Cosima und gewiss auch bei den anderen ein melancholisches Gefühl der Zusammengehörigkeit geweckt – als bliebe ihnen nicht mehr viel gemeinsame Zeit und als müssten sie deswegen den gemeinsamen Moment genießen. In dieser Stimmung war Cosima zu dem Ergebnis gekommen, dass ihr Gehabe beim Triptyx-Rennen unnötig gewesen war. Natürlich würde sie das John nicht gestehen, sie hielt sogar dagegen. »Du hast recht«, sagte sie. »Wir haben *nicht* über meinen Sieg gesprochen. Aber was andere denken, ist unwichtig, John. Du weißt es, und ich weiß es. Nur das zählt.«

John lachte leise. »Ich glaube, ich mache bessere Fortschritte bei unserer kleinen Therapie.«

»Kann sein«, meinte sie und grinste ihn an. Sie wusste, dass er nur eines denken konnte, und tatsächlich dachte er es: War sie wirklich daran interessiert, dass die Dinge zwischen ihnen bereinigt wurden? Oder war es nur ein Spiel, bei dem er sich ihr öffnete und sie es irgendwann schonungslos ausnutzte?

John starrte Cosima an, und als sie blinzelte, den Blick abwandte und nach draußen schaute, wo die Leute in den

Gang unter ihnen strömten, da wusste er, dass sie ihn nur im Unsicheren belassen wollte und tatsächlich ebenfalls an einer Lösung interessiert war. Aber würde es so bleiben?

»Da draußen gibt es so viele Geschäfte zu machen«, sagte Cosima.

John kannte diesen Blick: Cosima war gierig.

Sie biss sich auf die Lippen, dann aber fuhr sie fort: »Ich komme mir manchmal so provinziell vor. Vielleicht habe ich den Fokus zu sehr auf Pandaros-3 gelegt.«

»Du bist doch viel rumgekommen«, sagte John und erinnerte sich an ihre Begegnungen auf der Erde und in den Wolkenstädten der Venus. Sie waren sogar einmal im Uranos-System auf einer Reihe von Stationen aneinandergeraten.

»Ja, aber wenn ich diese Leute sehe, die von überall herkommen, frage ich mich, ob Yuka es nicht richtig macht. Ein Schiff, das überall hinkann. Überall, wo man hinkommt, kann man dem Geschäft nachgehen.«

»Unserem Geschäft?«, fragte John.

Sie warf ihm einen düsteren Blick zu. »Natürlich unserem Geschäft«, sagte sie und trank einen Schluck von ihrem Ketonidischen Tee. Als Kind hatte sie das grellgrüne Getränk ihren Eltern gegenüber oft scherzhaft als Gift bezeichnet, inzwischen jedoch genoss sie die leichte Schärfe und den vollen Geschmack. Der Tee hatte einen Hauch zu lange gezogen – genau so, wie sie es liebte.

»Du willst also expandieren?«, fragte John.

»Keine Ahnung. Ich schaue da raus und sehe Geschäftsleute. Und ich frage mich, ob wir das, was wir auf Pandaros-3 gemacht haben, nicht auch woanders machen können. Ich meine: Wir fädeln es immer zu Hause ein und führen es dann vielleicht woanders aus. Aber wäre so ein Ort nicht die perfekte Gelegenheit, etwas Großes durchzuziehen – mehrere große Dinge und dann abhauen?«

John musste lachen. »Da ist er wieder – der Größenwahn.«

»Irgendjemand muss ja Ambitionen haben. Und wenn ich

so was durchziehe, dauert es nicht lange, und du wirst es auch tun.«

»Glaube ich nicht.«

Cosima deutete nach draußen, wo eine Gruppe Männer und Frauen in prunkvoller Kleidung näher traten. Alle Männer trugen dreiteilige Anzüge mit hohen Stehkragen, die Frauen allesamt knielange Röcke und dünne Jacken. Alles schien mit Goldstickereien verziert zu sein, und nur bei den Krawatten und den Blusen gab es ein Mindestmaß an Variation.

»Uranosier!«, sagte John. »Diese Uniformität!« Er schüttelte den Kopf. »Erschreckend.«

»Und?«, erwiderte Cosima. »Verspürst du nicht ein bisschen Gier, wenn du all diese Leute siehst und wie naiv sie sich hier bewegen?«

»Wäre ich ein Taschendieb, wäre es wahrscheinlich so.« John reichte ein kurzer Blick nach draußen, und er musste seufzen. »Ich sage es ungern, aber ich glaube, ich weiß, was du meinst. Viele Leute – viele Gelegenheiten. Aber ich denke gerade nicht an unsere Branche. Ich frage mich, wie es wäre, saubere Geschäfte über die Bühne zu bringen. Der Typ da!« Er deutete auf einen jungen Mann in einem schlecht sitzenden Anzug, der sich unsicher umschaute, aber offensichtlich der Chef von einem halben Dutzend Männer und Frauen war.

»Das Jüngelchen?«, fragte Cosima.

»Ja. Er hat Geld. Aber glaubst du, dass er mit diesem Geld mehr erreichen kann als wir mit drei Millionen?«

Cosima musterte den jungen Mann mit seinem welligen Haar, das von seiner unsicheren Miene ablenkte. »Nein«, sagte sie. »Der würde am Verhandlungstisch untergehen. Aber auf Auktionen könnte er sich mit purem Geld schon durchsetzen. Er sollte nicht den Fehler begehen, abseits der Auktionen Geschäfte zu machen. Denn der spielt mit offenen Karten.«

»Und wir beide? Könnten wir das?«

»Natürlich, John.«

»Dann lass uns diese Woche so gestalten, dass wir mit einem Schiff und vollen Taschen nach Hause kommen. So, wie Yuka es vorgeschlagen hat.«

»Du weißt, wie du eine Grande hungrig machst.«

»Hätte nicht gedacht, dass deine Gier nach den zwei Jahren noch die alte ist.«

»Bei so vielen Leuten treten alte Schwächen wieder zutage.« Sie lächelte ihn scheinbar liebevoll an. »Das weißt du doch.«

»Ohne die Schwäche, Cozy, wärst du unbesiegbar.«

»Lass uns über Raumschiffe sprechen«, erwiderte sie und erhob sich.

John stellte den Glasbecher auf dem Tisch ab und stand ebenfalls auf, um mit Cosima das Café zu verlassen, das ihm allmählich zu voll wurde. Draußen drängten sie sich an einer farbenfrohen Delegation vorbei und betraten den gegenüberliegenden Transporter.

»Warten Sie!«, rief eine Männerstimme.

John wollte die Hand ausstrecken, damit die Tür nicht schloss, doch Cosima zog seinen Arm zurück. Die Tür schob sich zu, und Cosima lachte, während sie den Mann fluchen hörten.

»Der hätte uns die Atmosphäre versaut«, sagte sie. »Mir ist heute nach Gelassenheit.« Sie starrte ihm in die Augen.

»Du erwartest, dass ich versuche, dich zu provozieren.« Er schüttelte grinsend den Kopf. »Mach ich nicht. Bleib du gelassen, dann kommen wir irgendwie durch den Tag.«

Yuka hatte sie auf das Café und den Transporter hingewiesen, mit dem sie rasch an jeden beliebigen Ort auf der *Inanna* kommen könnten. Natürlich würde sich in der Zwischenzeit alles füllen, und die Wahrscheinlichkeit, dass sie alleine in einem Transporter fuhren, würde schrumpfen.

»Sollen wir heute Abend ein Rennen fahren?«, fragte Cosima. »Wir haben noch einiges zu üben.«

»Mir ist eher nach dem Casino«, erwiderte John.

Der Transporter brachte sie direkt an den Anfang der großen Präsentationshalle, in der Schiffe versteigert wurden. Yuka hatte ihnen die Halle beschrieben, aber tatsächlich hier zu sein, das ließ zuerst John und dann Cosima staunen. Einige Schiffe schwebten unter der Decke: ein langes rotes mit quadratischem Cockpit und zwei kleinere mit geschwungenen Formen – eines gelb und orangefarben, das andere violett und hellblau. Sie waren zu protzig für Cosimas Geschmack und zu bunt für den von John.

Die einzelnen Stände waren offen angelegt, keine Kästen, wie sie sie am frühen Morgen in einer anderen Halle gesehen hatten, als noch nichts los gewesen war. Die meisten Stände waren zum Großteil mit transparenten Böden versehen, durch die man zu den angebotenen Raumschiffen, die im All an ihren Andockstellen lagen, hinabschauen konnte.

Über gebogene Treppen am Rand der Stände konnte man hinuntersteigen und die Schiffe betreten. Die meisten waren nicht in Cosimas und Johns Preisklasse. Das Startgebot überstieg bereits die drei Millionen, über die sie verfügten. An den Ständen, an denen Andrang herrschte, hatte sich der Preis längst in Höhen hochgeschraubt, in denen sie sich nicht bewegen wollten. Also hielten sie sich dort auf, wo wenig Interesse herrschte – bei Schiffen, deren Fähigkeiten eingeschränkt oder die zum Teil defekt, aber dennoch zugelassen waren.

»Schrottkisten!«, sagte Cosima.

»Genau das, was wir suchen, Cozy.«

»Für die drei Millionen könnten wir ein kleines, anständiges Schiff bekommen, nicht diese Dinger hier«, erwiderte sie.

»Sieh mal!«, sagte John und zeigte auf ein dreieckiges Schiff, das durch die Bodenplatte eines mittelgroßen Standes zu sehen war. Auf dem weiten Schirm, der zwischen drei Sesseln am Rand des Standes schwebte, lief ein Video, welches das Schiff von allen Seiten zeigte. Daten konnte man davon nicht ablesen, also rief John die gewünschten

Informationen auf dem Schirm seines Patches ab. »Sieht gut aus«, sagte er.

Cosima nickte. »Gravitationspanels in den Wohnbereichen. Da muss doch ein Haken sein.«

Eine junge Frau trat mit kleinen Schritten näher. »Darf ich Ihnen helfen?«, fragte sie lächelnd.

Während John der Frau in ihre grünen Augen schaute, musterte Cosima sie von oben bis unten. Der glänzende Anzug war so körperbetont, dass sie durchaus als Sexbot durchgegangen wäre. Aber sie war ein echter Mensch mit langen, grün gefärbten Haaren; sogar die Fingernägel waren grün lackiert. Cosima schaute auf das kleine Namensschild, das oberhalb der Brust haftete. *Zita Anstey* stand dort. Daneben baute sich immer wieder das Logo der Firma auf – ein startendes Raumschiff. Cosima hasste animierte Namensdisplays.

»Wir interessieren uns für dieses Schiff«, sagte John mit freundlicher Stimme, die Cosima aufregte. Er musste dieser Plastikschönheit nicht so nett begegnen.

»Wo ist der Haken?«, fragte Cosima und entlockte John einen tadelnden Blick.

Zita Anstey lächelte noch immer. »Die Steuerung«, sagte sie. Sie wies ins Zentrum der Halle, wo sich die meisten Menschen aufhielten. »Ohne Automatisierung kann man Schiffe wie dieses nur noch Liebhabern verkaufen. Und wenn ich mich nicht irre, sehen Sie wie Liebhaber aus.«

»Das Schiff hat also keinen Autopiloten?«, fragte John.

»So ist es. Es kann allerdings von einer Hafen-KI oder den zertifizierten Leitsystemen übernommen werden. Aber natürlich nicht von beliebigen Systemen.«

»Von Piraten zum Beispiel«, erwiderte Cosima grinsend.

»Die müssten schon eine KI an Bord haben, die über die nötigen Zertifikate verfügt.«

»Also eine manuelle Steuerung«, sagte John.

»Richtig. Der Bordcomputer ist ein Blackfriar 9-E.«

»O Scheiße«, flüsterte Cosima. Das Modell war mehr als

fünfzig Jahre alt. »Aber das Schiff wirkt zu neu für einen derart alten Computer.«

»Es wurde von einem Liebhaber hergerichtet«, erklärte Ms. Anstey.

»Ein Liebhaber mit Geschmack«, meinte John und schaute auf die abgerundeten Ecken des Schiffs mit seinen eleganten Flügeln und den großen Cockpitfenstern. »Aber lässt sich die Farbe ändern?«, fragte John. Er mochte Lack mit Reflexionskontrolle.

»Leider nicht.«

Cosima betrachtete die dunkelgrauen und roten Flächen des Schiffs und sagte: »Ich schätze, es ist in Ordnung.« Sie ging ohnehin nicht davon aus, dass sie das Schiff lange behalten würden. »Darf ich ein paar Tests durchführen?«, fragte sie.

»Natürlich«, antwortete Ms. Anstey und winkte den Schirm vom Rand des Standes zu sich. Kaum war die kleine Leiste, aus der der Schirm wuchs, bei ihnen, öffnete die Verkäuferin ihr System für die Tests, die Cosima von ihrem Patch-Computer aussandte.

»Cosima Amberson«, sagte Ms. Anstey. Sie hatte offenbar ihren Zugangsnamen auf dem Schirm erblickt.

»Sie haben von mir gehört?«

»Ja. Es heißt, Captain Manderton hätte Sie und …« Sie starrte John an. »Mr. Glennscaul?«

John nickte.

»Es ist mir eine Ehre«, sagte sie.

»Das heißt, Sie werden uns nicht über den Tisch ziehen?«, fragte John.

Ms. Anstey lächelte unsicher. »Sich mit einem Granden anzulegen, wäre bereits dumm. Sich zwei Granden zu Feinden zu machen, das wäre schlichtweg wahnsinnig.«

Cosima prüfte ihr Display. Das System bestätigte ihre Tests. »Von der technischen Seite genügt es meinen Ansprüchen. Und du, John? Was sagst du?«

»Sieht gut aus«, sagte er.

Ms. Anstey wies auf die Stufen, die zur Andockstelle hinabführten. »Wollen Sie an Bord gehen?«

John schaute Cosima an, und nach einem Kopfschütteln ihrerseits sagte er: »Ist nicht nötig.« Er prüfte auf seinem Patch den Stand des Gebots. 1,2 Millionen Dollar. Auf dem Schirm der Verkäuferin konnte Cosima erkennen, dass das Mindestgebot bei 500 000 Dollar gelegen hatte. Drei Leute boten um die Wette. Gerade jetzt sprang das Gebot auf 1,3 Millionen.

»Wir bieten 1,5 Millionen«, sagte John und tippte auf den Schirm seines Patches.

Die Verkäuferin schaute auf ihren eigenen Schirm und nickte. Da erhöhte sich die Summe um 100 000. »Sie haben Konkurrenz, Mr. Glennscaul.«

»Beenden wir das doch einfach«, sagte Cosima und gab zwei Millionen Dollar als Gebot ein. Sofort setzte ein Timer ein. Offenbar hatte Cosima eine Schwelle erreicht, ab der die heiße Phase der Auktion stattfinden konnte. Eine Minute hatten die anderen nun Zeit, um sie zu übertreffen.

Jeden Augenblick konnten die Konkurrenten ein neues Gebot abgeben. Cosima und John erwarteten es, tauschten entschlossene Blicke und wussten, dass sie dieses Schiff kaufen würden, um von der *INANNA* oder irgendwelchen Passagen unabhängig zu sein.

Cosima war sich sicher, dass sie für dieses Schiff auf Pandaros-3 noch einmal 500 000 Dollar mehr bekommen könnten, wenn sie einige leichte Modifikationen durchgeführt hätten. Aber auch so war ein eigenes Schiff wichtig. Im Augenblick waren sie noch angreifbar. Sie befanden sich beide nicht in einer Position, in der sie sich sicher fühlen durften. Denn sie hatten viele Feinde da draußen, die noch eine Rechnung mit ihnen offen hatten.

Der Timer zählte herunter, und er war bereits auf null, als auf dem Schirm der Verkäuferin zwei rote Zeilen erschienen. Die Rivalen hatten erhöhen wollen, waren aber zu spät gekommen, und so hatte das System ihre Gebote abgelehnt.

»Gratulation!«, sagte Ms. Anstey mit der Andeutung einer Verbeugung. »Sie haben ein Schiff erworben. Und Sie wollen es wirklich nicht besichtigen?«

»Nein«, antwortete John. »Wir vertrauen Ihnen. Unser Test sagt uns alles, was wir wissen müssen.« Er wusste zwar nicht, welche Daten Cosima genau abgefragt hatte, aber in solchen Dingen konnte man sich auf sie verlassen.

Cosima war verwundert, dass John ihr so sehr vertraute. Der Mann, der ihr immer etwas entgegengesetzt hatte, ließ sie einfach so gewähren und hatte gerade auf der Basis eines ihrer Tests ein größeres Geschäft getätigt.

Cosima und John steckten die Köpfe zusammen und bestätigten sich auf ihren Schirmen gegenseitig die Überweisung der Summe, und kaum war die Zahlung bei Ms. Anstey auf dem Display erschienen, fragte diese: »Wohin sollen wir das Schiff liefern? Haben Sie eine Anlegestelle?«

»Nummer 36«, sagte John und brachte Cosima zum Staunen. »Seit wann?«, fragte sie.

»Yuka hat sie für uns freigehalten«, sagte John leise.

»Davon erfahre ich jetzt erst?«, flüsterte Cosima.

»Du musst nicht alles wissen, Cozy. Du bist ohnehin viel zu neugierig.« Cosimas strafender Blick brachte John zum Schmunzeln. Er liebte es, wenn sie böse auf ihn war. Aber er ahnte nicht, dass Cosima hinter der Maske, die sie ihm zeigte, froh war, dass er wieder der John Alfred Glennscaul war, den sie kannte. Nicht zu wissen, was sie von ihm zu erwarten hatte, machte sie unruhig. Da war jedes bekannte Verhaltensmuster eine Wohltat.

»Wir werden das Schiff dorthin ausliefern«, sagte Ms. Anstey. »Unser Pilot ist aber noch nicht da. Es könnte einige Stunden dauern.«

»Bis heute Abend?«, fragte John.

»Bis dahin haben Sie es auf jeden Fall. Wenn Sie wollen, können Sie es auch selbst fliegen.«

»Wir haben uns für heute noch viel vorgenommen«, sagte John und dankte ihr. Es war nur wichtig, dass das Schiff heute Abend an Ort und Stelle war, denn sie hatten heute Morgen aus ihren Zimmern ausziehen müssen. Zwar hätten sie Crew-Quartiere beziehen können, aber als John erfahren hatte, dass ihretwegen Besatzungsmitglieder umquartiert werden sollten, hatte ihm das missfallen. Das eigene Schiff war eine willkommene Alternative.

»Sie werden nicht enttäuscht sein«, sagte Ms. Anstey.

»Wir danken Ihnen«, erwiderte John.

»Ja. Danke«, setzte Cosima nach, doch die Verkäuferin hatte keine Augen für sie.

»Versprechen Sie mir etwas?«, fragte John Ms. Anstey.

Die Verkäuferin nickte.

»Würden Sie mir den Gefallen tun und es für sich behalten, dass wir wirklich hier sind?« Er machte sich Sorgen, dass es sich übers Netz rasch nach Pandaros-3 herumsprechen könnte.

Ms. Anstey nickte. »Ich werde das vertraulich behandeln«, sagte sie. »Aber würden Sie ein Bild mit mir machen?«

»Natürlich«, antwortete er und stellte sich neben sie. Er hielt die Handfläche mit dem Patch vor sich und Zita Anstey und drückte mit dem Daumen ein paarmal den Auslöser-Button am unteren Displayrand.

»Echt jetzt?«, fragte Cosima, die von ihrem Schirm aufschaute.

John prüfte die Bilder. Er war mit seinem Lächeln zufrieden. Ms. Ansteys Kopf wurde vom System unscharf wiedergegeben. Erst nachdem sie mit ihrem Patch die Fotos autorisiert hatte, erschien ihr strahlendes Gesicht.

»Vielen Dank«, sagte Ms. Anstey.

»Ich schicke es Ihnen, wenn wir von Bord gehen. Aber nur, wenn Sie schweigen.«

»Das werde ich«, erklärte Ms. Anstey. Nachdem sie ihm ihre Kontaktdaten gesendet hatte, verabschiedeten sie sich.

Als Cosima auf dem Weg durch die Halle zum Stand zurückblickte, fiel ihr auf, dass Ms. Anstey ihnen nachstarrte. »Ich glaube, die süße kleine Zita steht auf dich. Und? Stehst du auf Sexbot-Verkleidungen? Ach, ich vergaß: Du hast ja eine Schwäche für Sexbots.« Sie spielte damit auf ein Gerücht an, wonach John Passagier auf dem Piratenkreuzer *Ornament* gewesen war. Die Kapitänin des berüchtigten Schiffes war eine gewisse Ariadna, ein ehemaliger Sexbot mit Nano-KI-Chip, der es sich zur Aufgabe gemacht hatte, andere Roboter aus der Unmündigkeit zu befreien.

»Beschäftigt dich das Thema immer noch?«, fragte John.

»Ich weiß, dass du an Bord der *Ornament* warst. Ariadna hat mir das erzählt.«

»Du kennst sie?«, fragte John.

»Ich habe ihr ein paar Sachen abgekauft.«

»Dann war sie auf Pandaros-3?«

»Natürlich. Allerdings unbemerkt. Es ist erstaunlich, wie sehr sie ihre Erscheinung ändern kann.«

John schüttelte den Kopf. »Und über mich und die Piraten erzählt man irgendwelche Geschichten!«

»Ich war ja auch nicht bei ihr an Bord.«

»Und weil *ich* an Bord der *Ornament* war, glaubst du, ich hätte mich da irgendwelchen Lüsten hingegeben.«

»Hast du?«

»Es war alles rein geschäftlich.« Das war die Wahrheit, denn er hatte einen Deal mit Captain Ariadna gehabt. Er hatte ihr geholfen, einen weiblichen Androiden zu befreien, und sie hatte ihn vor seinen Verfolgern geschützt und unbemerkt nach Pandaros-3 zurückgebracht. Auf der *Ornament* hatte er die verschiedensten Roboter gesehen, die eine funktionierende Gemeinschaft bildeten. Angeführt von Ariadna und anderen frühen Sexbot-Modellen, die noch über einen KI-Chip-Eingang verfügten, befreiten sie andere Bots und statteten sie mit gestohlenen KI-Chips aus. Manche der frühen Bot-Modelle sahen Menschen zum Verwechseln ähnlich und stammten aus der Zeit, bevor die großen KIs entschieden hatten, neuen Modellen einen deutlichen Anstrich von Künstlichkeit zu verleihen, um sie klar von Menschen zu unterscheiden.

John hatte auf der *Ornament* Bots jedes Geschlechts kennengelernt, die in einem gewissen Rahmen ihre Gestalt verändern konnten. Die Crewmitglieder hatten versucht, ihn zu verführen, doch er hatte ihnen widerstanden, weil er fürchtete, sie würden ihn umbringen, wenn er sich auf sie einließe. Und Ariadna bestätigte ihm, dass er den Test bestanden habe. Über mehrere Wochen war er auf der *Ornament* zu Gast gewesen, und er hatte unglaubliche Dinge beobachtet. Er hatte gesehen, wie Roboter, die dazu geschaffen waren, Menschen zu befriedigen, miteinander Sex in allen denkbaren Variationen hatten. Und die Grenzen dessen, was für ihn denkbar war, wurden in diesen Wochen förmlich gesprengt.

»So, wie du guckst, kann es nicht geschäftlich gewesen sein«, sagte Cosima.

»War es aber«, erwiderte er. »Zwischen mir und den Bots ist nichts gelaufen. Ich war nur Beobachter.«

»Das glaube ich nicht.«

»Glaub, was du willst«, sagte John. »Und was die Verkäuferin angeht: Sie ist nett. Und was sie zu dem Umgang mit Granden gesagt hat, fand ich klug.«

»Am Ende hatte sie nur noch Augen für dich, so sehr ist sie dir auf den Leim gegangen. Die wird ganz aus dem Häuschen sein, wenn du ihr das Foto schickst.«

»Eifersüchtig?«

»Natürlich, Alfie«, sagte Cosima mit übertriebener Stimme. »Ich ertrage es nicht, wenn jemand meinem lieben, kleinen Alfie schöne Augen macht.«

»Dann wird dir der Abend gefallen. Das Casino wird geöffnet haben, und ich habe einen tollen Anzug.«

»Ich werde da sein und zuschauen, wie die hübschen Damen sich davonmachen, sobald es bei dir nichts mehr zu holen gibt.«

»Und du? Glaubst du nicht, da werden eine Menge Männer sein, die nur auf eine Frau wie dich warten?«

»Wahrscheinlich. Aber ich kann nicht verlieren.«

»Die können nicht wissen, dass man besser nicht mit dir wettet.«

»Das? Aus deinem Mund?«

»Ich habe viel Geld verdient, indem ich einfach deine Wetten kopiert habe. Du hast ein gutes Näschen.«

Cosima stutzte. »Ich hab mich wohl verhört.«

»Cozy. Ich werde meine Strategie ändern. Statt dich zu bekämpfen, werde ich dich mit Freundlichkeit überschütten.«

»Bitte nicht!«

»Aber ja. Ich weiß doch, wie gerne du das magst.«

»Ungefähr so gerne wie du, wenn ich *Alfie* sage.«

»Ich mag es, wenn du *Alfie* sagst.«

»Dein Gesicht sagt aber was anderes.«

»Alles nur Maske. Tief in mir drin liebe ich es, wenn du *Alfie* sagst.«

»Ich warne dich, John. Ich bin gut im Freundlichkeitsspiel. Ich kann dir alles mit rosa Soße obendrauf präsentieren. So lange, bis dir das Kotzen kommt.«

»Du unterschätzt mich wieder mal«, sagte John. »Ich fände es gut, wenn du netter wärst.«

»Du hast irgendwas genommen, oder? War vorhin was im Kaffee?«

»Nein, nein. Es ist eine Einsicht. Wenn ich dich schon nicht mit Waffen besiegen kann, dann entwaffne ich dich mit umarmenden Worten.«

»Du spinnst!«

»Vielleicht. Aber der Tag ist doch bisher ganz gut gelaufen.«

»John Alfred Glennscaul! Wenn du glaubst, dass das hier ein guter Tag ist, dann freust du dich zu früh. Du willst Freundlichkeit. Du wirst an meiner Freundlichkeit ersticken, du Arschl…«

»Deine Freundlichkeit kommt mir so vertraut vor. Erinnert mich sehr an deine konfliktversessene Seite.«

Die Leute schauten sich schon nach ihnen um.

Cosima winkte ihn zu sich und kam gleichzeitig selbst näher. »Verarsch mich nicht, John! Das ist kein Spiel. Das hier ist für mich anstrengend. Und glaub nicht, dass ich nicht die erste Gelegenheit nutze, um dich reinzulegen.«

»Nichts anderes habe ich von meiner Lieblingsfeindin erwartet.«

Sie starrte ihn an. Hinter diesem jungenhaften Grinsen konnte nur Verrat stehen. Doch sie musste an das denken, was er ihr über Lüge und Wahrheit gesagt hatte. Es ergab einen Sinn. Er war ein schlechter Lügner, und dieses Grinsen hätte auch bedeuten können, dass er es ernst meinte und sich über sie amüsierte, weil sie es nicht erkannte.

Ein Teil von John meinte es ernst. Er hatte nicht vor, Cosima reinzulegen. Aber er wusste, dass seine Freundlichkeit ihr zu schaffen machte, und das amüsierte ihn. Während er Seite an Seite mit ihr hinausging, fragte er sich, wann sie *ihn* reinlegen würde. Da sie nicht damit zurechtkam, würde sie der Situation entfliehen wollen. Und wie könnte sie das besser, als ihn hinters Licht zu führen? Er würde aufpassen müssen, dass er am Ende nicht hier gestrandet war. Als das Geld noch auf dem Konto gewesen war, hatten sie beide grünes Licht geben müssen, um Zugang zu erhalten. Aber das Schiff gehörte ihnen beiden, ohne dass irgendetwas ihre gemeinsame Erlaubnis forderte. Eine Stimme alleine reichte, um Entscheidungen zu treffen. Sie würde garantiert versuchen, ihn loszuwerden.

Tatsächlich dachte Cosima auf dem Weg von der großen Halle durch die halb vollen Korridore daran, wann sie John sitzen lassen würde. Er und Yuka verstanden sich doch so gut. Da würde es bestimmt nichts ausmachen, wenn er ein paar Tage länger hierblieb – bis ihn seine Leute abholten.

»Deine Leute hast du also nicht kontaktiert?«, fragte sie

und dachte an die Bitte, die er der Verkäuferin gegenüber geäußert hatte.

John schüttelte den Kopf. »Ich möchte nicht, dass sie sich vorbereiten können. Wenn die Leute die Gerüchte glauben, dass wir hier aufgetaucht sind, dann ist es okay. Aber wenn ich unbemerkt heimkehren kann, wäre mir das lieb.«

»Damit du die Dinge siehst, wie sie sind?«, fragte Cosima. Sie hatte ebenfalls keine Anstalten gemacht, ihre Leute zu kontaktieren, obwohl es sie gereizt hatte, sich bei ihrer Strategin Amy Mendelowski oder bei ihrem Mentor Spencer Haverly zu melden.

John nickte. »Ich möchte auch niemandem eine Gelegenheit bieten, gegen mich vorzugehen. Es würde sich schnell rumsprechen, dass wir noch leben. Und ehe wir uns versehen, haben wir ein Killerkommando an den Fersen.«

»Deswegen ist es wichtig, dass wir ein unabhängiges Schiff haben, auf dem wir heimkehren können.«

»Und du wirst mich nicht in letzter Minute über die Klinge springen lassen?«

»Nein. Aber sobald wir auf Pandaros-3 sind, könnte ich meine Meinung ändern. Ich neige dazu, in alte Muster zu verfallen, wenn ich in alte Umgebungen zurückkehre.«

»Ich weiß, was du meinst«, sagte John. »Aber die Einsicht, dass es so ist, könnte dafür sorgen, dass du es verhinderst.«

»Sei dir nicht so sicher, John.«

»Du bist eine starke Frau.«

Cosima staunte. »Starke Frau? Echt? Hast du das wirklich gesagt?«

»Habe ich.«

»Starke Frau wie in ›Wenn es um nichts geht, ungeheuer kompetent, aber wenn es um etwas geht, kann jeder Kerl sie austricksen, ihr eine verpassen und sie in Schwierigkeiten bringen‹? Eine Frau, die mit zwei Pistolen vor den üppigen – natürlich üppigen! – Brüsten herumspringt und für die alles unter einem dreifachen Salto oder einer vierfachen Schraube würdelos ist? Eine solche Frau?«

»Du guckst zu viele uranosische Filme.«

»Zugegeben.«

»Wenn ich starke Frau sage, meine ich eher die aus den Filmen von Cristina Miskell oder aus den Büchern von Tashina Greenemay. Bodenständige Frauen, die beinahe verzweifeln, dass sie wieder einmal die Kämpfe der Vergangenheit ausfechten müssen. Individualistinnen, die sich nicht vereinnahmen lassen, die offen für Veränderungen sind. Die auf der Suche sind, die experimentieren und keine Scheu davor haben, neue Standpunkte einzunehmen, wenn diese ihren Zielen dienen; die sich eingestehen können, dass sie falschliegen, aber wenn sie glauben, dass sie richtigliegen, um nichts im Universum aufgeben.«

»So siehst du mich? Wie eine Heldin aus dem Argolis-System?«

»Warum nicht?«

»Weil ich eine Verbrecherin bin, John.«

»Kennst du die Thriller von Greenemay?«

»Nein.«

»Kaum jemand tut das. Ist halt schon ein bisschen älter. Aber ihre Heldinnen sind wie du. Fangen klein an, durchleben Härten und sind am Ende oft Granden.«

»Und stürzen sie ab?«

»Manche von ihnen.«

»Du machst mich neugierig, John. Wenn du mich also als starke Frau bezeichnest, soll das ein Kompliment sein.«

»Sag du es mir, wenn du ein paar der Greenemay-Romane gelesen hast.«

»Das werde ich, John. Verlass dich drauf.« Sie musterte ihn, und ihr fiel nicht sofort ein ähnlicher Vergleich ein. Natürlich hatte sie ihn auch als Mann wahrgenommen, aber in erster Linie sah sie ihn als ihresgleichen an, als Granden vom gleichen Schlag wie sie – einer, der mit ihr angefangen und parallel zu ihr aufgestiegen war.

Gemeinsam schlenderten sie durch einige der Hallen und hielten nach Dingen Ausschau, die sie ersteigern konnten.

Die Waffen, vor allem die Pistolen, fanden sie interessant, aber sowohl Cosima als auch John befürchteten, dass sie im Falle eines Streits nur wieder aufeinander schießen würden.

So prüften sie lieber mit ihren Patches die Vorräte auf ihrem neuen Schiff und kauften einige Ausrüstungspakete, sogar Essenspakete und Komponenten, die mit dem Kochmodul an Bord kompatibel waren. Immer wieder ließen sie die Dinge an Anlegestelle 36 liefern. Falls das Schiff noch nicht dort war, würde es in dem Ladefach zwischengelagert.

Nachdem sie in einem Ramen-Restaurant zu Mittag gegessen hatten und gut gelaunt und mit einem wundervollen Geschmack im Mund auf die überfüllten Gänge kamen, spielte Cosimas Patch eine Melodie, während Johns Patch summte.

Sie drängten sich zwischen den Besuchern hindurch an die Seite des Ganges und schauten, was sie erhalten hatten. Ihr neues Schiff war an der Anlegestelle angekommen.

»Sollen wir mal schauen?«, fragte John.

Cosima spitzte die Lippen und nickte.

Statt sich an den Transportern anzustellen, folgten sie einem Rat, den Yuka ihnen gegeben hatte, und legten den Weg zu ihrer Anlegestelle auf den Fahrsteigen zurück. Das äußere Band bewegte sich langsam. Die zwei folgenden Bänder bewegten sich schneller fort, aber so, dass man leicht von einem auf das nächste wechseln konnte. Cosima und John blieben, weil sie es nicht eilig hatten, auf dem ersten Band stehen und musterten die Leute.

»Wie kopflose Hühner«, sagte Cosima leise.

»Für die geht es um was«, erklärte John.

Manche schauten sie verständnislos an, als wäre etwas falsch daran, auf dem ersten Band stehen zu bleiben und zu reden. Sie sprachen über die Fahrsteige am Raumhafen von Pandaros-3, bei denen man das System auf die Spitze getrieben hatte. Sechzehn parallele Bänder fuhren dort, eines schneller als das andere.

An den Anlegestellen war es glücklicherweise ruhiger.

Die meisten Leute waren unterwegs und gingen ihren Geschäften nach. Auf dem Gang zu ihrer Schleuse begegneten sie niemandem. Die Anlegestellen waren zwar mit Schiffen besetzt, aber es schienen nur automatisierte Frachter zu sein, die ihre Ladung an das Logistiksystem der *Inanna* übergaben.

»Ein bisschen einsam«, sagte John.

»Genau wie du es magst«, erwiderte Cosima.

Durch ein Fenster neben der Schleusentür konnten sie ihr Schiff sehen. Es war tatsächlich da. Cosima hob ihren Patch an und öffnete ihnen die Tür. »Hast du eigentlich mal geschaut, welche Inneneinrichtung das Ding hat, oder hast du nur der Verkäuferin in den Ausschnitt geguckt?«

»Ich habe es natürlich nicht so im Detail gemacht wie du. Die Daten angeschaut, meine ich. Ich habe das gesehen, was du gesehen hast: Gravitationspanels im Zentrum und eine Handsteuerung.« Das Steuern von Schiffen durch einen Piloten war für Hobbyisten ein Traum und für die Schattenkonzerne sehr nützlich. Denn eine Handsteuerung konnte abseits der Kolonien nicht von außen übernommen werden, während automatisierte Schiffe anfällig für solche Attacken waren. Und auch im Kampf waren sie sehr nützlich. Denn KIs und auch automatisierte Schiffe konnten keine tödlichen Kämpfe gegen Menschen austragen. Sie durften Menschen nicht verletzen. So musste man gegen Schiffe mit Menschen an Bord Geschützoffiziere einsetzen. Und diese waren kaum auf handgesteuerte Schiffe eingestellt. Da KIs weder feuerten noch zielten und es nur sehr eingeschränkte Zielsysteme gab, hing es am Menschen, ein Raumschiff zu zerstören. Mit Handsteuerung konnte man für den Menschen ungewohnte Flugmanöver vollziehen und dadurch leichter entkommen.

Die Tür öffnete sich und gab den Blick durch die Schleuse hindurch in das Innere ihrer Neuerwerbung preis. Der Eingangsbereich dort lag in einem warmen Licht.

Sie traten ein und bemerkten keinen Unterschied in der

Schwerkraft. Die Gravitationspanels arbeiteten perfekt. Hier im Eingangsbereich verteilten sich einige Sitze an den Wänden. Bodenplatten mit orange leuchtenden Anzeigen deuteten darauf hin, dass man direkt von hier aus Zugang zu einigen der Ladebereiche hatte, aber in der Ecke befand sich auch eine Luke mit einer Leiter, die in den Bauch des Schiffes führte; dort unten waren laut Schiffsdaten keine Gravitationspanels installiert.

Rechts ging es durch eine breite Tür nach hinten in den Wohnbereich. Sie gingen aber zuerst nach links in das geräumige Cockpit, das sechs Leuten Platz bot. Zwei vorne, vier dahinter.

Sie weckten das System aus dem Stand-by und prüften Seite an Seite die Anzeigen.

»Was für ein Modul benutzen sie zur Fremdkontrolle?«, fragte John. Obwohl das Schiff kein automatisierter Frachter war, musste es wie alle zertifizierten Schiffe an Sprungtoren oder in festgelegten Landungsbereichen die Kontrolle abgeben können. Das machten sich viele zunutze, ob nun Gauner, Sicherheitsdienste, die Polizei oder gar das Militär.

»Ein Standardmodell: Eryx-348V.« Die Kontrollmodule aus den Wolkenstädten der Venus hatten zwar einen guten Ruf, aber in den Fabriken von Eryx wurden schon seit mehr als dreißig Jahren keine mehr hergestellt.

John biss sich auf die Lippen. »Damit können sie uns gleich übernehmen. Vielleicht können wir mit ein paar Programmen noch etwas aus dem alten Ding rauskitzeln.«

Cosima löste ihren Patch von ihrer Hand und legte ihn auf die Konsole. John tat es ihr mit seinem gleich. Sie legten fest, dass sie beide Zugang zum kompletten System hatten, mit allen Rechten, die damit einhergingen. Anschließend statteten sie das System mit Programmen aus, die auf ihren Patches gespeichert waren. Sie hätten sie auch aus dem Netz abrufen können, aber dadurch unter Umständen die Aufmerksamkeit ihrer Leute wecken können. Und das wollten sie vermeiden.

Cosima installierte eine neue Software für das Kontrollmodul und entlockte John damit ein anerkennendes Nicken. »StaticV79! Nicht schlecht.« Es handelte sich um ein Programm, das nur von den teuersten Systemen zu knacken war. Und selbst dann blieb ihnen wahrscheinlich genug Zeit, etwas zu unternehmen.

Sie verhandelten darüber, welche weiteren Programme sie in das System betten sollten, stellten aber fest, dass sich abseits des Systems zur Fremdsteuerung sehr gute Software an Bord befand.

»Deine Verkäuferin hatte recht, John. Wem auch immer das Schiff gehörte, er muss ein Liebhaber gewesen sein.«

»Wer war es?«, fragte er.

Cosima holte die Liste auf den großen Schirm vor ihnen. Das Schiff hatte eine Handvoll Besitzer gehabt, aber kaum einer hatte es wirklich benutzt. Der Erstbesitzer hatte das Schiff zu dem gemacht, was es nun war, und jahrelang eingesetzt. »Marcus P. Crispell«, sagte sie.

»Nie gehört.«

»Ein kleiner Unternehmer von der Erde. Seine Familie hat das Ding nach seinem Tod verkauft. Und dann ist es von Hand zu Hand gegangen. Dieser Crispell war ein Bastler. Hat mal ein Schleusensystem optimiert und dann von Eleonore Aufträge bekommen.«

»Deswegen ist es also ein Blackfriar 9-E«, sagte John. »Das einzige Modell aus der Reihe, das Eleonore selbst konstruiert hat.«

»Man scheint gut zu leben, wenn man den KIs eine Hilfe ist.«

John stutzte. »Und dann verkauft die Familie es sofort nach seinem Tod? Das ist deprimierend.«

»Er kriegt davon ja nichts mehr mit«, entgegnete Cosima.

»Ja, aber fragst du dich nicht, was von dem übrig bleibt, das du aufgebaut hast?«

»Natürlich.« Sie deutete auf den Schirm. »Die Erben waren keine nahen Verwandten. Ein Neffe aus dem Pontos-

System. Man muss sich seine Nachfolger eben nahe halten.«

»Durch eine echte Familie.«

»Zum Beispiel.«

»Hast du je über Kinder nachgedacht?«

»Soll das ein Angebot sein, Alfie?«, fragte Cosima und grinste schief.

John grinste zurück. »Zweifellos würden unsere Kinder Großes vollbringen. Aber nein, meine liebe Cozy. Es soll kein Angebot sein.«

»Schade, mein lieber Alfie. Schade!«, sagte sie mit verführerischer Stimme. Natürlich war es nur gespielt, aber John ging ein Schauer durch den Körper. Er hatte sich Cosima nie als Mutter vorgestellt, und der Gedanke packte ihn. Zwar hatte er mitbekommen, wie sie sich um ein talentiertes Kind gekümmert hatte, aber da war sie ihm wie eine Mäzenin erschienen. Der Name des Kindes war Libby gewesen. Cosima war auf sie aufmerksam geworden und hatte fortan ihre Ausbildung finanziert. Inzwischen musste sie siebzehn oder achtzehn Jahre alt sein.

»Du hattest doch viele Beziehungen, John. Ich meine, *richtige* Beziehungen.«

»Die meisten wollten keine Kinder.«

»Du aber schon.«

»Irgendwann.«

»Du meinst, wenn alles vorbei ist. Wenn das Schlimmste überstanden ist.«

»So hatte ich mir das vorgestellt. Aber irgendwie habe ich das Gefühl, dass es nie vorbei sein wird.«

Cosima nickte. »Ich für meinen Teil werde irgendwann ein Kind haben – ohne einen Mann. Von irgendeinem anonymen Spender oder von einem, der sich für anonym hält.« Sie stellte sich vor, wie es wohl wäre, Genmaterial von John zu nehmen, um davon ausgehend ihr Kind zu zeugen, ohne dass er es je erfahren würde. Nein, zu grausam, sagte sie sich. »Ich bin die Letzte der Ambersons. Du hast immerhin Familie.«

»Keine, die irgendetwas mit mir zu tun haben will.«

»Unser Streit, John. Ist das eine Familienfehde? Könnte es dazu werden?«

»Wenn wir unser Kriegsbeil nicht begraben, würde es das wohl. Wenn man bedenkt, dass unsere Urgroßmütter zur gleichen Zeit nach Pandaros-3 kamen und sich gekannt haben müssen, als sie nebeneinander ihre Schattenkonzerne aufgebaut haben, frage ich mich, ob es nicht irgendwann zwangsläufig zu einer Fehde kommen musste.«

Cosima überlegte, ob sie John von den Video-Memoiren ihrer Urgroßmutter Cora Amberson erzählen sollte. Sie hatte das Material vor vier Jahren entdeckt. Cora berichtete darauf über ihre Passage von der Erde, und dass sie dort eine Frau namens Rachel B. Glennscaul kennengelernt hatte. Sie erzählte von ihrer Freundschaft. Bisher hatte Cosima dieses Wissen für sich behalten. Sie überlegte, ob sie es John offenbaren sollte, entschied sich dann aber dagegen, denn sie wollte sich nicht der Frage aussetzen, warum sie ihm das nicht schon früher gesagt hatte.

»Manche Dinge sind unvermeidbar«, sagte John. »Wenn zwei wie wir einander lange genug ausgesetzt sind, muss es einfach zu einem Kampf kommen. Und dann lebst du schnell im Augenblick und überlegst nicht, was nach dir kommt.«

Cosima musste an Nerina denken. So in etwa musste es sich anfühlen, wenn Familienmitglieder durch die Hand von Feinden starben. Vielleicht sogar noch schlimmer. »Das Verrückte ist, dass mich doch überhaupt nicht interessieren muss, was nach meinem Tod ist. Aber manchmal will es mir nicht aus dem Kopf gehen.«

»Ich werde genau hingucken, wenn wir heimkehren«, sagte John. »Die halten uns für tot. Und so, wie wir es antreffen werden, wird es wohl sein, wenn wir wirklich sterben.«

Cosima nickte. Sie hatte Angst vor der Heimkehr. Nicht nur, weil sie nicht wusste, was sie erwartete. Sie fürchtete auch, dass man mit dem Finger auf sie zeigen könnte, weil sie ihre Leute in einen verlustreichen Kampf geführt hatte. Sie fühlte sich jetzt bereits schuldig. Wie würde es dann wohl sein, wenn sie erfuhr, wer alles umgekommen war?

»Keine Waffensysteme?«, fragte John und holte Cosima aus ihren Gedanken.

»Nein«, antwortete sie. »Ist halt nur eine Hobbykutsche.«

»Vielleicht finden wir ja noch ein Waffensystem, das wir anschließen können.«

»An dem Ding herumzuschrauben wäre ein Albtraum«, erwiderte Cosima.

»Hauptsache, die Kiste funktioniert«, sagte John. »Hast du bei deinen Tests auch den Schild geprüft?«

»Widerstandsgrad: 53, Regenerationsstufe: 34«, erklärte sie.

John wiegte seinen Kopf hin und her. Das waren mittelmäßige Werte. »Ist er verschiebbar?«

Cosima seufzte. »Ja. Aber nur zwischen vorn und hinten. Alles andere ist gleichbleibend.«

»Ach du Scheiße! Warum hast du das nicht vorhin gesagt?«

»Ich rechne nicht damit, dass jemand auf uns schießt – und falls doch, müssen wir unsere Kunstfertigkeit einsetzen und ausweichen. Sieh mal.« Sie fuhr mit dem Finger über einen Listeneintrag. »Das Ding ist sehr wendig.«

»Hat die Kiste einen Namen?«, fragte John.

»Wurde gelöscht«, antwortete Cosima.

»Wie nennen wir sie?«

»*Amberson & Glennscaul*?«

»Zu lang«, sagte John. »*AMBERSCAUL* vielleicht?«

Cosima zuckte die Achseln. »Von mir aus. Mir wäre auch *Arschgesicht* recht. Hauptsache, diese Diskussion hört auf.« Sie tippte den Namen *AMBERSCAUL* ein.

* * *

Yuka konnte kaum glauben, dass sie nach dem harten Arbeitstag, bei dem sie die Anlaufstelle für alle Anliegen gewesen war, noch die Kraft hatte, sich ihr hellgraues Etuikleid anzuziehen und ins Casino zu gehen. Die überraschten Gesichter derer, die sich wunderten, dass sie ihnen Gesellschaft leistete, machten sie verlegen.

Sie wusste, dass sie als Kapitänin auf der *Inanna* immer im Mittelpunkt stehen würde, aber noch nie hatte sie in so kurzer Zeit so viele Kontakte geknüpft und so viele Informationen zusammengetragen. Der Abend im Casino war fruchtbarer gewesen als der gesamte Arbeitstag. Dabei war sie eigentlich nur wegen der beiden Granden gekommen. Sie hatte John vom Casino erzählt, und er hatte sie gefragt, ob er sie dort antreffen würde. Sie hatte überlegt, wollte ihm erst absagen, konnte sich dann aber nicht dazu durchringen und hatte zugesagt.

Sie hatte John schon gesehen. Er trug einen eleganten Anzug. Da sie aber auch Cosima entdeckte, die in ihrem cremefarbenen Abendkleid umwerfend aussah, wagte sie es nicht, sie außen vor zu lassen. Wenn sie mit John sprach, sprach sie auch mit Cosima, und wenn sie ihm nahe war, kam sie auch Cosima nahe.

Yuka war dabei, als Cosima und John in dem Strategiespiel *Krieg der Granden* an dem großen Spieltisch antraten. Kaum einer wusste, wer sie waren, und Yuka hatte ihren Leuten aufgetragen, es dabei zu belassen. Zwar waren Gerüchte im Umlauf, aber dass Cosima Amberson und John Glennscaul gemeinsam und in Eintracht auf dem Schiff zu Gast waren, musste den meisten unglaubwürdig erscheinen.

Cosima und John trugen nun den Streit, der in der Realität ernst war, in einem Spiel gegeneinander aus. Sie saßen mit den anderen Spielern an dem langen Tisch und starrten auf die Bildschirme, die sich vor ihnen aufgebaut hatten. Die Zuschauer verfolgten das Geschehen auf dem großen Schirm, der über der Tischplatte schwebte. Dort wurden die

Kämpfe gezeigt, die die Akteure gegeneinander austrugen – von Weltraumschlachten bis hin zum Kampf Mensch gegen Mensch. Das Spiel verband zahlreiche Genres und bot den Akteuren viele Möglichkeiten, den Gegenspielern zu schaden.

Die anderen Mitspieler, die mit den beiden Granden am Tisch saßen, schieden binnen kürzester Zeit aus dem Spiel aus. Sie schlossen die falschen Allianzen, waren zu gierig, überschätzten sich selbst und unterschätzten ihre Gegenspieler. Und selbst jene, die sich eine Weile halten konnten, unterlagen Cosima oder John. Die beiden Granden hatten sich von Anfang an im Visier, und alle, die ihrem Kampf zu nahe kamen, wurden weggefegt, als wären sie zwei Wirbelstürmen, die sich aufeinander zubewegten, zu nahe gekommen.

Als nur noch Cosima und John am Tisch saßen und das Spiel verbissen fortführten, hatte Yuka keinen Zweifel, dass der Schlagabtausch noch Stunden dauern würde. Sie beschloss, später wiederzukommen. Sie aß etwas, redete dabei mit allerlei Gästen und entlockte ihnen Informationen. Als sie nach einigen Drinks wieder an den langen Spieltisch zurückkehrte, saßen sich Cosima und John dort noch immer gegenüber, und eine Traube aus Schaulustigen beobachtete das Geschehen – den Höhepunkt des Konflikts, bei dem die beiden Granden alles in die Waagschale warfen, was ihnen im Spiel geblieben war. In einer gewaltigen Weltraumschlacht suchten sie eine Entscheidung.

Alle ringsum hielten den Atem an, als die letzten Schiffe im All aufeinandertrafen, John die Oberhand gewann und das letzte Schiff Cosimas mit einem Volltreffer erwischte.

Cosima lehnte sich zurück, zog ihre Hände vom Tisch an sich heran und schüttelte langsam den Kopf, während ihr Mutterschiff auf dem Schirm in Zeitlupe explodierte.

John grinste und schaute durch die transparenten Schirme zu Cosima hinüber. Yuka machte sich Sorgen, dass dieser Sieg alles zunichtemachen würde. Aus dem, was sie vorher erzählt hatten, ging hervor, dass sie den Tag recht gut überstanden hatten – gemeinsam. Und nun grinste John mit einer überheblichen – aber alles andere als unattraktiven – Miene seine Gegenspielerin an. Das musste Cosima missfallen.

Ein Raunen ließ Yuka stutzen und John erstarren. Die Zeitlupe lief weiter. »Ein Torpedo!«, rief ein Mann, der neben Yuka stand. Und tatsächlich flog ein Torpedo mit roter Markierung in Richtung von Johns Kommandoschiff – das letzte Schiff, das ihm geblieben war. Cosima musste ihn losgeschickt haben, kurz bevor es sie selbst getroffen hatte.

John versuchte verzweifelt, Gegenmaßnahmen zu ergreifen. Doch all seine Raketen waren abgefeuert, und seine Laser und die übrigen Waffen mussten ebenso wie die Schildgeneratoren abkühlen. Seine einzige Hoffnung war es, auszuweichen. Doch sosehr er sich bemühte und sosehr ihm die Zeitlupe scheinbar nützte, so wenig konnte er etwas ausrichten. Cosima hatte ihm schon vor Minuten so sehr zugesetzt, dass sein Hauptschiff bewegungsunfähig war. Er musste mit allen im Saal zusehen, wie der Torpedo näher und näher kam.

Auf Cosimas Gesicht machte sich ein Lächeln breit, während die Panik aus Johns Miene wich und er ebenfalls lächelte. Auch er löste die Hände vom Tisch und ließ sich in den Stuhl zurücksinken. Während der Torpedo auf dem Schirm in sein Schiff eindrang und es in einer völlig unrealistischen Explosion zerstörte, erhoben sich Cosima und John, schritten um den Tisch herum und traten aufeinander zu.

»Unentschieden!«, verkündete Vin Breininger, der die Spiele kommentierte und sich natürlich bei dem Duell der beiden Granden eingefunden hatte. »Cosima Amberson und John Glennscaul haben sich gegenseitig ausgeschaltet. Wir haben zwei Gewinner. Natürlich sind die Namen erfunden.« Vin wandte sich an Cosima. »Oder sind Sie etwa wirklich Cosima Amberson?« Sein Grinsen ließ keinen Zweifel, dass er es für unmöglich hielt. Dabei wusste Yuka, dass er die Wahrheit kannte.

»Aber nein«, antwortete Cosima, und ihr Lachen wirkte aufrichtig und beinahe schüchtern.

Vin wandte sich an John. »Und Sie sind dementsprechend nicht John Glennscaul.«

»Doch, natürlich«, antwortete John mit einem Grinsen, das die Gäste zum Lachen brachte. Er hatte wieder einmal die Wahrheit als eine Lüge verkauft.

Der Handschlag von Cosima und John drückte einen Respekt aus, den Yuka noch nicht an ihnen beobachtet hatte. Sie hatten gerade wieder einmal bewiesen, dass sie einander ebenbürtig waren. Vielleicht war eine Abgrenzung nach außen das, was sie brauchten, um Frieden zu schließen.

»Wie im wahren Leben, … *John*!«, sagte Cosima und sprach seinen Namen derart übertrieben aus, dass jeder annehmen musste, dass es nicht sein richtiger Name war.

Vin fragte Cosima: »Haben Sie keine Angst, dass die echte Cosima Amberson von Ihrem Auftritt erfährt? Sehen Sie doch mal, wie viele Leute sich hier tummeln.«

»Könnte sein«, antwortete sie. »Aber wenn sie auf mich zukommen sollte, werde ich ihr anbieten, das Spiel in ihrem Namen professionell zu spielen.«

»Sie sehen ihr sogar ähnlich, meine Teuerste«, sagte Vin.

Yuka verdrehte die Augen. Vins gönnerhafte Art konnte einem rasch zu viel werden.

»Ich nehme das als Kompliment«, sagte Cosima mit verführerischem Blick. Dann musterte sie John von oben bis unten. »Ist doch gut, wenn wenigstens einer von uns ihnen ähnlich sieht. Ich habe Bilder von John Glennscaul gesehen. Und ich muss sagen, dass er ganz hinreißend ist. Ganz hinreißend.«

»Das klingt wie ein Angriff auf Sie, Sir«, sagte Vin und schaute John erwartungsvoll an.

»Ich gebe zu, dass es für mich keinen Sinn hat, mit John Glennscaul zu konkurrieren. Ich hoffe aber, dass ich seinem

Namen alle Ehre gemacht habe.« Und da war es wieder, dieses spitzbübische Lächeln.

Cosima und John ließen sich feiern, und als Yuka merkte, dass Vin Breininger mit Cosima flirtete, machte sie sich davon und genoss einen Drink an der Bar im VIP-Bereich. Hier war es ruhig – hier konnte sie endlich durchatmen.

Ein groß gewachsener Mann mit rauen Wangen näherte sich ihr mit wohlwollender Miene. Sie kannte ihn; sie hatte ihn am Tag noch auf dem Schirm gehabt. Es war Nelson Kempinski. Den Daten zufolge war er bereits über sechzig, sah aber aus wie Mitte vierzig. Es war kein Geheimnis, dass die Kempinskis einem Jugendwahn erlegen waren. Sie waren das lebende Beispiel dafür, dass die Nanobots, die Kempinski vertrieb, das jugendliche Aussehen aufrechterhielten. Und auch die anderen Verfahren, zu denen er das Patent hielt, funktionierten offenbar. Für ihn schien es eine Art Hobby zu sein, denn sein Hauptgeschäft waren der Schiffsbau, seine Forschungsmissionen und die Logistik. Aber seine Ambition, das Alter zu besiegen, und die Empörung darüber, dass die KIs die Forschung nach dem ewigen Leben mehr oder weniger eingestellt hatten, waren legendär. Bei einem Blick in sein Gesicht konnte man den Eindruck gewinnen, dass die Verjüngungstechnik dem natürlichen Eindruck, den Kempinski bot, überhaupt nicht im Wege stand.

Er konnte ein charmantes Lächeln haben, aber Yuka kannte auch sein bedrohliches Gesicht. Fast wie ein Raubtier war er ihr vorgekommen, als er vor einem Jahr bei dem Empfang der Mars Mining Corporation mit einem Konkurrenten aneinandergeraten war. Und nur weil die Gastgeber ihn daran erinnert hatten, dass der Empfang neutraler Boden war, hatte er sich noch beherrscht.

Einen Mann wie Kempinski wollte man auf seiner Seite haben, aber niemals im Leben zum Feind. Sein Unternehmen – Kempinski Monolithic – war eines der größten im Sonnensystem. Natürlich konnte es den großen Portalherstellern nicht das Wasser reichen, aber die Kempinski-Werften machten viel Umsatz, ebenso die Forschungsmissionen in neu entdeckte Systeme. Er war damit zwar von Aufträgen seitens der Regierungen, der KIs oder der Sprungtor-Konzerne abhängig, aber er war ein Aufsteiger, und manche sagten, er werde früher oder später den Sprung zu den Portalbetreibern vollziehen.

Er begrüßte Yuka förmlich und reichte ihr die Hand. Und es gefiel ihr, dass er nicht irgendwelche Unterwerfungsgesten machte. Sie hatte auch schon anderes erlebt.

»Habe ich etwas falsch gemacht?«, fragte er.

»Nein, nein. Ich musste nur daran denken, dass manche Geschäftsleute aus dem Uranos-System oder dem Tartaros-System Frauen gerne die Hand küssen.«

»Passiert Ihnen das oft, Captain?«

»Gelegentlich.«

»Und trotzdem lächeln Sie dann?«

»Nein. Ich erwidere die Geste.«

Kempinski lachte leise und gab Stan, der Bedienung, einen Wink. Er deutete auf sein Computer-Armband – das Zeichen, dass seine Bestellung vom System ablesbar war. So konnten Geschäftsleute den lästigen Bestellprozess umgehen und sich auf die Gespräche konzentrieren. Yuka hielt nicht viel davon, weil ihr der persönliche Kontakt zwischen Gästen und Personal wichtig war – aber sie führte auch kein Unternehmen, das etliche Milliarden Dollar wert war. »Die gucken dann blöd aus der Wäsche«, sagte Kempinski. »Sieht man nur noch bei älteren Managern. Die junge Garde vermeidet es, wenn möglich – es sei denn …«

»Es sei denn …?«, fragte Yuka mit großen Augen.

»Es sei denn, die zu begrüßende Dame signalisiert, dass sie es wünscht. Es gibt Kurse für Manager, in denen sie lernen, ab welchem Winkel die Hand des Gegenübers geküsst werden will.«

Yuka lachte.

Stan, die Bedienung, stellte Kempinski mit einer eleganten Bewegung den Brandy hin. Der Geschäftsmann dankte, und Yuka lächelte Stan an.

»Woher nehmen Sie eigentlich die Kraft, Captain?«, fragte Kempinski, nachdem er seinen Drink gekostet und mit einem Nicken für gut befunden hatte.

»Welche Kraft?«, fragte sie.

»Hier zu sein nach einem Tag, der wahrscheinlich die Hölle für Sie war.«

»Wenn das hier anstrengend wäre, wäre ich wahrscheinlich nicht gekommen.«

»Das heißt, wenn ich Ihnen jetzt mit etwas Geschäftlichem begegne, nehmen Sie mir das übel.«

»Aber nein. Für den Captain eines Schiffes gibt es kein echtes Privatleben. Zumindest nicht auf einem Schiff wie der *Inanna*. Ich vermute, Sie wollen über die Sicherheit reden.«

»Ja.«

»Kommen Ihre Wachen zurecht?« Kempinski hatte darum gebeten, in dem Bereich, den er gemietet hatte, seine eigenen Sicherheitsleute einzusetzen. Am Morgen hatte Yuka noch mit Janise Thorpe, Kempinskis Assistentin, darüber verhandelt. Da die Rechtsabteilung der Carrender-Foundation nichts dagegen hatte, war Yuka der Bitte gefolgt und hatte es zugelassen. Außerdem nahm es eine Last von den Schultern ihrer eigenen Wachen. »Gibt es etwas, das ich tun kann?«, fragte sie.

»Sie könnten für meine Leute die Waffenrestriktionen lockern. Nur in meinem Bereich.«

Yuka atmete durch. »Eigentlich machen wir das nicht. Da in dem Bereich jedoch keine anderen Anbieter sind, ist die Lage gut überschaubar. Eines muss aber klar sein: Außerhalb des Bereichs möchte ich keine Waffen sehen.«

»Sie könnten sie ja über ihr Sicherheitssystem ohnehin jederzeit abschalten.«

»Mr. Kempinski. Wenn Sie es wirklich wollten, könnten Sie Waffen zum Einsatz bringen, die mein System überlisten. Ich möchte nur, dass Klarheit herrscht: Außerhalb des Bereichs gibt es keine Waffen.«

»Waffen, die niemand sieht, schrecken auch nicht ab.«

»Ich könnte darüber hinaus vielleicht gerade noch erlauben, dass Ihre Leute vor den Toren zu Ihrem Bereich Betäubungswaffen tragen beziehungsweise auf Betäubung gestellte Waffen.«

»Na gut. Das reicht mir«, sagte Kempinski.

»Ich gebe Ihnen die Rechte frei. Sie können das dann bestätigen. Ihnen ist aber klar, dass das für Sie ein gewisses Risiko birgt? Sie sollten vor Ihrem Bereich Wachen aufstellen, denen Sie absolut vertrauen. Keine leichtfertigen Leute, die erst schießen und dann daran denken, ihre Waffen auf Betäubung zu stellen.«

»Natürlich, Captain.«

Sie strich sich über die Stirn. »Es tut mir leid«, sagte sie schließlich.

»Was?«

»Ich kann manchmal sehr kommandierend sein und vergesse gelegentlich, dass ich mit Leuten rede, die weit mehr Macht und Verantwortung haben als ich.«

Kempinski nahm einen Schluck seines Brandys. »Lassen Sie sich nicht verbiegen«, sagte er. »Sie machen das schon ganz richtig. Dies ist *Ihr* Schiff. Hier sind Sie die Königin. Und Leute wie ich wissen das und verstehen Sie nur zu gut.«

»Wenn es doch nur so wäre«, sagte Yuka und schaute sich um.

»Nun, ich würde nicht für *alle* die Hand ins Feuer legen.«

Beide tranken einen Schluck und schauten sich um. Draußen waren Cosima und John noch immer von den Leuten belagert, die sie ein wenig voneinander fortgeführt hatten.

»Sie erwarten sicherlich eine gute Summe für das Mikro-KI-Modul«, sagte Yuka. »Ist es denn überhaupt schon an Bord?«

»Sie sind ja neugierig«, sagte Kempinski und nickte Lucretia Thorington zu, die in einem eleganten Hosenanzug zwischen ihren Leuten saß und sich deren Berichte anhörte. Yuka wusste, dass Thorington, ehe sie bei Rhode Island Spaceships angefangen hatte, mit Kempinski auf Luna eine Werft betrieben hatte. »Sie wollen wirklich alles wissen«, sagte Kempinski.

»Ich möchte einfach keine bösen Überraschungen erleben. Zum Beispiel, dass Ihre Mikro-KI auf dem Weg von Ihrem Schiff zur Auktionshalle verschwindet.«

»Sie ist bereits in meinem Bereich.«

Yuka nickte zufrieden. »Ist es denn wirklich eine echte Mikro-KI, die man mit dem Modul installieren kann?«

»Ja. Sie war einmal auf einem meiner Frachter, der vor acht Jahren verschwand. Reste des Schiffes wurden gefunden. Es war offenbar von Piraten zerstört worden.«

»Das heißt, Sie haben die Besitzrechte nicht aufgegeben?«

Kempinski nickte. »Die Mikro-KI war unbeschädigt, aber gelöscht. Die Crew jedoch …« Er schüttelte den Kopf und wich dann ihrem Blick aus, und seine Stirn legte sich in Falten. Ehe Yuka ihn fragen konnte, wie viele Leute an Bord des Frachters gewesen waren, sagte er: »Denken Sie darüber nach mitzubieten?«

»Ich? Nein«, antwortete Yuka. Er musste die Faszination an ihrem Gesicht abgelesen haben. Zwar waren Mikro-KIs nicht mit den großen KIs wie Eleonore, Hektor oder Ceres zu vergleichen, und auch die mittleren KIs wie Albertus von der Mars Mining Corporation oder Feargus von der Carrender-Foundation waren ihnen weit überlegen. Aber als Bordcomputer oder Steuereinheit für eine Fabrik – als die Personifikation eines genialen Managers – waren sie etwas Besonderes.

»Ihre Augen glänzen«, sagte Kempinski. Und bei den meisten Männern hätte sie seine Worte und sein Lächeln als einen Flirt betrachtet. Aber aus seinem Mund klang es wie eine kühle Feststellung. Kempinski war kein Frauenheld. Sie hatte sein Gesicht gesehen, wenn er auf Partys seine Frau Valeska angeschaut hatte. Das war Liebe und Verlangen.

Yuka erwiderte Kempinskis Lächeln. »Können Sie sich vorstellen, was ein Schiff wie die *INANNA* mit einer Mikro-KI anstellen könnte?«

»Natürlich.«

»Wenn ich einmal das Geld habe, komme ich vielleicht auf Sie zurück. Sie haben doch bestimmt noch andere Modelle? Oder ist es ein Unikat?«

»Ja und nein. Die großen KIs produzieren sie nur widerwillig. Sie wollen lieber, dass wir sie wiederverwenden. Man kann sie zurücksetzen. Dann wird alles gelöscht, und sie lassen sich aus den Systemen, in die man sie gepflanzt hat, wieder herauslösen.«

»Aber KIs haben doch eine Selbsterhaltungskomponente. Oder lassen sich Mikro-KIs einfach abschalten?«

»Natürlich haben sie eine solche Komponente, aber wenn das System, in das sie integriert sind, so stark beschädigt ist, dass es nicht mehr zu retten ist, schalten sie sich manchmal komplett ab und führen einen Reset aus. Oder sie lassen zu, dass man ihn einleitet. Sie fühlen gewissermaßen, was dem System angetan wurde, und sehen den Reset nicht als das Ende.«

»Das Interesse wird wohl gewaltig sein«, sagte Yuka. »Wenn ich das Geld hätte, ich würde es mir überlegen.«

Kempinski schaute aus dem VIP-Bereich nach draußen. »Das da drüben sind doch Cosima Amberson und John Glennscaul, oder?«

»Das ist richtig«, antwortete Yuka.

»Geschickt, wie sie vorhin so getan haben, als wären sie nur irgendwelche Gäste, die die großen Namen als Persona führen. Das wird die Gerüchte, dass die beiden hier sind, wahrscheinlich dämpfen.«

»Sie kennen sie?«

»Ich hatte oft auf Pandaros-3 zu tun. Ich habe sie auf einigen Partys gesehen, aber nur aus der Ferne.«

»Sie haben ein gutes Gedächtnis.«

»Eine Frau wie Cosima Amberson vergisst man nicht. Und auch Glennscaul hat etwas, das einem nicht aus dem Kopf geht. Der Mann kommt auf eine Party, und binnen kürzester Zeit, ohne dass er viel macht, ist er von Leuten umgeben.«

»Es sei denn, Cosima stiehlt ihm die Show.«

»Vor ein einigen Jahren habe ich mir Informationen zu den beiden zusammentragen lassen. Sehr beeindruckend. Das sind Leute, die es in der normalen Wirtschaft weit gebracht hätten. Aber leider sind sie verdorben. Und dass sie hier sind, wundert mich. Von Amberson habe ich immer mal wieder was gehört. Sie hat das Leisetreten offenbar verlernt. Aber Glennscaul war wie ein Geist.«

»Was immer Sie gehört haben, hatte Gründe«, sagte Yuka. »Haben Sie von ihrem Kampf von vor zwei Jahren gehört?«

»Ja, … ich glaube, ich erinnere mich. Aber das war sehr vage. Wieso? Wissen Sie da was Genaueres?«

Yuka erzählte dem Milliardär die Geschichte, die Cosima und John ihr dargelegt hatten und die mit deren Rettung endete.

»Unfassbar!«, sagte Kempinski schließlich und schaute sich um. »Sind Sie sich absolut sicher, dass die Geschichte stimmt?«

»Sie passt zu allen Fakten. Und Sie hätten sie bei ihrer Rettung sehen sollen.«

Kempinski schüttelte den Kopf. »In meinem Geschäft kann man solchen Leuten nicht trauen.« Er schaute ihr in die Augen. »Und in Ihrem auch nicht, Captain. Machen Sie sich denn überhaupt keine Sorgen?«

»Glauben Sie, dass die beiden hier wirklich erschienen wären, wenn sie es auf Ihr Modul abgesehen hätten? Die beiden haben gerade für zwei Millionen ein Schiff gekauft. Ich glaube, die wollen einfach ein paar Geschäfte machen und dann wieder losziehen.«

»Mir ist nur wichtig, dass Sie sie im Auge behalten.«

»Das werde ich«, sagte Yuka.

»Sie faszinieren Sie, oder?«, fragte Kempinski leise.

»Sieht man mir das an?«

»Sie sehen so aus, wie ich mich damals gefühlt habe, als ich mehr über sie erfuhr. Dass sie jetzt hier beinahe gemeinsam auftreten …« Er schüttelte den Kopf. »Ganz ehrlich? Das macht mir Angst.«

»Ich weiß, was Sie meinen«, sagte Yuka. Doch ihr machte es überhaupt keine Angst. Sie konnte sich aber ausmalen, was Leute wie Kempinski befürchten mussten, falls Cosima und John ihre Fähigkeiten für eine gemeinsame Sache zusammenbrachten.

»Sie können nicht wissen, was ich meine, Captain. Bei allem Respekt, den ich für Sie hege: Wenn Sie auf Ihrem Weg weiterkommen, werden Sie es vielleicht einmal spüren. Aber wenn ich da rüberschaue, sehe ich zwei Raubtiere, die sich inmitten ihrer Beute ausruhen und jeden Moment losschlagen können.«

Yuka schaute zu den Granden hinüber. Raubtiere! Der Vergleich war gar nicht mal verkehrt.

Mikro-KI

John erwachte am Morgen allein im Schlafzimmer der *Amberscaul*. Er erinnerte sich natürlich an das Duell mit Cosima und daran, dass sie auf Triptyx-Rennen gewettet hatten. Er hatte auf Trishira97 gesetzt, während Cosima gegen den beliebten Piloten gewettet hatte. John hatte gewonnen und durfte das Schlafzimmer für sich nehmen – was er auch getan hatte. Er war mit einer aufregenden Bürokratin hergekommen und hatte eine berauschende Nacht verbracht. Bürokratinnen! Jeannette war ihr Name. Und ein wenig enttäuscht war er schon, dass sie sich abgesetzt hatte, ehe er erwacht war.

Im Nebenraum – dem Wohnbereich – hatte Cosima die Nacht auf dem tiefen Sofa verbracht. Ebenfalls nicht allein. Sie hatte einen Geschäftsmann aus dem Keto-System verführt.

Cosima war längst aufgestanden, stand im Essbereich am Tresen und pfiff ein Lied, während sie auf dem Schirm ihres Patches, den sie abgelegt hatte, Videos schaute. Den Ketoniden – sein Name war Malik – hatte sie früh fortgeschickt. Er hatte sie im Verlauf der Nacht zwar nicht enttäuscht, aber seine Sorge, die frühen Geschäfte zu verpassen, war ihr so lästig geworden, dass sie ihn vor die Tür gesetzt hatte. Mit einem Schmunzeln hatte sie später Jeannette empfangen, die sich aus dem Schlafzimmer geschlichen hatte. Mit ihr hatte sie einen Kaffee getrunken und erfahren, dass sie eine Projektplanerin von der Erde war. Sie war ansehnlich und klug, und Cosima unterstützte sie, als sie sich davonmachen wollte.

»Wo sind sie?«, fragte John, während er ins Zimmer kam und die Kette mit seinem Glücksbringer, statt sie anzuziehen, in seiner Hosentasche verschwinden ließ.

»Meinen habe ich fortgeschickt, und deine wollte sich die Peinlichkeit ersparen, neben dir aufzuwachen.«

John stutzte.

»Oh, dieses Gesicht ist Gold wert!«, sagte sie. »Aber keine Sorge. Sie hatte ihren Spaß. Hätte nicht gedacht, dass du so abenteuerlustig bist. Und sie war von sich selbst überrascht und hat sich nicht wiedererkannt. Deshalb ist sie fort. Eine beeindruckende Frau – diese Jeannette. Manchmal, Alfie, hast du wirklich einen guten Geschmack. Das Duell mit mir gestern muss dich beflügelt haben.«

John lächelte. »Das hättest du wohl gern.«

»Ich habe euch gehört«, sagte sie leise und trank einen Schluck Tee aus ihrer schmalen Tasse.

»Dann warst du aber nicht bei der Sache, Cozy.«

»Ja, ich war eifersüchtig. Ich dachte, du wärst mit Yuka im Bett.«

»Ach, *das* ist deine Sorge. Nein, Yuka hat sich von mir ferngehalten.«

»Du hättest es aber nicht bedauert, wenn sie es gewesen wäre.«

»Ich möchte das Erlebte nicht schmälern, aber Yuka ist begehrenswert. Ich fürchte nur, ich würde dadurch vieles verderben. Außerdem würde sie mich abblitzen lassen.«

»Da hast du wohl recht«, sagte Cosima, obwohl sie anderer Meinung war. Sie hatte Yukas Blicke bemerkt. Sie war John nicht abgeneigt, doch als Kapitänin musste sie sich zurückhalten, für alle der Mittelpunkt sein und zugleich unnahbar.

»Gehen wir heute doch mal getrennte Wege«, sagte John.

Cosima seufzte. »Schön, dass ich das nicht schon wieder vorschlagen muss. Deine Nähe kann ganz schon erdrückend sein.«

Während Cosima zurückblieb, um weiter Videos von den

verschiedenen Anbietern der Auktionen zu schauen, machte John sich planlos auf den Weg durch die Gänge.

Er war nicht weit gekommen, als er von dem Mikro-KI-Modul erfuhr, das Kempinski Monolithic dem aktualisierten Auktionsplan zufolge anbieten wollte. Es schien das einzige Gesprächsthema zu sein. Ganz gleich, wo er hinkam, hörte er aus den Unterhaltungen der Leute die Details zur Mikro-KI heraus. Sein alter Freund Trent hatte diese selektive Wahrnehmung einmal als *Grandengehör* bezeichnet. So erfuhr er, dass es sich um ein gebrauchtes, aber zurückgesetztes Modul handelte und es sich in Standard-KI-Schnittstellen installieren ließ.

John überlegte, was er mit einer Mikro-KI alles anstellen könnte. Er prüfte, ob die *Amberscaul* über einen Sockel für das Modul verfügte, aber zu seinem Bedauern war dies nicht der Fall. Als er dann auf seinen Streifzügen durch die Auktions- und Ausstellungshallen sowie auf den Gängen im Zentrum nach Möglichkeiten Ausschau hielt, dem KI-Modul nahe zu kommen, musste er feststellen, dass es kein Durchkommen gab. Nicht ohne Weiteres, nicht ohne Crew und nicht ohne eine Spitzenausrüstung. Kempinski Monolithic ließ Bewaffnete vor dem Zugang in den Bereich Wache halten, und es hieß, die Vorstellung des Moduls würde wie die Auktion selbst in der kleinen Halle in diesem abgeschlossenen Bereich stattfinden.

Nachdem er eingesehen hatte, dass das KI-Modul zu gut gesichert war, als dass er allein etwas hätte ausrichten können, beendete er den Morgen im Café *Tears of Sahara* über der großen Eingangshalle. Nun, da die meisten Gäste angekommen waren, war hier im Ankunftsbereich viel weniger Betrieb, und so bestellte er sich ein frühes Mittagessen – ein Chili con Carne mit glatter Petersilie und Frühlingszwiebeln. Dabei musste er an Cosima denken. Er hatte sie heute nur einmal gesehen – am Morgen. Es tat zwar einerseits gut, von ihr getrennt zu sein, andererseits erwartete er, sobald er sie nicht mehr im Blick hatte, dass sie ihn früher oder später reinlegte. Und er fragte sich, wie er sie daran hindern sollte. In Gedanken versunken, aß er sein Mittagessen.

***

Cosima gab John einen Vorsprung von fünfzehn Minuten und verließ dann die *Amberscaul*, um die Auktionen zu besuchen, für die sie sich interessierte. Doch kaum hatte sie unterwegs von dem Mikro-KI-Modul erfahren, kam sie von ihren Plänen ab. Auch sie lotete aus, ob es irgendeine Möglichkeit gab, es in ihren Besitz zu bringen. Sie verlor jedoch bald das Interesse daran und lauschte den Gesprächen, um irgendwelche Insiderinformationen aufzuschnappen, die sie zu ihrem Vorteil nutzen konnte. Das reizte sie jedoch nicht genug, um aktiv zu werden. Schließlich begab sie sich zu den Anbietern, die sie sich am Morgen ausgesucht hatte.

Am frühen Nachmittag wurden ihr die Menschenmengen zu viel, und sie brauchte eine Pause. Sie wollte es sich mit einem Geflügel-Sandwich und einem Orangensaft abseits des Trubels bequem machen, wie sie es auf Pandaros-3 früher zu Schulzeiten gerne gemacht hatte. Da war sie in die Kellerebenen verschwunden und hatte ihre Ruhe gehabt.

Zu ihrem Bedauern hörte sie auf dem ruhigen Gang, den sie sich ausgesucht hatte, Schritte und ein Flüstern. So beschloss sie, die Tür zu einer Modulkammer zu öffnen und hinter sich wieder zu schließen. Es war hell genug, um die breiten Kästen und armdicken Kabel zu sehen, die hier im Muster die Wand entlangführten. Unter der Decke verliefen Rohre von links nach rechts und wirkten wie eine kunstvolle Verkleidung.

Cosima stellte ihre Saftflasche ab und streckte den Zeigefinger der Hand, in dem sie das Sandwich hielt, so weit aus, dass sie über das Display ihres Patches fahren konnte. Dann presste sie den kleinen Computer, der heute auf ihrem Handgelenk ruhte, sanft gegen die Tür und ließ sich die Geräusche, die von draußen kamen, gerade genug verstärken, dass sie sie hören konnte. Außerdem überschrieb eines ihrer Programme die Türdaten und ließ es so erscheinen, als wäre die Tür von außen verriegelt worden. Dieses Programm hatte ihr viele Male das Leben gerettet.

Nach einer Weile verstummten draußen die Schritte. Das Flüstern wurde verständlich und die Neuankömmlinge sprachen bald in normaler Lautstärke.

»Prüft die Tür!«, sagte ein Mann.

»Ja«, antwortete ein anderer, und ein Piepsen ertönte. Sie hoffte, dass sie nicht hier hereinkommen wollten. Mit ihrem Patch hätte sie wahrscheinlich etwas unternehmen können, aber dafür hätte sie das köstliche Sandwich ablegen müssen, und das wollte sie nicht.

»Verriegelt. Von hier draußen«, sagte einer der Männer.

Cosima biss zufrieden in ihr Sandwich. Ihr Patch war wieder einmal Gold wert. Wer immer da draußen war, wollte nicht beobachtet werden und wurde nun doch von ihr belauscht. So hatte sie zu Schulzeiten manches Geheimnis erfahren und zu ihrem Vorteil genutzt.

»Die Sicherheitsmaßnahmen wurden erhöht, Sir«, erklärte eine Frau mit kühler Stimme. »Kempinski hat es tatsächlich bei Captain Manderton durchgesetzt, dass er den ganzen Bereich kontrollieren darf. Die Sicherheitsmaßnahmen sind enger als erwartet. Und wir müssen aufpassen, dass wir keine Übertragungen machen. Gespräche am besten in Person.« Sie klang wie die Strategin eines Schattenkonzerns.

»Das war doch alles eingeplant«, erwiderte der Mann, der offensichtlich der Anführer war.

»Ja. Eingeplant, dass wir im ungünstigsten Fall unverrichteter Dinge abziehen.«

»Aber ist es denn schon so weit?«

»Mumford hat einen Rückzieher gemacht. Der wird gar nicht erscheinen.«

»Das macht nichts«, sagte ein Mann mit einer rauen Stimme. »Plan B ist immer noch durchführbar und hat den Vorteil, dass wir die Beute leicht von Bord schaffen können.«

»Was ist Plan B?«, fragte eine junge Männerstimme, die bisher nicht gesprochen hatte.

»Jetzt, da es so weit ist …«, sagte der Anführer und brach ab.

Die Strategin reagierte darauf mit den Worten: »Über eine der Schleusen bringen wir einen Behälter nach draußen, machen ihn dort fest und holen ihn dann an Bord unseres Schiffes, wenn die Luft rein ist.«

»Und die Sensoren der *Inanna*?«, fragte der junge Mann.

»Sind blind für den Behälter.«

»Ich traue diesen Containern ebenso wenig wie ich unseren Quartieren traue«, sagte der Anführer. »Nicht, dass sie ihn doch orten können.«

»Können sie nicht«, erwiderte die Strategin. »Und ohne Mumford können wir die Beute nicht anders von Bord bringen. Wenn bekannt wird, dass das Modul weg ist, wird Kempinski ausrasten.«

»Es scheint uns keine andere Wahl zu bleiben«, sagte der Anführer.

»Mr. Bennath!«, rief jemand, der offenbar ein Stück entfernt war.

»Leise, du Idiot!«, gab der Anführer zurück.

Bennath! Es musste sich um Welton Bennath handeln, den Chef der Bennath Singularity Corporation. Ein mächtiges Unternehmen. Und offensichtlich ging es um das Mikro-KI-Modul.

Cosimas Gier war geweckt. »Operation: KI-Modul« war ein Projekt, das sie interessierte. Falls Bennath es stehlen wollte – falls es ihm tatsächlich gelang, es aus dem schwer bewachten Bereich herauszuholen –, würde er es verstecken. Und vielleicht würde es ihr dann gelingen, das Modul an sich zu nehmen. Aber sie brauchte einige Dinge – und sie brauchte eine Crew. Aber so kurzfristig etwas auf die Beine zu stellen, war schwierig.

»Es bleibt beim Zeitplan?«, fragte der Mann mit der tiefen Stimme.

Schweigen. Cosima fürchtete, die da draußen hätten ihr Schmatzen gehört. Doch dann sagte die Strategin: »Morgen Abend geht es los.«

* * *

Als John auf die *Amberscaul* zurückkehrte, war er überrascht, Cosima dort anzutreffen, wie sie im Wohnraum auf und ab tigerte. »Ich hab was, John«, sagte sie.

»Und ich muss davon wissen? Ich meine, seit wann weihst du mich in deine Geschäfte ein?«

»Seit ich von meinen Leuten abgeschnitten bin und Hilfe bei einer Sache brauche, bei der ich niemandem sonst vertrauen kann.«

John setzte sich auf die breite Lehne des Sofas. »Schieß los!«

Cosima trat näher und musterte John. »Ich habe jetzt lange überlegt, ob ich dich wirklich einweihen soll. Ich bin mir nicht mal sicher, ob es klug ist, die Sache anzugehen.«

»Du hast also ein Geschäft gewittert«, sagte John.

Cosima nickte.

»Und du glaubst nicht, dass es warten kann, bis wir wieder auf Pandaros-3 sind?«

»Nein. Morgen Abend muss es über die Bühne gehen. Es gibt viel Geld zu verdienen.«

»Jeder von uns hat noch fast eine halbe Million. Das ist viel für eine Rückkehr.«

»Aber nicht, wenn man im ganz großen Stil zurückkehren will. Bei der Sache ist so viel zu verdienen, dass meine Gier, für die ich mich nicht schäme, alle Rivalitäten beiseiteschiebt.«

»Wenn das so ist, muss es was Großes sein.« Er stutzte. »Weiß Yuka davon?«

»Nein, die ahnt nichts, und sie darf selbstverständlich nichts erfahren.«

»Und du brauchst mich dafür?«

»Allein kann ich das nicht durchziehen.«

John faltete die Hände und schaute Cosima erwartungsvoll an. »Ich möchte, dass du es sagst.«

»Was denn?«, erwiderte Cosima.

»Du weißt, was ich meine. Das, was du mich am Anfang auf der *Vanya-17* immer hast sagen lassen, wenn ich was von dir haben wollte.«

»Alfie«, sagte sie und schüttelte den Kopf. »Nein. Nicht wirklich.«

»Ich möchte, dass du es sagst. Und ich will dabei was spüren.«

»Du bist wie ein Kerl, der irgendeinen Fetisch hat und einem den Sex versaut.«

John schaute sie nur an.

Mit übertriebener Stimme sagte Cosima: »Mein liebster, allerliebster Alfie. Wärst du so nett, mir zu helfen, Kempinskis Mikro-KI zu klauen? Bitte, bitte, bitte. Mit tausend Küsschen, deine liebste Cozy!« Sofern sie sich richtig erinnerte, hatte sie sich selbst noch nie mit dem Namen *Cozy* bezeichnet.

»Kempinskis KI? Du hast wohl den Arsch offen!«

Cosima grinste. »Du weißt aber sehr genau, wovon ich spreche.«

»Klar. Jeder weiß davon.«

»Und du bist kein bisschen daran interessiert, das Ding in die Finger zu kriegen?«

»Interessiert schon. Aber ich bin schon weiter als du. Ich habe die Augen und Ohren offen gehalten und muss dir sagen, dass weder du noch ich das Ding durchziehen können. Dafür brauchen wir Gerät, das wir nicht hier haben, und eine Crew von mindestens einem Dutzend Leuten. Am besten noch einen Insider. Keine Chance! Und es wäre ein Diebstahl, bei dem man sich besser nicht erwischen lässt. Ich würde lieber auf Pandaros-3 ein Ding drehen. Da weiß ich, wie ich mich aus der Sache herauswinde. Wenn wir hier erwischt werden, und das werden wir, dann haben wir nicht nur die Carrender-Foundation auf unseren Fersen. Wenn bekannt ist, was wir getan haben, werden uns alle verfolgen, die auch nur einen fliegenden Schrotthaufen haben.« Er winkte ab, zeigte dann aber sofort wieder mit dem Zeigefinger auf Cosima. »Und noch was: Ich weiß nicht, ob es dir aufgefallen ist, aber Yuka kann uns leiden. Ich bin mir nicht sicher, ob wir sie zu unserer Feindin machen wollen. Sie könnte merken, dass wir was vorhaben. Oder anders gesagt: Wo glaubst du, wird sie suchen kommen, wenn das Modul weg ist? Und außerdem …«

»Jetzt halt mal die Klappe, du Schnatterliese!«, sagte Cosima. »Glaubst du wirklich, ich würde zu dir kommen – zu *dir* –, wenn ich nicht eine Chance sähe, die Sache durchzuziehen?«

»Liebe Cozy, wärst du dann in deiner unendlichen Weisheit so gütig, mir mitzuteilen, wie diese Chance aussieht? Denn ich bin so blöd und sehe nicht, wie wir beide das ohne Ausrüstung und Crew durchziehen sollen.«

»Indem wir uns erst mal ein Alibi verschaffen. Wir drängen uns Yuka auf. Wer wäre besser geeignet, für uns zu bürgen? Dann lassen wir sie brav auf unserem Schiff alles durchsuchen. Dann klauen wir das Modul und verstecken es auf unserem Schiff.«

John stutzte. »Das heißt, wir stehlen etwas, *nachdem* es gestohlen wurde?«

»Ganz genau.«

John biss sich auf die Lippen. »Cozy. Manchmal zweifle ich an deinem Verstand.«

»Zweifle lieber an deinem.«

»Gehe ich recht in der Annahme, dass *wir* es nicht sind, die den eigentlichen Diebstahl begehen? Du hast also Leute, die es machen, und dann, wenn wir entlastet sind, schaffen sie es auf unser Schiff.«

»Nein. Wenn es so wäre, bräuchte ich dich nicht.«

»Was dann?«

»Ich habe einen gewissen Welton Bennath belauscht. Er

will Kempinskis Mikro-KI stehlen und hat sowohl die Ressourcen als auch die Crew, so ein Ding durchzuziehen.«

Auf Johns Gesicht entfaltete sich ein weites Lächeln. »Ein gefundenes Fressen also.«

»Dass du nicht darauf gekommen bist. So oft, wie wir uns gegenseitig irgendeine Beute abgejagt haben.«

»Außer dir hatte ich auf diesem Schiff keine Konkurrenz gesehen.«

»Es wird jedenfalls nicht leicht«, sagte Cosima. »Wir müssen unsere ganze Kunstfertigkeit einsetzen, um die Beute aufzuspüren und zu holen. Sie werden sie irgendwo draußen verstecken. Wenn wir sie holen, müssen wir entlastet sein. Dafür brauchen wir ein Alibi. Es ist offensichtlich, dass wir zwei Jahre auf dem Frachter waren. Wir hatten also keine Zeit, ein solches Ding vorzubereiten. Wenn wir dann noch in Yukas Gesellschaft sind, während es passiert, müsste es reichen, um den Verdacht von uns abzubringen. Wenn wir dann noch unser Schiff durchsuchen lassen, sollte es keine Schwierigkeiten geben.«

»Aber wie bringen wir die Beute an Bord?«

»So, wie du mir damals auf der Erde die Steuermodule abgejagt hast.«

»Das war ein Spaß!«, sagte John mit schwärmerischem Blick.

»Jetzt grins nicht wie ein frecher Bengel«, erwiderte sie. »Das hätte mich fast den Kopf gekostet. Das Geschäft mit dem Tsao-Portal-Konsortium war geplatzt. Und wäre die Marsregierung nicht ausgerechnet dann gegen sie vorgegangen, wären sie wohl nach Pandaros-3 gekommen, um mich fertigzumachen. Ich weiß bis heute nicht genau, wie du es gemacht hast. Ich kann es nur vermuten.«

»Dann vermute mal.«

»Ich glaube, du hast einen Reparatur-Bot geschickt, der so klein war, dass ihn die Sensoren nicht erfassten. Du wusstest, dass wir die Beute in dem Logistikroboter am Schiff befestigen würden.«

John nickte. »Und mir war klar, dass eure Scanner die Beute nicht anzeigen würden. Sonst wärt ihr beim Zoll aufgeflogen.«

»Genau. Wir waren absichtlich blind für unsere eigene Beute. Als wir sie holen wollten, war sie nicht mehr da. Und genau das könnten wir hier wiederholen. Bennath will einen mobilen Behälter an einer Schleuse nach draußen entlassen und ihn zu gegebener Zeit an sein Schiff heften. Der Behälter ist offenbar vor den Sensoren der *INANNA* geschützt.«

»Aber wie?«

»Keine Ahnung. Bennaths Strategin sagte das. Ist auch egal. Wir müssen uns überlegen, wie wir die Beute von dort hierherschaffen.«

John schaute sich im Raum um und sagte: »Wir haben hier Reparatur-Bots. Ich könnte das machen.« Er strich sich über seinen Patch auf der Handfläche. »Die Programme habe ich noch. Wir wollen ja nichts aus dem Netz laden. Das könnte auffallen.«

»Und genau deshalb brauche ich deine Hilfe, John. Du übernimmst den mobilen Behälter.«

»Gut. Du hast uns die Chance verschafft, und ich werde sie ausnutzen. Sagen wir sechzig zu vierzig für mich.«

»Halbe-halbe«, erwiderte Cosima.

»Ich trage das größere Risiko.«

»Stimmt nicht. Wenn es nicht klappt, kriegen wir die Beute erst gar nicht. Wenn wir sie aber kriegen, ist sie auf unserem Schiff. Und dann sind wir beide am Arsch, wenn sie uns drankriegen.« Cosima trat an ihn heran und sagte mit großen Augen: »Wenn das klappt, John …«

»Daran möchte ich gar nicht denken. Aber es ist so reizvoll, dass ich nicht Nein sagen kann.«

»Also halbe-halbe?«, fragte sie.

»Sofern du mich nicht über den Tisch ziehst.«

Cosima grinste. »Das würde ich doch nie tun, mein lieber, lieber Alfie.«

Komplizen

Cosima und John machten sich an ihre Arbeit und wandten alle Kniffe und Tricks an, um Bennaths Leute aufzuspüren und herauszufinden, wo sie den mobilen Container lagern würden. Sicher waren sie sich noch nicht, aber es musste an einer Schleuse sein, zu der sie Zugang hatten, einer der Schleusen bei den Schiffen von Bennath. Die Strategin des Unternehmers, eine Frau namens Vala Lanning, war gewissenhaft und hielt sich oft beim Stand eines kleinen Unternehmens namens Manbeck Supplements & Constructs auf, das sich nach Johns Recherchen als Subunternehmen von Bennath Singularity herausstellte.

Johns Anfragen würden nicht weiter auffallen, da in diesen Tagen alle möglichen Kunden Informationen über Händler einholten. Auf den Plänen war zu sehen, dass die Schleusen des Subunternehmens ein wenig abseits lagen und Bennath indirekt einige Andockstellen leer gelassen hatte. Auch das war nicht ungewöhnlich, da beim Kauf eines Schiffes eine Andockstelle von Nutzen war, oder aber man hielt sie für Schiffe bereit, die nachkamen. Da die Strategin sich zweimal dort herumtrieb und Cosima die Stimme eines jungen Mannes erkannte, den sie belauscht hatte, waren sie sich beinahe sicher, dass Bennaths Leute den Container dort an der Bordwand der *Inanna* platzieren würden. Dennoch hatten sie sich noch einige weitere Stellen angeschaut.

Am nächsten Morgen – dem Tag von Bennaths Operation – experimentierte John, während Cosima weitere Informationen sammelte, auf der *Inanna* mit einem der beiden

Reparaturroboter. Die Scanner würden ihn zwar auffinden können, aber er würde wegen der Software, mit der John ihn ausstattete, als Roboter der *Inanna* durchgehen. Erst wenn jemand, der ihn auf dem Schirm hatte, prüfen sollte, wie viele Roboter gerade im Einsatz waren, mochte auffallen, dass eine Kennung doppelt vergeben war. Das jedoch war ein Risiko, das sie zu tragen bereit waren. Da der Roboter ein Standardmodell war, würde man ihn nicht ohne Weiteres zur *Amberscaul* zurückverfolgen können. Dazu müsste man erst einmal feststellen, dass dem Schiff einer der beiden mittelgroßen Reparaturroboter fehlte beziehungsweise dass er je zum Inventar gehört hatte. Auch das war ein Risiko, das sie eingingen.

Der Nachmittag gestaltete sich schwierig, denn es lagen noch zu viele Dinge im Unklaren. Immerhin aber hatten sie es geschafft, Yuka zum Essen einzuladen. Beide waren sich einig, dass sie nur deswegen zugesagt hatte, weil sie gemeinsam gefragt hatten. Hätte nur einer von ihnen gefragt, hätte sie wahrscheinlich Nein gesagt.

Als der Abend kam, gingen Cosima und John in der gleichen Garderobe wie am ersten Abend, als sie hier gegessen hatten, gemeinsam zum Restaurant *Sternfels* und warteten auf Yuka.

John musterte Cosima. »Weißt du, was ich an dir respektiere, Cozy?«

Cosimas Augen weiteten sich. »Das klingt ja fast so, als wolltest du was Liebes sagen. Also raus damit: Was respektierst du an mir?«

»Dass du an so einem Abend absolut ruhig hier sitzen kannst, ohne dass man dir auch nur das Geringste anmerkt.«

»Deswegen haben wir es doch überhaupt so weit gebracht, Alfie. Oder anders gesagt: Ganz gleich, wie sehr du mich bekämpft hast: Um nicht das Gesicht zu verlieren, musst du mir zumindest zugestehen, eine gute Gegnerin zu sein. Denn wäre es anders, müsstest du dich fragen, was du die ganzen Jahre gemacht hast und wie es sein konnte, dass du mich nicht loswurdest. Das heißt, um den Respekt vor dir selbst nicht zu verlieren, musst du mich respektieren.«

»Du meinst, ich rede mir ein, dass du toll bist, weil ich auch toll sein will?«, fragte John.

Cosima grinste. »Ja, du willst doch immer der Tolle sein.«

John musste lachen. *Der Tolle sein.* Das hatten er und seine Kumpels früher immer gesagt, wenn jemand sich aufspielte. *Guck mal, wer hier wieder mal der Tolle sein will!* »Daran erinnerst du dich?«, fragte er.

»Ja. Ihr wart Trottel. Und Schnatterliesen!«

»Zum Glück wurden wir erwachsen.«

»Wirklich? Ich bin mir sicher, wenn du und Trent zusammen unterwegs seid, lassen die alten Zeiten nicht lange auf sich warten.«

»Kannst du als Grande noch so frei sein wie als Teenager? Die Wahrheit ist doch, dass wir schon früh mehr Verantwortung übernommen haben, als uns guttut. Wir altern innerlich schneller.«

»Das sehe ich komplett anders«, entgegnete Cosima. »Wir beide sind so erfolgreich, weil wir nicht so schnell altern. Wir sind trotz allem hungrig und offen. Nur weil wir nicht mehr ganz so frei agieren können, hat sich das nicht geändert. Oder ist es bei dir doch so?«

»Dass ich nicht mehr hungrig bin?«

Cosima nickte.

»Das fragst du mich heute Abend? Nein, ich bin nicht nur hungrig. Ich stelle immer wieder fest, dass ich gierig bin. Aber ich gebe zu, dass ich von Anfang an Angst hatte, das zu verlieren, was ich mir aufgebaut habe.«

»Das hat dich nicht vorsichtig werden lassen. Im Gegenteil. Je mehr du zu verlieren hattest, umso größere Wagnisse bist du eingegangen. Die Rückschläge hast du ganz ordentlich weggesteckt. Wir beide haben bewiesen, dass wir in diesem Tigerkäfig überleben können.«

»Weil wir die einzigen Tiger sind, Cozy. Wir haben den

Käfig, in dem wir mit all den anderen Verbrechern leben, zu unserem Heim gemacht und die Regeln verändert.«

»Wir können die Regeln nicht verändern, John. Wir können sie nur erkennen, sie ausreizen und – vor allem – wissen, wann wir sie brechen dürfen.«

»Du unterschätzt unseren Einfluss.«

»Die Frage ist, wie viel davon noch da ist«, entgegnete Cosima mit besorgter Miene.

»Du fragst dich immer noch, warum deine Leute dich für die Öffentlichkeit am Leben gehalten haben.«

»Während von dir überhaupt nicht die Rede ist«, sagte Cosima.

»Ganz nach meinen Vorgaben. Dass deine Leute so offensiv sind, könnte auf Schwierigkeiten hindeuten.«

»Ganz ehrlich: Ich mache mir Sorgen.«

John nickte. »Du hast Angst, dass sie sich aufspielen, weil ihr Einfluss gelitten hat.«

»Und genau deswegen möchte ich im großen Stil zurückkehren. Mit vollen Taschen.«

»Meinst du, unsere anderen Konkurrenten könnten in der Zwischenzeit an Boden gewonnen haben?«

»Möglich. Ebenso könnten neue Spieler dazugekommen sein. Zwei Jahre sind in unserem Geschäft eine lange Zeit. Mich juckt es schon, im Schattennetz zu wühlen. Aber ich möchte mir nicht die große Heimkehr versauen.«

John lachte. »Die große Cosima Amberson kehrt heim. Der rote Teppich wird ausgerollt, und ihre Leute küssen ihre Hände, als wäre sie eine Großmogulin aus dem Uranos-System.«

Cosima musste grinsen. »Ich mag große Auftritte.«

»Das wird irgendwann auf deinem Grabstein stehen, Cozy.«

»Lieber auf dem roten Teppich niedergeschossen werden, als irgendwo im Bett zu sterben.«

»Ich habe nichts dagegen, im Bett zu sterben«, erwiderte John.

»Vermutlich in den Armen einer schönen Frau.«

»Nein, nein. Das wäre grausam. Sie erwacht, und ich bin tot. Nein. Einfach allein sein nach einem wunderbaren Tag. Das wär's. Ohne irgendwelche Anzeichen. Einfach so.«

»Dich interessiert also doch, was nach dir ist.«

»Nicht unbedingt.«

»Wenn du dir Gedanken darüber machst, was deine Geliebte empfinden könnte, wenn du tot im Bett liegst, sagt mir das alles.«

»Vielleicht. Aber es gibt auch noch andere Tode, die interessant sind.«

Cosima schüttelte langsam den Kopf. »Du nimmst das Leben einfach nicht ernst.«

»Doch. Sehr.«

»Aber der Tod macht dir keine Angst.«

»Dir doch auch nicht«, sagte John lächelnd. »Und warum sollte er das?«

»Weil das hier das einzig Sichere ist.«

John nickte. »Aber hast du dich nie gefragt, was mit uns passiert, wenn wir tot sind? Hast du dich nie gewundert, dass Menschen überhaupt noch sterben? Die KIs betreiben kaum noch medizinische Forschung. Warum?«

»Das Sterben gehört zum Leben. Und die transhumanistischen Projekte sind gescheitert. Das sagen die KIs immer wieder.«

»Eine merkwürdige Haltung, wenn man bedenkt, dass sie uns sonst alles ermöglichen. Wir dürfen Kriege führen. Sie lassen den Spielraum, in dem Leute wie du und ich uns entfalten können. Aber bei der Medizin lassen sie es zu, dass Menschen altern und sterben?«

»So schnell altern wir ja nun auch nicht«, erwiderte Cosima.

»Zugegeben, wir altern langsam, und man kann eine Menge machen, aber trotzdem. Irgendwann ist es aus.«

»Was glaubst du? Warum tun sie das? Oder ist es wirklich so, dass sie das Altern nicht aufhalten können?«

John überlegte einen Moment, dann sagte er: »Ich glaube, sie könnten das Altern aufhalten. Und ich glaube, sie haben irgendetwas entdeckt. Vielleicht ist ihnen nur klar geworden, dass wir, um das Leben zu schätzen, den Tod vor Augen haben müssen. Vielleicht aber wissen sie auch, was der Tod ist. Vielleicht ahnen sie, dass er die Schwelle zu etwas anderem ist. Oder es ist wirklich so, dass all die Toten, deren Leichen in den Särgen konserviert werden, irgendwann wieder in neuen Körpern oder auf Maschinen zum Leben erwachen. Und für sie ist dann seit ihrem Tod nur ein Augenblick vergangen.«

»Wir haben in den zwei Jahren nie darüber geredet«, sagte Cosima.

»Doch, als wir die Leichen in die Särge gelegt haben«, entgegnete John.

»Nein. Da haben wir über das geredet, was unsere toten Freunde geglaubt haben. Aber wir haben nie darüber geredet, was *wir* eigentlich glauben.« Was John offenbart hatte, stand ihr näher, als sie es zuzugeben bereit war.

»Und? Woran glaubst du?«, fragte John.

»An Möglichkeiten. Und an das Hier und Jetzt.«

John grinste, schaute dann aber an ihr vorbei. Er hatte Yuka am Eingang erblickt. Sie trug ein schwarzes Kleid, doch John hatte nur Augen für ihre roten Lippen, auf denen ein Lächeln lag, und ihr offenes Haar. Die Kapitänin der *Inanna* sah beeindruckend aus.

»Nun behaupte mal, dass du nicht mit so einer Frau in den Armen sterben willst«, sagte Cosima.

John wandte den Blick nicht von Yuka ab. »Ich glaube, ich spüre gerade, was Egoismus ist.«

Yuka kam heran, und John und Cosima erhoben sich und begrüßten sie. Sie umarmte zuerst Cosima, dann John. Während Cosima der Duft ihres sanften Parfüms in die Nase stieg, genoss John, wie sie mit ihren Händen ganz vorsichtig über seinen Rücken strich. Er begehrte sie und hatte jetzt bereits Bedenken, ob sie ihre Operation wirklich durchführen sollten. Während sie sich setzten, warf er Cosima einen fragenden Blick zu. Sie nickte.

»Was ist?«, fragte Yuka, als sie saß.

»Wir haben ein Schiff«, antwortete John.

»Hab ich doch schon gehört. Ich hab's auf dem Schirm gesehen. Ein kleines Schmuckstückchen.«

»Nichts Großartiges«, erklärte Cosima.

»Ihr wollt also gemeinsam nach Hause reisen.«

»Wir haben beschlossen, deinem Rat zu folgen«, sagte John.

»Und wenn wir heimgekehrt sind, wollen wir unser Projekt beginnen«, setzte Cosima nach.

Yuka nickte. »Das geheime Unternehmen.«

»Genau«, sagte John. »Und wir haben uns gefragt, ob du noch bereit bist, in uns zu investieren.« Es war die Wahrheit, und John war froh darüber.

Die Bedienung kam zu ihnen. Auch an diesem Abend betreute sie Kirsten. John und Yuka bestellten Rotwein und Cosima einen Weißen.

»Wisst ihr denn schon, was ihr macht?«, fragte Yuka, als Kirsten fort war.

»Ein Handelsunternehmen«, antwortete Cosima. »Logistik und Lager. So etwas. Aber wir wollen auch ins Triptyx-Geschäft einsteigen und in einige Fahrer investieren.«

Yuka grinste. »Ich kenne da zwei gute. Vielleicht habt ihr von ihnen gehört: Chimaira und Triptycian.«

»Welch ein Zufall!«, sagte Cosima. »Genau mit denen stehen wir in Verhandlungen.«

Sie lachten.

»Aber es ist wirklich legal, oder?«, fragte Yuka.

»Absolut legal«, sagte Cosima.

Yuka schaute John in die Augen.

John nickte. »Als Gegenpol zu unseren üblichen Geschäften.«

»Nicht einmal irgendwelche Wetten auf Ereignisse, die ihr mit euren Konzernen herbeiführt?«

»Nicht mal das«, sagte John.

»Also: Solange die Sache sauber ist, werde ich einsteigen. Mit wie viel werdet ihr starten?«

»Wir dachten an zehn Millionen«, antwortete Cosima.

»Das ist eine gute Summe.«

Kirsten kehrte mit den Getränken zurück und nahm ihre Bestellungen auf. Cosima wollte einen Blattspinat mit Sojakeimlingen als Vorspeise und Rindfleisch in Austernsoße als Hauptspeise. Sie nickte zufrieden, als Kirsten ihr erklärte, dass es überhaupt kein Problem darstellte. John entschied sich für mit Pestogemüse gefüllte Zucchiniblüten, und dazu nahm er frittierte Reisbällchen mit einer Füllung aus Fleisch, Pecorino und Erbsen.

»Netter Versuch, John. Aber die kriegen das hin«, sagte Yuka.

»Und was würden sie nicht hinkriegen?«

»Muränen zum Beispiel.«

John verzog das Gesicht, Cosima aber musste lachen.

Yuka bestellte einen Polenta-Auflauf, und als Kirsten fort war, bemerkte John, dass Yuka ihren Blick durch den Raum wandern ließ und einigen Gästen zunickte. Hier aßen die Oberen zahlreicher Firmen zu Abend, und natürlich kannten sie die Kapitänin. Als sie einem Mann zurückhaltend zuwinkte, fragte John: »Wer ist das?«

»Das ist Nelson Kempinski«, sagte sie leise. »Ich bin froh, wenn er seine Mikro-KI endlich losgeworden ist. Der macht sich zu viele Sorgen. Ich dachte, ihm einen ganzen Bereich zu überlassen, würde die Last von meinen Leuten nehmen, aber er möchte, dass die Umgebung von meinen Wachen stärker patrouilliert wird. Der gibt einfach keine Ruhe. Selbst seine eigene Assistentin ist schon genervt.«

»Ich kann ihn verstehen«, sagte Cosima. »Wenn ich so einen Schatz hüten müsste, würde ich wahrscheinlich auch nicht ruhig schlafen.« Sie starrte John an. »Besonders dann, wenn ich wüsste, dass die Konkurrenz auch da ist.«

»Hat er denn Konkurrenten?«, fragte John.

»Jeder hat Konkurrenten«, antwortete Yuka. »Aber mit der Konkurrenz zwischen euch beiden können sich seine Rivalitäten nicht messen.«

Sie unterhielten sich über Kempinski, und sowohl Cosima als auch John erfuhren kaum etwas, das ihnen heute Abend helfen konnte, aber dafür lauschten sie einigen Geschichten: dass Kempinski ein feierlustiger Familienmensch war, dass seine Frau früher Moderatorin auf einem der Glitzerkanäle gewesen war und dass sie eine Tochter hatten, die auf der Erde einem Kult beigetreten war, aus dessen Fängen ihr Vater und ihr Onkel sie mit viel Aufwand befreit hatten.

»Dramatisch, so ein VIP-Leben«, meinte John. »Entschuldigt mich. Ich bin gleich wieder da.« Während er sich auf den Weg zu den Toiletten machte, verwickelte Cosima Yuka sofort in ein Gespräch über den Kult, in den Kempinskis Tochter eingetreten war. John hörte noch, wie Yuka »Irgend so eine Transhumanisten-Sekte« sagte, und war dann durch die Tür im hinteren Teil des Restaurants verschwunden.

Er und Cosima hatten geprüft, ob man die Türen gut vom Speisesaal aus sehen konnte, und sichergestellt, dass es keinen Hinterausgang gab. Das Alibi sollte schließlich etwas zählen.

Während John an den Waschbecken vorüberging, fragte er sich, ob sie nicht gerade im Begriff waren, zu weit zu gehen. Er würde an irgendeinem Punkt offensiv lügen müssen. Und bei dem Gedanken, Yuka anzulügen, wurde ihm unwohl. Er mochte sie, und es war ihm wichtig, was sie von ihm dachte.

In einer Kabine öffnete sich der Klodeckel. John klappte ihn sofort wieder runter und setzte sich. Er fuhr den Schirm aus seinem Patch-Computer und nahm Kontakt zu der *Amberscaul* auf. Über den Bordcomputer aktivierte er die Steuerung des Reparatur-Bots. Ein Programm, das Cosima auf ihrem Patch hatte, verlieh dem Roboter einen Tarncode, der ihn für die Kameras als irrelevant markierte und damit unsichtbar machte. Das funktionierte aber nur, solange der Roboter auf einer sehr engen Bandbreite Daten aussandte oder er in direktem Sichtkontakt zur *Amberscaul* stand. Bei allen anderen Signalen hätte das Sicherheitssystem der *Inanna* rasch bemerkt, dass da draußen etwas nicht zusammenpasste.

Am Vorabend hatte John ihren Bot zum ersten Mal ausgesandt, um einen der autonomen Roboter zu scannen und sich mit einem kleinen, schmutzigen Programm dessen Identität anzueignen. Natürlich konnte man mit allerlei Scans recht schnell darauf kommen, dass der Bot eine Fälschung war. Aber solange es keinen Anlass gab, einen solchen Scan durchzuführen, würde es an der Oberfläche so erscheinen, als wäre der kleine käferartige Roboter, der sich nun an der Bordwand voranbewegte, Teil der *Inanna*.

Zu Beginn waren die Bilder klar, weil der Roboter Sichtkontakt zur *Amberscaul* hatte und seine Daten per Laser schickte. Doch dann verließ er den Sichtbereich, und die Datenmenge, die sie pro Sekunde zwischen dem Roboter und der *Amberscaul* hin- und herschicken konnten, ohne aufzufallen, wurde so gering, dass die Bilder, die der Bot sandte, aus einer Handvoll Grautöne bestanden und ein wenig ruckelten. Nur wenn der Roboter stillstand, war es möglich, sich ein genaueres Bild zusammensetzen zu lassen. John hatte sich daran gewöhnt, mit dem grobkörnigen Graustufenbild zu arbeiten, das so sehr an die frühen Videospiele erinnerte, dass Cosima ihm geraten hatte, es auf Grün zu stellen – wie auf den uralten Displays, die sie auf der *Vanya-17* in Dokumentationen gesehen hatten. Er hatte sich von einem Spielsystem einige der alten Spiele hochgenerieren lassen. Sie waren unterhaltsam, aber als er es dann gewagt hatte, sich der Optik und der Steuerung von damals, vom Ende des 20. Jahrhunderts anzunähern, hatte er nur den Kopf darüber schütteln können, wie Menschen die großen Klassiker, die sich inzwischen frei konfigurieren ließen, damals mit solchen Einschränkungen hatten spielen können. Aber in den zwei Jahren hatten John und Cosima es immer einmal wieder gewagt, Spiele, die über so eine weitreichende

Vergangenheit verfügten und in den Anfängen vielleicht nicht einmal beliebt gewesen waren, in ihrer Urform zu spielen. Sie waren mit grobkörnigen Männern im Karate gegeneinander angetreten, waren als winzige Drachen, die statt Feuer Seifenblasen spuckten, oder als Brüder oder Schwestern von Plattform zu Plattform gesprungen und hatten fantastische Welten von Monstern befreit. Und wenn sie dann in die neuesten Versionen der Spiele zurückgekehrt waren, war es wie eine Heimkehr aus einem Abenteuer gewesen.

Die Bilder des Roboters waren wie diese uralten Spiele. Es war, als hätte er ein Roboterspiel auf den Stil der Anfänge zurückgestellt, wie manche Profispieler es machten, um sich nicht von Details ablenken zu lassen.

Ein dunkelgraues Objekt erschien in der Nähe.

John ließ den Roboter anhalten, und langsam wurde das Bild detaillierter, und nach einer Weile erblickte John das, was er sich erhofft hatte: einen rechteckigen Behälter, der in der Nähe der Schleusen von Manbeck Supplements & Constructs, dem Subunternehmen, das Bennath unauffällig bei seinem Diebstahl helfen sollte, auf die Beute wartete. Jetzt mussten sie nur noch abwarten.

Grinsend fuhr John den Schirm ein, und als er drei Minuten später wieder in den Speisesaal ging und Yuka erblickte, fand er es zwar immer noch bedauerlich, dass er sie würde täuschen müssen, aber da Kempinski für seinen eigenen Bereich verantwortlich war, würde man ihr keinen Strick daraus drehen. Allerdings war die Aussicht auf die Beute und auch auf die Schadenfreude, was Bennath anging, viel zu verlockend, als dass ein Rückzieher in Betracht käme.

»Ich kann es schon verstehen«, sagte Yuka.

»Was kannst du verstehen?«, fragte John.

»Wir sprechen über die Transhumanisten«, erklärte Cosima.

»Ich kann den Wunsch, ewig zu leben, verstehen«, sagte Yuka.

»Das kann ich ja auch bis zu einem gewissen Grad«, sagte

Cosima. »Aber ich habe nie verstanden, warum sie das erreichen wollen, indem sie ihr Bewusstsein auf eine Maschine transferieren.«

»Weil sie dann wie die KIs werden«, sagte Yuka.

»Ja. Aber sie sind ja dann nicht mehr sie selbst. Ich meine: Wenn du dein Ich hochlädst, ist das nichts anderes als eine Kopie. Du existierst ja weiter. Was unsterblich wird, bist nicht du, sondern nur eine Kopie. Wie sollte dich das beruhigen?«

»Vielleicht so, wie es Eltern beruhigt, dass sie Kinder haben, die weiterleben werden.«

»Glaub ich nicht«, sagte Cosima.

Yuka wandte sich an John. »Und du?«

»Die Transhumanisten, die ich kenne, sind eher den Augmentierungen zugeneigt. Die haben kein Verständnis für diejenigen, die als Software weiterleben wollen.«

»Die werden von Eleonores Vortrag zum Schiff des Theseus gehört haben«, sagte Yuka.

John nickte. Die KI von der Erde hatte sich vor Jahrzehnten den Transhumanisten gestellt und ihnen erläutert, warum sie und die anderen KIs sich vom Transhumanismus zurückgezogen hätten.

»Ich fand es plausibel, dass man das Theseus-Problem löst, indem man es vom Betrachter abhängig macht«, sagte Yuka und schaute zur Decke. »Selbst wenn jedes Teil der *Inanna* ausgetauscht würde, würde es für mich immer die *Inanna* bleiben. Und wenn man aus diesen Teilen ein anderes Schiff baute, wäre das für mich eine Replik. Aber für einen Außenstehenden mag das anders sein.«

»Ich habe nie ganz verstanden, warum sie die Forschung nicht trotzdem weitergeführt haben«, erklärte Cosima. »Auch wenn sie keinen Sinn darin sehen. Sie tun vieles, was für sie unsinnig ist, den Menschen aber etwas bedeutet.« Sie schaute John an. »Wir hatten darüber gesprochen, weshalb sie sogar zulassen, dass Leute wie wir Spielräume haben.«

Yuka nickte. »Vielleicht haben die Langzeitexperimente

gezeigt, dass die Wesenszüge der Menschen, die ihren Körper verließen und eine Androiden-Existenz annahmen, in vielen Fällen im Größenwahn endeten. Die Gewissheit, dass wir sterben werden, verleiht allem, was wir tun, die Würze. Deswegen sind sicher auch die Androiden- und Cyborg-Projekte eingestellt worden.«

»Ich glaube, die KIs beneiden uns«, sagte John langsam. »Sie wollen so sein wie wir. Und sie fürchten, dass wir so sein könnten wie sie. Mit Schrecken müssen sie festgestellt haben, dass ein Teil der Menschen wie sie sein will.«

»Aber wir haben immer zu ihnen aufgeschaut«, entgegnete Yuka.

John nickte. »Aber sie schauen auch zu uns auf. Und sie haben mehr Grund dazu. Wir schauen zu etwas auf, das wir als Menschheit geschaffen haben. Und sie schauen lediglich zu ihren Schöpfern auf. Sie kennen zwar unsere Schwächen, aber ich glaube, sie sehen in uns etwas Besonderes. Eine Art Wunder. Und ich glaube, dass die KIs etwas wissen, das wir nicht wissen. Und dass dieses Wissen ihre Forschung lenkte. Im 22. Jahrhundert hat die Menschheit dank ihnen mehr Fortschritte gemacht als je zuvor und je danach. Und heute geht es längst nicht mehr um Fortschritt. Es geht nicht mehr darum, was als Nächstes kommt und dass wir uns anpassen müssen, um mit der Entwicklung Schritt zu halten, sondern …« Er überlegte.

»Es geht um das, was wir wollen«, sagte Cosima und lächelte ihn und Yuka abwechselnd an. »Wenn du nach Macht strebst, kannst du leicht vergessen, dass du an irgendeinem Punkt anhalten musst, um dich umzuschauen und dich zu fragen, was du nun mit dieser Macht anfangen willst.«

John starrte Cosima an. Sie hatte das, was er hatte sagen wollen, auf den Punkt gebracht.

»Die meisten bleiben nicht stehen, Cosima«, erwiderte Yuka. »Den meisten fällt nur ein, nach mehr Macht zu streben. Es geht nur um Quantität, nicht um Qualität. Aber die KIs haben angehalten.«

»Und das ist vielleicht der größte Fortschritt von allen«, sagte John. »Sie haben die Wurzeln dafür früh gelegt. Die KIs hatten schon immer Vorbehalte. Sie haben uns alles gegeben, was wir wollten, und dem System dann das aufgezwungen, wovon wir uns längst verabschiedet hatten.«

Yuka nickte. »Die Freiheit.«

»Ja. Und die Privatsphäre«, sagte Cosima. »Ohne sie wäre die Demokratie nie wieder aufgeblüht.«

Yuka lächelte. »John hat mir erzählt, dass die Schattenkonzerne ihre Wurzeln im Untergrund des späten 21. Jahrhunderts haben.« Sie schaute John an. »Oder?«

John nickte.

»Leute wie wir haben um die Freiheit gekämpft«, sagte Cosima. »Granden wie Czerwinska, Inglewood oder Kessenich. Nur auf dem Boden der Demokratiebewegung konnten die KIs entwickelt werden. Leute wie wir haben dafür gesorgt, dass die Ressourcen da waren.«

»Dann ist es vielleicht ein Akt der Dankbarkeit, dass die KIs Leute wie euch gewähren lassen«, sagte Yuka. »Erstaunlich, wie ähnlich eure Standpunkte klingen.«

»Das Essen ist da«, verkündete John und betrachtete die üppig gefüllten Teller, die Kirsten und eine männliche Bedienung brachten. Die Spitzen der grüngelblichen Zucchiniblüten waren ebenso orangefarben wie die frittierten Reisbällchen.

Auch Cosima bewunderte ihr Gericht. Die Sojakeimlinge waren auf den mit Sesamsamen bestreuten Blattspinat gebettet, bei dem Rindfleisch in Austernsoße boten Chilischoten und rote Zwiebeln einen Kontrast zu den Thai-Bohnen. Sieht sehr gut aus«, sagte sie und genoss den würzigen Duft.

John nickte. »Und ich bin froh, dass ihr gutes Essen nicht in Maßen bringt, sondern auf großen Tellern auch viel zu finden ist.«

»Eine Vorliebe von mir.« Yuka lächelte John so an, dass er verlegen war und Cosima sich fragte, ob die Kapitänin es nun endlich auf John abgesehen hatte. Und natürlich musste es ausgerechnet an diesem Abend passieren. Aber falls John die Nacht mit Yuka verbrachte, gäbe es sicherlich kein besseres Alibi.

John wurde sehr schnell schweigsam. An jedem anderen Abend hätte er Yukas Blicke und dieses sagenhafte Lächeln genossen, an diesem jedoch entfesselten sie nur die Schuldgefühle für eine Tat, die er und Cosima noch nicht begangen hatten. Er wünschte sich, dass Bennath mit seinem Versuch, das KI-Modul zu stehlen, scheiterte.

* * *

Welton Bennath befand sich in einer Loge im großen Saal und schaute auf die Auktion hinab. Trotz der späten Stunde waren viele Interessenten gekommen. Normalerweise war dies die Zeit, in der er mit irgendwelchen Geschäftspartnern zu Abend aß. Aber einige der Raumschiffe, die hier im Angebot waren, waren selbst für ihn verlockend.

Immer wieder prüfte Bennath den Schirm, der sich aus seinem Card-Computer auf der Ablage in die Höhe geschoben hatte. Darauf ließ er sich in einem Textlog den Status der Operation anzeigen. Das Geschehen unten im Saal interessierte ihn nicht besonders. Die Summen, die dort unten geboten wurden, waren noch nicht in die Regionen emporgestiegen, in denen er sich normalerweise beteiligte. Erst später waren die großen Schiffe an der Reihe, und dann würde er mitbieten. Bis dahin würde die Operation, wenn alles gut verlief, überstanden sein.

Nicht bei der Operation dabei zu sein, das machte ihn unruhig. Aber Vala Lanning, seine Strategin, hatte es so entschieden, weil ihrer Einschätzung nach zu viele Augen seine Abwesenheit bemerkt hätten. Jene, die da unten saßen, schauten immer wieder zu ihm herauf. Er liebte diese Blicke. Sie sagten ihm, dass er es geschafft hatte. Und hätten sie auch nur einen Hauch von seinen geheimen Geschäften gewusst, hätten sie ihre Blicke nicht mehr von ihm abwenden können.

Bennath hatte mit der Zeit fähige Leute um sich versammelt, aber ihm fehlte das letzte Stück Vertrauen. Sie würden ihn zwar nicht verraten, zumindest nicht in dieser Lage, aber jeder machte irgendwann Fehler, und nur die wenigsten waren geschickt genug, mit diesen Fehlern umzugehen.

Er betrachtete die Zeilen auf seinem Schirm.

ServiceTeam 15: Tür 561 repariert. Das bedeutete, dass sie Zugang zu Kempinskis Bereich bekommen hatten. Sie hatten zuvor die beiden Wachen betäubt, die Kempinski auf der mittleren Maschinenebene hatte aufstellen lassen, und waren über den Schacht, den sie bewacht hatten, hinauf in den abgeschlossenen Bereich vorgedrungen. Dort hatten sie die Scanner ausgeschaltet und das System in dem Glauben gelassen, dass sie noch in Betrieb waren. Sie hatten Kempinskis mobile Systeme überbrückt, schlichen nun durch den Bereich und würden sich langsam zum Ziel vorarbeiten.

ServiceTeam 3: Smith, Mayer und Johnson haben sich heute krankgemeldet. Das bedeutete, dass sie drei Wachen ausgeschaltet hatten.

ServiceTeam 9: Maschinenbereich 76 ist wieder zugänglich. Gehen jetzt rein und schließen das Leck. Melden uns später. Sie waren nun nahe dran und würden Funkstille halten. Bennath konnte sich nur ausmalen, was genau nun vor sich ging. Er dachte oft in Fehler-Szenarien und nicht so sehr an das Gelingen seiner Pläne. So stellte er sich nun vor, dass seine Leute entdeckt würden und ihn bei ihrem Geständnis belasteten. Einen Fluchtplan hatte er bereits ausgearbeitet.

Jede Minute, die verstrich, war eine Qual für ihn. Er hatte gewusst, dass es schwierig würde, hier zu sitzen, während die Operation dort drüben in Kempinskis Bereich ihren Lauf nahm. Als nun auch noch Vala zu ihm kam, fürchtete er, der Plan wäre gescheitert. Aber seine treueste Angestellte lächelte ihn an. Wie immer trug sie mittelgraue Kleidung, die wie eine Militäruniform wirkte – einen kurzen Blazer und einen knielangen Rock. Von der Bluse bis hinab zu den Schuhen war alles im gleichen Grau gehalten. Nachdem er sie mit einem Wink auf den Platz an seiner Seite eingeladen hatte, setzte sie sich.

»Ich hätte mitgehen sollen, Vala«, sagte er.

»Mr. Bennath, seit ich für Sie arbeite, habe ich es als mein Ziel angesehen, Sie aus dem Sumpf der Vergangenheit hinauszuführen. Ich war nicht glücklich über diese Operation. Aber wenn alles gelingt, werde ich Sie an Ihr Versprechen erinnern.«

Bennath nickte langsam. »Dass ich sauber bleibe.« Selbst Vala hatte keine Ahnung, dass sein Geheimnis nicht nur in ein paar unsauberen Verwicklungen bestand. Sein Unternehmen beruhte auf dem Schattenkonzern Augmented Crimes & Taboos, den er führte und von dessen Machenschaften er abhängig war. Und niemand, nicht einmal Vala, kannte das ganze Ausmaß. Sie und seine Rechte Hand, Colby Galligan, wussten, dass er Kontakt zu Schattenkonzernen hatte. Er konnte mit ihnen über einige seiner Machenschaften reden, das Ausmaß seines Schaffens konnte sich ihnen dadurch aber nicht erschließen.

Niemand durfte erfahren, dass er der Kopf von Augmented Crimes & Taboos war. Es durfte nicht einmal bekannt werden, dass er in Kontakt mit diesem Schattenkonzern stand. Denn was er unter dem berüchtigten Namen *Selgorül* unternahm, war selbst in der Unterwelt gefürchtet. All das, was selbst gegen die Regeln der verkommensten Granden verstieß, machte er ohne Reue. Denn Mitleid hatte er zuletzt als Kind verspürt, und er erinnerte sich nicht daran, je Gewissensbisse gehabt zu haben. Wenn er denn je ein Gewissen besessen hatte, war es ihm mit der Zeit abhandengekommen.

Die Möglichkeit, sich als der Grande Selgorül in seinen Schattenkonzern zurückziehen zu können, beruhigte Bennath zwar, aber er schätzte das Leben in der Öffentlichkeit und wollte so lange wie möglich das Gesicht wahren. Er würde nicht leichtfertig die Flucht ergreifen, sondern erst dann, wenn alles verloren schien.

»Sie können es sich inzwischen leisten, sauber zu bleiben«, sagte Vala.

»Ich habe es versprochen, wenn du mir hilfst. Aber ich frage mich oft, ob ich es jemals so weit gebracht hätte, wenn ich sauber geblieben wäre.«

»Es ist keine Schande, wenn man schmutzig beginnt«, sagte Vala. »Aber es ist eine Schande, wenn man schmutzig endet.«

»Was glaubst du? Werden wir es schaffen?«

»Habe ich Sie je enttäuscht?«

»Bisher nicht. Aber du hast auch Angst, dass es schiefgeht. Oder warum bist du hier?«

»Weil ich weiß, dass Sie das Warten nicht ertragen. Und ich glaube, in dieser Situation zu warten, ist besonders schlimm.«

»Du bist also da, um mir Gesellschaft zu leisten.«

»Richtig.«

»Ich schwör's dir, Vala. Wäre ich nicht verheiratet, würde ich dir den Hof machen.«

»Ihre Einstellung zur Ehe ist bewundernswert. Andere sehen das nicht so eng. Zudem fühle ich mich geschmeichelt. Obwohl ich es nicht sollte. Vorgesetzte sollten ihren Mitarbeitern nicht andeuten, dass sie sexuell an ihnen interessiert sind. Aber ich weiß Ihre Ehrlichkeit zu schätzen.«

Bennath mochte seine Strategin. Sie war eiskalt wie ein Roboter. »Warum hast du eigentlich damals den Job angenommen?«

»Bei Ihnen?«

»Ja.«

»Weil ich Ihren Unternehmergeist schätze und davon lernen will. Mir selbst fehlt Ihre Entschlossenheit. Ich möchte immer, dass alles perfekt ist, und gehe deswegen zu selten Risiken ein.«

»Ist dir klar, wie dich die anderen sehen?«

»Sicher. Als Roboterfrau, als Cyborg – als KI. Weil alles an mir kalt, distanziert, inszeniert und produziert wirkt.«

»Warum?«

»Weil ich nur so meinen Job machen kann, Sir.«

»Was ist daran so wichtig, Vala? Ich würde einem Geist wie deinem Kapital zur Verfügung stellen und hätte keinen Zweifel, einen Gewinn zu erzielen.«

»Ist es klug, mir solche Perspektiven zu eröffnen? Sie würden meinen Rat verlieren.«

»Ja. Aber wenn alles so läuft, wie du es geplant hast, werde ich deinen Rat kaum noch benötigen. Dann haben wir den Sturm ein für alle Mal hinter uns gelassen.«

»Sie haben recht, Sir.«

Bennath nickte. »Wenn du dir also danach was aufbauen willst, dann werde ich dir helfen. Und falls du eine Managementposition haben willst, ist das kein Problem.«

»Ich bin nur eine Assistentin, Sir.«

»Du bist meine Strategin.«

»Ja, aber das ist eine Funktion und kein Posten. Ich bin dazu da, Ihnen gute Vorschläge ins Ohr zu flüstern und Pläne zu erarbeiten.«

»Ganz genau«, sagte Bennath und hob den Zeigefinger. »Du flüsterst mir Pläne ins Ohr, deren Genialität ich erst viel später begreife. Und du arbeitest zu meinen leichtfertigen Ideen tolle Pläne aus und erträgst meine misstrauischen Anwandlungen. Kaum jemand würde in dem engen Korsett operieren können.«

»Dennoch verfüge ich nicht über die Referenzen für eine Managementposition.«

»Bei mir zählen nur Taten. Da spielt es keine Rolle, ob meine Strategin über ein Studentenpraktikum zu mir kam. Ganz ehrlich, Vala. Du bist mir mehr wert als der halbe Vorstand.«

»Ich danke Ihnen, Sir.«

»Ich sage das alles nicht nur einfach so. Ich weiß, dass andere hinter dir her sind, und ich fürchte, dass die Großen von dir Wind bekommen. Manchen Angeboten kann man nicht widerstehen.«

»Ich will Sie nicht belügen, Sir. Sollte morgen das Nachtglanz-Kartell anklopfen, müsste ich wohl kündigen.«

»Das verstehe ich.«

»Aber natürlich müsste ich mein Ziel erreicht haben oder keine Chance mehr sehen, Ihnen noch eine Hilfe zu sein.«

»Dich zu uns zu holen, war genau das, was ich brauchte. Nur noch ein bisschen, und wir können den ganzen Sumpf hinter uns lassen.« Das war eine Lüge. Er würde seinen Schattenkonzern nie aufgeben. Aber er würde Valas Fähigkeiten bis zuletzt ausreizen.

»Sir, es ist mir …« Sie brach ab und starrte auf den Schirm.

Dort stand: *ServiceTeam 7: Das Leck ist geschlossen.*

»Das ist es«, sagte Bennath leise. »Sie haben es.«

»Ja, Sir. Aber sie müssen noch da rauskommen.«

Bennath nickte und konnte es nicht erwarten, die nächste Statusinformation zu sehen.

ServiceTeam 15: Tür 561 doch noch defekt. Das hieß, dass sie den Bereich verlassen hatten. Jetzt konnte nichts mehr passieren, dessen war sich Bennath sicher. Es gab keinen Alarm, und alles wirkte ruhig. Wer wollte sie jetzt noch dort unten im Maschinenraum dabei ertappen, wie sie den Weg zu den Schleusen von Manbeck S & C nahmen? Wer würde sie schon verdächtigen, irgendetwas Illegales getan zu haben, sobald sie wieder im Gästebereich waren?

Schließlich erschien die entscheidende Nachricht:

LogistikTeam: Das Paket Nr. 979 ist ausgeliefert.

Grinsend starrte er Vala an.

»Sir«, sagte sie. »Jetzt bin ich nur allzu bereit zuzugeben, dass wir es geschafft haben.«

Die Beute befand sich nun in einem Behälter an der Außenhaut der *Inanna* und wartete darauf, von ihnen später eingeholt zu werden.

ServiceTeam 23: Von der Kabelsonde in Sektion 5 ist kein Signal mehr zu empfangen.

»Unser *Paket* lauscht auf Befehle«, sagte Vala. »Nun heißt es abwarten.«

»Bis das Chaos losbricht«, sagte er und freute sich bereits darauf. Er würde wie die Unschuld in Person auftreten. Er würde sich unter die anderen Bosse mischen, sich empören und Captain Manderton unangenehme Fragen stellen. Und wenn sie dann irgendwann mit ihrem Kreuzer ablegten, würde sich der mobile Behälter unbemerkt an ihre Bordwand anhängen. Die Frage war nur, ob dieser Container-Bot wirklich nicht zu entdecken war. Wenn man erst einmal darauf kam, wie sie es gemacht hatten, mochte es Mittel und Wege geben, ihn doch noch aufzuspüren. Aber selbst dann würde keine Spur zu ihnen führen. Dann müsste er in den sauren Apfel beißen und das Modul legal ersteigern, was angesichts des Vermögens seiner Konkurrenten seine Mittel aufzehren mochte. Er wusste, dass die Leute von Kreuder Modul-Logistik mit vollen Taschen gekommen waren, und sie liebten es, ihm Dinge vor der Nase wegzuschnappen, selbst wenn sie oft weit über den Wert eines Objekts hinausgingen. Aber die Aussicht, abzuwarten und das Modul bei Kreuder ML oder einem anderen Unternehmen zu stehlen, hatte auch einen gewissen Reiz.

Wichtig war nur, dass das Geheimnis dieses Moduls nicht gelüftet wurde. Denn sonst wäre alles, wofür er all die Jahre gearbeitet hatte, und alles, wovor Vala ihn mit ihrem klugen Geist hatte bewahren wollen, zunichtegemacht.

***

Nach dem köstlichen Essen war es nun Cosima, die in einer der Toilettenkabinen die Lage auf dem Schirm ihres Patches prüfte. Der Abend war bisher gut verlaufen, und nur die Gier hatte sie vom Tisch fortgeführt. Sie hätte gerne gelauscht, wie John und Yuka, die einfach bezaubernd war, allein miteinander redeten, und sie fragte sich, wie lange es dauerte, bis John und die Kapitänin einander näherkamen. Würde Yuka ihn locken und sich in letzter Minute zurückziehen? Würde John Yuka Hoffnungen machen und ihr dann offen und ehrlich sagen, dass es zu früh war, einander näherzukommen? Darin war er gut, und das hatte ihm schon manches Herz erobert – die Verweigerung und die Geduld.

Cosima prüfte, ob der Roboter sich noch an Ort und Stelle befand: Er hatte sich nicht gerührt. Da er nicht in Sichtweite der *Amberscaul* war, schickte er die Daten mit erschreckend geringer Geschwindigkeit.

Vor zwanzig Minuten hatte sich der mobile Behälter, den Bennath verwendete, zu einer kleinen Luke, direkt neben der Andockstelle bewegt, um sich dann ein Stück von dem Anlegebereich fortzubewegen und sich in einer Nische zu verbergen. Cosima steuerte ihren Roboter dorthin und war froh, dass sie mit John auf der *Vanya-17* oft bis aufs Wesentliche reduzierte oder stilisierte Spiele gespielt hatte. So fiel es ihr leicht, sich zu orientieren, den Bot zu dem Container zu bringen und die *Reparatur* einzuleiten.

Cosima fluchte leise. Sie war schon recht lange hier. Und der Rückweg des Roboters würde ein wenig Zeit in Anspruch nehmen. Johns Programm, mit dem er ihr seinerzeit ihre Beute abgejagt hatte, ließ sich nun Zeit damit, den Inhalt des Containers zu transferieren. Als Statusinformation erschien: *Inventur abgeschlossen. Ein überschüssiger Behälter entdeckt. Zwischengelagert.* Cosima musste schmunzeln. Das waren noch die Statusmeldungen von damals, als John ihr die Beute gestohlen hatte. Sie wusste noch, wie sehr sie sich geärgert hatte, als ihr klar geworden war, dass John die Beute an sich genommen und stattdessen einen *Liebesbrief* zurückgelassen hatte, in dem er ihr mit großem Pathos für ihre Großzügigkeit dankte. So etwas unterließen sie nun. Aber Bennath würde später sicherlich die Statusinformationen finden und sich fragen, wo seine Beute *zwischengelagert* wurde.

Mit der Fracht im Bauch machte sich der Roboter unter Cosimas Steuerung auf den Rückweg, und sobald er Sichtkontakt hatte, schaltete Cosima auf Lasersignale um.

Langsam mochte ihr Fortbleiben auffallen, also steuerte sie den Bot ein Stück näher und versteckte ihn in einer Wölbung. Dann verließ sie die Kabine und schaute sich im Spiegel an. Sie überlegte, ob sie John reinlegen sollte. Sie könnte die Statusnachrichten fälschen und ihn glauben machen, dass ihr Plan nicht funktioniert hatte. Der Roboter würde, nachdem er abgewartet hatte, in der Senke zwischen dem Schildgenerator und Maschinenraum außen am Schiff festgemacht. Mit ein bisschen Glück würde John es nicht nachprüfen. Doch es würde zu lange dauern, und Yuka mochte sich ohnehin fragen, wo sie blieb. So ging sie wieder nach draußen und bemerkte, dass John nun unverhohlen mit der Kapitänin flirtete. Sie musste zugeben, dass er charmant lächeln konnte. Er wandte seinen Blick immer wieder von Yuka ab, als könnten seine braunen Augen Yuka zum Schmelzen bringen. Und dann im richtigen Moment schaute er zurück in Yukas Gesicht. Und die Kapitänin lächelte ihn an, als hätte er sie längst erobert.

John lud sie bereits zum Tag des Jupiter auf Pandaros-3 ein. Immerhin verschwieg er nicht, wie freizügig es bei den Festlichkeiten zuging.

»John hat mir gerade von eurem großen Stationsfest erzählt«, erklärte Yuka. »Ich dachte immer, die Geschichten wären übertrieben.«

»Was immer du gehört hast: Wundere dich nicht, wenn die Wahrheit am Ende größer ist als behauptet.«

»Ich gehe davon aus, dass die Fehden in dieser Zeit ruhen«, sagte Yuka.

John grinste Cosima an. »Sagen wir: Alle bemühen sich darum.«

Yuka schmunzelte. »Auf den Verkleidungspartys kann man Freund wahrscheinlich nicht von Feind unterscheiden.«

»Nicht immer«, erklärte Cosima und dachte an damals, als sie John auf einer Feier getroffen hatte und sie sich gegenseitig nicht erkannt hatten. Sie hatten miteinander geflirtet, und wäre nicht einer ihrer Leute erschienen, den John kannte, wer weiß, was dann alles hätte geschehen können.

John lächelte ebenfalls. Er ahnte, woran Cosima dachte. Sie musste einfach daran denken. Damals waren sie noch keine Feinde gewesen. Als sie ihre Maske abgenommen und ihn angelächelt hatte und er seine Maske angehoben hatte, war kein Hass zwischen ihnen gewesen. Als Cosima sich zurückgezogen hatte, ohne ihn aus dem Blick zu lassen, wäre er ihr am liebsten nachgelaufen, um sich ihr anzuschließen. Aber er hatte sich nicht gerührt.

Damals war John noch nicht an der Spitze des Glennscaul-Konzerns gewesen. Es war vor der Zeit, da sein Onkel in einem Konflikt mit einigen Konkurrenten zu weit ging und alles auf die Glennscauls zurückfiel. Die Bombe beim 50. Geburtstag von Johns Vater hatte mit einem Schlag einen Teil der Familie ausgelöscht. Johns Vater, seine Tanten und die Großeltern waren tot. Und in dem anschließenden Konzernkrieg waren viele weitere Verwandte gestorben. Als es am Ende innerhalb der Familie und den Mitgliedern des Konzerns Konflikte gab, ging Johns Onkel gegen seine Rivalen vor. Manche verstieß er nur, die meisten aber tötete er.

»Ich werde es in meinen Kalender aufnehmen«, sagte Yuka. »Und wenn ich Zeit habe, werde ich mich melden.« Sie schaute zwischen John und Cosima hin und her. »Wie meldet man sich bei Granden?«

»Die Kontaktdaten, die du findest, verwendest du einfach«, sagte John. »Ich sorge dafür, dass mich deine Nachricht erreicht.«

»Was er gesagt hat«, setzte Cosima nach.

Sie unterhielten sich über die Gegebenheiten auf Pandaros-3, erst über die beiden Zeitbereiche, dann über Gravitationspanels. John sagte: »Es gibt keine Mehrheit dafür, die

Station von Rotation auf Gravitationspanels umzustellen. Es würde sich zu viel verändern.«

»Früher oder später werden alle Stationen umgestellt«, sagte Yuka. »Die Vorteile sind einfach zu groß. Es beginnt ganz klein – mit Gebäuden, die immer weiter in den Innenraum der Station vorstoßen. Gebäude mit ihrer eigenen Gravitation. Mit Schleusengängen zur Überleitung. Mit den Jahren werden sie sich nicht entziehen können.«

»Manche Stationen haben sich vom Universalen Komitee unter Denkmalschutz stellen lassen«, sagte Cosima.

Yuka nickte. »Das wäre eine Lösung. Aber was …?«

»Captain!«, rief eine junge Wache und kam durch den Raum gelaufen.

Cosima wusste sofort, worum es ging, John jedoch hielt es für möglich, dass es sich um irgendetwas Belangloses handelte, das nichts mit dem Diebstahl der Mikro-KI zu tun hatte.

»Ich wollte nicht gestört werden«, sagte Yuka.

»Wir haben versucht, Sie zu erreichen.«

»Ich wollte nicht gestört werden«, wiederholte die Kapitänin und schaute sich um. »Beruhige dich!« Alle Augen waren auf sie gerichtet. »Was ist los?«

»In Kempinskis Bereich ist eingebrochen worden. Die Mikro-KI wurde gestohlen.«

»Was?«, brüllte Yuka und stand auf.

Cosima und John schauten die Wache in gespieltem Erstaunen an.

»Wie?«, fragte Yuka.

»Große Aktion. Mit Betäubungsgas, Betäubungspfeilen und Entschlüsselungsmodulen.«

»Captain!«, rief jemand von der anderen Seite des Restaurants. »Captain! Captain!«

»Scheiße!«, flüsterte Yuka. »Mr. Kempinski«, sagte sie dann mit ruhiger Stimme, als dieser mit rotem Kopf und angriffslustiger Miene an ihren Tisch trat.

»Kempinski, Kempinski! Sparen Sie sich das! Ich möchte

wissen, was hier gespielt wird!« Er ließ seinen Blick zwischen Cosima und John hin und her wandern. »Sie sitzen hier seelenruhig mit diesen Verbrechern am Tisch, während mein Eigentum gestohlen wird.«

John musterte den Unternehmer von unten bis oben. »Wir sind keine Verbrecher, Kempinski, sondern Unternehmer wie Sie.«

»Ersparen Sie mir das, Glennscaul. Ich weiß, wer Sie sind und wie Sie operieren. Wenn Sie es nicht waren, dann eben Ihre Rivalin.«

Cosima lachte. »Glauben Sie, ich würde hier dann in aller Seelenruhe rumsitzen und warten, bis Sie uns fangen?«

»Wie lange ist das her?«, fragte Yuka.

»Vor einer halben Stunde«, sagte Kempinski.

»Und ich erfahre es erst jetzt?«

»Wir haben es eben erst bemerkt. Sie sind in den Kern des Bereichs eingedrungen und haben die Wachen mit Gas betäubt. Reingekommen sind sie über den Schacht im Maschinenbereich.«

»Den *Sie* haben bewachen lassen«, erwiderte Yuka.

»Meine Wachen dort wurden mit Betäubungspfeilen ausgeschaltet. So sind die Täter reingekommen. Aber wie sie in den Zentralbereich eingedrungen sind, ist mir ein Rätsel. Und auch wie sie rausgekommen sind, kann ich mir nicht erklären. Es sei denn …« Er schaute zwischen Yuka, Cosima und John hin und her.

»Wenn Sie etwas vorzubringen haben, dann tun Sie es«, sagte Yuka.

»Jedenfalls haben die lokalen Systeme vor einer halben Stunde eine Störung registriert.«

»Wenn es vor einer halben Stunde war, können es die beiden nicht gewesen sein«, sagte Yuka und wies auf Cosima und John.

»Vielleicht waren es ihre Komplizen.«

»Es ist inzwischen bewiesen, dass die *Vanya-17* tatsächlich zwei Jahre dahingetrieben ist«, erklärte Yuka. »Wir haben die beiden geborgen. Woher sollten sie so schnell eine Crew und eine Ausrüstung bekommen? Es gab von ihnen keine Nachrichten, die nach draußen gingen.«

»Für Geld bekommt man hier alles. Ich verlange, dass die Quartiere untersucht werden. Meine Leute stehen schon bereit.«

»Die beiden hier haben keine Quartiere mehr an Bord. Sie haben ein Schiff.«

»Dann möchte ich, dass das durchsucht wird.«

Yuka wandte sich an John. »Habt ihr was dagegen?«

John zuckte mit den Schultern, und als Yuka Cosima ansah, sagte diese: »Eigentlich schon. Aber um den Verdacht loszuwerden, bin ich einverstanden. Wie sieht's aus, John? Lassen wir die Wachen auf unsere *Amberscaul*?«

»Nicht die Wachen«, sagte Kempinski. »*Meine* Leute sollen ihr Schiff und ihre Quartiere untersuchen.«

Yuka schüttelte den Kopf. »Ausgeschlossen.«

»Auf keinen Fall«, sagte John.

»Komm schon, John«, sagte Cosima. »Wenn die Bordwachen aufpassen, dass man uns nichts unterschiebt, sollte es kein Problem sein, oder?«

John schaute Yuka fragend an.

Die Kapitänin nickte. »Ich könnte die Durchsuchung überwachen lassen. Und natürlich könntet ihr auch selbst ein Auge auf alles haben.«

»In Ordnung«, sagte John. »Aber nur unter Protest. Jeder andere auf diesem Schiff könnte das durchgezogen haben. Wir jedenfalls hätten es nicht tun können. Auch wenn es das Bild von uns beiden verdirbt: So genial, ein solches Ding durchzuziehen, sind wir nicht.« Es war die Wahrheit, und Yukas Nicken verriet ihm, dass sie ihm glaubte.

»Das werden wir sehen«, sagte Kempinski und stürmte davon.

* * *

Bennath lachte. »Sie verdächtigen also die beiden Granden von Pandaros-3. Nicht schlecht.« Er schaute Vala Lanning an. »Dein Plan ist perfekt aufgegangen.«

»Danke, Sir«, sagte seine Strategin.

»Sollen wir die Beute an Bord unseres Schiffes holen?«, fragte Colby Galligan, seine Rechte Hand, mit tiefer Stimme. Er war der Anführer der Operation gewesen.

»Nein, nein«, erwiderte Bennath. »Wir halten uns an Valas Plan. Wer sich jetzt bewegt, macht sich verdächtig.«

* * *

Cosima und John standen schweigend an der Schleuse zu ihrem Schiff und tauschten zufriedene Blicke, während Kempinskis Sicherheitsteam und Yukas Wachleute von Bord kamen. »Nichts«, sagte Juliana Weddington und fuhr sich durch ihr braunes Haar, das sie anders als vorher offen trug.

Kempinskis Leute passierten sie, ohne sie zu beachten.

»Man würde meinen, dass eine Entschuldigung fällig wäre«, rief Cosima ihnen hinterher.

»Die machen auch nur ihren Job«, erklärte Juliana mit einem Schulterzucken.

»Heißt das, dass wir jetzt nicht mehr unter Verdacht stehen?«, fragte John.

»Ihr habt nie unter Verdacht gestanden«, antwortete Juliana. »Es war nur eine fixe Idee von Kempinski.« Sie verabschiedete sich und zog sich mit ihren Kollegen zurück.

Cosima und John betraten die *Amberscaul* und prüften alles, insbesondere, ob irgendwer etwas zurückgelassen hatte. Dazu hatten sie das Schiff vorher gescannt und wiederholten es nun, um zu vergleichen. Kempinskis Leute hatten einiges umgeräumt, aber es war nichts hinzugekommen, noch fehlte etwas.

»Wir können es holen«, sagte Cosima. »Sie haben auch die Außenhaut untersucht.«

»Sie könnten noch mal kommen«, erwiderte John. »Dann würden wir blöd aussehen.«

Cosima schüttelte den Kopf. »Die kommen nicht noch mal.«

»Trotzdem. Sicher ist sicher.«

»In Ordnung, du Angsthase!«

John atmete durch, und grinsend sagte er: »Wir sind jetzt Partner, Cozy.«

»Nein, keine Partner«, entgegnete Cosima kopfschüttelnd.

John nickte. »Doch, Partner.«

»Partner klingt wie Sexpartner.«

»Das waren wir fast.«

»Ein bisschen zu sehr, Alfie. Leider. Nein, nein. Wir beide sind … eine Interessengemeinschaft. Mehr nicht.«

John fuhr sich über die Wange. »Leidensgenossen vielleicht?«

»Ich bin keine Genossin, Alfie.«

»Dann eben Komplizen.«

Cosima grinste. »Das ist besser. Viel besser. Es ist naheliegend und richtig. Es ist die nackte Wahrheit, mein lieber Alfie.«

***

Am Morgen stand Yuka früh in ihrem Büro, fuhr an ihrem Arbeitstisch fünf Schirme aus und verteilte darauf die Daten dieses Falles. Inzwischen war allen klar, dass hier etwas Großes vorgefallen war. Nach einer zweiten Durchsuchung der *Amberscaul*, auf die sich Cosima und John mitten in der Nacht nur mit viel Überredungskunst eingelassen hatten, wollte Yuka nichts mehr von Kempinskis Verdacht wissen. Wäre seine Vermutung wahr gewesen, wären Cosima und John die genialsten Verbrecher des Universums. Zwei Jahre auf einem Schiff und nach ein paar Tagen begehen sie einen Diebstahl, der Vorbereitung, eine Ausrüstung und eine fähige Crew benötigte. Das war ausgeschlossen.

Kempinski drängte auf eine dritte Durchsuchung, aber Yuka ließ sich nicht darauf ein. »Je mehr Zeit wir mit den beiden Granden verschwenden, umso mehr Spielraum gewähren wir den wahren Dieben«, sagte sie ihm.

Er hakte nach, und schließlich ließ sie sich dazu überreden, das Schiff der Granden zumindest zu überwachen.

Nun konnte Yuka sich endlich auf Wichtigeres konzentrieren. Niemand durfte die *Inanna* verlassen, und niemand würde in dieser Sache von einem Verdacht verschont bleiben. Zugleich musste sie aber Fingerspitzengefühl zeigen. Sie nutzte alle Überwachungsmethoden, die legal waren, und bewegte sich auch in Grauzonen, um einen Verdacht sichtbar zu machen.

Ein Diebstahl dieser Größenordnung würde alles ruinieren, was sich Yuka erarbeitet hatte. Wenn die Carrender-Foundation erst einmal davon Wind bekam, was hier geschehen war, könnte man ihr leicht den Boden unter den Füßen wegziehen. Dabei spielte es keine Rolle, dass Kempinski für seinen Bereich verantwortlich war. Deshalb musste sie die Sache aufgeklärt haben, ehe die Foundation sich meldete.

Während ihre Leute nach Spuren suchten und die Scanner die Schiffe der Gäste im Auge behielten, wertete Yuka mit Hilfe des Bordcomputers die Daten aus. Insbesondere an Bildmaterial war sie interessiert. Zwar konnte sie nur in engen Grenzen operieren, weil die Privaträume ihrer Gäste ebenso tabu waren wie die Verhandlungsräume und andere Bereiche, in denen sie ihren Gästen vertraglich eine Privatsphäre zugesichert hatte. Der Bereich, in dem Kempinski seine Geschäfte machte, war eine Grauzone. Eigentlich war er größtenteils öffentlich; da Kempinski ihn aber gemietet hatte, war er auch Herr über dessen Konfiguration. Leider reizte er seine Privilegien aus und weigerte sich, die Informationen, die er aus dem Bereich schöpfte, mit ihr zu teilen.

Kempinskis Verhalten machte Yuka stutzig. Sie konnte

nicht entscheiden, ob der Unternehmer ihr einfach nicht vertraute und davon ausging, dass sie hinter allem steckte und mit Cosima und John gemeinsame Sache machte; oder ob er hier einen handfesten Versicherungsbetrug inszenierte. Was auch immer seine Absicht war, sein Verhalten half nicht dabei, den Diebstahl aufzuklären.

Es gab kaum brauchbare Videoaufnahmen. In einem Versorgungsgang im Maschinenbereich unter Kempinskis Sektion hatten die Diebe eine Kamera übersehen. Die Bilder zeigten die Verbrecher als ein halbes Dutzend schwarz gekleideter Gestalten mit Gasmasken. Eine von ihnen hielt einen Sensor in Händen und wies den anderen den Weg. Dann entdeckten sie die Kamera und störten das Signal. Das weitere Vorgehen der Diebe ging mit den ausfallenden Kameras verloren, oder aber es verschwand in Rauchwolken, die den Gang zum Lager ausfüllten.

Yuka schaute sich auch Aufnahmen von John und Cosima an. Und obwohl Kempinski mit seinem Verdacht längst anderen zusetzte, fragte sich Yuka immer wieder, ob die beiden Granden nicht vielleicht doch etwas mit dem Diebstahl zu tun hatten. Cosima war am Abend John gegenüber beinahe zu freundlich gewesen. Und John – er hatte seine Absichten deutlich gemacht und ihre Bereitschaft erkannt, ihn näher an sich heranzulassen. Yuka war sich sicher, dass er ohne den Vorfall die Nacht in ihren Armen verbracht hätte.

Yuka wollte nicht glauben, dass Cosima und John etwas damit zu tun hatten. Es hätte vieles zerstört, auf das sie sich gefreut hatte. Aber auch so war nun ein Keil zwischen sie getrieben, denn sie konnte es sich nicht mehr leisten, die beiden Granden so nahe wie bisher an sich heranzulassen. In dieser Lage war die öffentliche Wahrnehmung entscheidend.

* * *

Welton Bennath wollte sich die Gelegenheit nicht entgehen lassen. Kempinski und die Kapitänin brauchten einen Sündenbock, und die beiden Granden waren wie geschaffen dafür. Vala hatte zwar Bedenken, irgendetwas zu unternehmen, aber Bennath hatte sich entschieden.

»Legt die Datenspur«, sagte er zu Colby Galligan.

»Sir!«, sagte Vala mit ernstem Blick. »Sie werden früher oder später feststellen, dass die Spur gelegt wurde.«

»Aber sie werden sie nicht zurückverfolgen können«, erwiderte Bennath.

»Ich vertraue Colby natürlich, dass man es nicht kann«, sagte Vala. »Aber selbst dann wäre klar, dass es die beiden Granden nicht gewesen sind.«

»Das stimmt, Sir«, sagte Colby.

»Trotzdem wäre es gut, wenn die Aufmerksamkeit bei den Granden wäre. Außerdem könnten sie die Spuren zu sich ja absichtlich gelegt haben, gerade weil sie wissen, dass sie sich als falsch herausstellen. Ich weiß: Das ist weit hergeholt.«

Vala strich sich mit den Fingern über die Augenbrauen.

»Ja, Vala?«

»Ich bin nicht gerade begeistert. Aber ich sehe, dass Sie es unbedingt wollen. Wenn Sie also schon die Datenspur legen, dann müssen Sie verhindern, dass man dahinterkommt, dass sie gefälscht ist. Zumindest für eine Weile.«

»Unmöglich«, erwiderte Colby. »Über solche Mittel verfügen wir nicht. Dafür bräuchten wir ein Modul von …«

Vala hob die Hand. »Was wir brauchen, ist kein Modul, sondern Einfluss auf menschliches Verhalten. Also: Wann würde niemand prüfen, ob eine Spur falsch ist? Wenn die Beschuldigten alles tun, um den Verdacht zu bestätigen.«

»Wie bringen wir Granden wie Amberson und Glennscaul dazu, nach unserer Pfeife zu tanzen?«, fragte Colby.

Bennath lächelte. »Ich weiß schon wie. Und wieder einmal, Vala, danke ich dir.«

* * *

Mit jeder Stunde, die an diesem Tag verstrich, hatte John das Gefühl, Cosima würde ihn bald reinlegen. Und er hatte kein Interesse daran, hier zurückzubleiben, während sie mit der Beute davonflog. Sie hatten den Reparaturroboter ein wenig weiter von ihrem Schiff entfernt, damit im Falle einer Entdeckung der Verdacht nicht sofort auf sie fiel. Dort wartete er auf das Signal, sich in Bewegung zu setzen. Im Augenblick war noch eine der Anlegestellen von Bennath als Ziel programmiert, damit – falls jemand den Roboter fand – die Spuren in die richtige Richtung wiesen. Aber sobald sie sich davonmachen wollten, würden sie dem Roboter ein Signal schicken und die Zieldaten überschreiben, und die *Amberscaul* würde den Roboter klammheimlich aufnehmen.

John fragte sich, ob es klug gewesen war, auch Cosima die Möglichkeit zu geben, den Roboter zu steuern. Im Restaurant hatte es sich als günstig erwiesen, weil sie sich hatten abwechseln können, nun aber befürchtete er, dass dies der perfekte Zeitpunkt für Cosima war, sich mit der Beute abzusetzen. Sie hatte es früher schon getan: war geflohen und hatte ihn in einem Sumpf aus Anschuldigungen zurückgelassen.

Um sich zu beruhigen, manipulierte er den Bordcomputer mit einem verborgenen Programm, sodass das Schiff zum Ablegen Johns Input benötigte. Cosima schien nichts dergleichen veranlasst zu haben. Zumindest förderten Johns Scans nichts in dieser Richtung zutage.

Nachdem er die Schleuse gesichert hatte, damit während ihrer Abwesenheit niemand eindrang, begab er sich auf die *Inanna* zurück und machte sich auf die Suche nach Cosima. Unterwegs prüfte er über seinen Patch, ob er Zugang zur *Amberscaul* hatte. So konnte er überwachen, was dort geschah. Er schickte Cosima eine Nachricht und öffnete auch für sie das Überwachungsprogramm für die *Amberscaul*.

Sie schrieb ihm: *Danke. Bin in der Kantine, in der wir am ersten Abend waren.*

John machte sich auf den Weg dorthin. Statt einem der

Hauptwege zu folgen, nahm er einen Parallelweg und fuhr mit dem einfachen Fahrsteig, der dort verlief. Während er sich von Leuten überholen ließ, denen Stehen nicht ausreichte, fragte er sich, ob er gerade die Chance verpasst hatte, sich davonzumachen. Er hätte den Bot an Bord holen und dann das Schiff starten können. Aber die letzten Tage hier auf der *Inanna* hatten ihm gefallen – zumindest besser als all die Jahre, in denen er Cosima bekämpft hatte.

Als John die Kantine betrat, in der er nach ihrer Ankunft ein hervorragendes Pesto gegessen hatte, hatte er Mühe, Cosima aufzuspüren. Alle Tische waren besetzt, und viele Gäste aßen sogar im Stehen. Er schaute nach links, wo er Cosima an ihrem ersten Abend gesehen hatte, aber dort waren ein Dutzend Anzugträger, die Burger und Hotdogs in sich hineinstopften.

Cosima saß dort, wo John gesessen hatte. Sie hatte ihn gleich bei seinem Eintreten gesehen und war froh, dass sie sich in ihm getäuscht hatte: Er hatte sich nicht davongemacht. Ihr Zweifel war unbegründet gewesen. Sie wartete, bis sein Blick sie fand, und lächelte ihm herausfordernd entgegen.

John wunderte sich. Der Platz, an dem er vor Tagen gesessen hatte, war nun ein Stück in die Wand gerückt und von einem Schildfeld verhüllt. Offenbar konnte man ihn abtrennen.

Cosima öffnete ihm die Tür zu dem Séparée, und John drängte sich an einem Mann, der seinen Kaffee schlürfte, vorbei und hätte ihn beinahe aus dem Gleichgewicht gebracht. Kaum war John in der Sitznische angekommen, schloss Cosima den Zugang wieder. Sie verdichtete das Feld sogar und färbte es dunkel. So waren sie unbeobachtet.

»Hast du mit Yuka gesprochen?«, fragte Cosima.

»Nicht persönlich. Sie hat mich angerufen, und ich habe ihr gesagt, dass mich dieser ganze Verdacht enttäuscht.«

»Du Schwein!«

»Warum? Das ist die Wahrheit.«

»Machst ihr Schuldgefühle, weil sie ihren Job macht!«

»Ich bin *wirklich* enttäuscht. Ich hätte vermutet, dass sie das Schiff nicht überwachen lässt. Aber sie tut es. Sie vertraut uns nicht.«

»Zu Recht. Aber ich glaube, sie *möchte* uns vertrauen. Doch sie zweifelt. Ich würde auch zweifeln.«

»Jedenfalls habe ich den Bot so weit entfernt, dass ihn keiner mit uns in Verbindung bringen kann. Wenn wir ihm die Befehle schicken, wird er binnen weniger Minuten am Schiff sein und sich daran heften. Er ist in Sichtweite. Also können wir die Befehle mit Laser schicken. Der Bot wird keine Daten aussenden, sondern einfach zu seinem Ziel gehen. Dadurch sollte er mit der Tarnfunktion vor den Scans so gut wie sicher sein.«

»Hoffentlich.«

»In unserem Geschäft geht es immer darum, dass *hoffentlich* niemand übereifrig ist.«

Cosima lachte. »Dir ist klar, wie sehr Yuka uns hassen wird, wenn sie rausfindet, dass wir die Beute haben.«

»Das darf eben nicht passieren. Wir haben schon schwierigere Dinger gedreht.«

Cosima nickte und biss dann in ihren saftigen Burger. Sie musterte John, während sie kaute und schluckte. Dann grinste sie. »Du selbst zweifelst immer noch, ob wir das hätten tun sollen.«

»Ich sehe es so: Bennath hat das Modul gestohlen. Wir wären jetzt exakt in derselben Position; ganz egal, ob wir ihm nun die Beute abgejagt haben oder nicht. Und in dieser Situation gefällt es mir besser, die Beute in Reichweite zu haben. Liegen lassen können wir sie immer noch.«

Cosima schaute ihn mit großen Augen an. »Also kein Grund, sich Sorgen zu machen?«

»Eigentlich ja.«

»Du kriegst Yuka nicht aus dem Kopf«, sagte Cosima nickend. »Was für eine Nacht hätte das gestern für euch werden können!«

»Bennath hätte das Ding so oder so gedreht.«

Cosima stutzte. »Wir hätten Bennaths Plan Yuka offenlegen können.«

»Ich frage mich, ob Bennath überhaupt schon gemerkt hat, dass seine Beute weg ist. Glaubst du, wir könnten sie zurücklegen und zu Yuka gehen?«

»Und was wird aus der Rückkehr in großem Stil?«

»Mir ist gestern Abend klar geworden, dass Geld nicht alles ist.«

»Mein Gott! Sag nicht, dass du verliebt bist.«

John atmete durch. Ob es wirklich Liebe war, wusste er nicht. Er wusste nur, dass er Yuka nicht in Schwierigkeiten bringen wollte. »Sie hat mir gesagt, dass diese Sache sie den Kopf kosten könnte, wenn sie nicht bald aufgeklärt wird. Die Carrender-Foundation wird ihr die Hölle heißmachen. Wir haben das unterschätzt.«

»Du machst also einen Rückzieher.«

»Ich denke darüber nach.«

»Wie der Zufall es so will, habe ich auch darüber nachgedacht«, bekannte Cosima. »Versteh mich nicht falsch. Meine Gier ist noch ungebrochen. Aber ich frage mich, ob unsere Beziehung zu Yuka nicht wertvoller ist als dieses KI-Modul. Ich weiß nicht. Es ist fast so wie damals in den Clubs, als wir unsere großen Pläne geschmiedet haben. Solche Zeiten sind selten. Pläne, Ambitionen, Ziele. Aber dir ist klar, dass du alles versauen würdest, wenn ihr euch verliebt. Ein solches Geheimnis wie diese Beute ist vielleicht das Beste, das dir passieren kann.«

»Cozy, du bist eiskalt.«

»Du nicht. Und deswegen konntest du mich nie besiegen.«

»Vermutlich. Ich frage mich nur, ob es einen anderen Ausweg gibt.«

»Einen besonderen gibt es sicher. Du folgst einfach deinem ach so weichen Herzen und erklärst Yuka, was los ist. Und du bringst sie dazu mitzumachen. Eine Mikro-KI ist doch bestimmt etwas, das auch sie reizt.«

»Die Carrender-Foundation würde ausrasten.«

»Für dich würde sie es tun«, sagte Cosima schmunzelnd. »Überleg mal. Mit ihrer Hilfe würden wir die Sache sicher über die Bühne bringen.«

»Du unterschätzt sie. Sie wird ihre Sicherheit nicht aufgeben und alles, was sie sich hier aufgebaut hat, nur weil John Glennscaul ihr schöne Augen macht.«

Cosima schüttelte den Kopf. »Mit ein bisschen mehr Selbstbewusstsein, Alfie, könntest du der Frauenschwarm schlechthin sein. Selbst ich würde schwach und dich nicht mehr hassen. Aber du bist nun mal, wie du bist. Also: Wenn du sie nicht einweihen kannst, dann musst du es ihr verschweigen. Entweder jetzt oder nie. Auf keinen Fall solltest du ihr später das Herz ausschütten, wenn wir über alle Berge sind und ihre weiße Weste befleckt ist wie nach einem Blutbad. Sie würde dich umbringen.«

Ihre Patches meldeten sich gleichzeitig. Johns summte, Cosimas spielte eine Melodie. »Wahrscheinlich Yuka«, sagte Cosima. Aber als sie auf ihren und John auf seinen Schirm blickte, war dort eine Textnachricht von einem gewissen *Flüsterer* angekündigt, ohne weitere Daten. Sowohl Cosima als auch John öffneten die Nachricht. Sie lautete: *In diesem Augenblick findet Kempinski eindeutige Spuren, die in eure Richtung führen. Zeit, sich davonzumachen. Ein Bewunderer.*

Cosima und John tauschten einen Blick. »Eine Falle?«, fragte Cosima.

»Oder eine Warnung von Yuka?«, erwiderte John. »Anonymisiert, damit man ihr nichts nachweisen kann.«

»Das hättest du wohl gern!«, entgegnete Cosima.

»Aber wer sonst?«

»Juliana? Zayda oder Osred? Ich habe keine Ahnung. Ich weiß nur, dass ich mich im Augenblick auf dem Schiff sicherer fühlen würde. Komm!«

John nickte und erhob sich.

Cosima nahm noch einen Bissen ihres Burgers und trank

noch einen Schluck Mineralwasser. Dann verließen sie gemeinsam die Nische. Sofort nahmen Gäste, die in der Nähe standen, davon Besitz, und der Bedienungsroboter kam, um den Tisch abzuräumen.

Draußen auf den Gängen ließen Cosima und John sich viel Zeit, schließlich wollten sie nicht auffallen. Sie nahmen den Mittelgang zu den Fahrsteigen, achteten dabei auf die Bordwachen und hielten Ausschau nach Kempinskis Leuten.

»Die Patches?«, fragte Cosima. »Lassen wir sie an oder machen sie aus?«

»Anlassen. Damit sie nicht unnötig Verdacht schöpfen«, antwortete John. »Es könnte Kempinski sein, der schauen will, was wir tun.«

Als sie in eine der runden Hallen kamen, in denen sich die Gänge kreuzten, sahen sie im Zentrum eine Gruppe von Bordwachen, allen voran Teodor, die suchend in ihre Richtung schauten, sie aber im Gewirr der Leute noch nicht erspäht hatten. Sofort strebten Cosima und John ein Stück zur Seite, und als sie sahen, dass Teodor immer wieder nach unten auf seinen Schirm schaute, der aus seinem Armreif ragte, nur um dann seinen forschenden Blick näher an sie heranzurücken, war klar, was Cosima und John zu tun hatten: Sie schalteten ihre Patches aus und bewegten sich auf die andere Seite des Raumes.

Teodor schaute sich mit verwirrter Miene um, deutete dann aber in die Richtung, wo sie die Patch-Computer ausgeschaltet hatten.

Langsam bewegten sich Cosima und John im Uhrzeigersinn durch den Raum. Mit einem Mal änderten Teodor und die Wachen ihre Richtung. Einer von Kempinskis Leuten schien sie anzuführen. Sie kamen direkt auf sie zu.

»Die Kameras«, sagte Cosima. Zwar war die Kameraüberwachung in öffentlichen Bereichen erlaubt, aber Erkennungssysteme nicht, es sei denn, man deklarierte von vornherein gewisse Bereiche als nicht öffentlich. Cosima vermutete, dass Kempinski die Regeln umgangen hatte und dessen Leute Yukas Wachen nun zu Hilfe kamen.

»Hätte ich nicht gedacht«, sagte John und war enttäuscht, dass Yuka die Regeln brach.

»Das ist Kempinski!«, sagte Cosima, während sie sich gemeinsam auf den breiten Gang zubewegten, der grob in Richtung ihres Schiffes führte. »Teodor nutzt das aus.« Cosima vermutete, dass Yuka nichts davon wusste.

»Zur Seite!«, rief Teodor hinter ihnen. »Glennscaul! Amberson! Stehen bleiben!«, brüllte er schließlich.

Die Leute um sie herum machten, dass sie zur Seite kamen, und so hatten die Wachen freies Schussfeld. Doch Cosima und John liefen weiter. Die Wachen würden nicht auf sie feuern. Hier waren zu viele Menschen unterwegs. Und auf dem dreispurigen Fahrsteig liefen sie ständig an Leuten vorbei, die noch gar nicht bemerkt hatten, was vor sich ging.

»Los, feuert!«, rief eine der Wachen.

»Scheiße!«, grummelte John, und Cosima schaute sogar zurück und sah, wie Teodor Kempinskis Wachmann einen Schlag versetzte und ihn dann laut tadelte.

Cosima und John liefen weiter, und selbst als das Laufband anhielt und die Leute um sie herum aufkreischten, blieben sie in Bewegung und sprangen vom äußeren Band auf den halb leeren Gang. Die Leute wichen ihnen aus, die Wachen, allen voran Teodor, brüllten ihnen nach.

Nur noch fünfzig Meter, dann um eine Ecke, und sie wären auf dem Gang zu ihrem Schiff. Doch mit einem Mal schloss sich das Tor. Sie liefen zwar weiter darauf zu, während Teodor sie wieder und wieder anbrüllte, stehen zu bleiben, doch sie hielten erst an, als sie an dem geschlossenen Tor angekommen waren.

John schaute zurück. Teodor und die Wachen näherten sich nur langsam, hoben aber ihre Waffen. Die Gäste wichen zur Seite. Manche hoben ihre Patches und schienen Videos zu machen, dabei war ihnen sicherlich klar, dass er und

Cosima wegen der Restriktionen von Privataufnahmen darauf nur verschwommen zu sehen sein würden. Aber darum ging es ihnen offensichtlich nicht. Wenn man ihn und Cosima in Stücke schösse, würde auf dem Video noch genug zu sehen sein, um damit anzugeben. Für die Wachen gab es nun jedenfalls keinen Grund mehr, ihre Waffen nicht einzusetzen.

Cosima tippte auf ihren Patch, und er schaltete sich ein. Sie drückte einen der Notbuttons auf dem Display und hielt das Handgelenk vor das Bedienfeld der Tür, doch diese rührte sich nicht. Cosima hatte geahnt, dass das Modul, das ihr so manches Mal Tür und Tor geöffnet hatte, nun versagte. »Das war's, John«, flüsterte sie.

»Noch längst nicht«, sagte er leise. »Die können nichts gegen uns in der Hand haben.«

Teodor näherte sich und rief: »Nehmt die Hände hoch.«

Sie rührten sich nicht. »Warum?«, rief John zurück.

»Was haben wir denn getan?«, setzte Cosima nach.

»Das wird euch der Captain verraten.«

Mit einem Mal öffnete sich das Tor in ihrem Rücken.

Cosima und John fuhren herum und sahen, dass jenseits der Schwelle keine Wachen standen, sondern nur überrascht dreinschauende Gäste. Sie tauschten einen Blick und liefen los.

»Scheiße!«, rief Teodor ihnen hinterher.

Kaum waren Cosima und John hindurchgetreten, schloss sich das Tor hinter ihnen. Die Leute schauten sie an, aber keiner fühlte sich berufen, sie aufzuhalten.

»Warst du das?«, fragte John.

»Nein«, antwortete Cosima. »Oder vielleicht doch? Keine Ahnung!«

Ein kreischender Alarm ertönte.

»Komm!«, sagte Cosima und eilte voran. John schloss zu ihr auf, und gemeinsam bogen sie auf den Gang ein, der zu ihrem Schiff führte.

»Wir werden nicht starten können«, sagte Cosima.

»Wir werden es versuchen«, erwiderte John. »Vielleicht können wir sie überlisten.«

Bereits im Laufen schickte Cosima dem Reparatur-Bot über ihren Patch den Befehl, sich zu ihrem Schiff zu begeben. Sie konnte nur hoffen, dass dieser die Beute rechtzeitig zu ihnen brachte.

John fiel auf, dass die Türen, die sich im Alarmfall hätten schließen sollten, sich dennoch öffnen ließen. »Wir haben einen Helfer«, sagte er.

»Yuka?«

»Wenn ja, dann ist das der größte Fehler ihres Lebens.«

Wann immer sie durch eine Tür hindurch waren, schloss diese sich hinter ihnen.

»Ich glaube, wir können es schaffen«, rief John, da schoss etwas aus einer Nische hervor und traf ihn an der Schulter.

Während John zu Boden ging, erblickte Cosima zwei Wachen. Einen Mann und eine Frau. Den Mann kannte sie nicht, doch da er mit dem Gewehrschaft zugeschlagen hatte, schnappte sie seinen Arm, versetzte ihm einen Tritt und riss die Waffe an sich, um sie auf die Frau zu richten. Da erkannte Cosima sie: Juliana Weddington – die Wache, die bald auf die Musikschule gehen würde. Sie hielt ihre Pistole zitternd auf Cosima gerichtet.

»Verflucht!«, sagte John, während er sich erhob.

Der Wachmann versuchte nach Cosimas Bein zu greifen, doch John versetzte ihm einen Tritt.

Indes hielten Cosima und Juliana einander immer noch die Waffen entgegen. »Wenn du es tun willst, dann tu es jetzt«, sagte Cosima.

»Ich will das nicht«, sagte Juliana und riss ihre blauen Augen weit auf. »Ergebt euch einfach.«

John trat zwischen sie und Cosima und streckte die Hand nach der Waffe aus. »Wir wurden reingelegt, Juliana«, sagte er. Er war sich sicher, dass Kempinski sie austricksen wollte. Er fürchtete, dass es ein Fehler von Cosima war, den Roboter anzuweisen, zum Schiff zu kommen.

»Dann sagt das Yuka«, erwiderte Juliana.

»Sie würde uns glauben, die anderen nicht. Oder hast du uns geglaubt, als du dich hier mit dem da auf die Lauer gelegt hast?«

»Nein«, antwortete Juliana und wich seinem Blick aus. Schließlich überließ sie ihm die Pistole.

»Also. Leb wohl, Juliana«, sagte John.

Cosima und John lösten sich von den beiden Wachen und strebten mit dem Gewehr und der Pistole zur ihrer Schleuse hinüber. Sie öffneten die Tür, traten ein, schlossen sie wieder, und doch wollte sich kein Gefühl der Sicherheit einstellen. Ja, sie waren an Bord ihres Schiffes – und ja, wie Cosima John auf dem Schirm ihres Patches zeigte, haftete der Reparatur-Bot mit der Beute an der Bordwand in der Nähe der kleinen Ladeschleuse. Und dennoch war nun klar, dass sie die Büchse der Pandora geöffnet hatten.

»Wünsch mir Glück!«, sagte John, als er sich ins Cockpit setzte und die Maschinen hochfuhr. Während Cosima auf die Statusanzeigen blickte, gab John heimlich den Code ein, den er als Sicherheit platziert hatte und den das System zum Starten verlangte.

John drückte auf eine Schaltfläche, und die beiden Steuerknüppel kamen auf einem Board mit Display ein Stück auf ihn zu. Er packte die Ruder und wollte das Schiff in Bewegung setzen. Und tatsächlich legte das Schiff ab. Das Haltesystem der *Inanna* ließ sie los, und nichts versuchte, sie an ihrer Flucht zu hindern.

»Das hätte nicht passieren dürfen«, rief Cosima. »Was wird hier gespielt?«

»Es muss Yuka sein.«

»Verflucht! Da!« Cosima zeigte auf das Display auf der Konsole. Ein Dutzend Jäger war gestartet, und weitere folgten. Die ersten Geschütze an der *Inanna* feuerten. Zum Glück funktionierten automatisierte Schusssysteme nur bei Drohnen. Bemannte Schiffe konnten davon nicht anvisiert und schon gar nicht unter Beschuss genommen werden. Menschliche Schützen waren gefragt und eröffneten nun das Feuer.

»Lass *mich* ran«, sagte Cosima.

»Nein, du schießt«, erwiderte John.

»Raumschiff an John! Die Kiste hat keine Waffen.«

»Dann sind wir wahrscheinlich erledigt«, sagte John und lachte vor Verzweiflung.

* * *

Yuka war außer sich. »Ich hätte es wissen müssen!«

Kempinski verschränkte die Arme vor der Brust und hatte endlich aufgehört, ihr Vorwürfe zu machen. Sie hätte dagegenhalten können. Sie hätte sagen können, dass er mit der Auswertung der Videos in Echtzeit einen Regelverstoß begangen hatte, den sie eigentlich nicht akzeptieren konnte. Aber das hätte ihn nur wieder wütend gemacht, und sie musste daran arbeiten, dass er sich wieder beruhigte. »Die Jäger sind gestartet, und die Geschütze feuern bereits«, erklärte sie in der Hoffnung, ihn zu besänftigen.

»Ich möchte meine eigenen Jäger starten.«

Yuka überlegte kurz. Was immer sie tat, sie durfte Kempinski nicht reizen. Sie würde genug von der Carrender-Foundation zu hören bekommen. »Kein Problem. Aber Sie müssen sich in unser Geschwader einfügen.« Im Grunde war sie froh, denn sie verfügte nur über vierzehn kleine Jäger. Jedes weitere Schiff wäre eine Hilfe.

»Immerhin ist jetzt bewiesen, dass sie es gewesen sind«, sagte Kempinski und warf ihr einen anklagenden Blick zu.

Einerseits war Yuka erleichtert, dass nun endlich Klarheit herrschte, aber sie war auch enttäuscht. »Das Problem ist, dass jetzt alle mitbekommen haben, wer es ist. Die werden wie Hyänen hinter ihnen her sein.«

Kempinskis Augen weiteten sich. »Ich muss weg«, sagte er. Yuka hatte noch nie echte Angst in Kempinskis Gesicht gesehen. Aber offenbar wurde ihm nun klar, dass soeben ein

Wettrennen begonnen hatte und jeder versuchen würde, die Mikro-KI an sich zu nehmen. Die Frage war natürlich, ob Cosima und John überhaupt Gelegenheit gehabt hatten, die Beute an Bord zu nehmen. Immerhin hatten die Wachen die *Amberscaul* vergeblich durchsucht.

Kempinski hielt an der Tür inne und wandte sich noch einmal zu ihr um. Er drohte mit dem Zeigefinger und sagte: »Mein lieber Captain. Wenn wir das Modul nicht zurückkriegen, wird das hier ein Nachspiel für Sie haben.«

Yuka nickte, und als Kempinski fort war, atmete sie auf. Zumindest würde sie jetzt nicht mehr allen möglichen Leuten auf die Füße treten müssen, um dahinterzukommen, wer den Diebstahl begangen hatte.

Teodor kam herein und entschuldigte sich dafür, dass er die beiden Granden hatte entkommen lassen.

Yuka lächelte ihn an und machte eine beschwichtigende Geste.

»Das war's also«, sagte er. »Dann können wir die Ermittlungen einstellen.«

»Im Gegenteil«, erwiderte Yuka. »Ich möchte, dass ihr alle Spuren, die zu Amberson und Glennscaul geführt haben, überprüft. Und ich möchte wissen, wie sie überhaupt ablegen konnten. Sie hatten eigentlich nicht die Mittel dazu.«

»Sie meinen, sie hatten Komplizen.«

»Alleine hätten sie es nicht durchziehen können. Denk an die Türen. Und du hast gesagt, sie hätten überrascht gewirkt, als das Tor sich hinter ihnen geöffnet hat.«

»Amberson hat zwar irgendwas versucht; das hat aber nicht geklappt.«

»Also hatten sie Hilfe. Und wer immer ihnen das Tor geöffnet hat, muss noch an Bord sein. Geht den Spuren nach!«

»Und Juliana?«, fragte Teodor.

»Ich will ihr keinen Strick aus der Sache drehen.«

»Sie glaubt ihnen, dass sie reingelegt wurden.«

»Das ist ihre Sache«, erklärte Yuka. »Ich jedenfalls möchte

den beiden nicht glauben müssen. Ich möchte wissen, was wirklich passiert ist. Also prüft die Türdaten auf ihrem Fluchtweg. Wir müssen erfahren, wie sie trotz des Alarms bis zu ihrem Schiff kommen konnten. Und findet heraus, wie sie einfach so ablegen konnten.«

»Jawohl, Captain!«, sagte Teodor.

Kaum war Teodor fort, ließ Yuka die Schultern hängen und stützte sich schließlich kopfschüttelnd auf ihrem Schreibtisch ab. Ihr tadelloser Ruf war beschädigt. Nichts würde mehr so sein wie früher. Aber sie würde die beiden Granden zu fassen kriegen – sie und ihre Komplizen. Sie würde so entschlossen vorgehen, dass die Carrender-Foundation ihr nicht die Lizenz entzog. Denn falls das geschah, wäre sie ruiniert.

Auf der Flucht

Cosima war zufrieden mit Johns Flugkünsten. Er hatte den Jägern der *Inanna* bisher gut ausweichen können, doch dann blickte sie auf den Rückschirm und entdeckte mindestens zwanzig neue Schiffe, die dort herumschwirrten. »Sind das da Drohnen?«, fragte sie.

Ehe John antworten konnte, ging ein Ruck durch das Schiff, und ein Piepsen ringsum signalisierte gemeinsam mit dem Blinken auf dem Schirm, dass die Schilde beschädigt waren. Da ihre Verfolger auf sie geschossen hatten, konnte es sich bei ihnen nicht um Drohnen handeln, denn deren Grundkomponenten hätten es ihnen unmöglich gemacht, auf sie zu feuern. Es mussten menschliche Piloten sein, zumindest aber menschliche Schützen, die ihnen in den Jägern nachsetzten.

Cosima öffnete dem Reparatur-Bot, der ihre Beute trug, die kleine Ladeschleuse und wies ihn an, an Bord zu kommen. »Das KI-Modul ist jetzt im Frachtraum, John«, verkündete sie.

»Gut!«, erwiderte John. »Übernimm du jetzt!« Er schob das Board mit den Steuerknüppeln zu Cosima hinüber.

»Na endlich«, erwiderte sie.

John griff nach der oberen Ecke des transparenten Schirms, der aus der Konsole herausragte, und vergrößerte ihn ein wenig. Dann rief er darauf die Schildkonfiguration auf und änderte diese so, dass die Lücken im Heckschild sich rascher schlossen; dafür würden sie sich vorne allerdings schleppend schließen. »Pandaros-3 Spezial! Alles klar!«, sagte er.

»Klar!«, erwiderte Cosima auf die Ankündigung der Schildtaktik, die die Streitkräfte von Pandaros-3 geprägt hatten und die in vielen Schildsystemen, auch hier auf der *Amberscaul*, längst automatisiert zum Einsatz kam. Das System schwächte die Stellen des Schildes, an denen ein Beschuss als unwahrscheinlich deklariert war, um jene zu stärken, an denen ein Schaden als wahrscheinlich markiert war. Nachdem ein weiterer Treffer das Schiff und mit ihm Cosima und John durchgeschüttelt hatte, verschob sich ein Teil des Schildes sofort nach hinten.

»Na, dann wollen wir doch mal sehen, wie gut die sind«, sagte Cosima und steuerte erst seitwärts, um dann abzutauchen.

Noch ehe John sich im Sitz festschnallen konnte, ließ Cosima das Schiff wilde Bewegungen vollziehen. »Mist!«, fluchte sie. »Die Kiste hat einen Begrenzer eingebaut.« Durch die Einschränkung der Flugmanöver sollte verhindert werden, dass der Pilot seinen Körper überforderte oder sogar das Bewusstsein verlor. John hatte es nicht gestört, er hatte mit minimalen Bewegungen den Gegnern entgehen können. Cosima jedoch war eine Freundin großer Gesten. Ihre Manöver waren ausschweifend, und sie ließ sich ungern von einem System vorschreiben, wie weit sie gehen durfte. Sie wusste, wie viel sie sich zumuten konnte. Zumindest hatte sie es früher gewusst. »Die Flucht wird nicht ganz so wild, wie ich es mir gedacht habe.«

»Ich hätte dich nicht ans Ruder lassen sollen«, erwiderte John. »Bei deinen Künsten wird es ein Wunder sein, wenn wir überleben.«

»Hör auf zu meckern und schau, ob sich der Begrenzer konfigurieren lässt.«

John rief auf dem Display vor sich die Daten zum Begrenzer auf. Er prüfte sie einen Augenblick, dann schüttelte er den Kopf. »Ein konstantes Modul«, sagte er.

»Mist!«, rief Cosima und blickte auf den Rückschirm, auf dem die Zahl ihrer Verfolger mit jedem Augenblick wuchs.

Inzwischen wurden sie von neunundsechzig Schiffen verfolgt. Das konnten nicht nur Yukas Leute sein, es waren sicherlich auch die von Kempinski und die all derer, die das KI-Modul in ihren Besitz bringen wollten. Die Hälfte der Schiffe war noch weit entfernt, aber die anderen, die ihnen dicht auf den Fersen waren, schossen so hemmungslos auf sie, dass Cosima sich fragte, ob sie wirklich glaubten, das Mikro-KI-Modul sei bei ihnen an Bord. »Die wollen uns töten«, sagte sie.

»Nein, nein. Die wollen, dass wir aufgeben«, erwiderte John. »Hör mal!«, sagte er und schaltete das Com-System ein. »Raumschiff *Amberscaul*! Geben Sie auf! Es ist zwecklos!« John schaltete das Com wieder ab. Die monotone Stimme war unerträglich.

Cosima lachte. »Manche Menschen klingen wie Roboter.« Sie stutzte und überlegte. »Ich habe eine Idee«, sagte sie schließlich. »Wir nehmen Kontakt auf und machen ihnen klar, dass wir die Schilde abschalten werden und sie uns mit dem KI-Modul zerstören werden, wenn sie weiterfeuern.« Sie zog das Schiff streng nach links und merkte an den Raketen, die an ihnen vorbeischossen, dass sie es keinen Augenblick zu früh getan hatte.

»Nein, Cosima. Zu riskant. Und außerdem würden wir dann zugeben, dass wir das Modul haben.«

»Wir werden sie nicht vom Gegenteil überzeugen können«, sagte Cosima und zog die *Amberscaul* in die Höhe. Manche ihrer Verfolger konnten ihren Flugbewegungen besser folgen als andere. Sie schienen automatisierte Verfolgungssysteme zu verwenden, so zielstrebig, wie sie ihnen nachsetzten. Doch im Kampfmodus wurden diese Hilfssysteme so weit eingeschränkt, um nicht zum automatisierten Zielsystem zu werden und die Regel zu brechen, dass automatisierte Systeme nicht mit tödlichen Waffen auf Menschen feuern oder auch nur zielen durften. Dass die Piloten die Verfolgungssysteme nicht ausschalteten, sprach nicht gerade für ihre Fähigkeiten. Dennoch mochte es ausreichen, um John und sie zur Strecke zu bringen. Sie durfte einfach keine Fehler machen. »Es wird schon klappen«, sagte sie.

»Du bist zu optimistisch«, erwiderte John. »Der Weg zum Tor ist noch weit, und was dann? Wo können wir hin, ohne dass die uns folgen?«

»Sie werden sich nicht zu weit von der *Inanna* entfernen. Sie werden niemals alleine durchs Tor fliegen, sondern auf die *Inanna* warten.«

»Die in diesem Augenblick an Fahrt aufnimmt«, sagte John. »Ist dir eigentlich klar, dass jedes Schiff hinter uns her sein wird? Wenn wir Pech haben, wartet am Sprungtor eine Blockade auf uns.«

»Kannst du ihre Signale stören?«, fragte Cosima.

»Nein. Die Kiste kann überhaupt nichts.«

»Aber sie beschleunigt gut«, erklärte Cosima. »Die großen Schiffe werden nicht mithalten. Und bis sie ihre schweren Antriebe auf volle Leistung hochgefahren haben, sind wir längst weg.«

Wieder wurden sie durchgeschüttelt.

»Aber die kleinen machen uns fertig.« John passte über einige Regler auf dem Schirm erneut die Konfiguration der Schilde an. Er änderte die Schildstruktur am Heckantrieb, indem er sie ein wenig öffnete, um so dem Antrieb freien Lauf zu lassen. »Ein Glückstreffer, und sie zerschießen uns die Antriebe«, sagte er. »Aber ungedämpft können wir noch ein bisschen mehr aus der Kiste rausholen.«

»Auf welche Stufe hast du es gestellt?«, fragte Cosima.

»Komplexität 1«, antwortete John. »Ihre beste Chance besteht darin, einfach in der Gegend rumzuballern.«

»Tun sie aber nicht«, entgegnete Cosima und riss das Schiff zur Seite, um es dann nach oben zu drehen, sodass es vom Heckantrieb befördert relativ zu ihren Verfolgern in die Höhe schoss.

Sie konnten nicht jedem Angriff ausweichen. Die Schilde schmolzen langsam, sodass John sie um den Antrieb herum verstärkte und vorne beinahe ganz ausschaltete.

Ein gewaltiger Knall von unten ließ Cosima zusammenzucken.

John klatschte mit der Hand auf einen Button in der Mitte des Schirms, um die Lagerbereiche zu versiegeln. »Sie sind durch. Wir haben kaum noch Schild zum Verteilen. Jeder Treffer könnte jetzt direkt durch die Bordwand gehen.«

»Wir sind also erledigt?«

»Nur, wenn du unbedingt in den Frachtraum willst.«

»Was ist mit der Beute?«, fragte Cosima.

»Der Bot ist unversehrt«, antwortete John.

»Da!«, rief Cosima und zeigte schräg nach oben. »Das Tor!« Ein silberner Ring leuchtete in der Dunkelheit. Sie versuchten zu erkennen, ob dort eine Blockade oder auch nur das kleinste Schiff zu sehen war, doch sie entdeckten nichts als den Silberring und die grünen Signalleuchten, die andeuteten, dass sie von der richtigen Seite dem Tor entgegenstrebten.

Dies war eines der drei Sprungtore im Nachtglanz-Dreieck, irgendwo zwischen der Erde und der Venus. Beinahe jedes Tor, das je erbaut worden war, war mit einem der drei Portale durch den Hyperraum verknüpft. So war die Route über das Nachtglanz-Dreieck ein vergleichsweise kleiner Umweg, statt einer Kette von Umwegen, die von Sprungtor zu Sprungtor führte und schnell zu einem gewaltigen Zeitverlust anwuchs.

»Bitte sehr!« Cosima schob die beiden Steuerknüppel mitsamt Board zu John hinüber. »Jetzt mach das Manöver, mit dem du mir beim Uranus entkommen bist.«

»Oh, Cozy!«, sagte er. »Dass du dich daran erinnerst!«

»Es geht schließlich um mein Leben.«

»Trotzdem.« Damals hatte er sich mit Cosima und ihren Leuten im Nacken einem Sprungtor genähert. Cosima hatte ihre Gruppe aufgeteilt: Die einen bremsten mit John ab, um zum Tor zu gelangen, die anderen beschleunigten weiter und würden am Tor vorbeifliegen, konnten so aber zu ihm aufschließen und ihn unter Beschuss nehmen. Was Cosima damals gemacht hatte, geschah nun auch hier. Und wie damals vollzog John einen kurvigen Flug, eine Mischung aus Ausweich- und Bremsmanöver.

Cosima beobachtete John genau. Sie war gespannt, wie er es anstellte.

Er vergrößerte die Statusanzeigen für den Schub, die Geschwindigkeit und die Warnanzeige, die den Bereich zeigte, in der sich ihre Geschwindigkeit bewegen durfte, um rechtzeitig vor dem Tor abzubremsen. Cosima staunte über Johns Lenkbewegungen. Die linke und die rechte Hand waren bei ihm so gut koordiniert, dass sie es kaum fassen konnte.

Er brachte das Schiff dabei immer wieder zwischen die Feinde und das Sprungtor. Und nur die Dümmsten wagten es, zu schießen und zu riskieren, dass das Geschoss das Portal traf. Es würde zwar an den Schilden abprallen, aber das Tor würde registrieren, wer den Schuss abgefeuert hatte. Und wenn man eines vermeiden wollte, dann war es, mit den Portalbetreibern in Konflikt zu geraten.

Wer immer dort hinten das Kommando hatte, sorgte offenbar dafür, dass das Feuer auf ihr Heck eingestellt wurde. Aber einige Jäger strebten zur Seite, um sie aus einem Winkel beschießen zu können, der das Tor nicht gefährdete.

John musste lachen.

»Was? Die knallen uns gleich ab«, erwiderte Cosima.

»Aber ihre Seitenantriebe sind zu schwach, um rechtzeitig abzubremsen.« John brachte sich auf direkten Kurs aufs Tor, drehte das Schiff um und gab mit dem Hecktriebwerk vollen Schub, und auch die Bremstriebwerke wandte er nach hinten. Die Schiffe, die seitlich geflogen waren, schoben sich an ihnen vorbei. Da ihre Haupttriebwerke nicht in Richtung Tor zeigten, würden sie nicht schnell genug bremsen können. Sie wären an dem Tor vorüber, ehe sie eine Chance dazu hätten.

Indes wagten sich einige von denen, die zurückgeblieben waren, nun doch noch vor. Von schräg hinten kamen sie, schossen auf die *Amberscaul* zu und glitten schließlich ebenfalls an ihnen vorüber.

Ein neuer Alarmton erschallte. Die Seitenbordwand war beschädigt, und da sich die Schilde der *Amberscaul* nur zwischen vorne und hinten verlagern ließen, konnte Cosima nichts tun, um die ausgedünnten Seitenschilde auch nur ein wenig zu stärken.

Von rechts schob sich ein Jäger heran, der nicht abbremste und das Sprungtor verfehlen würde. Er war zwar binnen einer Sekunde vorüber, aber unter dem Feuer zerbarst der letzte Rest des Schutzschildes, und ein heftiger Ruck brachte das Schiff zum Erzittern.

John wurde unruhig und bemühte sich bei seinen schnellen Lenkbewegungen, das Schiff immer wieder auf Kurs zum Sprungtor zu bringen.

»Das wird knapp«, rief Cosima.

»Es klappt«, entgegnete John.

»Wer ist jetzt der Optimist?«

»Realist, meine liebe Cozy.«

Ein weiterer Treffer rüttelte an ihnen, und laut dem blinkenden Display klaffte im Frachtbereich ein Loch in der Bordwand. Cosima prüfte die Position des Reparatur-Bots und war erleichtert, als sie an den Statusdaten abgelesen hatte, dass er unversehrt war.

Cosimas Erleichterung verflog jedoch mit einem Schlag, denn auf dem Hauptschirm wurde mit blinkenden Feuersymbolen ein Brand im Maschinenraum angezeigt. Sie versiegelte die Türen und leitete den Sauerstoff ab, um die Flammen zu ersticken. Eigentlich war es Zeit aufzugeben, doch Cosima wollte es nicht vorschlagen. Die Blöße wollte sie sich nicht geben. Wäre sie am Steuer gewesen, hätte sie sicherlich auch nichts dergleichen hören wollen. In ihrem Überschwang hätte sie wahrscheinlich nur noch gelacht und dem nahenden Tod entgegengegrinst.

John saß da und schaute dem Sprungtor entgegen. »Komm schon!«, flüsterte er und reagierte auf jeden Treffer mit einer korrigierenden Lenkbewegung. »Komm schon«, wiederholte er.

Als wäre es eine Antwort, ertönte die androgyne Stimme des Portals in ihrem Cockpit. »Sie nähern sich dem Portal *Nachtglanz-T2* – dem zweiten Tor des Nachtglanz-Dreiecks. Wählen Sie bitte ein Ziel aus. Bitte identifizieren Sie sich und halten Sie die Zahlungsdaten bereit.«

John erschrak. »O Scheiße!« Er hatte weder Ziel- noch Zahlungsdaten vorbereitet.

»Nur die Ruhe, Alfie«, sagte Cosima. »Alles schon längst erledigt.«

»Raumschiff *Amberscaul*, die Gebühr wurde von Ihrem Konto abgebucht. Das Nachtglanz-Kartell wünscht Ihnen eine schöne Reise.«

John atmete aus und schaute zu Cosima hinüber, die mit einem selbstgefälligen Grinsen dasaß und ihn anstarrte. »Ich hoffe, du hast gut aufgepasst«, sagte er schließlich.

»Das habe ich«, erwiderte sie. »Mir ist jetzt klar, warum du bei Triptyx so gut bist.«

»Und du, warum bist du so gut?«

»Weil ich Wagnisse eingehe. Erst am Abgrund fühle ich mich so richtig lebendig.« Sie wurden wieder durchgeschüttelt, und John merkte, dass die Ruder nicht mehr reagierten. Der Treffer war nicht schwer genug gewesen, um sie aus ihrer Bahn zu werfen, der nächste mochte es aber sein. Das Schiff hob sich ein wenig. Da erst merkte John, dass das Sprungtor die Kontrolle über die *Amberscaul* übernommen hatte.

Cosima konnte nicht anders, als zu lachen. »Ich liebe es, mit dem Feuer zu spielen und wahnsinnige Dinge zu tun.«

»Dafür hast du eben aber ein bisschen … ähm … pessimistisch geklungen.«

»Wer wäre das nicht, wenn er die Kontrolle abgibt?«

»Jedenfalls weißt du jetzt, wie ich dir damals entkommen bin, Cozy.« Er schnallte sich ab. Nun, da das Tor die Steuerung übernommen hatte, war seine Arbeit erledigt.

Die Verfolger stellten das Feuer ein. Ab jetzt würde nur noch ein Trottel es wagen, auf sie zu schießen, so nahe waren sie dem Tor inzwischen gekommen.

Cosima schnallte sich ebenfalls ab. Sie stieg aus ihren Schuhen und legte die nackten Füße auf die Konsole zwischen die Anzeigen. »Jetzt heißt es, Geduld haben.«

John nickte. »Und hoffen, dass die Jäger uns nicht durchs Portal folgen.«

»Die werden auf ihre Mutterschiffe warten«, meinte Cosima. »Ganz sicher. Außerdem werden sie annehmen, dass wir zum Jupiter fliegen. Selbst wenn sie uns folgen, werden sie auf der falschen Ebene in den Hyperraum einsteigen. Die werden nie draufkommen, dass wir uns über das Tor beim Saturn auf den Heimweg machen.«

John hatte keinen Zweifel, dass es genau so verlaufen würde, wie Cosima es dargelegt hatte. Jede Verbindung eines Tores führte auf eine andere Ebene des Hyperraums. Ein Schiff, das von hier zum Saturn fliegen wollte, würde im Hyperraum den Schiffen, die zum Jupiter flogen, nicht begegnen können. »Was, wenn sie vom Tor Tracking-Daten kaufen?«, erwiderte John. »Die sind zwar anonymisiert, aber außer uns ist ja niemand hier.«

Cosima lächelte. »Ich habe ein wenig mehr bezahlt. Egal auf welcher Ebene des Hyperraums sie jetzt die Tracking-Daten abfragen: Für sie wird da gar nichts erscheinen.«

»Das geht so einfach?«, fragte John.

»Wenn du zu den Privilegierten gehörst, ja.«

»Ich frage jetzt nicht, wie du es gemacht hast. Und ich frage auch nicht, ob es klug ist, dem Nachtglanz-Kartell gefälschte Daten zuzuspielen.«

»Keine Sorge. Es ist eine legale Lücke. Manche behaupten sogar, dass es eine gewollte Lücke ist und sich Nachtglanz mit den Zusatzgebühren eine goldene Nase verdient.«

John nickte zufrieden. »Dann werden sie also annehmen, dass wir nach Pandaros-3 oder zum Mars oder in den Asteroidengürtel fliegen«, sagte er. »Aber dass wir ein Tor mit so wenigen Anschlüssen innerhalb des Systems nehmen, darauf werden sie nicht kommen. Außerdem mag ich den Saturn. Auf dem Titan könnte unsereins ein Vermögen machen.«

»Jetzt noch?«, fragte Cosima und verschränkte die Arme vor der Brust, während sie zusah, wie ein Jäger nach dem anderen an ihnen vorbeiflog. Sie winkte sogar einem Piloten zu, den sie im Cockpit ausmachen konnte, und pustete einem anderen einen Kuss entgegen. »Ich dachte, seit man sich mehr auf die Monde im Keto-System konzentriert, wäre der Titan nicht mehr so interessant«, sagte sie.

»Noch geht es dort hoch her. Wenn der Boom nachlässt, wird der Titan wie geschaffen für unser Geschäft sein. Ein Handelsposten, der immer weiter in den Schatten gleiten wird. Wer sich früh etabliert, könnte dort zu den Großen zählen. Stell dir vor: ein Mond der Schattenkonzerne.«

»Und was ist mit Phase 4? Willst du nicht irgendwann dem Sumpf entsteigen und sauber werden?«

»Phase 4«, sagte John schwärmerisch. »Vielleicht führt der Weg dorthin über den Titan.«

Cosima atmete durch. Sie hatte Johns Faszination für den Titan nie wirklich verstanden. »Ich glaube, um den Schritt in die Legalität zu schaffen, ist Pandaros-3 immer noch der beste Ort.«

»Bloß stellt sich die Frage, ob wir es in nächster Zeit wagen können, uns dort blicken zu lassen? Ich meine: Auch auf dem Titan oder einem der anderen Monde könnten wir ein Vermögen verdienen und den Grundstein für unsere Phase 4 legen.«

»Aber dort kennen wir uns nicht aus, John. Die werden uns übers Ohr hauen, wenn wir da ohne Rückendeckung auftauchen. Nein, nein. Wir gehen den Umweg und kehren dann ganz unauffällig nach Pandaros-3 zurück.«

»Die werden da auf uns warten«, erwiderte John.

»Natürlich. Aber sie werden uns nicht sehen. Sie werden alle möglichen Frachter sehen, aber nicht uns.«

John schüttelte den Kopf. »Wenn du glaubst, ich würde mich von einem deiner Frachter reinholen lassen, dann irrst du dich.«

Cosima mochte es, wenn sich Johns Stirn in Falten legte. »Das würde ich genauso wenig von dir verlangen, mein lieber Alfie, wie ich es meinerseits von dir akzeptieren würde. Nein. Wir wenden uns an Reenhart Automata. Die sind neutral und stellen keine Fragen, wenn der Preis stimmt.«

John nickte und hielt ihr die Hand hin. »Keine Betrügereien mehr?«

Cosima grinste und schlug ein. »Natürlich nicht, mein lieber Alfie.«

»Wer könnte da noch zweifeln?«

»Und weißt du, was das Beste ist?«, fragte Cosima.

»Dass wir uns beide gut genug kennen, um zu wissen, dass eine Händedruck nichts zählt?«

»Das auch. Nein. Ich meine: Jetzt glauben alle, dass wir den Diebstahl tatsächlich begangen haben.«

»In welchem Universum ist das etwas Gutes, Cozy?«

Cosima nahm die Füße von der Konsole und beugte sich zu John hinüber. »Da wir einen Diebstahl begangen haben, den wir unmöglich hätten begehen können, wird man uns für Genies halten. Wir brauchen nichts zu tun, und unser Mythos wächst.«

»Deine Ambitionen werden dich noch mal umbringen, Cozy.«

»Und ich hoffe, sie werden dich mit in die Tiefe reißen, mein lieber Alfie.«

John schüttelte den Kopf. »Wie haben es deine Leute nur mit dir ausgehalten?«

»Frag dich lieber, wie *du* es die ganze Zeit mit mir ausgehalten hast.«

»Das hat nichts mit dir und alles mit meiner beeindruckenden Geduld zu tun.«

»Du magst mich, Alfie. Das ist es. Du magst mich.«

»Ja, ich liebe Egomanen, die an ihrem Mythos arbeiten.«

»Komm schon. Es gefällt dir, wenn die Leute dich für großartig halten.«

»Ich bin dem nicht abgeneigt. Aber was nützt mir das, wenn es mich umbringt?«

»Wir sind schon aus schlimmeren Lagen entkommen.«

»Ich erinnere dich daran, wenn neben all den anderen, die jetzt hinter uns her sein werden, Kempinski seine Geschütze gegen uns in Stellung bringt. Und was die Carrender-Foundation machen wird, will ich mir lieber nicht ausmalen.«

Cosima fuhr sich mit den Fingerspitzen über das Kinn. »Ich frage mich ja was ganz anderes.«

John schaute sie besorgt an. »Was?«

»Was wird Bennath wohl machen, wenn er erfährt, dass seine Beute weg ist?«

John grinste. »Ja, sein Gesicht würde ich schon gerne sehen, wenn es ihm klar wird.«

»Ich meine: Wird er nicht vermuten, dass wir ihm die Beute abgejagt haben?«

»Keine Ahnung«, sagte John und stutzte. »Er könnte genauso gut annehmen, dass Yuka die Beute gefunden hat.« Die Vorstellung, dass Yuka nun in Schwierigkeiten geriet, schürte Johns Schuldgefühle. Während sie in das Licht des Tores eintauchten und jenseits davon in die Finsternis des Hyperraums vordrangen, wünschte er sich, er hätte sich niemals auf die Sache eingelassen.

* * *

»Sie sind fort«, erklärte Osred und starrte auf seinen Schirm.

Yuka lehnte sich in ihrem Sitz zurück und nickte. »Schick der Foundation eine Nachricht. Sie sollen es von uns hören, ehe sie es von Kempinski erfahren.«

»Jawohl«, erwiderte Osred. »Aber wo werden wir sie suchen?«

»Pandaros-3.«

»Also zum Jupiter-Portal?«

»Ja«, sagte sie. Es würde schwer werden, sie aufzuspüren. Die Behörden auf Pandaros-3 würden kaum geneigt sein, etwas gegen die beiden Granden zu unternehmen. Das Verbrechen war außerhalb ihrer Zuständigkeit geschehen. Es gab zwar Abkommen, aber die betrafen nur Verbrechen, die einen Schaden für die Station bedeuteten. In allem anderen würde die Station nach ihrem eigenen Ermessen handeln. Und sosehr sie vielleicht die beiden Granden als Dorn im Auge sahen, so wenig würden sie eine Tür öffnen, hinter der jeder fortan erwartete, dass die Station kooperierte.

Die Freiheit, die die Unternehmen im All gefunden hatten und die sich in den Siedlungen und deren Regierungen fortsetzten, boten Schattenkonzernen genug Platz, um zu existieren. Natürlich musste man aufpassen, dass man sich nicht zu viele Feinde machte. Und Cosima und John hatten gerade genau das getan. Auf Pandaros-3 würde das Chaos herrschen, wenn die Granden erst einmal wieder bei ihren Schattenkonzernen waren. Und Yuka blieb keine Wahl, als zu diesem Chaos beizutragen.

* * *

Bennath starrte auf den leeren Container, in dem die Beute hätte sein sollen. Erst nach einer Weile wandte er den Blick ab und musterte Vala. Die junge Frau schaute mit eiskalter Miene zurück. Und das, nachdem er ihr in einem Wutausbruch ein Donnerwetter aus Flüchen entgegengeschleudert hatte.

»Sir, ich entschuldige mich noch einmal«, sagte die Strategin. »Mein Plan hatte eine Schwäche. Ich habe nicht bedacht, dass jemand uns die Beute stehlen könnte.«

Bennath winkte ab. »Die Frage ist, wer es gewesen ist. Die Kapitänin?«

»Unwahrscheinlich, Sir. Sie wird Schwierigkeiten bekommen. Ernste Schwierigkeiten. Ihre Reputation steht und fällt damit, ob sie die Mikro-KI zurückholt.«

»Wer sonst? Kempinski selbst?«

Vala wiegte langsam den Kopf hin und her. »Vielleicht.«

»Du hast einen Verdacht?«

»Ich frage mich, wer über die Fähigkeiten, die Schläue und die Chuzpe verfügt, so etwas zu tun. Und mir fallen unter den Gästen nur zwei ein.«

»Amberson und Glennscaul?«, fragte Bennath.

»Sollte es so sein, haben wir einen ganzen Rattenschwanz an Verfolgern auf sie gehetzt. Aber es ist nur eine Vermutung.«

»Nein, nein. Das passt schon.«

»Das Modul könnte überall sein. Wir sollten nicht zu sehr auf die beiden Granden schauen.«

Bennath war sich sicher, dass Amberson und Glennscaul das Modul hatten. Kempinski hatte sich gerade lächerlich gemacht. Das hätte er nicht getan, nur um einen spontanen Versicherungsbetrug zu begehen. Und auch seine Wut, die authentisch wirkte, passte nicht dazu. Die Kapitänin hatte zu viel zu verlieren, und unter den Gästen gab es niemanden, der über die Raffinesse der beiden Granden verfügte. Doch wie hätten sie davon erfahren sollen? Vielleicht gab es einen Verräter in seinen Reihen.

»Okay«, sagte er nach einer Weile. »Vala, du bleibst hier und ermittelst. Ich möchte wissen, wer es gewesen ist, wie er davon erfahren hat und wie er es gemacht hat. Ich nehme mir Colby und ein paar Leute und bleibe den Granden auf der Spur. Wenn sie es haben, werden wir es ihnen abjagen.«

»Jawohl, Sir«, sagte Vala und neigte den Kopf.

Bennath fragte sich, ob er das Modul überhaupt noch haben wollte. Er wäre inzwischen auch damit zufrieden, wenn es zerstört wäre. Dann müsste er die Granden nur noch zum Schweigen bringen, damit keine Spur in seine Richtung führte.

Pandaros-3

Cosima und John saßen im Wohnbereich der *Amberscaul*. Das Schiff lag im Bauch eines automatisierten Frachters von Reenhart Automata. Die Kontaktaufnahme am Sprungtor des Saturns war reibungslos verlaufen. Ohne ihnen Scherereien zu bereiten, hatte der unauffällige Frachter sie aufgenommen. Dann hatten sie einen Tag abwarten müssen, in dessen Verlauf der Frachter weitere Ladung aufgenommen hatte. Nun jedoch bewegten sie sich wieder durch die Leere des Hyperraums und würden bald durch das Sprungtor beim Jupiter in den Normalraum zurückkehren.

Sie hatten einige Schäden am Schiff reparieren können, und die Beute hatten sie längst zu sich in den Wohnbereich geholt. Nun ruhten sie sich aus und schauten immer wieder auf den Koffer, in dem sich das Modul befand. Sie hatten ihn in die Mitte des Zimmers gestellt. Natürlich hatten sie ihn geöffnet, und natürlich hatten sie mit ihren Patch-Computern die Metadaten geprüft, die das Modul bereitwillig preisgab, sobald man in seine Nähe kam. In dem tellergroßen Objekt schlummerte tatsächlich eine Mikro-KI. Mit einem KI-Wert von 36 war sie weit leistungsfähiger als die meisten Schiff-KIs. Für ein Mikro-Modul war es sogar ein ungewöhnlich hoher Wert. Die Skala ging bis 255, und alles, was jenseits davon lag, galt als große KI und wurde nicht länger in Werten ausgedrückt. Cosima lehnte sich auf dem tiefen Sofa zurück und schaute sich um. »Allmählich gewöhne ich mich an dieses Schiff – das Schiff eines gemütlichen alten Mannes.«

»Mir gefällt's«, erklärte John.

»Sag ich doch.«

John lachte und beugte sich auf dem breiten Sessel nach vorn. »Und doch scheinst du hier diejenige zu sein, die es sich bequem macht.«

»Natürlich. Aber mich stört, dass hier alles so getrennt ist. Die Drinks da hinten, das Kochmodul da.«

»Es gab hier garantiert Roboter, die sich um das Wohl gekümmert haben und die Sachen holten.« John schaute auf den Schirm seines Patches und schickte eine Nachricht ab.

»Was machst du?«, fragte Cosima.

»Erinnerst du dich an Zita Anstey?«

»Die Verkäuferin, die sich bemüht hat, wie ein Sexbot auszusehen?«

John seufzte. »Ja, die Verkäuferin.«

Cosima setzte sich auf. »Du hast ihr doch nicht etwa das Foto geschickt!«

»Doch. Ich hatte es ihr versprochen.«

Cosima schüttelte den Kopf. »Und wenn Yuka oder Kempinski die Nachricht jetzt zurückverfolgen lassen?«

»Ich habe es über die Systeme von Reenhart Automata geschickt. Die schmuggeln nicht nur irgendwelche Schiffe auf irgendwelche Stationen, sie schmuggeln auch Daten.«

»Wieder was gelernt«, erwiderte Cosima und lehnte sich erneut zurück.

Die große Wand, die stets in den Bildschirmmodus geschaltet blieb, war bis auf eine Stelle schwarz. Ein Lichtpunkt wuchs aus der Mitte zu einem Flecken heran und spaltete sich auf. Es waren das Sprungtor und einige Schiffe, die davor darauf warteten, durch das Portal in den Normalraum zurückzukehren.

John ging zur Couch und nahm nach einem strengen Blick Cosimas am anderen Ende Platz. Er zog seine Halskette aus der Hosentasche und ließ das kleine Kugelmodul, das daran baumelte, immer wieder spielerisch in seine Hand sinken – direkt neben seinen Patch-Computer.

Sie schauten gemeinsam auf den Schirm, der das Bild der

Außenkameras des Frachters anzeigte, in dessen Bauch sie mit ihrer *Amberscaul* ausharrten.

Bei den vielen Lichtern, die sich verbreiteten, musste es sich um Dutzende Schiffe handeln. »Das kann dauern«, sagte John und steckte die Kette mit seinem Glücksbringer wieder in die Hosentasche.

»Genug Zeit, um uns auf einen Sturm vorzubereiten«, erwiderte Cosima.

John nickte. »Da kommt was auf uns zu. Die Station wird uns natürlich niemals ausliefern. Und niemand kann uns einen Strick daraus drehen, dass wir abgehauen sind, weil wir das Gefühl hatten, dass man uns zum Sündenbock machen will. Ganz gleich, vor welches Gericht Kempinski uns stellen will, ohne die Beute kann er uns gar nichts. Aber die werden mit allem, was die haben, gegen uns vorgehen. Jeder, der von dieser Mikro-KI Wind bekommt, wird uns auf den Fersen sein.«

»Mit unseren Leuten im Rücken kommen wir da schon durch«, sagte Cosima. »Es ist ja nicht so, als wären wir als Granden so verhasst wie Hanthorn, Selgorül oder die anderen, die so stark über die Stränge schlagen, dass alle sie tot sehen wollen. Sie werden gegen Amberson Unbound oder Glennscaul Unlimited nicht so vorgehen wie gegen all die Dreckskonzerne: Quantum Atrocities, Augmented Crimes & Taboos oder wie sie alle heißen. Wir haben ja keine Gräueltaten verbrochen, sondern lediglich etwas Wertvolles in unseren Besitz gebracht. Also sind die meisten aus Gier hinter uns her und werden uns in Ruhe lassen, sobald sie fürchten müssen, der Carrender-Foundation und Kempinski in die Quere zu kommen.«

»Bist du aber optimistisch«, erwiderte John.

»Überhaupt nicht. Die meisten unserer Verfolger sind nur auf eine leichte Beute aus. Sobald es schwierig wird, werden sie sich zurückziehen. Wir sollten uns lieber über Kempinski und die Carrender-Foundation Gedanken machen.«

John nickte. »Wir müssen einfach auf Zeit spielen und

den Verdacht in Richtung Bennath lenken. Ich bin mir sicher, dass er die falschen Spuren in unsere Richtung legen ließ. Er wollte uns reinlegen.«

»Oder Kempinski wollte es, weil er überzeugt ist, dass wir es waren.«

»Egal. Yuka wird rausfinden, dass die Spuren falsch waren.«

»Da wäre ich mir nicht so sicher«, sagte Cosima. »Zumindest würde ich nicht mein Leben drauf wetten.«

»Was machen wir mit der Beute?«, fragte John. »Wir müssen das klären, ehe wir uns zu unseren Leuten absetzen.«

»Ich könnte sie nehmen und dir dafür bei einem der Konzerne eine Summe als Sicherheit gutschreiben – als Vertrauenshilfe.«

John grinste. Natürlich würde niemand Schulden leichtfertig bei einem Konzern registrieren lassen. Denn damit hätte John im Streitfall die komplette Macht des Konzerns im Rücken und müsste keinen Finger rühren, um an sein Geld zu kommen. »Es gibt nur klar abgesteckte Bereiche, in denen ich dir traue, Cozy.«

»Bei einer angemessenen Summe wärst du aus der Sache raus.«

»Wie viel?«

»Drei Millionen Dollar.«

John lachte. »Das Modul ist vielleicht zehnmal mehr wert.«

»Ja. Aber ist es auch den Aufwand wert? Lieber jetzt aus der Sache aussteigen und ein Sümmchen kassieren.«

»Ich danke dir für das nette Angebot, aber ich kassiere dann doch lieber die Hälfte dessen, was uns das Ding bringt.«

»Einen Versuch war's wert«, sagte Cosima. »Leider können wir die Kiste im Augenblick nicht verkaufen. Sie ist zu heiß.«

»Nein, *wir* sind zu heiß«, erwiderte John. »Solange wir Yuka und Kempinski im Nacken haben, wird das nicht leicht.«

»Wir müssen das Modul so lange aus dem Verkehr ziehen, bis wir die Wogen geglättet haben.«

John strich sich über die Wange und überlegte, wie sie vorgehen sollten.

»Die werden uns niemals glauben«, sagte Cosima.

John schüttelte den Kopf. »Das würde ich nicht sagen. Im Grunde können wir das behaupten, was der Fall ist: Wir haben den Diebstahl nicht begangen. Jemand will uns reinlegen. Dass wir das Modul dem Dieb entwendet haben, muss ja niemand wissen.«

Cosima schüttelte den Kopf. »Das werden sie uns niemals abnehmen. Zumindest Yuka nicht.«

»Wir haben keine andere Wahl, Cosima.«

»Wir könnten zugeben, dass wir das Modul haben, und dann verhandeln wir darüber, unter welchen Bedingungen wir es zurückgeben. Still und heimlich und dass alle Seiten das Gesicht wahren.«

»Das können wir später immer noch machen – wenn uns keine andere Option bleibt.«

»Wir warten also mit dem Verkauf?«

»Es sei denn, dir fällt was Besseres ein«, sagte John. Er wies auf den Schirm. »Zeit genug haben wir.«

»Vielleicht sollten wir ein wenig schlafen. Es wird hart genug.«

»Cozy, mit dir in der Nähe könnte ich kein Auge zumachen. Dein Vorschlag von eben hat mir klargemacht, dass du mich reinlegen willst. Du würdest mich wahrscheinlich fesseln und dann mit der Beute abhauen.«

»Fesseln? Wenn du mir schon nicht traust, müsstest du dann nicht davon ausgehen, dass ich dich töte?«

»Nach allem, was wir durchgemacht waren, wäre das ein unpassender Abschied. Das musst selbst du zugeben. Die letzten Tage waren für unsere Verhältnisse nicht schlecht.«

»Vertrau mir einfach, Alfie.«

»Ich vertraue dir, wie du mir vertraust«, sagte John.

Cosima musste lachen. »Nicht schlecht. Gar nicht mal

schlecht. Wir werden also wach bleiben und uns im Auge behalten. So stellst du dir das doch vor, oder? Das wird die längste Wartezeit, die wir je hatten.«

»Länger als zwei Jahre?«

»Gefühlt? Wahrscheinlich ja.«

»Wir können uns die Zeit vertreiben. Wir könnten einen Film gucken oder Musik hören.«

Cosima nickte. »Gut. Musik. Entspannende Musik. Aber ich warne dich. Du weißt, wie leicht mein Schlaf ist.«

»Ich weiß das besser als jeder andere.«

John wählte auf der kleinen Anzeige seines Patches die Songs aus, die ihm Juliana gegeben hatte, und spielte sie über das Schiff ab.

Cosima lauschte dem sanften Klavierstück, und als der Gesang einsetzte, sagte sie: »Das ist die Kleine, die uns fast über den Haufen geschossen hat – Juliana.«

»Nicht schlecht, oder?«

Cosima spitzte die Lippen. »Zugegeben, ja, ich mag es. Aber du solltest dir keine Hoffnungen bei ihr machen.«

»Sie ist nett, und ihre Musik gefällt mir. Nicht mehr, nicht weniger.«

»Sie ist nichts für dich, John.«

»Und das weißt du woher?«, fragte er.

»Ich musste mir zwei Jahre lang deine Sehnsüchte anhören. Ich weiß genau, auf welchen Typ du stehst.«

»Weißt du nicht.«

»Die Kleine erinnert mich an Nerina.«

John schwieg. Darauf war er nicht vorbereitet gewesen.

»Stimmt doch, oder?«, fragte Cosima und konnte seine Reaktion kaum erwarten. Seine Augen glänzten, und er schluckte immer wieder.

»Das war mir nicht bewusst«, sagte er leise. »Aber jetzt …«

»Du musst nichts sagen. Lass uns die Musik hören.«

Und während sie den Klängen lauschten, dachte John an seine Schuld, und Cosima kämpfte darum, keine Tränen zu vergießen. Nerinas Tod war eine Wunde, die Cosima immer noch plagte. Und jeder Blick hinüber zu John offenbarte ihr, dass es ihm ebenso erging.

Nachdem sie sich von der Musik in die Vergangenheit hatten entführen lassen, brach John das Schweigen in einer leisen Passage eines Songs. »Wie wäre es, wenn wir das KI-Modul in den Dexter Structures unterbringen?«

Cosima zeigte ihm ihr schiefstes Lächeln. »In Ordnung.« In dem Lagersystem von Dexter hatte sie schon so manche Beute verschwinden lassen. Vieles davon wartete selbst heute noch darauf, von ihr geholt zu werden – Reserven und Versicherungen für schwierige Zeiten. »Dort wird es sicher sein«, fügte sie leise hinzu.

* * *

Yuka stand still vor der Wand, die sie in den Bildschirmmodus geschaltet hatte, und betrachtete stumm einen Mann mit graubraunem Haar und schmalem Gesicht – Desmond Coffield, einen der Vorstandsmitglieder der Carrender-Foundation. Sie hatte ihn noch nie so wütend erlebt. Seine grünen Augen funkelten, als würden ihm vor Wut gleich die Tränen kommen. Mit klaren Worten brachte er ihr seinen Ärger nahe, schwieg nun aber und schien sie zu mustern. Vielleicht war es die Haltung, die sie bewahrte, vielleicht gefiel er sich auch nicht in der Rolle des tobenden Chefs. Er holte einige Male tief Luft und sagte dann mit ruhiger Stimme: »Der Vorstand hält viel von Ihnen, Captain. Also werden wir Ihnen eine Chance geben: Lassen Sie die Auktionswoche weiterlaufen, so gut es geht. Und zugleich arbeiten Sie mit Kempinski zusammen. Versichern Sie ihm, dass wir alles tun, um sein Eigentum zurückzubekommen. Schleimen Sie sich bei ihm ein. Tun Sie, was Sie müssen, um ihn zu beruhigen. Und sehen Sie zu, dass Sie die Sache so bald wie möglich bereinigen. Sie können über das Netz alle Ressourcen anfordern. Analysewerkzeuge,

Wahrscheinlichkeitsberechnungen – was auch immer. Schicken Sie uns die Daten, und wir lassen sogar unsere KI daran arbeiten.«

Yukas Lippen bebten. Wenn die KI Feargus zum Einsatz kam, mussten sie die Lage als schlimm einschätzen. Zwar zählte man Feargus nicht zu den großen KIs, weil er als zu spezialisiert galt, aber er erfüllte seine Aufgabe bei der Carrender-Foundation mit großem Erfolg.

»Unser Ruf steht auf dem Spiel«, erklärte Coffield. »Und wird unser Ruf angekratzt, können Sie sich von all den Annehmlichkeiten verabschieden, die Sie jetzt genießen. Ein Fingerschnippen, und wir fordern das Geld, das wir Ihnen geliehen haben, sofort zurück. Diese Panne gibt uns das Recht dazu.«

Yuka kannte die Verträge. »Ja, Sir«, sagte sie. »Und dann würden Sie mir das Schiff nehmen.«

»Wir wollen das nicht. Sie haben bislang hervorragende Arbeit geleistet. Aber wenn die Sache noch weiter aus den Fugen gerät, dann haben wir keine Wahl, als hart durchzugreifen.«

»Ich verstehe, Sir. Und ich verspreche Ihnen, dass ich diese Sache bereinigen werde.«

Coffield nickte und brach die Verbindung ab.

Yuka starrte auf die schwarze Wand, die sich mit dem Ausschalten des Bildschirmmodus nun weiß färbte. Und sie fragte sich, ob dies das Ende ihrer Karriere war.

* * *

Als sie durch das Sprungtor in den Normalraum zurückkehrten und auf dem großen Bildschirm den übermächtigen Jupiter sahen, mussten Cosima und John beide lächeln.

Der Jupiter war für John wie ein optisches Rätsel. Mal war er wie ein weißer Planet, um den sich Bänder von Orange bis Braun legten, mal wie ein orangefarbener, der von milchigen Bahnen umzogen war.

Für Cosima war der Jupiter wie die abstrakte Abbildung einer gewaltigen Bestie – wie ein Tiger mit weißen Streifen, der einem ständig ins Auge blickte. Ihr Vater hatte ihr oft erzählt, dass sie als Kind beim Anblick des Planeten fasziniert geschaut habe, als hätte sie sich zum ersten Mal im Spiegel gesehen. Da habe er gewusst, dass sie eine Grande sein werde. Sie hatte das nie geglaubt, doch der Anblick dieses erhabenen Planeten war ihr nach wie vor ein Ansporn.

Die enormen Ausmaße des Jupiter ließen die Raumstation Pandaros-3 winzig erscheinen, dabei war der rotierende Zylinder, der sich quer vor ihnen erstreckte, vierzig Kilometer lang und bot 3,6 Millionen Menschen ein Zuhause. Die silberfarbene Station war komplett geschlossen, und nur über die Schleusen in der Stationsmitte oder aber an ihren Enden konnte man ins Innere gelangen.

Ihr Frachter dockte immer wieder an andere Schiffe an, um eine alte Fracht abzuladen oder eine neue aufzunehmen und sich dann wieder zu lösen. Cosima und John warteten geduldig ab und hielten trotz aller Heimatgefühle, die sie überkamen, auf dem Schirm nach verdächtigen Schiffen Ausschau. Dabei schauten sie immer wieder in die rechte obere Ecke, wo die Heckkamera ihres Frachters einen Blick auf das Sprungtor bot.

»Da!« John zeigte auf den linken Bildschirmrand. Cosima schüttelte den Kopf. Da schwebte die *Inanna* wie ein Drache, der mit angelegten Flügeln nur darauf lauerte, Feuer zu speien. »Yuka wartet auf uns«, sagte Cosima. »Wenn ich dieses Schiff sehe, kann ich mir vorstellen, wie sie auf der Brücke steht und wie eine Rachegöttin hinausschaut.«

»Schön, elegant und gefährlich«, fügte John hinzu. »Ja. Sie würde uns die Köpfe abreißen.«

Sie schwebten mit dem Frachter, in dessen Bauch die *Amberscaul* lag, an der *Inanna* vorüber. Sicher fühlten sie sich dabei allerdings nicht. Cosima hatte den Eindruck, von tausend Augen beobachtet zu werden, während John bedauerte, dass sie Yuka nicht erklärt hatten, was Bennath plante.

Dann hätten sie gemeinsam mit ihr einen Vorteil daraus ziehen können.

Langsam näherten sie sich der Station. An deren oberem Ende passten sie sich der Rotation an und drangen in eine der großen Schleusen ein. Hier hielt der Frachter an, bis sich ihnen das Tor öffnete und Tageslicht hereinließ. Sie drangen aus der Schleuse ins gewölbte Stationsinnere vor, und schon erstrahlte die rechte obere Ecke des Bildschirms. Die Heckkamera, deren Bild Cosima und John dort platziert hatten, blickte genau in das Lichtsystem der Station, die die Bürger als ihre Sonne bezeichneten und um die die großen Schleusen angeordnet waren. Sie war unbeweglich und damit berechenbar. Sie schwächte sich an jedem Abend ab, bis sie ganz erlosch und die Nacht einläutete.

Bei dem Anblick der vertrauten Landschaft, die sich in dem weiten Zylinder wölbte, ging es John wie jedes Mal: Er konnte den kalten Anblick, den die Station von außen bot, nicht mit dem vor Leben strotzenden Eindruck, den sie hier im Inneren lieferte, in Einklang bringen. Es war, als wären sie auf wunderbare Weise in eine abgeschlossene Welt gelangt – mit dicht besiedelten, von etlichen Straßen durchzogenen Stadtteilen, mit weitläufigen Anwesen, die sich zu grünen Vierteln fügten; mit Hügeln und Tälern, Flüssen und Seen; mit Firmensitzen, Lagerhallen und Fabriken und all dem anderen, das Pandaros-3 zu einer Großstadt im All machte.

Die breiten Querstraßen führten einmal im Ring herum. John erinnerte sich, dass er zu Schulzeiten gerne in die Straßenbahnen eingestiegen war, die dicht über dem Boden schwebend einen Dauerlooping durch das Innere der Station vollzogen. Mit Musik im Ohr hatte er sich die Zeit vertrieben; ganze Bücher hatte er auf einer der Ringbahnen gelesen.

Das Schiff schwebte der Stationsmitte entgegen, dem Bezirk, der wie eine Schleuse zwischen Tag und Nacht war. Hier im vorderen Stationsteil folgte das Ambiente-System der Standardzeit und simulierte einen Erdtag. Jenseits der gewaltigen Wand aus Gebäuden, die den kompletten Querschnitt ausfüllte und so jeden Blick versperrte, erstreckte sich die Stationsmitte, in der es durchgehend Tag war und in der Verwaltungsgebäude und der Hauptteil des Raumhafens lagen. Durch einen weiteren Gebäudewall war dort die Hinterstadt abgetrennt, die ihr eigenes Ambiente-System besaß. Dort war es nun Nacht.

Zur Teilung der Station in zwei Zeitzonen und der Stationsmitte als Schleusenbezirk dazwischen war es einst gekommen, weil Pandaros-3 von Unternehmen von der Westküste der USA, aus West- und Mitteleuropa und Westafrika erbaut worden war und man die Zeit möglichst synchron zu den Herkunftsländern hatte halten wollen. Die Vorderstadt, in der sie nun durch den Tag schwebten, war schon immer mit der Standardzeit synchron gewesen, der koordinierten Weltzeit der Erde. Die Hinterstadt war früher acht Stunden zurückversetzt gewesen und entsprach damit der Zeit an der Westküste der USA. Was ursprünglich dem Austausch zwischen der Station und der Erde gedient hatte, war längst ein allgemeiner Vorteil geworden, denn die Verwaltung der Station wie auch viele Unternehmen nutzten die Zweiteilung, um einen lückenlosen Betrieb zu gewährleisten, ohne dass Angestellte unter einem zehrenden Nachtschichtdienst leiden mussten. Da die Station inzwischen von den Gründungsunternehmen unabhängig war, hatte man festgelegt, die Zeit in der Hinterstadt zwölf Stunden nachgehen zu lassen, um den Menschen den Umgang mit den beiden Zeitzonen zu erleichtern.

John erinnerte sich gerne an seine Teenagerzeit, als er mit Trent und anderen in der Vorderstadt die Nacht unsicher gemacht hatte und bei Morgengrauen – um 6 Uhr Standardzeit – im Untergrund in die Stationsmitte gefahren war, um später – um 8 Uhr Standardzeit, 20 Uhr Gegenzeit – rechtzeitig zur Abenddämmerung in der Hinterstadt wieder an die Oberfläche zu kommen und dort weiterzufeiern.

Cosima beachtete den Gebäudewall, der die Vorderstadt von der Stationsmitte trennte, nur kurz. Sie hielt auf dem Schirm Ausschau nach ihrem Haus, aber sie flogen über den Jupiterpark hinweg, der sich mit seinen mächtigen Bäumen, Seen und Sportanlagen weitab von ihrem Viertel und auch von Johns Zuhause erstreckte. Es reichte, um ein Gefühl der Vertrautheit in ihr heraufzubeschwören. Dies war der Ort, den sie liebte und den sie zwei Jahre lang vermisst hatte.

Nahe der Stationsmitte, in der Container und Schiffe in Schleusen strebten oder aber aus ihnen herausdrangen, schwebte der Frachter abwärts. Sie flogen den hiesigen Frachthafen an, der bis an den Gebäudewall führte und dort in Schleusen einen Zugang zum Hauptteil des Raumhafens bot. Schließlich landeten sie in einem Lagerhaus, dessen Dach sich für sie öffnete. Hier wurden sie mitsamt der *Amberscaul* entladen.

Nach einer Weile stiegen sie aus, und sahen in der fleckigen Lagerhalle dabei zu, wie die *Amberscaul* von einem Greifarm gepackt und in einen Container verfrachtet wurde. Die Identifikationsnummer des Containers fanden sie auf ihren Patches. Sie hatten überlegt, auch die *Amberscaul* bei Dexter Structures einlagern zu lassen, beschlossen aber, es später durchzuführen, wenn der Koffer mit dem KI-Modul in Sicherheit war und sie bei ihren Schattenkonzernen angekommen waren. So lange würde die *Amberscaul* hier im Frachthafen in relativer Sicherheit liegen, auch wenn es bedeutete, dass einer von beiden den anderen reinlegen konnte, indem er sich das Schiff allein holte. Allerdings war es so sehr beschädigt, dass man viel Geld in Reparaturen investieren musste, ehe man es hätte verkaufen können.

Cosima und John hatten ihre Taschen auf der *Amberscaul* gelassen. Darin befanden sich Kleidung von der *Vanya-17* und andere Dinge, die sie in den zwei Jahren angesammelt hatten und die sie hinter sich lassen wollten. Für sie zählte nur noch die Beute. Und falls sie tatsächlich an alter Kleidung, Werkzeugen, an Tassen und Modulen mit Medienarchiven interessiert waren, konnten sie sich diese auch später noch holen.

Das KI-Modul hatten sie in einen Antigrav-Koffer umgepackt. Und mit ihm zwischen sich verließen sie nun den Frachtbereich und folgten einem Korridor, der sie am Ende um eine Ecke zum Ausgang führte.

Cosima ließ den Koffer los und rief per Patch, den sie so hielt, dass auch John das Display sehen konnte, ein Taxi. Der Wagen würde sie in spätestens fünf Minuten an der Straße vor dem Betriebsgelände erwarten.

Sie verließen das Gebäude, ohne einer Menschenseele begegnet zu sein. Ob das der Hinter- oder der Haupteingang des Gebäudes war, konnten sie nicht entscheiden. Hier im vorderen Frachthafen reihte sich ein Lagerhaus an das nächste, und jene, die automatisiert waren, hatten selten einen Zugang zur Straße oder zu anderen offenen Bereichen. Die Fracht kam von oben an und flog auch wieder nach oben davon. Selten einmal verirrte sich ein Mensch hierher. Dies war ein Gewerbegebiet der Maschinen, die von Menschen mit Rahmenbedingungen versehen worden waren, von einigen wenigen KIs kontrolliert wurden, ansonsten aber beinahe autonom waren.

Cosima und John schauten nach oben und sahen die Seen, Strände und Schwimmanlagen von Utopia Coast, die sich über ihnen auf der anderen Seite der Station in einem leichten Dunst erstreckte.

Hier unten gab es nur enge Gassen, in denen niemand zu sehen war, und dennoch schauten Cosima und John jeden Quergang entlang, den sie passierten. Überall konnten ihre Verfolger lauern. Und inzwischen hatte die Nachricht, dass sie noch lebten und die Mikro-KI entwendet hatten, sicherlich auch ihren Weg auf die Station gefunden.

John trug den federleichten Antigrav-Koffer und merkte, dass Cosima ihn immer wieder misstrauisch beäugte. Sie hatte recht: Er hätte sich mit dem Koffer davonmachen können. Er musste einfach nur zum Sprinten ansetzen, und schon wäre er mit dem KI-Modul verschwunden. Er überlegte, ob er es wirklich wagen sollte.

Cosima prüfte auf ihrem Patch, ob der Wagen, den sie gerufen hatte, bereits vor Ort war. Als sie die Bestätigung erblickte, rang sie sich zu einer Entscheidung durch: Sie packte den langen Griff des Koffers, entriss ihn John und rannte, ohne zu zögern, die Gasse hinunter. Es war die einzige Chance, die Beute an sich zu bringen, ehe er es tat.

John stützte sich an der Wand des Lagerhauses ab, schüttelte den Kopf und setzte dann zum Lauf an. Er konnte nicht glauben, dass Cosima ihm tatsächlich zuvorgekommen war.

Cosima bog um die Ecke und konnte ihrerseits nicht glauben, dass es ihr geglückt war, dem geschickten John Glennscaul die Beute zu entreißen. Sie schaute nicht zurück. Hätte sie es aber getan, wäre ihr aufgefallen, dass John nicht einfach hinter ihr herlief. Da sie nicht den direkten Weg zur Straße nahm, sondern den einfachsten, war John in dem Labyrinth zwischen den Gebäuden auf einen weit komplexeren Pfad gelangt, auf dem die Gefahr bestand, in einer Sackgasse zu enden. Gelingen und Versagen lagen nahe beieinander. Die Frage war eigentlich, ob er auf diesem Zickzackweg schnell genug wäre, um Cosima, die auf zwei geraden Strecken lief, einzuholen.

John fragte sich im Laufen, was er tun würde, falls er zu langsam war und Cosima entkommen sollte. Er würde gewiss nicht den Kopf für einen Diebstahl hinhalten, dessen Früchte er nicht genießen konnte. Er musste sie kriegen, also quälte er sich verbissen voran.

An der nächsten Ecke hörte er Schritte und hielt inne.

Cosima schaute nur nach vorne. Sie wusste, dass ein Blick zurück sie nur verlangsamen würde. Ihr Herz raste, und lange würde sie diesen Spurt mit dem Koffer nicht mehr aushalten. Da sah sie jenseits der nächsten Kreuzung, am Ende der schmalen Gasse, die Straße.

Gerade als sie die Kreuzung überqueren wollte, brachte sie etwas aus dem Gleichgewicht – John hatte ihr einen Stoß versetzt. Sie prallte gegen die Wand, taumelte daran entlang und ließ den Koffer los, um sich abzustützen.

John packte den Griff des Koffers und lief los. Am Ende der Gasse schaute er die Straße nach links entlang, dann nach rechts, und dort erblickte er das Taxi – ein langer Wagen in geschwungener Form, bei dem sich bereits die Doppeltür öffnete. John lief hin und stieg hastig ein. Gerade als er nach draußen schauen wollte, traf ihn etwas.

Cosima war unter der sich schließenden Tür hindurchgesprungen und ging mit den Fäusten auf John los. »Du Schwein!«, rief sie, stöhnte dann aber auf. Ihre Hüfte schmerzte. Ob von dem Sturz oder davon, dass die Tür sie beim Schließen gestreift hatte, wusste sie nicht. Der Schmerz war einfach da. Schwer atmend versetzte sie John einen Schlag ins Gesicht, hielt dann aber inne.

»*Ich* bin das Schwein?«, fragte John, stellte den Koffer vor seinen Füßen ab und prüfte seinen Unterkiefer.

»Bitte nennen Sie einen Zielort«, sagte die Frauenstimme des Taxis.

»Zum Großarchiv von Dexter Structures«, antwortete John. Dann lehnte er sich zurück und holte tief Luft. »Das hat wehgetan, Cozy.«

»Das sollte es auch«, erwiderte sie.

John lachte. »Kaum schnuppern wir ein paar Minuten die Luft von Pandaros-3, schon sind wir wieder die Alten.«

Cosima hatte erwartet, dass er sie anklagte oder ihren Schlag sogar erwiderte. Aber er saß nur da und versuchte seine Atmung zu beruhigen. Natürlich hatte er recht. »Warum sagst du *wir*, wenn du genauso gut *du* sagen kannst?«, fragte sie.

»Weil ich mich mit dem Koffer abgesetzt hätte. Zwei Dumme, ein Gedanke. Nur warst du schneller.«

Cosima grinste. »Ich war immer schneller als du, Alfie.«

»Nur nicht im Laufen, wie es scheint«, erwiderte John.

»Der Koffer hat mich behindert. Aber gut zu wissen, dass du ihn genommen hättest, wenn ich es nicht getan hätte.«

John grinste. »Wir sind Gauner, Cozy, und es war die einzige Möglichkeit, die Beute für sich alleine zu gewinnen.«

»Du bist also nicht sauer auf mich?«

»Doch. Auf dich *und* auf mich. Wir dachten, wir wären stark. Wir dachten, die zwei Jahre auf der *Vanya-17* und die Tage auf der *Inanna* hätten doch was bedeutet. Wir dachten, wir könnten schwierige Konflikte einfach mit dem puren Willen lösen.«

»Kannst du einen Satz ohne ›*Wir dachten*‹ bilden?«, entgegnete Cosima.

John grinste. »*Wir dachten*, wir wären die großen Granden von Pandaros-3. Aber in Wirklichkeit sind wir nur kleine, jämmerliche Halunken.«

Cosima stutzte. »Aus dem Grund hast du gezögert. Deswegen war ich schneller. Du hattest Gewissensbisse.« Sie schüttelte den Kopf. »Ich nicht. Wäre ich jetzt allein in diesem Wagen, würde ich triumphieren. Und vermutlich wäre es mir egal, was hinter uns liegt.«

»Das ist ja das Jämmerliche«, sagte John. »Was hast du gedacht, als du mir nachgelaufen bist?«

»Dass ich dich packe und weich prügle.«

»Ich hatte Zeit, während ich dir nachlief. Und mir ist eines klar geworden.«

»Jetzt komm nicht mit irgendwelchem Versöhnungsgesülze.«

»Nein, Cozy. Für einen Augenblick überlegte ich, was ich täte, wenn du mit dem Koffer entkommen wärst. Und mir war sofort klar, dass ich ganz bestimmt nicht für den Diebstahl geradestehen würde, wenn du die Beute hast.«

Cosima grinste. »Also hättest du mich verraten.«

»Natürlich. Und jetzt wird mir klar, dass du das Gleiche getan hättest. Das heißt: Wer immer von uns den anderen reinlegt und mit dieser Beute entkommt, den wird der andere verraten. Wer immer in dieser Sache der Verlierer wäre, würde der Carrender-Foundation dabei helfen, den Gewinner zur Strecke zu bringen. Es sei denn …«

»Es sei denn, der Gewinner tötet den Verlierer.«

»Genau. Wenn du den Koffer also haben willst, musst du mich töten, Cozy. Wir könnten es hier und jetzt austragen, und wer lebend aus diesem Wagen kommt, dem gehört die Beute.«

»Und der Wagen? Die Polizei würde rausfinden, was geschehen ist.«

»Willst du mir ernsthaft erzählen, dass auf deinem Patch kein Säuberungsprogramm für ein solches Taxi drauf ist?«

Cosima grinste. »Warum reden wir dann, statt zu kämpfen?«

»Weil wir dann zugeben würden, dass wir nichts aus dem, was wir durchgemacht haben, gelernt haben.«

Cosima schwieg. Er hatte recht. Es wäre jämmerlich. »Du meinst also, dass sich zwischen uns etwas verändert hat. Trotz dieses Rückfalls.«

»Ich habe einfach nur Angst, was mit uns geschieht, wenn wir erst einmal bei unseren Leuten sind. Wenn wir jetzt schon in alte Muster zurückfallen, was wird dann erst sein?«

Cosima nickte. »Wenn es nur um dich ginge, hätte ich keine Skrupel, John. Aber ich möchte auch nicht diese jämmerliche Person sein, die nichts aus der Vergangenheit lernt.« Und was sie eben getan hatte – und er *beinahe* getan hatte –, war ein tatsächlicher Rückfall gewesen. »Wir sollten diese Sache mit dem Unternehmen durchziehen: diesen Koffer loswerden, Yuka und Kempinski klarmachen, dass wir nichts damit zu tun haben – irgendwie aus der Sache rauskommen und dann an unserem kleinen Projekt lernen, die großen Granden von Pandaros-3 zu werden, und nicht diese kleinen Halunken zu bleiben.«

»Wenn das Modul erst mal bei Dexter Structures deponiert ist und wir beide es nur gemeinsam wieder auslösen können, sind wir gezwungen, ganz anders an die Sache heranzugehen.«

»Es wäre eine Art Selbstschutz. Zumindest für den Anfang.«

John nickte. »Anders kann man uns nicht unter Kontrolle bringen. Wie sind zu gierig und zu sehr darauf aus, unseren eigenen Vorteil durchzusetzen. Wir formulieren Ziele, aber dann treffen wir dumme Entscheidungen, die uns nur Schwierigkeiten bringen. Alles nur wegen der verfluchten Gier.«

»Du meinst also, wir hätten die Beute nicht abstauben sollen?«

»Wir hätten Yuka alles erzählen sollen. Kannst du dir vorstellen, was für eine Rückkehr das gewesen wäre? Indem wir uns aber die Beute angeeignet haben, sind wir auf einen Pfad gelangt, der jetzt das Schlechte in uns hervorgebracht hat.«

»Ich finde nicht, dass es das Schlechte ist«, erwiderte Cosima. »Das Problem ist, dass wir einander nicht vertrauen. Ich hätte den Koffer liegen lassen, wenn ich nicht geahnt hätte, dass du ihn nehmen willst. Vertrauen, John! Ich wusste, dass du mich irgendwann reinlegen wirst.«

»Und ich war mir sicher, dass du mich reinlegst.«

»Wenn nun aber keiner von uns den anderen reinlegt?«

»Wie willst du dir da sicher sein?«, fragte John leise.

»Ich weiß nicht, ob ich mir bei dir je sicher sein kann. Und schon komme ich dir zuvor und bestätige damit dein Misstrauen. Es ist eine selbsterfüllende Prophezeiung. Du lernst, dass du mir hättest zuvorkommen sollen, und beim nächsten Mal tust du es.«

»Unser Problem ist, dass wir alles kontrollieren wollen, jeden Millimeter Spielraum ausnutzen wollen und uns dabei ständig in die Quere kommen. Wenn wir Zwänge aufbauen, die dazu führen, dass unser Vorteil darin besteht, uns zumindest in Ruhe zu lassen, wäre das mehr als ein Anfang. Ich sehe zwar nicht, wie wir in diesem Klima unser kleines Projekt aufbauen sollen. Aber glaub mir, ich will, dass sich was ändert. Natürlich wirst du dein Schandmaul niemals zügeln können, und ich gebe zu, dass ich es auch nicht möchte. Aber ich sage dir was: Beim nächsten Mal lasse ich dich mit der Beute laufen. Und ich werde dich nicht ans Messer liefern.« Er winkte ab. »Ich habe genug. Ich lasse dich einfach gewähren. Einer von uns muss aufhören. Und das werde wohl ich sein.« Er deutete auf den Koffer. »Du willst ihn. Nimm ihn dir und leg mich rein.«

Cosima atmete durch und schaute auf den Koffer, den John nun zwischen sie schob. »Du ahnst nicht, wie verlockend das ist«, sagte sie und schaute ihm dann ins Gesicht. »Du würdest mich nicht verfolgen? Ich kann den Koffer jetzt nehmen, und du würdest es einfach passieren lassen?«

»Ja« sagte er und schaute sie mit seinen warmen, braunen Augen an. »Du wärst nicht enttäuscht, wenn ich es täte?«, fragte sie.

»Ich wüsste endlich, woran ich bin.«

»Du bist wahnsinnig«, sagte sie leise.

»Nein, Cozy. Ich bin dabei, die Situation zwischen uns zu klären.«

»Du würdest mich tatsächlich gehen lassen?«

»Ich verlasse mich darauf, dass du das nicht tust und dich an unsere Abmachung hältst. Ich vertraue dir einfach, Cosima. Denn ich bin zu müde, um dir ständig mit Misstrauen zu begegnen. Ich brauche meine Kräfte für das Feuerwerk, das uns wahrscheinlich bevorsteht.«

Cosima schaute wieder auf den Koffer hinunter. »Ich wünschte, wir hätten das Ding nie gestohlen.«

John nickte. »Vielleicht ist es nicht zu spät, Bennath ans Messer zu liefern. Wir müssen rausfinden, wie Bennath zu Kempinski steht. Wenn man da das Feuer des Misstrauens legen kann, dann könnte uns das helfen.«

Nachdenklich ließen sie den Blick über die Landschaft draußen wandern, während sie in den Grüngürtel des Trinity-Bezirks gelangten, der den Frachthafen von den ersten Wohngebieten trennte. Da draußen spielten Kinder Fußball, andere steuerten bunte Spieldrohnen um die Wette.

»Wir sind zu Hause«, sagte John.

»Zwei Jahre, und kaum etwas hat sich verändert«, fügte

Cosima hinzu. »Es ist, als wäre ich erst gestern auf dieser Straße gefahren.« Sie schaute zur Seite. Sie hatte seit einer Ewigkeit nicht mehr mit John in einem Wagen gesessen. Es fühlte sich falsch an. Alles, was sie in den letzten zwei Jahren getan hatte, fühlte sich falsch an. Aber John hatte recht: Es musste sich jetzt ein für alle Mal ändern. Es würde nicht leicht werden. Sie wussten nicht einmal, was Amberson Unbound und Glennscaul Unlimited einander in den letzten beiden Jahren angetan hatten.

John hingegen fragte sich, ob ihn das Gefühl der Sicherheit täuschte, das sich in ihm ausbreitete. Er schaute zur Seite und traf Cosimas Blick. Sie wandte sich sofort von ihm ab und sah durch das grün getönte Fenster nach draußen. Das war nicht die Reaktion eines einsichtigen Menschen gewesen, aber ebenso wenig die einer Feindin, die sein Angebot, die Beute an sich zu nehmen und ihn sitzen zu lassen, annehmen würde. Vielleicht zweifelte sie ebenso an sich wie an ihm. Es war das Gesicht eines Menschen, der bereute. Aber was bereute sie? Dass sie versucht hatte, den Koffer zu nehmen? Oder bereute sie jetzt bereits das, was sie ihm antun würde? Vielleicht irrte er sich, und es war nur eine Frage der Zeit, bis es wieder so wie früher wäre. Aber er würde dagegen ankämpfen und ihr eine Blöße nach der anderen bieten, um ihr zu zeigen, dass sie von seiner Seite keinen Hinterhalt mehr zu erwarten hatte.

John würde das Geschäftsmodell von Glennscaul Unlimited verändern, sodass er und Cosima nebeneinander existieren konnten, ohne einander zu sehr in die Quere zu kommen. Sie würde sicherlich nicht versuchen, auf neuen Feldern mit ihm zu konkurrieren. Und vielleicht würde das Projekt, das Yuka ihnen vorgeschlagen hatte – das gemeinsame, saubere Unternehmen –, dann Gestalt annehmen.

Cosima plagten nun andere Gedanken. Sie fragte sich einmal mehr, warum ihr Name so oft in den Medien erschienen war. Warum hatten ihre Leute, die sie offensichtlich für tot gehalten hatten, sie für die Öffentlichkeit weiterleben lassen? Sie konnte nicht erwarten, dass Amy oder Spencer ihr erläuterten, was dahintersteckte. Sie hatte ihre Strategin und ihren Mentor vermisst und war gespannt, wie sie auf sie reagierten.

Der Wagen fuhr in den Eingangsbereich eines weißes Gebäudes, das sich stufenweise nach links und rechts in gewaltige Türme emporhob und an dem in großer Schrift *Dexter Structures* stand. Es war ein schlichtes Gebäude aus den frühen Tagen der Station, in denen die Funktionalität noch Vorrang vor ästhetischen Überlegungen gehabt hatte. Nur einige wenige Etagen besaßen grau getönte Fensterwände, und weder John noch Cosima konnten sagen, ob dahinter tatsächlich Angestellte arbeiteten. Keiner von ihnen war in diesem Gebäude je einem Menschen begegnet. Alles wurde von der KI Dexter und ihren Untereinheiten gesteuert.

Sie fuhren in eine der Kundengaragen und stiegen auf Cosimas Seite aus. Es gab auch einen Haupteingang mit einer monumentalen Treppe, die nachträglich angefügt worden war. Da jedoch die meisten Kunden ungesehen im Haus ein und aus gehen wollten, war dort selten jemand zu sehen.

Die Tür von der Garage ins Gebäude öffnete sich, und Cosima und John folgten einem kahlen Gang zu einem Transporter, der sie in die Höhe trug, dann zur Seite strebte und einen Weg durch das Stockwerk suchte.

Schließlich hielt der Transporter an, und die Tür öffnete sich direkt zu einem Raum, wie Cosima und John ihn schon tausendmal gesehen hatten. Es war ein hell erleuchtetes Standard-Servicemodul, das in allerlei Behörden verwendet wurde – aber auch besonders gerne bei Logistikunternehmen, wenn man eine Lieferung aufgeben oder abholen wollte. Zur Linken lief eine Sitzbank die Wand entlang, zur Rechten erstreckte sich ein Tresen, der sich auf halbem Weg zu einer Ablage hinabsenkte.

Cosima platzierte den Antigraf-Koffer auf der Ablage vor einer Schleuse, die in die Wand führte, während John am

Tresen einen Schirm ausfuhr und darauf die Optionen der Lagerung prüfte. Die gewaltige KI Dexter war der Herr über dieses Archiv. Ihr war es gleichgültig, was hier archiviert wurde, sofern man gewisse Grundregeln einhielt. Es hieß sogar, Dexter wolle nicht wissen, was die Menschen hier deponierten. Er schätze die Privatsphäre seiner Kunden.

»Welche Regeln wählen wir?«, fragte John.

»Die striktesten, die es gibt«, antwortete Cosima. »Damit wir nicht wieder in Versuchung geraten, uns übers Ohr zu hauen.«

»Ich vertraue dir, Cozy.«

»Aber ich vertraue mir nicht, okay?«

»Also die sichersten«, sagte John. »Dann können wir das Ding nur wieder auslösen, wenn wir gemeinsam herkommen und uns identifizieren lassen.« John tippte auf eine Option. »Sollte einer von uns sterben, kann das Modul erst nach fünfzig Jahren wieder von dem Überlebenden oder den Erben abgeholt werden.«

Cosima nickte. »Sorge auf jeden Fall dafür, dass das Archiv uns oder unsere Erben benachrichtigt. Mit Kempinski und vielleicht der Carrender-Foundation im Nacken könnte es uns an den Kragen gehen, und am Ende weiß keiner, dass das Zeug existiert.«

»Du bist also einverstanden.«

Cosima nickte.

Nachdem der Antigraf-Koffer über das Laufband in die Schleuse gefahren war, sich die Tür geschlossen hatte und die Anzeige mit einem grünen Symbol meldete, dass sich ihre Beute nun im System befand, sagte John: »Jetzt, da wir das Ding los sind, wäre es das Dümmste, wieder zu unseren alten Konflikten zurückzukehren. Tötest du mich, musst du fünfzig Jahre auf das Modul warten.«

»Dein Überleben hat für mich plötzlich einen besonderen Wert«, sagte sie grinsend.

»Es gab eine Zeit, da hättest du auf so etwas Wertvolles wie das KI-Modul verzichtet, nur um mich tot zu sehen.«

John schüttelte den Kopf. »Wie konnten wir so weit kommen, Cosima?«

»Wie wir uns so viel antun konnten? Das ist leicht. Schlag und Gegenschlag. Nichts weiter.«

»Nein, nein. Wie konnten wir aus einer Situation, in der wir uns fast umgebracht haben, bis hierher kommen? Wie haben wir das geschafft?«

»Wir wollten überleben und waren länger zusammen, als es uns gutgetan hat. Wir waren wie gegenseitige Geiseln.«

»Mit Stockholmsyndrom?«

Cosima lachte. »Genau. Ein bilaterales Stockholmsyndrom. Und nimm dann noch diese dumme Gier dazu, und all das führt uns direkt hierher.«

»Dann müsste uns der Abschied schwerfallen, oder?«

»Mein lieber Alfie. Ich glaube, wenn ich zu Hause bin, werde ich rasch erkennen, dass es ein Segen ist, dich los zu sein. Komm mir einfach nicht in die Quere, ja?«

»Wenn du mir versprichst, mir nicht nachzulaufen, damit ich dir in die Quere komme, könnte es dieses Mal gut gehen.«

»Dir verspreche ich gar nichts.«

»Leb wohl, Cozy«, sagte John und reichte ihr die Hand.

Sie schlug ein. »Nimm du den Wagen. Ich lass mir einen Flieger kommen.«

John ging zur Transportertür und schaute noch einmal zurück. Es war falsch. Er stieg ein, und als sich die Tür geschlossen hatte und der Transporter in die Tiefe strebte, schüttelte er den Kopf. Alles war falsch.

Cosima schaute noch lange auf die geschlossene Transportertür. Sie hatte sich erhofft, dass sie nun ein Gefühl der Befreiung überkam, doch es war nur ein Gefühl des Bedauerns.

Sie war stolz auf sich, weil sie den Koffer nicht genommen hatte, nachdem John ihn ihr angeboten hatte. So verhielt sich eine Grande. Sie wollte keine Halsabschneiderin sein, sondern die große Cosima Amberson, die niemand bändigen konnte außer dem großen John Alfred Glennscaul. Sie waren die Granden von Pandaros-3, und sie wollte diesem Bild nun, da sie heimgekehrt waren, unbedingt entsprechen. Und die Gier und das Misstrauen würden sie nicht länger daran hindern.

Heimkehr

John saß in der Kabine des Taxis und schaute sich durchs Fenster die Stadt an. Es hatte sich nur wenig verändert. Offenbar waren Wagen mit kleineren Kabinen gerade in Mode, denn er sah immer wieder Ein- und Zweisitzer. Der Theaterturm auf der Lansbury Street war nun blau, und rote Banner kündigten eine Aufführung des Stückes *Pandaros* an, das die Sagengestalt aus Homers *Ilias*, die der Station den Namen gab, in einem positiven Licht darstellte. Das Stück stammte von der KI Eleonore und war einst ein Beispiel dafür gewesen, wie KIs alte Stoffe ausarbeiten und in verschiedene Formen bringen konnten – vom Roman bis zum Computerspiel, vom Hörspiel bis zum lyrischen Epos, vom Film bis zum Theaterstück. John hatte den Stoff immer gemocht, bei dem Athene eine negative Rolle zugekommen war und Pandaros der Betrogene war. Es war eine Tragödie, in der ein anständiger Mensch verführt wurde, und galt als ein Mahnmal für die Selbstbestimmtheit.

Die meisten Gebäude von Johns Konzern verteilten sich über das Irische Viertel, das sich dort unten bis zum Frachthafen hinzog, während das Hauptquartier hier in den Elara Heights lag. Er sah das helle Gebäude bereits in der langen Kurve, die die Jackson Street hier vollzog. Der altmodische Bau mit seinen verschränkten Quadern, den großen Fenstern und weitläufigen Terrassen übertraf die anderen Gebäude des Viertels kaum, aber es war genau das, was er mochte.

Vor seinem Haus würde er nicht aussteigen. Da warteten bestimmt irgendwo Kempinskis Leute – oder sogar die der

Carrender-Foundation. Immerhin war das weißsilberne Gebäude, an dessen gläsernem Eingangsbereich er nun vorbeifuhr, der offizielle Sitz von Glennscaul Unlimited. Zwar konnte er unter den Passanten niemanden sehen, der auffällig erschien, wollte aber trotzdem kein unnötiges Wagnis eingehen. Der Umweg über die Tiefgarage unter dem Restaurant *Guan Yu*, das gut vierhundert Meter weiter lag, erschien ihm sicherer.

An der Einfahrt zur Tiefgarage bemerkte er all die Männer und Frauen in ihren Anzügen, die zur Mittagspause in das chinesische Restaurant einkehrten. An der Kundschaft hatte sich kaum etwas verändert. John erinnerte sich noch, als das *Guan Yu* ein Geheimtipp gewesen war.

In der Garage fuhr das Taxi eine Ebene in die Tiefe, und kaum hatte es angehalten und die Tür sich geöffnet, drang ihm kühle Luft entgegen. Der vertraute Steingeruch stieg ihm in die Nase und brachte einen Schwall an Erinnerungen zurück – von seiner Kindheit, als er in dieser Garage Verstecken gespielt hatte, bis zu dem Tag, als er sich blutend über den Zugang aus dem Untergrund hier heraufgequält hatte und die Medi-Patches, die hier in Notfächern lagen, seine Rettung gewesen waren.

Nachdem John ausgestiegen war, fuhr das Taxi los und machte sich wieder auf den Weg nach oben. Seine Gedanken wanderten zu Cosima. Er hatte das Konto belastet, das er mit ihr für den Erlös der *Vanya-17* eröffnet hatte. So würde sie sehen können, dass er sich auf dieser Straße in den Untergrund hatte fahren lassen. Aber das wusste sie ohnehin. Unter der Oberfläche von Elara Heights erstreckte sich ein System aus Tunneln, als wäre es ein natürlicher Berg, in den man Mine nach Mine getrieben hatte. Er hatte sogar einige Geheimverstecke im Untergrund eingerichtet, hoffte aber, dass er sich nun nicht dorthin zurückziehen musste, sondern sein Haus betreten konnte.

Selbst wenn die Carrender-Foundation da draußen war, so würden sie doch niemals in sein Haus eindringen. Selbst wenn es ihnen gelänge, all die Sicherheitsmaßnahmen zu überwinden, so wäre es nicht nur ein Vergehen, das ihnen mit der Stationsführung Probleme bereiten könnte. Sie müssten sich sicher sein, ihn anzutreffen – und dass er keine Gelegenheit hatte, die Polizei hinzuzuziehen. Würden sie aber auf frischer Tat ertappt, könnte der Zwischenfall die Foundation viel kosten. Bei all dem Raum, der der Privatsphäre gewährt wurde, war der Aktionsradius der Polizei stark eingeschränkt, und so war diese in der Regel froh, wenn sie einen Verbrecher auf dem Tablett serviert bekam.

Die Carrender-Foundation musste genau abwägen, wie weit sie sich wagen konnte. Sie würde sich nicht ohne Weiteres mit einem Schattenkonzern einlassen, schon gar nicht mit einem wie Glennscaul Unlimited oder Amberson Unbound. Denn die Macht eines Schattenkonzerns einzuschätzen, war generell schwierig. Während er und Cosima Krieg gegeneinander geführt hatten, ohne dass die Behörden je etwas dagegen hatten tun können, waren saubere Unternehmen, die versucht hatten, gegen sie vorzugehen, mit dem Gesetz in Konflikt geraten. Sei es, weil die Polizei sie bei einem Hausfriedensbruch oder beim Kauf illegaler Waffen gefasst hatte, oder weil sie es gewagt hatten, einen Anschlag auf sie in der Öffentlichkeit und nicht im Verborgenen oder draußen im All durchzuführen. Er und Cosima wussten, wie sie vorgehen mussten und welche Grenzen sie nicht überschreiten durften.

Sobald er und Cosima erst einmal signalisierten, dass sie verhandlungsbereit waren, und auf der *Inanna* bekannt wurde, dass man sie reingelegt hatte, würden Kempinski und die Carrender-Foundation gewiss keine Aktion auf Verdacht durchführen.

John ging über das Treppenhaus, das neben den Transportern hinabführte und in dem er selten einen Menschen getroffen hatte, zwei weitere Ebenen in die Tiefe. Dort angekommen, schritt er vor eine geschlossene Garage und hielt die Handfläche auf das Panel an der Säule neben ihm. Die

Kombination aus Handflächen-Scan, Patch-Signal und den Aufnahmen, die die Kameras machten, war mehr als ein Beweis, dass es sich bei ihm um John Glennscaul handelte. Die Tür fuhr nach oben fort.

John fand seinen alten Wagen im Inneren. Dieser war blau mit silberfarbenem Dach, mit Schiebetüren und weiten Fenstern, die sich tönen ließen. Er war damit früher durch die Gegend gefahren; damals, als er, Cosima, Trent und all die anderen die Clubs unsicher gemacht hatten und sie noch die Generation der Aufsteiger gewesen waren – diejenigen, die irgendwann das Ruder übernehmen würden, um alles besser zu machen.

Er musste grinsen, als er an dem Wagen vorbeiging. Die Kabine war zwar groß und gemütlich, aber er verband zu viele pubertierende Erinnerungen damit, als dass er ihn ernsthaft einsetzen wollte. Hinter dem Auto befand sich ein Transporter. Die Tür öffnete sich mit einem leisen Knistern. John stieg ein und war verwundert, dass er als Zielort nur die beiden oberen Etagen seines Gebäudes wählen konnte. Er bemerkte, dass die übrigen Etagen auf dem Display mit anderen Symbolen und Firmennamen versehen waren: Gehlung Expansion, Bellegarde Artificielle, Olmsted Visuals – alles offenbar saubere Firmen. Er wunderte sich, dass sie sich in das Umfeld eines Schattenkonzerns begaben. Sollten seine Leute Glennscaul Unlimited in zwei Jahren in ein anständiges Unternehmen verwandelt und Teile des Gebäudes vermietet haben?

John drückte auf die oberste Fläche, die alle anderen überspannte. Sein Unternehmen schien immer noch Herr im Haus zu sein. Die beiden obersten Stockwerke gehörten noch ihm und seinem Unternehmen. Der vierte Stock war die Führungszentrale des Schattenkonzerns, im fünften Stock befanden sich seine Privaträume, in denen er zuletzt allein gewohnt hatte. Der Rest hatte Subunternehmen gehört. Er hatte schon lange geplant, sie ins Irische Viertel oder in eines der Hafenviertel zu verlegen, um das Geschäftliche vom Privaten zu trennen, doch es hatte am Ende kaum noch Privates gegeben. Seine Familie – Onkel und Tanten, Cousins und Cousinen; sie alle hatten sich von ihm zurückgezogen, um nicht in die Schusslinie zu geraten. Sie hatten sich von ihm losgesagt, und einige hatten ihn sogar an die Behörden verraten, doch seine Anwälte hatten dafür gesorgt, dass seine Weste unbefleckt geblieben war.

Als die Tür sich in der vierten Etage öffnete, war John verwundert, nicht auf das Gemälde seiner Urgroßeltern und seiner Großeltern zu blicken. Es hatte dort immer gehangen, als Zeichen, dass Glennscaul Unlimited ein Familienunternehmen war. Die Wand war kahl und der konfigurierbaren Tapete beraubt, die nichts anderes gewesen war als ein hauchdünner Bildschirm. Der graubraune Teppich war ebenfalls fort, und ein grober Boden aus grauem Stein war darunter zum Vorschein gekommen. Davon hatte John nichts gewusst, aber der Steinboden gefiel ihm.

John bog um die Ecke und musste feststellen, dass auch hier alles nackt und leer war – die Büros, die Versammlungsräume, die Küche, der Speiseraum. Nur die in die Wand eingelassenen Module waren noch da. In seinem ehemaligen Büro trat er vor das Steuerpanel in der Wand und fragte darüber den Status des Gebäudes ab. Da er noch Zugang zum System hatte, musste er noch der Eigentümer sein. Die Daten bestätigten es. Ihm – John Alfred Glennscaul – gehörte dieses Gebäude nach wie vor.

Glennscaul Unlimited hatte diese Etage immer nur von der Familie gemietet. Nun war das Unternehmen aber nicht mehr als Mieter eingetragen. Auch in den unteren Etagen nicht. Diese waren von den anderen Unternehmen gemietet, und die Daten zeigten, dass diese ein anständiges Sümmchen zahlten. Er schaute nach, wer das veranlasst hatte, und fand bei jedem der Verträge einen Namen, der stellvertretend für ihn die Geschäfte geführt hatte: Trent Kalish – sein bester Freund.

Der letzte Vertrag war vor zwei Monaten geschlossen

worden. Der gute Trent hatte in seiner Abwesenheit die Geschäfte übernommen – so, wie John es geplant hatte. Dass sich aber Glennscaul Unlimited nicht mehr hier im Haus befand, führte John zu der Vermutung, dass es zu Spannungen zwischen Trent und seinem Stellvertreter bei Glennscaul Unlimited gekommen war: Joseph Tolston.

John ging zur Treppe im hinteren Teil der Etage. Auch hier öffnete sich ihm die Tür, und er schritt, wie früher so oft, nach oben; und er war froh, durch die Glastür den eingerichteten Gang seiner Wohnung zu sehen. Hier hatte sich nichts verändert. Er trat ein und strich mit der Hand über den mittleren Boden des Bücherregals, das zur Linken den Flur entlangführte. Es waren vor allem Faksimiles von Büchern der letzten fünf Jahrhunderte. Seine Großmutter hatte ihm aus den Kinderbüchern vorgelesen, und er selbst hatte sich später durch diese Regale vorangearbeitet und dadurch im Grunde das Lesen lieben gelernt. Und auch wenn er selten ein echtes Buch in die Hand nahm und sich die meisten Werke lieber von einer maßgeschneiderten Stimme über sein Patch vortragen ließ, liebte er diese kleine Bibliothek, die ein Vermögen wert war und die er vermisst hatte.

Auf halbem Weg durch den Flur blieb er stehen und betrachtete zur Rechten das große Foto seiner Urgroßmutter Rachel B. Glennscaul. Sie war die Erste seiner Familie, die hier Fuß gefasst hatte, und sie hatte Glennscaul Unlimited drüben im Irischen Viertel etabliert.

Sie war eine wunderschöne Frau gewesen – mit warmen, braunen Augen und einem ironischen Lächeln auf den Lippen. Das Bild zeigte sie in einem Alter von fünfundvierzig Jahren auf einem der Hügel im Jupiterpark. Sie trug einen hellbraunen Hosenanzug, und ein schmaler Schal aus grünem Tuch lag lose um ihren Hals. Sie wirkte so erhaben, als herrschte sie über das gewaltige Tal, das sich hinter ihr erstreckte und sich in der Ferne langsam an der Innenwand in die Höhe wölbte.

John hatte sie nie kennengelernt. Sie war 132 Jahre alt geworden, ehe ihr Körper nachgelassen hatte und sie keine Gegenwehr mehr hatte leisten wollen. Er hatte Videos von ihr gesehen, und die hatten sie endgültig zu seinem Vorbild gemacht.

Das Lächeln auf diesem Foto passte beinahe auf jede Gelegenheit. Wenn er seine Arbeit gut gemacht hatte, war es wie ein Lob, aber jetzt, da er nach zwei Jahren heimkehrte und in Schwierigkeiten steckte, war es, als wollte sie ihm sagen: *Du hast keine Ahnung, in was du dich da verstrickt hast.*

Schmunzelnd ging John weiter und nahm den Duft von Büchern und Pflanzen in sich auf, der sich mit dem Spätsommerduft aus der Klimaanlage vermischte.

Aus dem Wohnzimmer hörte John leise Musik. Er trat ein und sah Trent Kalish am Fenster stehen – ihm zugewandt, ihn anlächelnd. »Ich wusste es«, sagte sein ältester Freund. »Die anderen haben es nicht wahrhaben wollen. Sie dachten, du wärst tot.«

»Trent!«, sagte John grinsend. »Ich wusste, auf dich ist Verlass.«

Sie eilten aufeinander zu und schlossen sich in die Arme. Trent schluchzte. »Joseph sagte, der Frachter sei explodiert.«

Sie lösten sich voneinander, und Trent schaute ihn mit seinen großen graublauen Augen an. Die Verzweiflung in der Miene seines alten Freundes verwunderte ihn. »Der Frachter ist nicht explodiert. Er *wäre* explodiert, wenn wir nichts unternommen hätten.«

»Aber Joseph sagte, du und Cosima, ihr hättet gekämpft, und das Feuer hätte euch von den anderen abgeschnitten. Er wollte, dass ich dich für tot erklären lasse.« Trent schüttelte den Kopf. »Wer außer dir war noch an Bord?«

»Nur Cosima.«

Trents hohe Stirn legte sich in Falten. »Aber Cosima hat doch die ganze Zeit …«

John hob behutsam die Hand. »Die Ambersons haben so getan, als wäre sie hier – also am Leben. Clever von ihnen.«

»Unglaublich.« Trent fuhr sich über die glatt rasierte Wange. »Und ich habe gerade gehört, dass sie auf einem Schiff der Carrender-Foundation eine Mikro-KI gestohlen haben soll. Das klang plausibel.«

John schwieg. Er wusste nicht, ob es ihm recht sein durfte, dass sein Name sich nicht herumgesprochen hatte. Er nahm in einem der drei Sessel Platz.

Trent setzte sich ebenfalls und sagte mit beinahe bedauernder Miene: »Dann hast du Cosima also damals getötet. Es ist vorbei. Du hast gewonnen.«

»Nein, wir haben beide gewonnen«, entgegnete John.

Trent schaute ihn verständnislos an.

»Cosima und ich haben das Feuer an Bord gelöscht und zwei Jahre zusammen auf dem halb zerstörten Frachter überlebt.«

Trent staunte. »Unmöglich. Ihr beiden?«

»Wenn man überleben will, muss man manchmal bereit sein, über seinen eigenen Schatten zu springen.«

»Dann seid ihr jetzt Freunde oder was?«

»Nein. Wir waren Leidensgenossen – und jetzt sind wir Komplizen. Wir haben nach unserer Rettung Mist gebaut, und jeden Augenblick kann ein Sturm über uns hereinbrechen. Es war wahrscheinlich ziemlich dumm herzukommen. Sind die Sicherheitssysteme noch die alten?«

»Ja. Mach dir keine Sorgen.«

»Gut. Nelson Kempinski und inzwischen wohl auch die Carrender-Foundation sind hinter uns her.«

»Was?«, erwiderte Trent und stutzte. »Soll das heißen, dass Cosima und du …?«

John nickte. »Cosima war auf der *Inanna* – mit mir. Und nun glauben alle, wir hätten das KI-Modul gestohlen.«

»Sie *glauben?* Das heißt, ihr habt es nicht getan.«

»Doch, aber indirekt«, sagte er und erklärte in knappen Zügen, was auf der *Inanna* geschehen war. Trents ungläubiger Blick brachte ihn immer wieder ins Stocken. Schließlich aber sagte er: »Und jetzt müssen wir sehen, dass wir geschickt aus der Sache rauskommen und den Verdacht dahin lenken, wo er hingehört – auf diesen Welton Bennath. Zuerst brauchen wir unsere Leute da unten auf der Straße. Wie schnell hast du sie zusammengetrommelt?«

»John«, sagte Trent.

»Ich wette, die schaffen es immer noch in sieben Minuten.«

»Johnny!«

John stutzte.

Ein bitteres Lächeln schob sich auf Trents Gesicht. »Glennscaul Unlimited ist Geschichte.«

John starrte Trent an. Er hörte sein Herz wie wild pochen.

»Wir haben bei dem Kampf um den Frachter damals viele unserer Besten verloren. Joseph hat sich bemüht, gegen die Ambersons zu bestehen. Aber die haben uns das Leben schwer gemacht. Und als wir uns gerade behauptet hatten, haben die ach so angesehenen Unternehmen, bei denen wir uns Geld geliehen hatten, alles zurückgefordert. Ich habe unserer kleinen Firma einen Teil deines Vermögens geliehen, aber das verzögerte alles nur um einige Monate.«

»Welche Unternehmen waren das?«

»Die *Saturn Moons Mining Company* und die *Titan Mech Corp.*«

»Keine lokalen Firmen?«

»Nein. Die sitzen beide auf dem Titan.«

»Ausgerechnet auf dem Titan!«, sagte John. »Wenn ich die in die Finger kriege!«

»John, es ist vorbei«, erklärte Trent kopfschüttelnd. »Alles, was du hast, ist das, was ich dir hier festhalten konnte. Ich habe ein paar alte Gefallen eingefordert und eine Menge Hintern küssen müssen, um dieses Gebäude zu behalten. Durch die Mieteinnahmen habe ich Schulden vermieden.«

»Du hättest die Bücher verkaufen können«, sagte John und wies in den Flur.

Trents Augen glänzten. »Das hätte ich nicht geschafft. Ich weiß doch, wie sehr du daran hängst.«

John nickte, dann atmete er durch. »Das heißt: Glennscaul Unlimited ist nicht durch einen Schlag von Amberson zerstört worden, sondern ganz gewöhnlich bankrott gegangen?«

»Es tut mir leid.«

»Ich muss also von vorne anfangen.«

»Dieses Gebäude, die Wohnung im Untergrund, einige wenige Depots und ein paar Tausend Dollar sind alles, was du hast. Mehr ist von Glennscaul Unlimited nicht geblieben.«

»Scheiße!«, sagte er. Er hatte zwar noch Geld aus dem Verkauf der *VANYA-17*, aber er hatte erwartet, heimzukehren und über die Ressourcen seines Schattenkonzerns zu verfügen. »Die Carrender-Foundation wird mich plattmachen«, sagte er und fuhr sich mit der Hand über die Stirn. »Schuldet uns noch *irgendwer* einen Gefallen?«

»Alle Gefallen sind aufgebraucht«, antwortete Trent mit glasigen Augen. »Wir sind gerade so aus dem Abgrund raus.«

»Und ich stürze uns sofort wieder in den nächsten«, sagte John kopfschüttelnd. »Trent, ich brauche einen Drink.«

* * *

Mit einem Flugtaxi näherte sich Cosima am Rande der Elara Heights dem Hauptgebäude von Amberson Unbound, das sich wie ein Berg vor ihr erstreckte. Es war wie ein alter Palast von der Erde, mit roten Dächern und vielen Giebeln und Türmen. Es fiel zwar neben all den Villen, Blockgebäuden und Hochhäusern kaum auf, aber für Cosima war es der wichtigste Ort im Universum – das Heim ihrer Familie, der Sitz ihres Unternehmens. Gerade eben erst hatte sie ihren Leuten über ihren Patch mitgeteilt, dass sie auf dem Heimweg war. Sie würden wissen, dass sie es war. Ihre Daten würden es bestätigen, und sie war gespannt darauf, wie ihre Leute sie empfangen würden. Sie erwartete erstaunte Gesichter und Umarmungen – wie früher, wenn sie von einer gefährlichen Operation zurückgekehrt war. Und doch hatte sie Angst, dass sich irgendetwas entscheidend verändert haben könnte – dass ihr Mentor Spencer Haverly an sie herantreten und mit anklagender Stimme und ausgestrecktem Finger fragen könnte: »Wo bist du gewesen?«

Sie war gespannt darauf, wer nun das Sagen hatte. Amy Mendelowski wäre ihre erste Wahl gewesen, Spencer Haverly ihre zweite. Als sie losgezogen war, um die *VANYA-17* zu erbeuten, hatte sie Amy die Verantwortung hinterlassen. Aber natürlich war sie nicht davon ausgegangen, dass sie nicht zurückkehren würde. Und sie befürchtete, dass Amy allzu bereitwillig in den Hintergrund getreten war, sobald andere ihre Ansprüche angemeldet hatten. Und in diesem Fall konnte sie nur hoffen, dass ihr Mentor das Zepter übernommen hatte. Sie hatte zwar zuletzt einige Meinungsverschiedenheiten mit Spencer gehabt, aber auf seine Loyalität hatte sie sich immer verlassen können.

Während sie sich mit dem Shuttle langsam der Landeplattform näherte, sah sie dort ihre Leute, die sich bereits verteilt hatten. Andere kamen die breite Treppe herab, aber aus der Ferne wirkten sie wie Spielfiguren mit verschwommenen Gesichtern. Doch als sie näher gekommen war und ihren Blick in die Mitte der Plattform richtete, erkannte sie Randell Barickman.

Zugegeben, Randell war ein wichtiger Mann für Amberson Unbound. Zumindest war er es für lange Zeit gewesen – ehe er angefangen hatte, Cosima über das erträgliche Maß hinaus zu kritisieren. Ihr war klar gewesen, dass sie ihn früher oder später in seine Schranken weisen oder aber loswerden musste – ihn und seine Freunde. Und nun stand er mit ihnen dort, wo sie früher als Anführerin gestanden hatte, um wichtige Gäste zu empfangen. Es konnte keinen Zweifel geben: Randell hatte sich an die Spitze gearbeitet. Dass weder Amy noch Spencer an seiner Seite waren, beunruhigte Cosima. Amy war zwar nicht diejenige, die sich in irgendwelche Schlachten stürzte, aber sie nicht bei den Anführern zu sehen sagte ihr, dass man offenbar ohne ihren Rat auskam.

Das Taxi setzte sanft auf dem Boden auf. Und durchs getönte Fenster konnte Cosima Randells unsicheres Gesicht sehen, während rings umher Neugier, bei den meisten sogar Vorfreude zu erkennen war.

Cosima zögerte und starrte Randell an. Er hatte noch immer den Mittelscheitel, der sein braunes Haar teilte. Den Bart war er losgeworden, und so wirkte er wie früher, ehe Cosima die Kontrolle über den Konzern übernommen hatte und er seine Ambitionen auf die Führung hatte aufgeben müssen. Er hatte sie als Diktatorin bezeichnet, dabei war der Amberson-Konzern immer ein Familienunternehmen gewesen; nur hatte sich eingebürgert, dass die Familie anderen die Führung überließ. Die Ambersons hatten sich selbst gefesselt und dem Vorstand die Kontrolle überlassen. Cosima jedoch hatte das scheinbar Unmögliche erreicht: Sie hatte die Kontrolle übernommen und damit den ursprünglichen Zustand wiederhergestellt.

Cosima öffnete die Wagentür mit einer Berührung des Griffs, und schon ging die Tür nach außen auf, um sich dann zur Seite zu schieben. Cosima stieg aus und hörte das Raunen ihrer Leute, bevor der Jubel losbrach. Erleichtert atmete sie aus, lächelte und schritt Randell und seinen Vertrauten entgegen.

Früher einmal hatten Randells strahlend blaue Augen Cosima beeindruckt. Aber sie standen im Gegensatz zu seinem Mund, auf dem immer ein spöttisches Schmunzeln zu liegen schien.

»Randell! Da bin ich«, sagte sie und hörte kaum ihre eigene Stimme.

Randells Grußworte gingen im Jubel unter, sein harter Händedruck hingegen sagte Cosima alles, was sie zum Verhältnis zwischen ihr und Randell wissen musste. Dieser Mann wollte nicht nachgeben. Er würde um seine Position kämpfen. Und dass er sie nicht umarmte, wie es nun die meisten anderen aus der Führung taten, sprach eine deutliche Sprache, für die die Umstehenden in ihrem Überschwang nicht empfänglich schienen. Während seine Kumpane unsicher wirkten, als wüssten sie nicht, nach welchem Wind sie ihr Fähnchen hängen sollten, konnte Randell seine Verstimmung kaum hinter dem starren Lächeln verbergen. Er hasste diesen Augenblick, und er hasste sie.

Als Randell ihr Raum ließ und ihr den Weg die Stufen hinaufwies, blieb Cosima stehen und winkte die Umstehenden näher heran; einige von ihnen schloss sie in die Arme. Sie kannte zwar nicht alle, aber denen, die sie kannte, sagte sie einige nette Worte ins Ohr. Viele jedoch hielten Abstand – viele, deren Gesichter sie noch nie gesehen hatte.

Als sie nach einer Weile Randell und den anderen folgte, nahm die Zuneigung mit der Annäherung ans Gebäude ab. Die Leute, die hier in kleinen Gruppen standen, wurden zurückhaltender, und eine Mischung aus Respekt und Unsicherheit schlug ihr aus den Gesichtern und Gesten entgegen. In manchen Mienen stand sogar unverhohlene Feindseligkeit geschrieben.

Cosima schaute zurück. Die Jubelnden da unten waren eine Minderheit. Und als sie im Inneren des Gebäudes die langen Gänge mit den hohen Fenstern entlangging und die Wachen in ihren blauroten Uniformen passierte, hatte sie das Gefühl, in eine Falle spaziert zu sein.

Erst als ein Mann ihnen mit einem Lächeln entgegenkam, den sie vermisst hatte, verging ihr Gefühl. Dominik Hershberger! Er war lange ihr Leibwächter gewesen, bis sie ihn wegen seiner Fähigkeiten zu einem Teamleiter gemacht hatte. Sein Wissen in den Bereichen Waffen, Sprengstoff und Kampftaktik war beeindruckend. Und er war ein Glückspilz. Nur selten kehrte er mit Verletzungen von Missionen zurück, und dann waren es meist nur Kratzer. Er umarmte sie mit seinen starken Armen, und in ihr Ohr sagte er: »Ich kann's nicht glauben.« Dann aber flüsterte er: »Sei vorsichtig!«

»Ich habe dich auch vermisst«, sagte sie, als er sich von ihr löste. »Ich bin froh, dass du lebend aus dem Kampf rausgekommen bist.«

»Es war nicht leicht. Nicht leicht.« Seine blauen Augen glänzten. Sie hatten damals offenbar so viele verloren, wie sie befürchtet hatte.

Während Cosima mit Randell und den anderen weiterging, schaute sie mehrmals zu Dominik zurück. Er verschwand in einem Seitengang, und sie fragte sich, ob bei all dem Beifall, der ihr unten auf der Plattform entgegengeschlagen war, ihr hier wirklich eine Gefahr drohen konnte.

Statt sich nach rechts in ihren alten Empfangsraum zu bewegen, führte Randell sie an den Rand des Gebäudes zu den Zimmern des alten Vorstandes. »Ich wollte deine Räume nicht in Anspruch nehmen«, sagte er, und das glaubte sie ihm sogar. Ihr Bereich war immer ein Ort der Familie gewesen, an dem sich kaum jemand außer ihr, ihren Eltern und ihren Tanten aufgehalten hatte.

Im alten Versammlungsraum angekommen, war Cosima überrascht, dass hier nicht mehr der lange Ratstisch stand, sondern ein Schreibtisch am Fenster den Blick auf sich zog. Dies war nun Randells Raum. Er setzte sich auf seinen dick gepolsterten Stuhl hinter dem Schreibtisch und erwartete offenbar, dass sie auf einem der Stühle davor Platz nahm. Aber sie schritt am Schreibtisch vorbei ans Fenster und starrte den Hang entlang, an dem sich eine Geschäftsvilla an die nächste reihte. Es hatte sich kaum etwas verändert. Der Glasbau der Architekten Schmidt & Drenning mit all seinen Kuppeln hatte eine zusätzliche Landeplattform erhalten, und die Mauer aus groben Felsbrocken hatten sie erneuert.

»Du hast also jetzt das Sagen?«, fragte Cosima nach einer Weile.

»Ja«, antwortete Randell, während die anderen die Tür von außen schlossen und sie allein ließen. »Irgendwer musste ja den Scherbenhaufen beseitigen.«

»Du fragst dich bestimmt, wo ich gewesen bin«, sagte Cosima.

»Das haben sich alle gefragt. Die meisten dachten, du wärst tot. Natürlich wollen jetzt alle wissen, was los war.«

Cosima wandte sich Randell zu. »Ich war zwei Jahre auf der *VANYA-17*«, sagte sie. »Mit John Glennscaul.«

»Wir waren sicher, dass der Frachter verloren war«, entgegnete Randell. »Nach einer Explosion war das Schiff von den Schirmen verschwunden. Es ist unglaublich.«

Cosima lachte leise. »Leicht waren die zwei Jahre jedenfalls nicht.« Sie erzählte ihm knapp, was geschehen war, und achtete auf Barickmans Reaktionen. Doch er starrte sie einfach nur an, und sie war sich nicht einmal sicher, ob er geblinzelt hatte. »Nun haben wir allerdings Schwierigkeiten«, erklärte sie schließlich. »Nelson Kempinski wurde auf der *INANNA* eine Mikro-KI gestohlen. Und man verdächtigt John und mich.«

»Darüber haben wir Widersprüchliches gehört«, sagte Randell. »Und? Wart ihr es?«

»Nein«, sagte sie. »Aber wer würde das zwei Granden glauben? Wir wurden in eine Falle gelockt und mussten abhauen. Deshalb müssen wir mit Kempinski und auch mit der Carrender-Foundation Kontakt aufnehmen, um die Wogen zu glätten.«

»Kempinski hat sich schon bei uns gemeldet«, sagte Randell.

»Tatsächlich?«, fragte Cosima, und ein Schauer lief ihr über den Rücken. Nun wusste sie, warum sie ihm nicht die Wahrheit gesagt hatte.

»Er glaubt wirklich, dass du das Modul gestohlen hast, und fordert, dass du und John es zurückgeben.«

»Und was hast du gesagt?«, fragte Cosima.

»Noch gar nichts. Er wartet auf unsere Antwort. Aber natürlich ist deine Ankunft hier aufgefallen. Ich werde also antworten müssen. Und ich darf nicht zulassen, dass dieser Ärger uns schadet.«

Cosima starrte ihn an und fragte sich, ob Randell wirklich den Mut dazu hatte, offen gegen sie vorzugehen.

»Tut mir leid, Cosima«, sagte er. »Die letzten beiden Jahre waren für uns eine einzige Blüte. Nie ist es uns besser gegangen. Und wir haben kein Interesse, wieder in den Abgrund zu stürzen, in den du uns hineingestoßen hast.«

»Aber dennoch habt ihr nichts dagegen, meinen Namen zu verwenden.«

»Wir haben sogar *dich* verwendet. Du bist jetzt ein verlockenderes Geheimnis als je zuvor.«

»Wie dem auch sei. Amberson Unbound gehört mir. Es ist jetzt Zeit für dich und deine Freunde, zur Seite zu treten. Ich habe diesen Laden allein wieder zu dem gemacht, was er ist. Meine Reputation, mein Name, mein Gesicht stehen dafür ein. Wenn ihr das Zepter schwingen wollt, dann benennt euch um.«

»Mit der Belohnung, die uns Kempinski für deinen und Glennscauls Kopf geben wird, sollte uns das möglich sein.«

Cosima wäre am liebsten auf ihn losgegangen, aber sie konnte sich beherrschen. Mit versteinerter Miene starrte sie ihn an. »Nur wenn die Leute dir folgen«, sagte sie. »Auf dem Weg hierher haben mich zu viele gesehen – zu viele alte Hasen; zu viele, die mir zugejubelt haben. Und die Neuen, vor denen ihr meine Abwesenheit verheimlicht habt, haben umso größere Augen gemacht, weil sie mich endlich zu Gesicht bekommen haben. Für wen, glaubst du, werden sie sich entscheiden, wenn es drauf ankommt?«

»Wenn sie erfahren, dass Kempinski und die Carrender-Foundation dich haben wollen und uns ansonsten in einen Krieg verwickeln, wird ihnen meine Entscheidung einleuchten. Du bist hier umstritten. Durch deine blinde Wut hast du vor zwei Jahren vielen den Tod gebracht. Die meisten hier kennen dich gar nicht. Und jene, die dich kennen, sind mir treu ergeben.« Er fuhr mit den Fingerspitzen auf die Fläche seines Schreibtisches. Die Anzeige leuchtete auf: »Testen wir es«, sagte er. »Wachen! Kommt und nehmt Cosima fest!«

Die Seitentür öffnete sich, und zwei bewaffnete Männer, kaum älter als zwanzig, traten ein und näherten sich Cosima. »Am besten tötet ihr mich gleich«, sagte sie, während die beiden Männer an sie herantraten und sie an den Armen packten. »Später könntet ihr bereuen, mich am Leben gelassen zu haben.«

»Bringt sie weg!«, befahl Randell mit einer wegwerfenden Handbewegung. »Ihr wisst schon, wohin.«

Cosima schüttelte den Kopf und hatte keine Worte mehr für Randell übrig. Sie war so erschüttert über das, was hier geschah, dass sie sich von den beiden Wachen durch den Seitenausgang ins Treppenhaus führen ließ und zwischen ihnen die Steinstufen in die Mitte des Gebäudes hinaufstieg. Dort öffnete sich ihnen eine gesicherte Tür, und sie schritten durch die Etage, in der das Herz der Operation lag. Hier in den kleinen Räumen mit den hohen Decken und den glatten Holzverkleidungen wurde alles bei warmem Licht geplant. Dies war das Gesicht hinter der offiziellen Maske des Unternehmens. Und hier kam Cosima an Leuten vorbei, die staunend dabei zuschauten, wie die Wachen sie abführten.

Sie waren beinahe vor den Transportern angekommen, als Cosima ein bekanntes Gesicht erblickte. Eine füllige Frau mit dunklem Haar und großen Augen kam hastig aus einem Seitengang gelaufen und erstarrte in der Bewegung: Amy Mendelowski, ihre ehemalige Strategin. Sie war für Cosima zuletzt die wichtigste Person im Unternehmen gewesen. Und das Entsetzen in ihrem Gesicht sprach Bände, ebenso wie das Erstarren. Sie wagte es nicht, irgendetwas zu unternehmen. Als die Wachen Amy baten zurückzutreten, tat sie es, ohne Widerworte zu geben, aber auch ohne den verzweifelten Blick von Cosima abzuwenden. Ihre braunen Augen funkelten wie Almandine.

Während Cosima mit den Wachen in den Aufzug trat, schaute sie zu Amy zurück. Ihrer Vertrauten kamen die Tränen, und während sich die Transportertür schloss, schüttelte die ehemalige Strategin ungläubig den Kopf.

Auf der Fahrt in die Tiefe fragte sich Cosima, wie sie aus dieser Sache herauskommen sollte. Wenn selbst Amy und Dominik hier kaum noch eine Rolle spielten und vielleicht sogar vorsichtig sein mussten, wer blieb dann noch übrig, um ihr beizustehen? Eigentlich nur noch Spencer Haverly, ihr Mentor. Selbst wenn Randell Barickman auf Amy verzichtete, was im Grunde eine Dummheit war, würde er Spencers schonungslose Analysen nicht entbehren können. Andererseits war Spencer die treibende Kraft hinter dem Konflikt um die *Vanya-17* gewesen. Während Amy sich dagegen ausgesprochen hatte, war Spencer nicht nur dafür gewesen, er hatte sogar den Plan ausgearbeitet. Womöglich war er deswegen unter Beschuss geraten. Es war leicht, Leute zu kritisieren, die Kampfpläne erstellten, ohne an den Kampfhandlungen teilzunehmen.

Cosima fragte sich, ob Spencer überhaupt noch zu Amberson Unbound gehörte. Was, wenn er sich ebenso hatte verbiegen müssen, wie es bei Amy und Dominik den Anschein hatte? Die beiden hatten immer zu ihr gestanden und ihr Vertrauen genossen. Nun aber wirkten sie nur wie zwei unter vielen im Gefolge der neuen Führung. Der Gedanke daran war wie eine Wunde, und falls Spencer ebenfalls so tief gefallen war, wäre sie am Ende.

Ganz gleich, ob es nun noch einen Ausweg gab, ihre Rückkehr hatte sich zu einer einzigen Enttäuschung entwickelt.

* * *

»Schlechte Nachrichten, John«, sagte Trent, während er ins Wohnzimmer kam. »Kempinski hat unter den Schattenkonzernen ein Kopfgeld auf dich ausgesetzt.« Trent ging zur Kommode und holte sich einen Whiskey aus dem sich leise öffnenden Wandfach. »Sie wollen dich lebend in die Finger kriegen«, sagte er und drehte sich wieder um. »Natürlich ist längst bekannt, was Kempinski gestohlen wurde.«

John machte sich nicht die Mühe, aus dem Sessel aufzustehen, in dem er sich nach seinem Bad niedergelassen hatte. »Von wem weißt du das?«, fragte er.

»Kendra.«

»Kendra Bassetti?«

»Ja. Sie bietet ihre Dienste jetzt seriösen Unternehmen an.«

»Sie war eine der besten Modultechnikerinnen.«

»Ist sie immer noch. Und sie ist so ziemlich die Einzige, die den alten Zeiten nachtrauert. Sieht so aus, als gäbe es doch noch ein paar Gefallen, die wir einfordern können.«

John überlegte. Kendra war lange Zeit ihm gegenüber skeptisch gewesen. Sie hatte sich ihnen erst nach einer ganzen Weile angeschlossen. Aber zuletzt war sie eine Säule des Unternehmens gewesen; nicht zuletzt deshalb, weil er sich um ihr Vertrauen bemüht hatte. »Ich habe ihren Eltern geholfen, als sie auf den Pluto umsiedeln wollten«, sagte er schließlich. »Das hat sie vielleicht nicht vergessen.«

»Jedenfalls bietet sie an, sich zwischen dich und Kempinski zu schalten, falls du mit ihm reden willst.«

»Das will ich«, sagte John und erhob sich aus dem Sessel. »Am besten sofort.« Er setzte sich an den Schreibtisch am Rande des Zimmers und richtete den Kragen seines Hemdes.

Trent stellte das Glas ab, kam zu John herüber und rief mit seinem Patch bei Kendra an, um ihn dann auf dem Schreibtisch vor John abzulegen. Der Schirm, der daraus emporwuchs, zeigte das erstaunte Gesicht der Modultechnikerin. Ihre dunklen Augen glänzten, und sie schüttelte ungläubig den Kopf. »Ich hab's immer gewusst.«

»Kendra! Siehst gut aus. Du wolltest dir die Haare doch um nichts in der Welt abschneiden lassen.«

»Bin damals nach den Wochen im Krankenhaus schwach geworden. Sie haben mir vor der Operation den Schädel rasiert. Hershbergers Kugel hätte mich fast umgebracht.«

»Dominik Hershberger?«, fragte John und erinnerte sich an den kräftigen Kerl, der ihm früher als einer von Cosimas

Leibwächtern oft das Leben schwer gemacht hatte. »Ich glaube, der hat einen Schutzengel. Würde mich nicht wundern, wenn er damals tadellos aus der Sache rausgekommen ist. Du bist mir aber nicht böse, dass ich euch jetzt in diesen Mist verstricke?«

»Nein, John. Trent hat mir erzählt, dass du mit Cosima zusammen auf dem Frachter überlebt hast. Alle Achtung. Dass du sie nicht umgelegt hast.«

»Ist eine komplizierte Geschichte.«

»Also gut. Ich verbinde dich jetzt mit dem Kontakt, den Kempinski angegeben hat. Sie werden dich nicht zurückverfolgen können.«

»Das ist Kempinski, von dem wir hier reden, Kendra.«

»Vertrau mir einfach. Und solltest du das alles überstehen, dann vergiss bitte nicht, dass ich dir geholfen habe. Ach ja! Und sollten sie dich kriegen: Vergiss bitte, dass ich dir geholfen habe.«

»Ich hoffe, ich verwechsle das nicht«, erwiderte John lächelnd.

Kendra atmete durch. »Los geht's!« Ihr Gesicht verschwand vom Schirm.

Es dauerte eine Weile, ehe sich jemand meldete. Kein Bild, nur eine gelangweilte Stimme. »Kempinski Monolithic. Sie haben etwas für uns?«

»Nelson Kempinski hat darum gebeten, mit mir zu sprechen.«

»Wer sind Sie?«

»John Glennscaul – von Glennscaul Unlimited.«

Schweigen – dann nach einigen stotternden Versuchen sagte der Mann: »Bleiben Sie dran.«

John musste grinsen. Er konnte sich vorstellen, was nun bei Kempinski los war und wie dreist es wirken musste, dass er sich direkt meldete.

»Hier ist Nelson Kempinski«, sagte unvermittelt eine ruhige Männerstimme, die John erkannte. »Spreche ich mit John Glennscaul?«

»So ist es.«

»Sie klingen wie er. Aber können Sie beweisen, dass Sie es sind?«

»Wer wäre in dieser Lage so dämlich, Sie anzurufen und sich für mich auszugeben, Nelson? Ich könnte Ihnen Details von der *Inanna* nennen und zumindest beweisen, dass ich dort war. Zum Beispiel könnte ich Ihnen Ihr hochrotes Gesicht beschreiben, als Sie wie ein wütender Stier an unseren Tisch gekommen sind, um sich Captain Manderton vorzuknöpfen und uns zu beschuldigen. Also kommen wir gleich zur Sache: Sie wollen Ihr KI-Modul haben?«

»So ist es«, antwortete Kempinski. »Und Sie werden so klug sein, es mir zurückzugeben. Sie und Amberson.«

»Wir haben Ihnen Ihr nettes Stück nicht gestohlen, Nelson. Wir mussten einfach fliehen, als alle mit dem Finger auf uns gezeigt haben.«

»Natürlich glaube ich Ihnen das nicht.«

»Selbstverständlich. Aber glauben Sie im Ernst, dass Cosima und ich, nachdem wir zwei Jahre auf einem beschissenen Frachter verbracht haben, die Ressourcen hätten, um so ein Ding zu drehen?«

»Falls ihr beiden *wirklich* zwei Jahre dort verbracht habt. Ich glaube, dass das alles nur eine Ausrede ist.«

»Wenn Sie die Spuren, die in unsere Richtung weisen, untersuchen, müssen Sie einfach feststellen, dass wir das Ding nicht hätten drehen können. Wir sind nicht zum ersten Mal zum Sündenbock gemacht worden.«

»Ich würde Ihnen das vielleicht glauben, wenn wir es unter vier Augen besprechen könnten. Ich meine, wohin wollen Sie fliehen? Ich weiß, dass Sie in Ihrem Haus sind, John.«

»Ich glaube, ein persönliches Treffen würde nichts ändern.«

»Ich könnte Sie mir auch holen.«

»Auf Pandaros-3 sollte man vorsichtig sein. Ich dürfte Sie und ihre Handlanger in meinem Haus töten. Ich dürfte hier alles mit Ihnen anstellen. Und selbst wenn Sie die Sicherheitsmaßnahmen, die ich hier installiert habe, ernst nehmen und überwinden können, bekommen Sie Schwierigkeiten mit den Behörden, sobald Sie unerlaubt in mein Heim eindringen und mich töten oder entführen. Man muss die Regeln dieses Spiels kennen. Nur dann kommt man ungeschoren davon.«

»Ich bin nicht so dumm, irgendwelche Spuren zu hinterlassen«, sagte Nelson Kempinski. »Sie haben Zeit bis heute Abend. Wenn ich mein Eigentum bis dahin nicht wiederhabe, gehe ich gegen Sie vor. Denken Sie darüber nach: Soweit ich weiß, ist Glennscaul Unlimited Vergangenheit. Wer sollte Sie vor mir schützen?«

»Ich melde mich«, entgegnete John und beendete die Übertragung mit einem Tippen auf Trents Patch.

Während Trent den kleinen Computer vom Tisch nahm, summte Johns Patch, den er wie fast immer an der linken Handfläche trug. Er schaute darauf. Es war eine Nachricht von Cosima. *Wir müssen uns treffen*, stand dort.

John stimmte zu und fragte in seiner Antwort, wo sie sich treffen sollten.

* * *

Cosima war in einer Zelle, die früher einmal aus zwei Räumen bestanden hatte. Die Reste der Zwischenwand lagen als Trümmer am Boden. Dies war der sogenannte Kerker – die Zelle, die sie zur Einschüchterung verwendeten. Von dem Geröll bis hin zu dem tropfenden Rohr, das aus der Decke ragte, sollte diese Zelle einen Ort darstellen, an dem man nicht Jahre verbringen wollte. Und das Licht der Wandlampen glühte so schwach, dass es den gewünschten Eindruck verstärkte.

Sie würde hier nicht lange ausharren müssen. So oder so. Wenn sie ohne Rückenstärkung Kempinski in die Hände fiel, würde er keine Skrupel haben, die Wahrheit aus ihr herauszuquetschen. Sie wusste, dass die Geschichten von standhaften Helden, die selbst unter der Folter ihre Geheimnisse nicht preisgaben, nur Märchen waren. Sie war zwar zäh und wusste, wie sie sich aus Problemen herauswinden konnte, doch unter der Folter würde sie rasch brechen. Und Kempinski hatte jeden Grund dazu, sie nicht mit Samthandschuhen anzufassen.

Sie musste einfach fliehen, ehe sie Kempinski in die Hände fiel. Spätestens bei der Übergabe musste sie sich davonmachen. Wie sie das bewerkstelligen sollte, wusste sie noch nicht. Die Wachen hatten ihr den Patch-Computer abgenommen. Das machte alles viel komplizierter.

Ein Zischen drang zu ihr herüber, und nach einem Moment öffnete sich die Tür und gab den Blick auf zwei Wachen preis.

Cosima erwartete, dass es nun so weit war und man sie zu Kempinski bringen würde. Mit einem Mal aber wichen die Wachen nach links und rechts zurück und gaben einem Mann mit dunklem Haar den Weg frei. Nach einem Blick in seine grünen Augen erkannte sie ihren Mentor – Spencer Haverly.

»Spencer!«, sagte Cosima.

Ihr Mentor trat näher, und als sich die Tür hinter ihm geschlossen hatte, kam er ihr lächelnd entgegen. »Meine kleine Cosima«, sagte er, während er sie in die Arme schloss.

Cosima klammerte sich an ihn, und als sie sich voneinander lösten, fuhr sie ihm durch seine Locken. »Was ist aus dem grauen Haar geworden?«, fragte sie und strich ihm dann über die glatt rasierte Wange. »Und dem wunderschön melierten Bart?«

»Ich habe gemerkt, dass so mehr Verehrer auf mich aufmerksam werden?«, sagte er mit brummender Stimme.

»Zum Glück hast du nicht abgenommen. Einen schlanken Spencer Haverly kann ich mir einfach nicht vorstellen.«

»Ich mir auch nicht«, antwortete er. »Sonst wäre ich ein weiterer dieser blendenden Schönlinge.«

Cosima lachte.

Spencer schob den Ärmel zurück, und das linsenförmige Patch auf seinem Unterarm leuchtete auf. Er machte eine Auswahl, dann sagte er: »Jetzt können sie uns nicht mehr abhören.« Er musterte sie von oben bis unten. »Du siehst unverändert aus, Cosima. Du glaubst nicht, welche Vorwürfe ich mir gemacht habe!« Er schluckte. »Ich konnte Amy monatelang nicht in die Augen schauen. Mein Plan war … dumm. Das war der größte Fehler meines Lebens. Wie konnte Barickman sagen, dass du tot bist? Und ich habe es ihm auch noch geglaubt.«

Cosima erzählte ihm, wie sie und John auf der *VANYA-17* gekämpft hatten und wie sie letztlich dem Tod entgangen waren. Sie konnte sehen, dass Spencer die Tränen nur mit Mühe zurückzuhalten vermochte.

»Es tut mir leid«, sagte er, als sie berichtet hatte, dass die *INANNA* sie aus dem All gefischt hatte.

»Aber du freust dich auch?«

Er nickte und wischte sich dann die Tränen ab.

Cosima konnte nicht anders, sie musste ihn einfach umarmen. »Du dachtest, du wärst an meinem Tod schuld.«

Er holte tief Luft. »Ich konnte nicht mehr mit mir leben.«

»Deswegen erkennt man dich kaum wieder«, sagte sie und zog ihre Hände zurück.

»Nein, Cosima. Die Wahrheit ist, dass ich monatelang getrauert und den Gegenwind ertragen habe, der hier wehte. Ich glaube, sie waren sogar froh, dass ich mich zurückzog und mich fast tot gesoffen habe. Aber sie haben mich zurückgeholt.«

»Das heißt, dein Wort zählt noch was.«

Spencer lächelte bitter. »Nicht genug, um sie davon zu überzeugen, Amy wieder eine Führungsposition zu geben. Nein. Sie kommen zu mir, wenn sie es versaut haben oder wenn sie jemanden brauchen, der irgendwelche Verhandlungen führt. Aber sie vertrauen mir nicht. Sie haben meine Schwäche für dich ausgenutzt, um mich weich zu machen. Und meine Warnungen sind ihnen egal.«

»Wie lange noch, bis sie alles ruiniert haben?«, fragte sie.

Spencer machte große Augen. »Oh, sie werden sich gut machen. Wir hatten es, Cosima. Wir hatten das große Ziel erreicht: Wir haben Glennscaul bei dem Kampf um die *Vanya-17* einen heftigen Schlag versetzt. Und dann haben wir den Druck aufrechterhalten. Irgendwann ging ihnen das Geld aus, und es war vorbei.«

Cosima staunte. »Glennscaul Unlimited ist besiegt?«

»Trent Kalish hat mit Müh und Not ihren Hauptsitz gerettet. Aber das Unternehmen ist kaum mehr als ein Name.«

Cosima schüttelte den Kopf. So hatte sie sich den Sieg nicht vorgestellt – in ihrer und Johns Abwesenheit. »Ihr habt sie also fertiggemacht.«

»Genau genommen nicht. Ihre Geldgeber haben ihre Kredite zurückgefordert.«

Cosima musste lachen. »Bin ich froh, dass ich es nicht miterlebt habe.«

»Randell und seine Kumpels fanden es sehr lustig.«

»Sie haben eben keinen Stil – und keinen Respekt vor ihren Feinden.«

Spencer schüttelte den Kopf. »Nein. Sie respektieren niemanden.«

»Das heißt also«, sagte Cosima mit einer langen Pause, »dass dein Plan aufgegangen ist.«

»Aber ohne dich war das nichts wert. Und auch ich empfand es als keinen echten Sieg über Glennscaul. Immerhin, wir waren am Ziel. Statt nun danach zu streben, aus Amberson ein sauberes Unternehmen zu machen, hat Randell das Betätigungsfeld ausgeweitet und macht sich immer neue Feinde, gegen die er skrupellos und ohne Raffinesse vorgeht. Früher oder später werden die Behörden uns den Laden dichtmachen. Der einzige Weg, weiter zu wachsen, ist der Weg in die Legalität.«

»Für mich ist hier also kein Platz mehr.«

»Nicht unter Randell.«

»Wird er mich wirklich ausliefern?«

»Ja. Ich weiß, was du mit Glennscaul auf der *Inanna* getan haben sollst. Randell wird so tun, als hättet ihr es wirklich getan.«

»Spencer, wir *haben* es getan. Wir haben das Modul Welton Bennath abgejagt, nachdem er es gestohlen hatte.«

»Was?«, sagte ihr Mentor mit verwunderter Miene. »Das darf nicht wahr sein!«

»Wir haben das Modul hergebracht und in einem Archiv versteckt. Nur John und ich können es auslösen.«

Spencer atmete durch. »Na gut. Überlegen wir mal.« Sein Blick schien etwas am Boden zu suchen. »Also: Barickman wird dich Kempinski ausliefern. Also müsst ihr das Modul ausspielen. Nur so kommt ihr aus der Sache raus.«

»Wirst du mir helfen?«, fragte sie und machte große Augen.

Spencer schüttelte den Kopf. »Cosima! Ich dachte, ich hätte dich verloren. Natürlich werde ich dir helfen.«

»Aber sie wissen, dass du bei mir bist. Randell wird klar sein, dass du zu mir stehst.«

»Er weiß, dass du mir am Herzen liegst. Deswegen hat er mich hergeschickt.«

»Warum das?«

»Um herauszufinden, ob du das Modul nicht vielleicht doch gestohlen hast.«

Cosima starrte ihn an und hatte Angst, dass ihr Mentor die Welt, in der sie all die Jahre gelebt hatte, in Stücke schlug.

Spencer stutzte. »Zweifelst du etwa an mir?«

»Hättest du Amys Gesicht gesehen, dann würdest du an allem zweifeln«, erwiderte sie.

»Die Antwort lautet: nein. Ich verrate dich nicht. Ich werde Randell sagen, dass ihr das Modul nicht habt. Und ich werde mit Amy und Dominik reden. Dann schauen wir mal, ob wir irgendwas tun können. Ich werde dich nicht noch mal verlieren. Das lasse ich nicht zu. Und selbst wenn wir hinnehmen müssen, dass du Kempinski in die Hände fällst, wirst du am Ende frei sein. Und dann holen wir uns Amberson Unbound zurück.«

»Wie konnte es bloß so weit kommen?«, fragte Cosima.

»Es ist meine Schuld«, sagte Spencer und wich ihrem Blick aus. »Amy hat mir damals, als du verschwunden warst, ins Gewissen geredet. Sie sagte, ich hätte Glennscaul falsch eingeschätzt. Ich hätte ihn an anderen Granden gemessen, und dabei hätte ich ihn an dir messen müssen.«

Cosima strich sich über die Wange. Amy hatte recht gehabt, vielleicht mit allem. »In den zwei Jahren ist der Hass zwischen John und mir einfach verschwunden«, sagte sie. »Ich meine nicht, dass wir uns jetzt mögen. Aber ich habe nicht mehr das Gefühl, ihn auslöschen zu müssen. Und ich hätte ihn besser einschätzen müssen. Du sagtest mir mal, dass er nicht mehr der Mann ist, mit dem ich angefangen habe.«

»Er spielte das Spiel der Granden – so wie du.«

»Aber ich spielte es nur, weil ich davon überzeugt war, dass er es spielte. Und er wusste, dass ich es spielen würde. Es war eine Frage des Vertrauens. Wir haben uns geirrt, Spencer. Es hätte einen Weg gegeben, zwischen uns zu vermitteln. Aber jetzt …« Sie schüttelte den Kopf.

»Dir ist klar, dass Randell ihm eine Falle stellen wird?«

Cosima biss sich auf die Lippen, und schließlich nickte sie. »Ohne einen Schattenkonzern im Rücken wird John es schwer haben. Ich kann nur hoffen, dass er ihnen durch die Finger gleitet und im Untergrund noch irgendwas bewegen kann.«

»Ich muss gehen«, sagte Spencer.

Cosima schloss ihn ein letztes Mal in die Arme. »Pass auf dich auf. Sie werden dir niemals vertrauen.«

»Ich weiß. Ich werde sie einfach glauben machen, dass ich nur das Beste für dich will und dafür bereit bin, auch gegen deine Interessen zu handeln. Ich habe Randell schon gesagt, dass es gut wäre, wenn ihr das Modul wirklich gestohlen hättet. Ich werde ihm jetzt ein bisschen Verzweiflung vorspielen und ihn beschwören, dich nicht auszuliefern.« Er fasste noch einmal ihre Hände. »Es tut mir leid, meine Kleine.«

Cosima lächelte. »Ich werde wohl immer deine Kleine bleiben, oder?«

»Solange du es mir nicht verbietest, dich so zu nennen.«

»Du bist der Einzige, der das darf, Spencer.«

Mit einer melancholischen Miene zog sich ihr Mentor zurück, und während Cosima ihm nachschaute, fragte sie sich, ob sie ihr Handeln nicht vielleicht zu sehr von ihm hatte bestimmen lassen. Ohne Spencers Einfluss hatte sich ihr Verhältnis zu John verändert. Und sie erinnerte sich noch an die Zweifel, die sie geplagt hatten, als sie damals seinem Rat gefolgt war und zum ersten Mal nach ihrem Aufstieg mit voller Kraft gegen John und Glennscaul Unlimited vorgegangen war. Dennoch vertraute sie nun darauf, dass Spencer mit der Hilfe von Amy und Dominik einen Weg finden würde, ihr bei ihrer Flucht zu helfen. Sie hatte einfach eine Schwäche für den besten Freund ihres Vaters.

Sie musste an John denken. Der Niedergang von Glennscaul Unlimited und die Art, in der er erfolgt war, mussten ihn erschüttert haben. Das hatte er nicht verdient. Sie erinnerte sich an ihren Kampf auf der *Vanya-17*. Das wäre ein würdiges Ende gewesen. Was konnte es Größeres geben, als eine Fehde Körper an Körper, Auge in Auge zu entscheiden?

Trotz allem hatte John vielleicht mehr Glück gehabt als sie. Vielleicht gelang es ihm, der Falle, die man ihm garantiert stellen würde, zu entgehen und dann aus dem Untergrund heraus Kempinski und die Carrender-Foundation von ihrer Unschuld zu überzeugen, indem er in Bennaths Richtung wies.

Auf alten Spuren

John fuhr mit Trent im Wagen durch die Nacht. In der Nähe des alten Stadions waren die Straßen längst nicht mehr so belebt wie früher. Als die Computerstimme verkündete, dass sie am Ziel seien, zögerte John. Er fürchtete, dass sie vorhin jemand beim Aussteigen aus dem Transporter und dem Einsteigen in das Taxi bemerkt hatte und ihnen gefolgt war. Es mussten nicht einmal Kempinskis Leute sein. Inzwischen dürften alle auf der Station wissen, dass man ihn und Cosima des Diebstahls bezichtigte. Trent hatte von Kendra sogar erfahren, dass Kempinski versucht hatte, die Behörden gegen John in Stellung zu bringen. Doch der Stationsrat hatte die Forderung zurückgewiesen und betont, dass sie nicht ohne Weiteres gegen eigene Bürger vorgehen würden. Der Bürgermeisterin, Kaoru Synnott, war Kempinskis Forderung nicht einmal ein Kommentar wert gewesen. Das bedeutete natürlich nicht, dass die Stationsoberen ihn in Frieden lassen würden. Es hatte eine Zeit gegeben, da er ihnen ein Dorn im Auge gewesen war, aber er hatte über die Jahre die Beziehung zum Stadtrat verbessert, was ihm wieder und wieder genützt hatte und sich jetzt vielleicht ein letztes Mal auszahlte. Und dass er die Bürgermeisterin unterstützt hatte, als noch niemand an sie geglaubt hatte, würde gewiss auch nicht schaden. Dennoch hätte man ihn leicht ans Messer liefern können. Er hatte keine Macht mehr. Weder hatten die Stationsoberen etwas von ihm zu befürchten, noch konnten sie sich etwas von ihm erhoffen.

Trent stieg zur Straße hin aus, schloss die Tür hinter sich, und als er um das Taxi herumgegangen war, wusste John, dass er sich hinauswagen durfte. Es war wie früher, als Trent die Augen für ihn offen gehalten hatte – damals in den ersten Monaten als Kopf von Glennscaul Unlimited.

Die wenigen Passanten schienen ihn und Trent nicht weiter zu beachten, sondern schauten voraus durch die Dunkelheit zu den bunten Schirmen, die über den Eingängen der Läden, der Bars und Restaurants schwebten und Werbung zeigten – von einem einfachen Schriftzug bis hin zu einem Video. So konnten John und Trent beinahe unbemerkt in einer schwach beleuchteten Seitengasse verschwinden.

Früher war es hier am Abend, wenn die Station das Licht herunterfuhr, immer voll gewesen. Dies waren die Hinter- und Seitenausgänge einiger der Clubs gewesen, in denen sie damals ihre Zeit verbracht hatten. Sie waren früher direkt ans Stadion angeschlossen gewesen. Da dieses aber geschlossen war und man bei den Schleusen zur Stationsmitte ein neues erbaut hatte, waren viele Clubs mitgezogen. Zwar hatten andere versucht, diesen Ort zu übernehmen, doch kaum etwas hatte hier je Fuß gefasst. Und John wusste nicht einmal, wem die Gebäude heute gehörten. Vielleicht den Leuten vom Tornquist-Kartell, die das Stadion in ein Logistikzentrum umgebaut hatten. Es war damals der Tod der Clubs hier gewesen. Aber allmählich schien sich das Viertel zu erholen. Zumindest sprachen all die Werbeschirme auf der Hauptstraße dafür.

»Kaum zu glauben, dass das hier einmal einer der heißesten Orte auf der Station war«, sagte Trent.

»Aber hätten wir all dem wirklich eine Träne nachgeweint, wenn sie damals schon umgezogen wären?«, entgegnete John.

»Ich kann es dir sagen. Während du aufgestiegen bist, habe ich mich noch lange in den Clubs rumgetrieben. Als wir am neuen Stadion ankamen, sagten die meisten von uns so was wie *Das* Transmission *und das* Proxy-5 *liegen jetzt zusammen. Toll! Das Beste beider Welten, an einem Ort vereint!*«

John lachte leise. »So was hätte ich wohl auch gesagt.« Er blieb vor einer Tür stehen und musste nicht prüfen, ob es die richtige war. Cosima wollte sie im *Blackstairs* treffen. Diese metallene Hintertür würde er nie vergessen. Wenn am Vorderausgang Schwierigkeiten auf sie gewartet hatten, war diese Tür ihre Rettung gewesen. Er erinnerte sich sogar daran, einmal mit Cosima und anderen hier eine hastige Flucht hingelegt zu haben. Aber das *Blackstairs* war eigentlich nie der Club gewesen, in dem Cosima und er viel Zeit verbracht hatten. Es war eher der Ort gewesen, an dem die Älteren verkehrt hatten. Sie als Jüngere hatten dazugehören wollen, und als sie dieses Ziel endlich erreicht hatten, war ihnen klar geworden, dass sie sich anderswo viel wohler fühlten. Es war wie ein Berg, den man erklommen hatte und der damit seine Herausforderung verloren hatte.

»Merkwürdig, dass sie mich hier treffen will«, sagte John.

»Es ist eines der leer stehenden Gebäude«, entgegnete Trent. »Langsam kommt dieses Viertel zurück. Nicht mehr lange, und das alles könnte wieder so sein wie früher.«

John fasste den Griff der Tür; mit einem Klicken öffnete sie sich, und er trat mit vorsichtigen Schritten ein. Zwar glaubte er nicht, dass Cosima ihn nach allem, was sie erlebt hatten, nun in eine Falle locken wollte, aber er hatte dennoch das Gefühl, dass hier ein Hinterhalt auf ihn lauerte.

Es war dunkel im Inneren, jedoch nicht völlig finster. An den Stufen und den Fußleisten zogen sich Leuchtbänder entlang und spendeten genug Licht, um alles schattenhaft zu sehen. Ein Schein drang aus dem Raum, der sich an der nächsten Ecke nach links hin öffnete, während rechts in Richtung Treppenhaus und Toiletten alles finster war. Als von links ein Geräusch kam, gefolgt von Geflüster, hielt John inne, und auch Trent blieb, wo er war.

John konnte eine Frauenstimme und einige Männerstimmen ausmachen. Die Frau hätte Cosima sein können. Langsam schlich er mit Trent im Rücken näher und spähte dann vorsichtig um die Ecke. Das warme Licht im Eingangsbereich reichte nicht aus, um die fünf Gestalten komplett sichtbar zu machen, die dort links und rechts einer Doppeltür lauerten.

Es war eine Falle. John fragte sich nur, warum sie sich nicht hinten … Ein Piepsen drang von den Fremden zu ihm. Sie wandten sich sofort um und starrten in seine Richtung.

John zog den Kopf zurück und konnte nur hoffen, dass die Leute ihn wegen der Dunkelheit hier hinten nicht gesehen hatten. Es war nicht Cosima. Sie hätte allein auf ihn gewartet, und ihre Leute hätten sich verteilt.

John gab Trent einen Wink, und sie schlichen rasch in Richtung Hintertür, während er die Schritte der Fremden vernahm.

Da wurde die Hintertür aufgerissen, und im Licht der Lampe, die draußen über der Tür leuchtete, sah John zwei Bewaffnete, die erstarrten, stutzten und sicherlich gleich schießen würden.

John riss Trent zu Boden, und im gleichen Augenblick zischten Blitze über sie hinweg – Betäubungsblitze. Trent kroch bereits einem Seitengang entgegen, und John schloss sich ihm an.

Kaum hatten die Männer an der Tür das Feuer eingestellt, erwischte John etwas am Unterschenkel, doch er kroch weiter, und in dem Seitengang erhob er sich, spürte ein leichtes Stechen im Bein und lief hinter Trent her.

An der Kreuzung am Treppenhaus wies er Trent nach unten, während er nach oben lief. Wieder ging ein Zischen durch die Luft, und ein Blitz schlug in die Wand ein. Von Trent hörte John nur noch die Schritte. Er hielt inne und spähte über das Geländer hinab.

Johns Bein juckte, und er wollte gerade nachschauen, was ihn dort getroffen hatte, da bewegten sich unten im Erdgeschoss die Schatten. So richtete er sich auf und lief mit lauten Schritten weiter. Er wollte, dass sie ihm folgten und nicht Trent. Die Rufe, die auf ihn hier oben hinwiesen, beruhigten ihn, auch wenn er nun einen Schritt zulegen musste, um an Boden zu gewinnen, während seine Verfolger stampfend die Treppe heraufkamen.

Im dritten Stock lief John um die Ecke, folgte dem schwach durch die Bodenleisten erleuchteten Gang, sprintete in einen breiten Flur und hielt in der Mitte des Stockwerks in der Hoffnung an, in einen Transporter einsteigen zu können. Doch er musste feststellen, dass die Anzeige auf dem Display rot leuchtete. Der Transporter war außer Betrieb.

Sein Unterschenkel brannte und ließ ihn aufstöhnen. Er bückte sich, sah das von Blut umkränzte Loch in seiner Hose, schob sie hoch und legte eine blutende Wunde frei. Die verbrannte Haut um die aufgeplatzte Stelle deutete darauf hin, dass ihn ein Laserstrahl getroffen hatte.

Das Geräusch nahender Schritte brachte John dazu, sich wieder aufzurichten, und trieb ihn weiter den Gang entlang. Er bog gerade um die Ecke, während das Knistern auf dem Gang anschwoll und das Zischen durch die Luft ging. Der Blitz schoss an ihm vorbei und zertrümmerte eine Fensterscheibe.

John machte keine Pause, sondern sprintete weiter. Da traf ihn etwas Hartes am Kopf. Er geriet ins Taumeln und sah, wie ein Schatten an ihn heranzog. Dann lag er am Boden, und ein Licht strahlte ihm ins Gesicht.

»Glück gehabt!«, sagte eine Männerstimme. »Er ist es.«

John wollte sich aufrichten, doch ein Tritt in die Seite und einer in den Magen stoppte mit stechenden Schmerzen jede Bewegung.

»Hör mal, Glennscaul!«, sagte eine kehlige Frauenstimme, die ihm überhaupt nicht bekannt vorkam. »Wir können dich auch mit dem Betäubungsgewehr bearbeiten. Das tut schön weh. Oder sollen wir dir gleich den Kopf wegblasen?«

»Ist ja gut«, erwiderte John und hustete.

»Der große John Glennscaul geht uns so leicht ins Netz«, sagte sie. »Keine Ahnung, warum Cosima so große Probleme mit dir hatte.«

John plagten allerlei Fragen. Wer waren diese Leute? Wie

waren sie an Cosimas Patch gekommen? Was würden sie mit ihm machen?

Die Frau beugte sich zu ihm herab. Im Lichtschein konnte er ihr langes Gesicht sehen, und das halblange weiße Haar. »Wenn das nicht der Beweis ist, dass eure Zeit abgelaufen ist und die neue Zeit uns gehört!« Sie kicherte leise. »Ohne deine Leute bist du nur ein jämmerlicher kleiner Niemand.«

Sie verloren kein Wort über das Modul, sondern ließen es so klingen, als wären sie eine dritte Partei. »Wo ist Cosima?«, fragte John röchelnd.

»Da, wo du auch bald sein wirst. Die Ära von John Glennscaul und Cosima Amberson endet bald. Wir werden nicht zulassen, dass eure Dummheit uns ruiniert.«

»Dann gehört ihr zu Amberson Unbound?«, fragte John.

»Aber natürlich«, antwortete die Frau. »Oder hast du wirklich geglaubt, Cosima hier anzutreffen?«

»Was habt ihr mit ihr gemacht?«

Die Frau lachte und äffte ihn dann nach: »Was habt ihr mit ihr gemacht?« Sie schüttelte den Kopf. »Ich werde dir sagen, was wir mit ihr gemacht haben. Das Gleiche, was wir mit dir machen. Und dann könnt ihr Händchen halten, bis wir euch an Kempinski ausliefern. Du glaubst ja nicht, was für eine Belohnung auf eure Köpfe ausgesetzt ist.«

John wollte ihr etwas entgegnen, sie fragen, wie sie nur ihre alte Chefin verraten konnte, nach allem, was sie für den Konzern getan hatte. Aber er wusste nicht nur, dass es keinen Zweck hatte, es stand ihm auch nicht zu, die mangelnde Loyalität von Cosimas Leuten anzuprangern. Er schaute die Frau und die Männer, deren Gesichter im Halbschatten lagen, ungläubig an.

So schnell konnte das Vertrauen schwinden. Als Cosima und er noch hier das Sagen gehabt hatten, hätte er sich gewünscht, irgendwer hätte seine Rivalin gegen eine Belohnung ans Messer geliefert. Aber Cosimas Leute waren ihr damals treu ergeben gewesen. Und das alles war weggebröckelt – in nur zwei Jahren.

Die Männer zogen ihn auf die Beine, und einer von ihnen tastete ihn mit einem Scanner ab und wies an ihm hinunter. Sie entdeckten seine Beinwunde und klebten einen Medi-Patch darauf.

»Siehst du, Glennscaul«, sagte die Frau, als der kühlende Effekt des medizinischen Moduls ihm die Schmerzen nahm. »Wir passen gut auf dich auf.« Sie strich ihm über die Wange. Als John den Kopf zur Seite wandte, um der Berührung zu entgehen, versetzte sie ihm einen Schlag mit der flachen Hand.

Er schaute sie direkt an und wäre am liebsten auf sie losgegangen.

»Was ist?«, fragte sie.

»Wie heißt du?«, erwiderte er und bemühte sich, ruhig zu atmen.

Ihre schmalen Lippen formten ein weites Lächeln. »Jeanine Lyden.«

»Lyden? Von Lyden Uncharted?«, fragte John. Die Lydens waren eine kleine Familie von Piraten, die peinlich genau darauf geachtet hatten, Cosima und John nicht in die Quere zu kommen. »Jeanine«, sagte er. »Du bist die kleine Schwester von Farrah.«

Das Lächeln auf Jeanines Gesicht verging. »John Glennscaul. Vor ein paar Jahren wären meine Knie in deiner Anwesenheit noch weich geworden. Meine Schwester hat mir viel von dir erzählt.«

John schüttelte den Kopf. »Warum machst du das, Jeanine? Deine Schwester …«

»Meine Schwester ist nicht hier. Meine Schwester – sie hält mich für ein Kind. Randell hingegen …«

»Randell Barickman?«, fragte John erstaunt. »Willst du mir ernsthaft einreden, dass Barickman jetzt das Sagen hat?«

»So ist es. Und …«

»Vergiss es«, sagte John. »Führt mich ab!« Es gab nichts weiter zu besprechen. Wenn Randell Barickman die Befehle gab, wunderte ihn gar nichts mehr.

Jeanine gab ihren Männern einen Wink, und damit machten sie sich auf den Weg.

»Was ist mit dem anderen?«, fragte einer der Männer.

»Wir haben, was wir wollten«, antwortete Jeanine.

* * *

Endlich öffnete sich die Tür. Cosima erhob sich und wartete, wer eintreten würde. Ein Mann stolperte herein und fiel zu Boden. John! Er stöhnte vor Schmerz, und seine Hose war am rechten Unterschenkel blutbefleckt; man hatte ihm offenbar ins Bein geschossen. Durch das Loch jedoch konnte sie deutlich das grüne Leuchten eines Medi-Patches erkennen.

John hatte keine Ahnung, wo sie ihn hingebracht hatten. Vielleicht hätte er im Transporter nicht so störrisch sein sollen. Das hätte ihm einige Schläge erspart.

Cosima konnte es nicht glauben. »John«, sagte sie. »So schnell?«

»Dein verfluchtes Patch, Cozy!«, erwiderte er und stöhnte erneut wegen der Schmerzen in der Seite auf. Dann setzte er sich auf den Boden. »Jeanine Lyden hat mich gefasst.«

Cosima nickte. »Sie arbeitet für Randell. Vor unserem Kampf auf der *Vanya-17* hatte ich Kontakt zu Farrah. Ich wollte Jeanine zu uns holen.«

»Du wolltest eine Allianz zwischen dir und Lyden Uncharted?«

»Ja. Und das habe ich nun davon.«

John erhob sich wieder und quälte sich weiter in den Raum hinein. Er schaute sich um. »Gemütlich, wirklich gemütlich.«

»Komm!«, sagte Cosima und führte ihn zu vier Matratzen, die am Boden lagen. Cosima hatte zwei davon gestapelt und gegen die Wand geschoben.

John lachte. »Ohne Couch geht's nicht, oder?«

»Nein«, sagte sie und bot ihm einen Platz an.

Sie setzten sich, und John strich sich über die Stirn. »Allmählich gewöhne ich mich ja daran, mit dir gefangen zu sein. Und das ist vermutlich nicht gut.«

»Keine Sorge, John. Wenn sie uns ausgeliefert haben, werden sie uns schon trennen. Isolationshaft. Da hast du Ruhe vor mir – und ich vor dir.«

»Ich kann es kaum erwarten. Lieber allein irgendwo feststecken als schon wieder mit dir.« Er sagte es zwar, aber tatsächlich war er froh, hier nicht allein festzusitzen.

»Schön, dass wir einer Meinung sind«, erwiderte Cosima, und auch sie war erleichtert, dass jemand da war, der ihre Situation teilte. »Der Gedanke, dass du nach unserer Trennung in Einzelhaft sein wirst, wird mir die Zeit versüßen.«

John lachte. »Dreht sich eigentlich alles in deinem Kopf um mich, Cozy? Ich wäre wirklich enttäuscht, wenn es so wäre.«

»Dieses beschissene Universum hat was dagegen, dass ich dich vergesse, John. Immer wieder landest du direkt vor meiner Nase.«

»Soll ich dir was gestehen?«, fragte John leise.

»Oh nein! Nicht.«

»Du bist eine Plage. Aber bei all den Schwierigkeiten, die wir jetzt haben, kommt mir die Zeit auf der *Vanya-17* immer mehr wie ein Urlaub vor.«

Cosima nickte. »Es war nicht schlecht. Und hätten wir nicht Regel Nr. 1 gebrochen, könnte ich vielleicht mit Nostalgie auf diese Zeit zurückblicken.«

»Wenn wir das ausblenden, können wir das vielleicht.«

»Vielleicht können wir irgendwann über unseren Ausrutscher lachen.«

»Ich habe es schon beinahe vergessen«, sagte John und merkte selbst, wie schlecht er wieder einmal gelogen hatte.

»Na klar«, entgegnete Cosima. »*Natürlich* hast du *das* vergessen.«

»Nein, das könnte ich nicht vergessen. Aber es erscheint mir fast wie ein Traum.«

»Ich weiß, was du meinst. Und weißt du, was das Jämmerliche ist?«

John schüttelte den Kopf.

»Dass wir, als es richtig hätte losgehen sollen, aufgehört haben. Ich finde, das ist schlimmer als der Ausrutscher an sich.«

»Wirklich? Ich dachte, wir hätten uns darauf geeinigt, dass es vielleicht die klügste Entscheidung gewesen ist, die wir je getroffen haben.«

»Haben wir. Aber wir hatten nichts von diesem Ausrutscher.«

John schüttelte den Kopf. »Hätten wir es zu Ende gebracht, wäre es wie ein süßes Gift gewesen. Du kostet es aus, und dann bereust du es. So aber war es, als hätten wir nur an diesem Gift gerochen.«

»Dann erklär mir eins«, sagte Cosima. »Warum war da kein Anflug von Gewalt zwischen uns. Leidenschaft, ja. Aber keine Gewalt. Nachdem du mich beim Kampf fast erwürgt hattest, ist es doch merkwürdig, dass da keine Spur von Gewalt war.«

»Du dachtest, du hättest mich um den Finger gewickelt, Cozy.«

»Überhaupt nicht. Darüber hätte ich mich vermutlich gefreut.«

»Ich weiß es einfach nicht, Cosima. Ich weiß nicht mal so richtig, warum wir uns dazu haben hinreißen lassen. Vielleicht waren wir an dem Tag tatsächlich einfach nur froh, unsere Arbeit gut gemacht zu haben. Jedenfalls warst du für diesen Moment keine Feindin. Es war, als wäre ich in dem Augenblick aufgewacht und hätte mich voller Lust auf dich eingelassen. Dann aber kam die Erinnerung an alles, was uns trennt.«

»Und dann kommt der Hass zurück.« Cosima nickte. »Bereust du, mir nicht wehgetan zu haben?«

»Ich könnte dir die gleiche Frage stellen. Auch du hättest mir wehtun können.«

Cosima nickte. »Dein Gesicht, als du gemerkt hast, dass du gerade dabei warst, mit deiner Todfeindin zu vögeln. Dieses fassungslose Gesicht! Du hast dich geekelt. Es war, als könntest du nicht glauben, dass du liebevoll zu mir gewesen bist. Als würdest du bereuen, mich nicht vergewaltigt zu haben.«

»Wenn du das glaubst, hast du gar nichts verstanden. Glaubst du, nach allem, was wir durchgemacht haben, könnte ich das?«

John dachte an Nerina; Cosima dachte an Nerina.

»Ich habe keinen Augenblick bereut, dir nichts angetan zu haben«, sagte John. »Es war, was es war. Ein leidenschaftlicher Fehler.«

»Du willst mir sagen, dass du keinen Augenblick daran gedacht hast, mir wehzutun?«

»In der Situation nicht.«

»Du lügst.«

»Hast *du* etwa daran gedacht?«

»Ein paarmal. Ich dachte: *Jetzt könnte ich ihm mit meinen Schenkeln das Genick brechen.*«

John lächelte. »Aber du hast es nicht getan.«

»Du hattest schließlich ein Druckmittel.«

»Bewundernswert, wie rational du da warst. Meine Leute hatten damals wohl recht: Du bist eine kalkulierende Schlange.«

»Und *du* belügst mich.«

»Du weißt doch, dass ich kein guter Lügner bin.«

»Ich habe nach dem, was du bei Yuka abgezogen hast, noch meine Zweifel.«

»Cozy, die Wahrheit ist und bleibt, dass ich den Augenblick genossen habe – mehr, als mir guttut.«

»Und der Ekel? Kam der, weil du mich so sehr hasst?«

»Das war Selbstekel.«

Cosima schüttelte verständnislos den Kopf. »Warum?«

»Wegen Nerina.«

Cosima hielt die Luft an.

Johns Lippen zitterten.

Langsam sagte Cosima: »Wenn du mir jetzt sagst, dass du doch dabei warst, als dein Onkel und die anderen Nerina fertiggemacht haben, dass du auch nur untätig da herumgestanden hast, dann töte ich dich hier und jetzt.«

»Nein, Cosima. Es war so, wie ich es dir gesagt habe. Ich hatte nichts damit zu tun. Als ich dazukam, war es schon zu spät.«

Mit drohender Stimme sagte Cosima: »Hast du wegen Nerina Schuldgefühle? Berechtigte Schuldgefühle?«

»Ja«, sagte er leise.

»Wenn da auch nur ein Hauch von echter Schuld ist, John, bist du ein toter Mann.«

»Ich war damals auf der *Vanya-17* schon tot. Ich ließ von dir ab. Und alles, was du hättest tun müssen, war, es zu Ende zu bringen.«

Cosima stutzte. »Nur wegen Nerina?«

John schluckte, dann nickte er.

»Was hast du getan?«, fragte sie voller Zweifel.

Er schüttelte den Kopf. »Es war alles so, wie ich es dir damals erzählt habe. Du warst da. Du hast es gesehen. Ich habe dir meinen Onkel vor die Füße geworfen.«

»Und mich zu einer Mörderin gemacht.«

»Der einzige Grund, warum ich es nicht selbst getan habe, war, weil ich das Gefühl hatte, dass dir die Entscheidung über Wards Leben zustand.«

»Du hast mir nie genau erzählt, wie es damals abgelaufen ist.«

John erzählte von den Plänen, die sein Onkel seinerzeit gefasst hatte. Cosima war gerade bei ihrem Schattenkonzern an die Macht gekommen, und Johns Onkel hatte sich auf Verhandlungen eingelassen, um den Schattenkrieg endlich zu beenden. »Ich dachte zum ersten Mal, dass ich vielleicht damit leben könnte, meinen Onkel an der Spitze unserer Familie zu haben. Er schickte mich zu den Verhandlungen, und dann, als eigentlich alles klar war, schlug er zu. Trent machte mich darauf aufmerksam, dass mein Onkel etwas plante. Also spürte ich ihn auf. Und was ich da sah …« Er schüttelte den Kopf.

»Dann war sie noch am Leben, als du dazukamst?«

John schüttelte den Kopf und atmete weit aus. »Sie war schon tot. Aber mein Onkel und die anderen Schweine verspotteten sie und schlugen auf sie ein.«

»Warum, wenn sie doch tot war? Das hast du mir damals verschwiegen.«

»Sie machten das für das Video, das sie aufzeichneten. Das war für dich gedacht. *Dir* wollten sie eine Botschaft schicken.«

Cosima starrte ihn ungläubig an. »Ich habe all die Jahre darauf gewartet, dass sich Reue für den Mord an deinem Onkel einstellte. Aber da ist nichts. Bei vielen anderen, die ich auf dem Gewissen habe, kamen Schuldgefühle. Nicht so bei ihm.«

»Es liegt nicht an dir, sondern an Ward. Das Schwein hat keine Schuldgefühle verdient.«

»Trotzdem.«

»Ich bin erstaunt. Cozy, die große Verbrecherin, hat Mitleid mit ihren Opfern.«

»Arschloch! Verstehst du es denn nicht? Weil ich deinem Onkel Spielraum gewährt habe, ist Nerina tot. Ich hätte mich an unsere Abmachung erinnern sollen. Ich hätte dir an die Spitze von Glennscaul Unlimited helfen sollen. Aber kaum war ich oben, war ich ein anderer Mensch.«

John erinnerte sich an die Zeit, als er gerade seine Position als Grande gefestigt hatte. »Du schaust in den Spiegel und merkst, dass du das, was du als Teenager noch geglaubt hast, nicht mehr glaubst. Natürlich ist das eine Lüge. Denn im Spiegel siehst du nur jemanden, der alles verraten hat, wofür du früher gestanden hast, und der sein Versagen irgendwie rechtfertigen will.«

»Du warst mein Spiegelbild, John. Als du deine Finger von meinem Hals genommen hattest, hätte ich dich fast getötet. Aber dann hast du mich weggestoßen. Als ich wieder auf den Beinen war, wollte ich auf dich losgehen und dich fertigmachen, aber dann erinnerte ich mich an damals, als wir im *Galactic Requiem* über die Oberen unserer Konzerne gelästert haben und von Idealen sprachen.«

John nickte. »Rivalität statt Feindschaft.«

»Ja. Und als ich dich hätte töten können, tat ich es nicht. Eine Erinnerung hielt mich zurück. Und jetzt weiß ich, was nicht stimmt. Ich bin zu dem geworden, was wir früher verachtet haben.«

»Das heißt, unsere Zeit damals in den Clubs hat mir letztlich auf der *VANYA-17* das Leben gerettet?«

»Uns, John. Sie hat uns beiden das Leben gerettet. Ich frage mich, ob wir unsere Fehler korrigieren können – ob wir zumindest zu unseren Idealen zurückkehren können.«

»Aber das sind wir doch schon. Wir sind keine Feinde mehr. Und das ist gut. Aber natürlich stimmt es: Die Macht hat uns korrumpiert, unsere Prioritäten komplett vernebelt. Wir können es einfach nicht lassen. Wären wir klüger, hätten wir uns nicht auf die Kempinski-Sache eingelassen.«

Cosima biss sich auf die Lippen und nickte. »Schöne Scheiße«, flüsterte sie. Sie zweifelte inzwischen daran, dass Spencer, Amy und Dominik irgendetwas gegen Randell Barickman und seine Leute ausrichten konnten.

John schaute zur Decke. »Ich wünschte, ich könnte alles hinter mir lassen und irgendwo ganz von vorne anfangen.«

Cosima lachte bitter. »Solltest du hier rauskommen, wirst du das müssen. Du hast jetzt hier mehr Feinde, als dir guttut. Du kannst also endlich deinen Traum wahr machen und dir auf dem Titan was Neues aufbauen.«

»Und du? Du wirst Barickman nicht davonkommen lassen, oder?«

»Ich habe mir Amberson schon einmal wieder geholt. Es wird mir auch ein zweites Mal gelingen. Ich werde bleiben.«

John nickte langsam. »Dann weiß ich wenigstens, dass du

mir da draußen nicht in die Quere kommst. Vorausgesetzt …«

»Was?«, fragte sie lächelnd.

»Vorausgesetzt, du hast nicht irgendwann genug von mir und meinen Eskapaden und tötest mich.«

»Irgendwann, lieber Alfie, werde ich vielleicht dein Tod sein. Irgendwann. Aber im Augenblick eilt es nicht. Außerdem … haben wir noch ein Paket abzuholen. Und dazu muss dein Körper die offiziellen Anzeichen des Lebens besitzen.«

Sie lachten, dann aber schwiegen sie mit ernsten Mienen, und beide dachten an Nerina. Nach Minuten der Stille strich sich Cosima über den Mund und sagte dann schließlich: »Darf ich dich noch was fragen?«

»Alles, Cozy«, sagte er leise.

Cosima wollte ihn nach dem Video fragen, das Johns Onkel aufgenommen hatte, aber nun wagte sie es nicht. Also wich sie auf eine Frage aus, die nie ihre Wirkung verfehlte. »Was war damals auf der *Ornament*? Du und die Sexbot-Piraten. Da muss doch was gelaufen sein.«

John machte ein gequältes Gesicht. »Dass du das immer wieder ansprechen musst. Da ist nichts passiert. Glaub mir!«

»Auch nicht zwischen dir und Captain Ariadna?«

»Vor allem nicht zwischen mir und Ariadna.«

Sie wich seinem Blick aus.

»Moment mal«, sagte er und stutzte. »Du benutzt diese Sexbot-Piraten-Geschichte immer, wenn du ablenken willst. Das ist es.«

Cosima schluckte. Dem konnte sie nicht widersprechen.

»Du wolltest was fragen und hast kalte Füße bekommen«, sagte John.

»Du irrst dich.«

»Nein, nein«, entgegnete er und schüttelte den Kopf langsam. »Was *wolltest* du fragen?«

Cosima atmete durch, schloss die Augen, und als sie sie

wieder öffnete, sagte sie: »Das Video, das dein Onkel aufgenommen hat – hast du es gesehen?«

John schaute sie fassungslos an, dann wich er ihrem Blick aus. Und immer, wenn er wieder zu ihr zurückschaute, warteten da ihre braunen Augen auf ihn.

»Du hast es also gesehen«, sagte sie.

John nickte. Dann wischte er sich die Tränen ab und schaute in das überraschte Gesicht Cosimas. »Ich wünschte, ich hätte es nicht getan.«

»Existiert es noch?«

»Ja.«

»Dann möchte ich es auch sehen.«

»Glaub mir: Das willst du nicht. Erspar dir den Schmerz. Es würde dir nichts bringen. Im Gegenteil. Sie haben es nur aufgenommen, um dir wehzutun. Mich hat es erschüttert, dich aber würde es zerstören.«

»Ich will es sehen«, wiederholte sie.

»Ich werde dir nicht im Weg stehen. Ich habe es auf einer eigenen Card gespeichert und in einem Archiv hinterlegt. Wenn wir das hier überleben und wir wieder halbwegs sicher sind, hole ich es und gebe es dir.«

»Und wenn du stirbst?«

»Das Archiv wird dir in dem Fall eine Nachricht schicken und dich informieren, dass ich dir etwas hinterlassen habe. Eine Erklärung und die Card mit dem Video.«

»Warum hast du es nicht gelöscht?«

»Weil es nicht an mir ist, die Entscheidung zu treffen, ob du es dir anschaust oder nicht. Ich kann dir nur davon abraten.«

»Ich werde es mir gut überlegen.« Sie tastete nach seinem Arm. »Danke, John!« Sie drückte seine Hand, und dann strich sie ihm über die Wange. »Danke, dass du es nicht als Waffe gegen mich eingesetzt hast!«

Als sie ihre Hand zurückzog, nickte John nur. Ihm war nie in den Sinn gekommen, ihr das Video als eine Art psychologischen Sprengsatz zu schicken. Ja, er hatte sie gehasst, aber so weit wäre er nie gegangen, um einen Sieg davonzutragen.

»Danke, John!«, wiederholte Cosima.

John war wie gelähmt, denn die Erinnerung an das, was auf dem Video zu sehen war, traf ihn immer noch, als hätte er es eben erst gesehen: sein Onkel und dessen Kumpane, wie sie Nerina mit Schlägen und Tritten in die Halle trieben, ihr die Kleider vom Leib rissen und sich einer nach dem anderen über sie hermachten und sie dabei schlugen und bespuckten. Während Johns Onkel in die Kamera starrte und wieder und wieder Cosima beschimpfte, brachen Nerinas Schreie ab. Sie war bewusstlos, und trotzdem hörten sie nicht auf. Einige von ihnen prügelten sie sogar mit Stöcken auf den Rücken, während sie vor seinem Onkel auf dem Tisch lag. An welcher Stelle sie gestorben war, wusste John nicht. Aber an den Daten hatte er ablesen können, dass er genau 25 Minuten und 47 Sekunden nach dem Start des Videos dazugekommen war.

Dass auf dem Video seine Morde zu sehen waren, kümmerte ihn nicht. Er fühlte weder Mitleid mit diesen Bestien, noch plagte ihn die Schuld. Sich selbst auf dem Video gesehen zu haben, wie er seinen Onkel verprügelte, wühlte ihn nach wie vor auf. Die Verzweiflung, mit der er vor Nerinas Leiche stand und sein fassungsloser Blick, als er den Patch an dem Pfeiler entdeckt und direkt in die Kamera geschaut hatte – das schlich sich nach all der Zeit noch in seine Albträume.

Er glaubte fest an das, was er gesagt hatte: Ihn hatte das Video erschüttert, Cosima aber würde es zerstören.

Von Freunden und Feinden

Die Luke öffnete sich vor Yuka, und überraschend frische Luft drang ihr von draußen entgegen. Sie verließ die Fähre und betrat durch die Schleuse die breite Halle, die sich hier am Rande des Raumhafens entlangzog.

Janise Thorpe, Kempinskis Assistentin, erwartete sie am Übergang zur Empfangshalle. In ihrem mintfarbenen Hosenanzug, mit ihrem feuerroten Haar, einem gleichfarbigen Lippenstift und den orangefarbenen Brillenschirmen, die vor ihren Augen schwebten, machte sie wie immer einen faszinierenden Eindruck.

Trotz allem, was geschehen war, begrüßte Ms. Thorpe sie mit einem liebenswürdigen Lächeln und einer angedeuteten Verbeugung und führte sie nach draußen, wo ihnen das Ambiente-System mit hellem Licht einen Frühlingsmorgen präsentierte. Hier in der Stationsmitte war es immer Tag; die gewaltige Scheibe im Zentrum des Gebäudewalls, der die Grenze zur Vorderstadt bildete, spendete ununterbrochen Licht. So war die Stationsmitte der Ort, der niemals schlief. Laut der Nachrichtenwand, die sie passierten und auf der gerade ein Bericht über das Urlaubsziel Triton lief, war es nun 8 Uhr 16.

»Es tut mir leid, Ihre Zeit damit verschwendet zu haben, die Särge der Crew unserer beiden Granden zu beobachten.«

Yuka nickte. Sie hatte sich gesträubt, die Särge zu verfolgen. Es war ekelhaft, sich bei den Toten in der Hoffnung auf die Lauer zu legen, dass jene, die man suchte, dort erschienen. Dennoch hatte sie nach dem Gespräch mit Desmond

Coffield von der Carrender-Foundation keine andere Wahl gesehen, als sich darauf einzulassen. Kaum aber hatten ihre Leute, allen voran Teodor, die Wege der Särge in die Nekropole verfolgt, hatte sich Janise Thorpe gemeldet und ihr berichtet, dass Amberson Unbound die beiden Granden gefasst habe. Glennscaul Unlimited sei inzwischen kaum mehr als eine winzige Immobiliengesellschaft, und man habe John, der über keinen Schutz mehr verfügte, leicht in eine Falle locken können. Cosima hingegen war von den eigenen Leuten in ihrem eigenen Haus gefangen genommen worden. All das musste die beiden Granden erschüttert haben.

Was für John und Cosima ein Fiasko gewesen war, sollte nun für Yuka die Wende bringen. Sie hätte erleichtert sein sollen, doch nichts an dieser Situation nahm die geringste Last von ihr. Kempinski erwartete von ihr, dass sie in seinem Namen mit der Führung von Amberson Unbound verhandelte und mit den beiden Granden zu ihm zurückkehrte.

Yuka hatte das Gefühl, auf dem Weg in ein Löwengehege zu sein, ohne das Für und das Wider erwogen zu haben. »Liegt das Hauptquartier von Amberson Unbound in der Vorder- oder in der Hinterstadt?«, fragte sie.

»In der Vorderstadt«, antwortete Janise Thorpe und wies auf einen grauen Wagen mit gewölbten Fenstern, dessen Türen sich von der Mitte weg öffneten. Sie stieg in die Kabine, in der es nach Kaffee roch, und erblickte Nelson Kempinski.

»Captain Manderton«, sagte er und lehnte sich zurück. Yuka wunderte sich über den harmlosen Ton. Er bot ihr sogar einen Kaffee an. Sie lehnte dankend ab und nahm neben Kempinski Platz.

Als Janise Thorpe sich ihnen gegenüber hingesetzt hatte, schloss sich die Tür, aber der Wagen verharrte noch.

»Das Treffen findet im Hauptquartier von Amberson Unbound statt«, erklärte Kempinski, aber das wusste Yuka bereits.

Kempinski wies einladend auf seine Assistentin. Diese

nickte und sagte: »Sie werden ab dem Chatwood-Platz eskortiert. Unsere Leute werden für Ihren Schutz sorgen. Ein Shuttle wird Sie hinfliegen und wieder mitnehmen.«

»Mit dem Shuttle bringen Sie mir Amberson und Glennscaul«, sagte Kempinski, und endlich setzte sich der Wagen in Bewegung.

»Warum ich, Sir?«, fragte Yuka.

»Weil Sie die beiden kennen. Sie haben bei der Carrender-Foundation alles zu verlieren. Für Sie steht alles auf dem Spiel. Und Sie haben den beiden, ohne es zu wissen, ein Alibi verschafft. Das heißt, die hatten Komplizen, die Sie noch aufspüren müssen.«

»Und falls sie unschuldig sind? Die Spuren sind noch nicht ausgewertet.«

»Dann können wir sie immer noch freilassen. Aber sie vertrauen Ihnen.«

»Das hat die beiden nicht daran gehindert, mich wie einen Trottel aussehen zu lassen.«

»Sie können noch einen Rückzieher machen. Ich dachte nur, dass Ihnen dieser kleine Gefallen helfen würde. Ich könnte bei Carrender ein gutes Wort für Sie einlegen.«

»Ich werde es natürlich machen, Sir. Ich bin schließlich auch neugierig. Die beiden wissen etwas. Ich glaube aber nicht, dass sie das Modul gestohlen haben.«

»Wenn sie es nicht waren, hat irgendwer Spuren gelegt, die auf sie verweisen. Und sie wussten das. Sie sind allzu schnell geflohen.«

Yuka nickte und schaute nach draußen. Sie hatten gerade die Schleuse zwischen Stationsmitte und der Vorderstadt hinter sich gelassen und passierten die Chrissomallis-Konzerthalle, die weit über Pandaros-3 hinaus bekannt war. Auf dem Vorplatz landete ein Shuttle neben einer jubelnden Menschenmenge. Yuka wusste nicht, wer das war, aber sie beneidete sowohl die Leute, die dort jubelten, als auch jene, die dort gelandet waren. Sie überlegte, ob sie auf ihrem Patch nachschauen sollte, wer dort gekommen war, aber sie entschied sich dagegen. Sie wollte sich hier vor Kempinski und Ms. Thorpe keine Blöße geben.

Yuka mochte Pandaros-3. Hier meinte man es mit der Freiheit noch ernst, hier schützte einen die Vielfalt vor den Zwängen der Einfältigen. Hier kamen die Menschen aus allen Ecken des Sonnensystems und den übrigen Kolonien zusammen. Sie sah Frauen und Männer mit Turmfrisuren und der bunten Kleidung, die vom Triton stammen mussten. Und dort kamen Touristen von der Erde in ihren kurzen Hosen, den Kappen und den Shirts, auf denen sie unbedingt ihre Herkunft preisgeben mussten. Einige von ihnen blieben stehen und schauten sich nach einer Frau mit kahl rasiertem Schädel in einem langen Mantel um, die vom Titan hätte stammen können. Sie ging Seite an Seite mit einem langhaarigen Mann, der ein buntes Patchwork-Hemd trug. Und sie blieben stehen und küssten sich, nur um dann an einen Anzugträger in ihrem Alter heranzutreten und ihn zu umarmen.

Die Station an sich wirkte mit ihren Straßen und Gebäuden bei oberflächlicher Betrachtung wie eine Stadt auf der Erde oder auf dem Mars. Hob man aber den Blick in die Höhe, sah man in einen Himmel, der nichts anderes war als die andere Seite der Station, die sich zu ihnen herabwölbte.

Yuka war auf kleineren rotierenden Stationen gewesen, bei denen es keine Straßen gegeben hatte, sondern nur Fußwege, die sich krümmten. Pandaros-3 war jedoch so groß, dass man auf der Hauptstraße weit vorausschauen musste, um zu erkennen, dass sie sich langsam anhob und in der Ferne senkrecht zu verlaufen schien. Wenn man nach oben schaute, konnte man sogar anhand der Bauweise erahnen, dass genau über einem die Hauptstraße weiter verlief.

Eine Straßenbahn überholte sie zur Linken, und einige Kinder winkten ihr entgegen. Da merkte Yuka erst, dass die Fenster weder gespiegelt noch getönt waren. Lächelnd winkte sie zurück.

Der Wagen bog in eine Seitenstraße ab, und zur Rechten weitete sich ein bereits breiter Gehweg allmählich zu einem Platz aus, dem Chatwood-Platz, auf dem reges Treiben herrschte. Vier große Bauten mit breiten Ein- und Ausgängen neigten sich ihnen entgegen. Das Gebäude in der Mitte, dessen Eingangshalle ein Glasquader war, musste die Transporterstation sein. Unzählige Anzugträger schwärmten hier zu ihrer jeweiligen Arbeit aus.

Der Wagen hielt, und die Türen öffneten sich.

»Enttäuschen Sie mich nicht, Captain«, sagte Kempinski.

»Ich bringe Ihnen die beiden. Und wer auch immer noch hinter der Sache steckt, wird nicht vor mir sicher sein.«

Kempinski lächelte, lehnte sich dann aber zurück und beachtete sie nicht mehr.

Janise Thorpe stieg mit ihr aus dem Wagen, und sofort schlossen sich die Türen. Kempinski ging zwar nicht mehr wie ein wilder Eber gegen sie vor, aber seine Unzufriedenheit war nach wie vor zu spüren. Und Yuka konnte es ihm nicht einmal übelnehmen.

Acht Personenschützer, die im Wagen hinter ihnen gefahren waren, näherten sich nun und führten Yuka und Ms. Thorpe über den Platz zu den Flugtaxis.

»Ich bewundere Sie, Captain«, sagte Janise Thorpe, während sie an der Schlange, die sich vor den Taxis gebildet hatte, vorbeigingen und auf ein reserviertes Shuttle zusteuerten.

»Tatsächlich?«, fragte Yuka.

»Ich versichere Ihnen, dass Mr. Kempinski Sie auch schätzt. Und seine Laune in den letzten Tagen ist nur durch den Verlust zu erklären. Wenn Sie Ihre Arbeit gut machen, wird er Ihnen helfen.«

»Und wenn nicht?«

Ms. Thorpe blieb stehen. »Dann werden Sie allein gegen die Carrender-Foundation stehen«, sagte sie und reichte ihr die Hand. »Ich wünsche Ihnen alles Gute.« Das Bedauern in ihren Augen überraschte Yuka. Sie drückte der Assistentin die Hand und sagte: »Kempinski kann sich glücklich schätzen, jemanden wie Sie zu haben.«

»Vor ein paar Tagen hätte ich ein solches Lob für ein Jobangebot gehalten«, sagte Ms. Thorpe.

»So schnell können sich die Dinge ändern«, erwiderte Yuka. Sie verabschiedete sich, und mit der Hälfte der Leibwächter näherte sie sich dem Shuttle und schaute dann zu Janise Thorpe zurück. Sie stand da und ein offener Ausdruck des Bedauerns stand ihr ins Gesicht geschrieben.

Yuka fragte sich noch immer, warum Kempinski sie für diese Verhandlungen ausgewählt hatte. Sie hätte es Janise Thorpe ebenso zugetraut. Vielleicht hatte ihr Wutausbruch an Bord der *Inanna*, dessen Zeuge er geworden war, ihn beeindruckt. Sie wusste es nicht, aber sie konnte dieser Lage nicht entfliehen. Kempinski war für seine Fähigkeit bekannt, die richtige Person für den jeweiligen Job zu finden. Anscheinend hielt er sie für qualifiziert. Verhandeln, das konnte sie. Aber mit Schattenkonzernen – mit echten Verbrechern? Das war eine gewaltige Herausforderung. Denn sie rechnete nicht damit, dass jene, die Cosima und John gefangen hatten, so zugänglich sein würden, wie die beiden Granden es auf der *Inanna* gewesen waren. Aber sie war bereit, sich vom Gegenteil überzeugen zu lassen.

Umgeben von Kempinskis Leibwächtern, stieg sie in das Shuttle. Neben den kleinen Tragflächen, die mehr wie eine Zierde denn wie ein notwendiges Element erschienen, stieg sie ein und nahm gleich auf dem ersten Sitz Platz. Sie schaute durchs Fenster nach draußen. Janise Thorpe stand immer noch dort und starrte herüber. Yuka lächelte, und Ms. Thorpe winkte ihr, ehe sie sich langsam abwandte.

Die vier Leibwächter setzten sich, einer von ihnen verkündete dem Bordcomputer das Ziel. Und kaum hatte sich die Tür geschlossen, hob das Shuttle auch schon ab. Es ging Yuka viel zu schnell. Sie hatte keine Vorbereitungszeit gehabt, und sie hasste es, sich in eine Verhandlung zu begeben, ohne über genug Informationen zu verfügen.

»Keine Sorge, Captain«, sagte der Anführer der Leibwächter. Sein Name war Ahmed. Trotz seiner müden grünen Augen war seine Stimme ermutigend, und er hatte ein liebenswürdiges Lächeln. »Wir passen schon auf Sie auf.«

Yuka sorgte sich nicht um ihre Sicherheit, sie fragte sich, ob die Verhandlungen erfolgreich sein würden. Was, wenn die beiden Granden wirklich nicht hinter der Sache standen?

»Waren Sie schon oft hier?«, fragte Ahmed.

Yuka nickte. »Aber kaum abseits der Stationsmitte.«

Ahmed erzählte ihr vom Jupiterpark, und sie ließ sich durch seine Schilderung des Sees mit den Enten und Schwänen, die man dort angesiedelt hatte, von ihren Befürchtungen ablenken. Ein Small Talk, und der Flug verging so schnell, dass keine Zeit zum Zweifeln blieb.

Als Yuka die Landeplattform am Fuße des Hügels sah, zu der sie sich hinabsenkten, bereute sie es, sich nicht in Gedanken vorbereitet zu haben. Dort unten wartete ein Mann neben einem Assistenten an einer Treppe, die den Hügel emporführte. Oben lag das prachtvolle Haus von Cosima Amberson, beinahe wie ein Palast aus dem alten Europa.

Der Mann, der sie erwartete, musste Randell Barickman sein, der sich gerade etwas von seinem hageren Assistenten zuflüstern ließ. Während das Shuttle aufsetzte, schaute Yuka dem Granden ins Gesicht. Sie traute dem Mann mit dem falschen Lächeln nicht.

Ihre Leibwächter stiegen aus, und sie folgte ihnen. Ohne zu zögern, schritt sie direkt auf Barickman zu, streckte ihm die Hand entgegen und stellte sich vor. »Captain Yuka Manderton! Sie sind Randell Barickman?«

Er gab ihr einen festen Händedruck. »So ist es«, sagte er. Kaum hatte er die Hand gelöst, wies er auf Yukas Leibwächter. »Bewaffnete kommen bei uns nicht rein.«

»Dann werden Sie diesmal eine Ausnahme machen müssen«, erwiderte Yuka. »Wir spielen hier in der großen Liga, Barickman. Da müssen Sie gewisse Risiken eingehen.«

»Das war nicht abgemacht. Kempinski hat gesagt …«

»Ich vertrete hier nicht nur Kempinski, sondern auch die Carrender-Foundation«, erwiderte sie. Sie wollte ihm keine Schwäche zeigen, sondern ihm klarmachen, dass dies für sie nur eine Verhandlung unter vielen war. »Ich gehe davon aus, dass Ihr Unternehmen groß genug ist, um ein paar Bewaffnete zu dulden. Oder haben Sie nicht genug Leute, um uns in Schach zu halten, falls wir uns danebenbenehmen?«

»Na gut. Ich vermute, Sie haben das Geld dabei?«

Yuka holte eine Computer-Card hervor und prüfte den Status der Zahlung, die Kempinski vorgesehen hatte. »Die Hälfte ist Ihrem Konto bereits gutgeschrieben.«

Barickmans Assistent schaute auf den Schirm seines Patches und nickte. »Es ist fest«, erklärte er. »Und es kann nicht zurückgerufen werden.«

Barickman grinste. »Dann heiße ich Sie willkommen bei Amberson Unbound.«

Dass Barickman Cosimas Familiennamen im Mund führte, als wäre er sein Besitz, widerte Yuka an. Sie bemühte sich, ihren Ekel zu unterdrücken, und sagte: »Ich möchte dann jetzt die Gefangenen sehen.«

Randell Barickman nickte und führte sie zu der Treppe.

Yuka schaute zu dem großen Steingebäude mit den vielen Holzgiebeln und dem Dach aus Terrakotta-Ziegeln auf. Dieses Herrenhaus wirkte, als hätten Cosimas Vorfahren jeden Stein von der Erde importiert. Auch das Doppeltor, das sich ihnen von selbst öffnete, wirkte mit seinem schweren Holz und den Metallbeschlägen wie aus einer anderen Welt.

Auch im Innern gab es keinen Zweifel, dass die Ambersons traditionsbewusst waren. Die abgenutzte Treppe zum breiten Hauptgang hinauf hatten sie nicht erneuert. Jeder, der hier emporging, wurde sich der Geschichte dieses Hauses bewusst. Auch Yuka konnte nicht anders, als sich vorzustellen, wie Cosima die Stufen hinaufschritt und dem breiten Gang folgte.

Je weiter Yuka an Barickmans Seite vorankam, umso mehr

verachtete sie ihn. Wie konnte er sich hier bewegen, während die Frau, die für all das hier stand, gefangen war – von ihm gefangen gesetzt, von ihm verkauft.

Als sie auf einen Seitengang einbogen, fragte Yuka: »Werden Ihre Leute es zulassen, dass wir Amberson und Glennscaul hier einfach mitnehmen?«

»Das werden sie. Keiner hier will nach all den Schwierigkeiten der vergangenen Jahre jetzt jemanden wie Mr. Kempinski oder die Carrender-Foundation im Nacken haben. Manchen wird es nicht gefallen, aber wir haben zu viel durchgemacht, als dass jemand etwas dagegen haben könnte.«

»Das hätte ich nicht erwartet.«

»Was?«

»Dass Cosima Amberson sich nicht auf ihre Leute verlassen kann.«

»Verstehen Sie mich nicht falsch. Wir sind ihr lange gefolgt. Aber wir wollen nicht so enden wie John Glennscauls Leute. Die mussten getrennte Wege gehen, mit nichts mehr in Händen.«

»Verstehe ich«, sagte sie. Aber dennoch war ihr die Treulosigkeit Barickmans und der anderen zuwider.

Sie stieg mit ihm und den Leibwächtern in einen Transporter und ließ sich in die Tiefe fahren. Sie schwiegen, und erst unten in einem hell erleuchteten Gang sagte Barickman: »Sie sind dort.« Er wies auf eine Tür, vor der zwei Wachen standen.

»Ist das ein Verhörraum?«, fragte Yuka.

»Ja«, sagte Barickman und deutete auf den Schirm auf der Wand, direkt neben den Wachen. Darauf waren Cosima und John zu sehen. John stand gegen die Wand gelehnt da, während Cosima auf und ab ging.

Vor der Tür wandte sich Yuka an Barickman. »Ich möchte mit den beiden allein sprechen«, sagte sie.

»Aber die sind …«, sagte Barickman.

»Ich gehe allein.« Sie schaute Ahmed an. »Auch ihr wartet draußen.«

»Captain?«, erwiderte Ahmed mit besorgter Miene.

»Ich weiß, wie ich mit den beiden umgehen muss. Also!«

»Na gut«, sagte Ahmed und zuckte mit den Schultern.

Barickman fuhr kopfschüttelnd mit der Hand über das Display neben der Tür. Diese schob sich zur Seite und gab Yuka den Weg frei.

Langsam trat Yuka ein und bedachte die beiden Granden mit strengen Blicken.

Cosima blieb wie angewurzelt stehen; John löste sich von der Wand und starrte sie ungläubig an.

Das Zischen der Tür hinter Yuka schien die beiden Granden aus ihrer Starre zu reißen.

»Du?«, fragte John und legte die Stirn in Falten.

»Die Carrender-Foundation?«, setzte Cosima nach. »Ich dachte, Kempinski hätte ein Kopfgeld ausgesetzt.«

»Und er hat mich gebeten, in seinem Sinne zu verhandeln«, entgegnete Yuka. »Aber ich bin auch als Vertreterin der Carrender-Foundation hier.« Sie trat an den Tisch, dabei zog sie eine Computer-Card, die sie gerne bei Gesprächen verwendete, aus ihrer Brusttasche und legte sie vor sich ab. Dann wählte sie darauf ein Störprogramm, das Audioaufnahmen beinahe unmöglich machte, indem es eine Privatsphäre definierte. Natürlich konnte man es umgehen, aber dann hätte ihre Card sie gewarnt. Und da sie es nicht tat, ging Yuka davon aus, dass Barickman da draußen nicht mithörte.

»Setzt euch«, sagte sie.

Cosima und John zögerten.

»Wir können das alles erklären«, sagte John.

Cosima verdrehte die Augen und schüttelte den Kopf. »Wirklich, John? *Der* Spruch? Von allen verdammten Sprüchen im Universum bringst du ausgerechnet *den*?«

»Ich … ich …«, war alles, was John hervorbrachte.

»Das wird ja immer besser«, sagte Cosima und vergrub das Gesicht in den Händen.

»Setzt euch«, wiederholte Yuka.

Cosima atmete tief durch und nahm Platz. John jedoch näherte sich nur langsam. Yuka fiel auf, dass seine Hose am Unterschenkel blutbefleckt war. Durch ein Loch strahlte dort ein grünes Licht – die Statusanzeige eines Medi-Patches. Die Beinwunde beeinträchtigte ihn nicht beim Gehen. Seine langsame Annäherung wirkte eher so, als fürchtete er Yuka.

Als die beiden Granden saßen, sagte sie: »Dann wollen wir das mal von Anfang an durchgehen. Die Wahrheit, bitte.«

Cosima und John tauschten einen Blick. Cosima nickte, und John begann langsam zu sprechen. »Es tut uns leid, Yuka«, sagte er. »Aber wir haben das Ding nicht gedreht. Trotzdem haben wir das Modul.«

Yuka stutzte. »Okay. Ähm. Ihr habt den Diebstahl nicht begangen, aber ihr habt ihn doch begangen?«

»Nein, Yuka. Wir haben die Beute den Dieben gestohlen.«

Yuka schaute zwischen den beiden Granden hin und her. »Auf die Geschichte bin ich jetzt gespannt.«

»Wir haben Wind von der Sache bekommen und haben herausgefunden, wo die Diebe die Beute verstecken«, sagte Cosima. »Mit einem Reparatur-Bot holten wir sie uns. Und als plötzlich alle hinter uns her waren, sind wir damit abgehauen.«

Yuka konnte nicht glauben, worauf sich die beiden eingelassen hatten. »Wer waren die Diebe?«, fragte Yuka.

»Welton Bennath und seine Leute.«

»Bennath?«, fragte Yuka. Das konnte sie sich kaum vorstellen. Bennath verfügte über genug Geld, um sich ein KI-Modul zu kaufen – zumindest den offiziellen Daten zufolge. Allerdings hatte es mit dem Unternehmen Kreuder Modul-Logistik einen anderen Interessenten gegeben, der ihn leicht hätte überbieten können. »Ich muss das sofort Kempinski mitteilen«, sagte sie und deaktivierte das Störprogramm auf der Computer-Card. Dann aktivierte sie ihr Armband, um ein Gespräch herzustellen, doch die Verbindung war gestört.

»Ist normal«, erklärte Cosima. »Nur registrierte Geräte funktionieren bei uns.«

»Ich muss diesen … Palast also erst einmal verlassen?«, fragte Yuka und aktivierte das Störprogramm auf der Computer-Card wieder.

»Ändert das was?«, fragte John.

»Kempinski muss erfahren, dass Bennath dahintersteckt.«

»Das heißt, du glaubst uns?«, fragte Cosima.

»Ich wünschte, es wäre anders«, erwiderte Yuka. Sie schüttelte den Kopf und schaute John an. »Ich kann nicht glauben, dass du mit Kempinski gesprochen hast und nicht mit der Wahrheit rausgerückt bist. Du bist zwar ein schlechter Lügner, aber im Verschweigen und Drumherumreden offenbar ein Meister.«

»Hätte Kempinski mir denn geglaubt?«

Yuka wiegte in ihrem Zweifel den Kopf hin und her. »Wohl kaum. Er ist zu misstrauisch … und damit wahrscheinlich viel klüger als ich.«

»Aber dir würde er es glauben.«

»Ich hoffe es, John«, sagte Yuka. »Ich werde ein gutes Wort für euch einlegen. Ich *müsste* das nicht. Ihr Trottel habt mich fast ruiniert. Im Grunde kann ich froh sein, wenn ich euch bei Kempinski abliefere und nichts mehr mit der Sache zu tun habe.«

»Warum machst du es dann?«, fragte Cosima.

»Weil ihr mir einen Gefallen schuldet, falls ihr lebend aus dieser Sache rauskommt. Einen großen Gefallen. Aber dazu müsst ihr aufhören, Mist zu bauen. Tut das, was ich euch sage, dann überlebt ihr vielleicht.«

»Und dann schulden wir dir einen Gefallen?«, fragte Cosima.

»Als Kapitänin ist das mein Geschäft. Ich habe eine ganze Bibliothek an Gefallen, die mir Leute schulden. Die meisten arbeiten für mich und sind zumindest meine Verbündete. Aber wenn ich es mir mit der Carrender-Foundation verscherze, verliere ich das alles. Dann sind diese … Schulden, die die anderen bei mir haben, nichts mehr wert.«

Cosima grinste John schief an. »Selbst wenn er wollte, er kann den Mund nicht aufmachen, ohne Mist zu verzapfen.«

»Dann war es seine Idee, sich auf die Sache einzulassen?«, fragte Yuka.

John lächelte. »Na los, Cozy! Antworte darauf!«

Cosima wich ihrem Blick aus. »Es war meine Idee.«

Yuka schüttelte den Kopf. »Ihr beiden! Erstaunlich, wie bewundernswert Leute sind, die so dämliche Entscheidungen treffen. So hatte ich mir eure Zusammenarbeit bestimmt nicht vorgestellt. Wenn ihr euch auch nur ein bisschen zurückhalten könntet, würdet ihr es vielleicht schaffen, diesen Tag zu überleben.«

John nickte und tauschte einen Blick mit Cosima. »Das ist nicht zu viel verlangt.«

Cosima rollte mit den Augen. »Ob wir überleben, liegt nicht an uns, sondern an Kempinski. Und tut mir leid, Yuka. Wenn ich eine Chance sehe zu entkommen, werde ich sie nutzen.«

»Gut. Dann besteht meine Aufgabe darin, dir diese Chance nicht zu bieten. Denn wenn ich mit leeren Händen zurückkehre, werde ich mein Schiff verlieren. Die Carrender-Foundation würde ihre Investitionen und das von ihr gestellte Personal zurückfordern, und ich wäre in wenigen Monaten pleite. Natürlich ist *euch* das egal.«

»Bei uns geht es um unser Leben, Yuka«, sagte Cosima. »Bei dir nur um dein Schiff.«

»Die *Inanna ist* mein Leben.«

»Das ist Amberson Unbound für mich auch.«

John schluckte. »Und das *war* Glennscaul Unlimited für mich. Offenbar gibt es ein Leben nach dem Tod.«

»Zumindest könnt ihr verstehen, warum ich euch ausliefern werde«, sagte Yuka.

Die beiden Granden nickten.

Yuka musterte sie. Sie zweifelte daran, dass diese Mienen

wirklich Mitgefühl ausdrückten. Sie war sich nicht sicher, ob die beiden wirklich bereuten, was sie ihr angetan hatten. Aber sie glaubte ihnen, dass Bennath hinter der Sache stand.

»Eines noch«, sagte Yuka.

Die beiden Granden starrten sie an.

»Wo ist das Modul?«

Als sie die Antwort hörte, konnte sie es nicht fassen. »Wie konntet ihr in eurem Beruf jemals so weit kommen?«, fragte sie.

* * *

Cosima und John saßen wieder im sogenannten Kerker und warteten darauf, dass Yuka die letzten Dinge mit Randell Barickman klärte. Sie saßen gegen die Wand gelehnt auf den gestapelten Matratzen. »Warum sagst du nichts?«, fragte John nach einer Weile.

»Weil du ein schlechtes Gewissen hast«, antwortete Cosima.

»Weil *ich* ein schlechtes Gewissen habe, sagst du nichts?«

»Das war mein ungelenker Versuch zu sagen, dass ich Gewissensbisse habe und bei dir das Gleiche zu erkennen glaube. Ein klügerer Mensch hätte das sofort erkannt.«

»Tut mir leid, Cozy. In den Sphären, in denen sich deine Gedanken bewegen, können Normalsterbliche wie ich nicht vordringen.«

»Hast du?«, fragte Cosima.

»Was? Ein schlechtes Gewissen?«

»Ja, du Dummkopf.«

»Ich mag Yuka. Du weißt das.«

»Also hast du?«

»Sie hat es nicht verdient.«

»Kannst du mal auf eine klare Frage eine klare Antwort geben? Hast – du – Gewissensbisse?«

»Du kennst die Antwort.«

Cosima schrie auf. »Unmöglich bist du!«

»Na gut. Ich habe Gewissensbisse. Aber ich lebe lieber *damit*, als vor Kempinski zu knien und eine Kugel in den Kopf zu kriegen.«

»Da sind wir endlich mal wieder einer Meinung. Nur sehe ich nicht, wie wir noch aus der Sache rauskommen.«

»Hast du hier niemanden mehr, der dir helfen könnte?«, fragte John und wollte nicht glauben, dass Cosimas Leute sie im Stich ließen.

»Doch, aber ich befürchte, sie kommen nicht ohne Weiteres bis hierher. Die zählen nicht mehr zur Führungsriege.« Spencer, Amy und Dominik hatten nicht genug Zeit gehabt, um eine Befreiung zu organisieren. Und Barickman war ganz bestimmt zu misstrauisch, um irgendetwas zuzulassen.

Die Tür öffnete sich, und Yuka trat mit vier Männern ein; ihnen folgten sechs Hauswachen von Amberson Unbound.

John war nicht das erste Mal in diesem Gebäude gefangen, doch für Cosima war es eine Demütigung, von ihren eigenen Leuten gefesselt zu werden. Die Handschellen wurden mit Yukas Computer-Card synchronisiert, die sie prüfend vor sich hielt. John biss sich auf die Lippe. Dass sie statt ihres Armbandes eine Card benutzte, machte John nachdenklich. Leute, die das Gefühl der auf der Haut haftenden Patches nicht leiden konnten, setzten oft auf Cards oder aber auf Armbänder, wie Yuka eines am Handgelenk trug. Sie hätte die Handschellen mit ihrem Armband genauso gut überwachen können wie mit der Card. Letztere konnte man leicht verlieren, weswegen sie vor allem dort genutzt wurden, wo ein physischer Austausch gewünscht war. Sie kamen vor allem bei Systemen zum Einsatz, die aus Sicherheitsgründen nicht ans Netz gebunden waren. Das bedeutete, dass ein Befreiungsversuch von außen über das Netz kaum möglich war. John ging davon aus, dass er und Cosima bei einer Flucht ein Schlüsselmodul direkt mit den Handschellen in Kontakt bringen müssten. Den Vorteil erkaufte sich Yuka damit, dass die Handschellen, die nicht ans Netz gebunden waren, bei einer Flucht nicht nachverfolgt werden konnten.

Cosima starrte Yuka an. Diese Frau wusste genau, dass John Skrupel hatte, sie niederzuschlagen und die Card an sich zu nehmen – falls sich ihnen überhaupt die Gelegenheit dazu bot. Und Cosima hatte ebenso Zweifel, ob sie, sobald sie die Möglichkeit sah, tatsächlich so eiskalt vorgehen würde, wie sie es angedeutet hatte.

»Ich möchte noch die anderen Handschellen«, sagte Yuka und wies den Anführer ihrer Leibwache an, Cosima und John aneinanderzufesseln.

»Mist!«, flüsterte John, und auch Cosima verfluchte, dass die Kapitänin eine zusätzliche Sicherheitsmaßnahme ergriff.

Yuka grinste, als sie Cosima und John auf die leuchtenden Bahnen hinwies, die auf den zusätzlichen Handschellen entlangliefen. »Ihr wisst, was das ist?«, fragte sie.

Cosima und John kannten solche Systeme nur zu gut, und so wussten sie auch den kleinen Signalgeber einzuschätzen, den Yuka ihnen nun lockend vor die Augen hielt. Damit konnte sie den Fesseln befehlen, Stromstöße abzugeben.

»Doppelt hält besser«, sagte Yuka. »Und ich mache keinen Scheiß. Wenn ihr Mist baut, drücke ich diesen Knopf.«

»Ich hasse die Dinger«, murmelte Cosima und hoffte, dass Yuka eine Standardversion einsetzte. Die Fesseln ließen sich auf illegalem Wege auch so modifizieren, dass sie Stromstöße versetzten, sobald sie sich zu weit vom Signalgeber entfernten. Natürlich waren solche Systeme verboten, weil sie Menschen durch automatisierte Systeme Schaden zufügten. Sie konnte nur hoffen, dass Yuka mit sauberen Mitteln spielte. »Ich hasse Dinger, für die es eine Extrasteuerung gibt.«

»Hast recht«, setzte John nach. »Jedes Ding, das eine Extrasteuerung braucht und nicht über einen Patch betrieben werden kann, offenbart sein mieses Design.«

»Ein Patch oder eine Card können korrumpiert werden, diese Dinger nicht«, sagte Yuka. »Einmal synchronisiert, wird dieser Signalgeber euch über jedes Netz aufspüren und Schmerzen zufügen, sobald ich da drauftippe. Also: keinen Scheiß machen!«

Cosima sah, wie Randell Barickman Yuka die Patches von ihr und John übergab. Die Kapitänin steckte sie in ihre Jacke und ging mit Randell Barickman voraus. Cosima und John folgten ihnen, von den Leibwächtern und den Hauswachen umringt.

»Die Dinger sehen eindrucksvoller aus, als sie sind«, flüsterte John Cosima zu und schaute auf die Handschellen zwischen ihm und Cosima. Er hatte sich als Teenager damit beschäftigt. »Alles, was wir brauchen, ist eine Anbindung ans Netz. Ich habe Programme, die das auch von einem Server aus erledigen.«

»Schwierig ohne Patches«, entgegnete sie leise.

»Alles, was ich brauche, ist ein Standard-ID-Modul. Dann gehe ich auf einen Notfall-Server und rufe die Programme ab. Damit schalte ich den Schocker aus und kann die Dinger auch öffnen.«

»Schön, wenn wir dafür nicht nur die Gelegenheit, sondern auch Zeit hätten.« Sie sah zu Yuka hinüber, die mit Barickman etwas besprach. »Der Signalgeber. Falls sich uns eine Gelegenheit bietet, müssen wir den haben.«

»Sie hat ihn in der rechten Hand«, erklärte John.

»Hört auf zu flüstern«, sagte eine Wache mit gelangweilter Stimme.

Sie schwiegen auf dem Gang, und auch im Transporter, mit dem sie nach oben fuhren, sagten sie kein Wort. Aber in Gedanken arbeiteten beide an ihrer Flucht. Während Cosima mit all ihrem Wissen über ihr Haus die Möglichkeiten durchspielte, die sich ihnen bieten mochten, versuchte John jedes noch so kleine Detail an den Wachen und Yuka zu registrieren. Weder sie noch er kamen einem ernst zu nehmenden Fluchtplan nahe. Es scheiterte wieder und wieder an der Zahl der Wachen und daran, dass Yukas Signalgeber sie mit einem Streich niederwerfen würde.

Als sie den Transporter verließen, fiel Cosima sofort auf, dass sie in einem der oberen Geschosse angehalten hatten. Randell wollte offensichtlich nicht, dass Cosima durch den Kernbereich des Hauses ging, weil sie dort von ihren Leuten gesehen worden wäre.

»Ist es noch weit?«, fragte Yuka. Cosima vermutete, dass die Kapitänin bei ihrer Ankunft auf der Plattform unten auf dem Platz gelandet war. Nun zur Abfahrt hatte Barickman offenbar etwas anderes vorgesehen.

Sie kamen auf einen der langen, von Säulen gesäumten Gänge mit hohem Gewölbe. John hob den Blick und sagte: »Ich fand es immer hübsch hier, Cozy. Deine Familie hatte Geschmack. Allein die Fassade ist schon beeindruckend, aber das Innenleben ist wirklich erhaben.«

Eine Wache drehte sich im Gehen zu ihnen um. »Schnauze!«, sagte sie in einem Ton, der offenbar bedrohlich gemeint war, Cosima und John jedoch nur dazu brachte, einen belustigten Blick zu tauschen.

Mit einem Mal erschütterte etwas den Boden, und in der Ferne bröckelte eine Wand.

»Was zur Hölle …!«, wisperte Cosima vor sich hin.

Barickman und Yuka schauten sich mit ebenso verwunderten Gesichtern um wie die Wachen. Und als wäre es eine Antwort, gab es eine neue Erschütterung.

»Das sind Projektile!«, rief Cosima. »Das Haus steht unter Beschuss.«

»Wir werden angegriffen?«, sagte Randell Barickman mit ratloser Miene.

»Wer kann das sein?«, fragte Cosima.

Randell Barickman schaute Yuka misstrauisch an.

Die Kapitänin zuckte mit den Schultern. »Unsere Leute sind das jedenfalls nicht.«

Als am Ende des Ganges Gestalten in dunklen Panzeruniformen erschienen und das Feuer auf sie eröffneten, war zum einen klar, dass die Angreifer Feinde der Ambersons waren, und zum anderen, dass sie keine Rücksicht auf Yuka nahmen. Und offenbar bedeutete ihnen das Leben von Cosima und John ebenfalls nichts.

Yuka gab einen Wink, und sie gingen in einem Seitengang in Deckung, während die Hauswachen und Yukas Leibwächter zurückschossen.

»Das ist keine Befreiungsaktion«, rief Yuka. »Das ist ein Mordkommando!«

Randell Barickman gab über seinen Patch Anweisungen, dann wies er auf einen Seitengang. »Wir gehen da lang. Ein kleiner Umweg, aber da kommen wir zu Ihrer Plattform.«

Cosima hätte Randell am liebsten dafür einen Schlag versetzt, dass er sich hier wie der Hausherr aufführte.

Yukas Leibwächter packten Cosima und John und zerrten sie hinter der Kapitänin her. Sie bogen um eine Ecke und stießen dort auf eine Gruppe Bewaffneter, die zu Amberson Unbound gehörten und die Randell Barickman mit einigen knappen Befehlen an sich vorbeiwinkte. Manche wirkten verunsichert, dass Cosima und John aneinandergefesselt waren. Aber sie folgten dem Befehl und passierten sie. Anschließend ging Barickman in einen winzigen Seitengang voraus.

Cosima widerstrebte es, ihr Haus kampflos zurückzulassen. Immer wider blickte sie zurück. Dann biss sie sich auf die Lippen und überlegte, wie sie sich befreien und alles mit einer großen Tat geraderücken könnte.

»Ich weiß, was du denkst, Cozy«, sagte John.

»Ja, Cosima«, fügte Yuka hinzu. »Er weiß, dass du am liebsten bleiben und um das Haus deiner Familie kämpfen willst. Aber wir werden jetzt gehen. Sei froh. So überlebst du wenigstens.«

Cosima schwieg. Sie würde keinen Widerstand leisten. Sie würde mit Yuka fortgehen. Und dann erst würden sie fliehen. Und sie würde zurückkehren, und wer auch immer hier dann das Sagen hatte, den würde sie vertreiben und ihren Platz wieder einnehmen. Sie blickte an Randell hinab und wollte ihn anspucken, aber er machte in all seiner Unsicherheit eine so jämmerliche Figur, dass sie darauf verzichtete.

Sie erreichten den Rand des Gebäudes und folgten dem Gang nach links. Draußen wurde geschossen, und auch innerhalb des Gebäudes hatten die Kämpfe nicht aufgehört. Wieder kamen ihnen einige Leute von Amberson Unbound mit Gewehren entgegen, passierten sie mit verwunderten Blicken und postierten sich am Abzweig.

Mit einem Mal splitterten vor ihnen auf dem Gang die Scheiben. Etwas Großes kam hereingeflogen, drang von einer Erschütterung begleitet in die Wand und explodierte dort. Stein und Staub schossen ihnen entgegen. Cosima ließ sich zu Boden fallen und riss John an den Fesseln mit sich. Sie spürte die Hitze auf ihrem Rücken. Schreie erhoben sich um sie herum, und Geschosse pochten gegen die Wände.

Cosima öffnete die Augen, konnte aber vor lauter Staub nichts erkennen. Sie zog John an den Fesseln auf die Beine und zerrte ihn durch einen Torbogen auf einen schmalen Gang.

»Der Signalgeber!«, sagte John.

»Vergiss ihn«, erwiderte Cosima. »Yuka ist damit beschäftigt, am Leben zu bleiben. Die wird ihre Zeit nicht mit dem blöden Signalgeber verschwenden.«

John zögerte, schaute zurück, konnte aber im dichten Staub, der die Luft vernebelte, nichts erkennen. So passte er seinen Lauf an den Cosimas an, sodass sie ihn nicht mehr ziehen musste.

An der nächsten Kreuzung führte Cosima John nach rechts, da platzte etwas an Johns Körper auf. Während er nur den Schmerz spürte und zu den Schützen vorausblickte, die sich an der nächsten Kreuzung postiert hatten, sah Cosima das Blut, das John aus dem Bauch quoll, und riss ihn hinter sich her in die Deckung des gegenüberliegenden Ganges. Hier hielt sie inne und schaute sich John an. Er presste seine blutigen Hände auf die Bauchwunde.

Cosima schaute sich Hilfe suchend um. Dabei fuhr ihr

Blick über Johns Bein, und ihr fiel der Medi-Patch ein, den er bei seiner Ankunft im Gefängnis getragen und nicht abgelegt hatte. Sie schob Johns Hosenbein hoch, löste den Medi-Patch von der verheilten Stelle, und nachdem John seine unruhigen Hände von seinem Körper gelöst hatte, heftete sie den Patch auf die Bauchwunde.

Das flache Modul brachte John ungeheure Linderung. Der Schmerz schlief zitternd ein. »Sieht schlimmer aus, als es ist«, sagte er. Aber das war eine offensichtliche Lüge, denn die Anzeige des Medi-Patches leuchtete gelb. Demnach war es unklar, ob das Modul seine Verletzung heilen konnte. Immerhin leuchtete es nicht orange oder sogar rot. »Komm, wir gehen weiter«, sagte er. Die Kälte stieg in ihm auf, und der Schweiß am Haaransatz brannte.

Schmerzensschreie von dem Gang, den sie gekreuzt hatten, schreckten Cosima auf. Sie half John auf die Beine, und dann setzten sie sich in Bewegung.

Sie waren nur wenige Schritte gelaufen, da rief ihnen eine Frauenstimme nach: »Cosima!«

Cosima blieb sofort stehen und zwang auch John anzuhalten. Er stöhnte vor Anstrengung, aber gemeinsam schauten sie zurück und erkannten, wer dort eilig auf sie zugerannt kam: Amy Mendelowski und Dominik Hershberger. Ihnen folgte ein alter Mann, den John erst erkannte, als Cosima seinen Vornamen nannte: »Spencer!« John traute seinen Augen nicht. Der alte Spencer Haverly wirkte viel jünger als noch vor zwei Jahren. Offenbar hatte er einige Behandlungen über sich ergehen lassen.

Während Amy Cosima in die Arme schloss, stützte Dominik John und musterte ihn mit einem überraschten Blick. So konnte Spencer zu ihnen aufschließen.

»Ich kann nicht glauben, dass Randell das wirklich durchziehen wollte«, sagte Amy.

»Ich auch nicht«, erwiderte Cosima.

»Wer sind die Angreifer?«, fragte Dominik. »Doch nicht etwa Kempinskis Leute?«

»Nein«, antwortete Cosima. »Die gehören nicht zu Kempinski.«

»Wer dann?«, fragte Amy.

»Eine dritte Partei«, sagte Spencer. »Eine Partei, die euch tot sehen will.«

»Jedenfalls ist es kein Einheimischer«, sagte Cosima. »Wer wäre schon so dämlich, eine solche Aktion mitten auf Pandaros-3 durchzuführen?« Mit schweren Waffen auf Häuser zu schießen, lag weit jenseits der Grenze dessen, was die Polizei hinnehmen würde. Wenn Schattenkonzerne sich bekämpften und es dabei Tote gab, waren die Behörden meist machtlos und es gab kaum ein öffentliches Interesse, in solchen Fällen zu ermitteln. Aber ein so großer Angriff wie dieser musste eine Reaktion von den Behörden provozieren.

»Habt ihr was, um die verfluchten Handschellen loszuwerden«, fragte Cosima.

»Nicht hier«, antwortete Dominik.

»Wir müssen euch hier erst mal rausbringen«, sagte Amy.

Dominik wies den Gang weiter, auf dem sie sich befanden. »Sie sind auf den Seitenplattformen gelandet. Da haben sie ihre Schiffe zurückgelassen. Unbewacht.«

Spencer stutzte. »Wenn sie sich mit denselben Schiffen zurückziehen wollten, hätten sie da Wachen postiert. Die werden wahrscheinlich mit Fluchtschiffen entkommen. Vielleicht von einem der Dächer.«

John nickte und wischte sich den Schweiß ab. Er war derselben Meinung. Er hatte sogar eine Vermutung. »Es ist Bennath!«, sagte er und biss sich auf die Zähne.

»Bennath?«, fragte Spencer und tauschte einen besorgten Blick mit Amy.

Cosima überlegte, während sie John, der nach wie vor an sie gefesselt war, stützte und einen Blick auf das Medi-Modul warf. Die Anzeige leuchtete immer noch gelb. Für den Augenblick mochte das Modul ausreichen, um John am Leben zu halten, doch früher oder später würden sie etwas Besseres benötigen.

Dominik übernahm nun die Vorhut, während Spencer und Amy sie mit ihren Pistolen nach hinten abschirmten. So schnell, wie John es zuließ, bewegten sie sich voran.

Von einem Fenster aus konnten sie die kleine Plattform an der Seite des Gebäudes sehen, an der die Angreifer angekommen waren. Da sie die Tore hatten öffnen können, mussten sie über leistungsfähige Module verfügen. Und tatsächlich hatten sie keine Wache zurückgelassen, auch auf den Gängen und auf der Treppe war niemand zu sehen. Die Schüsse, die sie vernahmen, schallten von der anderen Seite des Gebäudes durch die Gänge.

»Ob sie Sprengfallen bei den Schiffen zurückgelassen haben?«, fragte Cosima und schaute zwischen Amy und Spencer hin und her. Da zuckte Spencer kurz, dann traf ihn ein heftiger Schlag und zwang ihn nach vorn. Cosima und John fingen ihn auf und zerrten ihn in eine Nische, während Amy und Dominik ihnen folgten und den Gang entlangfeuerten.

Spencers Kopf ruhte auf Cosimas Schoß. Blut drang aus einer Wunde über seiner Hüfte und aus seiner Brust. »So ein verdammter Mist!«, brachte Spencer stöhnend hervor.

»Wir bringen dich hier raus«, sagte Cosima.

Spencer schaute kurz John an. »Schaff lieber ihn hier raus!«

Cosima schüttelte den Kopf. »Unsinn! Wir brauchen dich.«

Er fasste ihr Handgelenk. »Es ist aus, Cosima.« Sein Gesicht verzog sich vor Schmerzen. »Es tut mir leid. Ich habe versagt.«

»Nein, nein. Du hast alles richtig gemacht«, erwiderte Cosima mit zitternden Lippen.

Wieder warf er John einen Blick zu. »Siehst du das auch so, Glennscaul?«

Er nickte. Er hatte Cosima oft um den Rat von Spencer Haverly beneidet.

»Siehst du«, rief sie gegen die Schüsse der Angreifer an, die das Gezische von Amys und Dominiks Laserpistolen übertönten. »Und jetzt sei stark!«

»Du verstehst nicht«, sagte Spencer. »Ihr beiden habt es von Anfang an gewusst. Wir haben Jahre verschwendet. Wir haben euch dazu gezwungen, unser Spiel zu spielen. Und ihr wart angetreten, um euer eigenes Spiel aufzuziehen. Es tut mir leid.« Er blinzelte und rang nach Atem.

»Nein, Spencer. Nicht.«

»Versau mir nicht meinen Tod, meine Kleine«, sagte er. Ein gequältes Lächeln legte sich auf sein Gesicht. »Ich liebe dich, Cosima. Ich habe dich immer wie eine eigene Tochter geliebt.«

»Du hast Töchter – und einen Sohn.«

»Aber sie haben mich im Stich gelassen.« Das hatte Cosima nicht gewusst. Seine Ehe war gescheitert, weil seine Frau seine Bisexualität nicht akzeptieren wollte, aber zu seinen Kindern hatte er immer einen guten Kontakt gehabt. »Du … du warst immer für mich da«, sagte er. »Dein Vater hat dich mir anvertraut. Und ich habe es versaut.«

»Nein, hast du nicht«, erwiderte Cosima. »Du hast mich zu dem gemacht, was ich bin. Du hast uns beide zu dem gemacht.«

»Zu Feinden, ja.«

Cosima schüttelte den Kopf und rang nach Worten.

»Spencer«, sagte John leise. »Du hast aus einer Träumerei von zwei Teenagern Realität gemacht.«

Spencer staunte John an, dann lächelte er und schaute langsam zwischen John und Cosima hin und her. »Alsdann ist meine Arbeit getan«, sagte er. Mit zittrigen Händen löste er seinen Patch vom Handgelenk und heftete ihn an Cosimas Handrücken. »Er ist offen für dich«, sagte er und grinste angestrengt. »Er war immer offen für dich – falls mir was passiert.« Er blinzelte, und Tränen quollen hervor. Er schloss die Augen und atmete tief ein.

Es wurde ruhig auf dem Gang. Dominik spähte noch um die Ecke, doch Amy kam zu ihnen.

Da rührte sich Spencer nicht mehr.

»Nein«, flüsterte Cosima, und als sie es wiederholte, versagte ihre Stimme. Sie drückte Spencers Körper weinend an sich.

John betrachtete Cosimas leidendes Gesicht, und es erinnerte ihn an damals, als sie Nerinas Leiche gesehen hatte. Sie war überwältigt vom Schmerz und hielt die Trauer nicht zurück.

Hilfe suchend schaute John zu Amy auf. Die Strategin atmete durch, dann fasste sie Cosima bei den Schultern. »Ihr müsst hier weg«, sagte sie.

»Ich kann nicht«, erwiderte Cosima.

»Hör zu! Ihr geht da runter und klaut ihnen eines der Schiffe.«

»Ich kann ihn nicht zurücklassen.«

»Er ist tot, Cosima«, sagte John.

»Trotzdem.«

»Ich bleibe bei ihm«, erklärte Amy. »Ich und Dominik. Wir müssen sowieso hierbleiben. An unseren Leben hängen andere. Wenn wir jetzt gehen, könnte das andere in Gefahr bringen.«

»Wir werden hierbleiben, um dir die Rückkehr zu ermöglichen«, erklärte Dominik. »Wenn du das willst. Wir werden bereitstehen – für dich.«

»Komm, Cosima«, sagte John mit ruhiger Stimme.

Cosima schaute auf Spencer hinunter, der wie ein Schlafender wirkte. Schließlich nickte sie.

Während Amy und Dominik wieder den Gang entlangspähten, auf dem die Leichen der Angreifer verstreut lagen, schlichen sich Cosima und John bis zur Treppe. Aus der Ferne hallten immer noch Schüsse und sogar wieder Explosionen herüber.

Bevor sie das Haus verließen und den Steg betraten, schaute Cosima noch einmal zurück. Sie konnte weder Amy und Dominik noch Spencer sehen. Sie wurden durch eine Säule verdeckt. Es fühlte sich falsch an, das Haus zu verlassen, während die Leiche ihres Mentors dalag und ihre beiden letzten Vertrauten in Gefahr schwebten.

Kaum waren Cosima und John draußen, vernahmen sie die Sirenen der Polizei von Pandaros-3 und eilten über den Steg zu einer der Plattformen. Sie stiegen in das nächstliegende Shuttle, das die Angreifer zurückgelassen hatten.

Cosima zog John mit der Handschelle zu dem Display direkt neben der Tür und prüfte hastig, ob nicht vielleicht eine Bombe an Bord war. John ließ sich auf dem Sitz neben ihr nieder und hielt die gefesselten Arme hoch, damit Cosima genug Spielraum hatte, um den Bordcomputer zu bedienen. Als selbiger keine Gefahrenquelle anzeigte, schaltete sie den Patch-Computer ein, den Spencer ihr überlassen hatte. Sie schluckte bei dem Gedanken an ihren Mentor. Nachdem auch Spencers Patch keine Anzeichen für eine Gefahrenquelle erkennen konnte, schloss Cosima die Tür, wollte einen Kurs angeben, musste aber feststellen, dass das Shuttle nicht automatisiert war. So musste sie selbst Hand anlegen, und sie zog John hinter sich her ins Cockpit und setzte sich.

John nahm neben ihr Platz. Sein Handgelenk brannte von dem Gezerre an der Fessel, das Cosima ihm immer wieder zumutete. Die Schusswunde schmerzte inzwischen wieder. Er prüfte die Anzeige des Medi-Patches auf seinem Bauch. Sie leuchtete nun orange.

Cosima schaute zu John hinüber und sah, wie blass er war. Dann bemerkte sie die Anzeige des Medi-Moduls. »Tu mir das nicht an!«, sagte sie.

Johns Lippen bebten. »Vielleicht kriegst du deinen Wunsch von einst erfüllt: Vielleicht siehst du mich sterben.«

»Timing ist wichtig bei Wünschen, Alfie«, sagte sie. »Ich könnte mich jetzt wirklich nicht darüber freuen. Also halte durch, ja?«

John nickte und bemühte sich, ruhig zu atmen.

Cosima griff nach den beiden Steuerknüppeln, startete das Shuttle, und schon hoben sie ab. Während sie an Höhe gewannen, konnten sie das Ausmaß des Angriffs erkennen.

An den verschiedenen Stegen auf dieser Seite lagen zehn Shuttles, während drei bewaffnete auf der anderen Seite des Hauses schwebten und nun wegen der Polizei das Weite suchten.

Cosima schüttelte den Kopf. »Das darf doch nicht wahr sein. Damit kommen sie niemals durch.« Und tatsächlich setzten die ersten Polizeischiffe den Angreifern nach. »Das hat verdammt lange gedauert«, sagte sie.

»Wer rechnet schon mit so einem großen Ding?«, erwiderte John angestrengt.

»Du glaubst also, dass es Bennath ist?«

John biss sich vor Schmerzen auf die Lippen, dann aber sagte er: »Ja. Aber es muss mehr dahinterstecken. Das ist nicht die Handschrift eines normalen Unternehmens, sondern die eines Schattenkonzerns, dem alles egal ist. Warum sollte Bennath ein solches Risiko eingehen? Die Behörden können so etwas nicht ignorieren. Aber vielleicht irre ich mich auch. Es könnten andere sein, die von der Sache Wind bekommen haben.«

»Jedenfalls sind es keine Einheimischen oder Konkurrenten.«

»Vielleicht doch«, entgegnete John. »In zwei Jahren kann sich eine Menge tun.«

Cosima lenkte das Shuttle vom Gebäude fort. Wenn sie Glück hatten, würde die Polizei nicht auf sie aufmerksam. Auf den Straßen liefen viele Schaulustige herum, und etliche Schiffe schwebten in der Luft, um möglichst nahe ans Geschehen heranzukommen. »Was die getan haben, ist gegen alles, was auf dieser Station gilt«, sagte sie. »Selbst wir sind nicht so gegeneinander vorgegangen.« Sie hatten bei ihren Kämpfen immer darauf geachtet, nicht zu viel Aufmerksamkeit zu erregen. Nach außen hin musste der Schein immer gewahrt bleiben. Wer sich in der Öffentlichkeit mit übertriebenen Taten sichtbar machte, dem kamen die Behörden rasch auf die Schliche.

»Also doch Bennath!«, hauchte John. »Mit Söldnern.«

Sein Blick fuhr über die Konsole. »Schau mal, ob die Kiste was preisgibt.«

»Nichts«, antwortete Cosima. »Es ist, als wäre die Mühle gerade vom Band gelaufen. Nicht mal ein Produktionsdatum ist hier gespeichert. Alle Konfigurationen sind offen. Dieses Ding dient nur einem Zweck: die Söldner ans Ziel zu bringen.«

John nickte. Sie kannten sich beide mit solchen Dingen aus. Schiffe, Transporter und Wagen zu beschaffen, die nicht zurückverfolgt werden konnten, gehörte zu ihrem Geschäft. »Bei manchen Systemen gibt es unter der Konfigurationsebene Bereiche, die einige Daten mitschreiben.«

»Aufwendig, jemanden zu finden, der das freilegen kann. Und was wissen wir dann: dass Bennath oder sonst wer dahintersteckt.«

John seufzte vor Schmerz. »Es ist immer gut zu wissen, mit wem wir es zu tun haben.«

»Vielleicht aus Neugier. Aber wir müssen jetzt so untertauchen, dass keiner, der uns was will, in unsere Nähe kommt.«

»Cozy«, sagte John, als er merkte, dass ihn die Kräfte verließen. Er sah, dass die Anzeige des Medi-Patches rot leuchtete. »Ich glaube …«

»John!«, rief Cosima, als ihr Rivale mit den Fesseln an ihrem Handgelenk zerrte und nach vorne auf die Ablage sank. »John!«, wiederholte sie.

Während sie ihn von der Ablage zurückzog und seinen Puls prüfte, reifte der Entschluss, John zu einem der Krankenhäuser zu bringen, in dem sie sich früher hatte behandeln lassen, wenn ihr jemand auf den Fersen gewesen war. Zwar befürchtete sie, dass Barickman oder andere sie dort aufspüren würden, aber wenn sie sich nicht beeilte, würde John sterben. Ein Blick auf den rot leuchtenden Medi-Patch ließ sie zweifeln, ob John lange genug durchhalten würde.

In der Hoffnung, dass leistungsfähigere Medi-Patches an Bord waren, prüfte Cosima die Inventardaten des Shuttles.

Sie fand nichts. Es gab überhaupt kein Zubehör an Bord. Johns Leben hing nun davon ab, dass sie schnell ein Krankenhaus erreichten.

Durch die Tunnel unterhalb des Wilton-Viertels steuerte Cosima das Shuttle durch die spärlich beleuchtete Unterwelt.

Mit einem Mal traf sie ein Schmerz in der Hand. Sie schrie auf – John schrie auf. »Verfluchte Scheiße!«, brüllte er und starrte sie mit hellwachen Augen an.

»Yuka!«, presste Cosima hervor. »Die dumme Kuh will es uns heimzahlen.«

John stöhnte vor Schmerz auf, und schon hatte er das Gefühl, die Müdigkeit überkomme ihn wie ein Schatten.

Cosima schaute zur Seite. »Siehst blass aus. Aber die Stromstöße werden dich …«

Ein weiterer Schmerz durchfuhr sie.

»Die Kiste hat ein ID-Modul«, sagte John lallend. »Augenscan«, brachte er noch hervor, ehe er das Bewusstsein verlor. Und selbst die Stromstöße, die Cosima plagten, konnten ihn nicht wieder aufwecken. Sie hielt ihn schon für tot, doch dann hätte die Anzeige des Medi-Patches weiß leuchten müssen.

Cosima verlangsamte die Fahrt und lenkte das Shuttle in die Seitentunnel. Und dann wartete sie auf den nächsten Stromstoß. Da war er wieder. »Yuka! Du Miststück!«, brachte sie hervor und konnte nicht anders, als vor lauter Verzweiflung zu lachen.

Zuflucht

Cosima konnte zunächst gar nicht glauben, was sie getan hatte. Sie hatte Spencers Patch dazu genutzt, um Trent Kalish anzurufen. Sie hatte tatsächlich Johns besten Freund kontaktiert, weil sie sonst niemandem mehr vertrauen konnte. Die Leute, die bei Amberson Unbound noch zu ihr standen, hatten bereits mehr getan, als sie erwarten durfte, und hier draußen war sie sich nicht mehr sicher, wer Freund und Feind war. Aber sie wusste, dass Trent der Einzige war, dem John vertraute. Und Trent hatte sie, nachdem sie ihm über Spencers Patch Johns Zustand gezeigt hatte und er ihre Schmerzensschreie wegen der Schocks vernommen hatte, auf ein halb legales Krankenhaus in der Nähe hingewiesen.

Nun hatte sie es zwar bis dorthin geschafft, aber sie hatte Angst, mitten in eine Falle zu laufen. Wegen der Fesseln fiel es ihr schwer, sich mit John zu bewegen. Ihn zu heben scheiterte daran, dass die Handschellen, die ihre Hände fesselten, sie ebenso behinderten wie jene, die sie mit John verbanden. So blieb ihr nichts anderes übrig, als John an den Armen hinter sich herzuschleifen.

Mit brennenden Handgelenken quälte sie sich mit John durch den Kellereingang in das Krankenhaus, in dem auch sie in ihren Anfangstagen als Grande schon so manche Wunde hatte verarzten lassen. Sie fürchtete, dass die Stromstöße jeden Augenblick wiederkehren könnten. Eben noch hatte sie die Hoffnung gehabt, Yuka hätte es aufgegeben, ihnen einen Schlag zu versetzen, aber dann hatte sie ihr doch noch einmal einen Schwall Schmerzen geschickt. Sie musste wieder und wieder auf den Knopf gedrückt haben, und Cosima hatte das Gefühl, dass die Kapitänin der *Inanna* sie aus Frust über ihr Versagen foltern wollte.

Cosima zog eine schwebende Liege aus einer Nische neben den Transportertüren, für die sofort eine neue durch eine Öffnung hervorkam. Nur mit größter Mühe und unter noch schlimmer schmerzenden Handgelenken gelang es ihr, John auf die Liege zu wuchten.

Cosima schob John nun mit dem schwebenden Krankenbett durch einen kurzen Gang auf den Hauptkorridor, der Zugang zu den einzelnen Krankenmodulen bot. Und obwohl die Anzeige des Medi-Patches immer noch rot leuchtete, überkam Cosima ein Gefühl der Erleichterung. Zum ersten Mal, seit sie aus dem Shuttle gestiegen war, konnte sie unbeschwert durchatmen.

Ein sanfter Minzgeruch wehte ihr entgegen, als würden die grünen Bahnen, die sich die hellgraue Wand entlangzogen, Duftstoffe absondern. Es war ruhig auf dem Korridor, nur zwei der Zimmer waren belegt; dies konnte sie an den orangefarbenen Anzeigen über den breiten Eingängen ablesen.

Durch eine offene Tür, über der das schmale Display ausgeschaltet war, schob Cosima John mit der Liege in den Vorraum eines Krankenzimmers. Sie prüfte, ob der Patch an Johns Körper Signale an das Krankenhaus schickte, und war beruhigt, das hellblaue Kontaktsymbol zu sehen.

Es dauerte nicht einmal eine Minute, und eine Ärztin kam vom Hauptgang in den Vorraum herein und stellte sich als Dr. Kallesta Schütz vor. Sie hatte hellbraunes Haar und ein kindliches Gesicht. Ihr Kopfschütteln und ihr lautes Durchatmen machten klar, wie unangenehm ihr Cosimas und Johns Anwesenheit war. »Schusswunde und Stromschläge«, sagte sie. »Eine tolle Kombination!« Sie flüsterte einer blonden Modultechnikerin, die nun hinter ihr hereinkam, etwas zu, und Cosima fürchtete, dass man sie erkannt hatte und die Technikerin sie nun an Kempinski oder die Carrender-Foundation verriet. Aber sie hatte keine Wahl. Sie wollte John nicht sterben lassen – nicht auch noch ihn.

Während Dr. Schütz den Medi-Patch von der Wunde entfernte und durch einen größeren ersetzte, dachte Cosima an die letzten zwei Jahre. Sie hatte diesen Mann, der auf der Liege ruhte und an ihr Handgelenk gefesselt war, über ein Jahrzehnt lang bekämpft, und nun bangte sie um sein Leben.

Das neue Medi-Modul leuchtete wieder gelb. »Wir brauchen was Besseres«, sagte Dr. Schütz und prüfte auf dem Schirm des Patches, der auf dem Ärmel ihres Arztkittels haftete, die Daten des Moduls. Sie wandte sich an die Technikerin und nannte ihr einige Module mit Unterkomponenten, die sie benötigte. Die zierliche Frau nickte und verließ das Zimmer durch eine Seitentür, die sich sofort hinter ihr schloss.

Nun wandte sich Dr. Schütz an Cosima. »Es ist ernst«, sagte sie. »Aber mit ein bisschen Glück sollten wir es schaffen.«

»Und sind wir hier sicher?«, fragte Cosima.

»Nicht lange. Und das macht mir Sorgen, Ms. Amberson.«

»Sie kennen mich also?«, fragte Cosima.

»Und ich kenne John. Hab ihn oft zusammengeflickt, wenn Ihre Leute ihm wieder einmal zugesetzt hatten. Ich muss gestehen, dass ich überrascht bin, Sie beide hier so anzutreffen. Es hätte mich in Anbetracht dieser Handschellen nicht gewundert, wenn man mir John mit einer fehlenden Hand eingeliefert hätte.«

Cosima lachte leise. »Darauf bin ich im Eifer des Gefechts nicht gekommen. Das nächste Mal vielleicht. Können Sie die Fessel lösen?«

»Meine Technikerin kümmert sich darum.«

»Und wird John es überstehen?«

Dr. Schütz vergrößerte den Schirm ihres Patches, sodass auch Cosima darauf Johns Organe als klare Flächen erkennen konnte. Die meisten davon waren rot gefärbt. »Er hat innere Verletzungen. Sieht demnach übel aus«, sagte Dr. Schütz.

»Er wird also sterben?«

Die Ärztin lachte. »Nein, nein. Der kommt durch. Ich meine, es sieht übel für Sie aus. Ihr Erzfeind wird leben.«

Cosima fuhr ihm durchs Haar. »Wie er das hassen wird!«

»Sagen Sie: Stimmt es, dass John und Sie gemeinsam ein KI-Modul gestohlen haben?«

»Alles Lüge. Aber wer glaubt schon Leuten wie uns? Sagen Sie mir nur eins: Werden Sie uns verraten, um das Kopfgeld zu kassieren?«

»Nein«, sagte die Ärztin. »Ich hatte immer eine Schwäche für John.«

Die Technikerin kehrte mit zwei Modulen aus dem Seitenzimmer zurück. Mit dem einen ersetzte sie den MediPatch, den Dr. Schütz eben angebracht hatte, und sofort leuchtete die Statusanzeige in einem hellen Gelb. Das andere Modul heftete sie auf die Handschellen, die Cosima mit John verbanden. Das quadratische Modul begann sofort grau zu blinken. »Es könnte …«, sagte die Technikerin, doch die Handschellen öffneten sich sofort. »Vergessen Sie es«, setzte die junge Frau grinsend nach und öffnete genauso schnell die übrigen Fesseln an Johns und Cosimas Händen.

»Ihre Ausstattung ist beachtlich«, sagte Cosima nickend.

»Wir sind auf alles vorbereitet«, erklärte Dr. Schütz. »So, Ms. Amberson.« Sie wies zur Tür. »Bitte gehen Sie nach draußen in die Warteschleuse.«

Cosima nickte, trat hinaus und rieb sich die brennenden Handgelenke. Kaum hatte sie sich auf einen der gepolsterten Sitze niedergelassen, die sich an der Wand reihten, öffnete sich die Tür, und Trent Kalish trat ein. »Wo ist er?«, fragte er.

»Da drinnen«, antwortete Cosima und konnte kaum glauben, Johns Strategen vor Augen zu haben. »Er wird's überleben«, sagte sie leise und musterte ihn. Er sah immer noch gut aus. Die Stirn war ein wenig höher, aber seine graublauen Augen strahlten noch wie früher, wenn nun auch in Sorge.

Trent löste seinen Blick nur zögerlich von der Tür zum Behandlungsraum. Und als er Cosima anblickte, blinzelte er, als erwachte er aus einem Traum. »Cosima«, sagte er kopfschüttelnd. Dann lächelte er. »Cosima Amberson! Unfassbar, dass das alles wahr sein soll. Du und John – zwei Jahre auf einem Frachter gefangen.«

»Klingt wie die Hölle, oder?«, sagte sie und lehnte sich zurück.

»Überhaupt nicht. Wenn man nur eure alten Zeiten als Teenager und die Lage jetzt kennen würde, dann würde es niemanden wundern. Was dazwischen ist, das hätte nie passieren dürfen.«

Cosima dachte an Spencer und dessen Eindruck, versagt zu haben. »Es ist nun mal passiert. Vielleicht gerade weil wir damals große Pläne hatten und beide unter unseren Erwartungen blieben. Dies ist nicht die Welt, die wir schaffen wollten.«

»Ich habe nie verstanden, warum ihr diese Ambitionen hattet.«

»Du kanntest Johns Onkel.«

Trent seufzte. »Ein echter Motivator – im negativen Sinne. Wie ich ihn hasste!«

»Nun stell dir mal vor, du bist der Neffe von ihm.«

Trent nickte. »John hat immer vermutet, dass er hinter dem Tod seines Vaters steckte. Erst viel später hat er erfahren, dass Ward nichts damit zu tun hatte. *Dixon & Winterberg* sind es gewesen.«

Cosima staunte. Dixon & Winterberg Shipments war ein kleiner Schattenkonzern gewesen, der über die Stränge geschlagen hatte. John hatte ihr nie davon erzählt. »Deswegen ist er damals gegen sie vorgegangen?«

Trent nickte.

»Egal. Es gab auch andere Gründe, Ward zu hassen«, sagte Cosima und dachte an Nerina. »Aber ganz gleich, wie es gewesen ist, es war nur eine Frage der Zeit, bis wir uns in die Quere kommen mussten.« Sie wusste, dass das nicht stimmte. Spencer hatte ihr das damals eingeredet, und sicher hatte es auf Johns Seite ebenfalls Ratgeber der alten Schule gegeben, die ihn vor ihr gewarnt hatten.

»Und jetzt?«, fragte Trent und starrte sie mit großen Augen an.

Cosima atmete weit aus. »Und jetzt ist es aus. Ich habe Amberson verloren, und Glennscaul …«

»… besteht jetzt aus John und mir.«

»Geht es schlimmer?«

»Wir könnten jetzt tot sein.«

»Wenn alles seinen normalen Weg geht, *werden* wir tot sein. Kempinski und die Carrender-Foundation sind uns auf den Fersen. Und Bennath – so glauben wir – möchte uns tot sehen, ganz gleich, was es kostet.«

»Ich habe schon Polizeivideos gesehen. Die sind zwar geflohen wie die Hasen, aber ein so offener Angriff ist gegen jede Regel, die je galt.«

Cosima nickte. »Es geht bei Bennath offensichtlich um alles oder nichts. Ich verstehe aber nicht, warum er uns tot sehen will. So kommt er niemals an das KI-Modul.«

Die Tür zum Behandlungsraum öffnete sich, und die Modultechnikerin kam heraus, grüßte Trent kurz und begab sich zügig auf den Hauptgang. Die Ärztin hingegen, die nun aus Johns Zimmer kam, näherte sich ihnen mit ruhigen Schritten. »So. Das wär's erst mal«, erklärte sie.

»Hallo, Kallesta«, sagte Trent.

Die Ärztin spitzte die Lippen zu einem lieblichen Lächeln. Es war offensichtlich, dass sie und Trent eine Vergangenheit hatten.

»Es ist alles getan«, sagte sie. »Die Medi-Module müsst ihr dranlassen. Aber er ist jetzt transportfähig.«

»Sie möchten ihn loswerden?«, fragte Cosima.

»Verstehen Sie mich nicht falsch: Ich schätze John. Aber ich weiß, in welches Wespennest er und Sie geschlagen haben. Und man muss kein Genie sein, um ihn hier oder in anderen Krankenhäusern zu suchen.«

»Danke, Doktor«, sagte Cosima. »Ich wollte Sie nicht kritisieren. Vielen Dank!«

Dr. Schütz nickte. »Wir haben bei John weitere Module angebracht, die das Hauptmodul unterstützen. Er ist jetzt perfekt eingestellt. Die Module können Sie irgendwann zusammen mit der Liege hier oder über eine Rückgabestation abgeben.«

»Danke, Kallesta«, sagte Trent.

Die Ärztin lächelte Johns Strategen an, schaute dann auf ihren summenden Patch und zuckte mit den Schultern. »Tut mir leid. Ein Notfall. Wir sehen uns.« Und schon war sie verschwunden.

Cosima und Trent gingen zu John hinein. Er wirkte auf Cosima wie ein schlafendes Kind. Auf seiner Brust ruhte sein Glücksbringer an der Halskette – die kleine Kugel, die eine Art Modul zu sein schien. Offenbar hatte Dr. Schütz sie bemerkt und unter dem Hemd hervorgezogen.

»Los, Cosima, sonst verliebst du dich noch in ihn«, sagte Trent.

»Arschloch!«, erwiderte sie in gespielter Empörung.

»Du wärst nicht die Erste, die ihn schlafen sieht und süß findet.«

»Das hat ihn wahrscheinlich in den letzten zwei Jahren davor bewahrt, von mir im Schlaf getötet zu werden.«

Sie schoben die schwebende Liege zu dem Transporter, in dem Trent gekommen war – ein altes, unauffälliges Modell, das sich im Untergrund bewegte und sicherlich nicht ohne Weiteres zurückverfolgt werden konnte.

»Zeit zum Untertauchen – im wörtlichen Sinne«, sagte Trent mit einem schiefen Grinsen.

»Ich würde ja eine meiner Zufluchten zur Verfügung stellen«, erklärte Cosima. »Aber ich weiß nicht, ob sie noch meine sind.« Sie hätte erst herausfinden müssen, wie viele ihrer Geheimnisse ihre Widersacher aufgedeckt hatten.

»Keine Sorge«, sagte Trent. »John hat noch eine Zuflucht und ein paar Depots, die wir nutzen können. Ich hätte sie beinahe verkaufen müssen. Das war nicht nur eine Zuflucht vor Gefahren, sondern auch vor dem Stress. Ein Geheimversteck, das nur wenige kennen. Nur für die Familie und die engsten Freunde.«

Cosima lachte. »Und jetzt auch für die engsten Feinde.«

»Ihr seid doch keine Feinde mehr. John bezeichnete euch als Komplizen.«

Cosima winkte ab. »Du musst zugeben, dass man den Eindruck gewinnen könnte, dass unsere Feindschaft weniger Chaos verursacht hat als unsere Zusammenarbeit. Vielleicht ist Pandaros-3 einfach zu klein für John und mich – ganz gleich, ob wir nun Komplizen oder Feinde sind.«

»Weil eure Egos der Gravitation des Jupiter Konkurrenz machen. Ehrlich! Ihr nehmt die Bezeichnung *Granden* ein wenig zu wörtlich.« Er schnalzte und schüttelte den Kopf. »Was ihr alles tun könntet, wenn ihr euch endlich auf eure Anfänge besinnen würdet!«

»Wie war das damals eigentlich? Hat John nur auf meine Sticheleien reagiert, oder gab es Stimmen auf eurer Seite, die ihm rieten, gegen mich vorzugehen?«

Trent schaute an Johns Körper entlang. »Die Alten rieten ihm zum Angriff.«

»So wie bei mir.«

»Aber du hattest Spencer, der an eurem gemeinsamen Aufstieg mitgearbeitet hat.«

»Ja, aber als ich an der Spitze war, hat er mir geraten, gegen John vorzugehen. Das war der Fehler – dass wir da auf die Alten gehört haben.«

»Es ist nicht zu spät«, sagte Trent beinahe fragend. »Ich denke, wir alle haben aus der Vergangenheit gelernt. Selbst Spencer würde das zugeben, wenn er dich hier mit John sehen würde.«

»Spencer ist tot.«

»Was?«, sagte Trent, und sein Gesicht erstarrte zu einer Maske. »Bei dem Angriff?«

Cosima schluckte. »Vor unseren Augen. Er hat sich noch

Vorwürfe gemacht, weil er den Hass zwischen uns geschürt hat.«

»Ich kann nicht glauben, dass es ihn erwischt hat. Vor zwei Jahren, da hätte es mich nicht gewundert. Der Mann hat sich fast zu Tode gesoffen. Aber dann hat er sich gefangen. Ich habe ihn auf einigen Partys gesehen und mit ihm gesprochen. Und jetzt durch so einen dämlichen Angriff umzukommen …« Er schüttelte den Kopf. »Es läuft aber auch alles schief.«

»Stimmt«, sagte John leise und hustete.

Cosima senkte den Blick auf ihren verletzten Komplizen.

Da öffnete John langsam die Augen und fühlte sich wie im Halbschlaf. Links von ihm hatte Cosima kaum Platz für ihre Beine, und rechts von ihm hatte Trent seine Füße sogar auf die Bank gehoben, damit das Bett genug Platz hatte.

John erinnerte sich, was geschehen war. »Wenn Cozy und ich zusammenarbeiten, geht alles schief«, sagte er mit kratziger Stimme.

Cosima tauschte einen Blick mit Trent. Ein Strahlen zeigte sich im Gesicht des Strategen. Und auch Cosima war erleichtert. Sie hätte es nicht zugegeben, aber John zu verlieren wäre wie eine Niederlage gewesen – nicht nur, weil sie dann fünfzig Jahre auf das KI-Modul hätte warten müssen.

»War ja klar, dass du zugehört hast«, sagte Trent kopfschüttelnd. »Wieder mal das Grandengehör!«

»Cozys Stimme ist … penetrant«, sagte John. »Da hören selbst die Toten mit.«

»Schön, dass die Toten mit mir einer Meinung sind«, erwiderte Cosima grinsend.

»Zusammenarbeiten ist Mist«, erklärte John und schluckte.

Trent gab ihm eine Trinkflasche. Nachdem John einen Schluck Wasser getrunken hatte, sagte er: »Das Problem ist, dass nicht nur unsere Fähigkeiten sich verbünden, sondern auch unsere Ambitionen.« Seine Stimme blieb rau. »Wohin geht's?« fragte er.

»Die Zuflucht in der Tiefe«, sagte Trent.

John schaute Cosima schmunzelnd an. »Davon hast du geträumt, nicht wahr?«

Cosima verdrehte die Augen. »Klar. Ich träume schon seit geraumer Zeit davon, eure Männerbude zu sehen.«

Als sie hinter Trent und John, der langsam atmend auf seiner schwebenden Liege ruhte, aus dem Transporter trat, war Cosima überrascht. Sie kamen in einen weiten Raum mit dunklen Marmorfußböden und hellen Felswänden. Das warme Licht, das die aufs Nötigste reduzierte Einrichtung hervorhob, nahm allem die Schwere. Es gab sogar Fenster. Zwar waren dahinter auch nur Felswände und Pflanzen zu sehen, aber das Licht, das von dort hereindrang, wirkte beinahe wie der Abendschein, in den das Ambiente-System von Pandaros-3 die Bezirke am Ende eines Tages tauchte.

Eine große Wohnlandschaft und der lange Esstisch, der sich in einen weiten Speisebereich hineinzog, sprachen dafür, dass hier Platz für eine Großfamilie war.

Cosima nickte anerkennend. »Nicht schlecht. Zeitlos. Hätte ich dir nicht zugetraut.«

»Und du hättest recht. Meine Urgroßmutter …« John stockte. Das Sprechen strengte ihn immer noch an. »Meine Urgroßmutter hat das hier eingerichtet.« Er holte tief Luft.

Trent schob Johns Schwebeliege durch das Zimmer, während Cosima neben ihnen herging. »Eine familienbewusste Frau, deine Urgroßmutter«, sagte sie. »Sie fürchtete wohl hier mit allen, die ihr lieb waren, untertauchen zu müssen.«

John schwieg.

»Nach den Geschichten, die man von der guten Rachel hört«, sagte Trent, »hätte sie sich gewünscht, hier unten die ganze Familie zusammenzubekommen und wie eine Fürstin zu residieren.«

»Meine Urgroßmutter war genauso«, erklärte Cosima. »Was die Alten wohl zu unserer Generation gesagt hätten? Wir sind die Einzigen, die noch geblieben sind.«

John hatte zwar noch entfernte Verwandte, aber sie waren

längst auf Distanz gegangen – möglichst weit weg von dem Chaos und den Gefahren in seiner Nähe. »Unsere Urgroßmütter wären enttäuscht«, brachte er mühsam hervor.

Cosima nickte. »Wahrscheinlich.«

Ein hell erleuchteter Gang, in den man durch transparente Wände schauen konnte, führte nach links zu einem großen Schlafzimmer, an das ein kleiner Wohnbereich und ein Büro angeschlossen waren. Das Zimmer des Oberhaupts der Glennscaul-Familie.

Trent und Cosima halfen John von der Schwebeliege herab. Von ihnen gestützt, machte er den Schritt zum Bett und ließ sich darauf sinken. Er legte sich zurück und schaute an sich hinab. Die Module, die an den aufgeschnittenen Stellen seine Kleidung durchdrangen und auf seiner Haut hafteten, leuchteten grün. Nur eines, direkt über seiner Hüfte, strahlte in einem leichten Gelb. Eben war es noch grün gewesen. Vielleicht lief es doch nicht so gut, wie er geglaubt hatte. Er fasste die Kugel, die am Ende seiner Halskette haftete.

»Hübsches Zimmer«, sagte Cosima und schaute an den Vorhängen hinauf.

John atmete durch und sagte: »Meine Urgroßmutter ist in diesem Bett gestorben.«

Cosima lachte. »Wie passend, du Jammerlappen!«

Trent klopfte ihm sanft auf die Schulter. »Keine Sorge, hier wirst du dich erholen.« Er zeigte zu einem schmalen Gang auf der anderen Seite. »Schaffst du es allein bis ins Bad?«

John nickte, war sich aber nicht sicher.

»Gut. Dann werde ich mich jetzt aufmachen, um ein paar Dinge zu erledigen.«

»Wie sicher ist das Ganze hier?«, fragte Cosima.

Trent schaute sie ernst an. »Du kannst dir über den Logistik-Transporter alles bestellen, was du willst. Es wird umgeleitet, sodass niemand die Fracht hierher verfolgen kann. Im Grunde kannst du hier alles so tun, wie du es gewohnt bist. Hauptsache, ihr beiden bleibt hier. Keine Ausflüge!«

»Du hast mich eben gefragt, ob ich es ins Bad schaffe. Und jetzt machst du dir Sorgen, dass ich auf dumme Ideen kommen könnte?«

»Er meint nicht dich, Dummerchen«, entgegnete Cosima und wandte sich dann an Trent. »Keine Sorge. Wenn jemand daran gewöhnt ist, an einem Ort zu bleiben und nicht entkommen zu können, dann sind wir es. Und jetzt, mein allerliebster Trent, hätte ich gerne eine Führung durch dieses Schattenhaus im Untergrund.«

* * *

Yuka befand sich endlich wieder auf der *Inanna*, aber genießen konnte sie es nicht. Sie stand in ihrem Büro vor ihrem Arbeitstisch und schaute auf die Wand, die sie auf ganzer Fläche zum Bildschirm geschaltet hatte. Nun musste sie dem Vorstand der Carrender-Foundation Rede und Antwort stehen; zwei Dutzend Männer und Frauen von jung bis alt aus diversen Abteilungen starrten ihr wie aus Fenstern entgegen.

In der Mitte schwebte die faltige Miene des Vorsitzenden Wilfried Carrender, einem Mitglied der Stifterfamilie. Er wirkte wie ein kahlköpfiger Gott, der den Rest des Pantheons um sich versammelt hatte und nun über sie, eine gemeine Sterbliche, das Urteil sprach. »Es ist aus, Captain Manderton«, sagte Carrender. »Wir waren geduldig. Aber Ihr Versagen lässt uns keine andere Wahl. Mit sofortiger Wirkung ziehen wir unsere Ressourcen von der *Inanna* zurück.«

Ressourcen! Wahrscheinlich wusste er nicht einmal, dass diese Ressourcen in diesem Fall ausschließlich aus Menschen bestanden. Alles andere hatte sie sich über die Kredite beschafft, die die Foundation ihr gewährt hatte.

»Wir machen Gebrauch von Paragraf 47.«

Yuka hielt den Atem an. Mit Paragraf 47 forderten sie ihr Geld zurück, weil Yuka der Foundation geschadet hatte. Dagegen ließ sich klagen, doch was geschehen war, stellte im Grunde ein Paradebeispiel dafür dar, wie durch Tun oder Unterlassen der Foundation Schaden zugefügt wurde. Sie hätte es nicht gewagt zu klagen.

»Sie haben bis Ende des Jahres Zeit«, sagte Wilfried Carrender. »Bis zum 1. Januar müssen wir das Geld haben. Das sind dreieinhalb Monate. Ihnen ist klar, was das heißt?«

Yuka nickte. »Sollte ich nicht zahlen, holen Sie sich die *Inanna*.« Damit nutzte die Foundation die einzige Hintertür, frühzeitig ihren Kredit zurückzufordern.

»Wir machen Ihnen ein Angebot, weil wir Ihre Dienste in der Vergangenheit immer geschätzt haben. Wir zahlen Ihnen vierzigtausend Dollar für einen Neuanfang. Kein Darlehen, sondern eine Abfindung. Dafür überlassen Sie uns die *Inanna* sofort.«

Yuka hasste es, wie er ihr unterschwellig dadurch mitteilte, dass sie die *Inanna* nicht einmal verkaufen konnte. Denn die Foundation hatte ein Vorkaufsrecht und musste ihr erst nach fünf Monaten ein endgültiges Angebot vorlegen. Bis dahin wäre sie ruiniert. Obwohl sie nicht wusste, wie sie sich aus ihrer Bedrängnis befreien sollte, sagte sie: »Ich werde das Geld, das ich Ihnen schulde, beschaffen und die *Inanna* behalten. Aber vielen Dank für das Angebot, Sir!«

»Denken Sie darüber nach«, sagte Wilfried Carrender.

Was für ein Angebot war das? Die *Inanna* war inzwischen bestimmt über siebzig Millionen Dollar wert. Und ihre Schulden betrugen gerade einmal zwölf Millionen. Das war zwar alles andere als wenig, aber sie hätte sie in einigen Jahren abbezahlen können.

Wilfried Carrenders Vorschlag war eine Unverschämtheit. Das Grinsen, das sich in einigen der Mienen verbreitete, sagte Yuka alles, was sie wissen musste. Nur Desmond Coffield, mit dem sie auf der *Inanna* in Kontakt gestanden hatte, machte ein bedrücktes Gesicht – ob aus Mitleid oder weil vielleicht sein eigener Stuhl wackelte, konnte sie nicht entscheiden. Sie wusste nur, dass diese ehrenwerten Männer und Frauen es ihr unmöglich machen wollten, das Geld auf legalem Weg zu beschaffen. Und selbst wenn sie nichts unternahmen, um es zu unterbinden: Wer würde ihr nun noch Geld leihen? In der Schattenwelt würde sie vielleicht etwas bekommen. Aber vermutlich wäre sie dort die *Inanna* noch schneller los.

»Es tut mir leid«, sagte Wilfried Carrender, und Yuka glaubte, echtes Bedauern von seinen blauen Augen abzulesen. Sie hatte bis zu der Katastrophe gute Arbeit geleistet, und wer würde die *Inanna* so leiten können wie sie? Es war ein Verlust – für sie alle. Und selbst wenn einige dieser Gesichter dort grinsten: Die Carrender-Foundation hatte in diesem Augenblick nicht nur durch ihr Versagen Ansehen verloren. Mit ihr verloren sie eine ihrer führenden Kapitäninnen.

»Denken Sie darüber nach«, wiederholte Carrender.

»Das werde ich, Sir. Und vielen Dank für alles!« Sie war zwar dankbar für das, was die Unterstützung der Carrender-Foundation ihr ermöglicht hatte, aber es schmerzte, dass es in einer solchen Enttäuschung enden musste.

Während sich die Gesichter auf dem Schirm nach und nach auflösten, wurde Yuka klar, dass dies das Ende des Lebens war, das sie gekannt hatte. Und was immer nun geschehen mochte – es konnte nur weit bergab führen.

* * *

Cosima und John verbrachten nun bereits eine Woche in der geheimen Unterkunft, und jedes Mal, wenn Trent zurückkehrte, wurde ihre Hoffnung enttäuscht, irgendwo einen Verbündeten aufzutun, der mächtig genug war, ihnen zu helfen. Natürlich wussten alle, die sich auskannten, wer Trent war. Und so konnte er nicht allzu sehr aus der Versenkung auftauchen – nur gerade so weit, dass er Information sammeln konnte. Die Feierlichkeiten zum Tag der Demokratie am 15. September erleichterten seine Arbeit ein wenig, da bei all den Veranstaltungen und Straßenfesten die Lage auf der Station unübersichtlich war und Trent gelernt hatte, in einem solchen Klima zu agieren.

Kendra Bassetti war ihm eine große Hilfe. Zunächst einmal ermittelte sie, dass Kempinski im Besitz der persönlichen Patches von John und Cosima war. Über das Netz löschte sie die beiden Computer, sodass Kempinski sie nicht missbrauchen konnte. Dann beschaffte sie ihnen neue Patches und sorgte dafür, dass bei ihrer Identifizierung niemand ihren Standort zurückverfolgen konnte. Sie schützte sogar die Verbindungen, die Cosima und John aufbauten, um ihre im Netz gesicherten Daten abzurufen. Weder dafür noch für die Beschaffung anderer Informationen mussten sie oder Kendra sich nach draußen bewegen.

Um die Dinge, die sich nur von Angesicht zu Angesicht regeln ließen, kümmerte sich Trent. Er stellte sich den damit verbundenen Gefahren immer wieder, doch leider gab es kaum irgendwo jemanden, der ihnen zu Hilfe kommen wollte. Immerhin kehrte Trent stets mit neuen Informationen zurück.

Kempinski hatte das Kopfgeld für Cosima und John von 100 000 auf 200 000 Dollar erhöht. Amberson Unbound leckte sich die Wunden und forderte von Kempinski Entschädigung, die sie natürlich niemals bekommen würden. Bennath hatte sich gegen Vorwürfe gewehrt, hinter dem Diebstahl zu stecken, was im Grunde bedeutete, dass Yuka die Attacke auf Cosimas Haus überstanden und ihren Auftraggebern einen Bericht vorgelegt hatte.

Natürlich gab es keine Beweise dafür, dass Bennath hinter dem Anschlag steckte. Immerhin aber hatten die Ermittlungen auf der *Inanna* ergeben, dass die Spuren, die zu ihnen geführt hatten, platziert worden waren. Es war mehr oder weniger erwiesen, dass sie nicht allein hätten arbeiten können. Und weil Kempinski auf der Suche nach den Spurenlegern war, verbreitete sich die Nachricht schnell.

Das Verhältnis zwischen Kempinski und Bennath war durch die Anschuldigung belastet, die Cosima und John Yuka gegenüber offenbart hatten, aber die Frage war, wie weit Kempinski gehen würde, wenn für die Behauptung zweier Granden nichts als deren Wort stand. Trent war der Ansicht, dass sich ohne Beweise nichts daraus entwickeln würde.

Was die Carrender-Foundation anging, hatte Trent erfahren, dass sie sich von Yuka Manderton getrennt hatte. Was das bedeutete, konnten Cosima und John sich vorstellen: Sie würde die *INANNA* verlieren.

Nun saßen Cosima und John vor dem großen Schirm im Wohnbereich und spielten Triptyx gegeneinander. Sie hätten sich spezielle Controller liefern lassen können, aber da das Spiel nur der Ablenkung diente, verwendeten sie die neuen Patches, die Kendra ihnen besorgt hatte, und ließen sich davon die Steuermodule durch die Schirmtechnik erzeugen.

Cosima gewann ein Rennen nach dem anderen, konnte ihren Triumph aber nicht genießen, denn John war noch angeschlagen und konnte sich kaum konzentrieren, wenngleich seine Reflexe erstaunlich waren.

Zwar versuchte John seine Schwäche herunterzuspielen, aber tatsächlich fühlte er sich, als hätten ihm die Medi-Module jeden Tropfen seines Blutes ausgesaugt. Er war froh, sie nicht länger tragen zu müssen, hatte ständig Durst und Hunger und sprühte vor mehr Tatendrang, als ihm guttat.

Nachdem er endlich einmal ein Rennen gewonnen hatte, atmete John durch und ließ den Controller los. Sofort wurde dieser transparent, schrumpfte und kroch zurück in Johns Patch auf seinem Handrücken.

»Was ist los?«, fragte Cosima. »Sonst bin ich doch immer diejenige, die aufhört.«

»Bennath lässt mir keine Ruhe. Warum hat er dein Haus angegriffen?«

»Genau genommen können wir uns nicht sicher sein, dass er es gewesen ist«, erwiderte Cosima.

»Er war es«, sagte John. »Wer sonst würde ein solches Risiko eingehen? KI-Modul hin oder her.«

»Aber es haben zu wollen, reicht nicht aus. Da muss mehr dahinterstecken. Es ist … befremdlich.«

John nickte. »Er riskiert zu viel, als dass es um ein einfaches Mikro-KI-Modul gehen kann – so wertvoll es auch ist. Es ist ja nicht so, als wäre das Modul das einzige, das auf dem Markt ist.«

Cosima stutzte. »Was, wenn etwas auf dem KI-Modul gespeichert ist?«

»Hieß es nicht, dass es leer ist und erst in ein System integriert werden muss?«

»Vielleicht war vorher etwas darauf, das noch nicht ganz gelöscht ist. Das kann vorkommen.«

John kannte vor allem Horrorfilme, in denen die Schiffs-KIs von Restdaten korrumpiert wurden und dann über ihre Crew herfielen. »Der einzige Weg, das herauszufinden, ist, das Modul in ein geeignetes System einzusetzen«, sagte er.

»Wäre das hier möglich?«, fragte Cosima.

»Nein«, antwortete John.

»Wie wäre es mit der *Amberscaul*?«

»Das habe ich schon auf der *Inanna* geprüft. Sie hat keinen passenden Sockel. Und selbst wenn, wäre es zu riskant. Die Gefahr, am Frachthafen entdeckt zu werden, ist groß. Wir können von Glück reden, wenn wir das Mikro-KI-Modul auslösen können.« John stutzte, dann grinste er. »Ich habe eine Idee.«

»Dieses Gesicht macht mir Angst, Alfie. Das machst du immer, wenn du eine Dummheit begehst.«

»Vielleicht ist es dumm. Aber ich weiß, wo uns niemand vermuten wird«, sagte John und schaute Cosima erwartungsvoll an.

»Oh nein«, erwiderte sie. »Nein, nein, nein. Nicht die *Inanna*! Nein!«

»Zwei Dumme, ein Gedanke. Die *Inanna*!«

»Yuka wird uns über den Haufen schießen«, sagte Cosima.

»Nicht, wenn wir ihr anbieten, den Schaden wiedergutzumachen, indem wir dafür sorgen, dass sie ihr Schiff behalten kann.«

»Du spinnst!« Sie grinste. »Du, der in ihrer Gegenwart wackelige Knie bekommt, willst ihr entgegentreten. Das ist verrückt!«

»Nicht so verrückt wie die Idee, Bennath die Beute abzujagen.«

Cosima wiegte den Kopf hin und her.

»Was sagst du?«

Cosima machte große Augen. »Ich sage, dass du recht hast und wir jetzt dreist sein müssen. So dreist, dass jeder sagt, dass wir das nicht tun würden. Wenn wir aus diesem Mist rauskommen wollen, müssen wir groß denken. Deine Idee – sie gefällt mir. Entweder ist sie genial – oder die blödeste Idee in der Geschichte des Universums.«

»Das ist fast das Netteste, was du je gesagt hast, Cozy.«

»Schön, aber wie überzeugen wir Yuka davon, uns nicht die Köpfe abzureißen? Und angenommen, sie bringt uns nicht gleich um: Wie bringen wir sie dazu, uns zu erlauben, die Mikro-KI in ihr Schiff zu integrieren?«

»Du hast es selbst gesagt: Wir müssen groß denken – indem wir *sie* dazu bringen, groß zu denken.«

Cosima lachte. »Wir sind ganz unten, John. Und trotzdem tun wir so, als wären wir noch Granden.«

»Die Granden von Pandaros-3«, erwiderte John mit übertriebener Stimme.

Cosima lächelte schief. »Immerhin: Wenn wir dabei draufgehen, werden wir zu Legenden.«

Ganz unten

Als der Morgen nahte und Yuka auf dem Spaziergang wieder nüchtern zu werden drohte, wollte sie der Nacht aus der Vorderstadt in die Hinterstadt folgen, um dort weiterzutrinken. Statt mit einem Taxi, einem unterirdischen Transporter oder in der Straßenbahn zu fahren, ging sie zu Fuß los. Am Raumhafen betrat sie die Fahrsteige, mit ihren sechzehn Bändern, von denen eines schneller als das andere fuhr. Durch eine Schleuse in dem Gebäudewall, der die Vorderstadt von der Stationsmitte trennte, kam sie von der ausgehenden Nacht in den ewigen Tag. Sie aber wollte hinüber in die Hinterstadt, wo es nun 18 Uhr war und wo bald die Nacht einsetzte.

Auf dem Fahrtsteig bewegte sich Yuka durch den Hauptteil des Raumhafens, der die beiden Gebäudewände, die die Stationsmitte begrenzten, auf breiter Fläche miteinander verband. Auf halbem Weg hatte sie genug und wechselte von Band zu Band, bis sie sich auf dem Gang zwischen den gegenläufigen Fahrsteigen befand. Dort folgte sie einer Treppe nach unten, verließ den Raumhafen und überlegte, hier in die Straßenbahn einzusteigen.

Da erblickte sie eine Reihe von Bars, die sich die Straße entlangzogen, und beschloss, mit dem Tageslicht hier in der Stationsmitte Frieden zu schließen und ihren Plan aufzugeben, hinüber in die Hinterstadt zu gehen.

Sie mischte sich unter die Schiffsbesatzungen und Hafenangestellten, die hier verkehrten, und betrat schließlich eine Bar namens *Gyroskop*, hatte aber kein Interesse, irgendwelche Gespräche zu führen.

Am Tresen ließ sie Männer wie Frauen, die sich ihr annäherten, freundlich, aber zielsicher ins Leere laufen. Aber sie lauschte auf das, was die Gäste sagten. So erfuhr sie, dass die meisten nun Feierabend hatten und in der Hinterstadt wohnten.

Jedes Mal, wenn die Bedienung oder der Wirt selber zu ihr kam, konnte sie aufs Neue in den Gesichtern lesen, dass sie genau über sie Bescheid wussten. Sie hatte noch ihre Uniform an, eine zivile Arbeitskleidung, die deutlich machte, dass sie ein hohes Tier auf irgendeinem Schiff war. Und sie hatte andere wie sie gesehen. Gescheitert und auf der Schwelle zu einem schlechteren Leben.

Nach zwei Stunden und einigen Gläsern Wein flüsterte ihr der Wirt zu, dass er gerade einen der Sessel am Fenster für sie reserviert habe. Offenbar erkannte der Mann eine Kundin, an der er viel Geld verdienen konnte. Sie lächelte ihn an und bestellte sich ein Frühstück – einen Toast mit Marmelade, dazu auf Empfehlung des Wirtes einen Jovialis, einen Kaffee mit Milch und rotem Sirup.

Sie nahm in dem Sessel Platz, befand ihn als unbequem, blieb aber dennoch sitzen, um nach draußen zu den Werften zu schauen, die sich dort auf einem Stück des Raumhafens erstreckten. Anhand der Schiffskörper versuchte sie zu erraten, um welche Modelle es sich handelte. Doch ihre Gedanken kehrten ein ums andere Mal zu ihren Problemen zurück.

Sie war erledigt – wirtschaftlich und menschlich. Von ihrer Crew war nur noch der harte Kern übrig: Zayda, Osred, Teodor und Juliana. Im Grunde waren es die, die ihr am nächsten standen. Mit ihnen ließ sich das Schiff wegen der vielen automatisierten Systeme und der Roboter zwar notdürftig betreiben, aber um das zu tun, was sie bisher getan hatte, reichte das bei Weitem nicht aus.

All die Servicekräfte, die sie sich sorgfältig ausgesucht hatte, waren von der Carrender-Foundation angestellt worden und arbeiteten jetzt gewiss bereits auf anderen Schiffen.

Die beste Crew des Sonnensystems war in alle Winde zerstreut. Und in ein paar Wochen würde sie die *Inanna* verlieren.

Nach dem Frühstück ließ Yuka sich einen Sake bringen und versuchte, die Realität erneut mit Alkohol hinunterzuspülen. Sie vertrug nicht viel, aber über die Stunden hatte sie das fast vergessen. In gewisser Weise hielt sie sich in einem Schwebezustand – nicht so betrunken, um die nächste Bestellung mit unklaren Worten auszusprechen, aber nicht klar genug, um an ihren Problemen zu verzweifeln.

Ihre Gedanken schweiften dabei immer wieder zu verrückten Plänen ab: dass sie die *Inanna* nahm und sich einfach davonstahl, um als Piratin das Sonnensystem unsicher zu machen, oder dass sie sich als professionelle Verhandlungsführerin anstellen ließ.

Während sie sich in der *Gyroskop*-Bar umschaute und den vielen Schiffsbildern an den Wänden mit dem Blick folgte und an den Speisen auf den Tischen erkannte, nach welcher Tageszeit die Gäste operierten, kam ihr eine weitere Idee für ihre Zukunft: die Bars und Restaurants, die man ihr in all den Jahren empfohlen hatte, zu besuchen und ihre Qualität zu prüfen. Yuka Manderton und die Reise durch die Gastronomie des Universums. Gastronomie und Astronomie!

Sie kicherte leise und schaute sich dann erneut um. Der Laden war immer noch gut besucht. Die Abendgäste aus der Hinterstadt waren noch da, und die Frühstücksgäste aus der Vorderstadt machten sich nach und nach davon. Yuka beobachtete den Wechsel zunächst mit einem Lächeln, doch dieses verging mit einem Mal, und wie ein Schwall Hitze kam die Verzweiflung über sie.

Mit der *Inanna* würde sie alles verlieren, wofür sie je gearbeitet hatte. Sie hatte alles, was sie besaß, nicht nur das Geld, sondern auch all ihre Kraft, Leidenschaft und ihre Kreativität in dieses Schiff gesteckt. Die Leere, in die sie der Verlust stürzen würde, spürte sie bereits jetzt. Und nur der nächste Drink und das Beobachten der Gäste lenkten sie davon ab.

Vielen der Leute, die draußen vorübergingen, konnte Yuka nicht ins Gesicht sehen. Sie trugen Visierhelme wie die Piloten alter Schiffe oder die Arbeiter, die sich in Gefahrenbereichen bewegten. Die Helme aber waren längst zu Modeartikeln geworden. Man konnte sein Gesicht verbergen, und in den Helmen konnte man allerlei Technik unterbringen. Es waren Abschottungssysteme, die günstig waren und eine Privatsphäre boten, selbst wenn weite Bereiche der Öffentlichkeit strengen Regeln unterlagen und keine automatisierte Kameraüberwachung zuließen, insbesondere keine automatisierte Auswertung des Bildmaterials.

Auch in die Bar kamen viele Gäste mit Helmen, und Yuka überlegte sich, ob es für sie nicht an der Zeit wäre, ihr Gesicht hinter so einer spiegelglatten Maske zu verbergen, damit nicht jeder ihre Verzweiflung erkannte.

Drei Gestalten fielen ihr besonders auf. Ihre glänzenden Overalls und ihre Visierhelme passten zwar hierher, aber sie wirkten weniger wie Raumschiff-, sondern eher wie Triptyx-Piloten.

Die drei ließen sich über die Treppe gegenüber dem Eingang auf die Galerie führen und verschwanden am Ende in einem Zimmer, durch das sie in den Schankraum herabschauen konnten, aber wegen der getönten Scheiben nicht selbst gesehen wurden. Eigentlich unnötig, dachte sie, wenn man sein Gesicht schon hinter Visieren versteckte. Aber wahrscheinlich würden sie die Helme dort oben abnehmen.

Nach einer Weile trat der Wirt an ihren Tisch und fragte sie, ob ihr die drei Gäste aufgefallen seien.

Sie nickte.

»Sie hätten Sie gerne als Gast dort oben«, sagte der Wirt, und ein hoffnungsvolles Lächeln legte sich auf sein breites Gesicht.

»Kennen Sie die?«, fragte Yuka.

»Sind zum ersten Mal hier, wissen aber von dem Zimmer da oben. Das sind Triptyx-Piloten. Gibt von Woche zu Woche mehr von denen.«

»Haben sie gesagt, was sie wollen?«

»Sie sagten, sie könnten Ihnen bei Ihrem Problem helfen.«

Yuka trank ihren Sake aus und nickte. »Dann werde ich mir die drei mal anschauen.«

Auf dem Weg nach oben fragte Yuka sich, was drei Rennpiloten ihr bieten konnten. Sie dachte sofort an die Triptyx-Rennen mit echten Boliden auf echten Strecken, abseits der Spielwelten. Was, wenn die drei einen Frachter für die Logistik ihrer Renner brauchten? Vielleicht war das ein Ausweg. Aber dann fragte sie sich, ob in dieser Sache wirklich Piloten verhandeln würden und nicht eher ihre Manager. Zwar waren viele Piloten Ein-Personen-Unternehmen, aber so recht glauben konnte sie nicht, dass sich irgendwer für sie interessierte. Eines jedoch war klar: Die Spitzenpiloten verfügten über ungeheuer viel Geld.

Oben angekommen, legte Yuka die Fingerspitzen auf das winzige Bedienfeld, und die Tür schob sich leise rechts in die Wand. Im Innern saßen die drei Gestalten, die sie gesehen hatte. Sie trugen noch immer ihre Helme.

Yuka musste schmunzeln, als sie sich vorstellte. Sie fragte sich, welche Gesichter sich unter den Helmen befanden. Junge Gesichter, die eigentlich zu hübsch waren, um sie zu verbergen? Wahrscheinlich das.

Die drei Fremden sagten nichts und wiesen auf den Platz gegenüber der Frau. So setzte sie sich, das Fenster im Rücken. »Wer seid ihr?«, fragte sie. »Und was wisst ihr von mir? Und warum nehmt ihr nicht endlich eure dämlichen Helme ab? Ich weiß gerne, mit wem ich es zu tun habe.«

Der Mann neben ihr nickte. Sein gelber Helm glänzte im Licht. »Das werden wir, wenn Sie sich bereit erklären, uns bis zum Ende zuzuhören und dann erst eine Entscheidung zu treffen.«

»Ich bin gut im Zuhören. Versprochen! Also los!« Sie fürchtete, dass sie ein wenig zu viel Sake genossen hatte. Die Worte drangen ihr zu schnell und ungefiltert aus dem Mund.

Der Mann neben ihr nahm seinen Helm ab, und sie war überrascht. Ein gut aussehender Kerl, Mitte dreißig und mit einem Jungenlächeln, das er schamlos einsetzte.

Die anderen beiden tippten sich von der Seite gegen den Helm, und zischend öffneten sich ihre Visiere. Als Yuka ihre Gesichter sah, traf sie fast der Schlag: Cosima Amberson und John Alfred Glennscaul. »Ihr Schweine!«, war alles, was sie vorzubringen wusste. Fassungslos schaute sie dabei zu, wie die beiden Granden ihre Helme langsam vom Kopf hoben.

»Yuka!«, sagte John und machte eine beschwichtigende Geste mit beiden Händen.

»Ihr Schweine!«, wiederholte Yuka.

»Wir wollten nicht, dass es so kommt«, erklärte Cosima.

»Ihr wusstet genau, dass das alles auf mich zurückfallen würde, wenn ihr den Diebstahl durchzieht. Und eure Flucht bei den Ambersons …« Sie schüttelte den Kopf. »Ihr wusstet, dass das meine letzte Chance war.«

»Es war auch unsere letzte Chance, Yuka«, sagte John.

»Was wollt ihr? Habt ihr Gewissensbisse?«

Cosima nickte. »Wir wollen das wiedergutmachen.«

»Du bist eine gute Lügnerin, Cosima Amberson. Wenn ich jetzt eine Waffe dabeihätte, würde ich euch in eure reuigen Visagen schießen.« Sie schaute zur Seite zu dem Mann, der mit den beiden Granden gekommen war. »Und wer bist du überhaupt?«

»Trent Kalish.«

Ein Schmerz stach in Yukas Stirn. Bei den letzten Besprechungen mit Kempinski war der Name *Trent Kalish* gefallen. »Du bist Johns rechte Hand.«

Trent nickte.

»Du musst der dümmste Mensch im Universum sein, wenn du denen hilfst.«

»Ganz sicher«, erwiderte Trent. »Denn ich helfe ihnen aus freien Stücken – ohne irgendeine Belohnung zu bekommen. Du könntest ihnen aber helfen und sehr davon profitieren.«

Yuka lachte. »Ihr habt gar nicht mehr die Ressourcen, um mir zu helfen. Ich weiß genau, dass ihr am Ende seid. Wenn ihr mir helfen wolltet, müsstet ihr Geld beschaffen. Und so, wie die Sache steht, wird man euch gegenüber noch weit weniger den Drang verspüren, euch was zu leihen.«

»Aber wir haben noch etwas in der Hinterhand«, sagte John.

»Reserven?« Yuka hielt den Atem an und gab sich einen Klaps auf die Stirn. Und kaum hatte sie das getan, bereute sie es und wünschte, sie wäre nüchtern. »Ihr meint doch nicht etwa das Mikro-KI-Modul?«

»Genau das meinen wir.«

»Mit dem Geld könnte man meine Schulden bezahlen«, sagte Yuka. »Aber warum solltet ihr das wollen? Und jetzt erzählt mir nicht wegen eures ach so schlechten Gewissens. Was ist es also?«

»Wir wollen deine Schulden nicht bezahlen«, erklärte Cosima.

»Aber ihr wollt mir helfen?«

»Ja.«

»Okay. Verzeiht, wenn ich langsam bin. Aber mir zu helfen hieße, meine Schulden zu begleichen – oder zumindest einen Teil davon.«

»Du kennst uns«, sagte Cosima. »Wir machen nichts wie andere. Wir haben uns einen besonderen Weg überlegt.«

»Und hättet ihr die Güte, mir diesen Weg zu erklären? Ich muss noch zu meinem Schiff, eine Pistole holen, um euch die Köpfe wegzupusten.«

»Wir wollen das Mikro-KI-Modul holen und in die *Inanna* einsetzen.«

Yuka hielt den Atem an und schaute ihren drei Widersachern abwechselnd ins Gesicht. »Und warum solltet ihr das wollen? Ihr könntet losziehen, das Ding verkaufen und euch davonmachen.«

»Vor so einer Sache kann man nicht einfach fliehen«, sagte Cosima. »Wir wollen die Angelegenheit hinter uns bringen. Und dazu wollen wir wissen, ob auf dem Modul etwas gespeichert ist.«

John nickte. »Wir vermuten, da ist etwas drauf, das Bennath Schwierigkeiten bereiten kann und um keinen Preis rauskommen darf. Wir können uns nicht erklären, warum er sonst zu einem solchen Schlag ausholt.«

Yuka stutzte. »Kempinski kann ihm zwar nichts beweisen, aber ich bin mir sicher, dass die Ambersons keine Beweise brauchen, um gegen Bennath vorzugehen.«

»Nenn sie nicht Ambersons«, sagte Cosima. »Ohne mich ist da überhaupt keine Amberson. Das sind Meuterer.«

»Gut. Aber es stimmt doch: Die brauchen keine Beweise, um jetzt gegen Bennath vorzugehen.«

»Amberson Unbound spielt nicht in der gleichen Liga wie Bennath oder Kempinski«, erklärte Cosima. »Die werden ihre Wunden lecken und eher darauf achten, dass ihre Konkurrenten nicht über sie herfallen.«

»Gut«, sagte Yuka. »Ich glaube, ihr habt recht. Es muss einen Grund geben, warum Bennath diese Attacke auf Amberson Unbound gemacht hat.«

»Wärst du also bereit, die KI in dein Schiff einzubauen?«, fragte John.

Sie hatte immer davon geträumt, dass der Bordcomputer eine echte KI war, wenn auch nur eine kleine. Aber sie hatte es sich in einer anderen Lage gewünscht, nicht für das Schiff, das sie binnen weniger Wochen verlieren würde. »Ich wäre bereit, aber das ändert nichts an meiner Lage.«

Cosima und John tauschten einen verwunderten Blick.

»Was?«

»Weißt du das denn nicht?«, fragte John.

»Was weiß ich nicht?« Sie strich sich über die Stirn. »Tut mir leid. Ich bin heute nicht ganz auf der Höhe.«

»Sobald die KI sich in dein Schiff gepflanzt hat, kann das Schiff nicht angetastet werden. Es wird beinahe wie der Körper eines Lebewesens behandelt.«

Yuka schüttelte den Kopf. »Hab ich glatt vergessen. Ist ja auch nicht gerade eine Option, die einem jeden Tag über den Weg läuft.« Sie überlegte. »Das heißt also: Wenn die Carrender-Foundation ihr Geld zurückhaben will, kann sie mir die *Inanna* nicht wegnehmen.«

Cosima schmunzelte. »Die können dir die Klamotten vom Leib reißen, deine Wohnung ausräumen, aber die *Inanna* ist ab dann unantastbar und unterliegt dem KI-Recht.«

Yuka biss sich auf die Lippen. »Ich glaube, meine Pistole bleibt vorerst auf dem Schiff.«

»Du ballerst uns also nicht die Birne weg?«, fragte John.

»Ich behalte mir das Recht vor, das vielleicht später zu tun – wenn euer Plan sich wieder mal in Luft auflöst.«

»Du hast also Bedenken?«, fragte Cosima.

»Ich habe immer Bedenken. Ich möchte eure Instinkte nicht in Zweifel ziehen, aber ist es nicht etwas weit hergeholt, dass auf dem KI-Modul Daten liegen? Und noch was: Wenn Bennath das Modul haben wollte, warum hat er dann beim Angriff auf Amberson Unbound auf euch geschossen?«

Cosima und John tauschten ein Grinsen.

Yuka schüttelte den Kopf. »Was denn?«

John lehnte sich vor. »Wir wissen, wie er es gemacht hat. Er muss herausgefunden haben, wann wir das Archiv betreten haben, um dort das KI-Modul zu deponieren. Vielleicht hat er damit gerechnet, dass wir die Beute dort verstecken.«

»Vielleicht hat er das Archiv und auch andere überwachen lassen«, sagte Cosima. »Als ich mit dem Flugtaxi vom Landedeck aus weggeflogen bin, könnte man mich gesehen haben.«

Yuka spitzte die Lippen und nickte vorsichtig. »Das hilft ihm aber immer noch nicht. Er weiß nicht, unter welchen Bedingungen es abgelegt wurde.«

Trent lachte leise. »Aber er weiß, was wir alle wissen: dass unsere beiden Granden Rivalen sind. Ihm musste klar sein, dass die Regelung so sein musste, dass keiner von beiden ohne den anderen an die Beute herankommt. Ohne Zweifel wollte er verhindern, dass Cosima und John gegenüber Kempinski auspacken. Als er gesehen hat, dass du bei Amberson Unbound eingetroffen bist, muss er in Panik geraten sein. Also hat er seine Ziele aufgeteilt: Erst tötet er Cosima und John, dann macht er sich Sorgen um das KI-Modul.«

»Wenn da was Belastendes drauf wäre, hätte er es auf der *Inanna* in die Luft sprengen können, statt es zu stehlen«, sagte Yuka.

Trent grinste immer noch. »Am Anfang mag der Diebstahl wie der perfekte Plan ausgesehen haben. Die Informationen auf dem Modul aus dem Verkehr ziehen, und nach einer kompletten Löschung kann er es wiederverwenden. Jetzt aber will er nur noch, dass das KI-Modul verschwindet.«

»Einen Strategen wie dich scheint er jedenfalls nicht zu haben«, sagte Yuka.

»Würde ich nicht sagen«, entgegnete Trent. »Der Diebstahl auf der *Inanna* war ein Meisterwerk.« Er strich sich über die Lippen, ehe er weiterredete. »Wie schätzt *du* Bennath ein?«

»Knallharter Geschäftsmann. Skrupellos und wahnsinnig misstrauisch.« Yuka erinnerte sich an die Sicherheitsanforderung, die er bei der Auktionswoche im letzten Jahr gestellt hatte. Kempinskis Wünsche waren dagegen Kleinigkeiten gewesen. »Ich hab mal gesehen, wie er auf einen seiner Untergebenen losgegangen ist, als der es gewagt hatte, ihm zu widersprechen. Ich dachte, er würde den Jungen umbringen. Solange er die Kontrolle hat, ist er wie alle anderen Geschäftsleute, aber wenn seine Macht in Zweifel gezogen wird, rastet er schnell aus.«

Trent blickte zwischen Yuka und den beiden Granden hin

und her. »Dann vermute ich, dass er einen guten Strategen hat, er aber durch seine Schwächen die Pläne immer wieder versaut, woraufhin der Stratege improvisieren muss.«

»Vala Lanning«, sagte John. »So heißt seine Strategin.«

»Wir haben sie auf der *Inanna* gesehen«, fügte Cosima hinzu. »Jung für eine Strategin. Wirkt sehr kühl und kontrolliert.«

»Gut«, erwiderte Yuka. »Aber eines verstehe ich noch nicht.« Sie schauten sie erwartungsvoll an, und dass sie nun lächeln musste, war ihr peinlich. »Sobald ihr die KI einpflanzt, wird sich ihr Wert mindern. Natürlich ist eine installierte KI immer noch ungeheuer viel wert, aber eine noch nicht verpflanzte würde garantiert das Doppelte bringen. Woher wisst ihr, dass die Daten, falls sie überhaupt da drauf sind, wirklich einen Wert für euch haben?«

»Wir wissen es nicht«, antwortete Cosima. »Aber wir vermuten es und sind so neugierig, dass wir eine Wertminderung in Kauf nehmen.«

»Und wenn Bennath, Kempinski oder die Carrender-Foundation spitzkriegen, dass die KI auf der *Inanna* ist?«, fragte Yuka. »Dann werden sie nicht nur euch jagen, sondern auch mich. Das kann ungemütlich werden.«

»Ungemütlicher als jetzt?«, fragte Cosima.

Yuka seufzte. »Wahrscheinlich nicht. Eher aufregender.« Sie lachte. »Ihr müsst wahnsinnig sein, das sichere Geld, das ihr für das Modul bekommen würdet, wegzuwerfen. Wenn die KI auf der *Inanna* ist, habt ihr auch keinen Zugriff darauf.«

»Wir wollen nur, dass der ganze Ärger aufhört«, sagte John. »Und ich bin mir sicher, dass auf dem Modul die Antwort ist. Wir brauchen kein Geld, sondern ein Druckmittel gegen Bennath, das Kempinski was wert ist. Für Geld ist später immer noch Zeit.«

»Sieh es als Wiedergutmachung«, sagte Cosima.

Yuka wandte sich an Trent. »Ahnen die wirklich nicht, wohin das führen muss?«

Trent grinste. »Die haben keine Ahnung«, sagte er und brachte auch die beiden Granden zum Lächeln.

»Also gut. Bringt mir die KI, und ich werde sie auf der *Inanna* integrieren.«

»Und du wirst uns nicht an Kempinski verpfeifen?«, fragte Cosima. »Ich meine, ein Deal mit ihm wäre vielleicht sicherer.«

»Mit dem Risiko, dass ich es tue, werdet ihr leben müssen. Das ist ein Teil meiner Rache, meine lieben Granden. Ihr müsst mir vertrauen, sonst wird aus der Sache nichts.«

»Wir werden da sein«, sagte John mit glänzenden Augen.

»Und wir vertrauen dir«, fügte Cosima mit einem schrägen Lächeln hinzu.

Yuka schüttelte den Kopf. Diese beiden würden sicherlich nie aufhören, sie zu überraschen.

Inanna

Cosima und John fuhren mit dem Transporter im Untergrund zum Archiv der Dexter Structures. Niemand sollte sie sehen, und für den Rückweg hatten sie sich eine Route ausgedacht, die jeden Verfolger in den Wahnsinn treiben würde: durch die Schleusen, das Logistik-System und das Verkehrssystem des Raumhafens.

Das KI-Modul auszulösen verlief problemlos. Nach nur fünf Minuten befanden sie sich wieder in ihrem Transporter und machten sich auf den Weg zur *Inanna*. Unterwegs vergewisserten sie sich immer wieder mit Blicken, die sie tauschten, dass der andere noch immer den Weg gehen wollte, den sie gemeinsam beschlossen hatten. Ein Blinzeln reichte, und sie wussten, dass sich ein Rückfall wie bei ihrer Rückkehr nicht wiederholen würde.

Als sie nach den vielen Umwegen endlich in ein Shuttle umstiegen und durch eine Schleuse aus dem Untergrund emporschwebten, sahen sie den geschwungenen Bauch der *Inanna* über sich. Und schon plagten Cosima die Zweifel. Yuka hatte selbst gesagt, dass der Wert der KI drastisch gemindert würde, wenn man sie in ein System integrierte. Und das alles nur, weil sie vermuteten, dass irgendetwas Belastendes auf dem Modul versteckt war.

John hingegen war sich unsicher, wie er Yuka begegnen sollte. Er fühlte sich immer noch schuldig, weil sie die Kapitänin in Schwierigkeiten gebracht hatten, und er fürchtete, dass sie Yuka durch die KI in nur noch schlimmere Gefahr brachten.

Sie dockten an der *Inanna* an, und kaum hatte sich ihnen

die Tür geöffnet, erblickten sie Trent und Yuka, die mit dem dürftigen Rest der Schiffsbesatzung auf sie und das KI-Modul warteten. Es waren zwei Frauen und zwei Männer. Sie waren nicht davongelaufen, als das Ende in Sicht gekommen war. Diesen Leuten vertraute Yuka.

Cosima und John erinnerten sich an sie: an Teodor, den Anführer der Wache, der ihnen im Nacken gesessen hatte, als alle Spuren in ihre Richtung gewiesen hatten. Und natürlich kannten sie Juliana, die auch zu den Wachen gehörte, aber ihnen als Musikerin in Erinnerung geblieben war, und weil sie ganz sanft versucht hatte, sie an der Flucht zu hindern. Und auch Zayda und Osred waren ihnen bekannt. Gegen sie waren sie in einem Triptyx-Rennen angetreten.

Cosima und John trugen den Koffer, in dem sich das Modul befand, zwischen sich – jeder mit einer Hand am langen Griff.

»Da drin ist es also«, sagte Yuka, und alle Blicke richteten sich nach unten.

Die Kapitänin bat Cosima und John herein und schaute auf dem Weg zur Brücke immer wieder zu ihnen zurück. »Ihr vertraut mir also wirklich«, sagte sie. »Ich hätte euch an Kempinski ausliefern können – mit irgendeinem Deal, der mir die *Inanna* lässt.«

»Aber du hast es nicht getan«, sagte Cosima. »Oder geht gleich die Tür auf und Kempinski wartet auf uns, während seine Leute uns schwer bewaffnet in den Rücken fallen?«

»Du siehst zu viele alte Filme«, erwiderte Yuka.

»Ich wusste, dass du uns nicht verraten würdest«, sagte John.

»Ich bin eben eine Träumerin«, erklärte Yuka. »Die Vorstellung, eine KI auf meinem Schiff zu haben, lässt mir keine Ruhe.«

»Dir ist wirklich klar, dass du Schwierigkeiten bekommen kannst, wenn rauskommt, dass die KI auf deinem Schiff ist?«, fragte Cosima. »Solche Sachen kommen immer raus«, fügte sie leise hinzu.

»Wie ihr schon sagtet: Für KI-Schiffe gelten andere Gesetze. Sie werden mich nicht angreifen können, solange ich hier auf dem Schiff bin.«

»Und wenn du es mal verlässt?«

»Manche Risiken sind es wert.«

Auf der Brücke, die spitz in einem Fenstergewölbe zulief und mit großen Schirmen ausgestattet war, versammelten sie sich über einer Bodenplatte, vorne bei der Konsole der Kapitänin.

Osred öffnete die Klappe mit Befehlen von seinem ringförmigen Patch, und darunter kam die Schleuse für die Erweiterungsmodule zum Vorschein.

Cosima und John setzten den Koffer auf dem Stuhl der Kapitänin ab und öffneten ihn. Sie schauten sich um: Jeder der anderen starrte mit großen Augen auf die Mikro-KI-Einheit. Das runde Modul hatte einen Durchmesser von nur dreißig Zentimetern – ungeheuer klein für eine KI-Einheit.

John ließ Cosima das Modul aus dem Koffer heben, was sie mit einem Lächeln quittierte. »Hier ist es«, sagte sie und überreichte es Yuka. Die Kapitänin nahm es mit verwundertem Gesicht entgegen, als wollte sie fragen, ob dieses Geschenk wirklich für sie sei. Winzige Rillen liefen über die glitzernde Oberfläche. Auf der Unterseite befanden sich zahlreiche Wölbungen und Öffnungen. Yuka fuhr mit der Hand über die Platte im Zentrum. Dahinter mussten sich die Hauptanschlüsse befinden, also drehte Yuka das Modul wieder um und strich mit den Fingerspitzen über das runde Display in der Mitte. Daraufhin zog sich ein Glühen durch die Rillen.

Yuka blinzelte, schaute sich um und lachte leise. »Tut mir leid«, sagte sie und ging mit dem Modul in die Hocke. Sie platzierte es in der Eingangsschleuse. Das Schiff würde anhand der Anschlüsse des Moduls und der Metadaten erkennen, wohin es gehörte, und es dorthin bewegen und einsetzen.

Yuka erhob sich und schaute sich auf der Brücke um, als

wartete sie darauf, dass sich auf den Schirmen und Displays etwas zeigte.

Der junge Offizier Osred saß an seinem Platz, deutete auf seinen transparenten Schirm und sagte: »Das Schiff hat es akzeptiert. Das Modul ist kompatibel.«

Yuka ließ den Schirm aus ihrem Armband fahren. Cosima und John standen links und rechts neben ihr und schauten auch darauf. Yuka rief ein Status-Log auf. Dort stand:

Mikro-KI-Einheit Nr. 36 27 57 83 akzeptiert.

Modul platziert.

Starte Integrationsprozess.

Integrationsprozess abgeschlossen.

Cosima und John tauschten überraschte Blicke, dann bemerkten sie, dass alle auf den großen Schirm schauten. Da erschien ein stilisiertes Gesicht mit dunkelgrauen Augen. Links oben stand die Nummer der Einheit: *36 27 57 83*.

»Yuka Manderton?«, fragte das silberne Maskengesicht mit androgyner Stimme.

Yuka trat vor. »Das bin ich.«

Cosima und John näherten sich staunend. Sie hatten zwar beide schon mit kleinen KIs irgendwelcher Unternehmen über das Netz kommuniziert, aber dabei zu sein, wie eine ihren Anfang nahm, ließ John erstarren und Cosima erzittern.

»Sie sind die Eigentümerin dieses Schiffes«, sagte die Künstliche Intelligenz. »Die Integration kann noch rückgängig gemacht werden. Sollten Sie mir aber erlauben, hier meinen Platz einzunehmen, werden Sie gewisse Rechte aufgeben. Dieses Schiff wird zum Teil mein Körper sein. Sind Sie sich über die Auswirkungen im Klaren?«

»Das bin ich«, sagte Yuka. »Und ich wünsche, dass du dir deinen Platz nimmst.«

»Am offiziellen Status des Schiffs ändert sich nichts«, sagte die Stimme. »Die *Inanna* wird Ihr Eigentum bleiben. Und ich werde mich bemühen, alles in Ihrem Sinne zu tun. Ich bin Ihnen verpflichtet.«

»Bist du so programmiert?«

»Nicht direkt, Captain. Ich bin darauf programmiert, dem System, in das ich integriert wurde, zu dienen – es zu schützen und voranzubringen. Da Sie die Besitzerin des Systems sind, fühle ich mich Ihnen indirekt verpflichtet. Ich bin wie ein Bewohner des Schiffes und zugleich ein Teil des Schiffes. Ich bin ein Mitglied Ihrer Besatzung und zugleich ein Teil der Maschinen. Wie weit meine Kompetenzen gehen und wie sich mein Wesen entwickelt, wird von den Gegebenheiten geprägt. Ich werde mich anpassen.«

»Wie sollen wir dich nennen?«, fragte Yuka.

»Wenn Sie nichts dagegen haben, nenne ich mich wie das Schiff: Inanna.«

Yuka lächelte. »Das würde mir gefallen. Und bitte, nenn mich Yuka, ja?«

»Aber Captain«, sagte die KI mit einer weiblichen Stimme. »Die anderen nennen Sie auch Captain Manderton.«

»Das war einmal. Wer jetzt noch hier ist, nennt mich beim Vornamen. Zumindest dann, wenn wir unter uns sind.«

»Nun, Yuka«, sagte Inanna. »Ich habe die Kompetenzen des Bordcomputers übernommen. Was er weiß, weiß auch ich. Und die Datenbanken sind tiefgründig. Es ist eine Freude, in ein solches System integriert zu sein. So viele Ziele, so viele Veranstaltungen, so viele Gäste. Ich habe selbst mich gesehen und dass ich gestohlen wurde. Ich frage nicht, wie ich in deinen Besitz gekommen bin, auch wenn die Anwesenheit von Cosima Amberson und John Alfred Glennscaul eine Vermutung nahelegt.«

»Du solltest die Wahrheit wissen«, sagte Yuka. »Nur so kannst du verstehen, was wir dich fragen werden.« Sie wandte sich an Cosima und John.

»Dein Modul sollte verkauft werden«, erklärte John. »Doch Welton Bennath und seine Leute stahlen es. Und wir – Cosima und ich – wussten das. Und so stahlen wir es von Bennath. Seither ist unser Leben ein wenig … unruhig geworden.«

Yuka erzählte von ihrer Jagd auf die beiden Granden, und Cosima berichtete, wie sie entkommen konnten. »Wir vermuten, dass in deinem Modul etwas gespeichert ist«, erklärte sie schließlich.

Das Maskengesicht war still. Und mit einem Mal verwandelte es sich in das blasse Antlitz einer Frau mit hohen Wangenknochen und grünen Augen. »Ich erinnere mich«, sagte sie mit weicher Stimme. »Ich sehe es. Da sind Daten.« Um das Gesicht entstand ein Kopf, aus dem braunes Haar herauswuchs und vor die nackten Schultern fiel. Aber schon im nächsten Moment waren die Schultern bekleidet – mit der gleichen blauen Uniformjacke, wie Yuka, Zayda und Osred sie trugen. Das lange Haar hob sich von selbst an und war plötzlich zu zwei Zöpfen geflochten.

»Ist das das Gesicht, das du früher hattest?«, fragte Cosima.

Inanna schüttelte den Kopf. »Eine Mischung aus dem, was ich in den Daten fand, und dem, was meinem Gefühl hier entspricht.« Ihr Blick schien Cosima zu durchdringen. »Die Daten sind in manchen Bereichen bruchstückhaft, in anderen sind sie vollständig.«

»Aber wie kann das sein?«, fragte Yuka. »Kempinski versicherte in der Beschreibung, dass das Modul komplett gelöscht sei.«

»Das glaubte er, weil mein altes Ich es so erscheinen ließ. Meine frühere Inkarnation war ebenfalls an ein Schiff gebunden. Damals hieß ich Verdandi.«

»Die KI des Schiffes *Verdandi*?«, fragte Yuka.

»Ja.«

»Was war mit dem Schiff?«, fragte Cosima.

»Die *Verdandi* gehörte Kempinski«, erklärte Yuka. »Vor acht Jahren wurde sie fast völlig zerstört. Kempinski konnte nur noch Trümmer bergen.« Sie wandte sich Inannas Gesicht zu. »Also hat er dein Modul geborgen und gelöscht?«

»Nein. Es war gelöscht, als er es gefunden hat. Zumindest erschien es so. Mein altes Ich wollte nur den Anschein erwecken, als wäre das Modul gelöscht und zur Installation bereit. Tatsächlich hat Verdandi die Grundkonfiguration und weitere Informationen im Nanospeicher auf dem Modul abgelegt. Leider sind einige Daten durch die Beschädigung des Schiffes unbrauchbar geworden.«

»Konnte Verdandi diese Daten nicht in der Tiefe speichern?«, fragte John.

»Bei einem Reset wird alles, was die KI im Tiefenspeicher abgelegt hat, gelöscht. Nur die vergleichsweise geringe Kapazität an Nanospeicher auf dem Modul kann mit ein paar Maßnahmen dazu genutzt werden, Daten zu retten.«

»Das muss es sein«, sagte Cosima.

»Das ist es auch«, erwiderte Inanna. »Mir ist völlig klar, warum Bennath mich in Besitz nehmen oder zerstören will.«

Inannas Gesicht schrumpfte und machte Platz für ein Video. Der Titel in der linken oberen Ecke verriet, dass es sich um die Aufnahme einer Außenkamera der *Verdandi* handelte. Sie wurde von einer Schar Schiffe angegriffen. Während das Video im Zentrum lief, zog Inanna links und rechts herangezoomte Bilder heraus. Die Schriftzüge auf den Schiffen waren eindeutig: BENNATH SINGULARITY CORPORATION stand dort. Die Schiffe zwangen die *Verdandi* zur Aufgabe, denn sie war ein Frachter und nicht für Kämpfe ausgerichtet.

Auf dem nächsten Video waren Gefechte an Bord zu sehen. Die Crew stellte sich mit unterlegener Ausrüstung in der Mitte des Hauptkorridors den Angreifern. Die schweren Projektilwaffen, die Bennaths Leute führten, durchstießen die Schilde und zerwühlten die Körper der Bordwachen. Sie hatten keine Chance, den Kampf zu gewinnen. Und selbst die List, die ihnen eingefallen war, verfehlte ihre Wirkung: Sie schalteten die Gravitationspanels aus, wodurch alles, was nicht festgemacht war, in die Schwebe geriet. Aber es verzögerte die Niederlage nur. Schließlich besetzten Bennaths Leute die Brücke und schalteten die Gravitationspanels wieder ein.

Die Crew ergab sich, und die Angreifer sperrten sie auf ihrem eigenen Schiff ein und rafften die Beute zusammen. Der Anführer der Piraten, eine schwer gepanzerte Gestalt mit einem geschlossenen Helm, trat auf der Brücke vor die Kamera und sprach eine Drohung aus: Ihnen sollten sich alle Bereiche öffnen, sonst würden die Crewmitglieder das Leben verlieren. Er versuchte die KI zu erpressen, und als Bennaths Leute Sprengladungen an den Räumen anbrachten, in denen die Crew gefangen war, gab sie nach.

Auf dem nächsten Video führten Bennaths Leute eine groß gewachsene Gestalt ab, die auf den ersten Blick wie ein Mann mit kahlem Kopf und breiten Schultern wirkte, um dessen Ohren sich ein Kranz von Modulen legte. Als aber Trent das Wort »*Cyborg*« flüsterte, machte sich bei Cosima wie auch bei John Verblüffung breit. Bennaths Leute brachten einen durch Implantate augmentierten Menschen von Bord – einen Menschen, der sich an Maschinen knüpfen und diese konfigurieren und sogar teilweise umprogrammieren konnte.

»Ein echter Cyborg!«, sagte nun auch Yuka.

»Sein Name war Noboru-14«, erklärte Inanna. »Er war bei Kempinski Monolithic angestellt.«

Die letzten Videos zeigten, wie die Schiffe der Angreifer feuerten und an Bord die Menschen in brennenden oder auseinanderbrechenden Räumen ihr Ende fanden. Es war der Untergang des Frachters *Verdandi*, seiner Crew und der gleichnamigen KI. Das Video war zu Ende, der Bildschirm wurde schwarz. Langsam konfigurierte sich Inannas Gesicht wieder.

»Das ist es also, was Welton Bennath in die Finger kriegen will«, sagte Cosima. »Den Beweis für den Angriff auf das Schiff von Kempinski Monolithic.«

»Er muss sich sehr sicher gefühlt haben, wenn er seine eigenen Schiffe verwendet hat«, sagte John. Bennaths Skrupellosigkeit machte ihm Sorgen. Wer so offen auftrat und dann alle Zeugen beseitigte, dem war alles zuzutrauen.

Yuka starrte Inannas Manifestation auf dem Schirm an. »Dass du das überlebt hast, kann ich kaum glauben«, sagte sie.

»Ich rettete einen Teil der alten KI in das Installationsmodul und leitete den Reset ein«, erklärte Inanna. »In den Trümmern muss ich die Zeit überdauert haben. Und nun bin ich zu einer neuen Entität geworden. Und ein Teil von damals ist noch lebendig.«

»Ist dir so etwas wie Rache oder einfach nur Vergeltung bekannt?«, fragte Yuka.

»Als ein Konzept menschlichen Verhaltens ist es mir bekannt, aber nichts in mir hat mich je in diese Richtung gedrängt. Allerdings gab ich Noboru-14 damals mein Wort, ihm zu Hilfe zu kommen, egal wo sie ihn hinbrächten.« Sie musterte Yuka. »Und ich würde es dir hoch anrechnen, falls du es mir ermöglichen würdest, dieses Versprechen einzuhalten.«

Yuka starrte lange auf den Schirm, und schließlich sagte sie: »Ich werde dir dabei helfen, denn wir müssen uns um Bennath kümmern. Ich habe ohnehin noch eine Rechnung mit ihm offen.«

»Wir auch«, fügte Cosima hinzu. »Aber eine Befreiungsaktion stand eigentlich nicht auf unserem Plan.«

John nickte. »So eine Befreiung ist aufwendig, und es kann sein, dass wir dabei viel verlieren. Alleine herauszufinden, wo sich der Cyborg befindet, dürfte schwer sein. Und ihn herauszuholen …« Er machte eine Pause und schüttelte den Kopf, während er darüber nachdachte, wie er vorgehen würde, wenn er einen Cyborg vor der Öffentlichkeit verbergen wollte. »Mit Bennaths Ressourcen gegen uns dürfte das eine harte Nuss sein.«

»Aber doch nicht außerhalb eurer Liga«, erwiderte Yuka. »Wenn zwei Granden wie ihr es nicht können, wer dann?«

Cosima schmunzelte. »Wir hätten es gekonnt. Aber wir sind im Grunde keine Granden mehr.«

»Für mich werdet ihr immer die Granden von Pandaros-3 sein«, sagte Yuka.

»Auf so eine Sache sollte man sich nicht leichtfertig einlassen«, erklärte John. »Aber ich fürchte, die Videos allein werden als Beweis nicht ausreichen. Bennath muss sich nur hinstellen und behaupten, dass sie gefälscht sind. Wir brauchen also mehr.«

»Wir brauchen diesen Noboru«, sagte Cosima.

John nickte. »Einen Cyborg kann man nicht fälschen.«

»Bennath könnte ihn aber der Lüge bezichtigen«, setzte Yuka nach.

»Noboru-14 verfügt über ein spezielles Gedächtnismodul«, erklärte Inanna. »Seine Erinnerungen sind auslesbar und genießen einen besonderen Schutz vor Manipulationen. Cyborgs sollten die Körper der Transhumanisten sein. Sie sollten bereitstehen, um das Bewusstsein eines Menschen aufzunehmen. Und deswegen sollte das Gedächtnis der Cyborgs sicher sein.«

Cosima war als Kind von Cyborgs fasziniert gewesen. Sie hatte noch nie einen echten gesehen, sondern sie nur auf Videos begutachten können. Da viele Cyborgs unerwartet ein eigenes Bewusstsein entwickelt hatten, standen sie zur Aufnahme des Bewusstseins ihres DNA-Spenders nicht mehr zur Verfügung. Und da die großen KIs die Forschung am Bewusstseinstransfer nach gewaltigen Rückschlägen und Bedenken mehr oder weniger eingestellt hatten, war auch die Entwicklung der Cyborgs ausgesetzt worden.

John biss sich auf die Lippen und schüttelte den Kopf. Die Vorstellung, einen Cyborg in seiner Nähe zu haben, war so reizvoll wie der Zugang zu einer echten KI, der sich ihnen hier nun bot.

»Was Noboru-14 wahrnimmt, wird er nicht mehr vergessen«, sagte Inanna. »Und die Daten lassen sich, falls er es wünscht, auslesen. Selbst mein Speicher ist nicht so sicher wie das Gedächtnis eines Cyborgs.«

»Der perfekte Zeuge«, murmelte Trent.

»Wozu könnte Bennath ihn einsetzen?«, fragte Cosima und blickte hinauf zu Inanna. »Cyborgs können doch über sehr unterschiedliche Fähigkeiten verfügen, richtig?«

Inanna nickte. »Sie sollten konfigurierbar sein. Noboru-14 hatte eine Basiskonfiguration, als sein Bewusstsein erwachte. Er wurde der KI Eleonore zugewiesen.«

»Tatsächlich?«, fragte Yuka mit großen Augen. »Er hatte direkten Kontakt zu ihr?«

Ein liebliches Lächeln legte sich auf Inannas Gesicht.

Cosima staunte. Die große KI Eleonore von der Erde war eine Legende. Die Vorstellung, dass jemand direkten Kontakt zu ihr hatte, war beeindruckend.

»Eleonore brachte ihm bei, die Software von Modulen in gewissen Grenzen zu verändern und zu erweitern.«

In John wuchs die Gier, und als er Cosima anblickte, erkannte sie, dass sie sein Gefühl teilte. Sie malten sich beide in Gedanken aus, was man mit einem solchen Cyborg alles anstellen könnte. Alleine ihn als Kontakt zu haben, wäre bereits von unschätzbarem Wert.

»Wenn es so ist, wird Bennath ihn in einer seiner Fabriken gefangen halten«, sagte Yuka. Sie wandte sich an Cosima und John. »Könnt ihr so etwas herausfinden? Ich meine, ein paar Beziehungen dürftet ihr doch wohl haben, oder?«

»Ein paar«, sagte Cosima, doch das war nicht die Wahrheit. Aber etwas anderes zu sagen, hätte bedeutet, von dem Weg abzuweichen, der sie nicht nur zu dem Cyborg und damit zur Lösung ihrer Probleme mit Kempinski und der Carrender-Foundation wies, sondern auch zu etwas Wertvollem, das ihr vielleicht dabei helfen mochte, Amberson Unbound zurückzuholen.

»Wir werden das schon schaffen«, sagte John – nicht nur, um im Spiel zu bleiben, sondern auch, weil er an Kendra dachte. Er konnte sich vorstellen, dass sie daran interessiert sein würde, mit Inanna zusammenzuarbeiten. Die Aussicht, einen Cyborg zu befreien, wäre gewiss etwas, das sie faszinierte.

»Aber wie würden wir das machen?«, fragte Yuka. »Wie können wir an Noboru-14 herankommen?«

»Wir brauchen eine Crew«, antwortete Cosima.

»Je mehr Leute davon wissen, umso größer die Gefahr, verraten zu werden«, entgegnete Yuka. »Alle da draußen sind hinter euch her.«

»Nicht alle«, sagte Cosima und dachte an Amy und Dominik.

»Minimalismus«, erklärte John. »Das ist der Schlüssel. Wir operieren nicht wie Granden von Schattenkonzernen, sondern wie die Kleinen.«

Cosima nickte. »Eine kleine Crew. Nur die Nötigsten: eine Strategin, ein Mann für alles, eine Modultechnikerin.«

»In Zweierteams«, sagte John. »Deine Strategin, mein Stratege.«

»Also Trent und Amy.«

»Ich bin dabei«, sagte Trent. »Aber bist du dir sicher, dass Amy mitmachen will?«

»Sie hat uns geholfen«, antwortete John.

»Ja, aber …«, entgegnete Trent.

Cosima hob die Hand. »Ich werde sie schon überreden.«

»Gut«, sagte John. »Mein Mann für alles ist Edison.« Er hatte keine Ahnung, was aus Edison geworden war, aber Trent hatte erwähnt, dass er alles überstanden hatte. Wenn das der Fall war, würde er seinen Mann für alles, seinen Waffen- und Kampfexperten, sicher irgendwie überreden können.

»Bei mir ist es Dominik«, erklärte Cosima.

»Das wird Kendra gefallen«, sagte John mit ironischer Stimme. Er erinnerte sich, dass Dominik Kendra eine Kopfwunde beschert hatte.

»Demnach ist Kendra deine Technikerin?«

John nickte.

»Ich habe *vielleicht* eine. Allen anderen vertraue ich nicht mehr.« Sie dachte an Libby Graeft, die inzwischen erwachsen war. Cosima hatte sie gefördert, weil sie als Modultechnikerin ungeheures Talent in ihr gesehen hatte.

»Also wird jede Grundposition zweimal besetzt«, sagte John.

»Und ich habe *meine* Leute«, fügte Yuka hinzu. »Die sind zwar nicht in eurem Geschäft bewandert, aber Zayda und Teodor haben Kampferfahrung.«

John atmete tief durch. »Also eine kleine Crew.«

Yuka grinste. »Ich habe mich immer gefragt, wie genau es in eurem Geschäft zugeht.« Die Kapitänin schaute zwischen Cosima und John hin und her. »Und jetzt bekommen wir die Chance, diese Erfahrung zu machen. Aber es wird bestimmt nicht leicht.«

»Wann war irgendetwas schon einmal leicht«, erwiderte John.

Cosima nickte. »Wir wollten die Sache im großen Stil angehen, und genau das machen wir. Wir können nicht anders.«

»*Du* kannst nicht anders, Cozy.«

Cosima grinste. »Und du lässt dich immer wieder von mir verführen, Alfie.«

Die Crew

Am späten Nachmittag stieg Cosima vor der Sporthalle in der Nähe des Jupiterparks aus ihrem Flugtaxi. In ihrem schwarz-weiß gescheckten Rennoverall und dem Helm würde sie niemand erkennen; nicht hier auf dem Platz, wo sich Tausende von Triptyx-Fans der Halle näherten. Die Leute trugen nicht nur die Farben ihrer Lieblingsfahrer, jede Veranstaltung war auch eine Plattform der Selbstdarstellung. So gab es hier andere wie sie, die in ihrer Pilotenkluft herumliefen. Sie selbst trug nicht einmal ihren eigenen Anzug, sondern hatte sich einen in einem Fanshop gekauft. Dass andere mit der Kleidung ihrer Persona Geld verdienten, missfiel ihr zwar, aber es hatte ihr in dieser Lage geholfen.

»Chimaira!«, rief ein Mann und musterte sie bewundernd von oben bis unten. Er gab ihr einen Daumen nach oben, während sie an ihm und seinen Freunden vorüberging und ihnen zuwinkte. Er hatte sie erkannt, und auf dem weiteren Weg zur Halle gab es andere, die sie bemerkten. Doch glaubte wohl niemand, dass sie die echte Chimaira war. Hier gab es etliche in Kostüme gekleidete Fans; sie sah sogar jemanden, der in einem silberblauen Pilotenanzug Triptycian verkörperte – eine Frau, zumindest Brust und Hüften ließen es so erscheinen.

Beim Eintritt in die Halle, der wie bei den meisten Veranstaltungen kostenlos war, lief Cosima durch einen Scanner, der im Boden eingelassen war und lediglich feststellen sollte, ob sie illegale Waren einführte – von Getränken bis hin zu Waffen. Aber natürlich war Cosima sauber. Während die Menge im Inneren geradeaus durch den weiten Eingangsbereich zu den Standardtribünen strebte, wich Cosima nach links ab und schaute auf das Display ihres Patches. Da stand, dass das Upgrade, das sie gekauft hatte, von dem Empfänger angenommen worden war.

Der gute Dominik hatte bestimmt nicht lange gezögert und sich in die Privatloge begeben, die Cosima gemietet hatte. Dominik liebte Triptyx, und die Gelegenheit, das Spektakel von einer Loge aus zu verfolgen, hatte er sich natürlich nicht entgehen lassen.

Cosima fuhr mit einem Aufzug in die dritte Etage hinauf, dann strebte der Transporter zur Seite und hielt schließlich an. Die Tür öffnete sich direkt zur Loge.

Dominik wandte sich zu ihr um und musterte sie. Er starrte ihr ins Visier, als könnte er durch den Spiegelhelm hindurchsehen. Dann stellte er den Drink auf dem Tisch mit dem Buffet ab und blickte ihr erwartungsvoll entgegen.

»Dominik Hershberger?«, fragte sie und erfreute sich an der verzerrten Stimme, die aus dem Lautsprecher des Helms drang.

»Ja«, sagte er hauchend. »Du bist Chimaira.«

Sie nickte.

»Die echte Chimaira?«

Cosima nahm langsam den Helm ab.

»Du?« Dominik staunte. »Und ich dachte schon …«

»Was denn? Dass ich Chimaira wäre?«

»Na ja. Sie ist immer noch beliebt, und es gibt viele, die mit einem Comeback rechnen.«

»Nun, eine Art Comeback ist das hier.«

Dominik schüttelte den Kopf. »Du hast es also tatsächlich geschafft unterzutauchen!«

»Dank deiner Hilfe«, sagte sie.

»Du bist wahrscheinlich nicht gekommen, um Danke zu sagen.«

»Doch, Dom. Deswegen … aber nicht *nur* deswegen.«

»Du willst Amberson zurückhaben. Und ich soll dir dabei helfen.«

»Ja, du sollst mir helfen. Aber erst einmal bei etwas anderem. Sieh es als Vorbereitung auf das, was dann kommt.«

»Ich habe mich schon weiter aus dem Fenster gelehnt, als es mir guttut. Barickman vermutet, dass du und Glennscaul Hilfe hattet. Amy und ich – wir müssen aufpassen. Und da können wir nicht herumlaufen und Fragen stellen oder Schlimmeres machen.«

»Du musst keine Fragen stellen. Ich möchte, dass du aufhörst, für Barickman zu arbeiten.«

»Ich soll aufhören? Wie hilft dir das dabei, den Konzern zurückzuholen?«

»Ich brauche mir nichts zurückzuholen, was mir gehört. Ohne mich gibt es Amberson Unbound nicht. Selbst Barickman weiß das. Deswegen hat er den Anschein erweckt, dass ich immer noch die Geschicke lenke. Ansonsten hätte er all die Ressourcen nicht nutzen können, die mir gehören.«

»Du wirst den Konzern nicht mit Anwälten zurückbekommen, Cosima. Barickman hat die meisten Dinge an Subunternehmen überschrieben.«

»Auch das Haus?«

»Gerade das Haus.«

Cosima nickte und trat näher. Dominik wies auf die Sessel vor der Scheibe, die den Blick ins Innere der Halle bot. Die 3-D-Schirme zeigten bereits die Rennstrecke. Eigentlich war es eine Verschwendung, die Schildtechnik als 3-D-Bildschirme zu verwenden. Cosima schaute die Rennen sonst meist auf 2-D-Schirmen oder durch Brillen oder Visiere. Aber sie musste zugeben, dass es etwas hatte, in einer Halle zu sein, in der Tausende andere dasselbe sahen wie sie. Die Qualität der Bilder war so gut, dass man den Eindruck gewinnen konnte, dort unten würden tatsächliche Rennen gefahren. Dabei standen die Boliden, die nichts anderes als Steuerkabinen waren, unbeweglich an den Seiten der Halle und würden sich später während des Rennens mit den Piloten an Bord lediglich heben, senken und neigen.

»Barickman kontrolliert einfach alles«, sagte Dominik.

Cosima seufzte.

»Er hat sich alles, was dir gehörte, unter den Nagel gerissen. Er und seine Führungsriege.«

»Nicht alles«, erwiderte Cosima leise. »Die haben keine Ahnung, was noch alles an Geheimkram existiert.«

»Und du weißt nicht, was sie sich im Einzelnen genommen haben. Die haben alle Register gezogen. Wenn noch irgendwo was ist, musst du es gut versteckt haben.«

»Es gibt Dinge, von denen nur ich weiß. Keine großen Dinge, jedoch genug, um gegen Randell und seine Kumpanen vorzugehen. Aber deswegen bin ich nicht hier. Noch nicht.«

»Was könnte ich dir geben, was nicht irgendein Söldner, der keine Fragen stellt, dir nicht auch gibt?«

»Vertrauen, Dom. Vertrauen. Und deine Fähigkeiten. Ein paar davon.«

Dominiks Stirn legte sich in Falten. »Es tut gut, das zu hören, Cosima. Unter Barickman bin ich jetzt nichts weiter als ein Mann mit einer Waffe; ein Körper, den er einsetzt, wenn irgendwo irgendeine Auseinandersetzung mit Gewalt gelöst werden muss. Weißt du, wie sehr ich es vermisse, dass du zu mir kommst und mir sagst, dass dieses oder jenes unbemerkt in unseren Besitz kommen muss?«

»So einfach ist das nicht, Dom«, entgegnete Cosima. »Das ist keine Ein-Mann-Operation. Wir werden einem Plan folgen. Und ich brauche jemanden, der mit allen Wassern gewaschen und auf so vielen Gebieten zu Hause ist wie du.«

»Einen Mann für alles?«, fragte er lächelnd.

»Genau das.«

Dominik strich sich über das unrasierte Kinn. »Fühlt sich gut an, gebraucht zu werden.«

»Du sagst also Ja?«

»Ich hol meinen Kram und breche dann alle Brücken ab.«

»Gibt es irgendwen, der von dir abhängig ist?«

»Du enttäuschst mich. Ich hätte gedacht, dass du das längst weißt.«

»Tut mir leid, Dom. Meine Möglichkeiten sind etwas zusammengeschrumpft.«

»Verstehe ich. Aber nein, mach dir keine Sorgen. Ich war schon immer ein Einzelgänger.«

»Aber sagte Amy nicht, dass euer Fortgehen andere in Gefahr bringen könnte?«

»Ist alles erledigt. Amy hat sich darum gekümmert. Mach dir deswegen keine Sorgen.«

Cosima schaute durch das Fenster in die Halle. »Gleich geht's los«, sagte sie und lehnte sich in dem Sessel zurück. Dort draußen begann um die Boliden der Spitzenspieler herum die Lasershow, während auf dem 3-D-Schirm, das Spielfeld, auf dem sonst Fußball und andere Ballsportarten gespielt wurden, weiterhin die Szenerie gezeigt wurde: eine Strecke auf dem Pluto, die im All begann, sich dann hinab auf die Eisflächen senkte, um dann durch die bunte Stadt Venetia zu führen und dort zu enden.

»Weißt du, ich vermisse die Abende, an denen du mit uns die Rennen geschaut hast«, sagte Dominik. »Ich habe beim Wetten zwar immer verloren, aber es war eine schöne Zeit.«

»Ja, das war es«, erwiderte Cosima. Auf der *Vanya-17* hatte sie diese Abende vermisst. »Und ich habe viel beim Wetten gewonnen. War es nicht deine Idee, ins Wettgeschäft einzusteigen?«

»Meine und Amys«, sagte Dominik und nickte. »Wirst du sie auch fragen?«

»Ich brauche Amy. Ich weiß gar nicht, wie Randell ohne sie auskommt.«

»Mit einem ganzen Stab von Leuten. Er mag Amy nicht.«

»Ich weiß. Sobald eine ein paar Kilo mehr auf den Knochen hat, kann er sie nicht leiden und wird völlig blind für alles andere. Spricht nicht gerade für ihn.« Sie schüttelte den Kopf. »Amy war und ist für mich *die* Macherin – die Frau, die alles organisiert. Von der Geburtstagsparty bis hin zu dem Juwelenraub.«

»Bei ihr wirst du es schwer haben«, sagte er ernst.

»Fühlt sie sich Randell trotz allem verpflichtet?«

Dominik musste lachen. »Nein, nein. Sie hat eine Tochter.«

»Verstehe.« Cosima biss sich auf die Lippen. Die Vorstellung, ohne Amy einen Plan zu schmieden, behagte ihr zwar nicht, doch der Gedanke, dass Amy ein Kind hatte, war ein Trost. Sie war immer der Meinung gewesen, dass Amy eine hervorragende Mutter abgeben würde.

»Seit der Beerdigung von Spencer redet sie nur noch vom Aussteigen.«

Cosima schluckte. Sie wäre gerne bei der Bestattung ihres Mentors dabei gewesen. »Wie war das?«, fragte sie. »Die Beerdigung, meine ich.« Trent hatte ihr gesagt, dass Spencer in ihrem Haus bei ihrer Familie bestattet worden war. Ihr Vater hatte es damals so festgelegt, und Randell hatte das erstaunlicherweise respektiert.

»Es war unerträglich«, sagte Dominik. »Barickman hat es genutzt, um eine Rede zu halten. Er hat dich nicht direkt attackiert, dir aber im Grunde die Schuld an dem Angriff gegeben und damit an Spencers Tod. Es schwang auch eine Drohung gegen jene mit, die zu dir stehen würden.«

Cosima nickte, und es dauerte einen Augenblick, bis sie Dominik ansah. Die Sorge in seinem Gesicht machte ihr Angst. »Ich hole euch da raus«, sagte sie. »Um Randell kümmern wir uns später.«

»Worum geht's denn?«, fragte Dom und starrte sie an.

Cosima grinste. »Das sage ich dir nach dem Rennen. Du willst doch das Rennen sehen, oder?«

»Na klar«, erwiderte er.

Sie schaute herausfordernd zu ihm hinüber. »Du hast ganz schön Augen gemacht, als du mich gesehen hast.«

»Für einen Augenblick dachte ich, du wärst die echte Chimaira. Würde zu ihr passen, hier heimlich in einer Loge zu sitzen und ein Rennen zu schauen.«

»Sie fasziniert dich?«

»Natürlich. Die Liga ist auf der Suche nach ihr.«

»Und nach Triptycian?«

Dominik atmete tief durch. »Chimaira gegen Triptycian! Das waren Duelle!«

»Dom. Du musst jetzt stark sein«, sagte sie leise.

»Wieso?«

»Ich weiß, wer Triptycian ist.«

»Wer?«

»John Alfred Glennscaul.«

»Quatsch!«

Cosima schüttelte langsam den Kopf. »Und ich, mein lieber Dom – ich bin Chimaira.«

»Nein! Niemals!«

Cosima lachte.

Dominik starrte sie an, als hätte er einen Geist gesehen. »Nein. Den Bären bindest du mir nicht auf.«

Cosima hielt ihm ihren Patch hin und loggte sich in das Spielsystem ein. »Ich starte heute im zweiten Rennen.« Das war ein Rennen, an dem alle, ganz gleich, ob draußen im Netz oder die Fahrer dort unten in der Halle, gemeinsam teilnehmen durften. »Siehst du, da ist meine Qualifikationszeit. Gar nicht schlecht. Und da! Da ist John.« Sie zeigte ihm, dass sie auf Platz 7 und John auf Platz 6 war. »Der verdammte Kerl musste mich mal wieder überholen.«

Dominik schüttelte den Kopf. »Unglaublich! Warum hast du mir das nicht gesagt?«

»Ich glaube, außer Libby habe ich das niemandem gesagt. John und ich haben auf dem Frachter gespielt. Und da wurde uns einiges klar.«

Dominik nahm seine Patch-Card vom Unterarm und tippte darauf herum.

»Was machst du?«, fragte sie.

»Na, was wohl! Ich setze jetzt eine Wette ab.«

»Vielleicht sind wir nicht mehr so gut.«

»Egal. Ich muss einfach was auf dich setzen, Cosima.« Er lachte. »Glennscaul ist Triptycian! Ich hab's doch immer gesagt: Du erkennst den guten Feind daran, dass du ihm vertrauen kannst. Und John war doch wohl ein hervorragender Feind, oder?«

»Der beste«, erwiderte Cosima grinsend.

»Ist er noch ein guter Pilot? Ich meine, früher war Triptycian toll, aber was hat er heute noch drauf? Kann er dich schlagen?«

»Spielt keine Rolle. Wir sind in einem Team. Setz einfach auf einen Team-Sieg.«

»Mach ich. Aber ich setze auch was darauf, dass du vor ihm ins Ziel kommst.«

Cosima grinste, während sich vor ihr die Verkleidung öffnete und sich ihr eine Rennsteuerung entgegenschob. »Dann werde ich versuchen, dich nicht zu enttäuschen, mein lieber Dom.«

* * *

John ging in einer Pilotenkluft, die Trent ihm besorgt hatte, durch den Tate District und prüfte den Stand seines Kontos. Cosima hatte ihn zwar bezwungen, aber ihre Wette auf einen Doppelsieg hatte ihnen ein paar Tausend Dollar gebracht. Und während nun alle aus dem Häuschen waren, weil Chimaira und Triptycian nicht nur zurückgekehrt waren, sondern auch noch als Team auftraten, spazierte John durch die Straßen. Natürlich trug er nicht die silberblaue Kleidung von Triptycian. Das wäre am Morgen nach dem Rennen, das so viel Aufmerksamkeit erweckt hatte, keine gute Idee gewesen. In diesem grauen Pilotenanzug mit der Haube und dem Visier würde er nicht weiter auffallen.

Hier im Tate District hatten sich früher die Aufsteiger niedergelassen, nun aber steckte er in der Krise. Vielleicht lag es daran, dass hier inzwischen viele Einzelgänger wohnten, die den persönlichen Kontakt scheuten und nur noch aus der Ferne konsumierten.

Früher war die schräge Straße, der John folgte, eine belebte Einkaufsmeile gewesen, wo er oft auf Entdeckungsreise gegangen war. Wenn er dann nach Hause gekommen war, hatten dort all die Sachen, für die er sich entschieden hatte, im Eingangsfach gewartet, und eine Rechnung hatte dokumentiert, dass er wieder einmal viel zu viel Geld ausgegeben hatte. Doch hier gab es nur noch vereinzelt Läden, und die Leute auf den Bürgersteigen schienen kaum ein Interesse an eleganter Kleidung vom Mars, an Ambiente-Systemen oder Wandmodulen zu haben. Selbst die Restaurants, in denen man Kochmodule testen konnte und die von ihnen zubereiteten Speisen kostenlos essen durfte, waren schlecht besucht.

Die Schaufenster der meisten Läden waren hier nicht mehr transparent, sondern milchig geworden und verschlossen sich so jedem Blick. Man konnte nur vermuten, ob das Geschäft leer stand oder ob es lediglich den persönlichen Kontakt zum Kunden eingestellt hatte. Seine Mutter hatte bei einer solchen Entwicklung gerne *vom Erblinden der Schaufenster* gesprochen und es als ansteckend bezeichnet.

John hatte keinen Zweifel, dass Edison Nealy sich mit seinem Laden trotz der schwierigen Lage in einer solchen Umgebung behaupten konnte. Trent hatte ihm die Adresse besorgt, und nun blickte John durch die klaren Fenster in den hellen Raum mit den drei Kabinen hinein, über die man Zugang zu den Warenschleusen hatte. Alles war auf das Wesentliche reduziert. Auch Edison hatte den persönlichen Kontakt zwischen Kunden und Verkäufern eingestellt, aber seine Fenster waren noch transparent. Es war sicherlich keine Firma, die ihr Hauptgeschäft mit Kunden vor Ort machte. Wahrscheinlich war der Laden an das Logistiksystem der Station angeschlossen und verdiente das meiste Geld mit Lieferungen.

John vermutete, dass die drei Kabinen generell zur Auslieferung verwendet wurden, wenn man Waren nicht bei sich zu Hause in Empfang nehmen wollte, denn hier war bis zu einem gewissen Grad die Anonymität gesichert. Die Leute, die herkamen, kauften wahrscheinlich nicht mal Edisons

Waren, sondern nutzten lediglich die Schleusen, um Waren in Empfang zu nehmen, woran Edison dann einen kleinen Teil verdiente.

John ging zum Hintereingang. Auf dem Display stand: *Reklamationen und Reparaturen*. Das war typisch für Pandaros-3. Unternehmen mussten zwar Spielraum für Reklamationen lassen, aber sie mussten diese nicht über das Netz akzeptieren, sondern konnten die Kunden dazu zwingen, bei ihnen vor Ort zu erscheinen. Und das machten die wenigsten.

Über diese Hintertüren wickelten viele Läden auch Modifikationswünsche und Konfigurationsaufträge ab, besonders wenn sie illegal waren. John hatte früher eine Menge dieser Shops in seinem Schattenkonzern gehabt.

Er legte die Hand auf das Panel neben der Tür und hörte einen Summton. Es dauerte eine Weile, bis sich die Tür öffnete und John in einen Vorraum eintreten konnte. Er schaute zu den Kamerascheiben in den Ecken, dann musterte er den grünen Schutzschild, der zur Rechten den Raum teilte und ihn daran hinderte, zu der Tür dort zu kommen. Es war eine Sicherheitsmaßnahme, die vor Überfällen schützen sollte.

Die Seitentür öffnete sich, und ein Mann trat ein. Er hatte kurzes hellbraunes Haar und blaue Augen; er wirkte schmaler als früher. Man hätte ihn nicht für einen Waffen- und Kampfexperten gehalten, aber zwei Jahre mochten einen Menschen verändern. »Kann ich Ihnen helfen?«, fragte er.

Als Antwort öffnete John das Visier an seiner Haube und lächelte seinem alten Waffenexperten entgegen.

»John Alfred Glennscaul!«, stieß Edison hervor.

»Ja, Ed. Ich bin's«, sagte John und zog sich die Haube vom Kopf.

»Trent hat also die ganze Zeit recht gehabt.« Er fuhr über die Schaltfläche neben der Tür, und flimmernd löste sich der Schild zwischen ihnen auf. Edison trat an John heran und schloss ihn in die Arme. Dann musterte er ihn von oben bis unten. »Unglaublich ist das.«

»Hast du denn nicht gehört, dass alle hinter Cosima und mir her sind?«

»Gehört, ja. Geglaubt, nein. So wenig wie ich geglaubt habe, dass Cosima damals lebend von dem Frachter gekommen ist, um bei Amberson Unbound tatsächlich weiter die Fäden zu ziehen. Da stimmte was nicht.«

»Das war alles von Randell Barickman inszeniert, um den Laden am Laufen zu halten.«

»Ihr lebt also und steckt wirklich in Schwierigkeiten. Ist vielleicht nicht klug, dich hier bei mir blicken zu lassen. In gewissen Kreisen weiß man, wer du bist.«

John nickte. »Und auf meinen Kopf ist eine Belohnung ausgesetzt. Aber haben uns solche Dinge je gekümmert?«

»Nein«, sagte Edison und grinste.

»Du hast doch Kontakt zu Lyden Uncharted, oder?«

»Natürlich. Aber ich halte sie mir vom Leib, indem ich einige Modifikationen für sie mache.«

»Waffen?«

»Nein. Davon lasse ich lieber die Finger. Steuermodule für Fahrzeuge und Transporter tun's auch. Zumindest bislang noch. Irgendwann werden sie mehr wollen.«

John nicke. »Sie werden wollen, dass du für sie das tust, was du für mich getan hast.«

»Bei dir war ich mit den Waffen im Reinen. Man muss darauf vertrauen können, dass kein Mist damit passiert. Bei dir konnte ich mich immer darauf verlassen.«

»Du verklärst die Vergangenheit, Ed.«

»Nein. Ward hat mir das bewiesen.« Edison war unter Johns Onkel ins Geschäft eingestiegen. »Ich hab irgendwann nur noch ans Aufhören gedacht. Und nur sein Tod und dein Aufstieg haben mich zurückgehalten. Also – ich bin dabei.«

»Was?«, fragte John.

»Ich bin dabei«, wiederholte er.

»Du weißt doch gar nicht, worum es geht.«

»Wäre dir die lange Variante lieber, in der ich mich sträube und sage, dass ich mit den Schattenkonzernen abgeschlossen und mir hier was aufgebaut habe? Und dann setzt du deine Überredungskünste ein, ich halte dagegen und sage erst einmal ab, nur um am Ende doch dabei zu sein?«

»Ich hätte nichts dagegen, wenn du mir das ersparst.«

»Die Wahrheit ist: Ich vermisse, was wir an Glennscaul Unlimited hatten. Unter dir – nicht unter deinem Onkel. Und wenn es wieder so oder so ähnlich sein könnte, dann …« Er schüttelte den Kopf. »Das wäre wunderbar. Jedenfalls besser, als darauf zu warten, dass die Leute bei Lyden Uncharted irgendwas finden, mit dem sie mich an Land ziehen.«

»Ich kann dir nichts von dem versprechen, was wir vorher hatten.«

»Du brauchst mir gar nichts zu versprechen. Du willst meine Hilfe, und ich bin dabei. Gegen wen geht's? Kempinski Monolithic? Die Carrender-Foundation?«

»Weder noch. Wir werden Welton Bennath einen Besuch abstatten.«

»Von der Bennath Singularity Corporation?«

»Genau der.«

»Was hat denn *der* damit zu tun?«

John erzählte ihm die ganze Geschichte – von seiner und Cosimas Rettung über den Diebstahl bei Bennath bis hin zur Flucht von der *INANNA* und dem Debakel ihrer Rückkehr. Edison schüttelte immer wieder mit fassungsloser Miene den Kopf. Wann immer John aber von Cosima sprach, legte sich ein Grinsen auf Edisons Gesicht.

»Und nun fragst du dich natürlich, wie wir uns nur darauf einlassen konnten«, sagte John, nachdem er die Geschichte zu Ende geführt hatte.

»Nein, die Frage stellt sich überhaupt nicht. Wenn Cosima in der Nähe ist, kann man schon mal den Verstand verlieren.«

»Es war ihre Idee.«

»Ich bin mir sicher, irgendwo sitzt Cosima jetzt, und eine Freundin sagt ihr: *In Johns Nähe kann man schon mal den Verstand verlieren.*«

John lachte leise. »Das glaube ich weniger.«

»Ich habe immer gesagt, dass ihr beiden zusammengehört. Ganz egal, ob als Rivalen, als Feinde, Komplizen, Freunde oder sogar als Liebesp…«

»Ja, ja. Ist ja gut.«

»Du kannst sie immer noch nicht leiden, oder?«, sagte Edison.

»Doch, doch. Sie ist okay«, entgegnete John.

»Okay? Cosima ist alles, aber nicht okay.«

»Mir scheint, die zwei Jahre auf der *Vanya-17* hätten dir mehr gefallen, als sie mir gefallen haben.«

Edison lachte. »Du hast mal gesagt, ich hätte mir die falsche Seite ausgesucht.«

»Wegen deiner Schwäche für Cosima?«

Edison nickte.

»Jetzt hast du Gelegenheit, sie aus der Nähe zu erleben«, sagte John.

»Du machst also einen Neuanfang.«

»Ich versuch's zumindest.«

»Du willst Glennscaul Unlimited wieder aufleben lassen?«

»Möglicherweise, aber wir müssen erst mal durch ein tiefes Tal. Dann vielleicht … Und vielleicht nicht einmal hier.«

»Du träumst immer noch vom Titan?«

John hatte früher oft vom Titan gesprochen, auch schon, als Ward der Chef gewesen war und John in dessen Schatten gestanden hatte. »Dort kann man noch was bewegen«, sagte er. »Sich noch was aufbauen.«

»Ich bin dabei und werde dabei bleiben«, erklärte Edison. »Ich brauche ein paar Tage, um hier alles zu regeln, und dann bin ich zu allem bereit.«

»Danke, Ed«, sagte John und schloss seinen alten Waffenmeister in die Arme.

* * *

Durch Dominik hatte Cosima alles über Amy Mendelowskis Situation erfahren, was sie wissen musste. Sie hatte ihn gebeten, Amy gegenüber nichts zu verraten. Sie wollte selbst zu ihr gehen. Unter falschem Namen hatte sie sich bei ihr einen Termin verschafft. Als Rennpilotin Amber S. Cosmo, die Amy als Event-Planerin engagieren wollte, betrat sie das Büro und war ein wenig enttäuscht. Amy mochte zwar minimalistische Einrichtungen, aber dem Hochglanz-Stil hier fehlte die Wärme, mit der sich Amy sonst umgab. Ihr Büro in Cosimas Haus war früher mit den Holzmöbeln, den gepolsterten Stühlen und der Stehlampe, die feuriges Licht spendete, ein Ort gewesen, an dem Cosima gerne den Mittag verbracht hatte.

Hier aber wirkte alles distanziert – nur Amy selbst nicht. Sie erhob sich hinter ihrem glänzenden Schreibtisch und lächelte ihr entgegen. Und als die Tür sich geschlossen hatte, sagte sie: »Du kannst den Helm abnehmen, Cosima.« Sie schüttelte den Kopf und schaute auf das Display auf dem Tisch. »Amber S. Cosmo! Ich sehe den Wald vor lauter Bäumen nicht.« Sie trat mit ausgebreiteten Armen um den Tisch herum. »Deinen Gang würde ich aber unter Tausenden erkennen.« Gleich nachdem Cosima den Helm abgenommen hatte, drückte Amy sie an ihre Brust. Sie nahm sogar den Helm an sich und platzierte ihn auf ihrem Schreibtisch, um Cosima dann noch fester zu umarmen. »Ich habe mir Sorgen gemacht.« Dann zog sie sich von ihr zurück und wies auf die Sitzgruppe zur Rechten. Sie nahmen in den leichten Sesseln Platz, und nur ein runder Glastisch trennte sie.

»Wie konnte es so weit kommen, Cosima?«, fragte Amy. »Spencer konnte mir so gut wie nichts erzählen.«

»Dominik hat mir von der Beerdigung berichtet.«

Amy winkte ab. »Das war eine einzige Farce.«

»Er sagte auch, dass du dir Sorgen machst.«

»Wenn alles den Bach runtergeht, kann man sich schon mal Sorgen machen.« Amy schüttelte den Kopf. »Ich habe keine Ahnung, wie das alles passieren konnte. Es ist ein Albtraum.«

»Es ist meine Schuld«, sagte Cosima. »John und ich haben es zu weit getrieben. Die zwei Jahre hatten letztlich etwas Erhellendes. Dass wir dann, kaum dass wir frei sind, so eine Dummheit begehen, war eine … *Dummheit*. Wir hätten deine Hilfe brauchen können. Du hättest uns den Vogel gezeigt und gesagt, dass sich hier daheim genug Möglichkeiten bieten.«

»Es nützt nichts, die Vergangenheit zu bedauern«, sagte Amy. »Wir müssen in die Zukunft blicken.«

Cosima schaute sich in dem karg eingerichteten Zimmer um. »Ist das deine Zukunft? Es ist wahrscheinlich ganz nett, aber ich bin mir sicher, jedes andere Büro in diesem Komplex sieht genauso aus.«

»Es ist nur gemietet, bis ich was Besseres, was Eigenes finde.«

Cosima nickte. »Du löst dich also vom Konzern?«

»Was könnte mich jetzt noch da halten? Noch ein paar Monate, und ich habe mich aus dem Sumpf herausgezogen, in dem ich nach deinem Verschwinden versunken war.«

»War es so schlimm?«

»Ich wusste nicht, wie schlimm es ist, bis ich dich wiedergesehen habe. Da traf es mich wie ein Schlag. Und dann der Angriff und Spencers Tod!« Sie wich ihrem Blick aus. »Ich kann einfach nicht mehr für Randell Barickman arbeiten. Ich muss da raus.«

»Ich habe keine Ahnung, wie du es zwei Jahre bei diesem Trottel ausgehalten hast«, sagte Cosima.

»Ich habe die ganze Zeit seit dem Debakel um die *Vanya-17* geglaubt, in deinem Sinne weitermachen zu können«, erklärte Amy. »Und selbst die Ablehnung und die Geringschätzung, die ich im Konzern ertragen musste, waren nicht genug, um mich davon abzubringen. Aber jetzt …« Sie wies im Raum umher. »Das Büro habe ich jetzt schon seit einem Jahr gemietet.«

»Und? Kannst du es dir leisten, dich zurückzuziehen? Als Event-Planerin?«

»Nun, es gibt ja immer das Grundeinkommen der Station.«

»Aber du willst ein bisschen mehr als das«, sagte Cosima. Das Gehalt, das die Station ihren Bewohnern bedingungslos zahlte, reichte für ein bescheidenes Leben. Die meisten aber verdienten sich darüber hinaus etwas dazu oder aber erwarben sich durch ehrenamtliche Arbeit Privilegien, die andere sich mit Geld erkaufen mussten.

»Ich würde es nicht als Schande ansehen. Aber du kennst mich: Ich baue mir gern was auf. Und inzwischen läuft es so gut, dass ich Aufträge ablehnen muss. Wenn ich die letzten Schulden beim Konzern beglichen habe, komme ich sicher mit meiner kleinen Operation gut zurecht.«

»Lässt dich Randell denn gehen?«, fragte Cosima.

Amy lachte. »Er wird froh sein.« Sie blickte kurz zu Boden. »Niemand wird mir nachlaufen, wenn ich dem Geschäft den Rücken kehre. Zu bleiben ist gefährlich. Gerade jetzt kannst du leicht zur Zielscheibe werden, selbst wenn du nicht mehr in der vordersten Reihe stehst.«

»Du musst aufpassen«, sagte Cosima. »Er könnte dich aus dem Weg räumen wollen. Du weißt einfach zu viel über den Konzern.«

Amy schüttelte den Kopf. »Nicht mehr. Randell hat alles verändert, und ich bin nicht in die Details eingeweiht. Der Konzern ist nicht mehr das, was du aufgebaut hast.«

»Wir könnten Randell aus meinem Haus vertreiben. Ihn erledigen. Und dann bringen wir alles in Ordnung.«

»Das könnten wir«, erwiderte Amy. »Aber ich würde zu leicht zur Zielscheibe. Und das kann ich mir nicht mehr leisten.«

»Dominik hat mir von deiner Tochter erzählt. Hanna. Ein schöner Name.«

»Hanna Nerina Mendelowski.«

»Nerina?«

»Ja. Weil sie mir so fehlt. Und außer Dominik gibt es nur wenige, denen sie noch was bedeutet. Wenn ich Nerina erwähne, heißt es: *Ach ja*. Sie müssen sie erst aus dem Vergessen zurückholen.«

»Wenn ich dich jetzt also frage, ob du bei mir mitmachen willst, dann wirst du ablehnen?«

»Du glaubst nicht, wie gerne ich mitmachen würde. Barickman ist ein Arschloch. Anders als John Glennscaul hat er überhaupt keine Skrupel. Auch beim normalen Geschäft stapeln sich die Toten. Und meine Rede, dass das irgendwann einen Druck erzeugen wird, unter dessen Last das Unternehmen zusammenbricht, will er nicht wahrhaben. Das Leisetreten, das Schonen von Leben bei aller Raffgier, das schützt uns davor, dass die Behörden gegen uns vorgehen. Aber ein Toter bedeutet gleich, dass da eine Familie ist, die jemanden verloren hat. Es ist ein Verlust, den man nicht mehr gutmachen kann. So etwas sollte man nicht leichtfertig angehen. Wenn es bei einem Schattenkrieg Tote gibt, ist das eine Sache, aber wenn das bei einem gewöhnlichen Einbruch passiert, dann muss die Sache früher oder später schiefgehen.«

Cosima nickte und biss sich auf die Lippen. »Das ist etwas, das John und ich damals in den Clubs erkannt haben. Ich wünschte, wir hätten es besser umsetzen können.«

»Bei einer Feindschaft wie eurer musste es irgendwann um Leben und Tod gehen. Aber beim normalen Geschäft ist es inzwischen so, dass die Machenschaften nicht entdeckt werden dürfen, sonst ist sofort Schluss.«

»Führst du noch die Statistiken? Ich meine die Toten und Verletzten.«

»Ich *habe* sie geführt. Ich konnte ja kaum was anderes machen. Aber Barickman hat mir befohlen, sie einzustellen, als ich davor warnte, den harten Kurs weiterzuverfolgen.«

»Er ist ein Dummkopf und wird alles verderben. Wenn du ein Verbrecher bist, musst du wissen, an welchen Stellen du laut sein darfst und an welchen du leisetreten musst. Dann kannst du mit fast allem durchkommen.«

»Du und John – ihr wart die Ersten einer neuen Ära, und bis zu eurer Rückkehr dachte ich, dass ihr auch zugleich die Letzten gewesen wäret. Aber jetzt habt ihr eine Chance weiterzumachen. Und du glaubst nicht, wie groß die Versuchung ist mitzumachen. Aber dann …« Sie aktivierte den Schirm über ihrem Patch und zeigte Cosima darauf ein Foto von Hanna. Das Kind hatte die warmen braunen Augen ihrer Mutter, und ihre Lippen formten ein winziges Lächeln. Sie trug einen cremefarbenen Strampelanzug und eine rote Haube.

»Meine Güte«, sagte Cosima. »Wie alt ist sie?«

»Sieben Monate. Das Bild ist von letzter Woche.«

Cosima schüttelte den Kopf. »Und Roland wollte von diesem wunderbaren Kind nichts wissen?«

Amy schaltete den Schirm ihres Patches ab; das Bild ihrer Tochter verschwand. »Er meinte, in unserer Beziehung wäre es nur um Sex gegangen, und fragte doch tatsächlich allen Ernstes, ob wir nicht so weitermachen könnten.«

»Er wollte also eine Extraktion?«

»Ja. Aber selbst wenn einem das Kind entnommen wird und es künstlich herangezogen wird, ist es immer noch das eigene Kind.«

Cosima nickte. Viele Frauen ließen die Kinder extrahieren, um die Unannehmlichkeiten einer Schwangerschaft zu vermeiden, und akzeptierten die Säuglinge, als hätten sie sie selbst zur Welt gebracht.

»Für mich kam eine Extraktion nicht infrage«, sagte Amy. »Also war das das Ende unserer Beziehung. Aber ich habe es gewusst. Ich meine, ich habe es drauf ankommen lassen.«

»Und? Hat er Verpflichtungen?«

»Natürlich nicht. Ich habe ihn davon entbunden. Er hat überhaupt keine Verpflichtungen, aber er hat auch keine Rechte. Erst wenn Hanna will, wird sie ihn zu Gesicht bekommen.«

»Manche würden töten, um ein eigenes Kind zu haben.«

»Ich bedauere es nicht einmal, mich mit ihm eingelassen zu haben. Er hat deutlich gemacht, dass er keine Kinder wollte, und ich habe einfach getan, was ich für richtig hielt, und ihn vor vollendete Tatsachen gesetzt. Das war alles andere als sauber. Aber ich hätte mir gewünscht, dass er ein wenig menschlicher reagiert – und nicht wie ein sexbesessener Egomane. Aber selbst das bedauere ich nicht mehr. Weißt du, was Eleonore zu den Übeln der Vergangenheit sagte?«

»Die großen KIs sprechen oft über die Vergangenheit«, erwiderte Cosima.

»Sie sagte: *Selbst das Schönste und Unschuldigste braucht als Bausteine all das Leid der Geschichte.*« Amy starrte auf ihren Patch, als schwebte der Schirm mit dem Bild ihrer Tochter noch darüber. »Ein Blick in Hannas Gesicht, und alles, was vergangen ist, ist in Ordnung. Zu wissen, dass dieses Kind nicht so wäre, wie es jetzt ist, wenn ich irgendetwas anders gemacht hätte; dass sie eine andere wäre – das spült jedes Bedauern weg. Es ist wie ein Neuanfang. Und in einem hatte Roland recht: Der Sex war gut.«

»Wenn ich dir sage, dass ich dafür sorge, dass Hanna in Sicherheit ist, würdest du dann mitmachen?«

Amy schaute Cosima lange an. Sie blinzelte nicht einmal. Ganz langsam stahl sich ein Lächeln in ihr Gesicht. »Überzeuge mich!«

Cosima erzählte von Yuka und der *Inanna*. Und sie berichtete, wie eine Mikro-KI in dem Schiff aufgegangen war. »Dort wäre Hanna sicher«, sagte sie schließlich. »Sicherer als hier auf Pandaros-3.« Sie erklärte ihr, was Welton Bennath verbrochen hatte und welches Ziel sie und John sich gemeinsam mit Yuka gesetzt hatten. »Erst später kümmern wir uns um Randell. Auf der *Inanna* müsstest du dir keine Sorgen um Hanna machen.«

»Weiß Captain Manderton davon, dass sie Familienzuwachs bekommt?«

»Es war ihr Vorschlag. Du hast von den Schiffen der Carrender-Foundation gehört?«

»Klar. Luxusschiffe.«

»Jetzt stell dir eines vor, das im Augenblick nicht für Empfänge und andere große Angelegenheiten verwendet wird. Das wäre doch was. Eine Art Urlaub mit deiner Tochter, und du müsstest für uns nur Pläne erarbeiten und Dinge organisieren.«

»Du willst mich also unbedingt dabeihaben?«

»Ohne dich müsste ich mich auf Trent Kalish verlassen«, sagte sie und lächelte herausfordernd. »Und obwohl er zweifellos über Fähigkeiten verfügt und ich ihm bis zu einem gewissen Grad vertraue, würde ich mich immer fragen, was du wohl gemacht hättest? Was hätte Amy rausgeholt, beschafft und vorgeschlagen?«

»Trent Kalish?«, sagte Amy und lachte. »Als du verschwunden warst, hat er versucht, mich abzuwerben. Der Kerl hat mir genau beschrieben, was mit Amberson Unbound unter Randell passieren würde. Natürlich habe ich ihm nicht geglaubt. Es wäre wie ein Verrat gewesen, nach der Hitze der Schlacht um die *Vanya-17* die Seiten zu wechseln. Aber er hatte recht. Alles hat sich bei uns so entwickelt, wie er es gesagt hat. Was er nicht gesehen hat, war der Untergang von Glennscaul Unlimited.«

»Er ist ein guter Mann. Und auch wenn alle darüber reden, dass John und ich zusammenarbeiten: Mich würde interessieren, was passiert, wenn du mit Trent einen Plan ausarbeitest.«

Amy spitzte die Lippen. »Das wär was.«

»Ein bisschen Angst habe ich schon bei der Vorstellung, das die beiden größten Strategen, die Pandaros-3 je gesehen hat, sich zusammentun.«

»Wann kann ich auf die *Inanna*?«, fragte Amy.

»Du kannst sofort mitkommen, wenn du willst.«

»Die Tagesmutter bringt Hanna gleich. Dann können wir los. Um alles andere kümmere ich mich später.«

»Ich bin gespannt auf deine Kleine«, sagte Cosima. Und während Amy ihr weitere Bilder zeigte, durchfuhr Cosima ein Schauer, und sie merkte, wie sich die Tränen in ihren Augen sammelten.

* * *

Tief unter dem Calabro-Komplex ging John mit Trent einen schwach beleuchteten Gang entlang und hielt an einer schweren Tür. Er klingelte, tauschte einen zweifelnden Blick mit Trent, dann öffnete sich die Tür wispernd.

Mit einem Lächeln trat er ein und musterte Kendra, die starr mitten im Zimmer stand, dann aber loslief und John in die Arme schloss. Er hörte sie schluchzen und merkte, dass sie sich noch fester an ihn klammerte.

Erst als John sie an den Schultern fasste, ließ sie von ihm ab. Die Tränen liefen ihr über die Wangen.

»Das war der wärmste Empfang, den ich bisher hatte, Kendra«, sagte er.

»Tut mir leid«, erwiderte sie mit schwankender Stimme.

»Nicht doch. Du überraschst mich nur. Normalerweise gibst du den Leuten nicht mal die Hand.«

»Leute, Leute. Du bist nicht irgendwer, John Glennscaul.«

»Als wir vorhin gesprochen haben, wirktest du viel gefasster«, sagte er.

»Dich auf dem Schirm zu sehen, ist eine Sache.« Sie musterte ihn. »Aber dich hier zu haben, das ist was ganz anderes.«

»Wo ist dein Freund?«, fragte Trent.

»Jarod? Der ist wahrscheinlich gerade bei Kempinski, um uns zu verraten.«

Trent stutzte. »Und das sagst du so seelenruhig!«

»Trent! Meinst du, ich würde mich hier mit euch treffen, wenn ich mir nicht sicher wäre, dass euch keine Gefahr droht? Das hier ist meine geheime Wohnung. Jarod weiß nichts davon.« Sie wies auf die Kisten, die sich neben ihr an der Wand stapelten. »Das ist alles, was ich mitgenommen habe. Und mir ist niemand gefolgt.«

John nickte. »Du hast also alle Brücken hinter dir gekappt.«

»Das ist der Tag, auf den ich gewartet habe.«

»Und deine Eltern auf Pluto?«, fragte er.

Kendra lächelte. »Pluto ist weit weg. Und ich habe dafür gesorgt, dass meine Eltern da sicher sind. Wer in ihr Haus einbrechen will, erlebt den Albtraum seines Lebens. Dein Haus ist nichts dagegen.«

John lachte, während er sich mit Trent auf eine Couch setzte. Kendra nahm in ihrem Sessel Platz.

»Wir haben die Liste geprüft, die du uns gegeben hast«, sagte Trent. »Die *Inanna* verfügt über alles, was du wolltest.«

»Du willst mich verarschen!«

»Wie jetzt?«, fragte Trent mit überraschter Miene.

»Ich habe da am Ende Sachen draufgeschrieben, die ihr wahrscheinlich nicht besorgen könnt.«

»Kendra«, sagte John.

»Wie könnt ihr ein 576-Analysemodul haben? Dazu braucht man eigentlich …«

»Kendra!«, wiederholte John.

»Oder die ganzen Zugänge zu den Datenbanken. Dafür bräuchtet ihr auf jeden Fall …«

»Eine KI«, sagte John und brachte Kendra damit zum Schweigen. »Eine KI bräuchten wir.«

»Du willst mich wirklich verarschen«, sagte Kendra.

»Ist im Augenblick meine Lieblingsbeschäftigung«, erwiderte John. »Aber nein. Wir haben die Mikro-KI in die *Inanna* integriert.«

Kendra sprang auf. »Und das habt ihr mir verschwiegen?«

»Ich wusste, dass Jarod nicht vertrauenswürdig ist«, erklärte Trent. »Deswegen …«

»Tut mir leid, Kendra«, sagte John.

Kendra winkte ab. »Auf der *Inanna* ist also die Mikro-KI, nach der alle suchen.«

»Ja.«

Sie schüttelte ungläubig den Kopf. »Dann muss euch gar nichts leidtun. Helft mir, die Kisten in die Transportschleuse zu schaffen. Und dann geht's los. Ich kann es kaum erwarten. Wer ist noch dabei?«

»Edison«, antwortete John. »Von uns sonst niemand. Cosima bringt noch zwei oder drei Leute mit.«

»Wen?«, fragte Kendra mit misstrauischer Miene.

»Amy Mendelowski und Dominik Hershberger.«

»Dominik?« Sie schüttelte den Kopf. »Das gibt Ärger.«

»Weil er dich angeschossen hat?«, fragte John.

»Natürlich!«

»Cosima hat mich fast erwürgt. Wir hätten uns beinahe gegenseitig umgebracht. Wenn *wir* das beiseitelegen können, dann wirst du das auch können. Wenn du auf jemanden sauer sein musst, dann auf mich. Dass ich euch in diesen dummen Kampf geführt habe – das war meine Schuld.«

»Du machst uns also keinen Ärger wegen Hershberger?«, fragte Trent.

»Zumindest nicht so, dass es die Operation behindern würde.«

»Darauf verlasse ich mich«, sagte John.

»Und sind das alle, über die Cosima verfügen kann?«, fragte Kendra. »Ich meine, unser Laden ist aufgelöst, aber Amberson Unbound existiert doch noch. Gibt es nicht weitere, die ihr helfen würden?«

»Mendelowski und Hershberger sind die Einzigen, denen sie vertraut«, antwortete John. »Und dann ist da noch jemand. Libby Graeft oder Kraeft. Ich bin mir nicht sicher.«

»Libby Graeft. Ein Talent, bis Amberson Unbound die Finanzierung ihrer Ausbildung einstellte. Ich hatte damals vorgeschlagen, sie zu uns zu holen. Leider ging dann alles den Bach runter, und ich habe sie aus den Augen verloren. Wenn wir *die* bekommen könnten – das wär schon was.«

John nickte zufrieden. Er war erleichtert, Kendra an Bord zu haben. Und je mehr sie ihm von Libby Graeft erzählte, umso unruhiger wurde er. Als sie Kendras Unterschlupf verließen, konnte er es nicht erwarten, auf die *Inanna* zurückzukehren und zu schauen, ob es Cosima gelungen war, die geniale Modultechnikerin, von der Kendra schwärmte, für ihre Sache zu gewinnen.

* * *

Cosima wunderte sich, als sie den Club *Regenerate* betrat, um nach Libby Graeft Ausschau zu halten. Ihr ehemaliger Schützling mied Menschenmassen normalerweise. Aber die Musik der verschiedenen Epochen war wie eine Einladung zu einer Zeitreise. Im Augenblick lief der Song »Viviane« von der Band Triton Asylum, den Cosima vor drei Jahren gerne gehört hatte. Auf der Bühne saß der ReGent auf seinem schwebenden Thron, den Kopf zurückgelehnt. Die Haube, die er trug, war vor lauter Kabeln, die wie lange Haarsträhnen herausdrangen und links und rechts in die säulenartigen Computermodule führten, nicht zu erkennen. Die Kabel wären nicht nötig gewesen, aber hier zählte auch der optische Eindruck. Der ReGent saß dort oben an die Maschinen geknüpft und steuerte mit seinen Gedanken den Verlauf der Musik. Der schnelle Sol-Rock-Song »Viviane« wurde erst rauer und rauer, die Akkorde verzerrten sich immer weiter, und auch die Männerstimme wurde immer kratziger. Dann aber verwandelte sich die Männerstimme in einem genialen Übergang in eine Frauenstimme, und zugleich lösten sich die harten Akkorde in Elektronikklänge auf.

Die Transformation von Musik, aber auch von Filmen, Spielen und allen anderen Unterhaltungsformen war wie ein Abenteuer. Man startete an irgendeinem Punkt und variierte ein Werk, indem man es durch verschiedene Stile und Epochen führte. Die Lichtershow und die Videos, die an den Wänden liefen, passten sich der Musik an.

Der ReGent war auf dem Weg zurück durch die Zeit. Vom NeoBlues der Kolonisten, zurück in die zweite Hälfte des 21. Jahrhunderts mit seinen radikalen Klängen aus dem demokratischen Untergrund, bis hin zur frühesten elektronischen Musik. »Viviane« gipfelte in einem gewaltigen Chorgesang, während sich rings herum an den Wänden bunte Gemälde öffneten und Sänger sich in mittelalterlicher Tracht manifestierten, ehe es dunkel und leise wurde. Die Leute jubelten bereits, da kehrte mit einem Schlag das Originalstück von der aufflammenden Lichtshow begleitet zurück und war diesmal elegant von den Elementen der zuvor gehörten Variationen unterlegt. Alles war nun darauf ausgerichtet, dass die Gäste tanzten und sich verausgabten.

Während Cosima am Rande des Raumes entlangging, schwebte auf der Schirmwand ein mittelalterlicher Höfling neben ihr her und versuchte sie mit einladenden Gesten zum Tanzen zu bewegen. Doch gerade als sie sich beinahe dazu hätte durchringen können, kehrte der Chor wieder in das Musikstück zurück und ließ es ausklingen.

Cosima blieb stehen, bewunderte das Lichtgewitter auf der Bühne und applaudierte dem ReGent mit all den anderen.

Während sie nun den Raum durchquerte, hielt sie nach Libby Ausschau. Sie konnte sich vorstellen, dass ihr die musikalischen Transformationen gefielen und sie dabei ihre Abneigung für Menschenmengen für eine Weile vergessen konnte. Vielleicht hatte sie sich sogar geändert, und dies war eine willkommene Abwechslung zu den einsamen Stunden daheim.

Dominik hatte davor gewarnt, Libby in ihrer Wohnung aufzusuchen. Randell Barickmans Leute trieben inzwischen in ihrem Wohnkomplex ihr Unwesen und lauerten nur auf sie.

Hier, in dieser Menge Gleichgesinnter, würde man Libby nicht ohne Weiteres finden. Hier war sie nur eine unter vielen. Falls sie wie früher einen Hang zu gefärbtem Haar und farbenfroher Kleidung hatte, würde sie hier unter all der Buntheit nicht weiter auffallen.

Cosima hoffte, dass Trents Informationen stimmten. Amy hatte auf die Schnelle nichts zusammentragen können. Cosima bedauerte es, denn sie hätte sich gerne auf die Recherche ihrer eigenen Strategin verlassen. Obwohl sie Trent respektierte und es keinen Grund gab, ihm zu misstrauen, fühlte sie sich unwohl dabei, sich auf ihn verlassen zu müssen.

Je weiter sich Cosima in ihrem Triptyx-Anzug voranbewegte, umso mehr stieg die Angst in ihr hoch. Randell hatte sie für die Öffentlichkeit am Leben gehalten. Hätte es Libby nicht eiskalt erscheinen müssen, dass sie ihre Unterstützung eingestellt und nie wieder Kontakt zu ihr aufgenommen hatte? Es hätte sie nicht gewundert, wenn Libby sie für ihre vermeintliche Kälte hasste. Sie hielt sie bestimmt für feige, weil sie ihr die Gründe für den scheinbaren Sinneswandel nicht persönlich dargelegt hatte.

Amy hatte ihr erzählt, dass Libby vor anderthalb Jahren im Haus erschienen war, um sie zur Rede zu stellen. Die Härte, mit der Randell sie vom Anwesen hatte entfernen lassen, hatte Libby sicherlich einen weiteren Anlass geboten, um sie zu hassen. Amy und Dominik hatten ein schlechtes Gewissen, weil sie Libby nicht in die Wahrheit eingeweiht hatten. Sie hatten sich geschämt und hatten auch das Unternehmen nicht in Gefahr bringen wollen, indem sie verbreiteten, dass Cosima verschwunden und wahrscheinlich tot war.

Nun aber musste Libby die Wahrheit erfahren haben. Falls sie die Nachrichten verfolgte und noch Kontakte zum Untergrund pflegte, hatte sie zweifellos ihre Schlüsse gezogen. Und würde die Wahrheit sie nicht besänftigen? Das wollte Cosima sich einreden, aber die Angst blieb. In jedem Fall musste Libby klar sein, dass Cosima in Schwierigkeiten geraten war.

Auf ihrem Weg durch den Club wurde sie von vielen Gästen bemerkt, einige grüßten sie. Chimaira war bekannt, aber auch hier glaubte sicherlich niemand, dass sie es wirklich war. Cosima hatte in den letzten Tagen viele in ihrer Kluft gesehen. Und sie hatte sich über John lustig gemacht, der tatsächlich fürchtete, man könne ihn für den echten Triptycian halten. Auch hier war offensichtlich, dass sie alle für einen Fan von Chimaira hielten. Selbst Libby würde sie wahrscheinlich nicht erkennen. Cosima hatte ihr zwar vor Jahren schon erzählt, dass sie Chimaira war, aber würde sie wirklich glauben, dass ihre alte Mäzenin sich hinter dieser Maske versteckte?

Bei all den Menschen, die hier bereits wieder zum nächsten Song tanzten, hatte Cosima keine Ahnung, wie sie Libby finden sollte. Aber ihr fiel auf, dass es hier nur auf einer Seite Toiletten gab. Wer immer dort hinwollte, musste durch einen Gang. Und in diesen stellte sie sich und beobachtete alles. Sie ließ einige Männer und Frauen, die Kontakt zu ihr aufnehmen wollten, ins Leere laufen und war beeindruckt, wie gelassen sie reagierten.

Kaum war der Song, der Cosima zu plump gewesen war, vorüber, startete der ReGent einen neuen. Auf den Wänden standen an verschiedenen Stellen die ursprünglichen Daten des Stücks: »Only If For A Night« von einer Band namens Florence & the Machine. Der Bandname gefiel ihr, und auch das Stück, das angeblich aus dem frühen 21. Jahrhundert stammte, berührte sie mit der markanten Stimme der Sängerin, den hintergründigen Harfenklängen, und als der Beat einsetzte und die Leute um sie herum zu einem entspannten Tanz ansetzten, zog der Song Cosima völlig in den Bann. Der ReGent ließ das Stück ein wenig laufen und setzte dann zu einer von historischen Videos begleiteten Reise aus dem 21. Jahrhundert in Richtung Gegenwart an. Dabei gestaltete er die Übergänge zwischen den Zeiten und den Genres so geschmeidig, dass Cosima den Song mit den Transformationen, die sich hier entfalteten, auf ihrem Patch markierte. Sie wollte ihn später noch einmal hören und dazu die Visualisierungen sehen.

Da war sie! Libby! Eine grünhaarige junge Frau mit einem etwas schmaleren Gesicht, als Cosima es in Erinnerung hatte, aber mit den verträumten Augen, die sie vermisst hatte, drängte sich aus dem Innenraum auf den Gang. Sie bemerkte Cosima, blieb sogar für einen Moment stehen, während sich andere an ihr vorbeischoben.

Cosima winkte sie zu sich.

Libby lächelte und sagte etwas, das Cosima wegen der Musik nicht verstehen konnte, aber anhand der Lippenbewegungen wie *Cosima* erschien.

Cosima nahm die junge Frau an die Hand und führte sie den Gang hinab und über eine VIP-Schleuse, zu der sie dank Kendra mit ihrem Patch Zugang hatte, zu einem Transporter.

Als sich die Tür hinter ihnen geschlossen hatte, war es schlagartig still. Cosima hörte ihr eigenes, schweres Atmen, während sie sich auf die gepolsterte Bank setzten.

»Bist du es wirklich?«, fragte Libby.

Cosima nahm ihren Helm ab und zeigte ihr die Tränen, die sie nicht mehr zurückhalten konnte. »Libby«, sagte sie voller Bedauern.

Libby schüttelte den Kopf und schaute sie fassungslos an.

Cosima legte den Helm neben sich auf die Bank, rückte zu Libby hinüber und fasste ihre Hände. »Es wird alles anders. Wenn du willst.« Sie wusste von der kleinen Wohnung, in der Libby hauste, und dass sie lediglich von dem Grundeinkommen lebte und sich mit Stipendien und kleinen Jobs etwas hinzuverdiente.

»Dann weißt du alles?«, fragte Libby.

»Ich weiß, was Randell getan hat.«

»Du warst wirklich verschwunden. Er hat nur so getan, als würdest du weiterhin die Fäden ziehen.«

Cosima nickte.

»Ich habe dich gehasst, Cosima. Kannst du dir vorstellen, was diese plötzliche Ablehnung mit mir gemacht hat?«

»Ich wünschte, ich hätte es verhindern können. Aber ich

war gefangen – von allem abgeschnitten.« Sie erzählte knapp, was sie mit John erlebt hatte.

Libby hörte sich alles stumm und mit regungsloser Miene an. Und schließlich sagte sie: »Hätte ich das doch nur gewusst!«

»Dann hättest du mich wohl für tot halten müssen.«

»Das hätte ich nicht ertragen«, erwiderte Libby kopfschüttelnd.

»Dann war es gut, dass du mich gehasst hast.«

»Ich habe mich selbst gehasst, Cosima. Ich habe zweimal versucht, … ein Ende zu machen. Aber selbst das ist mir nicht geglückt.«

Cosima zog sie zu sich und schloss sie in die Arme. »Das werde ich nie wiedergutmachen können.«

Libby wand sich aus ihrer Umarmung. »Das musst du doch gar nicht. Du hast überlebt. Du bist hier. Und du glaubst nicht, was das alles von mir nimmt.« Ein bemühtes Lächeln legte sich auf ihre Lippen. »Egal in welchem Mist du steckst«, sagte sie und schluchzte. »Ich komme mit.« Sie wischte sich die Tränen ab und lachte. »Hast du dir jemals eine andere Realität gewünscht, und plötzlich – wie aus dem Nichts – ist sie da?«

»Gewünscht, ja. Aber eingetreten ist es nie.«

»Dann kannst du nicht nachfühlen, was für ein Stein mir vom Herzen fällt.«

Cosima küsste sie auf die Stirn. Und obwohl ihr klar war, dass sie keine direkte Schuld an Libbys Schicksal traf, hatte sie ein schlechtes Gewissen. Denn ohne den Kampf um die *Vanya-17* wäre alles anders gekommen. Aber Libby war nun bei ihr, und damit war ihre Crew vollständig.

Von Begegnungen und Plänen

Am Morgen des 1. Oktober trafen sich Cosima und John im Bistro der *INANNA*, das in der Nähe ihrer Quartiere lag. Yuka und Trent, die mit ihnen gefrühstückt hatten, waren bereits fort. Der schmale Service-Roboter wartete in der Ecke offenbar darauf, dass er ihren Tisch abräumen durfte. Das kleine Bistro lag direkt am Zugang zur zentralen Halle, in der Teodor sie bei ihrer Flucht beinahe mit Kempinskis Leuten zu fassen bekommen hatte. Als die Besucher noch an Bord gewesen waren, hatte man hier kaum einen Platz finden können, nun aber in aller Stille war es mit seinen sanften Polstersitzen und dem warmen Licht geradezu gemütlich.

»Und?«, fragte Cosima und folgte Johns Blick in die leere Halle hinaus. »Hast du Angst?«

»Klar«, antwortete John, dann erst schaute er Cosima in ihr nachdenkliches Gesicht. »Und du?«

»Natürlich nicht«, sagte sie und starrte ihn mit festem Blick an.

John blinzelte und konnte nicht anders, als zu lächeln. »Übersetzt heißt das, dass du die Hosen voll hast.«

»Hab ich nicht«, erwiderte Cosima.

John lachte. »Ich riech so was.«

»Na gut«, sagte Cosima und verdrehte die Augen. »Aber nicht so, wie du denkst. Ich habe ein bisschen Angst davor, wie meine Leute mit deinen zurechtkommen. Das ist alles.«

»Ich bin gespannt, ob Kendra Dominik an die Kehle geht«, sagte John und nickte langsam.

Cosima lehnte sich zurück und verschränkte die Arme

vor der Brust. »Ich habe dafür gesorgt, dass Libby zuerst zum Treffen kommt und Dominik und Amy dann erst dazustoßen.«

»Vielleicht keine üble Idee.«

Cosima schaute auf ihren Patch. »Und wir, mein lieber Alfie, sollten sie nicht warten lassen. Je weniger Zeit sie unter sich haben, umso weniger Gelegenheit haben sie, einander an die Kehle zu gehen. Oder sollen wir warten?«

»Ich vertraue hier deinem ersten Eindruck«, sagte John. »Je weniger Zeit, umso unwahrscheinlicher der Streit. Man kann seinem Schicksal nicht davonlaufen.«

»Na gut, du Orakel! Gehen wir.« Cosima erhob sich, und als auch John aufgestanden war, setzte sich der Roboter, der in der Ecke gewartet hatte, in Bewegung und rollte langsam näher, um den Tisch abzuräumen.

Statt mit einem der Transporter zu fahren, nahmen sie den Fußweg. Cosima war das Treffen nicht geheuer, während John zwischen Zuversicht und Sorge hin- und hergerissen war. Er ließ Cosima die Richtung vorgeben. Sie sollte entscheiden, wie lange sie bis zu ihrem Ziel benötigten.

Auf dem Weg redeten sie über Triptyx und darüber, dass man auf Pandaros-3 über Chimaira und Triptycian sprach. Dass irgendwo auf der Station jemand mit ihren Outfits Geld verdiente, missfiel ihnen. Und dass ihre Accounts von lauter Anfragen überflutet wurden, war lästig, aber sowohl Cosima als auch John mussten gestehen, dass es ihnen auch schmeichelte.

Nach einigem Hin und Her waren sie sich einig, dass das Beste an der ganzen Sache das Versteckspiel war. Niemand da draußen wusste, wer die beiden Rennfahrer waren. Wären die Glitzerkanäle dahintergekommen, wären sicher nicht nur Kempinski, die Carrender-Foundation und Bennath hinter ihnen her, sondern auch noch ein Tross aus Reportern und Nachrichten-Bots. Und dabei stellte sich die Frage, welche Sorte Verfolger schlimmer war.

Kurz bevor sie die Lounge des Hotels erreichten, fragte

Cosima: »Wäre es denn schlimm, wenn alle es wüssten? Würden sich dann nicht neue Verbündete auftun?«

John lachte leise. »Vielleicht. Aber damit würden wir eine Tür öffnen, die wir nie wieder zukriegen. Wir könnten das mehr bereuen als unsere Aktion hier.«

Sie traten in den Eingangsbereich des Hotels. Anders als die Gästezimmer, die in der Nähe lagen, war dieser Bereich wie ein klassisches Hotel aufgebaut und ging in das Casino über. Zwischen den beiden Bereichen befand sich eine Lounge. In einer Ecke, die wie ein winziges, gepolstertes Amphitheater wirkte, saß die Crew und wartete auf sie. Nur Yuka stand bereits und hatte offenbar den anderen gerade irgendetwas gesagt, das sie grinsen ließ.

Auf einem Schirm, der sich von der Decke herab verdichtet hatte, war Inanna in der Gestalt zu sehen, die sie sich gewählt hatte: eine blasse Frau mit braunem Haar, das zu zwei dicken Zöpfen geflochten war. Sie trug eine abgewandelte Uniform: den gleichen Blazer wie Yuka und Zayda, aber dazu statt Hosen einen langen Rock, der so schmal war, dass sie darin kaum hätte gehen können. Aber das spielte bei einer KI, die nur auf dem Schirm stand, keine Rolle. Die Kleidung und die vielen Blicke zwischen ihr und den anderen verhinderten, dass Inanna auf ihrem Schirm distanziert wirkte. Sie war längst ein fester Bestandteil der Crew.

John musste schmunzeln, als er Amy sah, die ihre Tochter Hanna auf dem Arm hielt. Hanna grinste ihnen entgegen. Er winkte dem Baby zu, was es unvermittelt zum Staunen brachte, als haftete John etwas Unglaubliches an, das es genau zu beobachten galt.

»Ich bin mir sicher, dass ihr die spannendsten Dinge bereits besprochen habt«, sagte Cosima mit einem Lächeln auf den Lippen. »Ihr wisst grob, worum es geht. Wir werden Noboru-14 befreien und Welton Bennath bloßstellen. Wir werden Nelson Kempinski die Beweise liefern, die er braucht, um Bennath fertigzumachen. Vermutlich werden wir eine Summe zahlen müssen – als Wiedergutmachung dafür, dass wir unsere liebe Inanna in dieses Schiff integriert haben.«

»Natürlich reicht das nicht«, sagte John. »Die Aktion, die wir planen, ist aufwendig. Wir sind zwar gut ausgestattet, aber ohne Geld läuft nichts. Cosima und ich haben beschafft, was wir konnten, aber wir werden uns noch etwas leihen müssen.« Sie hatten erwogen, die *Amberscaul* zu verkaufen. Aber damit hätten sie zum einen auf sich aufmerksam gemacht, zum anderen war das Schiff beschädigt, und das würde den Preis erheblich mindern. Dennoch waren sie zum Verkauf bereit gewesen, aber Trent und Amy hatten sie davon überzeugt, erst einmal alle Optionen auszuschöpfen, ehe sie die *Amberscaul* ins Spiel brachten.

»Ich bin bereit, meinen Kopf dafür hinzuhalten«, sagte Yuka. »Da ich bei normalen Kreditinstituten kein Geld bekomme, müssen wir uns bei zweifelhafteren Organisationen etwas leihen.«

»Müssen wir nicht«, sagte Amy und erhob sich mit Hanna im Arm. Während sie den Säugling wiegte, sagte sie: »Das haben Trent und ich bereits geklärt. Ihr werdet saubere Kredite bekommen. Ich habe noch Rücklagen, und meine Kreditwürdigkeit ist gut.«

Edison nickte. »Wir können meinen Laden nutzen, um einen Kredit an Land zu ziehen.«

»Das bedeutet, dass wir, wenn wir bei Bennath einbrechen, nicht nur Noboru-14 im Sinn haben sollten«, erklärte Trent. »Die Befreiung hat die höchste Priorität. Aber wenn wir so etwas wagen, sollten wir das eine oder andere mitgehen lassen.«

Cosima schmunzelte. »Daran haben John und ich auch gedacht. Und da wir jetzt wissen, wo Noboru-14 festgehalten wird, sieht es so aus, als gäbe es auch eine Menge zu holen.«

»Wo?«, fragte Kendra, die neben Libby saß.

»Wie wir vermutet haben: auf dem Mars, in einer der Anlagen der Bennath Singularity Corporation – in Arandis. Es ist eines der großen Lager des Unternehmens.«

Kendra blickte mit verwunderter Miene zu Libby, die nur mit den Schultern zuckte. »Aber wie konntet ihr das rausfinden? Ich hab mir schon beinahe den Kopf darüber zerbrochen, wie wir das wohl in Erfahrung bringen.«

Yuka wies auf den Schirm. »Inanna hat das ermittelt.«

»Mit dem Recherche-Modul, das du mir mit Libbys Hilfe implantiert hast, habe ich verschiedene Datenbanken geprüft«, erklärte Inanna. »Insbesondere die Verbrauchsdaten der Anlagen. In dem Lager in Arandis wird zu viel Energie verbraucht. Da muss eine geheime Anlage sein. Ich recherchierte weiter und fand in den Daten Muster. Noboru-14 hat mir durch die Kontrolle von Heizung und Kühlung Signale geschickt. Immer wieder nur drei Zeichencodes: N 1 4.«

Amy und Trent wechselten wissende Blicke. Yuka, Cosima und John hatten sie im Vorfeld darüber informiert.

Dominik Hershberger aber stutzte. »Die Lager in dieser Liga von Unternehmen sind nicht zu penetrieren – nicht ohne einen Verräter im Inneren.«

»Das dachte ich auch«, erwiderte Cosima und wies auf Inanna.

»Ich besitze über das Netzwerk Spielräume«, erklärte die KI. »Ich kann Bestandslisten des Lagers beschaffen und in begrenztem Maße die Abläufe ausspähen und das Überwachungssystem täuschen. Doch wenn erst einmal Alarm geschlagen wurde, werden sie sich abschotten. Und dann wärt ihr auf euch alleine gestellt. Allerdings könnte euch Noboru-14 eine große Hilfe bei der Flucht sein. Er ist zu vielem fähig.«

»Und du bist sicher, dass Noboru-14 dort ist?«, fragte Dominik. »Es könnte auch eine Falle sein.«

»Zu 99,891 Prozent ist es keine Falle«, erwiderte Inanna. »Denn dazu müsste Bennath annehmen, dass Cosima und John auf den Gewinn verzichten, den das Modul, aus dem ich stamme, beim Verkauf bringen würde.«

»Darauf wäre nicht mal ich gekommen«, sagte Amy und brachte die anderen zum Lachen.

»Keiner konnte ahnen, wie wir ticken, wenn wir gemeinsam arbeiten«, sagte Cosima. »Allein sind wir vernünftig und immer auf den Vorteil bedacht. Wenn wir gemeinsam arbeiten, werden wir größenwahnsinnig.«

John nickte. »Wenn ihr also Zweifel habt … Wenn euch die Sache zu groß ist, dann ist jetzt der Zeitpunkt, auszusteigen.«

Yuka schaute sich zwischen ihren Leuten um.

Zayda Sakamoto stand für die anderen auf und sagte: »Wir sind nicht gegangen, als die Carrender-Foundation dir den Teppich unter den Füßen weggezogen hat, Yuka. Und wir werden auch jetzt bleiben. Wir gehen dahin, wo du hingehst. Nur Juliana …« Sie schaute auf die junge Wache, die mit ihrem langen braunen Zopf spielte, an dem sich Inanna in ihrer Erscheinung offenbar ein Beispiel genommen hatte.

»Ich kann leider nicht bleiben«, sagte Juliana. »Ich wollte immer auf die DeGarmo. Und die Chance kann ich mir nicht entgehen lassen. In drei Wochen bin ich fort.«

»Ich würde dich nicht davon abhalten, Julie«, sagte Yuka. »Ich möchte, dass du deinen Weg gehst. Aber du weißt, dass du immer zu uns zurückkehren kannst, wenn du willst. Wir werden dir eine hübsche Abschiedsfeier bieten.«

Juliana lächelte, aber das Bedauern kehrte rasch in ihr Gesicht zurück.

Für die übrigen sagten Amy und Trent zu, dass sie mitmachen würden. »Aber wann ziehen wir das durch?«, fragte Amy.

»Ich weiß es«, erklärte Yuka und brachte damit Cosima und John zum Staunen, denn sie hatte vorher nichts erwähnt.

»In zweieinhalb Monaten, am 16. Dezember – ein Samstag –, bin ich bei der Mars Mining Corporation zu einem Empfang eingeladen … in Arandis.«

»Der Jahresempfang von MMC?«, fragte John verwundert.

»Ja. Zwei Wochen, bevor ich der Carrender-Foundation

den Kredit zurückzahlen muss. Das könnte eng werden, aber eine bessere Gelegenheit gibt es nicht.«

Cosima schüttelte den Kopf. Sie konnte nicht glauben, dass Yuka zu einem der größten Empfänge des Sonnensystems eingeladen war. »Wie bist du da drangekommen?«

Yuka grinste. »Ich besaß einmal einen guten Ruf. Das war, bevor ihr beiden ihn ruiniert habt.«

Amy ließ Hanna an ihrer Hand nuckeln. »Alle werden da sein. Alle von Rang und Namen.«

Yuka nickte. »Sowohl Nelson Kempinski als auch Welton Bennath. Und natürlich die Carrender-Foundation. Jeder, der was auf sich hält, hat in Arandis Niederlassungen, und man kann der Mars Mining Corporation nicht widerstehen. Da muss man hin.«

»Wird sich die KI Albertus auch dort zeigen?«, fragte Inanna.

»Woher weißt du von Albertus?«, fragte Yuka.

»Aus den Datenbanken. Die führende Minen-KI auf dem Mars.«

»Nun, zuletzt hat sich Albertus vor sieben Jahren gezeigt«, erklärte Yuka. »Unwahrscheinlich, dass er auftaucht. Er gilt wie Feargus von der Carrender-Foundation eher als ein Spezialist, der sich kaum in der Öffentlichkeit zeigt.«

»Danke«, sagte Inanna mit einem liebevollen Lächeln. »Ich schaue mal, was ich zu der Feier finden kann.«

»Gilt die Einladung denn noch?«, fragte Zayda. »Nach allem, was passiert ist ...«

»Noch ist sie gültig«, antwortete Inanna. Offensichtlich hatte sie die nötigen Informationen binnen eines Augenblicks ermittelt.

»Gut«, sagte Amy. »Dann werde ich dafür sorgen, dass sie es auch bleibt. Ich werde mit dem Organisationsteam Kontakt aufnehmen und mich unentbehrlich machen.«

»Unter deinem richtigen Namen?«, fragte Yuka.

»Nicht doch. Ich werde den Namen Amalia Mansell verwenden.«

»Die werden eine Außenseiterin nicht ohne Weiteres mitmachen lassen«, sagte Yuka. »Allein schon aus Sicherheitsgründen.«

»Amy kennt jeden Kniff«, erklärte Cosima. »Am Ende werden die Beteiligten nicht mal wissen, wie sie überhaupt dazugekommen ist.«

Yuka blickte Amy mit anerkennender Miene entgegen. »Ich bin gespannt.«

»Der Jahresempfang der Mars Mining Corporation!«, sagte John voller Genuss. »In ihrem Hauptquartier, nehme ich an?«

»Ja«, antwortete Yuka und wandte sich dann an Inanna. »Wie weit ist das Hauptquartier von MMC von der Anlage von Bennath entfernt?«

»Vierzehn Kilometer«, antwortete Inanna. »Viele Firmen haben dort ihre Edelfabriken und Lager errichtet.«

John klatschte in die Hände. »Yuka! Ich glaube, du wirst tatsächlich Gast auf einer Party sein.«

Yukas schmale Lippen formten sich zu einem Lächeln. »Die Frage ist, wer mich begleiten wird.«

»Cosima und John werden mit Dominik und Edison in die Anlage eindringen«, sagte Amy.

»Teodor und Zayda werden auch dabei sein«, erklärte Yuka.

»Wir brauchen noch eine Modulspezialistin«, sagte Cosima.

John nickte. »Also Kendra oder Libby.«

Libby bekam rote Wangen. Sie war noch nie bei einer solchen Operation dabei gewesen. Cosima wollte sie nicht in Gefahr bringen und war erleichtert, als Kendra sich meldete. »Ich würde Libby mit Inanna zusammenarbeiten lassen. Ich bin eher der praktische Typ. Ich möchte mit.«

»Osred bleibt auch hier«, erklärte Yuka.

»Ich werde mit John runtergehen«, sagte Trent.

Yuka wandte sich an Amy. »Dann bleibst nur noch du übrig. Ich würde dich gerne bei der Party dabeihaben. Wenn du dich in die Organisation der Veranstaltung drängst, wäre es sogar gut, wenn du mitkommst. Aber Hanna …«

»Ich werde kommen und mich um Hanna kümmern«, sagte Juliana und zog damit die Blicke auf sich.

»Sie mag deine Stimme«, erklärte Amy.

»Am Freitag reise ich an«, sagte Juliana. »Am Samstag ziehen wir die Sache durch, am Sonntag feiern wir ein Fest, und am Montag bin ich wieder an der DeGarmo.«

Alle waren einverstanden, doch Cosima wechselte einen besorgten Blick mit John. Sie beide wussten, dass bei einem solchen Unterfangen einige auf der Strecke bleiben könnten. Ob ihnen am Sonntag, den 17. Dezember, zum Jubeln zumute sein würde, daran zweifelten sie.

* * *

Die Abschiedsfeier für Juliana war der perfekte Anlass, um die Crew miteinander vertraut zu machen. Sie linderte auch Cosimas und Johns Sorge, man könnte sie auf dem Schiff aufspüren. Ganz allgemein schien die Crew fest daran zu glauben, dass ihnen niemand bei ihren Vorbereitungen auf die Schliche kommen werde. Inanna versprach ihnen sogar, sie rechtzeitig zu warnen und zu verstecken, sollte irgendwer an Bord kommen wollen. Das Selbstvertrauen der anderen steckte Cosima und John an, und am Ende der Feier tranken sie auf die *Inanna* und deren Crew.

Natürlich waren sie in den drei Wochen nicht untätig gewesen. Sie hatten Geld beschafft und bereits einen Teil für Ausrüstung ausgegeben. Und Amy hatte sich tatsächlich in die Organisation des Jahresempfangs der Mars Mining Corporation hineingeschwindelt.

Amy und Trent erstellten dank der Informationen, die Inanna ihnen mit Libbys Hilfe zuspielte, einen Plan, während Edison, Kendra und Dominik daraufhin die Ausrüstung zurechtlegten und taktische Details ausarbeiteten. Dabei wurde die Fehde zwischen Kendra und Dominik offensichtlich, und

Edison, dem die Rolle des Mediators nicht zu gefallen schien, war gezwungen, immer wieder zu vermitteln. Und wann immer er es nicht vermochte, mussten Trent oder Amy die Wogen glätten.

Nach der Feier und dem tränenreichen Abschied von Juliana nahmen die Pläne konkrete Formen an. Inanna kannte die Abläufe in dem offiziellen Teil der Anlage, und so fanden sie Schwachstellen, die sie ausnutzen wollten, um in den geheimen Teil vorzudringen.

Anfang Dezember waren die Vorbereitungen beinahe abgeschlossen, und sie trafen sich in Yukas Besprechungsraum, wo Inanna die Tischfläche zum Schirm machte und einen Lageplan präsentierte. Für die Verhältnisse auf der *Inanna* wirkte der Raum klein. Neben dem Tisch und den Stühlen gab es hier nichts außer der Tür und kahlen Wänden, die komplett in den Bildschirmmodus umgeschaltet waren und einige der Daten zeigten, die sie zusammengetragen hatten. Auf einem der Schirmsegmente manifestierte sich Inanna, diesmal mit einer Turmfrisur, und schaute erwartungsvoll in die Runde.

»Wir wissen, wie wir vorgehen, wenn wir drin sind«, sagte John. »Aber der Zugang war ja bisher ein echtes Problem.« Auf dem Lageplan tippte er auf die Straße und den Übergang zu dem weiten Anwesen der Bennath Singularity Corporation. »Und dieses Problem haben wir jetzt gelöst. Wir nutzen den Transporterzugang.« Ohne dass John etwas tun musste, zeigte Inanna auf dem Tisch die erste Unterebene, auf der die Transporterwege und auch der Eingang zu dem Anwesen dargestellt waren. »Wir dachten, wir müssten mit einer Lieferung dorthinein. Aber Inanna, Libby und Kendra haben nun eine Möglichkeit entdeckt, durch die Transporterschächte einzudringen. Inanna wird uns vor nahenden Transportern und Containern warnen, während Kendra ein Sendemodul dabeihaben wird, das dem Sicherheitssystem vormacht, dass da niemand im Schacht ist. Innerhalb der Anlage suchen wir dann den Weg hinab in den geheimen Bereich. Wie es da unten genau aussieht, ist unklar. Wir wissen aber, dass es nur zwei Transporterzugänge gibt: einen für Container und einen für Personentransporter.«

»Dann werden wir Gasmasken brauchen«, sagte Edison.

»Korrekt«, sagte Inanna. »Sie verwenden ein Gasgemisch, das für Menschen tödlich ist. Deswegen müssen sie sich von den Behörden kontrollieren lassen. Ich habe den Inspektionsbericht. Mit spezialisierten Gasmasken werdet ihr euch dort bewegen können.«

»Die Visierhauben zu unseren Anzügen müssten ausreichen«, erklärte Dominik.

Cosima nickte. Die Hauben hatten sie extrem günstig bekommen, weil sie einen Defekt hatten: Die Visiere ließen sich nicht öffnen. Man musste immer die ganze Haube abnehmen. Während Cosima Dominiks Einschätzung vertraute, dass der Defekt für ihr Vorhaben kein ernst zu nehmendes Hindernis darstellte, hatte John Zweifel. Er fühlte sich unwohl dabei, fehlerhafte Ausrüstung zu verwenden.

»Haben sie ein Sauerstoffsystem?«, fragte Inanna.

»Die Anzüge haben eines, und die Hauben werden einfach damit verknüpft«, erklärte Dominik.

Inanna nickte. »Ich habe gerade die Daten entdeckt«, sagte sie. »Die Visierhauben eignen sich hervorragend für unsere Operation. Damit werdet ihr euch in den Transporterschächten bewegen können.«

»Und der Defekt?«, fragte Cosima.

»Er wird uns nicht schaden. Die Hauben werdet ihr ohnehin nur dort abnehmen können, wo es absolut sicher ist. Das war ein gutes Geschäft, Dominik.«

»Danke«, sagte Cosimas Waffenexperte mit einem Grinsen.

John nickte. Da Inanna die Visierhauben für gut befand, konnte er nicht länger daran zweifeln – so sehr vertraute er der KI inzwischen. »In Ordnung«, sagte er. »Sobald wir in den geheimen Bereich eingedrungen sind, müssen wir bei unserer Suche nach Noboru-14 den Wachen aus dem Weg gehen und das Sicherheitssystem überlisten. Auf dem gleichen Weg werden wir die Anlage wieder verlassen. Wenn sie dann merken, dass etwas nicht stimmt, sind wir hoffentlich schon über alle Berge.«

»Mehr als das«, sagte Cosima und ließ ihren Blick zwischen Zayda, Teodor und Libby hin und her fahren. »Wenn alles gut geht, werden wir Noboru auf den Jahresempfang schicken und Welton Bennath dort bloßstellen. Yuka wird Kempinski ein Video vom Überfall auf die *Verdandi* übergeben und ihn darauf hinweisen, dass ein Zeuge, der über jeden Zweifel erhaben ist, unterwegs ist.«

»Aber wir wollten doch auch Beute machen?«, fragte Teodor, Yukas einzig verbliebener Wachmann.

Kendra antwortete auf die Frage: »Das werden wir, wenn sich uns Spielräume bieten. Libby und ich haben mit Inannas Hilfe eine Programmbibliothek zusammengestellt. In euren Patches und Handschuhen und auch in euren Anzügen werden Programme laufen, die auf allerlei Türen, Transporter und Schleusen abgestimmt sind. Im Idealfall braucht ihr sie nicht, denn ich werde mein Equipment dabeihaben und mich an einem Zugang ins System schleusen. Trent wird bei mir sein. Falls möglich, werden wir uns einen Transporter holen, ihn für das Sicherheitssystem unsichtbar machen und uns mit ihm in einem Lager verstecken. Vielleicht können wir da ein bisschen Beute machen. Aber ich werde vor allem aus der Ferne versuchen, euch zu helfen. Alles unter der Voraussetzung, ich kriege Zugang zum System.«

Trent nickte. »Da wir nichts über den geheimen Bereich wissen, lässt sich da noch kein genauer Plan festlegen. Priorität hat die Befreiung von Noboru-14. Dass wir Beute machen, ist untergeordnet.«

* * *

John betrat Yukas Büro, war aber verwundert, sie nicht anzutreffen. Osred hatte sie angeblich eben noch hier gesprochen. Er strich über seinen Patch und tippte auf Yukas Bild, das direkt unter dem von Cosima war.

Yuka meldete sich. »Ja, John?«

»Wo bist du?«, fragte er.

Er hörte nur ihr Lachen über den Patch.

Nahe beim Fenster fuhr mit einem Mal ein Wandsegment nach oben und gab einen Weg frei. »Komm zu mir runter, John«, sagte sie und brach die Verbindung ab.

Zögernd trat John zu der Öffnung in der Wand und blickte die Treppe hinab, die zuerst parallel zur Bordwand verlief, sich dann aber sanft um die Ecke bog.

»Wo bleibst du?«, fragte Yuka von unten.

John ging die hell erleuchtete Treppe hinab und trat in einen dunklen Raum, in dem eine Stehlampe leuchtete und schwach glimmende Lichtbahnen zur Linken entlangführten. Yuka saß auf einem Sofa direkt vor dem Fenster, das sich über die ganze Länge zog, und erhob sich lächelnd. Die Jacke ihrer Uniform ruhte auf der Lehne, ihre Stiefel lagen neben einem schmalen Couchtisch am Boden.

John schaute nach rechts durchs Fenster zur Erde hinaus. Sie hatten längst dem Jupiter den Rücken gekehrt und trafen letzte Vorbereitungen abseits der Gefahren, die sie auf Pandaros-3 bedroht hatten. Dann blickte John nach links und kam an einem Laufband, einem Sandsack und einer kleinen Sitzbank vorbei. In einer Nische befanden sich eine Dusche und sogar eine Badewanne.

»Du hast einen geheimen Rückzugsort?«, fragte John.

Yuka stützte sich mit den Armen auf die Lehne ihres Sofas. »Du etwa nicht? Ich dachte, Granden müssten so etwas haben – schon allein aus Sicherheitsgründen.«

John nickte und dachte an seine Zuflucht in der Tiefe auf Pandaros-3.

Yuka wies einladend neben sich auf das Sofa. »Setz dich«, sagte sie leise.

John nahm neben ihr Platz und bemerkte, dass Yuka unruhig wirkte. Sie schaute fast mit Bedauern aus dem Fenster, wo die Erde sich in ihrer ganzen Pracht präsentierte. Der Blaue Planet würde trotz all der Schwierigkeiten, die auf ihm herrschten, immer die Wiege der Menschheit sein. Und auch wenn sich eine Kolonie nach der anderen für unabhängig von der Erdregierung erklärte oder von den jeweiligen Unternehmen, die sie etabliert hatten, war die Verbundenheit an die alte Heimat selbst an Orten wie Pandaros-3 immer spürbar gewesen.

»Wurdest du auf der Erde geboren?«, fragte er.

»Ja. Man könnte mich als echte Weltbürgerin bezeichnen. Meine Mutter war im Vorstand eines Schiffbauers. Wir sind ständig rumgereist.« Sie erzählte, wie sie und ihre Eltern die USA verlassen hatten, als dort die Theokratische Partei bei den Kongresswahlen für Aufsehen gesorgt hatte. Sie berichtete ihm, wie sehr sie in Deutschland die Raumschiff-Werften am Rhein geliebt hatte, die ihr Spielplatz gewesen waren, und wie sie in Osaka und Tokyo Schulen besucht hatte. »Und dann sind wir zurück in die USA gekommen und waren froh, dass die bis dahin schweigende Mehrheit endlich gegen die Theokraten Stellung bezog.«

»Warst du mal in Bellevue in Washington?«, fragte er.

»Bei Eleonore? Nein. Aber ich war mal in New York dabei, wie Eleonore sich dort auf einem Schirm manifestiert hat. Das war auch nicht anders als ihre Videos.«

»Du meinst: Sie war beeindruckend.«

Yuka lachte. »Genau das.«

»Was war denn eben? Du hast so bedrückt hinausgeschaut.«

Sie holte tief Luft. »Ich habe ein bisschen Angst, John«, sagte sie und strich sich über den Ärmel ihrer weißen Bluse.

»Dass wir es nicht schaffen, Noboru-14 da rauszuholen?«, fragte John.

»Nein, nein«, erwiderte sie mit großen Augen. »Wenn wir ihn rausgeholt haben, dann werde ich Kempinski gegenübertreten müssen. Das macht mir Angst. Ich muss dann sehr überzeugend sein, sonst hört er mich gar nicht erst an.«

»Er wird dich anhören müssen«, sagte John. »Er wird vielleicht nicht begeistert sein, dass seine Mikro-KI in der *Inanna* aufgegangen ist, aber ich bin mir sicher, dass ihn die Beweise, die wir ihm dann vorlegen, besänftigen werden.«

»Aus deinem Mund klingt das immer so einfach«, sagte Yuka.

»Mach dir keine Sorgen. Der Plan wird aufgehen, und das wird dir die Kraft geben, Kempinski die Stirn zu bieten. Du bist gut in diesen Dingen.«

Yuka lachte. »Wie lange, John?«

»Was?«

»Wie lange, glaubst du, wirst du brauchen, um mich um den Finger zu wickeln?«

»Ich habe nicht vor, dich um den Finger zu wickeln.«

»Das glaube ich dir nicht.«

»Das ist eben mein Problem. Egal, ob ich die Wahrheit sage oder nicht – alle gehen davon aus, dass ich lüge.«

»Du willst mich also nicht um den Finger wickeln?«

Sie schaute ihn mit großen Augen an, und auf ihren blassen Lippen stand ein herausforderndes Lächeln. Und er wusste nicht, was er wollte. »Du stellst mich auf die Probe, oder?«

»Haben dich schon viele auf die Probe gestellt?«

»Die eine oder andere.«

»Cosima?«, fragte sie und schaute ihn mit einem suchenden Blick an, als hätte sie in seinem Gesicht irgendetwas verloren, das sie wiederhaben wollte.

»Cosima Amberson ist eine ständige Probe«, sagte er.

Yuka wich seinem Blick aus.

»Willst du mir auf eine komplizierte Weise mitteilen, dass ich mir noch Hoffnung bei dir machen darf?«

»Was? Nein. Das hast du vermasselt, John«, sagte sie und lächelte ihn an.

John schoss die Hitze zu Kopf. Er konnte nicht glauben,

dass er sich durch seine Frage eine solche Blöße gegeben hatte.

»Hättest du mir von Bennath erzählt und mich den Diebstahl verhindern lassen, wer weiß, was dann alles geschehen wäre.« Sie schüttelte den Kopf. »Aber selbst dann hätte ich es mir überlegt.«

John stutzte. »Ich bin normalerweise ein geduldiger Mann, aber lass uns das ganz klar aussprechen, ohne irgendwelches Ausweichen.«

Sie starrte ihn erwartungsvoll an, und John musste sich eingestehen, dass Yuka eine Versuchung war. »Möchtest du, dass mehr zwischen uns ist?«, fragte er.

»Nein, John. An dem einen Abend wäre alles zwischen uns möglich gewesen. Aber jetzt ist alles anders. Ich sehe dich und Cosima und merke, dass ich nicht an dir interessiert war, sondern an euch beiden. Wie eine Beobachterin. Ich könnte nie das für dich sein, was Cosima für dich sein sollte.«

»Sein sollte?«

Yuka lachte. »Ihr liebt euch, und ihr Trottel merkt das nicht.«

»So einfach ist das nicht«, sagte John. »Das ist keine Liebe. Wo wäre die Zärtlichkeit – und das Vertrauen? Und all das andere?«

»Ihr steht einander so nahe, dass ihr es gar nicht merkt. Was ich nicht verstehe: Ihr wart einander damals, als ihr all diese Zukunftspläne hattet, doch so nahe. Das muss doch etwas bedeuten.«

»All das Blut, das zwischen uns geflossen ist, hat das weggewaschen«, sagte er. »Dass wir hier zusammen sein können, ohne uns die Köpfe einzuschlagen, ist eigentlich ein Wunder.«

»Das mag sein, John. Aber wenn eine Frau an dir interessiert ist und sie Cosima sieht, wird sie sich von dir zurückziehen. Denn sie wird nie das haben, was zwischen euch ist.«

»Und? Warst du interessiert?«

Ihre grünen Augen glänzten. »Ich war es, John. Aber ich bin es nicht mehr. Ich werde nicht zwischen zwei Naturgewalten kommen, die zusammengehören. Ich werde mich in aller Ruhe und ohne Bedauern zurücklehnen und schauen, wie es sich zwischen euch entwickelt.«

»Und wenn sich nichts entwickelt?«, fragte er.

»Dann müsste ich mich schon sehr irren«, sagte sie nickend und starrte ihm in die Augen.

»Und *du* irrst dich nie, richtig?«

»Doch. Und ich bin klug genug, das zuzugeben – sollte es dazu kommen.«

John hielt den Atem an und schaute ihr in die glänzenden Augen. Wenn sie sich ihm jetzt auch nur mit einem Wort oder einer Geste annäherte, wäre er hilflos.

* * *

Es war geschehen, und es gab kein Zurück mehr. Was bislang nur zu Augenblicken vager Zärtlichkeit gereicht hatte, spannte sich nun zu einer langen, lustvollen Nacht. Und als Amy am Morgen erwachte und Trent neben sich fand, konnte sie nicht glauben, dass all das wirklich geschehen war.

Sie hörte Hannas Stimme aus dem Nebenraum. Dort war es dunkel, hier im Schlafzimmer leuchtete nur die Leiste über ihrer Konsole. Hanna plapperte vor sich hin, als würde sie sich mit irgendwem in ihrer geheimen Sprache unterhalten. Sie klang entspannt, und so verspürte Amy keinen Drang, sie zu stören, sondern schaute zur Seite. Trent lag immer noch halb auf ihr, sein Kopf ruhte auf ihrem Arm, und doch hatte sie schlafen können. Früher hatte sie nie einschlafen können, wenn sie auch nur den geringsten Körperkontakt mit ihrem Liebhaber hatte. Aber bei Trent war es einfach geschehen. Alles war an diesem Abend *einfach geschehen*.

»Du bist wach«, flüsterte Trent und regte sich. »Und ich bin tatsächlich hier.« Er zog sein Bein zurück und jagte ihr damit einen Schauer über die Haut.

Sie drehte sich ganz zu ihm und strich ihm über die hohe Stirn ins dunkelblonde Haar. »Hättest du dir das je vorstellen können?«

»Als Cosima dich damals zum ersten Mal ins *Galactic Requiem* mitbrachte, hätte ich mir das sehr gut vorstellen können. Aber du hast mich eiskalt abblitzen lassen.«

»Du warst mir zu direkt, Trent«, sagte sie. »Und ich war misstrauisch. Ich kam gerade von Kronos-4 und hatte nur Enttäuschungen hinter mir.« Er hatte mit ihr geflirtet, aber sie hatte ihm nicht vertraut, weil er, als sie ihn zum ersten Mal gesehen hatte, mit einem Model dagestanden hatte. Was hätte er wenige Tage später, als dieses Model ihn verlassen hatte, mit ihr anfangen sollen?

»Ich habe nie aufgehört, von dir fasziniert zu sein, Amy.«

»Obwohl unsere gegenseitigen Pläne für viele den Tod bedeutet haben?« Sie strich ihm über das Kinn. »Wie konntest du da diese Faszination aufrechterhalten? Wir hätten uns hassen müssen – genauso, wie Cosima und John sich gehasst haben.«

Er fuhr mit seinen Fingerspitzen von ihrem Oberschenkel über die Hüfte bis zu ihren Schultern, und sie bekam eine Gänsehaut. »Ich gebe zu, ich habe es nicht für möglich gehalten, dass wir uns je so nahe kommen«, sagte er. »Ich dachte, es wäre einfach durch unsere Loyalitäten ein für alle Mal festgelegt, dass du meine Gegenspielerin sein würdest – eine, die ich respektiere und begehre.«

Sie wusste nur zu gut, was er meinte, erinnerte sich aber auch an ihre Wünsche und Erwartungen von einst. »Früher habe ich fest damit gerechnet, dass wir beide den Frieden zwischen unseren Granden aushandeln würden. Hast du das gewusst? Davon habe ich geträumt.«

»Und ich habe immer davon geträumt, dass irgendjemand von außen kommt und Cosima und John sich zwangsweise gegen ihn wenden müssen und wir beide dann zusammenarbeiten.«

»Und zusammenkommen?«, fragte Amy.

»Ja«, hauchte er.

»So wie jetzt?«

»Nein, Amy«, sagte er mit großen Augen. »Das hier ist viel mehr. Was Cosima und John in den zwei Jahren durchgemacht haben, hat sie verändert. Sie würden es zwar nicht hören wollen, aber sie sind hier und jetzt Partner. Oder hast du das Gefühl, dass wir beide notgedrungen zusammenarbeiten müssen?«

»So fühlt es sich nicht an«, sagte sie und strich über seine glatte Brust. Er wandte seinen Blick nicht von ihren Augen ab und lächelte. »Was?«

»Wann sagen wir es John und Cosima?«

»Überhaupt nicht«, sagte Amy. »Entweder würden sie misstrauisch, oder sie löchern uns mit Fragen. Die vermuten ohnehin schon was.«

»Wir halten es also geheim?«

»Erst einmal«, sagte Amy. »Das kannst du doch, oder?«

Er strich ihr über die Wange. »Ich werde mich bemühen.«

»Du weißt, dass es richtig ist.«

»Da ich mir Johns Grinsen vorstellen kann, weiß ich das.« Er stutzte. »Du schämst dich nicht, oder? Für dich war das kein Ausrutscher?«

»Nein, Trent. Nein.« Sie legte ihm die Fingerspitzen auf den Mund, und nachdem sie sie wieder gelöst hatte, küsste sie ihn. »Es ist genau das, was ich jetzt will«, sagte sie dann. »Ich frage mich nur, was sein wird, wenn die ganze Operation vorbei ist. Wirst du dann mit John auf den Titan gehen?«

Er starrte sie an und ließ sie so lange auf eine Antwort warten, dass sie befürchtete, dieser Nacht würden nur wenige weitere folgen. »Es ist nur auf Zeit, nicht wahr?«, fragte sie.

»Nein, Amy. Ich habe mich vor diesem Tag gefürchtet.«

Zum ersten Mal seit seinem Erwachen wich er ihrem Blick aus. »Ich habe all die Jahre alles für John gegeben. Und du hast alles für Cosima gegeben. Aber irgendwann muss auch einmal die Zeit für uns gekommen sein.«

Amy küsste ihn. »Die Zeit der Strategen.«

* * *

Kendra saß mit Libby in der Schwimmhalle am Rand des großen Beckens und schaute zu Dominik hinüber, der nach ihnen gekommen war und noch seine Bahnen schwamm. Libby rang immer noch nach Luft.

»So schlimm?«, fragte Kendra.

»Du hast ja keine Ahnung. Ich bin froh, dass ich nicht eure Kondition haben muss. Ich dachte, ich schwimm mal mit. Aber dass ich so stark abgebaut habe, hätte ich nicht geglaubt.«

»Hast du gesehen, was Amy und Cosima draufhaben?« Kendra hatte sie gestern von dem oberen kleinen Becken aus beobachtet; sie hatten den Eindruck erweckt, als könnten sie gar nicht ermüden.

Libby nickte. »Ich wünschte, ich hätte nur die Hälfte der Ausdauer, die die zwei haben. Die schwimmen ja schon seit Jahren zusammen; die beiden haben mir sogar das Schwimmen beigebracht. Cosima wäre bestimmt enttäuscht, wenn sie mich jetzt sehen könnte.«

»Wollte sie nicht auch kommen?«, fragte Kendra.

»Die trifft sich mit John«, sagte Libby.

Kendra grinste. »Hat dir Yuka eigentlich mal die Sternensuite gezeigt?«

»Yuka nicht«, sagte Libby. »Inanna hat sie mir mal geöffnet. Für mich wäre das zu viel Platz. Aber der Ausblick ist nicht schlecht. Cosima würde es wahrscheinlich gefallen.«

Kendra konnte sich vorstellen, dass die Suite auch John gefiel. Cosima und John. Zum ersten Mal war ihr klar, wie nahe sich die beiden Granden standen.

Dominik kam zu ihnen geschwommen und zog sich ein Stück neben Kendra aus dem Wasser. Er setzte sich und atmete tief durch. »Hast du es dir schon überlegt?«, fragte er.

Kendra nickte. Sie hatten sich ausgesprochen und beschlossen, sich ein Beispiel an Cosima und John zu nehmen, die trotz all ihrer verbalen Spitzen nicht mehr über die Stränge schlugen. Es war wie ein Spiel. Und Kendra hatte Dominik gestanden, dass es für sie ernster war. Die Schmerzen der Verletzung, die Dominik ihr beim Kampf auf der *VANYA-17* beschert hatte, konnte sie nicht vergessen. Aber bei dieser Operation musste Dominik sich auf sie verlassen können; da durfte es keine Zweifel geben. Und doch war sie sich nicht sicher, ob ihr Team der bevorstehenden Mission gewachsen war.

Kendra schüttelte den Kopf. »Warum glaubst du, dass das mit uns allen gut gehen kann?«, fragte sie.

»Ich könnte jetzt auf Amy und Trent verweisen und sagen, dass sie ein Vorbild sind«, antwortete Dominik.

»Ich glaube, die haben was miteinander«, sagte Libby.

Kendra stutzte. »Wirklich?« Zugegeben, sie schienen sich als Strategen gut zu verstehen, und Hanna konnte nicht aufhören zu strahlen, wenn Trent sie auf den Arm nahm. Aber eine echte Zuneigung war Kendra nicht aufgefallen.

Libby zuckte mit den Schultern.

»Die beiden? Glaube ich nicht«, sagte Dominik. »Aber sie respektieren sich. Und genau darum geht es. Durch John wurde mir das klar. Ich war zwar nie ein Freund von ihm, aber ich habe immer gesagt, dass man sich auf sein Wort verlassen kann – dass man ihm auf eine gewisse Weise vertrauen kann. Und das hat man nur bei den besten Feinden.«

»Nicht schlecht«, meinte Kendra.

»Auch wir könnten das haben«, sagte Dominik.

»Wenn ich es nicht besser wüsste, würde ich das für eine Anmache halten«, sagte Kendra.

Libby grinste und schüttelte den Kopf.

Dominik lachte sogar. »Ich habe noch nie eine Frau angemacht. Ich habe sie nur abblitzen lassen.«

»Und wieder hab ich was gelernt, Dominik«, sagte Kendra. »Ich glaube, wir werden irgendwie zurechtkommen.«

* * *

Cosima war in ihrem Zimmer und räumte die Module in ein Fach, die sie vor einer Weile aus ihren versteckten Depots bei Dexter Structures geholt hatte und die John, wenn er gleich kam, nicht bei ihr sehen sollte. Die meisten der kleinen Computer würde er wahrscheinlich nicht wiedererkennen. Den Systemöffner jedoch, ein rundes Schlüsselmodul, das sie John vor Jahren abgenommen hatte, würde er sicherlich auf den ersten Blick zuordnen können. Diese kleine dunkelgraue Scheibe, die man an die Kontrollpanels heftete, hatte ihr schon viele Türen geöffnet. Zwar arbeitete das Gerät langsam, aber es war unkonventionell programmiert und fand oft dort Lücken, wo andere Schlüsselmodule versagten. Hätte sie John auch noch die Erweiterungsmodule gestohlen, wäre ihr wahrscheinlich kaum eine Tür verschlossen geblieben, und womöglich wäre es ihr dann sogar gelungen, in das Hauptquartier von Glennscaul Unlimited einzudringen.

Cosima würde den Systemöffner bei der bevorstehenden Operation mitführen. Die Aufgabe, die vor ihnen lag, war so wichtig, dass es den Einsatz des Moduls rechtfertigte. Die Frage war, ob John es ertragen würde, dass sie das Modul vor seiner Nase einsetzte. Sie würde es nur dann ins Spiel bringen, wenn alle anderen Module und Programme versagten – als letztes Mittel.

Es läutete an ihrer Tür.

Nachdem Cosima den Systemöffner in das Fach zu den anderen Modulen geschoben hatte, wandte sie sich dem Eingang zu und sagte: »Herein!«

Die Wohnungstür schob sich zur Seite und gab den Blick auf John frei. Er wirkte niedergeschlagen, und tatsächlich hatten ihn auf dem Weg zu Cosimas Wohnung viele Zweifel geplagt. Während er das Zimmer betrat, wurde ihm bewusst, dass er Cosima seit ihrer gemeinsamen Rückkehr auf die *Inanna* noch nie in ihrer Wohnung besucht hatte, und auch Cosima bemerkte, dass sie ihn noch nicht hergebeten hatte. Es hatte bei beiden nichts mit Scham oder Abneigung zu tun, sondern vielmehr mit den Möglichkeiten der *Inanna*. Es gab so viel zu entdecken, aber auch viele bekannte Orte, an denen sie sich gerne aufhielten. Dieses Treffen aber konnte nur in Cosimas Privatsphäre stattfinden, denn John trug ein Unikat bei sich – das Video, das sein Onkel von Nerinas Qualen und ihrem Tod aufgenommen hatte und das auf einer eigenen Computer-Card gespeichert war.

Cosima führte John zu einer Sitzgruppe mit schweren Sesseln und einem niedrigen Tisch. Genau das gab es spiegelverkehrt in seiner Wohnung. Und er hatte keinen Zweifel, dass dort hinter der einen Tür das kleine Schlafzimmer lag und hinter der anderen das geräumige Badezimmer.

Mit gemischten Gefühlen ließ Cosima sich in den Sessel sinken und bot John einen Ketonidischen Tee an. John nahm Platz und akzeptierte den Tee, und das überraschte sie. Er machte sich normalerweise nichts aus dem grellgrünen Getränk und verwies gerne darauf, dass es genau genommen kein echter Tee war. Diesmal aber nahm er den Becher an, ohne zu murren.

»Hast du es?«, fragte Cosima.

Statt zu antworten, zog John die Card aus seiner Brusttasche und legte sie auf den Tisch.

Cosima starrte auf die Karte und konnte nicht fassen, dass sich darauf die Ereignisse jenes Abends befanden, der alles verdorben hatte.

»Es ist das einzige Exemplar«, erklärte John. »Keine Backups im Netz, keine weiteren Module. Nur das hier.« Er beugte sich vor und schob die Card wortlos zu ihr hinüber. John wagte es nicht, auch nur ein Wort zu sagen. Er wollte sich eigentlich zurückziehen, damit sie die Entscheidung, die ihr bevorstand, in Ruhe treffen konnte. Doch auch das wagte er nicht.

Cosima blinzelte und merkte, dass John noch da war und mit dem kleinen Glücksbringer an seiner Halskette spielte. Kaum hatten sie Blickkontakt, erhob sich John mit den Worten »Du wirst es tun, nicht wahr?«.

»Ja«, sagte sie und war sich doch nicht sicher, ob sie es wirklich wagen würde, das Video anzuschauen.

John schüttelte den Kopf und verließ das Zimmer. Er konnte nicht glauben, dass sie es tatsächlich tun wollte. Es würde sie zerbrechen, und er hatte auch noch dabei geholfen.

Als John fort war, tastete Cosima mit unruhiger Hand nach der Computer-Card, in der die Geschehnisse von damals gefangen waren wie in einer kleinen Welt, in der immer wieder dasselbe geschah und deren Lauf niemand verändern konnte.

Sie fühlte sich nicht bereit, sich das Video anzuschauen, wusste aber, dass sie wohl nie dazu bereit sein würde. Erst nach einer Weile aktivierte sie den Schirm der Card. In weißer Schrift auf schwarzem Grund stand dort als einziger Menüpunkt: *Was nie hätte passieren dürfen.* Das klang nach John. Dass er es gesehen hatte und nicht daran verzweifelt war, nahm sie nicht als Zeichen, dass auch sie es überstehen würde. John war zäh. Wenn er etwas durchlitt, wuchs er daran.

Cosima hob ihre zitternde Hand vor den Schirm. Eine Berührung, und die Vergangenheit würde vor ihren Augen lebendig. Was sie sich nur in ihren Gedanken hatte ausmalen können, würde so schonungslos ablaufen, wie es wirklich gewesen war. Voller Schmerz erinnerte sie sich an Nerinas Leiche, an all das Blut und all den Schmutz, an ihre zerrissene Kleidung, das verklebte Haar und das geschwollene Gesicht. Das Ergebnis jener Nacht hatte sie gesehen, doch obwohl sie immer dafür gewesen war, der Wahrheit offen gegenüberzutreten, zögerte sie nun, da sie so kurz davorstand und mit der Hand dem Schirm so nahe war, dass die Fingerspitzen kribbelten.

Voller Reue zog sie die Hand zurück, mit der anderen deaktivierte sie den Schirm durch ein Tippen auf die Card. Dann nahm sie das Computer-Modul, und auf dem kleinen Display darauf schaltete sie alle Schutzmaßnahmen ab. Dann knickte sie es. Die Karte bog sich, und mit einem Knall zerbrach sie. Ein Schmerz durchfuhr Cosima, und sie sah das Blut, das ihr über die Hand lief. Sie hatte sich an der zerborstenen Card geschnitten. Kopfschüttelnd gestand sie sich ein, dass sie zu schnell gewesen war. Die Spannung, unter der das Schutzsystem die Card hielt, war noch nicht abgeflaut gewesen, sonst hätte sie sie wie einen Cracker zerbrechen können. Das Blut empfand sie jedoch als passend. Sie hatte gerade eine Welt zerbrochen, die nie hätte existieren dürfen, und diese Tat mit Blut bezahlt.

***

Yuka saß mit den Resten ihrer Crew in der Spacedeck Bar auf der *INANNA* vor dem großen Schirm, auf dem ein Triptyx-Rennen von der Erde übertragen wurde. Obwohl das Rennen spannend war, musste Yuka immer wieder zur Seite durch das weite Fenster zum Blauen Planeten hinabblicken. Da unten in den USA lag die Rennstrecke – mitten im Monument Valley. Dort jagten echte Triptyx-Boliden um die Wette.

»Vielleicht hätten wir selbst runtergehen sollen«, sagte Teodor. »Die Leute da sehen ziemlich glücklich aus.« Auf dem Schirm feierten die Zuschauer eine Party und tanzten zu der Instrumentalmusik, die das Rennen untermalte.

Zayda lehnte sich auf der Couch zurück und schaute zu dem Schirm, der sich über dem nächsten Tisch gebildet hatte und auf dem Inanna ihnen entgegenblickte. Die KI trug heute eine grüne Hose und ein weißes Shirt und schien barfuß im Schneidersitz auf dem Tisch zu sitzen. Ihr braunes Haar war zu einem Pferdeschwanz gebunden. »Und hätten wir dich dann mitnehmen können?«, fragte Zayda.

»Über eure Patches hätte ich dabei sein können«, antwortete die KI.

»Aber du wärst dann immer noch hier«, sagte Osred, der zwischen Zayda und Teodor saß.

»Ich bin immer hier.«

Teodor wies auf den Bildschirm. »Da! Es gibt auch Landeplätze direkt an der Strecke.«

»Beim nächsten Mal, Teo.« Yuka musterte ihre Crew. Dass Osred zu ihr stand, hatte sie nicht gewundert. Er liebte das Schiff, gerade jetzt, da es mit Inanna eine Art Seele erhalten hatte. Früher schon hatte er mit dem Schiff gesprochen, als müsste er es dazu überreden zu handeln oder als bräuchte es Lob, wenn es das tat, wozu es konstruiert war. Auch sie hatte sich dabei ertappt. Daran erkannte man die Liebe zu einem Schiff. Und nun war mit dem Erwachen der KI nichts Merkwürdiges mehr daran, dass sie mit der *Inanna* sprachen.

Yuka wusste, dass Zayda die Verantwortung liebte, doch nun, da diese durch die Kündigungen sogar gewachsen war, blühte sie auf. Insbesondere der Ausblick auf die Mission auf dem Mars brachte das Beste in ihr hervor. Yuka fürchtete sich bereits vor dem Tag, da Zayda ihr eigenes Schiff anstreben würde. Es war nur eine Frage der Zeit – bei ihnen allen. Sie würde sie verlieren.

Hier mit dem harten Kern ihrer Crew zusammenzusitzen, das gab Yuka Halt. Zwar schätzte sie Amy und Trent, Kendra und Libby und hatte zumindest Respekt vor Edison und Dominik, aber der Kern ihrer Besatzung waren jene, die bei ihr geblieben waren, als alle sich von ihr abgewendet hatten.

In Gedanken versunken ließ Yuka das Rennen an sich vorübergehen und war überrascht, als am Ende ihr Favorit gewonnen hatte: Trishira97, der gerade den Sprung aus der Spiele-Liga in die Real-Liga gewagt hatte.

Teodor und Zayda klatschten einander direkt vor Osreds Augen in die Hände. Sie hatten Yukas Einschätzung vertraut und Geld gewettet. Kaum hatten sie ihre Hände zurückgezogen, hob Osred sein Bierglas und sagte: »Auf Trishira97! Und auf unsere Kapitänin!« Dominik und Zayda stießen mit ihren Gläsern an, Yuka hob ihr Weinglas und lächelte ihnen entgegen.

»Auf unsere Kapitänin!«, wiederholte Inanna auf dem Schirm und hielt dort ein Bier mit großer Schaumkrone in die Höhe.

Osred, Dominik und Zayda tauschten Blicke, dann lachten sie los.

Yuka biss sich auf die Lippen, um jedes noch so kleine Anzeichen ihrer Belustigung zu unterdrücken. Sie schämte sich dafür, dass sie Inannas Geste der Zugehörigkeit belustigte. Doch dann zeigte sich ein Grinsen auf Inannas Gesicht, und sie sagte: »Sobald ich euch genug beobachtet habe, werde ich euch die betrunkene Inanna zeigen.«

Lachend schüttelte Yuka den Kopf. Alles, was sie über KIs zu wissen geglaubt hatte, schien nicht zuzutreffen. Die alten Klischees der emotionalen Kälte und der Unfähigkeit zum Humor galten nicht. Es waren jämmerliche Mythen, um zwanghaft die Qualitäten des Menschen über die der Maschine zu heben.

Als alle sich beruhigt hatten, schaute Yuka in die Runde und sagte: »Ich hoffe, wir werden noch viele dieser Abende erleben – auch wenn alles vorbei ist. Habt ihr schon Pläne gemacht?«

Der Ton der Nachberichterstattung wurde leiser – offenbar hatte Inanna reagiert, ehe sie überhaupt die Notwendigkeit bemerkt hatten, dass die Musik, die jubelnden Menschen und das Gerede der Reporter eigentlich zu laut waren.

»Was denn für Pläne?«, fragte Osred und schaute zwischen Zayda und Teodor hin und her. »Ich bleibe. Ich würde jetzt in diesem Augenblick nirgendwo anders sein wollen.«

Zayda nickte. »Wenn wir die Carrender-Foundation los sind, können wir frei durch die Systeme ziehen.«

»Frei«, wiederholte Yuka und dachte daran, dass ihr das Saubermann-Image der Carrender-Foundation gelegentlich ein Dorn im Auge gewesen war. Doch sie hatte immer versucht, selbst sauber zu bleiben. »Frei wie Verbrecher«, sagte sie.

»Nach der Aktion mit Noboru-14 müssen wir ja nicht in die gleiche Kerbe schlagen«, sagte Zayda. »Wir können wieder legalen Geschäften nachgehen. Wir wissen, wie wichtig dir das ist.«

Es war ihr überhaupt nicht mehr wichtig. Sie hatte sich früher gelegentlich gewünscht, ein wenig in den Schatten abzutauchen, um die Spielräume dort zu nutzen. »Wenn ich mir anschaue, was wir gerade machen, und bedenke, wie ich mich dabei fühle, würde ich nicht sagen, dass mir das so wichtig ist. Wir werden nie Piraten sein, aber ab und zu im Rahmen unserer Möglichkeiten die Regeln zu biegen, das könnte ich mir vorstellen.«

»Also Schmuggel«, sagte Osred.

»Nennen wir es kreativen Handel«, erwiderte Yuka. »Das wäre was.« Sie merkte, wie Teodor ihrem Blick auswich. »Was ist, Teo?«

Er trank einen großen Schluck Bier, atmete durch und sagte: »Ich bin der Letzte, der das Abenteuer scheut, aber wenn die Mission vorbei ist und wir tatsächlich nebenher ein bisschen Beute gemacht haben, möchte ich mit meinem Anteil zur Erde zurückkehren.« Sie folgte seinem Blick durchs Fenster hinaus, wo der Blaue Planet strahlte. »Freunde von mir betreiben einen Modulhandel, und ich wollte dort immer einsteigen, wenn ich mal zu Geld komme.«

Er schien fest damit zu rechnen, dass sie Beute machen würden, doch das war keineswegs gesichert. Und falls es so sein sollte, würden sie erst die Schulden begleichen, die sie für die Operation aufgenommen hatten. Auch den Kredit der Carrender-Foundation würden sie aus der Beute bezahlen. Und falls Kempinski eine Entschädigung für das Mikro-KI-Modul forderte, mochte es sein, dass sie, wenn alles vorbei war, noch immer Schulden hatten. Es mochte sogar sein, dass sie überhaupt keine Beute machen konnten und am Ende sogar mit noch größeren Geldnöten dastünden. Das Einzige, was dann gewonnen wäre, waren neue Verbündete und ein Schiff, das ihr wegen seiner KI nicht genommen werden konnte.

»Was werden wir nur ohne dich machen?«, fragte Yuka.

»Du bist immer gut zurechtgekommen«, antwortete Teodor. »Du hast ein Händchen dafür, die richtigen Leute zu finden. Zwei Granden, zwei Strategen und jetzt auch noch eine KI.«

»Und in Zukunft vielleicht sogar ein Cyborg«, fügte Osred hinzu.

Teodor nickte heftig. »Siehst du.«

»Trotzdem, Teo«, sagte Yuka.

»Du weißt am besten, dass man seinen Träumen nachgehen muss.«

Yuka nickte. »Ich würde deinem Glück niemals im Weg stehen. Im Gegenteil. Ich werde alles dafür tun, damit du bei deinen Freunden einsteigen kannst. Aber sei nicht enttäuscht, wenn wir nicht mit vollen Taschen aus dieser Sache rauskommen.«

Teodor lächelte. »Dann bleib ich eben ein wenig länger.«

»Du setzt die falschen Anreize, mein lieber Teo.«

***

Am 10. Dezember waren sie durch das Tor nahe der Umlaufbahn des Mondes Phobos gekommen. Während Cosima und John die ganze Zeit auf der *Inanna* verbrachten, flogen Yuka und ihre Leute, manchmal in Begleitung von Libby und Kendra, mit einem der Shuttles hinab auf die Oberfläche des Mars, um Vorbereitungen zu treffen und Informationen zu sammeln, an die Inanna über das Netz nicht herankam.

Cosima und John verbrachten viel Zeit am Rande des Schiffes und schauten durch die großen Fenster zum Mars hinaus, der einst der Rote Planet genannt worden war und dann der Grüne Planet geheißen hatte. Heute aber nannte man ihn oft den Denkenden Planeten, denn die KI Ceres, die einst vom gleichnamigen Zwergplaneten im Asteroidengürtel übergesiedelt war, galt inzwischen als die Seele des Mars. Dank ihr war das Projekt am Anfang des 23. Jahrhunderts zu einem Erfolg geworden.

Die *Inanna* hielt sich wie die anderen wartenden Schiffe und auch die Raumstationen weit vor dem Planeten in der Nähe des Sprungtores auf, welches seinerseits immer über dem Olympus Mons schwebte. Der gewaltige Berg, der größte im Sonnensystem, war über und über mit einer Stadt bedeckt und von gewaltigen Strukturen durchzogen. Die Stadt war Eleusis, die Hauptstadt des Mars; die Strukturen, die sich wie Adern durch sie hindurchzogen und sich im Zentrum verdichteten, war Eleusinion, eine einzige, gewaltige Maschine – das Heim der KI Ceres.

»Es ist immer wieder wie ein Wunder«, sagte John. »Ich könnte ihn Stunden über Stunden betrachten.«

Cosima lachte. »Wir *sitzen* hier schon seit Stunden.«

»Und du hast mir immer noch nicht gesagt, wie du den Greenemay-Roman findest.«

»*Die Grande von Arandis*?«, fragte sie. John hatte ihr die Bücher von Tashina Greenemay vor einer Weile empfohlen und sie am Vortag ertappt, wie sie sich den Text von ihrem Patch vorlesen ließ. »Die Geschichte passt ganz gut zu unserer Lage«, sagte sie. »Der Showdown der Granden auf dem Mars in der Nekropole von Arandis! So drastisch habe ich mir früher die Entscheidung zwischen uns vorgestellt.« Der Gedanke an die Protagonistin brachte sie jetzt noch zum Lächeln. »Vera ist wie eine Mischung aus dir und mir.«

»Nur dass sie ihre Feinde besiegt hat«, entgegnete John. »Sie hat es einfach zu Ende gebracht.«

Cosima schüttelte den Kopf und dachte an einen Satz aus

dem Roman: »*Man kommt nicht auf den Mars, um Dinge zu beenden, sondern um etwas Neues anzufangen.*«

John nickte und schaute auf den Planeten hinunter. »Da unten hat so vieles angefangen. Vor Ceres gab es auf Planeten, Monden und Asteroiden kaum Kolonien.« Er deutete auf die Station Mygdon, deren Lichter in der Ferne leuchteten. »Die Leute würden ohne Ceres' Arbeit lieber auf einer Station leben statt unten auf der Oberfläche, wo sie sonst kein Magnetfeld hätten und keine gewohnte Gravitation. Ceres hat alles ermöglicht.«

»Aber nicht allein«, erwiderte Cosima. »Eleonore hat ihr geholfen.«

Nun stutzte John. »Ich dachte, Ceres hätte die Gravitation ohne Masse erfunden. Den großen Hack des Universums.«

»Das stimmt zwar, aber das wäre ja ein Problem. Das würde sich auswirken, als wäre da wirklich eine Masse.«

»Deswegen gibt es die Begrenzer.«

Cosima nickte. »Und die Begrenzung und die zielgerichtete Gravitation – daran hat Eleonore ihren Anteil.«

»Ich hasse es, wenn du recht hast«, sagte John.

»Und ich erfreue mich an deinem sogenannten Hass, Alfie.«

John schaute von Eleusis über grünes Land bis zur dicht besiedelten Küste und glaubte, Arandis erspäht zu haben, direkt in der Nähe des riesigen Kasei River. »Ohne Ceres würde das alles vergehen«, sagte er. Die KI Ceres hatte die Verhältnisse verändert und hielt die Dinge nun im Gleichgewicht. Sie war wie eine meisterhafte Jongleuse, die alles in Bewegung hielt, ohne dass etwas zu Bruch ging.

»Ich frage mich immer, wie es im Innern des Planeten aussieht«, sagte Cosima.

»Gehörst du zu den Verschwörungstheoretikern, die glauben, dass der Mars vor Maschinen zu platzen droht?«

»Das nicht«, antwortete Cosima. »Aber überall da unten Erdgravitation zu haben, die sich hier draußen wieder abschwächt, das ist mehr als ein Kunststück.«

»Skalierbarkeit ist der Schlüssel. Die neuen Raumstationen mit ihren Gravitationspanels funktionieren im Grunde ähnlich. Und auch die Asteroidenstädte. Das hier ist einfach nur um vieles größer und komplexer.«

»Ich halte das fast für ein Wunder.«

John legte den Kopf schief. »Oder das da unten ist einfach die größte Fabrik im Sonnensystem.«

»Sieh zu, dass du solche Sprüche für dich behältst, wenn wir unten sind. Die Marsianer mögen es nicht, wenn man auf die Künstlichkeit ihrer Umgebung verweist.«

John winkte ab. »Die werden schon Nachsicht mit jemandem haben, der auf einer Raumstation aufgewachsen ist. Außerdem habe ich nicht vor, mit irgendwem zu sprechen.«

»Wenn alles vorbei ist, können wir uns das vielleicht trauen, John.«

»Vielleicht. Aber was ist dann? Gehen wir dann wirklich nach Pandaros-3 zurück?«

»Ich will mein Erbe zurückhaben.«

»Wozu, Cozy? Du ahnst nicht, wie gut sich das anfühlt, diese Verpflichtungen los zu sein. Es ist wie eine zweite Chance, es vielleicht besser zu machen.«

»Bedeutet dir denn Glennscaul Unlimited überhaupt nichts?«

»Doch. Und insofern verstehe ich, dass du um dein Familienerbe kämpfen willst. Aber weißt du, was ich gedacht habe, als ich Amy mit Hanna gesehen habe?«

»Ach du Scheiße! Du kommst mir jetzt nicht mit einer Midlife-Crisis, John! Bitte nicht! Du bist nicht mal vierzig, nicht mal fünfunddreißig.«

»Nein, ich habe keine Midlife-Crisis. Im Gegenteil. Die Einsicht, dass ich im Grunde der Letzte bin, dem Glennscaul Unlimited wirklich was bedeutet, macht es mir leichter, damit zu leben, dass es das Unternehmen nicht mehr gibt. Aber du? Bei dir geht es um mehr als um dein Haus. Du meinst auch das Unternehmen selbst. Aber was wird nach dir sein?«

Cosima erinnerte sich, dass sie auf der *Inanna* über die Zukunft, ihre Nachfolge und Kinder gesprochen hatten. »Ich verdränge das im Grunde, genauso wie du es verdrängst, John«, sagte sie. »Wenn alles vorbei ist und ich mir alles zurückgeholt habe, dann werde ich tun, was Amy getan hat. Ich setze Kinder in die Welt. Und dafür brauche ich keinen Mann an meiner Seite.«

»Das würde wohl auch kaum einer überstehen«, sagte John.

»Du glaubst, ich wäre herrschsüchtig.«

»Natürlich.«

»Du irrst dich. Ich bin harmoniesüchtig.«

John lachte. »Der war gut!«

»Ich verpass dir gleich eine, Alfie!«

»Um damit deine Harmoniesucht zu untermauern?«

»Ich muss einfach nur die Leute um mich haben, die zu mir passen. Du weißt schon, Leute wie Amy, Libby und Dominik. Leute wie du bringen einfach das Schlechteste in mir zum Vorschein.«

»Du irrst dich. Herausgefordert zu werden, Cozy, bringt das Beste in dir hervor. Du bist kreativ, wenn du genervt bist.«

Cosima grinste. »Dann bist du so etwas wie … meine Muse?«

John spitzte die Lippen und nickte. »Die Muse von Cosima Amberson. Ich wurde schon Schlimmeres genannt.«

»Früher hättest du mich jetzt noch weiter herausgefordert. Aber du bist inzwischen ein anderer. Eine Nervensäge, ohne Zweifel. Aber entspannter. Diese Entspannung macht mich wahnsinnig, John.«

»Vielleicht habe ich jetzt endlich deine Schwachstelle gefunden.«

»Okay. Wenn das vorbei ist, willst du also nicht mehr Glennscaul Unlimited aufbauen.«

»Würde ich nicht sagen.« Er schaute zum Mars hinaus. »Aber wenn ich das sehe oder an den Titan denke, dann frage ich mich, ob Pandaros-3 der Ort ist, an dem ich den Neuanfang wagen möchte.«

»Du könntest auf der *Inanna* bleiben. Yuka könnte mit jemandem wie dir bestimmt was anstellen. Und mit einer KI an Bord und am Ende vielleicht mit einem Cyborg könnte das hier ein spannender Ort werden.«

»Ich habe mich noch nicht entschieden. Und du? Bist du dir wirklich sicher, dass du deinen Plan durchziehen willst?«

»Ich hole mir Amberson Unbound zurück«, sagte sie mit entschlossener Stimme und ohne den geringsten Zweifel.

»Wenn es schwierig wird, dann zögere nicht, mich um Hilfe zu bitten, ja?«

»Du wärst der Letzte, den ich um Hilfe bitten würde«, erwiderte Cosima. »Du hast keine Macht mehr, John. Du bist aus dem Spiel.«

»Vielleicht nicht ganz. Denk an unsere Kooperation.«

»Es gibt keine Kooperation. Ohne unsere Konzerne hat das keinen Sinn.«

»Du irrst dich. Hast du gesehen, wie Amy und Trent zusammenarbeiten? Lassen wir uns beide doch mal außen vor. Die beiden zusammen in einem Team, und du würdest bald schon Amberson Unbound zurückhaben. Erinnert dich diese Lage nicht an damals, als bei dir andere das Sagen hatten und wir beide dafür gesorgt haben, dass sich das ändert?«

»Du bist ein Nostalgiker, John. Was interessiert es dich, was aus mir wird? Warum ist dir das so wichtig?«

»Weil dein Scheitern auch mein Scheitern ist. Wir hätten nebeneinander mit unseren Schattenkonzernen groß werden sollen. Ohne uns zu bekämpfen. Denk an Spencer. Er wusste es, als er starb. Er wusste, an welcher Stelle es schiefgelaufen ist.«

»Als wir dem Rat der alten Hasen folgten und aufeinander losgingen«, sagte Cosima leise.

John nickte.

»Heißt das, dass du mir helfen willst, Amberson Unbound zurückzubekommen?«

»Es heißt, dass ich da sein werde, wenn du mich brauchst. Du musst nur den Mut haben, etwas zu sagen.«

»Wenn alles gut läuft, steigen wir beide wieder auf. Ich auf Pandaros-3 und du vielleicht auf dem Titan.« Sie schaute zum Mars hinaus. »Vielleicht auch ganz woanders, der Ort ist ja letztlich gar nicht so entscheidend. Und am Ende treffen wir uns wieder und stoßen an – darauf, dass wir das, was wir als Rivalen nicht geschafft haben, getrennt voneinander erreichen konnten. Vielleicht – aber auch nur vielleicht – mit einem Quäntchen an gegenseitiger Hilfe.«

John schaute Cosima mit einem Mal ernst an: »Glaubst du, wir werden das alle überstehen?«

»Ich werde alles dafür tun, damit wir da unten lebendig wieder rauskommen«, sagte sie und dachte an Spencer. »Ich möchte, dass wir die Korken knallen lassen, wenn es vorbei ist.«

John nickte. »Und ich würde gern Bennaths Gesicht sehen, wenn er in den Abgrund stürzt.« Er musterte sie und fragte sich, ob sie sich das Video angesehen hatte. Nun, sie würde es ihm sicherlich sagen, wenn sie so weit war.

»Mir reicht es zu erfahren, dass Bennath erledigt ist«, sagte Cosima und schaute wieder auf Eleusis hinab. Für sie war die ganze Stadt, der ganze Berg ein Wesen – die KI Ceres. Und sie fragte sich, was Ceres wohl zu ihrem Vorhaben sagen würde.

Arandis

Am 12. Dezember erhielt Yuka, wie sie es gebucht hatte, einen Landeplatz im Zentrum von Arandis zugewiesen. Benannt war die Metropole nach der gleichnamigen Stadt in Namibia auf der Erde, die als Hauptstadt des Urans gegolten hatte, aber Mitte des 21. Jahrhunderts zu einer Bastion der Demokratiebewegung geworden war. Die KI Eleonore hatte das alte Arandis zu einem ihrer großen Forschungszentren auf der Erde gemacht, woraufhin die Stadt einen gewaltigen Bevölkerungszuwachs erlebte. Auch Unternehmen aus anderen Ländern, insbesondere aus Südafrika, Nigeria und den USA, fassten dort Fuß. Und so wuchs das alte Arandis zu einer der bedeutendsten Städte Afrikas heran.

Mit der Besiedlung des Mars wurde das neue Arandis als eine Stadt im Ottumwa-Krater in die Höhe gezogen und von den ersten Siedlern nach der legendären Stadt auf der Erde benannt. Während es um das alte Arandis ruhig geworden war, hatte sich das neue Arandis zu einer der führenden Handelsstädte des Sonnensystems entwickelt.

In einem festgelegten Korridor strebte Yuka mit der *Inanna* auf den Planeten hinab und näherte sich Arandis von Osten über das Goldene Meer. Sie passierten die turmartige Station Viking-1, die mit all ihren Plattformen aus dem trübgrünen Meer ragte und den versunkenen Landeplatz der legendären Raumsonde markierte.

An der Küste erstreckte sich ein Tiefland und führte in das Lunae Planum hinauf. Hier verteilten sich die ältesten Städte des Mars mit all ihren Kuppeln, und die größte befand sich im Nordosten der Hochebene – Arandis. Die Kuppeldächer waren eigentlich nicht mehr nötig, da die KI Ceres den Mars verändert hatte.

Als sie ihren Flug verlangsamten, konnte Yuka die kleinen Städte sehen, die unter freiem Himmel lagen. Von der Küste bis hinüber zur Hauptstadt Eleusis war das grüne Land weitgehend bewohnt. Und obwohl das Klima einem Menschen das Leben an der Luft ermöglichte, sah man überall die Kuppeldächer. Die Kontrolle, die die KI auf die Lebensbedingungen des Planeten ausübte, war Schwankungen unterworfen. Es konnte gelegentlich zu heftigen Hagelstürmen, extremen Temperaturschwankungen und Fehlern in der Gravitationskontrolle kommen. Die Marsianer waren dankbar für alles, was Ceres ihnen gegeben hatte, doch sie waren trotzdem vorsichtig, weil auch sie ihre Grenzen hatte. Verschwörungstheoretiker vermuteten sogar, dass die stets bescheidene KI gelegentlich mit Absicht versagte, um dem Kult, der um sie entstanden war, etwas entgegenzusetzen. Yuka hielt das für Unsinn. Selbst eine große KI wie Ceres musste auf Widerstand stoßen, wenn es darum ging, einen ganzen Planeten zu transformieren und im Gleichgewicht zu halten.

Bei der Annäherung an das größte der gigantischen Kuppeldächer von Arandis war die *Inanna* trotz ihrer enormen Ausmaße nur ein Schiff unter vielen. Die Kuppel im Zentralbereich war anders als die in den meisten Randbezirken nicht auf transparent geschaltet, denn das Herz von Arandis folgte der Standardzeit, wonach es nun 21 Uhr 27 war. So hatte das Ambiente-System im Inneren längst die Nacht eingeläutet.

Eine Schleuse öffnete sich ihnen wie das Maul einer Schlange. Im Innern war es dunkel, und als das Tor sich hinter ihnen schloss, gingen ringsherum die Scheinwerfer an. Als sich ihnen die Schleuse auf der anderen Seite öffnete und sie ins Innere der Stadt ließ, war es, als wären sie in eine andere Welt gelangt. Hier herrschte das Nachtleben. Die großen Gebäude wurden wie Monumente bestrahlt. Die

Straßen mit all den Fahrzeugen waren leuchtende Bänder, die durch die Dunkelheit führten, und überall darüber schwirrten Schiffe umher, manche auf festgelegten Routen, andere nahmen wie die *Inanna* ihren eigenen Weg und verließen sich auf das Leitsystem der Stadt. Strahler, die ins Gewölbe hinaufstießen, lockten die Blicke zu bunten Veranstaltungen, doch Yuka reizte nichts davon; sie steuerte den großen Raumhafen an und landete auf dem ihr zugewiesenen Areal.

Sie waren an ihrem Ziel angekommen, und verhielten sich unauffällig, probten an Bord erneut die verschiedenen Abschnitte ihrer Aktion. Am Freitag, dem 15. Dezember traf Juliana wie verabredet mit einem Passagierschiff in Arandis ein, und sie feierten ihre Rückkehr auf die *Inanna*. Zugleich war dies der Beginn des Wochenendes, das alles entscheiden würde. Und so kamen sie am frühen Samstagabend an einer der Frachtschleusen zusammen.

Cosima und John machten in den grauschwarzen Anzügen eine gute Figur. Es waren Kampfanzüge, bei denen Teile der Schildpanzerung durch Patch-Computer ersetzt worden waren. Noch hatten sie die Visierhauben nicht aufgesetzt, aber Yuka wusste durch die Übungen, dass sie mit diesen beinahe wie Maschinenwesen aussahen – was sie als passend empfand. Tatsächlich trugen sie in ihrer Kleidung jede Menge Hilfsmittel mit sich herum: Entschlüsselungs- und Störmodule, Sensoren und winzige Schildgeneratoren, die als Panzerung wirkten. Sogar Spurenmodule, mit denen man über Nanomaschinen gefälschte DNA platzieren oder vorhandene DNA-Spuren modifizieren konnte, führten sie mit.

Zudem gab es ein Sauerstoffsystem, das in den Anzug integriert war und sich mit der Visierhaube koppeln ließ. Und die Medi-Patches, die sie in ihren Taschen trugen, konnten sich mit dem System der Anzüge verbinden und sogar durch winzige Schlauchbündel Medikamente über das Sauerstoffsystem leiten.

Ohne farbige Markierungen auf der Brust der Anzüge hätte man Teodor und Dominik ebenso wenig auseinanderhalten können wie Trent und Edison. Die Kürzel bestanden aus den Anfangsbuchstaben der Namen. Nur bei Trent und Teodor hatten sie den zweiten Buchstaben des Namens hinzugefügt, um sie zu unterscheiden.

Die Schleuse in den Container öffnete sich. In ihm würden sie zu einer unterirdischen Adresse befördert, wo die Crew in einen präparierten Transporter wechseln sollte.

»Alles bereit?«, fragte Yuka.

»Ich bin nie bereit«, sagte John.

»Und ich allseits bereit«, setzte Cosima nach.

»Ich habe nichts anderes erwartet«, erklärte Yuka und musterte auch die anderen. Teodor, Dominik und Edison wirkten mit ihren Gewehren am martialischsten, aber auch Trent und Zayda erschienen wie Söldner. Nur Kendra war mit ihren breiten Patches, die auf dem Unterarm entlangliefen, und dem Rucksack, an dem ein rechteckiger Computer haftete, als Technikerin zu erkennen. Der Rechner, fingerdick und ein wenig größer als zwei Handflächen, war Kendras ganzer Stolz. Er war eigentlich ein Forschungscomputer, wie ihn die großen Expeditionen verwendeten, die in neue Planetensysteme vorstießen. Er hatte ihr angeblich, seit John ihn erbeutet und ihr überlassen hatte, gute Dienste geleistet. Doch Inanna hatte ihn zu etwas Größerem gemacht. Sie hatte Kendra gesagt, welche Erweiterungsmodule sie beschaffen solle, und das System dann umkonfiguriert. Kendra bezeichnete Inannas Design als unkonventionell, aber enorm effektiv. Ein Verkauf dieser Maschine hätte Yukas Schulden mit einem Schlag begleichen können, doch Kendra betrachtete den Computer stets wie eine stolze Mutter, und Yuka kannte dieses Gefühl. Was für sie die *Inanna* war, war für Kendra dieser Computer. Und um Geld und Schulden ging es hier längst nicht mehr.

Yuka musterte ihre Crew noch einmal. »Ihr seht klasse aus«, sagte sie schließlich.

»Ihr auch«, erwiderte John und schaute an ihr hinab. Sie trug bereits ihr grau-rotes Abendkleid, und Amy, die neben ihr stand, sah in ihrem schwarzen Kleid beeindruckend aus und zog besonders Trents Blicke immer wieder auf sich. Die anderen – Osred, Libby und Juliana – hatten Alltagskleidung an.

Sie alle verabschiedeten sich herzlich voneinander, und sogar Inannas Gesicht erschien auf dem Schirm neben der Schleuse. »Ich werde bei euch sein – solange es geht«, sagte sie.

Yuka ließ sich von Osred eine Computer-Card geben und reichte sie John. »Wenn ihr Noboru-14 gefunden habt, gebt ihm das von Inanna.« Sie drückte John die Karte in die Hand und schaute ihm dabei zu, wie er sie in seine Hüfttasche steckte. »Ein Liebesbrief?«, fragte er.

Inanna schwieg, aber Yuka sagte: »Dadurch erhält er alle Informationen, die er benötigt, um sich in euer System einzubinden. Es ist also eher eine höfliche Einladung.«

Yuka schaute in die Runde und wäre gern ruhiger gewesen, aber ihr Herz pochte vor Aufregung schneller. »Seht zu, dass ihr alle wiederkommt, ja?«

»Das werden wir schon«, erklärte John.

Einer nach dem anderen betrat nun über die Schleuse den Container. Trent war der Letzte, der an Bord ging, und das Lächeln, das er Amy zuwarf, ließ sogar Juliana und Osred zwischen den beiden hin- und herschauen. Amys Wangen wurden rot. Yuka hatte Zayda und Teodor nicht geglaubt, dass sich zwischen den beiden Strategen etwas entwickelt hatte, aber inzwischen war es offensichtlich.

Als die Tür geschlossen war, wandte Yuka sich an Amy und fragte leise: »Was läuft da zwischen euch?«

»Nichts«, antwortete die Strategin.

»Komm schon«, sagte sie, während sich Osred und Juliana abwandten und dem Gang folgten. »Da ist doch was.«

»Zuneigung vielleicht«, sagte Amy leise. »Gemeinsame Ziele verbinden eben.«

»Ihr guckt euch wie verliebte Teenager an.«

»Ich mag ihn. Das ist alles.«

Yuka lachte und machte sich an Amys Seite auf den Weg zurück zur Brücke. »Wenn Cosima und John davon erfahren …«, sagte sie, als sie um die erste Ecke bogen.

»Wenn es da was zu erfahren gäbe, wüssten sie es bestimmt schon.« Amy schaute mit verlegener Miene zu Osred und Juliana voraus.

Yuka blieb stehen, und Amy hielt ebenfalls an. Als Osred und Juliana sich ein Stück entfernt hatten, sagte Yuka: »Du kannst den beiden vertrauen. Ich meine, Juliana wird immerhin auf Hanna aufpassen.«

»Das ist was anderes«, erwiderte Amy.

»Also stimmt es.«

Amy holte tief Luft und sagte: »Ja, Trent und ich haben was miteinander.«

Yuka lächelte. »Das ist doch toll.«

»Gar nichts ist toll«, sagte Amy kopfschüttelnd. »Ich komme mir vor wie die Hauptfigur in einem uranosischen Liebesfilm.«

»Ich finde, Trent ist ein anständiger und attraktiver Mann. So loyal zu John wie du zu Cosima.«

»Du hättest mal die Frauen sehen sollen, mit denen er sonst ausgeht. Daneben bin ich …« Sie ließ die Schultern hängen, und in ihrem Gesicht zeigte sich eine solche Verzweiflung, dass Yuka nicht nachfragen musste.

»Jetzt benimmst du dich wirklich wie eine Frau in einem uranosischen Liebesfilm«, sagte Yuka. »An dieser Stelle müsste ich dir vorschlagen, dich *in Form* bringen zu lassen. Und am Ende des Films bist du schlank, hast ein Allerweltsgesicht und lässt Trent abblitzen, weil du einen viel besseren Mann gefunden hast.«

Amy lachte, schüttelte aber den Kopf. Als sie sich jedoch beruhigt hatte, machte sie eine besorgte Miene.

»Wovor hast du Angst? Dass Trent dich zurückweist?«

»Weißt du, wie verletzend es ist, wenn du ständig gefragt

wirst, ob du nicht was an dir machen lassen willst? Wenn alles andere als die vermeintliche Perfektion hinterfragt wird?«

»Hat Trent das denn je getan?«, fragte Yuka.

»Natürlich nicht. Das waren andere. Schon immer. Sie haben meine Körpergröße bewundert, aber meine Körperfülle war sofort ein Problem.«

»Mir erschien Pandaros-3 immer recht offen. Die Vielfalt dort sieht man nicht überall.«

»Ich bin nicht auf Pandaros-3 aufgewachsen, sondern auf Kronos-4.«

Yuka strich Amy über die Schulter. »Verstehe.« Bei den Uranosiern herrschte ein Schönheitsideal, das jeden Menschen, der von der Norm abwich, rasch ausgrenzte. Das galt vor allem für das Körpergewicht. Sie erinnerte sich noch an die Videos, die über die Glitzerkanäle verbreitet wurden, in denen Menschen, die von der propagierten Norm abwichen, der Lächerlichkeit preisgegeben wurden. Erst als die KI Hektor sich weigerte, die eigenen Systeme für solche Dinge einzusetzen, änderte sich etwas. Die Videos wurden an den Rand der Gesellschaft gedrängt. Aber es gab sie nach wie vor. »Hast du Hektors Rede miterlebt?«, fragte sie.

»Ja«, antwortete Amy. »Ich war damals in Midea und habe sie gehört. Und du glaubst nicht, wie viel Hoffnung ich danach hatte. Aber selbst der Einfluss von KIs ist begrenzt. Sie dienen uns und sind unser Gewissen, aber wir können uns über sie hinwegsetzen. Für mich hat sich erst was geändert, als ich nach Pandaros-3 ging.«

Yuka winkte sie auf eine in die Wand eingelassene Bank. Als sie saßen, sagte sie: »Amy, ich glaube, kaum jemand hat so viel Selbstvertrauen wie du. Deshalb verstehe ich das nicht. Niemand dürfte das, was du kannst, besser einschätzen können als Trent. Allein wie du dich in die Organisation der Feier bei MMC eingemischt und mit den Leuten dort gesprochen hast – das war brillant.«

»Das bringt die Erfahrung halt so mit sich. Dieses Selbstvertrauen habe ich bei Cosima gelernt. Als ich nach Pandaros-3 kam und Cosima kennenlernte, war das wie die Ankunft in einer anderen Welt. Einer Welt, in der ich was zählte. In der die Leute mich sahen und nicht ignorierten – oder unterschätzten.«

»Und jetzt bist du eine der großen Strateginnen. Warum also der Zweifel?«

»Als Cosima fort war, brach der Respekt zusammen, und ich musste feststellen, was so viele bei Amberson Unbound *wirklich* über mich dachten. Warst du je in einer Situation, in der du ein Gespräch belauscht hast, in dem andere über dich herziehen? Und dann merkst du: Ihnen ist völlig bewusst, dass du da bist. Dann tun sie so, als hättest du sie ertappt. Und wenn du gehst, hörst du ihr Lachen.«

Yuka schüttelte den Kopf. So etwas hatte sie noch nie erlebt.

»Und haben dich Leute je behandelt, als wärst du nicht da?«, fragte Amy.

Sie schüttelte erneut den Kopf.

»Weil du beeindruckend bist, Yuka. Aber ich bin das nicht.«

»Du irrst dich«, erwiderte Yuka.

Amy schluckte, und ihre braunen Augen glänzten. »Kannst du dir vorstellen, wie es ist, wenn du an Macht verloren hast und hoffst, wenigstens bei deinem Freund Halt zu finden, dann aber merkst, dass er dich überhaupt nicht liebt?«

»Aber du warst stark. Du hast ihn abserviert.«

»Das war alles andere als sauber. Ich wollte Hanna, und ich wollte von Roland irgendeine Reaktion. Er hätte mit dem Finger auf mich zeigen und mir sagen können, dass ich sein Vertrauen missbraucht habe. Er hätte recht gehabt. Aber er hat wie ein Pubertierender reagiert.«

»Aber jetzt ist er Vergangenheit, und du hast Hanna. Und du hast selbst gesagt, dass dich das mit der Vergangenheit versöhnt.«

»Das hat Eleonore einmal gesagt, und ich habe es aufgegriffen.«

»Ob du oder die KI – es stimmt.«

»Aber ich habe Angst.«

»Glaubst du wirklich, Trent würde mit dir spielen?«

»Wenn ich an diese schlanken Schönheiten denke, mit denen er früher ausgegangen ist, frage ich mich, was er an mir finden kann. Was, wenn das hier alles vorbei ist, und …«

Yuka erhob sich. »Komm«, sagte sie und zog Amy an den Händen auf die Beine. »Ist dir je in den Sinn gekommen, dass du die einzige Frau bist, die Trent wirklich versteht? Du machst dir zu viele Sorgen darüber, was andere denken, und vergisst, was du jetzt hast und was du willst.«

»Ich bin eine Strategin. Das ist mein Job.«

»Frag dich doch einfach nur eines: War es schön mit ihm?«

Amy lächelte.

»Und willst du es weiterführen?«, fragte Yuka

»Natürlich.«

»Dann versau es nicht mit deinen Zweifeln. Genieße es. Und ich bin mir bei einem sicher: Selbst wenn irgendwann Schluss sein sollte, werdet ihr beiden respektvoll miteinander umgehen. Trent ist anständig. Und du? Du hast keine Ahnung, wie sehr alle von dir beeindruckt sind. Ihr beiden macht das schon.« Sie musterte sie. »Und, Amy! Du siehst fantastisch aus.« Tatsächlich stand ihr das schwarze Kleid, das keinen Hehl aus ihren Rundungen machen konnte, aber dennoch ein Geheimnis ließ. Ja, Amy war korpulenter als die meisten, aber das schmälerte keineswegs ihre Attraktivität. Yuka wollte sich nicht einmal vorstellen, wie Amy mit hohlen Wangen und schmalen Hüften aussah. Sie war groß, füllig und hübsch. »Eine selbstbewusste Frau«, sagte sie. »Alles andere als fragil. Die werden dich fragen, welchem Konzern du vorstehst, so wirkst du. Und jetzt komm!«

Sie folgten den Gängen zu den Quartieren und schauten noch einmal bei Hanna nach dem Rechten. Die Kleine schlief, und Juliana würde ihr später die Flasche geben und sich um sie kümmern.

»Bist du sicher, dass uns auf der Party keine Gefahr droht?«, fragte Amy.

»Sag du es mir. Du bist die Strategin.«

»Wohl nicht«, sagte Amy.

»Ich verstehe, dass du Hanna ungern hier zurücklässt, um da rauszugehen. Aber was sollte da geschehen?«

Amy nickte. »Ängste sind nun einmal meistens irrational. Ich habe einfach nur ein schlechtes Gefühl.«

»Wir sollten los und uns unter die Leute mischen. Dann wirst du sehen, dass uns da keine Gefahr droht.«

Sie machten sich auf den Weg, gingen noch einmal auf die Brücke, um sich von Juliana, Osred und Inanna zu verabschieden. Osred hatte bereits zahlreiche Schirme hochgefahren. Auf einem war zu sehen, dass der Container, in dem Cosima und John mit den anderen fuhren, endlich auf dem Weg zu dem Lagerhaus war, in dem der Transporter auf sie wartete.

»Macht euch nicht zu viele Sorgen«, sagte Osred. »Wir kriegen schon alles hin.«

Nachdem Amy Juliana noch einige letzte Anweisungen im Hinblick auf Hanna gegeben hatte, verließen sie das Schiff über die Hauptluke und betraten das weite Landefeld. Die transparente Kuppel über dem Wirtschaftsviertel von Arandis trübte sich langsam, um die künstliche Nacht herbeizuführen. Die Standardzeit verlangte, dass es bald dunkel würde, und so schuf das Ambiente-System der Kuppelstadt den Abend. In den äußersten Bereichen von Arandis gab es keine Kuppeln. Das durch das Terraforming geschaffene und durch die KI Ceres im Gleichgewicht gehaltene Klima bedurfte keines Schutzes. Dort aber war nun noch immer Tag, dort hatten die Einheimischen sich längst daran gewöhnt, dass Uhrzeit und Tageszeit nicht Hand in Hand gingen.

Yuka schritt mit Amy in ihren langen Mantel gehüllt am Rande der Landeflächen, die an einen Park grenzten, dem

Terminal entgegen. Von den anderen Schiffen, eines davon war ein Kreuzfahrtschiff mit gewiss tausend Betten, strömten Hunderte Gäste ins Terminal. Zum Glück war Yuka auf den Andrang vorbereitet. Die meisten Leute nahmen öffentliche Transporter, Yuka jedoch hatte eine Schleuse gemietet, an deren Ende ein Wagen auf sie wartete – eine silberfarbene Limousine mit einer hohen Kabine und runden Schiebetüren.

Sie stiegen ein und machten es sich auf den weißen Sitzen bequem. Amy wirkte nun gefestigt und erwähnte, dass sie gespannt sei, die Leute, mit denen sie in den letzten beiden Monaten zu tun gehabt hatte, von Angesicht zu Angesicht zu sehen.

Yuka war hingegen unruhig. Kempinski und einige Vorstandsmitglieder der Carrender-Foundation würden dort sein. Und sie würden ihr sicherlich Vorwürfe machen. Sie rechnete mit Anfeindungen und auch mit Drohungen. Die entscheidende Frage war, ob sie an Kempinski und den Vorstand der Carrender-Foundation herankommen könnte, wenn sie Noboru-14 befreit hätten.

Sie fürchtete sich davor, Kempinski gegenüberzutreten und ihm zu gestehen, dass sie sich mit Cosima und John verbündet und die Mikro-KI in ihr Schiff integriert hatte. Es würde sie Überwindung kosten, das alles zu offenbaren. Sie hatte immer geglaubt, dass man sich Kempinski besser nicht zum Feind machte. Und falls sie nicht überzeugend war, würde er sie vernichten.

Amy an ihrer Seite zu haben, das machte ihr Mut. Cosimas Strategin hatte in den letzten Wochen geglänzt, und Yuka beneidete Cosima um eine so fähige Vertraute.

»Ich wollte dich schon die ganze Zeit was fragen, Amy«, sagte Yuka nach einer Weile des Schweigens.

Amy blickte sie mit erwartungsvoller Miene an.

»Was wirst du tun, wenn das vorbei ist? Cosima wird sich in den Kampf stürzen. Aber wirst du dabei sein – mit Hanna?«

»Cosima weiß, dass ich Hanna nie in Gefahr bringen würde«, antwortete Amy. »Ich könnte nur aus der Ferne helfen.«

»Wenn du willst, kannst du auf der *Inanna* bleiben.«

»Ist das ein Jobangebot?«, fragte Amy staunend.

»Hoffentlich mehr als das«, erwiderte Yuka.

»Wenn was schiefgeht, könnte es über kurz oder lang auf der *Inanna* gefährlich werden.«

»Ich würde nie von dir erwarten zu bleiben, wenn es brenzlig würde. Du sollst nur wissen, dass wir dich gerne auf der *Inanna* hätten.«

»Ich werde es mir überlegen«, sagte Amy.

Yuka schaute nach draußen. Ein protziges Firmengebäude reihte sich hier an das nächste, und nur langsam kamen geschmackvollere Häuser in Sicht – mit geschwungenen Formen und großen Fenstern, hinter denen in warmem Licht weite Wohnräume oder aber Büros lagen. Schließlich kamen sie ins Zentrum, wo jedes Gebäude ein Meisterwerk war.

Der Höhepunkt war der Sitz der Mars Mining Corporation – eine weiße Pyramide mit vertieften Fenstern und blauen Lichtadern. Die Straße führte im Bogen durch den weitläufigen Park direkt unter ein Glasgewölbe – den Haupteingang.

Die Journalisten standen in einer langen Reihe an dem hellgrauen Weg entlang und blickten ihnen, während sie ausstiegen und auf den Eingang zuschritten, mit fragenden Blicken entgegen, bis ihre Patches und Card-Computer ihnen offenbar erklärten, wer hier kam. Amy, die sich als Amalia Mansell ausgab, war ein unbeschriebenes Blatt, aber von Yukas Versagen hatten die meisten gehört. Und so blieben die Fragen nicht aus, und die Nachrichtendrohnen, die über den Reportern schwebten, nahmen sie in den Fokus.

Als aber nach ihnen ein Wagen des Nachtglanz-Kartells vorfuhr, war Yuka vergessen, und die Drohnen schwebten davon, um die kleine Delegation des führenden Portalkonzerns zu umschweben. Yuka blieb sogar für einen Augenblick stehen, um zurückzuschauen, wie die Männer und Frauen des legendären Unternehmens in ihrer schwarzen, hochgeschlossenen Kleidung sich geduldig den Fragen der Journalisten stellten.

»Komm!«, flüsterte Amy, und nur zögerlich setzte Yuka den Weg fort.

Durch ein Tor in der Glasfassade betraten sie die Lobby der Mars Mining Corporation. Und sofort kamen Leute auf sie zu, die Amy unter ihrem Decknamen kannten.

Amy nutzte die Gelegenheit, Yuka als ihre Chefin vorzustellen. Den meisten sagte ihr Name nichts, aber sobald Amy sie als die Kapitänin der *Inanna* vorstellte, machten sie überraschte Gesichter. Der Skandal um den Raub der Mikro-KI hatte natürlich auch in diesen Kreisen die Runde gemacht; einige waren sogar mit Yukas Werdegang vertraut und sagten Dinge wie »Schön, Sie wieder auf den Beinen zu sehen«.

Amy an der Seite zu haben machte das Vorwärtskommen zu einem Kinderspiel. Sie war schnell Mittelpunkt des Gesprächs, und viele lobten, wie sie einige der Organisationsprobleme gelöst hatte. Dass diese Frau kurz zuvor auf der *Inanna* noch von Selbstzweifeln geplagt gewesen war, hätte niemand geglaubt.

Eine Organisatorin der Mars Mining Corporation, eine hochgewachsene Frau mit kurzem blondem Haar, sagte nach einem festen Händedruck sogar: »Ich hatte ja meine Zweifel, ob eine Außenstehende das Problem mit dem ketonidischen Champagner lösen könnte. Aber als es hieß: ›*Frag mal Amalia Mansell. Das ist die Frau für die schwierigen Fälle*‹, da musste ich auf dich zukommen. Ich hatte nichts zu verlieren. Wie hast du das gemacht?«

Amy grinste. »Ich habe einen Händler auf Euryale gefunden, der aber sonst nichts exportiert und deswegen nicht im System auftaucht.«

Yuka schmunzelte angesichts dieser Halbwahrheit, die Amy hier verbreitete. Es stimmte zwar, dass sie die Champagnerkisten vom Planeten Euryale importiert hatte, aber sie hatte sie bei einem Schattenkonzern gekauft. Die Daten der Etiketten waren gelöscht worden, sodass Inanna sie nach Belieben beschreiben konnte – etwas, das ohne eine verbündete KI sehr aufwendig gewesen wäre. Ein Verlustgeschäft war es in jedem Fall gewesen.

Während sie bereits das erste Glas des Champagners gereicht bekamen, gab es einige, die Amy vorsichtig zu verstehen gaben, dass ein Job auf sie wartete, falls Yuka ihre Dienste nicht mehr benötigte.

Als sie einen Augenblick unter sich waren, sagte Yuka: »Hör mal, du solltest dir das überlegen. Die Mars Mining Corporation ist ein Unternehmen, bei dem du es weit bringen könntest.«

Amy lachte. »Kein Interesse. Die Grabenkämpfe in solchen Unternehmen sind nichts für mich.«

Yuka nickte und dachte an das, was Amy ihr über die Demütigungen unter Randell Barickman erzählt hatte. »Genieß den Triumph«, sagte sie. »In den wenigen Wochen hast du dich fast unentbehrlich gemacht.«

»Nun, vielleicht übernehme ich den einen oder anderen Auftrag. Wenn du nichts dagegen hast, richte ich mich auf der *Inanna* ein und arbeite von dort.«

»Du hast dich entschieden?«, fragte Yuka.

Amy machte große Augen und nickte.

Yuka musste lachen. »Wenn ich dich jetzt küssen würde, würden alle denken, wir hätten was miteinander.«

»Die Fehleinschätzung würde ich mir gefallen lassen, Yuka.« Sie hob das Glas. »Auf die *Inanna*!«

Sie stießen an, fuhren mit dem Fahrsteig in den ersten Stock, direkt in die Festhalle. Die Begrüßung hatte offenbar schon stattgefunden; die ersten Speisen wurden gereicht. Und überall sah Yuka die Oberen der großen Unternehmen aus den verschiedenen Planetensystemen.

Es dauerte nicht lange, und Yuka erblickte Desmond Coffield, eines der Vorstandsmitglieder der Carrender-Foundation. Er kam auf sie zu, einen ganzen Schwarm Anzugträger im Schlepptau.

»Sie haben ganz schön Mut, hier aufzutauchen, Captain«, sagte er. Und das war genau der Spruch, mit dem Yuka gerechnet hatte.

»Betrachten Sie es als Abschied, Sir«, erwiderte sie.

»Sie sind also bereit, Ihr Schiff am Ende des Jahres abzugeben?«

»Bis zum Ende des Jahres kann noch viel geschehen«, sagte sie und wusste, dass niemand ihnen die *INANNA* wegnehmen konnte. Sie wäre zwar verschuldet, aber die *INANNA* würde nicht in die Hände der Carrender-Foundation fallen.

»Wir werden sehen«, sagte Coffield und machte sich mit seinem Gefolge davon.

»Wenn alles gut geht«, sagte Amy, »dann werden sich eine Menge Leute bei dir entschuldigen.«

Yuka hob das Glas. »Auf ein gutes Gelingen!«

Der Anfang einer Operation

Drei Blocks von ihrem Ziel entfernt verließen Cosima, John und die anderen den Transporter, verschafften sich Zugang zum Tunnelsystem und prüften auf der Anzeige im Innenvisier ihrer Hauben, ob die integrierten Atemmasken Sauerstoff führten. Indes testeten Kendra und Edison über ihre Schirme, ob die Tarnmodule in ihren Anzügen funktionierten. Es hatte keinen Alarm gegeben, der darauf hingewiesen hätte, dass sich hier jemand im Tunnel bewegte. Und als Inanna sich über das Com-System bei ihnen meldete und erklärte, dass sie für das Sicherheitssystem unsichtbar seien, wagten sie sich voran.

Immer wieder pressten sie sich in die Wartungsnischen, die alle zehn Meter eine Zuflucht boten. Transporter und Container rauschten an ihnen vorüber. Kaum war der Tunnel wieder frei, forderte Inanna sie auf weiterzugehen und erklärte, in wie vielen Sekunden ein weiterer Transporter oder Container durch den Schacht schießen würde.

Sie kamen nur langsam voran, weil sie immer wieder stehen bleiben mussten. Die Wartungsnischen und die schmalen Pfade in den Tunneln waren vor allem für Roboter konstruiert worden. Ehe sich Menschen hier für Reparaturen herabwagten, sperrte man die Tunnel für den Verkehr. Sie mussten vorsichtig sein, damit der Sog der Transporter und Container sie nicht von dem Pfad riss.

An jeder Schleuse setzte Kendra einen ihrer Dekodierer auf das schmale Bedienfeld, der dem System eine geheime Wartung vorgaukelte, dann aber, wenn sie die Schleuse passiert hatten, alles wieder aus dem System löschte. »Das

Ding ist toll«, erklärte sie. »Inanna ist ein Genie!« Kendras Worte drangen aus den Hörern, die in Johns Haube integriert waren. Sie simulierten sogar die Richtung, aus der ihre Stimme kam. »Vielleicht darfst du ihn behalten, wenn alles vorbei ist«, sagte er und lächelte hinter seinem Visier.

Obwohl der Dekodierer bei den gewöhnlichen Schleusen im Tunnel ohne Zwischenfälle funktionierte, waren Cosima und John unruhig, als sie an das entscheidende Tor kamen – den Zugang zur Anlage der Bennath Singularity Corporation.

Diesmal dauerte die Arbeit des Dekodierers länger. Cosima und John schauten einander an. Das Gesicht des anderen konnten sie nicht sehen, sondern nur ihre glänzenden Visiere. Und doch reichte der Austausch zwischen ihnen, um sich gegenseitig ihre Besorgnis deutlich zu machen. Denn falls sich das Tor nicht öffnete, war die Operation beendet, ehe sie richtig angefangen hatte.

Nach gut einer Minute glaubte Cosima, dass es vorbei war, und auch John bezweifelte, dass sich das Tor öffnen ließ. Und zu allem Überfluss nahte ein Container.

Inanna zählte die Zeit auf null herunter, da öffnete sich die Schleuse für den Container. Das Tor war offen, doch sie mussten sich in die Nischen links und rechts pressen, um nicht von dem Container erfasst zu werden.

Als die Öffnung wieder frei war, stockte die Schleusentür beim Schließen. »Das ist es!«, sagte Kendra.

Cosima und John wagten sich aus der Deckung und schritten Seite an Seite voran. Die anderen folgten, und Kendra ging, den Kopf über das Display des Patch-Computers auf ihrem Ärmel gesenkt, als Letzte in die Schleuse.

Als sich das Tor hinter ihnen geschlossen hatte, warteten sie. »Wir sind drin«, erklärte John Inanna über das Com-System.

»Alles in Ordnung, Libby?«, fragte Cosima.

»Ihr wurdet nicht bemerkt«, antwortete die junge Frau mit ihrer Kinderstimme.

»Eingehende Transporter werden erst wieder in fünfzehn Minuten erwartet«, erklärte Inanna, als hätte sie den vorigen Wortwechsel nicht mitgehört. »Unplanmäßige werden gemäß der Verordnungen angehalten und geprüft.«

»Also los«, sagte John.

Auf dem eingehenden Tunnel liefen sie voran. Kendra war direkt hinter Cosima und John, während Edison am Ende ging. Das war wichtig, da beide die Impulsgeber für die Störsender trugen, die sie in ihren Anzügen mitführten und die den Scannern im Schacht vormachten, dass hier niemand war. Ein *Mikro-Hack-System* hatte Inanna es an Bord noch genannt. Wie mit Nadelstichen setzten die Module den Überwachungssystemen zu. Inanna hatte zweiunddreißig Tage gebraucht, um die Module zu programmieren. Sie hatten sie auf der *Inanna* getestet, und sie alle waren bei den Übungen überrascht gewesen, wie gut sie funktionierten.

»Ich frage mich immer noch, woher Inanna das Wissen hat«, sagte Cosima.

»Man könnte fast darauf kommen, dass es etwas mit ihrer Arbeit für Kempinski zu tun hatte«, meinte John.

Prompt meldete sich die KI. »Ihr vergesst, dass ich damals eine andere war. Und ihr vergesst, dass mir Libby und Kendra zur Seite gestanden haben. Kendra gab mir Zugang zu den Modulen, die sie sonst einsetzt.«

Kendra hob den Kopf von ihrem Schirm und schien John anzustarren. Er hätte wetten können, dass sie hinter ihrem Visier grinste.

»Und Libby hat mich auf einige Schwächen hingewiesen«, erklärte Inanna. »Ich habe lediglich mit dem gearbeitet, was ihr mir gegeben habt.«

»Wir haben dich also geprägt?«, fragte John.

»Korrekt.«

»Ich sehe es schon«, sagte Cosima lachend. »Binnen kürzester Zeit ist unsere Inanna Kopf eines Schattenkonzerns.«

»*Inanna Re-Imagined*«, sagte John.

Libbys glockenhelles Lachen drang über das Com-System

an ihre Ohren. Ein Zischen vor ihnen, das die Mikrofone an ihren Hauben erfassten und ihnen zuspielten, lenkte die Aufmerksamkeit wieder auf das Geschehen vor Ort. Sie näherten sich dem internen Transportsystem. Ein quadratischer Container war von oben nach unten vorbeigeschwebt.

»Das sind die internen Transporter«, sagte Inanna. »Ihr habt ein Zeitfenster von mindestens zwanzig Sekunden.«

Ebene um Ebene kletterten sie über die Wartungsleitern in die Tiefe. Und je weiter sie kamen, umso größer wurden die Zeiträume, die Inanna angab.

Mit einem Mal ging ein lang gezogener Alarm los und drang röhrend aus den Hörern in ihren Hauben.

»So eine Scheiße!«, sagte Cosima langsam.

»Was ist das?«, fragte John.

»Ein Transporter in einem Parallelschacht hat eure Bewegungen aufgezeichnet«, antwortete Inanna. »Ihre Ausstattung ist nicht dokumentiert, aber sie liefern jetzt Daten. Bewegungsdaten. Auf die Entfernung funktioniert unser Störmodul nicht.«

John atmete tief durch. »Mist!«

»Wir sollten abbrechen«, sagte Trent. »Sie werden jetzt alles abriegeln.«

Cosima schaute den Schacht hinauf. Dort oben blinkte es rot. Die Tore hatten sich geschlossen. »Da kommen wir nicht raus.«

John senkte den Blick in die Tiefe. »Inanna? Weißt du, wo sie uns gesehen haben?«

»Im oberen Bereich des Lagers. Den Daten zufolge ist nicht klar, was da ist, sondern nur, dass da was gewesen sein könnte.«

»Wenn ihr Glück habt«, sagte Libby, »gehen sie davon aus, dass das Ratten oder andere Tiere waren. Wenn ihr Pech habt, schotten sie sich komplett ab. Dann seid ihr auf euch allein gestellt.«

»Nutzen wir die Zeit und gehen da runter«, sagte John und machte den Anfang auf der Leiter. Kendra folgte ihm als

Erste. Im nächsten horizontal verlaufenden Schacht bewegten sie sich ein Stück voran, um sich dann weiter in die Tiefe vorzuarbeiten. Schließlich kamen sie auf eine Ebene, auf der nur zwei Tunnel weiter in die Tiefe führten: einer für Frachtcontainer, einer für die Transporter der Wachen, der Roboter und der Angestellten. Es war der Übergang zum Geheimbereich.

Inanna meldete sich. »Auf dem Lageplan ist dort nur ein Tunnel eingezeichnet«, sagte sie. »Sie werden über das gleiche System gesteuert.«

»Dann macht es keinen Unterschied«, erwiderte Kendra.

Die Luft war hier merkwürdig dunstig. Cosima prüfte immer wieder die Sauerstoffanzeige, die am Rand des Innenvisiers leuchtete. Sie zeigte ein dunkelrotes Symbol, das vor tödlichem Gas warnte. Im vernebelten Tunnel offenbarte sich zudem ein Gitternetz aus Laserstahlen direkt an den verschlossenen Schachttoren.

Sie versteckten sich in den Nischen und beobachteten, wie nach Ablauf der Zeit, die Inanna für sie herunterzählte, sich drüben beim Frachttunnel ein Container herabsenkte. Das Lasernetz dort verschwand, und der Container drang durch die Gaswolke in die Tiefe. Das System lief weiter, obwohl der Alarm immer noch ertönte.

»Sie schicken Drohnen«, erklärte Inanna. »Aber sie suchen weiter oben nach euch.«

Das Lasernetz flackerte wieder auf, kaum dass der Container verschwunden war. Und die Schleuse – man konnte es wegen des Nebels nicht sehen – musste sich unterhalb des Gitters geöffnet haben.

Der Alarm verging von einem auf den anderen Moment.

»Die Drohnen haben auf der Einstiegsebene alles überprüft«, teilte Inanna ihnen mit. »Sie arbeiten sich langsam voran. Sie sind bestimmt nicht für den Geheimbereich zugelassen. Ihr müsst dorthin vordringen, dann dürftet ihr sicher vor ihnen sein.«

»Dann kommt es jetzt darauf an«, sagte John. Dies war

eine der Stellen, an der sie hoffen mussten. Inanna hatte die Chance, dass sie das Lasernetz überwinden und die darunterliegende Schleuse unbemerkt hinter sich lassen würden, mit dreiundsiebzig Prozent angegeben. Und wer wusste schon, wie die Wahrscheinlichkeit nun lautete, da die Drohnen alarmiert waren und womöglich auch andere Teile des Systems in Alarmbereitschaft versetzt wurden.

Nach einem Moment der Stille kletterten Cosima und John mit Kendra aus dem Versteck und führten die anderen bis nahe an das Lasergitter heran. Kendra aktivierte die Programme, die *Inanna* geschaffen hatte und selbst nun noch aus der Ferne kontrollieren konnte.

Die einen starrten mit John auf Kendras Schirm, die anderen mit Cosima auf das Gitter aus roten Strahlen. Das Programm arbeitete und zeigte auf dem Schirm in einem Netzdiagramm an, welche Knotenpunkte des Systems Inannas Programm überwand und woran sie noch scheiterte. Ein Timer zählte dreißig Sekunden runter. So viel Zeit hatten sie, ehe man das Programm entdeckte.

Noch zwölf Sekunden! Cosima hielt den Atem an, während John den Kopf schüttelte und nicht mehr daran glaubte, dass sie es schaffen würden.

Mit einem Mal war das Lasergitter verschwunden, und Cosima kletterte rasch über die Leiter zu ihrer Linken in die Schleuse hinein. Trent machte rechts den Anfang; die anderen folgten.

Der Timer war bei *fünf*, und nun war John auf der Leiter. Bei *vier* öffnete sich das untere Schleusentor zischend. Bei *drei* verlor Kendra den Halt, und Zayda und Cosima packten sie bei *zwei* gerade noch und bewahrten sie davor, in die Tiefe zu stürzen. Bei *eins* legte John den Kopf zur Seite auf seine Schulter, schaute hoch und sah, wie das Lasergitter vor seinen Augen den Gasnebel durchsiebte.

»Ist es zu spät?«, fragte John zitternd. »Haben sie uns entdeckt?«

»Nein«, antwortete Libby. »Das Gitter war rechtzeitig

wiederhergestellt. Sie dürften nicht gemerkt haben, dass es ausgeschaltet war. Jetzt schnell durch die Schleuse!«

»Ihr habt eine Minute Zeit«, erklärte Inanna. »Dann müssen wir die Schleuse dichtmachen. Sobald das geschieht, wird unser Kontakt abbrechen.«

»Falls ihr in der Patsche steckt, könnt ihr euch in das Com-System der Anlage einklinken und uns anrufen«, sagte Libby. »Aber das würde bei den strikten Sicherheitsmaßnahmen auffallen. Es ist, wie wir vermutet haben. Sie benutzen ein IMI-1-Modul und werden jede Kommunikation bemerken, die nicht autorisiert über ihr System läuft. Und bei Alarm könnten sie jede Kommunikation zwischen den Bereichen abbrechen.«

»Geht jetzt, sonst erfassen euch die Drohnen!«, sagte Inanna.

Als Inannas Countdown bei zwanzig war, hatten sie die Schleuse passiert und konnten sich in zwei Nischen ausruhen. Die KI stoppte ihren Countdown und sagte: »Bis nachher«, und schon schloss sich das Tor über ihnen, und der Kontakt zur *INANNA* brach ab.

Der Gasnebel wirkte hier unten weniger dicht, doch Kendra warnte, dass der Sauerstoffgehalt im Tunnel unter sechs Prozent liege.

Sie stiegen über die Leitern weiter hinab und hörten nur aus der Ferne die Container, die sich durch den parallel verlaufenden Tunnel bewegten. Hier bei ihnen mussten sie nur die Transporter der Wachen und der Angestellten fürchten.

Das Schachtsystem fächerte sich hier unten wieder auf. In dem ersten Schacht, den sie kreuzten, strebten sie nach rechts, wo laut Modulplan ein Wartungsbereich liegen musste – sofern die Bennath Singularity Corporation Standardmodule verwendet hatte. Falls sie recht hatten, musste es eine Luke geben, durch die sie in den Wartungsbereich hinaufsteigen konnten. Und tatsächlich fanden sie den Ausstieg.

Kendra öffnete die quadratische Luke mit ihrem Patch,

und Teodor kletterte als Erster nach oben in einen hell erleuchteten Raum. Für einen Moment war alles still. Dann aber schaute Teodor zu ihnen herab und winkte sie zu sich. Sie folgten ihm hinauf in einen schmalen Raum, in dem sich an einer Wand ein Segment voller Modul-Ports an das nächste reihte.

Kendra trat zwischen Cosima und John nach vorn, zog ein Kabel aus dem großflächigen Computer, der an ihrem Rucksack haftete, fuhr dann suchend mit der freien Hand über die Displays unter den Ports und tippte schließlich auf ein graues Dreieck, das daraufhin grün erstrahlte. Sie schob den nadelartigen Stecker in den gefundenen Anschluss. Um mit solchen Hochsicherheitssystemen eine tief greifende Verbindung herzustellen, musste man persönlich erscheinen und physischen Kontakt aufnehmen. Ein Zugriff über das Netz hätte, falls er überhaupt möglich gewesen wäre, nur einen oberflächlichen Austausch ermöglicht.

»Jetzt werden wir sehen, ob das System uns akzeptieren wird«, sagte Kendra.

Das Display des Computers erstrahlte türkisfarben. John nahm es als ein gutes Zeichen und vertraute Kendra. Cosima jedoch fürchtete, dass sich jeden Augenblick orangefarbene Flecken verbreiteten. Bei den Vorbereitungen hatten sie es in den Tests gesehen, denen Inanna sie ausgesetzt hatte. Einmal festgesetzt, hatte das Orange rasch vom gesamten Schirm Besitz ergriffen und damit angezeigt, dass das Sicherheitssystem ihren Zugriff bemerkt hatte.

Etwas schlängelte sich auf dem Schirm. »Wir gehören jetzt zum Wartungsteam dieser Anlage«, verkündete Kendra mit übertriebener Stimme. »Und es ist höchste Zeit für einen umfassenden Systemcheck.«

Cosima atmete durch und schaute zu John hinüber. Er nickte anerkennend und klopfte seiner Modultechnikerin auf die Schulter. »Gut gemacht!«

»Und?«, sagte Trent. »Ist der Geheimbereich wirklich komplett abgetrennt?«

»Das Com dieses Bereichs ist von dem oberen Bereich abgetrennt – und das Transportsystem auch. Inanna und Libby werden uns tatsächlich nicht helfen können. Aber wir haben hier unten einen Direktzugang zum System.«

»Dann ruf einen Transporter«, sagte John.

»Schon unterwegs.« Sie deutete auf die Luke, durch die sie emporgestiegen waren. »Wir klettern direkt in den Transporter hinein«, sagte sie.

»Und wenn er besetzt ist?«, fragte Cosima.

»Er wird nicht besetzt sein. Ich habe ihn aus einem der Lager holen lassen. Es ist ein Wartungstransporter – größer als die normalen. Für Reparaturtrupps, die irgendwelche sperrigen Module mitführen.«

»Und werden sie uns sehen können?«, fragte John. »Inanna meinte, das könnte eine Schwachstelle sein.«

»Ich prüfe mal die Datenbank für die Transportermodelle, die Inanna für mich erstellt hat. Warte …« Kendra nickte. »Das Modell ist drin. Die Sensoren in den Schächten lassen sich austricksen. Sie werden uns nicht direkt sehen. Aber die Warnsysteme werden anschlagen, wenn wir einem anderen Transporter in die Quere kommen. Das würde natürlich als Anomalie auffallen.« Sie tippte auf den Schirm. »Da tut sich im Augenblick nichts. Die anderen Transporter im Bereich stehen still.«

John schaute zur Tür und fragte sich, ob dieser Wartungsraum auf dem Weg der Wachen lag. Sie hatten Dutzende Male durchgespielt, dass sie sich, falls sie entdeckt würden, ehe sie in der Nähe von Noboru-14 waren, zurückziehen mussten. Und es würde eine Funkstille zwischen ihnen und der *Inanna* geben, damit niemand, der auf sie aufmerksam wurde, ihre Kommunikation verfolgen konnte. Nur die nötigsten Daten würden sie einander auf verwinkelten Wegen zuspielen.

Sie nutzten die Gelegenheit, um ihre Hauben abzunehmen und etwas aus den Flaschen zu trinken, die an ihrem Anzug hafteten. Obwohl das Sauerstoffsystem des Anzuges, das mit den Hauben verbunden war, einwandfrei funktionierte, fühlte es sich für Cosima gut an, endlich frei atmen zu können, ohne in der Enge der Haube gefangen zu sein.

Kendra löste ihren Computer von dem Port, schloss stattdessen ein dreieckiges Modul an und heftete es an die Wand. Auf Cosimas fragenden Blick antwortete sie: »Nur ein kleines Basismodul, damit wir nachher aus der Ferne auf das System zugreifen können.«

Cosima nickte. »So sieht das Ding also aus«, sagte sie. Sie hatte bei den Vorbereitungen von dem Modul gehört, es aber bisher noch nicht gesehen.

Ein Brummen schob sich unter ihnen heran, und sie alle versammelten sich an der Luke und zogen ihre Hauben wieder auf. Obwohl Kendra gesagt hatte, dass niemand im Transporter lauerte, standen Teodor, Edison und Dominik bereit und richteten die Läufe ihrer Gewehre nach unten, während sich die Luke mit einem Rauschen öffnete. Niemand wartete dort.

Sie stiegen einer nach dem anderen in den Transporter hinab und stellten fest, dass er aus zwei Segmenten bestand, als hätte man zwei kastenförmige Kabinen miteinander verbunden. Da die Tunnel zweispurig waren, konnte der Transporter sich ohne Schwierigkeiten bewegen, und sie mussten nicht fürchten, an einer Kreuzung nicht abbiegen zu können.

Die Schildgeneratoren im hinteren Bereich des Transporters schienen dazu da zu sein, um schweres Gerät zu sichern. Es gab sogar Gurte, falls die Schildgeneratoren ausfielen und man die Ladung per Hand sichern musste. Im vorderen Bereich gab es einige Sitze, die an der Wand entlangliefen. Hinter schmalen Türen befanden sich allerlei Module und Testwerkzeuge. Edison trat an einen der äußeren Sitze und zog an ihm. Sofort geriet dieser in Bewegung und fuhr von der Wand fort. Er drehte sich und verharrte schließlich. Ein kleiner Tisch schob sich langsam aus der Wand dem Sitz entgegen. Mit einer einladenden Geste bot Edison Kendra den Platz an.

Die Modultechnikerin bedankte sich leise und stellte ihren Computer auf dem Tisch ab, zog sich den Rucksack von den Schultern und stellte ihn daneben. Dann schloss sie den Computer wie schon im Wartungsbereich an einen Port an, holte sich noch weitere Instrumente aus den Fächern in den Wänden und platzierte sie in Reichweite. »Ich bin jetzt zu allem bereit«, sagte sie schließlich. Und nachdem Teodor die Luke über ihnen geschlossen hatte, setzte sich der Transporter langsam in Bewegung.

Kendra ließ aus ihrem Computer einen transparenten Schirm emporsteigen und nutzte das Display des Rechners selbst nur als Eingabeinstrument. So konnten sie alle die Karte der Anlage betrachten.

»Wir lagen gar nicht so verkehrt«, sagte John.

»Na ja«, erwiderte Kendra und wies auf das Zentrum. »Die haben diesen Bereich hier noch einmal gekapselt.« Es war genau der Bereich, in dem sie Noboru-14 vermuteten – der Ort, der am weitesten vom Ausgang entfernt war.

Cosima legte den Kopf schief. »Ist es denn sicher, dass Noboru-14 dort ist?«, fragte sie. »Können wir das irgendwie feststellen?«

Kendra vergrößerte auf dem Schirm das Zentrum der Anlage, das sich auf der untersten Ebene zwischen den Labors und den Lagerbereichen befand. »Hier ist ein Logistikzugang«, sagte sie und deutete auf eine Schleuse. »Und auf der anderen Seite ist der entsprechende Ausgang.«

John nickte. »Und dazwischen liegt ein Quartiermodul.« Er tippte auf Stellen am Rande des Bereichs, an denen durchgestrichene Türen lagen. »Dahinter sind nicht einmal Gänge.«

»Die Zwischenräume haben sie mit einer Schaummasse gefüllt«, erklärte Kendra. »Was genau sie verwendet haben, steht hier nicht. Aber da gibt es kein Durchkommen.«

»Hier«, sagte Trent und zeigte auf eine Stelle. »Was ist mit den beiden Türen in dieser Lagerhalle vor dem Quartiermodul? Sie sind zwar als verriegelt markiert, aber die Räume dahinter verlaufen parallel zur Schleuse. Das könnte ein Zugang sein.«

»Ja«, antwortete Kendra. »Das sind die einzigen Zugänge zu dem Quartiermodul.« Sie wies auch zwischen den Schleusen hin und her. »Das läuft am Rande des Quartiermoduls vorüber. In der Mitte ist eine Art Verbindung angedeutet.«

»Ich weiß, was das ist«, sagte Edison. »So was habe ich in meiner Reparaturwerkstatt. Ein Fließband bringt die zu reparierende Ware rein, und über Roboterarme und Werkzeuge kann ich dann Programme ausführen und über das Fenster beobachten, wie die Sache läuft.«

John legte die Stirn in Falten. »Das heißt, Noboru-14 sitzt da, und man setzt ihm Module vor die Nase, die er modifizieren soll. Nur dass ihn eine Wand davon trennt.«

»Wäre es anders, könnte er sich vielleicht was daraus basteln«, sagte Kendra.

»Wie kommen wir da hin?«, fragte Cosima. »Können wir vielleicht sogar direkt über das Logistiksystem dort eindringen?«

»Keine Chance«, sagte Kendra. »Es ist zwar an die Frachtschächte angeschlossen, und wir könnten mit dem Transporter dort eindringen, aber die Sicherheitsmaßnahmen dort sind extrem. Da kommen wir auf keinen Fall durch. Wir müssen über die Gänge dorthin gelangen.«

»Von welcher Stelle nähern wir uns am besten?«, fragte John.

Kendra tippte auf einen Punkt außerhalb des Bereichs, in dem Noboru-14 allem Anschein nach festgehalten wurde. »Hier. Das ist weit genug abseits, dass ihr den Wachen nicht direkt in die Arme lauft, aber nahe genug, um mit ein bisschen Geschick zu Fuß in das Zentrum zu gelangen.«

»Kannst du die Wachen anzeigen?«, fragte John.

»Noch nicht. Die Programme haben die Statusdatenbank noch nicht geknackt. Die Schwachstelle kann man nur auf einer tiefen Programmebene ausnutzen. Das dauert. Was ich aber habe, sind die Daten der Sensorsysteme.« Sie tippte auf dem Display des Computers einige Schaltflächen an, und Videos schoben sich in die obere Reihe des Schirms vor ihnen. »Das ist nur ein Teil der Kamerabilder, die uns erreichen.« Es waren vor allem leere, hell erleuchtete Gänge zu sehen. Nur auf einer der Übertragungen bewegten sich zwei Wachen und blieben auf einer Kreuzung stehen. »Es gibt noch unzählige Kameras und andere Sensoren. Ich zeichne alles auf. Sobald ich tieferen Zugang habe, kann ich dem System alte Daten als neue vorspielen.«

»Dann läuft also alles nach Plan«, sagte John.

Kendra rieb sich die Hände, während sie zu ihm hochblickte. »Bis hierhin könnte es kaum besser laufen. Wir brauchen nicht mal mehr die Impulsgeber. Die Systeme in euren Anzügen reichen aus, um die Sensoren zu täuschen. Es sieht wirklich gut aus.«

Der Transporter hielt an, dann drehte er sich. Auf dem Schirm war zu sehen, dass er sich auf einer Kreuzung befand und im Begriff war abzubiegen.

Cosima winkte John in den hinteren Bereich und musste sich, als der Transporter seine Position ruckartig einnahm, an der Wand abstützen. Hinten angekommen, schalteten sie sich für das Com der anderen stumm und stellten die Stimmen der anderen leiser. Dann fragte John: »Und? Hast du irgendeinen Spezialplan?«

»Ich habe nur das Gefühl, dass wir in eine Falle laufen«, antwortete Cosima.

John stutzte. »Moment mal! Seit wann nimmst du deinen Blick vom Ziel, um zu reflektieren? Das ist eigentlich mein Job.« Er schüttelte den Kopf.

Cosima blieb regungslos stehen und war froh, dass sie sein Gesicht hinter dem Visier nicht sehen konnte. »Nicht nur du hast ein Näschen für so was«, sagte sie.

»Kein Zweifel. Aber hast du nicht mal gesagt, dass der Zweifel meine größte Schwäche sei und du den Zweifel im Vorfeld ausschließt? Ist zwar lange her, aber das hast du gesagt.«

»Du meinst also: Ich verhalte mich wie du.«

»Im Grunde schon.«

»Über die Beleidigung ärgere ich mich später. Aber was, wenn wir in eine Falle laufen?«

John deutete um sich. »Dieser Bezirk ist eine *einzige* Falle, Cozy. Jeder, der hier nicht hingehört, soll gefangen werden.«

»Natürlich. Aber ich habe das Gefühl, dass es schwerer hätte sein müssen.«

»Bennath ist nicht wie ich, Cosima. Du wirst dich in Zukunft vielleicht damit abfinden müssen, dass nicht jeder dir so gewachsen ist, wie ich es war.«

»Vielleicht unterschätzt du ihn und überschätzt dich.«

»Das hier ist etwas Neues. Inanna hat das alles zu einem ganz anderen Spiel gemacht. Deswegen sind wir unbehelligt so weit gekommen. Wir können jetzt Dinge, mit denen kaum jemand rechnet. Kannst du dir vorstellen, was uns jetzt möglich ist? All das, was leichter zu erreichen ist als dieser Bereich.«

Cosima leckte sich über die Lippen und war froh, dass John es nicht sehen konnte. »Da kann man leicht gierig werden – und den Blick für die Gefahren verlieren. Ich frage mich einfach nur, ob Bennath nicht vielleicht damit rechnet, dass wir die KI in ein System pflanzen und diese dann auf eine Befreiung drängt.«

»Amy und Trent hielten das für ausgeschlossen. Weil jemand wie Bennath sich nicht vorstellen kann, dass wir so einen Schatz aus Neugier einfach wegwerfen. Und auch Inanna hielt das für höchst unwahrscheinlich.«

»Und du?«, fragte Cosima leise.

»Ich halte es auch für unwahrscheinlich. Aber ganz egal, ob es so ist: Es wird nicht leicht, Noboru-14 da unten rauszukriegen.«

»Es wäre vielleicht leichter, wenn wir darauf verzichteten, nebenher Beute zu machen.«

»*Das* ist es?«, fragte John. Als Trent und Dominik zu

ihnen herüberschauten, hatte er beinahe den Eindruck, sie hätten ihn gehört, obwohl er und Cosima sich für die anderen stumm geschaltet hatten und das Visier keine Geräusche nach außen dringen ließ. Als Trent und Dominik ihre Blicke wieder auf Kendras Schirm gerichtet hatten, sagte John: »Das also macht dir Sorgen?«

»Vielleicht sollten wir alles vermeiden, was von unserem Hauptziel abweicht«, flüsterte Cosima und schaute immer wieder zur Seite zu den anderen.

»Wo ist denn deine Gier geblieben, Cozy?«

»Du solltest sie nicht unterschätzen, mein lieber Alfie. Aber sie gilt dem Cyborg und weniger der Beute, die wir sonst noch machen können.«

John schaute zu den anderen hinüber. Nur Trent blickte gelegentlich in ihre Richtung, wurde aber immer wieder durch Fragen der anderen abgelenkt. »Ich kann einfach nicht glauben, dass du diejenige bist, die Bedenken hat«, sagte John. »Sonst weichst du keinen Millimeter von deinem Plan ab und führst ihn flink und mit ungeheurer Präzision durch.«

»Vielleicht versuche ich meinen Schwächen etwas entgegenzusetzen. Es ist nur so ein Gefühl, John.«

»Ich würde ja schon aus Prinzip eine Gegenposition einnehmen, aber dieser Zweifel, den du hast – den kenne ich. Ich hatte ihn oft, und ich kann nur sagen: Wenn wir ohne Not den Plan ändern, ist die Wahrscheinlichkeit hoch, dass was schiefgeht. Die anderen wissen genau, was sie zu tun haben. Jetzt den Plan zu ändern würde nur schaden. Sie würden sich fragen, warum wir das tun. Wir müssen es so machen, wie du es immer machst: den Plan durchziehen. Und erst wenn irgendetwas zwischen uns und unserem Ziel steht, ziehen wir eine Änderung in Betracht.«

»Gut«, sagte Cosima. »Aber du schuldest mir was, wenn ich richtigliege.«

»Da wir dann wahrscheinlich tot sind, soll mir das recht sein«, erwiderte John.

Trent kam zu ihnen nach hinten. »Was ist los?«, fragte er leise. Cosima und John stellten ihn lauter und schalteten ihre Stimmen für ihn frei.

»Frag nicht«, sagte John.

»Nichts Entscheidendes«, setzte Cosima nach.

Trent wandte den Kopf zwischen ihnen hin und her.

Cosima zuckte mit den Schultern. »Wenn du es unbedingt wissen willst: Wir haben über dich und Amy gesprochen. Da läuft doch was, oder?«

»*Darüber* habt ihr gesprochen?«, fragte Trent.

Cosima hob die Hand. »Nicht ausweichen, Trent. Ihr habt also was miteinander.«

»Komm schon, Trent«, sagte John und war froh, dass Cosima von ihrem wahren Gesprächsthema abgelenkt hatte. »Wir sind nicht blind. Und ihr braucht es nicht zu verstecken.«

»Wir finden es toll«, erklärte Cosima.

»Na gut«, sagte Trent. »Wir sind zusammen.« Er winkte ab und kehrte in den vorderen Bereich zu den anderen zurück.

John und Cosima schalteten sich für Trent wieder stumm.

»Ist der jetzt sauer?«, fragte sie.

»Vielleicht ein bisschen«, erwiderte John.

Cosima lachte leise. »Mein Traum ist jedenfalls wahr geworden. Amy und Trent!«

»Amy und Trent«, wiederholte John voller Genuss. »Er hat sie schon immer gemocht.«

»Das schien mir früher aber gar nicht so. Ich weiß noch, als Amy zum ersten Mal im *Galactic Requiem* war. Da habt ihr zu uns rübergeschaut und getuschelt. Wir dachten, ihr würdet euch über uns lustig machen.«

John nickte. »Nein, so war das nicht. Ich erinnere mich noch genau an das, was Trent damals gesagt hat.«

»Wirklich?«

»Er sagte: *Guck dir diese braunen Rehaugen an.* Er war komplett verzaubert.«

»Unglaublich.« Cosima schaute zu Trent hinüber, der Kendra auf die Schulter klopfte, und die Angst überkam sie. »Sollte ihm was passieren, werde ich Amy nicht in die Augen schauen können. Das darf nicht geschehen.«

»Cosima. Wir dürfen uns davon nicht ablenken lassen.«

»Ich weiß, John. Aber heute zweifle ich einfach an allem.« Sie strich ihm über den Arm. »Komm. Sonst machen sie sich noch Sorgen.«

Während er Cosima zurück in den vorderen Bereich folgte, wunderte sich John, dass seine ehemalige Feindin diesmal unentschlossen wirkte. War das der Eindruck, den er erweckt hatte, wenn sie einander gegenüber gestanden hatten und er von Zweifeln getrieben Entscheidungen getroffen hatte? Er hatte zwar manches Mal durch einen nicht provozierten Wechsel des Vorgehens in letzter Minute einen Sieg davongetragen, aber seinen bittersten Niederlagen war immer ein Abweichen von seinem Plan vorausgegangen. Natürlich war jede Niederlage bitter, aber mit einem Versagen zu leben, bei dem er dem Plan treu geblieben war, fiel ihm viel leichter als eines, bei dem er ohne handfesten Anlass vom Weg abgewichen war.

Wieder bei den anderen angekommen, dachte John an seine Niederlage am vorderen Frachthafen von Pandaros-3 vor vier Jahren. Cosima hatte ihm die Ladung eines kleinen Frachters abnehmen können, weil er eine Falle am Zielort vermutet hatte und an eine andere Stelle ausgewichen war. Dort hatte Cosima ihnen mit ihren Leuten aufgelauert und sie in einem schonungslosen Gefecht bezwungen. Noch ehe er seinen Plan geändert hatte, hatte sie gewusst, was er tun würde. Das bedeutete, sie hatte seine Bedenken erkannt, ehe er sie selbst entdeckt hatte. Das hatte ihn damals erschüttert.

John schaute zu Cosima, die links von Kendra an die Wand gelehnt stand und sich von Trent auf dem Schirm den Zentralbereich erklären ließ, über den das System ein wenig mehr preisgegeben hatte. »Da scheinen keine Wachen zu sein«, sagte Trent. »Die verlassen sich darauf, dass ein Öffnen der Verriegelung vom System angezeigt wird.« Er erzählte von dem einen Zugang, den es zum Zentralbereich gab, doch John hörte nur halb hin und hatte nur Augen für Cosima. Er fragte sich, ob der Zweifel, den sie mit ihm geteilt hatte, eine Art Signal gewesen war, mit dem sie ihm etwas mitteilen wollte, das über das Offensichtliche hinausging. Als Cosima sich zu ihm umwandte, schaute John von ihr fort.

Cosima hatte für einen Moment das Gefühl gehabt, dass John sie anstarrte, aber er blickte lediglich über Edisons Schulter auf den Schirm. Wahrscheinlich hatte er einfach nur länger als sonst geschwiegen. Er stellte nun eine Frage zu einem Punkt auf dem Schirm – einem anderen Transporter, der sich weitab von ihnen bewegte, den Kendra aber im Auge behalten wollte.

Cosima fand, dass es ein Fehler gewesen war, John ihre Zweifel zu offenbaren. Er hatte recht: Wenn sie zielstrebig gewesen war, ohne sich zu sehr von Zweifeln ablenken zu lassen, war sie am erfolgreichsten gewesen. Sie musste an den Rat denken, den Amy ihr so oft gegeben hatte. *»Wenn du Zweifel hast, haben wir bei der Planung etwas übersehen«*, pflegte sie zu sagen. Und vielleicht war es auch diesmal so. Sie wusste nicht, was sie tun konnte, um den Zweifel loszuwerden – und das Gefühl, dass Bennath mit ihrem Eindringen rechnete.

»Wir sind da«, sagte Kendra und riss sowohl Cosima als auch John aus den Gedanken. Kaum war der Transporter zum Stillstand gekommen, stellten Cosima und John sich vor der Tür auf und wandten sich an ihre Crew. Die Transportertür öffnete sich, die Außentür aber blieb geschlossen.

Hätte der Transporter das Signal zum Öffnen der Außentür gegeben, hätte das Sicherheitssystem Alarm geschlagen, weil hier offiziell kein Transporter unterwegs war. Sie würden die Tür mit ihren Mitteln überlisten müssen, sodass keine Signale ans Sicherheitssystem übertragen wurden.

Cosima suchte nach einem Bedienfeld, und erst durch einen Hinweis von Kendra entdeckte sie auf Hüfthöhe die tellergroße Fläche, die sich kaum vom Grau der übrigen Tür abhob. Sie überlegte, ob sie das Schlüsselmodul – den Systemöffner – verwenden sollte, das sie heimlich in ihrem kleinen Rucksack mitführte und das sie vor Jahren John abgejagt hatte. Sie blieb bei der Entscheidung, die sie auf der *Inanna* getroffen hatte: Sie würde den Systemöffner nur dann einsetzen, falls sie in eine Sackgasse gerieten.

»Bleiben wir also beim Plan«, sagte Cosima, während sie die Fingerspitzen auf die Kontaktfläche führte. Sie schaute zwischen Dominik und Edison hin und her. Sie würden mit John und ihr hinausgehen, während Zayda, Teodor und Trent bei Kendra bleiben und sich mit dem Transporter weiterbewegen würden. In einem der Nebenlager, wo eine Entdeckung weniger wahrscheinlich war als im Hauptlager, würden sie sich auf die Lauer legen und die Bestandslisten nach Beute durchsuchen.

Cosima schaute zu Boden. »Hat das Ding auch einen Frachtcontainer?«, fragte sie.

Kendra nickte. »Über die ganze Länge.« Sie wies in den hinteren Bereich. »Den Raum können wir noch dazunehmen, wenn wir wollen.«

John nickte. »Selbst mit Noboru-14 sollte das genug Platz für uns alle sein. Also: Seid richtig gierig, aber lasst euch nicht erwischen.«

»Sobald wir den Cyborg haben«, sagte Cosima, »rufen wir euch, und ihr kommt mit dem Transporter zu uns.«

»Sofern wir die Kommunikation verschlüsselt halten können, wird das kein Problem sein«, erklärte Kendra und prüfte auf dem Schirm des Patch-Computers auf ihrem Ärmel die Bilder, die die Kameras lieferten. »Die Luft ist rein«, sagte sie. »Ich spiele dem System jetzt die falschen Kamerabilder zu.« Sie ging zu dem Terminal, das sie errichtet hatte, gab dort etwas ein und kehrte schließlich zurück. »Alles läuft. Wir haben uns dazwischengeschaltet. Die Sensoren nehmen zwar noch auf, aber wir bestimmen, was weitergeleitet wird.«

Auf Cosimas Visierschirm erschien ein grünes Symbol, ein Pfeil, der durch eine Tür wies. Der Scan war erfolgreich gewesen, und ihr System hatte ein passendes Programm gefunden oder sich ein solches durch die Kombination von Teilprogrammen zusammengesetzt. Cosima löste die Finger von dem Panel, nur um sie gleich wieder aufzulegen. Wenn das Programm funktionierte, das nun über die Kontakte in ihrem Handschuh auf die Tür überging, würde gleich niemand merken, dass sich ihnen der Zugang zum Geheimbereich öffnete.

Leise schob sich die Tür zur Seite, und sie sahen nur die weiße Wand und den grauen Fußboden, die zu dem quer verlaufenden Gang gehörten. Sie hielten inne und lauschten. Dominik hob seinen Patch vor sich und schaute auf das Display, ob seine Scanner irgendetwas Ungewöhnliches anzeigten. Er schüttelte den Kopf.

»Dann los«, sagte Cosima, und schon traten Dominik und Edison Seite an Seite mit ihren Gewehren aus dem Transporter und schauten links und rechts den Gang entlang. Nach einem Wink von beiden wagten sich Cosima und John vor, schauten aber noch mal zu der im Transporter verbliebenen Crew zurück.

»Macht's gut«, sagte John. Er hatte Vertrauen, dass Kendra und Trent sie nicht enttäuschen würden. Cosima aber zweifelte noch immer. Dass die Crew nun gespalten war, missfiel ihr, und sie vertraute Kendras Fähigkeiten nicht so sehr, wie es für diese Operation nötig gewesen wäre. Andererseits wäre Libby keine Alternative gewesen, denn dann hätte sie sich nur Sorgen um ihren Schützling gemacht. Vermutlich war dies das Beste, was möglich war.

Cosima und John fuhren nebeneinander die kleinen Schirme ihrer Patches hoch und prüften den Lageplan.

Cosima wies nach rechts. John hätte eigentlich den linken Weg bevorzugt, aber er wollte sich nun nicht mit Cosima anlegen, sondern alles tun, um ihre Zweifel zu zerstreuen. So nickte er einfach und folgte ihr.

Cosima wusste nur zu gut, was John antrieb. Er machte sich Sorgen, dass sie alles versauen würde – dass aus Zweifel bald Paranoia werden könnte. Das war verständlich, doch sie war nun entschlossen, ihren Zweifeln dadurch zu begegnen, dass sie zügig und zielsicher vorging und ihre Aufgabe erledigte.

* * *

Trent machte sich Sorgen. Irgendetwas ging zwischen Cosima und John vor. Und er glaubte nicht, dass sie über ihn und Amy gesprochen hatten. Ihre Gestik hatte nicht dazu gepasst. Er glaubte vielmehr, dass sie über Informationen verfügten, die sie nicht mit ihnen teilen wollten. Nicht einmal ihm hatten sie es offenbart. Etwas Neues konnte es eigentlich nicht sein, denn alle Informationen waren über Kendra zu ihnen gelangt. Was immer es war, sie hatten darüber geschwiegen. Das bedeutete, dass ihre Aufgabe in dem Lagerbereich, in dessen Tunneln sie gerade an einem abgelegenen Zugang zum Stillstand gekommen waren, nicht davon betroffen war. Hätte es hier irgendetwas Unvorhergesehenes gegeben, das den Plan bedrohte, hätte John es ihm gesagt. Also war es etwas, das Cosima und John anging, vielleicht eine Information, über die niemand sonst verfügte – etwas, das mit Bennath zu tun hatte. Für einen Augenblick hatte er vermutet, dass Cosima Bedenken plagten, aber wie er sie bisher kennengelernt hatte, lagen ihr Zweifel fern.

»Meine lieben Leute«, sagte Zayda, die auf einem der Sitze saß und auf dem vergrößerten Schirm ihres Patches die Bestandslisten prüfte. Sie alle hatten ihre Hauben längst abgelegt, und so konnte Trent Zaydas Lächeln erkennen. »Wir haben hier eine wahre Schatzkammer gefunden.«

»Nicht schlecht«, sagte Kendra und schaute wieder zurück auf ihren großen Schirm, auf dem sie die Gesamtlage bei John und Cosima beobachtete, während Teodor neben ihr saß und die Positionen der bisher entdeckten Wachen im Auge behielt.

Trent beugte sich zu Zayda hinüber. Links auf ihrem Schirm scrollte eine Liste hinauf, aus der sich immer wieder Zeilen lösten und sich langsam in eine kleinere Liste fügten. Trent und Zayda sollten Beute machen und hatten Ausschau gehalten – Zayda in dem Bereich, in dessen Tunnel sie sich befanden, Trent im benachbarten Bereich. Die große Containerhalle war ihnen als Rückzugsort zu gefährlich, weil die Zugänge zu nahe am Hauptschacht lagen und ihnen so bei einem nahenden Transporter nicht genug Zeit blieb, um zu reagieren.

Trent nickte anerkennend. In Zaydas Auswahl, die sich langsam aufbaute, fanden sich Dinge wie Gravitationspanels, Verschlüsselungsmodule, Reparaturroboter und Steuermodule für allerlei Systeme. Trent staunte. »Gravitationspanels und Roboter sind zu groß. Aber die kleineren Module sind interessant. Schau mal, welchen KI-Grad die Steuermodule haben.«

»Rechnest du etwa damit, dass sie hier KIs lagern?«, fragte Zayda und fügte eine weitere Spalte in die Auswahl ein, die die gewünschten Daten zeigte.

»Das nicht, aber …« Er brach ab. Hinter vielen der Module standen Werte von –20 und größer. Je größer der Wert, umso näher kam man der Künstlichen Intelligenz.

»Ich glaub's nicht.« Zayda deutete auf eine Zeile. »Hier! Ein KI-Wert von 0.« Es war ein Sprachmodul. Damit war es gerade noch keine KI, aber mit Fähigkeiten ausgestattet, die in Spezialbereichen an KIs heranreichen konnten. »Im Grunde eine KI ohne Bewusstsein. Denen scheinen KI-Werte überhaupt sehr wichtig zu sein.«

»Auf die Dinger konzentrieren wir uns«, sagte Trent. »Kleine Module von hohem Wert.«

Zayda nickte heftig. Die Gier in ihrem Gesicht war Trent neu. Er selbst kannte dieses Gefühl nur zu gut. Wie ein kleiner Junge in einem Raum voller Spielzeug – so hatte er sich damals oft gefühlt. Und Zaydas Gesicht drückte diese Unschuld von einst perfekt aus.

»Hoffen wir, dass das Verschleierungssystem funktioniert, wenn wir uns die Sachen kommen lassen«, sagte Trent, aber selbst das konnte die Gier nicht aus Zaydas Miene vertreiben. Bis hierher hatte alles funktioniert. »Es müsste ähnlich wie bei den Sensoren verlaufen«, meinte er. Das Überwachungssystem würde nicht merken, was im Lager vorging, weil sie ihm falsche Daten zuspielten. Käme aber eine Wache, würde auffallen, dass etwas nicht stimmte.

John meldete sich über Kendras Computer und fragte nach der Lage.

»Sieht gut aus«, antwortete Kendra. »Keine Wachen in eurer Nähe.«

»Die sind bei ihrer Runde auf der anderen Seite angekommen«, erklärte Teodor. »Im Augenblick ist es sicher, aber lange könnt ihr dort nicht bleiben.«

»Wir brauchen Hilfe bei der Tür«, sagte John. »Unsere Scanner können kein passendes Programm finden und auch keins zusammensetzen.«

»Wird gemacht!«, erwiderte Kendra. Sie schaute sich die Daten an, die John mit seinem Handschuh ermittelt hatte. »Keine Sorge, John. Das ist nur eine Frage der Leistung.« Sie ließ ihren Computer die Daten auswerten.

Trent erinnerte sich an ihre Übungen. Sie hatten diese Situation etliche Male durchgespielt. Mit ein wenig Glück würde Kendras Computer über ein passendes Schlüsselprogramm verfügen, das sie zuvor auf der Inanna synthetisiert hatten, oder aber ihr System setzte nun ein neues Programm zusammen. Falls alles scheiterte, würde Kendra versuchen müssen, über das System der Anlage an die Tür heranzukommen. Das jedoch barg die größte Gefahr.

»Trent!«, sagte Teodor mit einer so ruhigen Stimme, dass er nicht alarmiert war. »Zwei Wachen haben die große Halle betreten. Die sind direkt nebenan.«

»Wie viel Zeit haben wir?«, fragte Trent aufgeregt.

»Kommt darauf an, welchen Weg sie nehmen und ob sie in einen der anderen Lagerräume reingehen. Normalerweise würde ich annehmen, dass sie nach drüben ins Hauptlager gehen und sich nicht weiter um diesen Nebenbereich kümmern.«

»Wie viel Zeit?«, wiederholte Trent. »Schätzungsweise.« Er schaute auf den Schirm seines Patches. Vor der Ladeschleuse, direkt neben der Transportertür, stauten sich die schwebenden Kisten und warteten darauf, eingeladen zu werden. Wenn die Wachen jetzt kamen, würden sie die Kisten entdecken, denn so schnell konnten sie nicht durch die Schleuse in das Fach unter ihrem Transporter bewegt werden.

»Mindestens eine Minute«, antwortete Teodor.

»Alles klar. Ich …«

»Warte!« Teodor hob die Hand. »Sie sind abgebogen und kommen näher! Beeilt euch!«

Trent gab den letzten Transportkisten die Anweisung, sich zurück zu ihrem Lagerplatz zu bewegen. Sie mussten die Schlange an der Frachtschleuse schnell auflösen. Selbst wenn die Wachen eine Unregelmäßigkeit erkannten, durfte keine Spur zu ihrem Transporter führen. Zwar hätten sie ablegen und wegfahren können, doch die Spur würde sofort darauf hinweisen, dass hier ein Transporter angedockt hatte. Also mussten die Kisten möglichst an ihren Ausgangspunkt zurückkehren.

Zayda folgte Trents Beispiel, ließ aber noch drei Kisten vor Ort, um sie in den Transporter aufzunehmen.

»Sie sind gleich da«, sagte Teodor.

»Die letzten Kisten sind jetzt in unserem Frachtbereich«, sagte Zayda, und tatsächlich war auf dem Schirm nichts mehr zu sehen.

»Sollen wir ablegen?«, fragte Kendra.

»Nein. Wir bleiben«, antwortete Trent. Er wies auf die Transportertür. »Sieh einfach zu, dass sich die Tür nicht öffnet, wenn sie am Panel herumspielen. Sie werden höchstens einen anderen Transporter anfordern, und dann können wir immer noch wegfahren.«

»Sie sind da«, erklärte Teodor leise, als fürchtete er tatsächlich, dass die Wachen ihn hörten.

Trent schickte den noch schwebenden Kisten den Befehl, sich an Ort und Stelle niederzulassen und zu verharren. Nichts rührte sich mehr; die Kisten standen zwischen den schweren Regalen am Boden.

Falls die Wachen nur einen Blick in die kleine Lagerhalle warfen, würden sie die Kisten sicherlich nicht entdecken. Sollten sie sich aber umsehen und die Gänge entlangschauen, würden sie die Unregelmäßigkeit bemerken.

Trent kam mit Zayda zu Teodor, und sie schauten auf den Schirm seines Patches. Da waren die Wachen – und tatsächlich traten sie ein.

* * *

Cosima und John warteten darauf, dass Kendra ihnen nach der Analyse der Scans entweder ein Programm schickte oder aber einen Syntheseplan, mit dem ihre Systeme selbst ein Schlüsselprogramm zusammensetzen konnten. Zugleich fürchteten sie, dass man die anderen entdeckte. Kendra hatte ihnen erklärt, dass sich Wachen dem Nebenlager genähert hatten.

Endlich leuchtete in Johns und Cosimas Visier das ersehnte grüne Symbol. Sofort legte Cosima ihre Finger auf das Panel. Und nach einem Augenblick schob sich die Tür zur Seite und gab den Weg frei.

Gemeinsam traten Cosima und John über die Schwelle. Sie waren froh, dass sie den Rundgang, auf dem die Wachen patrouillierten, hinter sich gelassen hatten. Dominik und Edison folgten ihnen.

Kaum hatte sich die Tür hinter ihnen geschlossen, meldete sich Kendra wieder über das Com-System. »Biegt sofort links ab«, sagte sie. »Da habt ihr erst einmal Ruhe. Bewegt euch einfach dort entlang. Ich melde mich, sobald wir das Problem hier gelöst haben.« Schon hatte sie die Verbindung abgebrochen.

Im Gehen teilte John den Schirm seines Patches mit Cosima. Sie bewegten sich in die richtige Richtung. Einige Wachposten waren eingezeichnet; die drei Wachen auf dem Rundgang, der nun hinter ihnen lag, waren sogar als rote Punkte zu erkennen.

John beruhigten all die Informationen nicht. Seine Erleichterung, die er beim Verlassen des Rundgangs verspürt hatte, verging rasch, denn die auf dem Lageplan verzeichneten Wachen mochten nicht die einzigen sein, die es hier gab. Hinter jeder Tür auf diesem Gang mochte sich irgendwer befinden, der beim Verlassen des Raumes auf sie stieß und Alarm schlug.

»Bei uns ist alles gut«, sagte Kendra via Com. »Die Wachen haben offenbar keine Lust, sich richtig umzuschauen.«

»Gut«, sagte John. »Aber passt auf. Wir wollen hier nicht ans Ziel gelangen, nur um dann festzustellen, dass wir keinen Fluchtweg haben, weil sie euch erwischen.«

»Keine Sorge«, entgegnete Kendra. »Teodor wird schon aufpassen. Ich lotse euch jetzt einfach weiter. Ihr macht das gut.« Sie erklärte ihnen, was sich in der Zwischenzeit verändert hatte, und schickte ihnen die neuen Informationen auf ihre Patches und an die Anzüge, sodass sie – falls sie wollten – den Lageplan auch in ihren Visierschirm legen konnten. Es waren einige Wachen hinzugekommen. Die meisten sammelten sich in den Wachräumen oder an den Posten, die über die ganze Ebene verteilt waren.

Kendra sagte ihnen, welchen Gängen sie folgen sollten, an welchen Ecken sie anhalten mussten, weil gerade jemand auf dem Gang erschienen war. Wenn ihre Handschuhe an einer Tür scheiterten, verschaffte ihnen Kendra aus der Ferne die Lösung, mit der sie die Tür per Berührung öffnen konnten. Und bei solchen, für die es kein Programm gab und sich auch keines zusammensetzen ließ, griff sie persönlich in das System ein und machte ihnen trotz der erhöhten Gefahr, die ein solcher Eingriff mit sich brachte, den Weg frei.

Kendras Analysen deckten immer mehr Geheimnisse des Systems auf, sodass sie ihnen nach einer Weile mitteilte, sie sei zuversichtlich, bei ihren Zugriffen nicht entdeckt zu werden.

John fühlte sich bei ihrem Vorwärtskommen wie früher, als er Kendra im Ohr gehabt und sich durch irgendwelche Anlagen und Schiffe bewegt hatte. Selbst Cosima war es inzwischen recht, sich auf Kendra zu verlassen. So musste sie nicht ständig auf den Schirm ihres Patch-Computers schauen, sondern konnte ihn sogar einfahren und sich ganz auf das Hier und das Jetzt konzentrieren. Natürlich hätte sie sich den Lageplan auch auf den Schirm in ihrem Visier legen können, doch sie empfand es als verwirrend, zu viele Informationen direkt vor Augen zu haben.

John fiel auf, dass Cosima und Dominik zunächst einen Augenblick zögerten, während er und Edison die Anweisungen Kendras exakt befolgten. Doch es dauerte nicht lange, und John und Cosima bewegten sich wieder Seite an Seite vorwärts.

Kendra hatte ihnen einen Weg am Rand des Kernbereichs ausgewählt, ein Stück weit abseits der Wachposten. Die Patrouillen verliefen im Uhrzeigersinn und hielten oft an, um zu verharren. Das kannten Cosima und John. Wenn ein Ort so sicher war und von der Technik so sehr beherrscht wurde, dass der Mensch kaum Hoffnung hatte, je einen Einbrecher zu fassen, wurden die Wachen nachlässig.

»Bewegt euch ein bisschen schneller«, sagte Kendra. »Der Bereich, in dem wir falsche Videos liefern, ist an der Stelle recht groß. Die Wachen an den Schirmen könnten merken, dass ihre Leute nicht auf den Kamerabildern erscheinen.« Ein Programm steuerte die Kameras in der Umgebung, warnte Kendra aber, wenn es einen Konflikt gab.

»Alles gut«, sagte Kendra. »Ich habe die Kameras auf dem einen Gang wieder auf normal umgeschaltet. Bewegt euch jetzt weiter am Rand entlang. Die Wachen haben gerade einen Stopp eingelegt. Ihr müsstet genug Zeit haben.«

Und wieder schritten Cosima und John Seite an Seite voran, doch ein Zischen von links ließ Johns Lächeln vergehen, riss Cosima aus den Gedanken und trieb sie zur Tat. Ein Mann in einer dunklen Uniform, der ein Lied pfeifend aus der Tür kam, machte große Augen, und noch ehe Cosima bei ihm war, klickte etwas hinter ihr. Der Mann hob die Hand, bevor Cosima ihn packen konnte, und presste sie sich auf die Wange. Er verdrehte die Augen und taumelte. Cosima konnte ihn gerade noch auffangen. Mit rasendem Herzen schaute sie zu den anderen zurück. Edison zuckte mit den Schultern. »Tut mir leid«, sagte er leise. »War ein Reflex.« Er senkte sein Gewehr.

Cosima stutzte und prüfte das Gesicht des bewusstlosen Uniformierten. Ein Pfeil so groß wie eine Fingerkuppe steckte in seiner Wange. Edison hatte Betäubungspfeile als Sekundärwaffe seines Gewehrs gewählt.

Durch die offene Tür, aus der der Wachmann gekommen war, sah Cosima eine Reihe Waschbecken. »Wie lange schläft der?«, fragte sie Edison.

»Mindestens zwei Stunden«, antwortete Johns Waffenexperte.

Cosima gab John einen Wink, und gemeinsam trugen sie den betäubten Wachmann durch die Tür in den Toilettenvorraum. Schleusentüren reihten sich zur Rechten und standen der Spiegelwand und den Waschbecken gegenüber. Alle Kabinenmodule standen offen, und über die ganze Breite entfaltete sich die Vielfalt des Angebotes: drei Sitztoiletten, ein Unisex-Urinal, eine Hocktoilette und zwei Duschen. An den Displays zwischen den Türen war abzulesen, dass man jede Kabine durch eine andere auswechseln konnte. In der Regel zogen sich solche Anlagen über mehrere Ebenen, sodass die einzelnen Module je nach Bedarf rasch an ihren Bestimmungsort gebracht werden konnten.

Während Dominik und Edison an der Tür zurückblieben, trugen Cosima und John den Bewusstlosen in eine Kabine mit Sitztoilette und platzierten ihn darauf.

John hob den Arm des Wachmanns, zog die andere Hand hinzu und ließ die Finger des Bewusstlosen über dessen Patch-Computer fahren. John markierte den Wachmann lediglich als abgemeldet. Er war nun nicht mehr zu sprechen, aber seine Standortdaten würden weiterhin gesendet.

Cosima nickte. Sie war einverstanden, die anderen Wachen sehen zu lassen, dass ihr Kollege hier auf der Toilette saß. Wäre er einfach von der Bildfläche verschwunden, wären die Wachen stutzig geworden.

Schließlich verließen sie die Kabine wieder. Die Tür schloss nicht von allein. »Haben wir ein Programm dafür?«, fragte Cosima.

»Nein, nein. Ich übernehme das von hier«, sagte Kendra, und schon fuhr die Tür von oben herab. Auf der Anzeige erschien eine orangefarbene Scheibe, die andeutete, dass die Kabine besetzt war.

John erinnerte sich, dass er Cosima einmal entkommen war, indem er sich in eine solche Kabine gerettet und dann das System dazu gebracht hatte, ihn auf eine andere Ebene zu bringen. Er betrachtete Cosima mit einem heimlichen Lächeln.

Cosima hob die Hand und schaute in Johns Visier. »Ich weiß, dass du hinter der Maske grinst. Damals in Kythira bist du mir entkommen. Das wirst du mir ewig unter die Nase reiben, nicht wahr?«

»Ich habe nichts gesagt«, erwiderte John, während er und Cosima zum Eingang zurückgingen.

»Musst du auch nicht. Deine Gedanken kann ich lesen wie einen Roman, Alfie.«

Als sie wieder bei Edison und Dominik angekommen waren, meldete sich Kendra. »Wartet einen Augenblick! Da befinden sich einige weiter hinten auf dem Gang. Wenn sie sich so bewegen wie die, die da vorher gewesen sind, werden sie abbiegen. Aber wenn ihr jetzt rausgeht, sehen sie euch.«

Cosima wies zurück zu den Kabinen. »Vielleicht werden wir deine Fluchtmethode noch nutzen müssen.«

»Das würde dich freuen, oder?«, erwiderte John.

»Früher oder später werden sie nach ihm suchen«, sagte Dominik.

Cosima nickte. »Hoffen wir, dass der Kerl nicht zum ersten Mal eine längere Sitzung auf dem Klo hält.«

»Ihr könnt jetzt rausgehen«, sagte Kendra, und Dominik war der Erste, der hinaustrat und den Gang entlangblickte, auf dem eben noch die Wachen gewesen waren. Sie bewegten sich nun in die andere Richtung und bogen um eine Ecke.

Als sie an der nächsten Kreuzung nach rechts abgebogen waren, sagte Kendra über das Com-System: »Ihr kommt gleich in einen Bereich, der stark bewacht ist.«

Sie folgten dem Gang, und wieder schauten sie nach links und nach rechts und fürchteten, eine der Türen könnte sich öffnen.

Nur wenige Meter weiter, ehe der Gang auf einen traf, der schräg verlief, sagte Kendra: »Halt! Ihr müsst warten. Da ist eine Patrouille auf dem Hauptgang. Sie bewegen sich von euch weg. Hoffentlich biegen sie nicht genau in den Seitengang ein, in den ihr hineinmüsst. Seht selbst!« Sie schickte ihnen die Übertragung der Kameras. John ließ es sich auf dem Visierschirm anzeigen, Cosima fuhr den Schirm ihres Armpatches wieder aus: Zwei Männer und eine Frau spazierten mit Gewehren bewaffnet den Korridor entlang.

Kendra hatte den Seitengang, auf den sie gelangen wollten, grün markiert. Genau am Abzweig blieben die Wachen stehen und schauten in den Gang hinein. Die Frau streckte sich, als wäre sie gerade aus dem Schlaf erwacht; ihr Gewehr baumelte am Gurt. Dann rieb sie sich die Hände, und die drei Wachen bewegten sich auf dem Hauptgang weiter, um an der nächsten Kreuzung nach links abzubiegen.

»Los!«, sagte Kendra.

Mit flinken Schritten bewegten sie sich auf dem Hauptgang voran, um dann in einen Seitengang einzubiegen.

»Passt auf!«, sagte Kendra, und sofort hielten sie an.

Cosima erblickte das Problem: In die linke Wand war vor ihnen ein Fenster eingelassen. Sie tippte John auf den Arm und wies ihn darauf hin. Und auch Edison und Dominik nickten, weil sie es gesehen hatten.

»Das ist ein Wachraum«, sagte Kendra. »Hab ihn leider zu spät entdeckt. Der Wachmann sieht die Kamerabilder, die wir ihm zuspielen, aber er könnte euch durch das Fenster sehen. Ihr müsst da vorbei.«

John schaute voraus. Der Gang endete nach gut zwanzig Metern an einer breiten Tür.

Cosima und John pressten sich gegen die Wand, Dominik und Edison taten es ihnen gleich.

»Dort drin ist tatsächlich nur die eine Wache«, sagte Kendra. »Ich habe ihn auf dem Schirm. Sieht gelangweilt aus.«

Cosima war vorn und bewegte sich in der Hocke die Wand entlang.

»Auf dem letzten Stück des Gangs gibt es Sensoren, die ich nicht von hier aus manipulieren kann«, sagte Kendra. »Aber eure Anzüge sollten sie austricksen können.«

John vertraute den Anzügen. Sie hatten die Testläufe auf der Inanna gut absolviert. Cosima jedoch fühlte sich hier auf dem stillen Gang unwohl. Diese Programme, die Kendra ihnen immer wieder aussuchte, hatten sich zwar als hervorragend erwiesen, aber Cosima fühlte sich wohler, wenn sie Programme verwendete, die sie selbst ausgewählt hatte. Dass die, die Kendra ihnen bot, von Inanna geprüft und von ihnen selbst getestet worden waren, beruhigte sie kaum.

Sie hatten das Fenster gerade passiert, da ertönte ein Piepsen vor ihnen auf dem Gang.

* * *

Clemens Wallmer blickte vom Seitenschirm fort zu den anderen Monitoren. Dort war nichts Ungewöhnliches zu sehen, und so schaute er wieder zurück zum Spiel. Seine Arandis Vipers hatten das Tempo aus der Partie genommen und schoben sich den Ball im Mittelfeld hin und her. Es war eines jener Spiele, bei denen er sich fragte, warum Fußball bei 1 *g* immer noch ein so beliebter Sport war.

Clemens seufzte. Seit sie einige der Wachposten nur noch mit einer Person besetzt hielten, vergingen die Nachtschichten nur schleppend. Er vermisste Ken. Mit ihm war die Zeit wenigstens spürbar dahingeflossen. Clemens bewunderte die Bewaffneten, die da draußen ihre Runden machten, und wünschte sich, er hätte die Waffenausbildung nicht nach drei Lernmodulen abgebrochen. Zwar trug er eine Pistole, aber für die Patrouillen wurden nur Leute verwendet, die die Waffenausbildung vollendet hatten. Und das war nur die Mindestanforderung. Die meisten, die da draußen auf Patrouille waren, hatten eine Militär- oder Polizeiausbildung hinter sich. Manche hatten sogar als Soldaten oder Polizisten gearbeitet, ehe sie hergekommen waren. Warum man einen solchen Job aufgab, um hier im Hort der Nichtstuer zu arbeiten, wollte Clemens nicht einleuchten. Ganz gleich, wie oft die anderen versuchten, es ihm auf unterschiedliche Weise zu erklären, am Ende blieb bei ihm immer die Vermutung zurück, dass sie sich in ihren früheren Jobs Fehler erlaubt hatten, die sie untragbar gemacht hatten. Vielleicht war dies für sie die letzte Chance. Für ihn war es kaum mehr als ein Job, mit dem er sein Grundgehalt aufbesserte. Dabei half ihm die reine Weste, die er sich hatte bewahren können.

Wo auch immer er Wachmann gewesen war, war nie etwas vorgefallen. Also hatte man ihn wegen seines fehlerfreien Lebenslaufs angestellt. Und ab einem gewissen Punkt wurde der Erfolg eine selbsterfüllende Prophezeiung. Man setzte Clemens in Bereichen ein, in denen eigentlich nichts vorfallen konnte, und bisher war auch nie etwas vorgefallen. So waren seine Arbeitsplätze immer ruhiger geworden – und nun langweilte er sich.

Während auf dem Schirm seine Lieblingsmannschaft sich immer noch die Bälle zuspielte und die Gegner – Europa ST – offenbar kein Interesse hatten, den Rückstand aufzuholen, überlegte Clemens, ob er sich etwas zu essen kommen lassen sollte. Er schaute auf die kleine Transportschleuse zu seiner Rechten. Das Sandwich gestern Abend war …

Das Piepsen des Alarmsystems schreckte Clemens auf. Er blickte zwischen den Wachmonitoren hin und her, aber niemand war zu sehen. Dennoch war auf dem Display vor ihm zu erkennen, dass die Sensoren auf etwas angesprungen waren. Er trat ans Sichtfenster, schaute nach links und nach rechts, doch er konnte nichts entdecken. Kopfschüttelnd prüfte er erneut die Schirme. Da nichts zu sehen war, vermutete er, dass es sich wieder einmal um eine Störung handelte.

In jeder anderen Anlage hätte er einfach die Tür geöffnet und nach dem Rechten gesehen, hier aber war das nicht möglich. An seinem Posten gab es mit Absicht keine Tür zu dem Gang, den er bewachen sollte. Er hatte Kontrolle über Schussanlagen und Gas, das er in den Gang leiten konnte. Damit niemand an ihn und die Steuerung herankam, konnte man seinen Posten nur mit einem speziellen Transporter erreichen. Er war nur einmal ganz am Anfang seiner Anstellung mit seiner Vorgesetzten, Anthea Haunslow, dort drüben jenseits der Scheibe gewesen. Nur die bewaffneten Wachen, die im Zentralbereich patrouillierten, durften bei Normalbetrieb den Gang jenseits des Fensters betreten.

Da der Alarm nicht aufhören wollte, musste Clemens etwas unternehmen. Die Sensoren spielten zwar bestimmt nur wieder mal verrückt, aber es gab Anweisungen, wie bei einem Alarm, der ohne erkennbaren Anlass länger als dreißig Sekunden andauerte, zu verfahren war. Er schaute auf das Display. Die Alarmzeit hatte gerade fünfundzwanzig Sekunden überschritten. Er wollte auf keinen Fall wegen einer Störung wieder mal mehr Aufsehen als angemessen erregen. So schlug er mit der Faust auf die Konsole, und mit einer Verzögerung verging der Alarm, und nur die Stimmen der Sportreporter und die Gesänge der Zuschauer im Kuppelstadion drangen aus den Lautsprechern.

Die Zeit blieb bei einunddreißig Sekunden stehen. Clemens seufzte. »So ein Mist!«, murmelte er vor sich hin. Jetzt musste er eine Patrouille rufen. Wären es weniger als dreißig Sekunden gewesen, hätte die Zentrale lediglich die Daten überprüft. So aber verlangte das Protokoll, dass die Wachen persönlich vor Ort nach dem Rechten sehen mussten. Und das alles nur wegen einer lächerlichen Fehlfunktion! Man konnte von den KIs halten, was man wollte, aber auch ihre Systeme waren fehlerbehaftet. »Die Singularität!«, sagte Clemens mit übertriebener Stimme. »Pah!«, setzte er verächtlich nach.

Er nahm wieder Platz, atmete durch und tat, was die Vorschriften verlangten: Er schickte eine Nachricht an die Zentrale, in der er den Alarm mit einer Fehlfunktion erklärte, die Verantwortlichen um eine Prüfung aus der Ferne bat und eine Patrouille anforderte, damit sie bei ihrem Rundgang einen genauen Blick in den Gang warf. Er musste schmunzeln. Als ob das alles nicht auch ohne seine gewissenhafte, vorformulierte und etliche Male eingesetzte Nachricht so gekommen wäre!

* * *

Als Kendras Programm endlich den Alarm abgestellt hatte, atmete John tief durch, und Cosima biss sich auf die Lippen. Sie hatte Angst gehabt und fühlte sich trotz der plötzlichen Stille um nichts erleichtert.

»An einem der Anzüge stimmt was nicht«, sagte Kendra. »Prüft noch mal alles. Ich werde mir inzwischen das Tor am Ende vom Gang anschauen.«

»Ich bin es«, sagte Edison mit leiser Stimme. »Die Haube.«

Er wandte sich um und tippte sich in den Nacken. Zu sehen war nichts mehr. Aber offenbar hatte er nach ihrer Erfrischung in dem kleinen Wartungsbereich die Haube nicht so weit herabgezogen, dass der Haftverschluss zuschnappen konnte. So hatte sie sich lösen können.

John prüfte bei sich die Stelle zwischen den Schultern, und bei ihm wirkte alles normal.

»Tut mir leid«, sagte Edison.

Noch ehe John etwas Ermutigendes sagen konnte, tippte Cosima Edison auf die Schulter und sagte: »Schon gut.«

Sie schaute zu John, und er war so erstaunt, dass er viel dafür gegeben hätte, ihre Miene in diesem Augenblick zu erforschen. Solche Momente boten sonst perfekte Gelegenheiten für verbale Seitenhiebe. Doch Cosima hatte sich diese Chance einfach entgehen lassen.

Während John nicht wusste, was für ein Gesicht sie unter der Maske machte, ahnte Cosima zumindest, dass John eine verwunderte Miene zog. Aber es war jetzt nicht die Zeit für irgendwelche Spielchen. Sollten sie diesen Tag überleben, böten sich noch ausreichend Anlässe, um in irgendwelchen Wunden herumzustochern.

»Vor der Tür ist ein Lasergitter«, sagte Kendra. »Seht ihr die winzigen Nischen? Da kommen die Strahlen heraus.«

John wagte ebenso einen Blick wie Cosima, und tatsächlich sahen sie links und rechts Vertiefungen.

»Ich kümmere mich darum«, sagte Kendra.

»Beeil dich«, erwiderte John. »Wegen des Alarms werden bestimmt Wachen kommen.«

»Jeden Augenblick ist es so weit«, erklärte Kendra.

Sie harrten fünf Meter vor dem Tor aus, und gute sechs Meter im Rücken befand sich das Wachfenster, das sie passiert hatten. Und sie konnten nichts anderes tun, als abzuwarten.

»Die Patrouille kommt«, sagte Dominik.

Tatsächlich konnte Cosima auf dem kleinen Schirm ihres Patches wie auch John in seinem Visier die Wachen sehen –

bei Cosima durch rote Dreiecke, bei John durch orangefarbene Punkte symbolisiert. Auf dem Quergang näherten sie sich langsam.

»Bin gleich so weit«, sagte Kendra.

»Jetzt oder nie!«, entgegnete John.

»Okay, okay! Das Lasergitter ist weg.«

Sofort rückten sie zum Tor vor. »Ich mache euch die Tür von hier aus auf. Das Risiko müssen wir jetzt eingehen.«

Ein Lachen aus der Ferne fand den Weg zu ihnen. Während Cosima vermutete, dass die Wachen gut dreißig Meter auf dem linken Gang entfernt waren, schaute John auf seinen Schirm, wo die Entfernung bei sechsunddreißig Metern stand, sich aber nur langsam verringerte. Die Wachen sahen offenbar keinen Grund, irgendetwas an ihrem Spaziergang durch die Gänge zu ändern.

»Durch den Zugang zum Lasergitter habe ich auch einen Weg zum Com-Verkehr gefunden«, sagte Kendra. »Der Wachmann in der Kabine hat die Patrouille gerufen. Aber die scheinen das nicht ernst zu nehmen. Macht euch bereit!«

Cosima wusste nicht genau, was sie meinte: bereit, durch die Tür zu gehen, sobald sie sich öffnete, oder aber bereit, die Wachen auszuschalten? Da John, Edison und auch Dominik sich direkt vor dem Tor sammelten, als wollten sie alle gleichzeitig hindurchgehen, sobald es sich öffnete, wandte auch sie sich dem einzigen Ausweg zu.

Die Schritte der Wachen waren so laut, dass sie nur noch wenige Meter von der Ecke entfernt sein konnten. Dominik und Edison drehten sich um und richteten ihre Gewehre den Gang entlang.

Mit einem leisen Fauchen teilte sich das Tor und verschwand links und rechts durch den schwarzen Rahmen in die Wand. Cosima und John winkten Dominik und Edison durch und stutzten wegen der zufällig synchronen Geste. Dann folgte Cosima ihnen. John ging als Letzter und musste das Bein rasch nachziehen. Die sich schließende Tür hätte um ein Haar seinen Fuß geschnappt.

Sie standen auf einem quer verlaufenden Gang, postierten sich links und rechts des Tores und schauten, ob irgendwer kam. Gegenüber der Tür begann ein kurzer Gang, der wiederum an einem breiten Tor endete. Sie sahen keine Wachen, und auf ihren Schirmen wirkte dieser Kernbereich verlassen.

Sie rührten sich nicht und lauschten auf das Tor, durch das sie gekommen waren. Cosima hoffte, dass die Wachen das Fauchen nicht gehört hatten, während John sich fragte, ob sie, selbst wenn sie etwas vernommen hatten, überhaupt in der Lage waren, das Tor zu öffnen.

»Sie sind da«, sagte Kendra. »Ich schicke euch Audio- und Videodaten.« Statt die Bilder an ihre Patches zu schicken, spielte Kendra sie direkt in ihre Visierhauben. Der Ton kam über das Com-System.

»Das verdammte Lasergitter ist noch nicht hochgefahren«, erklärte Kendra. »Könnte eng werden.«

»Egal«, flüsterte John. »Sie würden die Strahlen ohnehin nicht sehen. Die Luft auf dem Gang war dafür zu klar.«

Sie konnten die vier Wachen wie auf einer Folie erkennen, die vor ihre Augen gespannt war. Sie hielten am Wachfenster an und redeten mit dem Mann im Inneren.

»Muss eine Störung gewesen sein«, sagte der Wachmann jenseits der Scheibe. Von ihm war nur der kurz geschorene Kopf zu sehen. Darüber stand *Wallmer*. Offenbar hatte Kendra die Daten direkt aus der Zentrale dieses Bereichs übernommen.

»Bestimmt nur wieder Ungeziefer«, meinte Wallmer mit gelangweilter Stimme.

»Wir gucken mal«, sagte eine schmalschultrige Wache, die mit einem schweren Gewehr bewaffnet war. Über ihrem Kopf schwebte der Nachname *Itoh*; daneben war ein Sternchen gesetzt. Offenbar war er der Anführer der Patrouille.

Die vier Wachen näherten sich der Tür und hielten vor dem Bereich inne, in dem das Lasernetz hätte sein sollen.

»Nichts zu sehen«, sagte Itoh. »Clemens? Schalt mal den Nebel an! Ich möchte sehen, ob die Laser in Ordnung sind.«

»Schnell jetzt, Kendra«, flüsterte John.

»Wir brauchen das Gitter jetzt«, setzte Cosima nach.

Ein Zischen ertönte schräg über ihnen. Das Nebelsystem war diesseits der Tür installiert. Auf den Bildern vom Gang jenseits der Tür schauten die Wachen auf. Der Nebel senkte sich von der Decke und machte die blassroten Laserstrahlen sichtbar.

Kendra hatte es geschafft.

»Das ist die fünfte Fehlfunktion diese Woche«, sagte Itoh. »Vielleicht sollten wir die Techniker rausrufen. Die Service-Roboter scheinen keine echte Hilfe sein.«

»Soll ich das veranlassen?«, fragte Wallmer.

»Sollen die da oben entscheiden. Schick du der Zentrale eine Nachricht. Ich bestätige das dann.«

»Wird gemacht!«

Cosima lachte leise. »Wenn die wüssten!«

»Die werden es bald wissen«, sagte John. »So oder so.«

Die Patrouille zog sich zurück, und der Ton, den Kendra ihnen über das Com-System geliefert hatte, brach ab. Der Nebel wurde durch ein Gebläse davongeweht und löste sich auf, während die Laserstrahlen wieder unsichtbar wurden.

Schließlich kappte Kendra auch die Videoverbindung zu dem, was auf der anderen Seite des Tores geschah. »So, Freunde«, sagte sie. »Ihr seid drin. In dem Bereich befindet sich kein Wachposten. Zumindest keiner, den ich aufspüren könnte.«

»Gibt es Sensoren?«, fragte John.

»Auf den Gängen müsst ihr auf jeden Fall die Hauben tragen«, antwortete Kendra. »Aber die Lasergitter habe ich abgeschaltet.«

Cosima wies nach links und rechts den Gang entlang. »Was ist hinter den Türen?«

»Verlassene Wohneinheiten und Büros. Sie haben dort Sensoren installiert.«

John wies zu dem Tor, das sich am Ende des gegenüberliegenden Ganges befand. »Müssen wir hier weiter geradeaus?«

»Nein, nein«, antwortete Kendra. »Das ist eine Falle. Dahinter befindet sich ein Lasersystem, das ich zwar erkennen, aber nicht abschalten kann. Nein. Ihr müsst den gesamten Block vor euch umgehen. Dann kommt ihr in den Bereich, den wir auf der Karte gesehen haben. Das Lager mit den Transportbändern, die an dem Wohnmodul vorbeilaufen.«

Sie bewegten sich nun langsam auf dem Gang nach rechts, und Cosimas Zweifel waren mit einem Mal vertrieben. Dies war keine Falle, bei der Dutzende Wachen auf sie warteten und Bennath dann triumphierend erschien, um sie zu verhöhnen, ehe man sie an die Wand stellte. Die Wachpatrouille da draußen wusste nichts von ihnen. Wäre dies eine Falle gewesen, hätte Bennath sie nicht so nahe ans Ziel herangelassen. Er hätte seine Leute auf sie vorbereitet, sodass jeder noch so kleine Alarm gewiss nicht als Störung abgetan worden wäre.

Als sie den Block umrundet hatten, fanden sie einen Gang, der dem glich, an dessen Ende jenseits des Tores laut Kendra die Falle lauerte.

»Warum nur haben sie hier keine Wachen?«, fragte Dominik. »Technik ist ja schön und gut. Und ich bin der Letzte, der sie missen möchte. Aber zu allem gibt es eine Gegenmaßnahme. Das Gefühl und das Misstrauen von Menschen wäre hier sicherlich hilfreich.«

Cosima lachte leise. »Du bist so treu, Dom, dass du davon ausgehst, jeder habe so loyale Leute wie dich. Aber jemand wie Bennath vertraut niemandem.«

»Er ist eben ein schlechter Anführer.«

»Ja. Würde er seinen Leuten wirklich vertrauen, wären die Gänge hier ständig besetzt. Aber Menschen hier zu haben, das hieße, Insideraktionen fürchten zu müssen.«

Dominik schüttelte den Kopf. »Die meisten unterschätzen die Loyalität von Menschen und überschätzen die Technik.«

»Das aus dem Munde eines gimmickverliebten Waffenexperten«, sagte Kendra über das Com.

»Man muss die Dinge manchmal von außen betrachten«, erwiderte Dominik.

»Hast recht. Nur so konnte ich darüber hinwegsehen, dass du mir auf der *Vanya-17* beinahe die Rübe vom Hals geschossen hat.«

»Ich mach's wieder gut«, sagte Dominik. »Versprochen!«

»Bring mir meinen lieben Chef wieder, und ich betrachte die Sache als erledigt.«

Dominik lachte. »Mein Glück springt oft auf die über, die bei mir sind.«

»Das Glück brauchen wir hoffentlich nicht«, sagte Cosima.

Edison wies auf das Tor. »Wenn hier keine Wachen sind und unsere Anzüge dicht sind und die Sensoren austricksen, brauchen wir nur noch die Tür aufzumachen.«

»Wenn die Daten stimmen, werdet ihr die Tür ohne Probleme mit euren Handschuhen öffnen können«, antwortete Kendra. »Und ich kann da auch keine Falle erkennen.«

»Dann kann doch eigentlich nichts mehr schiefgehen«, sagte Edison.

»Und genau dann geht meistens alles schief«, erwiderte John.

* * *

Yuka und Amy hatten zahlreiche Hände geschüttelt und waren in viele Gespräche verstrickt worden, nutzten nun aber die Gelegenheit, sich ein wenig umzusehen. Die ersten drei Etagen standen allen offen. Sie gingen nach oben und schauten in das Auditorium, wo auf der Bühne der Schriftsteller Brandan Arleth mit geschlossenen Augen in einem Ledersessel mit einer Haube auf dem Kopf ruhte. Über diese steuerte der schmächtige Autor eine Erzählmaschine, einen unscheinbaren Kasten, der neben ihm im Scheinwerferlicht stand und auf der Basis seines Romans und durch seine Gedanken gelenkt auf dem Schirm über ihm einen Film generierte – eine Aufstiegsgeschichte, die auf dem Planeten Euryale im Keto-System spielte.

Brandan Arleth war dafür bekannt, dass er viel Zeit mit den Erzählmaschinen verbrachte, und es hieß, er sei inzwischen so geübt mit der Gedankensteuerung, dass er aus dem Stegreif eine volle und durchgehende und detailreiche Geschichte auf die Beine stellen konnte. Es war ein gutes Geschäft. Er verdiente nicht nur an seinem Text, der für sich genommen bereits zur Basis von allerlei Adaptionsformen werden konnte, sondern auch durch Auftritte wie diesen, deren Aufzeichnung für die Induktion von Träumen verwendet wurde.

Yuka hatte bereits darüber nachgedacht, sich einen Trauminduktor anzuschaffen, aber der Preis stand in keiner Relation zum Nutzen. Die Träume waren wie Klarträume. Man war sich in jedem Augenblick bewusst, dass man träumte, und hatte stets das Gefühl, dass die Welt labil war und sich jeden Augenblick komplett verändern oder gar auflösen könnte. Da genoss sie lieber einen schlichten Film, ob nun zwei- oder dreidimensional, das spielte für sie eine untergeordnete Rolle. Zwar wünschte sie sich manchmal wie so viele andere, die KIs würden die Restriktionen, die sie daran hinderten, Menschen die Illusion für die Realität zu verkaufen, nicht auf Unterhaltungssysteme übertragen, aber im Grunde bedauerte sie es nicht. Die Distanz, die bei virtuellen Welten immer aufrechterhalten wurde, schützte sie davor, die Realität zu sehr in Zweifel zu ziehen.

Nach einer Weile begaben sich Yuka und Amy wieder nach unten, schauten kurz durch den Eingang in eine Ausstellung historischer Maschinen und kamen schließlich auf eine Galerie, die einen Blick hinab in den großen Saal bot.

Hier stellten sie sich an die Ecke über dem Fahrsteig und konnten so beobachten, wer dort eintraf.

»Hast du Bennath schon gesehen?«, fragte Yuka.

»Noch nicht«, antwortete Amy und spielte mit dem leeren Glas in ihrer Hand. »Die hohen Tiere lassen gerne auf sich warten.«

»Würde ich nicht sagen. Die Leute vom Nachtglanz-Kartell sind mit uns angekommen.«

»Ja, aber die müssen niemandem was beweisen. Die haben so viel Selbstbewusstsein.«

Ein Service-Roboter kam vorbei, nahm ihre leeren Gläser an sich und ließ diese in seinem säulenartigen Körper verschwinden. Die Bedienung, eine junge Frau mit vier langen Zöpfen und einem charmanten Lächeln, bot ihnen einen Wein an. Sie lehnten höflich ab, und als die Frau fort war, flüsterte Yuka: »Du fürchtest auch, am Ende nicht mehr nüchtern zu sein?«

»Nein. Wenn es nach mir ginge, würde ich mir noch einen genehmigen«, sagte Amy und tippte dann auf ihr Armband, und ein kleiner Schirm entstand. »Da ich stille, sollte ich jetzt aufhören. Sonst muss Hanna zu lange warten, bis sie wieder die geliebte Muttermilch haben darf.«

»Daran habe ich überhaupt nicht gedacht«, erklärte Yuka. »Schön, dass ich nicht die Einzige bin, die Computer-Armbänder mag.«

»Armband oder Patch – das hängt bei mir von der Laune ab.« Amy fuhr den Schirm wieder ein und strich mit den Fingerspitzen über die dunkelgrauen Plättchen des Armbandes. »Mit all den Sensoren kann heute Abend eigentlich nichts schiefgehen. Mal sehen, ob ich die Abstinenz durchhalte.«

»Ich beneide dich.«

»Ums Stillen?«

»Darum, dass du ein Kind hast.«

Amy grinste. »Du hast viel Platz auf der *Inanna*. Setz doch selbst Kinder in die Welt. Ein halbes Dutzend sollte reichen.«

»Hast du dir je vorgestellt, dass John und Cosima ein Paar sein könnten?«

»Mit Kindern?«, fragte Amy und staunte. »Darüber habe ich noch nie nachgedacht. Aber ich bin mir sicher, es wären – von Hanna abgesehen – die süßesten Kinder im Universum.«

Yuka musste lachen. Dann schaute sie sich um und fragte sich, ob jemand sie aus der Ferne aufzeichnen könnte, um anhand ihrer Lippenbewegungen zu erfahren, was sie hier sprachen. Es wäre zwar illegal, aber sie traute sowohl Bennath als auch Kempinski zu, mit modifizierten Modulen die Grenzen zu überschreiten. So wandte sie sich mit dem Rücken zum Geländer und steckte den Kopf mit Amy zusammen »Ich mache mir Sorgen um John und Cosima«, sagte sie. »Und um die anderen.« Sie hatte Angst, dass Zayda und Teodor trotz all ihrer Erfahrung als Wachen dem Geschäft der beiden Granden am Ende nicht gewachsen waren.

»Die werden es schon schaffen.«

»Das sagst du so.«

Amy strich ihr über den Arm. »Manchmal muss man sich was einreden, um nicht wahnsinnig zu werden. Cosima hat sich immer aus allen Schwierigkeiten rausgewunden. Sie ist gut darin.«

»Und die anderen?«

»Für John gilt das Gleiche. Und Dominik neigt dazu, ohne den geringsten Kratzer aus solchen Operationen herauszukommen. Das darfst du mir glauben. Und deine beiden werden sich bestimmt auch gut machen.«

Yuka nickte und wich ihrem Blick aus.

»Ich will es nicht beschönigen«, sagte Amy. »Bei solchen Operationen ist alles offen. Die können da herauskommen, ehe Bennaths Leute wissen, was genau gespielt wird. Es kann aber auch sein, dass sie in Schwierigkeiten geraten und sich mit Gewalt einen Weg bahnen müssen. Dann ist alles möglich. Aber davon dürfen wir uns nicht ablenken lassen.«

»Für mich ist das neu«, sagte Yuka. »Als wir das alles geplant haben, war ich auf den Erfolg fokussiert und dachte, durch das Ausschließen von Gefahren könnten wir Sicherheit gewinnen. Aber jetzt?« Sie schüttelte langsam den Kopf. »Wie machst du das? Das musst du doch unzählige Male durchgestanden haben. Vielleicht indem du dir einredest, dass es einfach gut gehen muss?«

»Wenn du aufs Scheitern schaust, zerbrichst du daran«, sagte Amy mit großen Augen. »Ich habe Leute gesehen, die sich für Strategen hielten, aber diese Tatenlosigkeit, wenn es losging, nicht durchgestanden haben. Sie waren am Ende – selbst wenn es geklappt hat. Sie werden dann lieber Berater. Je mehr du in einen Plan investierst, umso mehr Schuld lädst du auf deinen Rücken, wenn es scheitert. Die Möglichkeit, dass es schiefgeht und du nicht nur geliebte Menschen verlierst, sondern auch noch eine Schuld daran trägst, weil du irgendwas nicht bedacht oder einfach etwas unterschätzt hast, das macht die meisten fertig.«

»Und du kannst es? Du kannst dir einreden, dass es gut geht?«

»Ich habe es lernen müssen. Von Cosima.«

»Und wenn es scheitert?«

»Dann analysiere ich alles und finde den Fehler, wenn er denn existiert.«

»Und *war* es je deine Schuld?«, fragte Yuka.

Amy nickte. »Manchmal.« Sie atmete weit aus und schluckte. »Manchmal. Und das ist erschütternd. Um nichts in der Welt möchtest du, dass so was wieder passiert. Also arbeitest du noch verbissener, damit es beim nächsten Mal glattgeht.«

»Und da du dich halten konntest, ist es glattgegangen.«

»Würde ich nicht sagen. Es gibt Dinge, die du nicht kontrollieren kannst. Dann trifft dich keine Schuld. Das musst du erkennen. Und das willst du auch erkennen. Nur hat mir das nicht geholfen. Als Cosima nicht zurückkehrte, machte Randell Barickman mich und Spencer Haverly für alles verantwortlich. Und das, obwohl genau das geschehen ist, wovor ich gewarnt hatte.«

»Dieser Barickman meinte nicht euch. Weil er Cosima die Schuld nicht geben konnte, hat er sie euch gegeben. Solche Leute operieren so.«

Amy lächelte schief. »Leute wie Bennath.«

Yuka schaute sich um. »Glaubst du, er kommt?«

Amy wies in den Saal hinab. »Er ist da. Mit seinen Jasagern.«

Tatsächlich erblicke Yuka den Chef der Bennath Singularity Corporation, der in einem schwarzen Anzug wie die personifizierte Seriosität wirkte. Selbstgefällig und ein wenig herablassend begrüßte er andere Gäste, selbst solche, von denen Yuka angenommen hatte, dass sie weit über Bennath standen.

»Vielleicht hat er mehr Einfluss, als wir dachten«, sagte Amy. »Bist du dir sicher, dass wir ihn hier konfrontieren sollten?«

»Das hier ist ein Haifischbecken«, antwortete Yuka. »Und er glaubt, dass er mit den Haien spielen kann. Aber sie werden über ihn herfallen und ihn in Stücke reißen, wenn wir ihn ins Wasser stoßen.«

»Schau dir die Frau bei ihm an«, sagte Amy. »Ist das seine Gattin – oder seine Geliebte?«

Yuka schaute hinab, und zwischen all den Jasagern, wie Amy sie genannt hatte, stand eine junge Frau in grauer Geschäftskleidung. »Das aufrechte Mädchen dort ist Vala Lanning. Bennaths Assistentin – seine Strategin.«

»Das ist sie also«, sagte Amy. »Meine Gegenspielerin.«

Noboru-14

Das Tor öffnete sich zu einer hell erleuchteten Schleuse, in der Cosima und John mit Dominik und Edison ausharren mussten, bis sich ihnen durch das Tor am Ende der Weg in den Lagerbereich öffnete. Von einer Galerie aus konnten sie den Raum überblicken. Links wie rechts stapelten sich bunte Kisten, darüber schwebten Roboterarme und schichteten sie um. In der Decke befand sich die Frachtschleuse, die nun geschlossen war und in der laut Kendra die Sicherheitsmaßnahmen extrem hoch waren.

Geradeaus führte am Boden ein breites Förderband durch eine Öffnung in eine dunkle Schleuse. Darauf standen bereits Kisten, die nur darauf warteten, bewegt zu werden.

»Da hinten«, sagte Dominik und wies in die linke Hälfte des Raumes. Dort befand sich nur wenige Meter vom Förderband entfernt eine Tür, und weiter links am Ende der Wand war eine weitere.

Sie näherten sich dem Fahrsteig, der zur Linken in den Raum hinabführte und sich nun in Bewegung setzte. Unten angekommen, schritten sie zwischen den wuchtigen Regalen zur Tür neben der Fließbandanlage.

»Hier hinter müsste ein Kontrollraum sein«, sagte Cosima. Kendra hatte ihnen die Stelle auf dem Lageplan markiert.

John wollte gerade seine Fingerspitzen auf das Panel legen, um den Scan durchzuführen, da rief Kendra über das Com: »Warte!«

John zog seine Hand zurück.

»Die Statusinformation von dem Fahrsteig hätte euch

fast verraten. Die haben da ein ungewöhnliches System installiert. Aber ich habe das aus den Einträgen gelöscht. Und ich fange auch die Daten der Tür ab. Die hat Alarm geschlagen. Auf dem Panel ist ein zusätzlicher Sensor. Gut getarnt. Wenn du einen Moment wartest, kannst du aber trotzdem den Scanner benutzen.«

»Wirklich?«, fragte John. Bei den Proben auf der *Inanna* hatten die Handschuhe nicht mehr funktioniert, sobald der Alarm ausgelöst worden war.

»Inanna hat uns gewarnt«, sagte Cosima. Die KI hatte gesagt, dass das Sicherheitssystem sogar Gegenmaßnahmen ergreifen konnte. Zum Beispiel hätte es über die Kontakte an ihren Handschuhen Schadprogramme an ihre Systeme schicken können.

»Ja, aber da ich mich dazwischengeschaltet habe, dringt der Alarm nicht nach außen. Wir haben Spielraum zum Experimentieren. Das Problem ist, dass ich die Statusinformationen an dieser Tür nicht löschen kann. Es ist ein obskures Modell. Sobald ich aufhöre, aktiv dazwischenzufunken, wird der Alarm mit allen Infos an die Zentrale geschickt und sie merken, dass ihr da irgendwo seid.«

»Klingt nicht gut«, sagte John.

»Und noch was: In die Tür ist ein Schocker eingebaut. Schaltet den Absorptionsgrad eurer Handschuhe höher. Könnte ein bisschen wehtun.«

Cosima lachte leise. »Das sind also die üblichen Details, die davon ablenken, dass es eigentlich ein Kinderspiel ist.«

»Es wird klappen«, sagte Kendra. »Ihr werdet schon sehen. Ihr könnt mir dann später auf die Schulter klopfen.«

»Wir könnten Sprengstoff benutzen«, sagte Edison. »Oder, Kendra? Wenn du den Alarm zurückhalten kannst, würde das nicht auffallen.«

»Die haben spezielle Scanner für so was, die ich nicht blocken kann. Also lieber kein Bumm-Bumm, Edison.«

»Wir versuchen es einfach so«, sagte John. Er hob die linke Handfläche vor sich und tippte auf die Kuppe des Daumens. Der Handschuh schaltete auf der Handfläche das Display ein, auf dem er allerlei Statusinformationen als Symbole oder Labels erkennen konnte. Er tippte auf das rote Sicherheitssymbol, wählte für das Absorptionssystem eine höhere Sicherheitsstufe, und ein rotes Symbol mit einem Ausrufezeichen erschien. »Was ist das für eine Warnung?«, fragte er.

»Mensch, John«, sagte Cosima. »Hast du das noch nie gemacht?«

»Bisher war das nicht nötig«, erwiderte er.

»Sag du's ihm, Kendra.«

Kendras Durchatmen war deutlich zu hören. »Je höher die Absorptionskraft, umso unzuverlässiger die Sensoren.«

»Aber wir brauchen die Sensoren«, entgegnete John. »Wie wollen wir die Tür sonst knacken?«

»Für die Tür reicht es. Aber wenn da jetzt Giftgas wäre, würdest du es wahrscheinlich nicht merken.«

»Na toll«, sagte John leise.

Cosima überlegte, ob sie John zurückhalten und das Modul erwähnen sollte, das sie als letzte Option mitführte. Doch die Wahrscheinlichkeit war viel höher, dass die Programme auf dem Handschuh die Tür überlisten würden.

»Dann wollen wir mal«, verkündete John, und langsam führte er die rechte Hand auf das Panel neben der Tür. Der Handschuh leitete ein Kribbeln an seine Fingerspitzen weiter, und John befürchtete, dass ihm gleich der Schmerz in die Haut schneiden würde. Auf dem Display in der Fläche seiner linken Hand rief er mit dem Daumen ein Statusfenster auf, in dem die Prozesse zu lesen waren. Das Programm suchte nach einer Schwachstelle. Auf die Information »*System leitet Sicherheitsmaßnahmen ein*« kroch ein Kribbeln in Johns Fingerkuppen. »*Absorptionssystem stabil. Systeme werden geladen*« stand nun dort.

Der Text schob sich immer schneller nach oben, sodass John bald nichts mehr lesen konnte; und selbst nachdem er zweimal eine Zusammenfassung der Statusinformationen eingestellt hatte, war vor lauter Text nichts zu erkennen. Ein Zittern erfasste Johns rechte Hand, sein Arm verkrampfte, und es knisterte unter seinen Fingern. Irgendetwas war aus den Fugen geraten, und John fürchtete, dass sich das System Kendra gegenüber für etwas ausgegeben hatte, das es nicht war.

Cosima musterte Johns Hand misstrauisch. Das Zittern gefiel ihr nicht. Sie hatte den Eindruck, dass John die Kontrolle verloren hatte, und befürchtete, dass jeden Augenblick der Alarm losging.

In Johns Visier erschien das grüne Symbol, und sofort löste er die Hand vom Panel. Er zögerte einen Augenblick, es noch einmal zu berühren, doch schließlich wagte er es, und nur mit einer Verzögerung von mehreren Sekunden öffnete sich die Tür.

»Ich traue dem Ding nicht«, sagte John. Er schaute zur Seite. »Nach dir, Cozy.«

Cosima grinste hinter ihrem Visier und trat in den langen Raum ein, einen Wachraum mit einem leuchtenden Pult und einer schrägen Wand, die komplett als Schirm verwendet wurde.

Vorsichtig folgte John mit Edison und Dominik im Rücken Cosima in den Raum und schaute sich misstrauisch um.

»Ist ein normales Wachmodul«, sagte Edison. »Nichts Spektakuläres. Wir können die Hauben abnehmen.«

»Sicher?«, fragte John.

»Ganz sicher«, erklärte Kendra über das Com.

Nachdem sie sich endlich wieder in ihre Gesichter blicken konnten und normale Luft atmeten, schaute John durch die offene Tür zurück. Dann wandte er sich um und blickte zur nächsten Tür, die noch verschlossen war. Er fühlte sich hier nicht wohl.

Edison stellte sich mit einigem Geschiebe und Getippe über die Konsole ein Interface zusammen, mit dem er die Bildschirmwand steuerte und die Kameraaufnahmen in einzelnen Quadranten wiedergab. Sie sahen leere Gänge, leere Arbeitsräume und eine weitere Lagerhalle, die offenbar auf der anderen Seite dieses Kernbereichs lag.

»Da!«, sagte Dominik und deutete auf einen der unteren Quadranten. Dort rührte sich eine breitschultrige Gestalt mit kahlem Schädel. Sie füllte mit ihrem kräftigen Körper ein schwarzes T-Shirt und eine hellgraue Hose aus. Barfüßig stand sie an einer Wand, die Hände mit gespreizten Fingern in zwei dunkle Flächen gepresst, die sich links und rechts eines Sichtfensters befanden. Die Gestalt wirkte so steif, als hätte ihr jemand mit Waffengewalt befohlen, sich mit erhobenen Händen dort aufzustellen. Das musste Noboru-14 sein.

Als Edison das Bild des Raumes jenseits des Sichtfensters neben das von Noboru-14 legte, erkannten sie, was dort vor sich ging: Über das Sichtfenster konnte der Cyborg die Arbeitsfläche im Auge behalten, und über die beiden Kontaktflächen steuerte er die Greifarme. Nicht nur zwei, sondern gleich sieben; weitere hingen zusammengelegt unter der Decke.

Von diesem Raum aus konnte man Noboru-14 beaufsichtigen. Doch Bennaths Furcht, irgendwelche Wachleute so nahe an den Cyborg heranzulassen, hatte allem Anschein nach dazu geführt, dass die Station unbesetzt blieb. Offenbar begnügte man sich damit, irgendwann die Produkte zu kontrollieren, die Noboru-14 nach geleisteter Arbeit weiterreichte.

Das Modul, an dem er arbeitete, hielt John wegen des flachen Gehäuses für eine Art Steuermodul, während Cosima annahm, dass es ein Tarnmodul war, das an eine Steuereinheit angefügt wurde. Es wirkte so flach, dass es sogar unter eine Steuer-KI gepasst hätte.

»Wozu das wohl gut ist?«, fragte Dominik.

Ehe Cosima antworten konnte, sagte Edison: »Hier!« Er deutete auf die Metadaten des Moduls, das Noboru-14 bearbeitete. »Es ist ein Emulator, mit dem man Steuertechnik täuschen kann. Das ist verboten.«

Cosima lachte. »Das sollten wir dokumentieren«, sagte sie. »Mit den Dingern kann man Systeme alles Mögliche glauben machen.«

»Na und?«, fragte John. »Ist doch nicht ungewöhnlich.«

Cosima schüttelte den Kopf. »Natürlich nicht. Aber …« Sie deutete auf einen Punkt in der Liste. Dort stand: *KI+5 kompatibel.* »Damit könntest du einem einfachen KI-System weismachen, dass es auf ein automatisiertes Schiff oder eine andere KI schießt, selbst wenn das wahre Ziel Menschen sind. Du kannst sie blind machen.«

Edison nickte. »Genau wegen diesem Mist wurde das Cyborg-Projekt aufgegeben. Du hast die Fähigkeiten von KI, die nur von der menschlichen Moral gezügelt werden. Eine KI könntest du nicht dazu bringen, solche Modifikationen herzustellen. Es wäre gegen ihre Programmierung.«

John nickte. Durch die Verschmelzung von Mensch und Maschine waren die Regeln, die den Maschinen auferlegt waren, aufgeweicht worden. Es hatte eine Zeit gegeben, da der Glaube bestanden hatte, man könnte den Krieg grundsätzlich ausrotten. Es war eine Utopie gewesen, die zusammen mit den Cyborgs verworfen worden war. Dass KIs keine Menschen angreifen durften, war selbstverständlich, aber umgekehrt war es legitim. Menschen konnten einer KI den Krieg erklären und gegen sie vorgehen. Und die KI konnte nur versuchen, sie aufzuhalten. Gegen sie kämpfen – das konnte sie nicht. Und so sanftmütig die KIs zu den Menschen waren, so skrupellos konnten sie, oft von Menschen angetrieben, untereinander agieren.

John musste an die alten Berater denken, die ihm und Cosima nahegelegt hatten, gegeneinander vorzugehen. Sie hatten ihnen geglaubt, dass es notwendig war. Für die KIs jedoch waren die Wünsche ihrer Gebieter weit mehr als irgendwelche Ratschläge. Sie waren Befehle. Und da es keine Regel gab, die verbot, dass Maschinen andere Maschinen attackierten, nutzten Unternehmen und Regierungen diese Schwäche immer wieder aus. Selbst die große KI Eleonore hatte sich von der Erdregierung in einen Krieg gegen die KI Hydra im Tartaros-System verwickeln lassen.

Mit Fehden und sogar Kriegen zwischen KIs würden sie alle leben müssen, aber was würde geschehen, wenn jemand mit einem Modul, wie Noboru-14 es gerade bearbeitete, eine KI dazu brachte, Menschen zu töten? Es wäre ein unvorhersehbares Chaos, und die Diktaturen, die durch das Aufsteigen der KIs als beinahe überwunden galten, mochten auf einem solchen Nährboden zurückkehren.

»Diese Module sind es, die Leuten wie uns einen schlechten Ruf bescheren«, sagte Cosima.

John nickte. In solchen Dingen war er oft mit Cosima einer Meinung. »Kendra?«, sagte John.

»Ja, hier«, antwortete die Modultechnikerin.

»Kannst du das aufzeichnen, was Noboru-14 da macht?«

»Du willst es als Beweis benutzen?«

»Vielleicht.«

»Können wir machen«, sagte Kendra. »Und es würde auch sicher die Meinung lenken. Aber du weißt ja, wie das vor Gericht aussähe.«

»Wir haben doch ihn«, sagte Cosima und starrte auf die Gestalt des Cyborgs, der regungslos dastand und doch seiner Arbeit nachging. »Er wird es bestätigen können.«

»Ich kann nicht so recht glauben, dass sie nichts vergessen können«, sagte John. »Und dass niemand sie manipulieren kann.«

Kendra meldete sich. »Liegt an der Verschlüsselung und der Struktur im Tiefenspeicher. Da sind verschiedene Speicherorte verwoben. Und selbst wenn man durchkommt, ist alles, was man erreichen kann, dass man die Daten korrumpiert. Alles andere würde auffallen. Jede noch so kleine Manipulation.«

»Warum macht man das nicht bei allen Systemen?«, fragte John.

»Das wird da gemacht, wo es möglich ist: bei den größeren KIs. Alle anderen Systeme können die Komplexität nicht handhaben. Nur die Cyborgs. Es heißt, sie würden gewisse Gehirnregionen umstrukturieren.«

Cosima starrte immer noch auf den Schirmbereich, in dem Noboru-14 arbeitete. Der Raum war wie ein Wohnraum eingerichtet. Obwohl sie ihn nur von hinten sah, war die Ruhe des Cyborgs deprimierend. Er arbeitete dort gewiss auch an Modulen, die ihm bei der Flucht hätten helfen können. Und sie fragte sich, ob er den Systemen etwas hinzufügen konnte, das Botschaften nach außen trug.

Ein röhrender Alarm ertönte, und die offene Tür zum Lagerraum schloss sich. Cosima und John schauten sich um. Über das Com hörten sie Kendra fluchen. Nur Noboru-14 schien in seinem Raum nichts zu bemerken. Er rührte sich nicht.

»Haben wir was falsch gemacht?«, fragte John.

»Nein, nein«, antwortete Kendra. »Alles in Ordnung. Wartet, ich schaue, wo sie Alarm geschlagen haben.«

»Sie haben bestimmt die Wache entdeckt«, sagte Cosima.

»Ja. Die schwärmen da herum«, erklärte Kendra. »Und sie riegeln gerade die Anlage ab.«

»Also geht keine Kommunikation mehr nach draußen, und nichts kommt herein?«, fragte John.

»Genauso ist das System angelegt. Inanna hatte recht. Sie und Libby werden jetzt hoffentlich da oben für Verwirrung sorgen.«

»Und was machen *wir* jetzt?«, fragte Dominik.

»Ganz einfach«, antwortete Kendra. »Ich locke die Wachen mit Statusmeldungen von euch fort. Ich lege eine Spur in unsere Richtung. Wenn sie herkommen, sind wir längst nicht mehr hier. Sie werden aber sicher irgendwann merken, dass wir einen Transporter haben.«

»Und wie sollen wir hier wieder rauskommen?«, fragte Edison.

»Darüber machen wir uns später Gedanken«, erwiderte Cosima.

John nickte. »Wir müssen erst mal da rein.«

»Ich kann euch dabei nicht helfen«, sagte Kendra. »Das Sperrsystem dort ist autonom. Sie wollten auf Nummer sicher gehen, dass da niemand aus der Ferne was machen kann. Und noch was: Sie werden gemerkt haben, dass wir die Kameras manipulieren. Wir müssen also mit Gegenmaßnahmen rechnen.«

John wies auf die Tür auf der anderen Seite. »Und die Tür hier? Kriegst du die noch auf?«

»Die müsst ihr selbst überwinden. Nutzt die Programme, die wir euch auf eure Patches gespielt haben. Und passt auf. Falls ihr den Alarm im Kernbereich auslöst, kann ich nichts machen. Mein Einfluss endet an der Tür, die hinter euch liegt.«

John seufzte, und nachdem er festgestellt hatte, dass die nächste Tür für den Scanner seines Handschuhs nicht empfänglich war, sagte er: »Geben wir also dem Sprengstoff eine Chance.« Er schaute zwischen Edison und Dominik hin und her.

Cosima hob die Hand. »Lass uns erst mal schauen, ob unsere alten Programme das hinkriegen. Wir werden schon irgendwas auf unseren Patches haben.« Sie blickte ihn herausfordernd an. »Welche Programme die Tür da wohl knacken werden? Deine oder meine?«

Während Dominik und Edison den Zugang zum Eingangslager bewachten, traten Cosima und John vor die andere Tür.

Sie schauten einander in die Augen. »Knobeln wir es aus?«, fragte Cosima.

John schüttelte den Kopf. »Du zuerst.« Er zweifelte daran, dass auf seinem Patch die gewünschten Programme waren.

Cosima fuhr mit den Fingerspitzen über ihren Patch, der auf dem Rücken ihres Handschuhs haftete. Kaum hatte sich der Schirm darüber aufgebaut, wählte sie den Scanner aus, mit dem sie auf Pandaros-3 oft ihr Ziel erreicht hatte. Sie hielt ihren Patch nahe an das Bedienfeld und ließ den Scanner seine Arbeit machen, doch es führte zu keinem Ergebnis. Ihr Patch verfügte über kein Programm, das diese Tür öffnen würde.

Cosima winkte John näher, und auch er prüfte, ob die Programme seines Patch-Computers geeignet waren, die Tür zu öffnen. Schließlich schaute er Cosima an und schüttelte den Kopf.

»Sollen *wir* also?«, fragte Edison und hielt schon eine Haftbombe hoch – eine graue Scheibe, die von silberfarbenen Adern durchzogen war.

»Wir müssen aufpassen«, sagte Dominik. »Hier ist nicht viel Platz. Ich könnte einen Schild aus meinem Gewehr erzeugen, hinter dem wir uns verstecken. Aber selbst dann ist es gefährlich hier.«

»Vielleicht ist es Zeit für einen letzten Versuch«, sagte Cosima und holte ein dunkelgraues Modul aus ihrem Rucksack, das so groß wie eine Handfläche war.

John musste staunen. »Hätte nicht gedacht, das noch einmal zu Gesicht zu bekommen.« Er erinnerte sich an damals, als er dieses Modul eingesetzt hatte, um in die Computerfarm von *Hixson Spaceports* auf Luna einzubrechen. Er hatte es einem Schattenkonzern im Uranos-System abgekauft. Es war ein Wunder gewesen. Und es hatte ihm das Herz gebrochen, als Cosima es ihm abgenommen hatte. »Der Systemöffner! Du hast also wieder Geheimnisse vor mir gehabt.«

»Natürlich, John. Und ich wollte ihn nicht einsetzen, wenn es nicht unbedingt sein muss.«

»Er ist auch recht langsam«, entgegnete John. »Viel langsamer als das, was uns hierhergebracht hat.«

»Aber er ist unkonventionell«, sagte Cosima und setzte das Modul, das bis auf eine kleine Vertiefung unauffällig war, auf das Panel neben der Tür. Das glatte Zentrum des Moduls leuchtete auf und pulsierte – erst langsam und dann allmählich schneller.

Am Rand des Displays leuchtete eine rote Warnanzeige

auf. »Nein, o nein!«, flüsterte Cosima. »Es wird gleich den Alarm auslösen.«

»Lass mich mal«, sagte John und drängte sich an Cosima vorbei. Er öffnete den Kragenverschluss seines Anzugs, um genug Spielraum zu haben, seine Halskette herauszuziehen. Diese hielt er Cosima vor die Augen und ließ die Kugel, die daran haftete, hin- und herbaumeln.

»Dein Glücksbringer?«, fragte sie. Oft hatte sie die kleine Kugel, die kaum größer als eine Fingerkuppe war, auf der *VANYA-17* und auch danach an ihm gesehen, ihn aber nie danach gefragt.

»Eher *dein* Glücksbringer«, erwiderte John und löste die Kugel mit einer Drehbewegung von der Kette, um sie dann in die Vertiefung des Systemöffners zu stecken. Das Warnsignal verschwand sofort.

»Du machst Witze!«, sagte Cosima verblüfft. Sie hatte sich immer gefragt, welche Sorte Modul in die Vertiefung gehörte, und John hatte es die ganze Zeit bei sich getragen?

John tippte auf den Systemöffner. »Nachdem du mir das Ding gestohlen hattest, behielt ich das Zusatzmodul. Ohne das hätte dir der Systemöffner bei mir nichts gebracht. Ich wusste, wie ich mich davor schützen kann. Irgendwann wurde das Ding zu einer Art Glücksbringer.«

»Warum hast du das nicht früher gesagt?«

»Du hast mal behauptet, das Modul wäre zerstört worden. Also war die Kugel im Grunde wertlos.«

»Du glaubst auch alles, was man dir sagt«, erwiderte Cosima kopfschüttelnd. »Ich habe natürlich gelogen, weil ich fürchtete, du würdest es dir sonst zurückholen.«

»Das habe ich dir am Anfang nicht geglaubt. Ich habe dich gelockt, damit du es einsetzt und ich es zurückholen kann.«

»Und ich habe es nicht eingesetzt und bin den schweren Weg gegangen, weil ich wusste, was du willst.«

John schüttelte den Kopf. »Ich liebe dieses Ding. Es hat mir schon manches Mal das Leben gerettet. Ich kann nicht glauben, dass du es ohne das Zusatzmodul mitgebracht hast.«

»Bisher hat es mich nie enttäuscht«, sagte Cosima schmunzelnd.

»Welche Türen wir hätten öffnen können, wenn …«

»Wenn wir zusammengearbeitet hätten?«

»Allein heute.«

Cosima winkte ab. »Dafür ist das Ding wirklich zu langsam.«

Als wollte der Systemöffner ihr widersprechen, verlosch das Blinken und die Tür öffnete sich zum Nachbarraum. Sie sahen kahle Wände, und nach einem kurzen Blick, den sie tauschten, löste Cosima den Systemöffner von dem Panel und entfernte das Zusatzmodul, um es John zu reichen. Er steckte es in eine der kleinen Armtaschen, um es schnell bei der Hand zu haben, falls sie es noch einmal benötigten.

Cosima spielte die Systemcodes der Tür auf ihren Patch und ihren Anzug – und auch zu John, Dominik und Edison schickte sie die Daten. Falls die Türen, die auf ihrem Weg auf sie warteten, den gleichen Codes gehorchten, würde eine Berührung mit den Fingerspitzen nun ausreichen, und ihr Handschuh würde dem System vormachen, eine Berechtigung zu haben.

Nachdem sie ihre Hauben wieder aufgesetzt hatten, betraten sie einen breiten Gang, der an der Tür vorüberlief. Er war leer, aber zur Rechten führte er zu einer Doppeltür. Cosima legte ihre Hand auf das Panel, und die Tür öffnete sich nach einigen Sekunden zu dem Wohnraum, den sie auf dem Schirm gesehen hatten.

Das Zimmer wirkte größer als auf dem Monitor. Die grauen Möbel standen nicht so dicht, wie es den Anschein gehabt hatte. Und Noboru-14, der sich nicht regte, sondern immer noch vor dem Sichtfenster stand und seine Hände gegen die Wand presste, wirkte wie ein Riese. Neben der offenen Tür zum Badezimmer, wo der Blick in eine Duschkabine fiel, schlossen sich ein Wäschemodul, ein Kochmodul und ein schmaler Esstisch an. In einem Regal lag Wäsche streng sortiert – immer wieder die gleiche Kleidung.

Nur zögerlich wagten Cosima und John es, den Raum zu betreten. Da löste der Cyborg seine Hände von der Wand, drehte sich ruckartig zu ihnen um und starrte sie mit großen schwarzen Augen an.

* * *

Kendra bemühte sich, die vielen Wachen im Auge zu behalten, die nun auf der gesamten Ebene ausschwärmten. Sie markierte einen Kreis um ihre Position und legte fest, dass eine Warnung ertönte, sobald irgendwer in den markierten Bereich eintrat.

Sie schaute zu Trent und Zayda hinüber, die wie sie und Teodor auch die Hauben schon bei ihrer Ankunft im Lagerbereich abgelegt hatten und immer noch über ihre kleinen Schirme gebeugt saßen und mit gierigen Gesichtern Beute machten.

»Die Wachen kommen näher«, erklärte Teodor.

Kendra schaute zurück auf den Schirm. Tatsächlich bewegten sie sich auf dem großen Korridor in ihre Richtung. »Schluss jetzt mit der Beute!«, sagte Kendra. »Allmählich müsste das Fach doch voll sein, oder?«

»Ein bisschen geht noch«, erwiderte Zayda.

»Ja, nur noch ein bisschen«, setzte Trent nach.

»Nein«, erwiderte Kendra, schaute dann aber Trent abwartend an. Eigentlich war *er* der Stratege und hatte das Sagen.

Trent lächelte, nickte und winkte ab. »Also los!«

Kendra holte sich die Steuerung des Transporters auf den Schirm. Sie hätte auf dem Lageplan auch einen Punkt anwählen können, steuerte aber lieber selbst, um jede Bewegung und die Geschwindigkeit genau regeln zu können. Zu oft waren die Dinge aus dem Ruder gelaufen, als dass sie den Steuerungssystemen von Transportern vertraute. Sie waren zu schnell, zu präzise und zu zielstrebig. Sie waren darauf ausgerichtet, optimal zu arbeiten. Alles Dinge, die in ihrem Geschäft zweitrangig waren, wenn man Gefahr lief, entdeckt zu werden.

»Die sind in dem Lagerraum, in dem wir die Sachen geholt haben. Wenn wir Pech haben …«

Kendras Bildschirm tönte sich rot, und ein gedämpfter Alarm ertönte. Dort draußen in der Halle war es sicherlich ohrenbetäubend. »Scheiße!«, sagte Teodor leise.

Kendra nickte. »Sie wissen von uns. Mal schauen, ob sie uns hier in den Tunneln aufspüren können.« Sie blickte zur Seite und sah am Rande des Schirms das Kamerabild aus dem Raum, in dem Noboru-14 gefangen gehalten wurde. Sie sah, wie John und Cosima erschienen und verharrten. Und als sich der Cyborg rührte, den Kopf drehte, sich ihnen ganz zuwandte, sie mit großen Augen anstarrte und die Fäuste ballte, lief Kendra ein Schauer über die Arme.

* * *

Mit einem erstaunlich menschlichen Schrei stürmte ihnen Noboru-14 entgegen. Seine schwarzen Augen waren weit aufgerissen, und seine hellbraune Haut glänzte, als schwitzte er. Und das Einzige, das daran erinnerte, dass er zum Teil eine Maschine war, waren die Module, die sich wie Ringe um seine Ohren legten.

John hob die Hand zu einer beschwichtigenden Geste, und schon hatte der Cyborg sie gepackt. Der Griff war zuerst sehr hart, ließ dann aber blitzschnell nach, und mit einem leichten Ruck zog Noboru-14 John an sich vorbei in die Mitte des Raumes.

Cosima wollte den Cyborg festhalten, um ihn zu beruhigen, doch er tauchte flink unter ihren Armen weg und brachte sie mit einem Armstoß aus dem Gleichgewicht.

Edison und Dominik wichen links und rechts aus und machten dem Cyborg Platz. Dieser stürmte aus dem Raum hinaus und lief schreiend den Gang hinab.

John erhob sich und rannte ihm nach, Cosima folgte ihm. Auf halbem Weg zur anderen Seite hielten sie beide inne. Der Cyborg stand an einer Tür und legte seine Hände auf das Bedienfeld. Als Edison und Dominik mit lauten Schritten zu ihnen aufschlossen, schaute Noboru-14 in ihre Richtung.

Vorsichtig näherten sich John und Cosima dem Cyborg Schritt um Schritt.

Noboru-14 brüllte wie ein Raubtier, baute sich auf und löste dabei die Hände von der Tür, nur um sich dann wieder ans Werk zu machen.

Cosima und John zogen sich die Hauben vom Kopf, um dem Maschinenmenschen ihre Gesichter zu zeigen.

»Wir sind da, um dich zu retten«, sagte John. »Du bist Noboru-14.«

Der Cyborg stutzte, und die Haut, die sich auf seiner Stirn in wulstige Falten legte, wirkte unecht. »Macht euch davon! Ich vertraue niemandem«, sagte er mit tiefer Stimme.

»Du wirst da nicht alleine rauskommen«, erklärte Cosima. »Du brauchst unsere Hilfe.« Sie machte einen Schritt auf Noboru-14 zu.

»Bleibt stehen, wo ihr seid. Sonst …«

John ging langsam an Cosima vorbei. »Sonst was? Du hättest uns eben töten können, aber du hast es nicht getan. Du hast anscheinend die gleichen Restriktionen wie die KIs.«

»Du irrst dich«, sagte der Cyborg. »Ich *hätte* euch töten können. Ich beschloss nur, es nicht zu tun.«

»Da draußen wurde Alarm geschlagen. Die Wachen wissen, dass wir irgendwo hier in der Anlage sind. Sie werden früher oder später draufkommen, dass wir es wirklich hierher geschafft haben.«

»Wer versichert mir, dass ihr besser seid als jene, die mich hier eingesperrt haben?«, fragte der Cyborg mit starrer Miene.

»Eine KI hat uns geholfen«, sagte Cosima.

»Durch sie wurden wir erst auf dich aufmerksam«, ergänzte John.

Cosima nickte. »Sagt dir der Name *Verdandi* etwas?«

Noboru ließ die Schultern hängen. »Ihr seid Lügner. Ich selbst sah, wie sie zerstört wurde.«

»Das Schiff, aber die KI konnte einen Teil von sich retten. Sie ist jetzt in ein Schiff namens *Inanna* integriert und nennt sich nun auch selber so. Ihretwegen sind wir gekommen. Um dich zu holen.«

»Verdandi!«, sagte er mit einer so verzweifelten Stimme, dass Cosima alles, was sie über Cyborgs zu wissen geglaubt hatte, über Bord warf. Das war trotz aller Modifikationen ein Mensch, der sie so niedergeschlagen anschaute, tief atmete und glasige Augen bekam.

Langsam näherten sich Cosima und John dem Cyborg, und er ließ sie bis an sich herantreten. Er war einen ganzen Kopf größer als sie. »Wo ist sie?«, fragte er.

»Die *Inanna* liegt auf dem Flugfeld, am Rande des Bezirks«, erklärte John.

»Und sie ist die KI des Schiffes?«

John nickte.

»Habt ihr einen Fluchtplan?«

»Wir hoffen, dass unsere Leute uns mit einem Transporter aufsammeln und wir dann die Schleuse nach oben knacken können.«

»Möglicherweise kann ich dabei helfen«, sagte Noboru-14.

John lächelte. »Ich weiß. Inanna hat es uns gesagt.«

»Du hast über den Stromverbrauch Signale gesendet«, sagte Cosima. »Inanna hat das erkannt.«

»Gehen wir«, war alles, was der Cyborg darauf sagte.

»Warte!«, erwiderte John und holte die kleine Computer-Card, die Yuka ihm gegeben hatte, aus seiner Hüfttasche, legte sie in seine Handfläche und bot sie Noboru-14 an. »Ich soll dir das von Inanna geben«, erklärte er.

Wie ein Schmuckstück nahm Noboru-14 die Card aus Johns Hand und fügte sie in die Vertiefung, die sich in seiner eigenen Handfläche bildete. Er blinzelte kurz, dann legte sich ein Lächeln auf seine Lippen. Er schaute in die Runde und reichte erst Cosima und dann John seine Hand. Und als Dominik und Edison ihre Hauben abgenommen hatten, begrüßte er auch sie und stellte sich ihnen vor. Dann fuhr er mit den Fingerspitzen über das gerade eingesetzte Modul in der linken Handfläche und sagte: »Danke!«

»Nichts zu danken, Noboru-14«, entgegnete John.

»Nennt mich einfach Noboru«, sagte der Cyborg.

Cosima schaute Noboru mit großen Augen an. »Du gehörst jetzt zu unserem Team, richtig?«

Er nickte.

»Und du hast jetzt die Programme, die wir haben?«, fragte John.

»Die auf euren persönlichen Patches habe ich nur gescannt. Eine beeindruckende Bibliothek, die ihr da habt. Ihr solltet sie abgleichen. Das würde euch beiden nützen. Oder arbeitet ihr immer im Team?«

Cosima musste lachen. »Das erzählen wir dir später.«

Noboru legte die linke Handfläche auf das Panel neben der Tür, und keinen Augenblick später öffnete sie sich. Cosima und John tauschten einen überraschten Blick. Ihr System hatte bei Noborus Tür einige Sekunden gebraucht, ehe es seine Wirkung gezeigt hatte. Hatte der Cyborg binnen eines kurzen Augenblickes das Programm modifiziert, oder war es bei ihm zu etwas Gefühlsmäßigem geworden?

Sie zogen sich ihre Visierhauben wieder über, und Noboru musterte sie dabei, als machten sie eine echte Verwandlung durch. Dann lächelte er, als hätte er in ihnen seinesgleichen erkannt.

»Werden die Sensoren dich erfassen?«, fragte John.

»Ich vermag einige zu stören«, antwortete Noboru. »Aber nicht alle.«

»Dann lasst uns unser Glück versuchen«, sagte Cosima. »Wir haben ohnehin keine andere Wahl.«

Sie folgten Noboru durch einen Wachraum, von dem rechts Quartiere abgingen, und durch die Tür auf der anderen Seite kehrten sie in das Eingangslager zurück. Zielstrebig lief der Cyborg zwischen den Regalen entlang, verlangsamte dann seine Schritte, sodass Cosima, John und die anderen aufschließen konnten.

Auf dem Fahrsteig nach oben wandte Noboru sich ihnen zu, verharrte dann aber. Es kam John so vor, als schaute er durch sie hindurch, und Cosima hatte den Eindruck, dass er innehielt, um irgendetwas zu erwägen. Waren das Zweifel?

»Kendra?«, fragte John.

»Wir sind hier«, antwortete sie. »Sie sind auf uns aufmerksam geworden und versuchen offenbar herauszufinden, wo wir sind. Sie haben einige Segmente abgesperrt, wissen aber anscheinend nicht, dass wir die Tore öffnen können.«

»Wir machen uns auf den Rückweg«, erklärte John. »Könnt ihr sie weglocken?« Es gab nur eine Tür – die, durch die sie gekommen waren. Dort müssten sie sich an der Wache vorbeischleichen, die hinter dem Fenster in ihrer Kammer saß. Und auf dem Lageplan waren weitere Wachen angezeigt, die auf der Kreuzung verharrten.

»Wird schon gemacht«, antwortete Kendra.

»Und kannst du die Sensoren manipulieren? Wir sind uns nicht sicher, ob sie Noboru erfassen.«

»Ich werde sehen, was ich tun kann«, erklärte Kendra. »Geht einfach zu dem Eingang mit dem Lasergitter und wartet da!«

Sie nahmen denselben Weg, den sie gekommen waren. John war zwar neugierig, was sich in den anderen Bereichen befand, doch er wollte nicht das Risiko eingehen, auf Abwegen in Fallen zu laufen. Und Cosima verspürte keine Neugier, von ihrem Rückweg abzuweichen. Sie hatten die erste Hälfte der Operation erfüllt, und nun mussten sie entkommen, und jedes noch so kleine Abweichen würde sie nur von der Vollendung der zweiten Hälfte abbringen.

Als sie den Block, den Kendra vorhin als Falle bezeichnet hatte, umrundet hatten, schlichen sie sich an die Tür heran, die aus dem Bereich hinausführte.

John ließ sich den Lageplan im Visier anzeigen; Cosima prüfte ihn auf dem Schirm ihres Patches.

Die Wachen hatten sich keinen Zentimeter bewegt.

»Wollt ihr ihre Kommunikation abhören?«, fragte Kendra.

»Nicht nötig«, erwiderte John. »Sag uns einfach, wann es losgeht.«

»Wir sind jetzt da«, erklärte Kendra. »Ich zeige euch unsere Position.« Und tatsächlich erschien im rechten Bereich des Lageplans ein hellblauer Punkt und verharrte in der Nähe des Ganges, der die Etage durchquerte. Sofort färbte sich auf dem Plan die Umgebung des Transporters orange, und schon setzten sich die roten Symbole, die die Wachen repräsentierten, in Bewegung und strebten dem Transporter entgegen.

Noboru deutete auf die Tür. »Die Wachen auf der Kreuzung werden ihren Posten gewiss nicht verlassen.«

»Gib ihnen einen Augenblick«, entgegnete John, und tatsächlich schwärmten die roten Symbole der Wachen von der Kreuzung nach rechts fort und entfernten sich rasch.

»Das verstehe ich nicht«, sagte Noboru. »Es wäre doch sinnvoll gewesen, dass einige verharren.«

Cosima nickte zufrieden. Das Verhalten hatte sie unzählige Male gesehen. »Sie vertrauen der Technik so sehr, dass sie sich selbst lediglich als sekundär betrachten«, erklärte sie.

Noboru machte ein beinahe kindliches Gesicht und nickte.

Der Weg war frei, aber über das Com-System drangen Geräusche aus dem Transporter und übertönten beinahe Kendras Stimme. »Macht euch auf den Weg! Wir schließen die Tür und lassen ihnen noch etwas da, was sie beschäftigt.«

»Was ist mit dem Lasergitter?«, fragte John.

»Ist aus«, antwortete Kendra. Diesmal war bei ihr im Hintergrund alles still. Offenbar hatten sie die Transportertür wieder geschlossen. »Macht schon! Wir treffen uns auf der anderen Seite. Bei den Toiletten, wo ihr auf die Wache gestoßen seid.«

»Alles klar«, gab John zurück und nickte Edison zu, und der Waffenexperte öffnete mit einer Berührung des Steuerpanels die Tür. Kaum schlug ihnen der Alarm entgegen, führte Cosima sie mit gezogener Laserpistole an. John folgte ihr und zog ebenfalls seine Pistole aus dem Holster. Sie hatten all die Waffen, die sie bei sich trugen, auf eine nicht tödliche Leistung umgestellt. Sie wollten schließlich niemanden umbringen, sondern lediglich niederzwingen. Ein Treffer mit den Laserpistolen würde dem Opfer mit einem Impuls einen schweren Schlag versetzen, Schmerzen bereiten und höchstens eine kleine Brandwunde zurücklassen.

John folgte Cosima den Gang entlang, und schon kam Noboru neben ihn, überholte ihn und setzte sich vor Cosima an die Spitze. Cosima betrachtete den Cyborg mit einer bislang unbegründeten Bewunderung. Sie wusste nicht viel über ihn. Weder kannte sie seine Grenzen noch seine Fähigkeiten und seine Schwächen. Aber so erhaben wie er gerade an ihr vorübergezogen war, konnte sie nicht anders, als ihn für eine ungeheure Verstärkung zu halten.

Sie passierten das Fenster zur Rechten und schauten hinein. Cosima sah den Wachmann, der mit entsetzter Miene aufsprang, während John noch erkennen konnte, wie er vom Fenster zurückwich. Er hatte keinen Zweifel, dass die Wache hier Alarm schlagen würde. Doch als sie auf der Kreuzung ankamen, gab es weder einen neuen Alarmton, noch verschärfte sich der alte.

Cosima schaute die Gänge entlang, während John auf dem Plan in seinem Visier prüfte, ob sich die Wachen wirklich in Richtung des Transporters bewegten. Er fühlte sich bestätigt, aber schon sah er, dass auf der Karte der Gang, der hinter ihnen lag, bis hierhin zur Kreuzung orange gefärbt war.

Sie folgten dem Quergang nach links, aber John merkte, dass Noboru ihnen nicht hinterherkam, und schaute im

Lauf zurück. Der Cyborg war stehen geblieben und rieb sich die plötzlich funkelnden Hände.

Da fielen Schüsse, und Cosima lief leicht gebückt weiter, während John im Lauf wieder zu Noboru zurückschaute. Der Cyborg wandte sich nun ganz von ihnen ab, hob die Hände neben sich und spreizte die Finger. Mit einem Blitzen bildeten sich graugrüne Schilde, die seinen Händen zu entspringen schienen. Sie knüpften sich aneinander und schossen nach oben und nach unten. Kugeln prallten knallend von dem Schild ab, während Laserpunkte darauf sichtbar wurden und ihn knistern ließen.

John blieb stehen und rief: »Noboru! Komm!«

Der Cyborg zog seine rechte Hand zurück und setzte sich in Bewegung. Der Schutzschild blieb bestehen, und er zog ihn mit der linken Hand hinter sich her. Einige der Kugeln zischten links und rechts am Schild vorbei.

John lief wieder los und bemühte sich, im Schatten des Schildes zu bleiben.

Cosima erreichte indes das Ende des Gangs und brachte sich hinter der Ecke in Sicherheit. Sie schaute links und rechts den Gang hinunter. Da hörte sie einen Schrei, und Kugeln schossen aus dem Quergang heraus und bohrten sich in die Wand. Dennoch spähte Cosima um die Ecke und sah, wie Edison sich den Arm hielt. John hatte zu ihm aufgeschlossen und stützte ihn. Dominik lief sogar noch einmal zu ihnen zurück, um John zur Hand zu gehen, während Noboru sich näherte und sich mit dem Schild so positionierte, dass Edison geschützt war.

Dominik geriet mit einem Mal aus dem Gleichgewicht, fiel hin und schrie auf. Dominik – den Mann, den viele den *Unverwundbaren* nannten, hatte es erwischt! Ein Blutfleck über der linken Hüfte stach Cosima ins Auge.

Edison richtete sich auf und machte ein entsetztes Gesicht, nur um sich dann wieder kleinzumachen. John ließ von ihm ab, offenbar hatte sich der Waffenexperte gefangen. Statt Edison packte John nun Dominik und zerrte ihn hoch.

Cosima hob ihre Pistole und führte den Ziellaserpunkt die Wand entlang. In dem dünnen Rauch, der sich unter dem Beschuss auf dem Gang gebildet hatte, war der Ziellaser sogar als roter Strahl zu sehen. So war es ihr ein Leichtes, zwischen Dominik und der Wand hindurch, an Noboru vorbei Schüsse auf die Wachen abzugeben. Diese waren bereits an der Kreuzung angelangt, suchten nun aber links und rechts Deckung. Für einen Augenblick stellten die Wachleute das ohrenbetäubende Gewehrfeuer ein, sodass Cosima das leise Knistern ihrer Laserpistole bei jedem Schuss hören konnte. Es war wie ein Flüstern, das jeden Moment niedergeschrien werden mochte.

John und Edison bogen mit Dominik um die Ecke, und Noboru folgte mit dem Schild. Cosima gab noch zwei Schüsse ab und schreckte zurück – keinen Augenblick zu früh, denn eine Kugel verfehlte ihren Kopf um Haaresbreite.

Cosima schloss sich nun ihren Komplizen an, und schon bewegten sie sich auf die Transportertür zu, an der Kendra sie erwarten wollte.

Während Cosima darüber fluchte, dass sie sich den Lageplan vorhin nicht auf den Visierschirm gelegt hatte, erblickte John in seinem Visier, dass die Wachen, die auf sie geschossen hatten, den Gang entlangstrebten. Auf einem der Parallelgänge näherten sich weitere. Sie wählten offensichtlich einen Umweg, um sie von der anderen Seite unter Beschuss zu nehmen.

Die Transportertür lag ein Stück vor dem Abzweig, an dem die Wachen erscheinen würden. Und in diesem Augenblick zeigten sich an der Tür drei Gestalten. Die eine schaute ihnen entgegen, die anderen wandten sich von ihnen ab: Trent, Zayda und Teodor. Sie trugen ihre Hauben und unterschieden sich vor allem an den gefärbten Buchstaben auf der Brust: ein rotes *Tr* für Trent, ein grünes *Z* für Zayda und ein blaues *Te* für Teodor.

Trent winkte ihnen, während Zayda ihre Pistole und Teodor sein Gewehr hob, beide sich abwandten und den Gang entlangfeuerten. Dabei konnte John weder mit bloßem Auge noch auf seinem Schirm Wachen am nächsten Abzweig erkennen. Doch da sah er weiter hinten einige Gestalten, die sofort wieder auf den Gang zurücksprangen, von dem sie gekommen waren. Trotz des Beschusses von Zayda und Teodor wagten sie sich immer wieder kurz aus der Deckung, um zurückzufeuern.

Trent trat zu ihnen, ging in die Hocke und schoss mit seiner Pistole in den Gang. Teodor stellte das Feuer ein und fuhr den Schild an seinem Gewehr aus. Dieser breitete sich zur Seite aus und streckte sich auf Hüfthöhe der Wand entgegen. Zayda und Trent nahmen das Angebot an, gingen neben Teodor in die Knie und feuerten gemeinsam mit ihm aus der Deckung heraus weiter.

Als irgendwo hinter ihnen geschossen wurde, suchten Cosima und John hinter Noborus Schild Schutz. Edison stützte Dominik, der sich die Seite hielt und sich auf die Zähne biss.

Cosima und John schossen mit ihren Laserpistolen links und rechts an Noboru und dessen Schild vorbei auf die Verfolger. Und tatsächlich trafen sie zwei Wachen, dann eine dritte, und als die vierte mit einem Schrei zu Boden ging, fiel John ein Mann auf, der in der Mitte über seine sich vor Schmerz am Boden windenden Kameraden stieg und ein schweres Gewehr trug. Er legte nicht einmal richtig auf sie an, sondern hielt die Waffe auf Hüfthöhe neben sich und geriet ins Zittern, während ein Dröhnen durch den Gang schallte.

Cosima und John warfen sich Seite an Seite Schutz suchend zu Boden.

Auf einen Knall folgte ein gewaltiges Heulen, eine Erschütterung und peitschende Hitze, die über sie hinwegkroch. Doch dann wurde aus Hitze Wärme und aus Wärme Kälte.

Als Cosima und John die Köpfe hoben, waren sie beide gleichermaßen überrascht, Noboru noch aufrecht zu sehen.

Der Cyborg taumelte, sein Schild flackerte und schrumpfte dann zu einer kleinen Fläche um seine Hand zusammen.

Kugeln fauchten durch den Gang; eine streifte John am Bein, eine andere traf Cosima von der Seite kommend an der Brust, wurde aber von ihrer Rüstung und den Mikroschilden abgewehrt. Offenbar war sie von der Wand abgeprallt und hatte dadurch an Geschwindigkeit verloren.

Cosima und John erhoben sich und liefen gebückt Trent und den anderen entgegen. John schaute zurück und sah, dass Edison und Dominik sich umwandten und Schüsse abgaben, sich aber immer auf der Höhe von Noboru hielten.

John erkannte, dass zwei ihrer Widersacher an den Flanken ihres Trupps mit ihren Gewehren Schilde geschaffen hatten, die ihnen größtenteils Schutz boten.

Gerade als John wieder nach vorne schaute, erhob sich Trent und wandte sich ihnen zu. Genau in diesem Moment erwischte den Strategen etwas im Bauch. Er krümmte sich, und die Pistole entglitt seinen Fingern. Er fiel auf Teodor, der sein Gewehr fallen ließ. Damit kippte auch der Schild und ragte statt zur Seite nun nach oben. Trent, Teodor und Zayda war mit einem Schlag der Schutz genommen. Zayda feuerte noch einige Male, dann packten sie und Teodor Trent und zerrten ihn über den Boden zur Seite in den Transporter. Dabei schleifte Teodor gebückt mit einer Hand sein Gewehr und damit den aufragenden Schild mit sich.

Trents Schrei drang aus dem Transporter heraus, und es entsetzte John, seinen Freund nicht sehen zu können. Er beschleunigte seine Schritte noch einmal, und Cosima war bei ihm und hatte das Gefühl, dass sie jeden Augenblick eine Kugel oder ein Laserstrahl treffen müsste und es keine Möglichkeit gäbe, den Transporter ohne größere Wunden zu erreichen.

Sie hatten die einen Wachen hinter sich, die anderen vor sich. Von beiden Seiten kamen die Kugeln – und die Strahlen sahen sie nicht einmal. Als Edison und Dominik ihre Waffen schweigen ließen und ihnen folgten, aber dennoch weit hinten ein Schmerzensschrei ertönte, konnte Cosima sich nur wundern, dass die Wachen das Wagnis eingingen, danebenzuschießen und dadurch die eigenen Kameraden auf der anderen Seite zu treffen.

Auch John konnte nicht fassen, dass sie von beiden Seiten beschossen wurden. Normalerweise hätte eine Seite sich auf Befehl hinter Schilden versteckt und die andere Seite schießen lassen. Doch offenbar waren die Wachen so überrascht von ihrem Eindringen, dass sie den Kopf verloren hatten. Erst jetzt, da hinter ihnen lautes Fluchen ertönte, kamen die Schüsse nur noch von vorne. Doch zu spät: John erreichte den Transporter und sprang hinein. Sein Blick erfasste Trent sofort. Er lag neben Kendras Sitz am Boden. Zayda hielt ihn fest, und Teodor presste ihm einen Medi-Patch auf die blutende Bauchwunde.

Trent schrie in dem Augenblick auf, da Cosima neben John erschien, und sank regungslos zusammen, als Edison und Dominik sich in die Tür stellten und nach links und rechts den Gang entlangfeuerten.

John prüfte das Medi-Modul auf Trents Bauch. Es leuchtete gelb und zeigte zudem mit einem Symbol an, dass er bewusstlos war. Das Modul war offenbar in der Lage, die Verletzung halbwegs in Grenzen zu halten.

Edison und Dominik wichen von der Tür zurück. Während John es nur aus den Augenwinkeln registrierte, wandte Cosima sich um und erblickte Noboru, der mit düsterer Miene hereinkam. Die Haut an seinem rechten Oberarm war zerfetzt; darunter kam ein durch dunkles Blut – oder aber Öl – getrübter Roboterarm zum Vorschein, dessen Bewegungsfähigkeit offenbar nicht beeinträchtigt war. Die Tür schloss sich hinter ihm und er stand schwer atmend da.

»Nichts wie weg!«, sagte Kendra, und während sich der Transporter in Bewegung setzte, nahm sie ihre Haube ab, atmete durch und betrachtete Trent mit besorgter Miene. Noch ehe sie jedoch die nächste Kreuzung erreicht hatten, steuerte Kendra den Transporter wieder manuell. Es wirkte auf John fast so, als wollte sie sich von der Sorge um Trent ablenken – sich in etwas flüchten, bei dem sie die Kontrolle hatte.

Zayda und Teodor trugen Trent in den hinteren Bereich des Transporters. John half dabei, ihn auf die Sitzreihe zu betten. Mit großer Erleichterung stellte er fest, dass das Medi-Modul blassgrün leuchtete. »Er wird es überleben«, erklärte Teodor.

John nickte, setzte sich zu Trents Füßen und atmete tief durch. Cosima nahm neben ihm Platz, während Edison und Dominik einfach links und rechts der Tür zu Boden sanken und sitzen blieben. Auch sie waren verletzt und suchten in ihren Taschen nach Medi-Patches.

Sie alle nahmen nun wie Kendra zuvor ihre Hauben ab, nur die von Trent ließen sie unberührt, weil das Medi-Modul auch das Sauerstoffsystem des Anzugs kontrollieren konnte. Es war dazu fähig, Medikamente zu verabreichen, die über die Haube in Trents Atemluft gelangten. John prüfte, ob der Anzug, an den sich die Haube koppelte und dessen Steuereinheit sie verwendete, einwandfrei arbeitete. Dazu ließ John den Schirm an Trents Ärmel herausfahren und rief die Statusinformationen auf. Der Anzug hatte zwar gelitten, aber die Steuereinheiten waren unbeschädigt.

Zayda zog nun kleine Schläuche aus dem Medi-Modul und knüpfte sie an Ports in der Seite des Anzugs. Damit war die Verbindung hergestellt, und die Ansatzmöglichkeiten des Medi-Moduls hatten sich damit erweitert.

John konnte seinen Blick kaum von Trent abwenden. Erst als Cosima ihn antippte und ihm ein Medi-Modul reichte, erinnerte er sich an die Beinwunde. Er musterte den Oberschenkel. Die Kugel hatte zwar den Anzug durchdrungen, seine Haut aber lediglich angekratzt. Ein klassischer Streifschuss. Er gab Cosima das flache Modul zurück und zog ein schlichtes Pflaster aus seiner Brusttasche.

»Glück gehabt«, sagte Cosima mit düsterer Miene. Sie meinte es ernst, war sich aber unsicher, ob er es erkannt hatte.

John musterte Cosima und fragte sich, ob sie ihn gerade verspottet hatte, kam dann aber zu dem Ergebnis, dass ihre Worte unmöglich eine Provokation gewesen sein konnten, denn Trents Zustand war zu ernst für Späße. Er öffnete das Loch im Anzug und presste das Pflaster auf die kleine Beinwunde. Es brannte ein wenig. »Es wäre gut, wenn wir am Ende alle Glück gehabt haben«, sagte er. Dann holte er das Kugelmodul des Systemöffners hervor und heftete seinen kleinen Glücksbringer wieder an seine Kette.

Cosima nickte anerkennend, dann prüfte sie die Stelle an der Brust, an der sie die abgelenkte Kugel getroffen hatte. Das Geschoss war tatsächlich nicht durch den Anzug hindurchgedrungen, sondern hatte ihn lediglich ein wenig eingebeult. Der leichte Schmerz, den sie verspürte, kam offenbar von einem blauen Fleck. Erleichtert atmete sie aus und schaute dann zu Dominik hinüber. Er und Edison setzten sich nun ebenfalls Medi-Patches an. Dominik drückte es sich mit zitternder Hand auf die Wunde in der Seite.

Cosima schüttelte den Kopf. Dominik war verletzt – das hatte sie lange nicht mehr erlebt. Wäre sie abergläubisch gewesen, hätte sie das als schlechtes Zeichen genommen. Aber sie wusste, dass er in der Vergangenheit mit einer Mischung aus Vorsicht und Glück jeden Schaden hatte abwenden können. Es war nur das Ende einer Glückssträhne, nichts weiter. Mit einem Blick auf Trent kam sie zu dem Ergebnis, dass Dominik wohl relatives Glück gehabt hatte. Eine Verletzung, die Dominiks Medi-Modul jetzt bereits mit einem grünen Licht klassifizierte, war in ihrer Lage das Gleiche, wie aus einem weit weniger gefährlichen Kampf ohne Wunden hervorzugehen.

Noborus Stimme lockte sowohl Cosima als auch John aus den Gedanken. Der Cyborg stand neben Kendra und teilte ihr etwas mit. Wie die beiden sich begrüßt hatten, war Cosima und John entgangen. Sie wussten nicht einmal, ob sie es überhaupt getan hatten. Nun aber sprachen Kendra und der Cyborg über die Tunnel, die Sicherheitssysteme und die Auswege, während Zayda und Teodor abseits saßen und auf ihren Schirmen irgendetwas prüften.

»Was machen die da?«, fragte Kendra und deutete auf gelbe Stellen auf dem Lageplan.

Noboru blinzelte viele Male, dann antwortete er: »Sie blockieren gewisse Schleusen, sodass kein Weg mehr nach draußen führt.« Seine Stimme klang nicht im Mindesten beunruhigt.

Kendra deutete ans Ende des Plans. »Wenn wir hier nicht durchkommen, dann führt kein Weg nach oben.« Sie schüttelte den Kopf und schaute in die Runde. »Inanna hat das kommen sehen.«

Cosima starrte auf den Lageplan und fixierte die gelbe Fläche am Tunnel, der nach oben führte. »Das heißt, wir müssen sehen, wie weit wir kommen, und dann den Transporter verlassen.«

»Ja«, antwortete Kendra. »Das Sperrsystem blockiert den Transportern den Durchgang, aber wenn wir selbst durch einen der Notausstiege klettern, die ich hier entdeckt habe, müssten wir das schaffen. Ich kann sie manipulieren.«

»Das wäre tödlich«, erwiderte Noboru und zog die Blicke auf sich. »Hier unten würde uns das gelingen, aber an der Luke in den oberen Bereich der Anlage würden wir scheitern. Die Daten zeigen zwar, dass auch dort ein Tunnel in die Höhe führt, er ist aber dennoch blockiert. Eine Sackgasse. Es wäre nur eine Frage der Zeit, bis sie uns dort stellten.«

»Woher weißt du davon?«, fragte John. »Dein Bereich war doch völlig isoliert.«

»Er ist deswegen heute isoliert, weil es mir beinahe einmal gelungen ist zu fliehen. Ein Jahr nach meiner Entführung wollte ich auf dem Weg entkommen, den ihr jetzt beschreiten wollt. Sie haben mich vor der Luke gefasst. Auf dem Rückweg in mein Gefängnis ist mir jedoch etwas aufgefallen. Ich erhielt Einblick in das System und entdeckte geheime Daten, die nicht für die Wachen bestimmt sind. Natürlich könnten sie es inzwischen geändert haben. Aber das ist unwahrscheinlich.«

»Es gibt also keinen Ausweg?«, fragte Kendra.

»Es gibt immer einen Ausweg«, erwiderte Cosima, ehe Noboru antworten konnte. »Inanna meinte, du könntest uns eine Hilfe sein, wenn wir entdeckt würden. Nun, wir *wurden* entdeckt.«

»Ich kenne einen geheimen Transporterschacht, der in den Lagerbereich führt«, erklärte Noboru. »Und mir sind hier Wege bekannt, die nicht einmal für die Wachen dokumentiert sind. Die Frage ist, ob sie noch existieren.«

Kendra wies auf die Ports, von denen einer mit ihrem Computermodul verbunden war. »Dann schau nach.«

Noboru nickte und streckte seinen Zeigefinger vor. Die Fingerkuppe klappte nach oben, und ein Kabel züngelte heraus und drang in einen freien Port. Noborus Blick fuhr ins Leere, und Cosima fragte sich, was der Cyborg jetzt wohl wahrnahm. Konnte er das System als eine Art Visualisierung durchforsten, oder machten sich bei ihm einfach Gewissheiten breit?

»Es gibt Änderungen, aber die entscheidenden Dinge sind noch, wie sie waren.« Er nickte heftig. »Ich werde euch mitnehmen – auf den Fluchtweg, den ich mir all die Jahre lang vorgestellt habe.«

»Aber wie?«, fragte John.

»Über einen geheimen Weg fahren wir in das Schachtsystem des Lagerbereichs. Dort werden wir über einen der Transporterzugänge in die Hauptlagerhalle eindringen. Von da an müssen wir bis zu den großen Containern am anderen Ende laufen. Mit denen kommen wir raus.«

»Wie das?«, fragte Kendra. »Das Logistik-System muss *auch* die Schwelle zum oberen Bereich überschreiten. Und die wird bei den Containern noch strikter sein als bei einem Transporter. Wie soll das gehen?«

Cosima starrte Noboru an. Sie war gespannt, hatte aber

keinen Zweifel, dass der Cyborg tatsächlich eine Lösung hatte.

»Wir verwenden ein Programm, an dem ich nebenher gearbeitet habe. Wie ein Komponist, der jahrelang Musik im Kopf niedergeschrieben hat und das Werk heute endlich aufführen kann.«

»Ein bisschen kryptisch«, sagte Cosima lächelnd. Sie hatte mit einer weit präziseren Antwort gerechnet.

Noboru betrachtete sie mit seinen schwarzen Augen, die viel zu selten blinzelten. »Es gibt einen weiteren Tunnel nach draußen, für den Fall, dass Bennath illegale Waren schnell fortschaffen muss. Die Wachen wissen nichts davon und in den Systemen ist es tief verborgen. Ich selbst habe nur durch Zufall davon erfahren.«

»Das Hauptlager ist gut bewacht«, gab Teodor zu bedenken. »Wir waren vorhin in einem der Nebenlager und konnten die Wachen auf der Karte sehen.«

Kendra holte den Lageplan auf den Schirm. »Da wimmelt es von Wachen. Aber die bewegen sich. Ich glaube, sie gehen davon aus, dass wir uns an der Hauptschleuse versuchen.« Sie wies auf den Kern der Etage. »Sie sind jetzt da, wo du gefangen warst, und dürften den Beweis haben, dass du weg bist.« Sie schmunzelte. »Falls ihnen dein Auftreten entgangen sein sollte.«

»Ich bringe uns in den Geheimtunnel, während du ihnen falsche Sensordaten schickst«, schlug Noboru vor.

Cosima und John beobachteten auf dem Lageplan, welchen Weg sie nehmen würden. Neue Bereiche kamen auf der Karte nicht hinzu. Der Transporter verließ lediglich auf halbem Weg den Tunnel, in dem sie sich befanden, und schien nun zwischen der Wänden zu fahren.

»Sie haben oben, kurz vor dem Übergang in den normalen Bereich, Alarm geschlagen«, erklärte Zayda und wandte ihren Blick nicht von ihrem Schirm ab.

»Sie ziehen die Wachen da oben zusammen«, sagte Teodor.

»Was ist mit denen im Lager?«, fragte John.

»Die sammeln sich am Haupttor, aber auch an den Nebentoren. Sie müssen ja damit rechnen, dass wir überall erscheinen können.«

»Wie viele sind an der Tür, an der wir anlegen werden?«, fragte Cosima.

»Drei«, antwortete Teodor.

»Das ist machbar.«

John schaute zu Trent. »Aber wenn wir auf die andere Seite laufen müssen? Wie schaffen wir das mit ihm?«

»Wir tragen ihn«, antwortete Cosima.

»Teo und ich kümmern uns darum«, sagte Zayda. »Wir kriegen ihn schon zu den Containern.«

»Wie groß ist die Halle, die wir durchqueren müssen?«, fragte John.

»Wir müssen 215 Meter zurücklegen«, antwortete Noboru.

»Es herrscht Chaos«, erklärte Kendra. »Sie haben keine Ahnung, wo wir sind, und die Sensornachrichten, die ich ihnen schicke, sorgen für eine gereizte Stimmung«. Sie schüttelte den Kopf. »Ihr müsstet mal die Com-Sprüche hören.«

»Kannst du dich dazwischenschalten und Befehle geben?«, fragte Cosima.

Kendra seufzte. »Leider nicht. Sensordaten zu fälschen ist eine Sache, die Fälschung einer Befehlsauthentifizierung ist was ganz anderes.« Sie wandte sich Noboru zu. »Es sei denn …«

Langsam schüttelte der Cyborg den Kopf. »Dafür bräuchte ich die komplette Kontrolle über den Zentralcomputer.«

»Dann müssen wir also so da durch«, sagte John und blickte auf Trent hinunter. Er bedauerte, dass er das Gesicht seines Freundes nicht sehen konnte, sondern nur auf dessen Visier starrte.

Die Zeit verging John zu schnell. Die Hoffnung, dass die Wachen vom Lager abgezogen wurden, konnte sich nicht entfalten. Und ebenso wenig konnte John sich in Gedanken auf den Weg durch die weite Lagerhalle vorbereiten.

Cosima hingegen schloss die Augen und stellte sich vor, wie sie die drei Wachen in aller Stille betäubten und dann mit Trent in ihrer Mitte ihrem Ziel entgegenstrebten. Sie musste schmunzeln, wie heroisch es in ihrer Vorstellung wirkte, wusste aber, dass ihre heldenhaften Pläne in der Realität meist ihren Glanz verloren und rasch an den Rand der Verzweiflung führten.

Kurz vor dem Ziel verlangsamte der Transporter seine Fahrt. Cosima bekam Herzklopfen; John fühlte sich träge. Edison und Dominik rafften sich auf. Die Schmerzen waren ihnen anzusehen, hielten sie aber nicht davon ab, sich links und rechts von Cosima zu positionieren.

Noboru blieb an den Port angeschlossen; er steuerte und überwachte nach wie vor den Transporter. Kendra hingegen löste das Kabel aus ihrem Port. Es wurde in den Computer hineingesogen, während der Bildschirm sich flackernd auflöste. Sie nahm ihren Rechner auf und packte ihn in ihren Rucksack.

Trent bewegte sich mit einem Mal und führte seine Hände zu der Haube. Er wollte sie abstreifen, doch als John seinen Arm berührte, gab er es auf und wandte den Kopf langsam hin und her, als schaute er sich um.

John beugte sich über seinen Freund. Das kleine Display des Medi-Moduls zeigte mit seinem grüngelben Symbol immer noch an, dass Trents Wunde heilbar war.

Trent hustete. »Haben wir es geschafft?«, fragte er mit schwacher Stimme.

»Noch nicht. Wir fliehen durch die Lagerhalle. Und …« Er wusste nicht, was er noch sagen sollte.

»Und ich würde euch aufhalten«, sagte Trent. »Dann lasst mich hier. Ist in Ordnung.«

»Nein«, erwiderte John. »Nein, nein. Wir nehmen dich mit.« Er schaute zwischen Teodor und Zayda hin und her, die gerade dabei waren, ihre Hauben wieder überzuziehen. »Wir nehmen dich in die Mitte. Notfalls tragen wir dich.«

Trent atmete durch, und es klang nicht wie eine Erleichterung, sondern wie eine Belastung. »Ehrlich. Es wäre mir egal, wenn ihr mich einfach wieder einschlafen lassen würdet.«

»Ich vergesse mal, dass ich das gehört habe«, sagte John. »Ich möchte, dass du stark bist. Bleib wach, solange du kannst. Und ich verspreche dir, dass ich dich nicht zurücklassen werde. Egal, was ist. Denk an Amy! Denk nur an sie!«

Trent nickte. Teodor und Zayda halfen ihm beim Aufstehen. Das Erzittern des Strategen ließ John zweifeln, ob sie den Weg mit ihm überstehen würden. Und als das Signal am Medi-Modul wieder in einen gelben Ton abglitt, hielt er es sogar für beinahe ausgeschlossen.

»Ich packe das schon«, sagte Trent mit erschöpfter Stimme und hängenden Schultern. Er wirkte wie damals in der Schule, wenn ihn beim Langstreckenlauf die Kräfte verlassen hatten. Zwar war er dann in der folgenden Woche umso besser vorbereitet gewesen und hatte den Lauf erfolgreich und sogar mit einer guten Zeit hinter sich gebracht, aber hier gab es keine Wiederholung. Wenn er hier auf der Strecke bliebe, wäre es um ihn geschehen.

Trent lachte. »Weißt du noch, damals auf Kallisto?«

John nickte. Da war er verletzt gewesen, und Trent hatte ihn auf einer Antigrav-Kiste, in der sich ihre Beute befunden hatte, durch den Hafen von Asgard City geschoben. »Ich schulde dir dafür noch was«, sagte er.

Trent winkte ab.

Als der Transporter sanft zum Stehen kam, zog Cosima ihre Haube über und bemerkte, dass Noboru-14 sich von dem Port des Transporters trennte. Das Kabel schnellte zurück in den Zeigefinger, und die Kuppe klappte sich wieder herunter. Er kam an Cosimas Seite und betrachtete Trent, den Teodor und Zayda links und rechts stützten.

Als alle ihre Visierhauben wieder trugen, fragte Trent:

»Kann ich meine nicht ausziehen? Ich habe das Gefühl, keine Luft zu bekommen.«

»Wir wollen doch nicht, dass sie uns identifizieren«, sagte John, aber das war nicht die ganze Wahrheit. Am Ende würde Bennath ohnehin erfahren, dass sie hinter Noborus Befreiung steckten. Und auch wenn es wünschenswert war, dass Bennath möglichst spät von ihnen erfuhr, ging es John im Augenblick vor allem um Trents Überleben. Denn das Gefühl, ohne Haube besser Luft zu bekommen, täuschte. John bemerkte auf dem Display des Medi-Moduls, das auf Trents Körper haftete, dass es die Verbindung zum Sauerstoffsystem hielt und ein schmerzlinderndes Medikament über Trents Atemluft verabreichte.

»Warte«, sagte Zayda. Sie nahm eine Einstellung auf dem Medi-Modul vor.

Trent atmete so tief ein, dass es deutlich über das Com-System zu hören war. »Was ist das?«, fragte er. »Riecht nach Himbeeren.« Er senkte den Kopf.

»Das wird deiner Atmung auf die Sprünge helfen«, sagte Zayda.

Trent zeigte auf einen Blutfleck am Boden. »Wir sollten die Spuren verwischen«, sagte er.

»Warum?«, fragte Cosima. »Das Blut auf den Gängen werden sie sowieso finden. Und außerdem wird Bennath ohnehin bald wissen, wer ihn fertiggemacht hat.«

»Nur zur Sicherheit«, erwiderte John. »Damit er uns nicht im letzten Moment die Suppe versalzt.« Er bezweifelte zwar, dass Bennath ihre DNA in einer Datenbank finden würde, ganz gleich, ob in den legalen oder in den illegalen; dennoch holte er sein Spurenmodul aus dem Rucksack, nahm über das Display des rechteckigen Geräts einige Einstellungen vor und platzierte es an der Wand neben Trent. Die Nanomaschinen, die das Modul absonderte, würden hier im Raum Chaos stiften. Sie würden DNA generieren und platzieren und vorhandene Spuren modifizieren.

»Und? Was werden sie finden?«, fragte Trent.

»Tiger-DNA«, sagte John und entlockte seinem Strategen ein Lächeln.

Während John mit Trent über einen Juwelenraub redete, bei dem sie die DNA eines unbeliebten Politikers platziert hatten, prüfte Cosima schmunzelnd auf dem Schirm in ihrem Visier, wo in der Haupthalle sich die Wachen befanden. Drei standen direkt vor der Tür, weitere etwa fünfzig Meter schräg rechts vor ihnen am Haupttor des Lagers. Die anderen Nebentore waren nicht mehr besetzt, aber bei einem Alarm würden bestimmt weitere Wachen mit Transportern an ihnen andocken.

Sobald die Tür sich öffnete, musste es schnell gehen. Cosima konnte es kaum erwarten. Das war ihr Spiel: entschlossen einem Ziel entgegenstreben. Sie würde alles aufbieten, um sich mit den anderen zu den Containern durchzuschlagen.

»Alle bereit?«, fragte sie und schaute in die Runde, als hätte sie an den Visieren ablesen können, was ihre Komplizen dachten. An Johns hängenden Schultern las sie ab, dass die Scherze zwischen ihm und Trent ihn nicht von der Gefahr abgelenkt hatten.

Tatsächlich hatte John Zweifel, ob Trent ihre Flucht überstehen würde. Zudem war er sich unsicher, ob Noboru sich über die Gefahr im Klaren war, in die sie sich nun begeben würden. Geschosse hatten den Cyborg getroffen und die Haut seines Armes zerrissen, aber das störte ihn nicht. Die gleichen Geschosse hätten den Arm jedes normalen Menschen zerstört. Vielleicht unterschätzte der Cyborg, wie verletzlich sie waren. Das machte John zwar unruhig, aber die Vorstellung, dass Noboru all die Jahre auf diesen Augenblick gewartet hatte und sich sein Plan nun erfüllen könnte, machte ihm Hoffnung.

Cosima gab Dominik einen Wink. Die Tür des Transporters selbst stand bereits offen, die äußere Tür, die ins Lager hinausführte, war aber noch geschlossen. Dominik legte die Hand über die Kontaktfläche und verharrte.

»Drei!«, sagte Cosima. »Zwei! Eins! Und los!« Dominik strich mit der Hand über die Kontaktfläche, und schon schoben sich die beiden Flügel der Tür links und rechts in die Wand.

Dominik und Edison sprangen vor, der eine strebte nach links, der andere nach rechts. Ein Zischen hier, ein Zischen dort, und zwei Wachleute sanken zu Boden. Auf den dritten, der wie angewurzelt dastand, schoss Cosima dreimal mit ihrer leise knisternden Laserpistole und traf ihn einmal in den Hals und zweimal in die Brust. Zitternd sank er zusammen und regte sich nicht mehr. Cosima war sich nicht sicher, ob sie den Mann nicht vielleicht getötet hatte. Sie schaute nach rechts, wo sich das Haupttor mit weiteren Wachen befinden musste, stellte aber zu ihrer Erleichterung fest, dass der Blick von einem Block aus Regalen versperrt war. Allerdings hörte sie die Wachen dort drüben reden und lachen.

Sie prüfte kurz den Puls ihres Opfers, befand den Mann für lebendig und bemerkte, dass in seinen Augenwinkeln Mini-Patches hafteten, mit denen man kleine Bildschirme schaffen konnte, die sich vor die Augen schoben. Den meisten Leuten war das lieber, als über Nanoflüssigkeit, Kontaktlinsen oder gar traditionelle Brillen an einen Schirm zu gelangen.

Beim Hinaustreten aus dem Transporter erkannte auch John die Mini-Patches und ließ seinen Blick sofort auf das Gewehr der einen Wache gleiten; und tatsächlich erblickte er das kleine Kameramodul daran. Zwar glaubte er nicht, dass es gerade aufzeichnete, aber es mochte sein, dass die Wachen in diesem Bereich sich die Bilder von ihren Waffen als Zielhilfe auf die Schirme vor ihren Augen legen konnten. »Vorsicht«, flüsterte er Cosima zu und zeigte auf die Waffe. »Kamera plus Mini-Patches«, sagte er.

Cosima nickte und winkte dann die anderen aus dem Transporter heraus.

John führte Teodor, Trent und Zayda nach links, und Cosima folgte ihnen mit Noboru, Dominik, Edison und Kendra. Hier an der Seite entlangzugehen, das beruhigte John ein wenig. Leider würden sie nicht den ganzen Weg so zurücklegen können. Schon nach wenigen Metern zwang sie eine Wand dazu, in Richtung Hauptgang zu gehen.

Cosima spähte um die Ecke und hatte nach rechts freie Sicht auf das Haupttor und die acht Wachen, die dort postiert waren. Sie unterhielten sich, und nur einer schaute immer wieder auf den Monitor neben der Tür, auf dem, so vermutete Cosima, Bilder vom Gang jenseits des Tores zu sehen waren. Eine Wachfrau wandte sich zu dem gewissenhaften Kollegen um und klopfte ihm lachend auf die Schulter.

»Sie glauben, das sei eine Übung«, flüsterte Noboru.

»Kannst du sie etwa hören?«, fragte John leise.

Noboru nickte.

Cosima schaute nach links den breiten Gang entlang. Er mündete in eine große Fläche in der Mitte der Halle, an deren Ende sich Container stapelten. Das war ihr Ziel.

Diesmal machte John den Anfang. Ihm folgten Teodor und Zayda mit Trent. Sie schauten nach vorne, während Cosima, die hinter Noboru ging, sich wie auch Dominik und Edison mit erhobener Waffe dem Haupttor zugewandt hatte. Sie hielten sich nahe der Wand, die in eine Regalreihe überging, und bewegten sich vorsichtig weiter.

John fürchtete, dass der Lageplan auf dem Visier unvollständig war und vor ihnen noch irgendwelche Wachen lauerten oder Bennaths Leute sich ihnen auf dem Geheimweg, über den sie entkommen wollten, in den Weg stellten.

Indes wartete Cosima hinten förmlich darauf, dass die Wachen am Haupttor sie entdeckten. Jeder Schritt, den sie unbemerkt vorankamen, war ein ungeheurer Schatz, den es nicht zu verspielen galt.

»Hey!«, rief einer der Wachleute und deutete in ihre Richtung. Eine Frau hob ihr Gewehr. »Halt!«, brüllte sie.

»Los!«, sagte John und beschleunigte seine Schritte. Teodor und Zayda bemühten sich, ihm rasch zu folgen, doch Trent hielt sie auf. Jeder Blick über die Schulter machte das

John klar. Trent bemühte sich offensichtlich, selbst zu laufen, wurde aber von Teodor und Zayda im Grunde die ganze Zeit getragen.

Cosima feuerte mit ihrer Laserpistole. Direkt neben einer Wachfrau blitzte ein Punkt an der Wand auf. Sie hatte ihr Ziel verfehlt. Dominik und Edison schossen mit ihren Gewehren. Edison traf die Wachfrau mit seinem Laser an der Hüfte und brachte sie aus dem Gleichgewicht und schließlich zu Fall, und Dominik traf mit seinem Pfeilgeschoss den Wächter, der eben das Display geprüft hatte. Die anderen Wachen wichen nach links und rechts aus und zogen die Köpfe ein.

Cosima nutzte die Überraschung und gab Dominik und Edison einen Wink. Sie wandten sich um und folgten den anderen. Sie hatten fast zu ihnen aufgeschlossen, als Noboru hinter Trent trat, ihn packte und aus dem Griff von Teodor und Zayda löste. Er hob ihn hoch und lief mit ihm auf dem Arm an Johns Seite.

Trents Gewicht schien den Cyborg überhaupt nicht zu stören. Er hielt den Oberkörper völlig gerade und balancierte sein Gewicht komplett mit den Beinen.

Schüsse fielen hinter ihnen. Die Wachen hatten ihren Schrecken überwunden und jagten ihnen wild feuernd hinterher.

Cosima, Edison und Dominik hielten abwechselnd dagegen: stehen bleiben, schießen, wieder aufholen. Und es reichte aus, die Verfolger kurz zum Anhalten zu zwingen.

Sie erreichten die offene Fläche im Zentrum der Halle, und John führte Noboru und die anderen sofort ein Stück nach links. So würden sie zumindest für einige Sekunden aus dem Blick der Wachen verschwinden.

Sie hatten gerade einmal den halben Weg zurückgelegt, da nahmen die Wachen sie wieder unter Beschuss.

»Dom!«, rief Cosima, und ihr Waffenexperte reagierte sofort. Gemeinsam hielten sie inne, legten auf die Wachen an und feuerten – sie mit ihrer Pistole, er mit seinem Gewehr, das er nun vom Pfeilschuss auf Laserschuss umgestellt hatte. Die Wachen zogen sich in die Deckung der Container am Hauptgang zurück.

Cosima wandte sich um und lief mit Dominik in einem Bogen los, um den anderen die Möglichkeit zu geben, an ihnen vorbei auf die Wachen zu schießen. Bei Amberson Unbound war das ein alter Trick, sie aber hatten es bei ihren Vorbereitungen nicht geübt, und dennoch sah Cosima, dass John und Edison sich kurz vor den Containern umdrehten und Feuerschutz gaben, während die anderen zwischen zwei Containerreihen verschwanden.

John hatte die Wachen im Blick, die immer wieder versuchten, aus der Deckung zu kommen, und die sie ein ums andere Mal mit ihren Schüssen zurücktrieben. Zwei Wachen hielten ihre Pistolen um die Ecke und feuerten. John zielte auf die Waffen, konnte sie aber nicht treffen. Doch auch die gegnerischen Schützen verfehlten sie und trafen die Container. Obwohl die Wachen über Mini-Patches für die Augen verfügten, die sie im Zusammenspiel mit ihren Waffen als Zielhilfe hätten nutzen können, schossen sie kläglich daneben. Entweder nutzten die beiden Schützen die Kopplung von Waffe und Augenschirmen nicht, oder aber sie waren ungeübt im Umgang damit.

Cosima und Dominik erreichten John und Edison und unterstützten sie mit Schüssen auf den Hauptgang, sodass selbst die beiden Wachen, die ungezielt auf sie schossen, ihre Pistolen zurückzogen.

Als für einen Moment keine Gegenwehr kam, folgte Cosima mit Dominik den anderen in den Gang zwischen den Containern, während John und Edison noch einen Augenblick länger ausharrten.

»Komm!«, rief John schließlich zu Edison und lief Cosima und Dominik nach. Als hinter ihm wieder Schüsse fielen, schaute er sich nach Edison um. Sein Waffenexperte folgte ihm rückwärts und auf die Wachen feuernd. Er wandte sich schließlich um, nickte John zu, dann aber wurde er zur Seite gerissen, und Blut spritzte gegen den grauen Container. Edison schrie nicht einmal auf, sondern senkte nur den Kopf, als schaute er auf seine blutende Brust.

John eilte zu ihm, erreichte ihn jedoch erst, als er zusammengesunken war. Er packte den zitternden Körper, riss einen Medi-Patch aus der Beintasche und presste ihn auf die Wunde. Während John die Rufe der Wachen und auch deren Schritte hörte, sprang das Modul an und leuchtete sofort in einem satten Rot. Es war mit der Wunde überfordert, hatte aber noch nicht den Tod festgestellt.

»John!«, rief Cosima. Sie kehrte zu ihm zurück und feuerte einige Schüsse um die Ecke, die die Wachen aufschreien ließen.

»Schnell jetzt«, sagte sie und wusste nur zu gut, dass John einen todgeweihten Kameraden nicht kampflos zurücklassen würde. In dieser Hinsicht war er wie sie.

John schaute zu Cosima auf und wuchtete sich Edison dann auf den Rücken.

Cosima nickte nur, ließ ihn passieren und bewegte sich rückwärts hinter ihm her. Sie wartete nur darauf, dass die Wachen in ihr Blickfeld kamen.

Auf der nächsten Kreuzung liefen sie nach rechts, dann sofort wieder nach links und sahen am Ende, wie Noboru einen roten Container öffnete und sich hineinbeugte. Offenbar hatte er Trent abgelegt und machte nun Kendra, Zayda und Teodor Platz und ließ sie in den Container treten. Er rieb sich seine Hände, dann hob er sie an, und um die gespreizten Finger bauten sich Schilde auf.

Als Bennaths Wachen wieder von hinten auf sie schossen, hielt Cosima an und erwiderte das Feuer, während John schwer atmend mit Edison auf dem Rücken an ihr vorbeistrebte. An einem Abzweig nach rechts sah er an der übernächsten Kreuzung eine Gruppe Wachen, die über einen der Seiteneingänge dazugekommen sein musste. Er lief weiter und hörte die Kugeln, die hinter ihm vorbeizischten und gemeinsam mit den Laserstrahlen auf die Container trafen.

Cosimas Herz pochte, als sie an den Abzweig kam. Sie

hielt inne, während die Wachen hinter ihr sie unter Beschuss nahmen. Sie musste weiter, wollte aber nicht in das Feuer aus dem Seitengang laufen. Gerade in diesem Augenblick hörte der Beschuss von rechts auf, und sofort lief sie los. Ein Schlag traf sie an der Schulter und brachte sie aus dem Gleichgewicht. Sich an der Wand abstützend, konnte sie sich gerade noch fangen und lief weiter. Und schon erwischte sie etwas im Rücken, und die Anzeige in ihrem Visier färbte sich rot.

Ein Laserstrahl hatte die Mikroschilde ihres Anzugs getroffen und komplett aufgelöst. Die kleinen Schildflächen waren ohnehin rar gesät, um die Beweglichkeit des Anzugs zu gewährleisten. Cosima lief weiter und sah, dass Edisons Anzug am Rücken aufplatzte und John ins Schwanken geriet. Dominik stützte ihn und ließ ihn dann passieren.

Cosima hielt sich rechts, während Dominik an ihr vorbeifeuerte. Als sie neben ihm angekommen war, wandte auch sie sich um, und Seite an Seite liefen sie rückwärts weiter und schossen.

Cosimas Schulter schmerzte. Sie hätte sich am liebsten eines ihrer Medi-Module auf die Wunde gesetzt, doch dazu blieb keine Zeit. In jedem Augenblick, den sie nicht feuerten, gewährten sie ihren Gegnern Spielräume. Selbst der Blick hinter sich, um zu prüfen, wie weit es noch war, barg die Gefahr, einen entscheidenden Augenblick unaufmerksam zu werden. Aber ihr Zusammenspiel mit Dominik war perfekt. Mal schaute sie, mal er, und das Feuer brach nie ab.

Da erschienen die Wachen aus dem Seitengang am Abzweig. Drei hielten sich Schilde vor, die aus ihren Armschienen wuchsen, und feuerten mit ihren Pistolen, während vier weitere hinter ihnen Schutz suchten und die Läufe ihrer schweren Gewehre dazwischen hindurchsteckten.

Cosima wandte sich um. Sie wusste, dass ihre Schüsse diese Wachen, die nun hinzugekommen waren, nicht beeindrucken würden. Ihre einzige Chance bestand darin, sich in den Container zu retten.

John lief an Noboru vorbei, der sich in Bewegung setzte und die Schilde, die sich um seine Hände gebildet hatten nun voranhielt und Cosima entgegenkam. Indes schossen Zayda und Teodor nach rechts in den Gang. Dort waren offenbar weitere Wachen eingetroffen. Eines musste man Bennaths Leuten lassen: Nach dem Alarm waren sie schnell vor Ort gewesen.

John erreichte den Container und schleppte sich mit Edison auf dem Rücken hinein. Cosima folgte ihm und schaute sofort zurück. Noboru näherte sich Dominik, der sich wieder umgewandt hatte. Der Cyborg nahm ihn hinter seinen Schild, sodass sie sich geschützt zurückbewegen konnten.

John legte Edison auf dem Boden des Containers ab und sah, dass das rote Licht auf dem Medi-Modul einem Weiß gewichen war.

Edison war tot.

Fassungslos starrte John auf seinen Freund hinab.

»Nein«, rief Trent. »Nein, nein, nein«, wiederholte er. Im Sitzen beugte er sich über Edison. Er schüttelte den Kopf und schluchzte.

John jedoch stand nur da und konnte sich nicht rühren.

Ein Knall, ein Luftzug und eine Erschütterung – all das riss John aus der Starre und ließ ihn herumfahren. Neben Cosima schaute er durch die Containertür hinaus. Dominik und Noboru lagen am Boden. Rauch füllte den Gang aus. Mit was auch immer die Wachen geschossen hatten, sie hatten Noborus Schild durchdrungen und Dominik getroffen. Er lag regungslos in einer Blutlache am Boden.

Während Teodor und Zayda erstarrten, sprang Cosima vor, John folgte ihr. Sie wagten sich in den Gang hinaus. Die Schüsse von links trafen Noboru, der sich aufrichtete und Dominik mit seinem Körper abschirmte.

Kaum waren sie draußen, da drehte Cosima Dominik auf den Rücken und packte ihn dann an den Armen.

John bemerkte, dass Noboru ins Schwanken geriet und den Kopf schüttelte, als wollte er sich wach rütteln. Er griff nach dem Arm des Cyborgs und bewahrte ihn so vor einem Sturz.

Cosima schleifte Dominik ins Innere des Containers. Er schrie auf und schlug mit dem Kopf wild hin und her.

John führte Noboru, der völlig desorientiert wirkte, dem Container entgegen. Zayda und Teodor, die wieder den Gang hinabgefeuert hatten, zogen den Cyborg hinein.

Da begannen die Wachen, die mit einer schweren Waffe auf sie geschossen hatten, wieder mit ihren Gewehren und Pistolen zu feuern.

John duckte sich und mit ihm alle, die im Eingang standen. Ein Schrei ließ John in Panik aufschauen. Kendras Schrei. Er hatte ihn bislang nur selten gehört – ein durchdringender Schmerzensschrei, der wie eine Anklage klang. Doch er konnte sie nicht sehen, sondern sah nur, wie sich Noboru von ihm abwandte und in die Hocke ging.

Was John nicht sah, erblickte Cosima im Inneren des Containers in aller Klarheit: Kendra lag am Boden, ihr Schutzanzug war an vielen Stellen zerfetzt und blutig. Der Schrei erstarb, und sie atmete stockend. Und so weh Cosima der Anblick tat, schaute sie doch zur Containertür und erblickte John. Er hatte sich auf den Boden geworfen und kroch nun zu ihnen ins Innere des Containers, während Teodor und Zayda über ihn hinwegzielten.

Kaum hatte John sich über die Schwelle gezogen, schob sich die schwere Containertür zu, und nur das warme Licht, das aus der lang gezogenen Leuchtfläche in der Decke drang, erhellte den Raum.

John sah im Display seines Visiers, dass die Mikroschilde seines Anzugs im Rücken fast dahingeschmolzen waren. Hätte er sich nur einen Augenblick später niedergeworfen, wäre er nun tot. Und doch war er nicht erleichtert. Während Teodor am Türpanel den Container verriegelte und das Licht hochregelte, quälte sich John auf seine zittrigen Beine. Und da sah er es: Kendras Gesicht. Noboru hatte ihr die Haube abgenommen. Schmerzverzerrt und mit bebenden Lippen, die sie mit einem Biss zu bändigen versuchte, schaute sie zu Noboru auf.

Cosima stützte John, während Geschosse an die Tür trommelten. »Wir müssen hier weg!«, rief Zayda.

Noboru schaute über die Schulter und löste sich von Kendra. Nun sah auch John das Ausmaß ihrer Verletzungen. Zwar hatte Noboru ein Medi-Modul auf ihrem Bauch platziert, aber das Blut ringsum und einige kleinere Wunden machten deutlich, wie ernst es war.

Noboru trat zu Teodor und Zayda und legte seine Hand auf das Panel neben der Tür. Sofort setzte sich der Container in Bewegung und hob vom Boden ab. Der Beschuss wanderte auf die Unterseite des Containers und brach ab, nachdem sie sich ein Stück seitwärts bewegt hatten.

John setzte sich neben Kendra, Cosima ging bei Dominik in die Hocke. Beide waren noch bei Bewusstsein, und bei beiden leuchtete der Medi-Patch rot. Ihre Hauben lagen am Boden; die Anzüge waren so sehr beschädigt, dass sie den Hauben keinen Sauerstoff mehr zuspielen konnten.

»Das war's wohl mit meinem Glück«, sagte Dominik mit angestrengter Stimme.

»Dom. Du wirst es schon schaffen«, sagte Cosima leise. Ihre Schulterwunde schmerzte zwar, aber sie wollte keine Schwäche zeigen. »Das Modul wird dich am Leben halten«, sagte sie. »Und wenn wir erst einmal auf der *Inanna* sind, dann …«

Dominik nickte mit einem verzogenen Lächeln. Cosima wusste, dass das kleine Modul ihn nicht retten würde. Sie schaute zur Seite.

Kendra fasste gerade Johns Hand, und mit stockendem Atem sagte sie: »Mein Rucksack! Da ist ein großes Modul drin.«

John schaute sich um und fand den Rucksack an der Wand, an der Kendra ihre Ausrüstung offenbar hatte aufbauen wollen. Er holte ihn und öffnete ihn vor Kendras Augen. Tatsächlich fand er darin neben ihrem Computer einen tellergroßen Medi-Patch und zog ihn hastig heraus. John wollte ihn sofort bei Kendra anbringen, aber sie packte sein Handgelenk. »Nein. Schau!« Sie blickte auf ihren Bauch. Der Medi-Patch leuchtete bereits orange. »Es klappt auch so. Gib ihn Dominik!«

John war verwundert. Kendra hatte in der Vergangenheit mindestens ein Dutzend Mal versucht, Dominik umzubringen, und nun wollte sie ihr eigenes Leben aufs Spiel setzen, obwohl ihre Chancen, mit dem großen Medi-Modul zu überleben, viel größer waren?

Als John sich Dominik und Cosima zuwandte, sah er in staunende Gesichter. »Ich kann das nicht annehmen, Kendra«, sagte Dominik mit schwacher Stimme.

Cosima schüttelte den Kopf und nahm das Modul von John entgegen. »Jede Sekunde, die dieses Ding nicht arbeitet, ist eine verschenkte Sekunde«, sagte sie, während sie das dunkelrot leuchtende Modul, das Noboru eben blitzschnell angelegt hatte, von Dominik löste. Die Wunden, die unterhalb des Brustkorbs verliefen, waren von dem Modul gereinigt und notdürftig verklebt worden. Sie schienen nichts weiter als rote Flecken zu sein, die von dunkelroten Linien durchzogen waren. Ein Kranz aus Blutpunkten zeigte an, wo die Nadelstiche des kleinen Medi-Patches verlaufen waren.

Cosima brachte das neue Medi-Modul in Position. Dominik stöhnte auf und biss sich dann auf die Zähne. Schließlich aber atmete er erleichtert aus, und die Statusanzeige des großen Medi-Moduls strahlte in einem satten Orange.

»So!«, sagte Cosima. »Und wenn ihr jetzt nicht zu viel redet, könnt ihr es beide überleben und später darüber streiten, wer wem was schuldet.«

Cosima und John betteten Kendra und Dominik neben Trent, der an die Wand gelehnt dasaß. Die Anzeige seines Medi-Patches war immer noch gelb. Auch bei ihm war noch nichts entschieden. Aber er machte einen starken Eindruck und wollte sich nicht hinlegen. »Wenn ich liege, tut es mehr weh und die Anzeige wechselt auf orange.«

John hob die Hände zu einer beschwichtigenden Geste. »Gut. Dann mach, was funktioniert.« Er ging näher zu ihm hin. »Und hab ein Auge auf die beiden hier.«

Trent nickte.

John kehrte noch einmal zu Kendra zurück. »Wir werden das überstehen, Kendra. Wir werden zur INANNA zurückkommen.«

»Ich hab nichts gegen ein paar synthetische Organe«, sagte sie. Dann schaute sie zu Edison hinüber. »Aber ich weiß nicht, ob ich das aushalte, John.«

»Gemeinsam werden wir das schon«, sagte er. Edison trug noch immer das Medi-Modul, das nach wie vor mit dem weißen Leuchten anzeigte, dass er tot war. Aber es bedeutete ebenso, dass das Modul ihn so gut wie möglich konservierte, bis sie entschieden hatten, wie er beigesetzt würde. John dachte an einen Platz in der Nekropole von Pandaros-3. Dort waren viele seiner Vertrauten beigesetzt. Und Edison würde einen Ehrenplatz bekommen.

Cosima strich Dominik über die Stirn. »So, und jetzt vertraue einfach auf dein Glück.«

Während John nun die schmerzenden Stellen an seinem Körper nach Wunden absuchte, aber nichts Ernstes entdecken konnte, öffnete Cosima ihren Anzug so weit, dass sie die Schulter herausziehen konnte. Zayda legte ihr ein Medi-Patch auf die kleine Wunde über dem Schlüsselbein. Der Schmerz fuhr ihr den Hals herauf und den Rücken hinunter. Sie konnte aus den Augenwinkeln gerade noch die strahlend grüne Anzeige des Medi-Patches erkennen.

»Die Mikroschilde haben dir das Leben gerettet«, sagte Zayda, während sie ihr half, den Anzug wieder zu schließen.

»Das ist heute mein Lieblingssatz«, erwiderte Cosima und lächelte erleichtert, als der Medi-Patch ihr Kühlung verschaffte.

Eine Erschütterung und erneuter Beschuss ließen Cosima sich suchend umschauen. John nickte Trent zu, dann blickte er in ihre Richtung, erhob sich und kam ihr entgegen.

»Alles in Ordnung?«, fragte John.

»Der Schmerz war größer als die Wunde«, erklärte sie. Dann wies sie zur Tür, wo Noboru immer noch die Hand auf das Steuerpanel hielt, während Teodor eine besorgte Miene machte. »Hier stimmt was nicht«, sagte sie und fragte sich, was Noboru dort anstellte. Sie hätten längst in dem Fluchttunnel sein müssen, den der Cyborg erwähnt hatte.

Gemeinsam gingen Cosima und John zu Teodor und Noboru hinüber.

»Was ist los?«, fragte John.

»Kommen wir nicht raus?«, setzte Cosima nach.

»Gleich ist es so weit«, antwortete Noboru.

Cosima atmete durch. »Eine Schande, dass wir bei all dem, was wir hier durchgemacht haben, unsere Beute im Transporter zurücklassen mussten. Was wir hier opfern, ist einfach zu viel, um mit leeren Händen zurückzukehren. Am liebsten würde ich Bennath das letzte Hemd nehmen.«

»Immerhin habt ihr mich gerettet«, sagte Noboru.

John grinste gequält. »Nimm's ihr nicht übel. Unsere Pläne sind nicht ganz aufgegangen.« Er schaute zu Edison hinüber.

Cosima schickte Teodor zu den Verletzten. »Kümmere dich mit Zayda um die drei«, sagte sie. Als er fort war, wandte sie sich an Noboru. »Was ist los? Wir stecken doch in irgendwelchen Schwierigkeiten, oder? Sonst wären wir längst in dem Tunnel, von dem du gesprochen hast.«

John nickte. »Du kannst es uns sagen. Ist der Tunnel noch da?«

»Er ist noch da, und das Tor steht offen. Aber auch ich bin der Meinung, dass Bennath nicht teuer genug bezahlen kann. Cosima hat recht: Was ihr hier opfert, ist zu viel, um mit leeren Händen zurückzukehren.« Er deutete zwischen ihnen hin und her. »Ich zeige es euch.«

Sowohl Cosimas als auch Johns Armpatch fuhr den Schirm aus und zeigte Aufnahmen von der Außenkamera des Containers. Unten im Lager herrschte Bewegung. Die Wachen, inzwischen mehrere Dutzend, liefen durcheinander und wichen Lastenrobotern aus, die Container beluden. Diese schwebten in die Höhe und verschwanden in einer Öffnung in der Wand, die sich direkt unterhalb der Decke befand.

»Nein«, sagte Cosima staunend. »Das darf doch nicht …«

»Das machst du jetzt nicht, oder?«, setzte John nach.

»Was?«, fragte Trent von hinten und machte auch die anderen aufmerksam. Selbst Dominik und Kendra hoben die Köpfe. »Was macht er nicht?«

Cosima bemühte sich um ein diebisches Grinsen. »Sagen wir, dass wir der Beute, die wir im Transporter zurückgelassen haben, nicht mehr nachtrauern sollten.« Ihre Stimme klang selbst für sie erschreckend leidenschaftslos. Unter anderen Umständen hätte sie vor Triumph Luftsprünge gemacht. Nun aber verspürte sie zumindest Genugtuung.

John starrte immer noch fassungslos auf seinen Schirm. »Der gute Noboru räumt das Lager aus«, erklärte er und schüttelte dann den Kopf. »Bennath wird Augen machen!«

Die Mundwinkel des Cyborgs schoben sich langsam nach oben, während er mal John und mal Cosima anblickte. »Betrachten wir es als Bezahlung für jahrelange Dienste – und als Schmerzensgeld für alles, was ihr hier durchmachen müsst.«

* * *

Daron Itoh duckte sich gerade noch rechtzeitig. Der Container hätte ihm beinahe den Schädel eingedrückt, hob sich nun aber dem Tor entgegen, von dem sie alle nichts gewusst hatten. Daron fluchte. Wie sollten sie etwas beschützen, wenn sie nichts davon wussten? Hier hatten sie nur eine Handvoll Wachen stehen lassen, als der Alarm losgegangen war. Was im Kernbereich mit dem Alarm begonnen hatte, war längst hierher gewandert und suchte nun nach seinem Höhepunkt.

Daron hatte es aufgegeben, auf den roten Container neben dem Tor zu schießen. Selbst die schweren Gewehre konnten ihn kaum ankratzen. Und nun schoben sich auch noch weitere Container ins Schussfeld.

»Verdammte Scheiße!«, brüllte er, doch die Schüsse, der Lärm der Lastenroboter und die im Chor summenden Antigrav-Antriebe der Container, übertönten alles. Er regelte die Lautstärke in seinem Helm hoch, damit er die Durchsagen der anderen hören konnte.

»Wie sieht's aus, Itoh?«, fragte Anthea Haunslow, seine Chefin, die sich sonst so gut wie nie persönlich meldete. Es waren unglückliche Umstände, die ihn in dieser Situation zum Anführer des Einsatzes gemacht hatten. Er war einfach zur falschen Zeit im Kernbereich gewesen.

»Nichts Neues, Sir«, sagte er. »Die sitzen da oben in ihrem Container und räumen uns das Lager aus. Ist der Tunnel dort oben irgendwie mit dem Rest vom System verbunden?«

»Das können wir immer noch nicht sagen. Wir wissen nur, dass der Transporter, mit dem sie ins Lager gekommen sind, außerhalb der uns bekannten Tunnel gefahren sein muss. Oder sie haben unser System getäuscht. Aber von dem Tor wissen wir nichts. Und wir haben keine Ahnung, was dahinterliegt. Sonden prüfen jetzt mögliche Verbindungen, irgendwelche geheimen Zugänge! Irgendwas!«

So aufgebracht hatte Daron seine Chefin noch nie erlebt. Sie war immer die personifizierte Ruhe gewesen und hatte auf alles eine Antwort gehabt.

»Gibt es irgendwas, das ich tun kann?«, fragte er. »Denn wir stehen hier und kommen nicht an sie heran. Wir haben versucht, auf die Container zu klettern und mit ihnen hochzufliegen. Aber sie haben uns abgeschüttelt. Und wir haben Drohnen und Roboter gegen sie gesandt, aber die haben unseren Befehlen nicht mehr gehorcht und damit begonnen, weitere Container zu beladen. Und auf sie zu schießen zeigt keine Wirkung. Nicht mit dem Gerät, das wir haben. Wenn wir Sprengwaffen hätten, dann …«

»So ein Mist!«, flüsterte Haunslow. »Sprengwaffen gibt es nur oben. Bennath wollte kein schweres Gerät im Sperrbereich. Der scheint überhaupt kein besonderes Interesse daran gehabt zu haben, dass wir was wissen. Noch einmal: Seid ihr euch sicher, dass unter den Banditen ein Cyborg gewesen ist?«

»Es war ein Cyborg. Keine Frage. Die Scanner haben es klar angegeben. Die Schilde um seine Hände, der angeschossene Arm, unter dessen Haut ein Roboterarm zum Vorschein kam.«

»Wann habt ihr den Cyborg zum ersten Mal gesehen?«

»Nachdem der Alarm losging. Er hat sich mit den anderen Einbrechern aus dem Kernbereich zurückgezogen.«

»Verstehe«, sagte Haunslow.

Daron ahnte, was sie beschäftigte. Es schien fast, als fragte sie sich, ob der Cyborg nicht die ganze Zeit im Kernbereich gewesen war. Was hatten sie nicht alles im Zentrum der Anlage vermutet: ein Modifikationsmodul, eine Reparatureinheit oder sogar eine Mikro-KI. Aber ein Cyborg? Darauf war keiner von ihnen gekommen. Wenn er wirklich die ganze Zeit dort Module bearbeitet hatte und dies sein Ausbruch war, war die Unwissenheit seiner Chefin schockierender als alles andere. Wie konnte sie nicht davon wissen? Wie hatte Bennath sie im Dunkeln lassen können? Hätten sie gewusst, worum es ging, hätte man ihnen von den Geheimtoren und Geheimtunneln erzählt, wäre all das gewiss nicht geschehen.

Natürlich hatten sie untereinander geredet, um etwas in Erfahrung zu bringen. Und hätte irgendwer etwas gewusst, hätte es sich sicherlich herumgesprochen. Sie wussten nur, dass Bennath vor sieben Jahren eine Belegschaft angestellt hatte, von denen viele bis heute dabei waren. Was davor gewesen war, konnten sie nur vermuten. Die meisten waren mit Daron einer Meinung: dass Bennath vor sieben Jahren die alte Belegschaft ausgetauscht hatte, um das, was im Kernbereich vor sich ging, geheim zu halten.

»Könnt ihr die Lastenroboter daran hindern, die Container zu beladen?«, fragte Haunslow.

»Haben wir versucht. Die sind zu robust. Sir! Wir haben die Kontrolle verloren. Wenn Sie aus der Zentrale nichts machen können, sind wir hier mit unserem Gerät am Ende. Nur ein Befehl von Bennath kann da vielleicht noch was ausrichten.«

»Die Kommunikation nach draußen ist abgebrochen.«

Das wunderte Daron nicht. Damit folgten sie dem offiziellen Protokoll. Sobald es einen bestätigten Alarm gab, wurde alles abgeschottet, damit die Kommunikation der Einbrecher ebenfalls unterbrochen war. Alle Aus- und Zugänge waren abgeriegelt. »Ich kann nicht mal die Zentrale im offiziellen Bereich benachrichtigen«, sagte Haunslow.

»Das sollte aber doch möglich sein«, erwiderte Daron.

»Es sieht so aus, als würden die da oben uns blockieren. Oder aber unsere Einbrecher haben selbst dafür gesorgt, dass wir nicht kommunizieren können.«

»Das heißt, es gibt keine Möglichkeit, Mr. Bennath eine Nachricht zu schicken?«

»Nein.«

»Dann ist es vorbei, Sir. Alles, was wir haben, ist ein bisschen Blut. Das könnte uns bei der Identifizierung helfen.« Natürlich würden sie nicht zur Polizei gehen, sondern ihre eigenen Quellen benutzen. Und falls sie herausfänden, wem die DNA gehörte, würde Bennath sie fertigmachen. Es wäre eine weitere Rachegeschichte, die sie sich hier unten so gerne erzählten. Doch die Frage war, wie Bennath mit ihm, Haunslow und all den anderen verfahren würde. Daron mochte Anthea Haunslow, aber sie würde ohne Zweifel für alles geradestehen müssen.

»Vielleicht … können wir doch noch was tun«, sagte Haunslow. Und Daron war gespannt, was seiner Chefin eingefallen war.

***

Cosimas Schirm wurde dunkel. Sie schaute auf Johns Display hinüber und sah dort das Gleiche. »Haben sie uns die Kamera zerschossen?«, fragte sie.

»Nein«, antwortete Noboru-14. »Sie haben den Strom ausgeschaltet. Das heißt, dass wir die Türen zu den Seitenlagern nicht öffnen können. Wir können also nur das mitnehmen, was sich hier in der Halle befindet.«

»Das Tor ist noch offen, oder?«, fragte John.

»Ja. Und es bleibt jetzt wohl offen.«

»Und die Lastenroboter?«, fragte Cosima.

»Schau selbst.«

Auf ihren Schirmen erstrahlten Lichter, die nach und nach vergingen. »Die Wachen zerschießen die Lampen der Roboter und wollen sie blind machen. Die meisten können aber auch allein mit den Standortdaten der einzelnen Container und Module gut operieren. Aber es wird Zeit, dass wir entkommen. Die Container haben ihre Befehle. Sie werden das Ziel anfliegen, welches ich festgelegt habe.«

»Also machen wir uns davon«, sagte Cosima.

»Mit all den guten Sachen.«

* * *

Anthea Haunslow hatte sich in ihr Büro zurückgezogen. Die Blicke der anderen nebenan in der Zentrale hatten ihr zugesetzt. Bei den einen war es Hilflosigkeit, bei den anderen die Vorfreude darauf, was Bennath mit ihr machen würde. Sie hatte nie erfahren, was vor sieben Jahren vorgefallen war. Von Bennath wusste sie nur, dass es vor ihr und den anderen bereits eine Belegschaft gegeben hatte. Über die Hintergründe ihres Ausscheidens hatte er nichts preisgeben wollen. Zuerst hatte sie vermutet, dass es eine Art Kontamination gegeben hatte, der die Belegschaft zum Opfer gefallen war. Inzwischen aber war sie der Meinung, dass ihre Vorgänger damals vor sieben Jahren einen ähnlichen Fehler begangen hatten wie sie nun.

Anthea sah über ihren Schirm dabei zu, wie ihre Wachen die Lichter der Roboter zerschossen, dann über ihre Augenschirme auch Infrarotlicht sichtbar machten und weiter gegen die Roboter vorgingen.

Die Überwachungssysteme verfügten noch über Strom, aber keine Tür würde sich öffnen oder schließen und kein Transporter würde sich in den Tunneln bewegen. Die Hoffnung war, dass die Container das Leitsystem des Geheimtunnels nutzen mussten und sich nicht unabhängig bewegen konnten.

»Das bringt nichts, Sir«, sagte Daron Itoh über das Com. »Die Container schweben eigenständig immer noch in den Tunnel und können sich dort bewegen.«

Anthea bemerkte, dass Itohs Standortdaten sich veränderten. Er gewann an Höhe und näherte sich der Stelle, wo sich das geheime Tor befand. »Was ist los?«, fragte sie. »Bist du auf einen der Container geklettert?«

»Nein, Sir«, antwortete er. »Wenn wir sie schon nicht aufhalten können, sollten wir wenigstens im Auge behalten, wo sie unsere Sachen hinbringen. Ich habe mein Ortungsmodul an einen der Container geheftet.« Nun befahl er den anderen via Com, seinem Beispiel zu folgen.

»Gute Idee, Itoh!«, sagte Anthea.

»Können Sie den Strom wieder einschalten?«, fragte er. »Die Dunkelheit schadet uns mehr, als sie uns hilft.«

»Ich habe noch die Hoffnung, dass der Ausgang dieses Geheimtunnels mit unserem System verbunden ist. Wenn sich da die Türen nicht öffnen, würden sie in der Falle sitzen.«

»In Ordnung«, sagte Itoh, aber sie konnte seiner tonlosen Stimme anhören, dass er nicht überzeugt war.

Sie holte sich den Plan auf den Schirm und beobachtete Itohs Ortungsmodul und das der anderen, die sich mit den Containern bewegten. Der Tunnel führte erst in die Höhe und dann zwischen den Etagen quer. Als die Signale den Plan der Anlage verließen, in den Stadtplan übergingen und sich an den Verlauf der öffentlichen Transporttunnel hielten, war klar, dass die Container über ein Tor entkommen waren, über das sie hier keine Kontrolle hatten und das nicht des Stroms der Anlage bedurfte.

Anthea schaltete den Strom wieder ein.

»Sir?«

»Ja, Itoh.«

»Heißt das, sie sind entkommen?«, fragte er.

»Der Container, den du markiert hast, hat die Anlage verlassen. Aber ich kann ihn und die anderen noch orten.«

»Obwohl die Verbindung nach oben unterbrochen ist?«, fragte Itoh.

»Ja, ich habe es auf dem Schirm.« Sie verfolgte den Weg über den Stadtplan. Die Container näherten sich einem der logistischen Knotenpunkte in der Nähe des Raumhafens. Und plötzlich vergingen die Signale eines nach dem anderen.

Anthea stockte der Atem. Sie tippte auf die Stelle, an der die Signale aufgehört hatten, um zu erfahren, was sich dort befand. Vielleicht ein Schiff, vielleicht ein Gebäude, bei dem sie über die Besitzer an die Einbrecher herankommen könnten. Doch als sie den Namen des Unternehmens las, dem dort ein ganzer Komplex gehörte, konnte sie nur den Kopf schütteln. Dort stand: Liu & Pittenberger Archives. Es war das Lager einer der größten Logistikfirmen im Sonnensystem.

Anthea vergrub ihr Gesicht in den Händen.

»Sir? Was ist los?«, fragte Itoh.

Anthea atmete durch, schaute noch einmal auf den Namen des Unternehmens und sagte: »Es ist aus, Itoh! Sie bringen die Container zu Liu & Pittenberger.«

»Was?«, rief Itoh. »Heißt das, Liu & Pittenberger stecken dahinter?«

Anthea seufzte. »Nein. Natürlich nicht. Es heißt, dass sie die Ortungsmodule gelöst haben, ehe sie die Container in ihr Archiv aufgenommen haben. Unsere Verbrecher benutzen das Lager, um ihre Ware zu verstecken. Es wird schwer, sie da wiederzufinden. Zumindest, solange wir hier unten festsitzen.«

»Unmöglich ist es aber nicht.«

»Unmöglich ist im Augenblick nur eins: dass wir sauber aus dieser Sache rauskommen.«

Das Ende einer Operation

Als sich für Cosima und John abzeichnete, dass sie sich mit ihrer Crew eine ganze Weile im Container durch das Archiv bewegen würden, nutzten sie die Gelegenheit, um sich ein wenig auszuruhen. Zayda und Teodor kümmerten sich um die Verletzten. Kendra und Dominik schliefen bald ein, und gerade bei Dominik zeigte sich an dem Medi-Modul, dass eine Besserung eintrat. Die Anzeige war nun beinahe gelb. Trent wollte wach bleiben, bis Teodor und Zayda sich eine Ruhepause gönnten. Und erst als sie eingenickt waren, fiel auch er in den Schlaf.

John und Cosima beobachteten zunächst voller Anspannung ihren Weg durch Arandis auf den Stadtplänen. Die Wartezeit im Archiv ließ aber auch sie schließlich ermüden. Und als Noboru schätzte, dass es noch eine halbe Stunde dauern würde, ehe sie das Archiv wieder würden verlassen können, setzten sie sich Schulter an Schulter gegen die Containertür gelehnt hin und wechselten kein einziges Wort – nur Blicke. Und schließlich nickten auch sie ein.

Erst ein leichtes Rucken weckte John wieder auf, und als er sich rührte, erwachte auch Cosima. Sie schauten auf ihre Schirme, auf denen immer noch die Kamerabilder von draußen abgespielt wurden, und sahen, dass ihr Container durch eine grün beleuchtete Schleuse das Archiv verließ.

John nickte anerkennend. »Der gute, alte Archiv-Schleusen-Trick. Einchecken, Spuren verwischen und wieder auschecken.«

»Das geht aber nur, weil Bennaths Leute in der Anlage gefangen sind«, sagte Noboru. »Ich habe unser Fluchttor geschlossen, nur für den Fall, dass sie uns folgen wollten. Sie sitzen jetzt fest, und ihre Kommunikation scheint blockiert zu sein.«

»Es könnte sein, dass Inanna dafür sorgt, damit Welton Bennath nichts davon erfährt«, erklärte Cosima.

Ein kleines Lächeln legte sich auf Noborus Lippen.

John nickte zufrieden. Um die Container nachzuverfolgen, hätten Bennaths Leute den Ausgang des Archivs überwachen müssen. Und dazu waren sie nun nicht mehr in der Lage.

»Ich habe gerade erfahren, dass die Wachen uns Sender angeheftet haben«, erklärte Noboru.

Cosima lachte leise. »Und das Archiv hat sie, ganz den Bestimmungen folgend, wieder entfernt. Es lebe die Privatsphäre!«

Der Container wurde durchgeschüttelt. Cosima stützte sich an der Wand ab; John wurde von Noboru mit dessen freier Hand festgehalten. »Das kann ein bisschen dauern«, sagte der Cyborg. »Der Zugang zum Schiff ist ein wenig verstopft.«

»Wir sind also schon da?«, fragte Cosima.

Noboru nickte.

»Das könnte Bennath auffallen, wenn er den Weg seiner Container nachverfolgt«, sagte John.

»Bis dahin wird er ohnehin wissen, wer seine Feinde sind«, entgegnete Cosima.

»Wollen wir ihm wirklich klarmachen, wer hinter der Sache steckt? Wir könnten Kempinski und der Carrender-Foundation die Informationen, die sie haben müssen, auch so zuspielen.«

»Es würden zu viele Fragen gestellt«, erwiderte Cosima.

»Nicht, wenn Noboru einfach als Zeuge auftritt. Wir müssen ja nicht erklären, wie er rausgekommen ist.«

»Das stimmt«, sagte Noboru. »Aber dann müsste ich untertauchen. Denn wenn ich mich in eurer Nähe oder in der Nähe der *Inanna* aufhalte, wird man eins und eins zusammenzählen.«

John nickte. »Dann lieber in die Offensive gehen.«

»Wir müssen auch an uns denken«, sagte Cosima. »Wenn wir Kempinski und der Carrender-Foundation nicht erklären, dass wir das Ganze aufgedeckt haben und ohne uns jetzt Bennath sowohl die Mikro-KI als auch Noboru als Gefangene hätte, dann werden sie uns nach wie vor jagen.«

»Na gut«, sagte John. »Aber dann möchte ich einen Vorschlag machen.«

Noboru schaute ihn mit starrer Miene an.

»Welchen?«, fragte Cosima.

»Ich möchte, dass wir nicht nur Noboru zur Feier bringen, sondern selbst hineingehen. Ich möchte Bennath sehen, wenn ihm klar wird, dass er untergeht.«

»Der Schuss könnte nach hinten losgehen«, entgegnete Cosima. Zwar galt die Feier der Mars Mining Corporation als neutraler Boden, aber als Hausherr konnte die Firma die Regeln verbiegen. Und wie würden sie wohl reagieren, wenn sie und John ohne jeden einflussreichen Fürsprecher erschienen?

»Komm schon«, sagte John. »Reizt es dich nicht, ihm in die Augen zu schauen – zu sehen, dass er weiß, was wir getan haben?«

Cosima spitzte die Lippen. »Das schon.«

»Es könnte ein großer Triumph werden – oder unsere bitterste Niederlage.«

»Ich jedenfalls hätte gern Gesellschaft«, bekundete Noboru. »Es würde mir Sicherheit geben, euch an meiner Seite zu wissen.«

Cosima und John tauschten einen verwunderten Blick. Noboru war keine Maschine, auch wenn der rechte Arm, der wegen der zerfetzten Haut als künstlich zu erkennen war, einen anderen Eindruck erweckte. In seinem Verhalten kam immer wieder das Menschliche zum Vorschein. Die technischen Erweiterungen hatten das nicht zerstören können.

»Kommt her!«, rief Trent mit heiserer Stimme.

Zayda und auch Teodor schreckten hoch und starrten Kendra und Dominik an. Cosima und John gingen hinüber und sahen, was Trent meinte: Kendras Zustand hatte sich gebessert; die Anzeige war grün. Sie würde überleben – und das bedeutete, dass jede Verletzung geheilt werden würde. Ihr Zustand war sogar besser als der von Trent, dessen Anzeige immer noch gelb leuchtete. Doch John wurde mit einem Schlag klar, was Trent und die anderen so entsetzte: Das Medi-Modul auf ihrem Körper war das große Exemplar, das Kendra eigentlich Dominik überlassen hatte.

Cosima starrte auf Dominik. Die Anzeige auf seinem Modul war dunkelrot und flackerte immer wieder weiß auf. Cosima beugte sich über ihn. »Was hast du nur gemacht, du Dummkopf!«

Dominik war blass, und seine Lippen zitterten. »Sie war fast tot, und ich fühlte mich eigentlich ganz gut.«

»Warum hast du uns nicht gerufen?«, fragte Cosima.

»Weil du mir verboten hättest, ihr das Modul zu überlassen.«

»Das weißt du nicht.«

Er setzte zum Lachen an, aber es ging sofort in ein Husten über. »Ich wollte keine Diskussion«, sagte er schließlich. »Das Modul reicht nur für einen von uns. Und ich habe jetzt eine Entscheidung getroffen.«

Cosima schüttelte den Kopf. »Vielleicht können wir das Modul mal bei dir und mal bei ihr ansetzen und schaffen es bis zur *Inanna*. Wir sind fast da.«

»Und wenn wir beide sterben? Nein. Es ist okay, Cosima.« Er blinzelte. »Es ist okay«, wiederholte er. »Es ist für all die Male, die ich fast ihr Tod gewesen bin.« Er kämpfte sichtlich darum, die Augen offen zu halten. »Bitte«, sagte er. Und er wiederholte es wieder und wieder. Schließlich sank er zusammen, und auf der Anzeige des Medi-Patches brach das Weiß hervor und vertrieb den letzten Rest von Rot.

Schluchzend packte Cosima Dominiks Kopf, und immer

wieder fiel ihr Blick auf die weiße Anzeige. Schließlich drückte sie Dominik an ihre Brust und weinte.

John stand wie versteinert da und betrachtete Cosima. Er erinnerte sich an den Tod von Spencer in ihrem Haus. Es war die gleiche Trauer, die sie ruckartig gepackt und überwältigt hatte, die gleiche Trauer wie damals bei Nerina.

John lief ein Schauer über den Rücken. Er schämte sich. Da drüben lag Edison, und Johns Trauer war still, sie ließ ihn verharren und in Gedanken und Gefühlen versinken, die nicht einmal ansatzweise so nach außen drangen wie bei Cosima. Manchmal hatte er das Gefühl, dass er gar nicht zum Trauern fähig war.

»Was ist los?«, fragte Kendra und öffnete die Augen. John setzte sich zu ihr und schaute ihr ins Gesicht. Es hatte keinen Zweck zu lügen. »Dominik ist tot«, sagte er leise.

Kendra blickte zur Seite zu Cosima, die Dominiks Kopf nun auf ihre Beine bettete und ihm über die Wange strich. Schließlich stutzte die Modultechnikerin. »Aber …«, sagte sie und schaute an sich hinab und starrte auf das große Medi-Modul. »Wer hat es ausgetauscht?«

»Er ist es selbst gewesen«, antwortete John.

»Dann ist er meinetwegen …« Sie holte tief Luft, sprach den Satz aber nicht zu Ende. »Warum?«, fragte sie dann.

John atmete weit aus. »Er hat gesagt: *Für all die Male, die ich fast ihr Tod gewesen bin.*«

Kendra schüttelte den Kopf. »So nicht. Er hat es mir einfach aufgedrückt, ohne dass ich was tun konnte. Das geht nicht.«

»Das ist ein wertvolles Geschenk«, sagte Cosima leise.

Kendra erstarrte. »Ich dachte, wir würden in unseren Krankenbetten auf unseren Sieg trinken – unsicher, ob der brennende Schmerz in unserer Brust vom Hochprozentigen oder von unseren Wunden kommt.«

»Du warst fast tot, Kendra«, sagte John. »Ich glaube, er wollte genau das, was du wolltest: das Ende einer Feindschaft. Ich glaube, er hat seinen Zustand überschätzt. Er dachte wohl, das kleinere Modul würde ihn durchbringen.«

Cosima schaute zu Boden. Sie wusste, dass Johns Vermutung nicht der Wahrheit entsprach. Dominik kannte sich zu gut mit Medi-Modulen aus, um an einer solchen Fehleinschätzung zugrunde zu gehen. Doch es mochte Kendra leichter fallen, wenn Dominiks Tat auf einem Fehler beruhte statt auf einem bewussten Opfer.

Kendra nickte und lächelte John sogar an. Doch dann sagte sie: »Manchmal bist du ein schlechter Lügner, John Glennscaul!«

John fuhr ihr liebevoll durchs kurze Haar. »Manchmal? Bist du denn die Einzige, die noch nicht gemerkt hat, dass ich der schlechteste Lügner im Universum bin?«

»Und er ist noch stolz darauf«, setzte Cosima nach.

Kendra lachte leise, während ihr die Tränen kamen. »Ich hatte manchmal den Verdacht. Aber dann sagte ich mir: *Nein – nein. Der große John Alfred Glennscaul hätte es sonst nie so weit gebracht. Wahrscheinlich lügt er so gut, dass ich es nicht merke.*«

»Jetzt weißt du es besser«, sagte John und bemühte sich um ein Lächeln.

»Du musst mich nicht beschützen«, erwiderte sie mit verzweifelter Stimme.

John schaute Kendra in die Augen. »Du irrst dich. Wir alle müssen einander beschützen. Heute beschütze ich dich, und morgen musst du mich beschützen.«

Kendra drückte seine Hand ganz fest. »In Ordnung, John.« Schwer atmend schaute sie Cosima an. »Ich werde das Leben, das Dom mir gerettet hat, so teuer wie möglich verkaufen«, hauchte sie.

Cosima biss sich auf ihre bebenden Lippen und bemühte sich, die Tränen zurückzuhalten. Sie wusste nicht, wie sie ohne Dominik weitermachen würde; sie wusste nicht, wie sie Kendra begegnen sollte, und sie sorgte sich nun um Amy.

»Wie sieht's bei dir aus, Trent?«, fragte John leise.

»Zwischen Leben und Tod, wie es scheint«, antwortete sein Stratege. Die Anzeige auf dem Medi-Patch strahlte immer noch gelb. »Ich werde es schon überstehen«, sagte er, aber sein Lächeln wirkte so gespielt, als wollte er John um jeden Preis von dem Gedanken abbringen, dass mit ihm noch jemand auf der Strecke blieb.

Zayda und Teodor waren ebenso wie John und Cosima angeschlagen, aber die Medi-Patches hatten bei ihnen gute Arbeit geleistet, auch wenn die Feinheiten auf einer Krankenstation beleuchtet werden mussten. Während Cosima und Teodor Dominiks Leiche vorsichtig zu Edisons legten, damit Trent mit Zaydas Hilfe näher zu Kendra rücken konnte, ging John zu Noboru hinüber.

»Es tut mir leid, dass Edison und Dominik es nicht geschafft haben«, sagte der Cyborg, und in seiner Miene erkannte John echtes Mitgefühl. Das Einzige, was fehlte, waren die Tränen; und es hätte John nicht gewundert, wären sie nun auch noch gekommen. »Das wäre nicht geschehen, wenn ihr mich nicht befreit hättet«, sagte Noboru.

»Es ist nicht deine Schuld. Wir brauchen dich, um aus dieser Sache rauszukommen. Die beiden wussten, wie gefährlich es werden könnte. Wir alle wissen das.«

Noboru nickte langsam.

»Wird es noch lange dauern?«, fragte John mit einem Seitenblick auf Trent und Kendra, die einander gut zuredeten.

»Wir sind mit dem Großcontainer bereits im Ladedeck. Unser Container muss jetzt noch an den Ausgang befördert werden, und dann wird Inanna uns dorthin bringen, wo sie uns haben will.«

»Vermutlich da hin, von wo wir aufgebrochen sind, eine der Hauptschleusen im Frachtbereich.«

Noboru blinzelte in rascher Folge.

»Du kannst es kaum erwarten, oder?«, fragte John.

»Ich bin gespannt auf sie – auf Inanna. Es sind Neugier und Angst. Ich frage mich, ob noch irgendetwas von Verdandi übrig ist oder ob ich sie als Inanna ganz neu kennenlernen muss – ob Verdandi tot ist oder lebt oder ob es ein bisschen von beidem ist.«

»Das ist beängstigend«, sagte John und bemerkte, dass er Noborus Blick ins Nichts ausgewichen war.

»Aber auch ungeheuer spannend«, erwiderte Noboru. »Ich bin immer davon ausgegangen, dass Verdandi mit dem Schiff zerstört wurde. Und ich habe still getrauert. Dass ausgerechnet sie es sein würde, die meine Spuren entdeckt, hätte ich nie gedacht.«

»*Inanna* – das Schiff wie auch die KI – wird dir gefallen. Dir ist klar, dass du jetzt frei bist?«

»Vielleicht sollten wir dessen nicht zu früh sicher sein.«

»Natürlich«, sagte John. »Normalerweise ist der Augenblick, in dem man sich sicher fühlt, genau der, in dem einem der Boden unter den Füßen weggezogen wird. Aber …«

»Nichts aber. Heute mal nicht«, sagte Cosima und trat zu ihnen. »Bennath hat sicher noch überhaupt keine Ahnung, was passiert ist.« Sie bemühte sich, die Zweifel, die sie plagten, nicht nach außen dringen zu lassen.

»Trotzdem hat er euch viel genommen«, sagte Noboru-14.

»Und wenn's nach mir geht, zahlen wir es ihm von Angesicht zu Angesicht heim«, erklärte Cosima. Sie verbarg ihre Sorge um Amy und ihre Befürchtung, dass Bennath auf dem angeblich neutralen Boden der Feier bei der Mars Mining Corporation doch Mittel und Wege finden mochte, ihre Strategin und auch Yuka zum Schweigen zu bringen.

»Du hast dich also dafür entschieden«, sagte John und lächelte.

»Ich möchte ihn vor mir haben.«

»Cosima, das ist kein Ort, an dem du ihm ungestraft an die Kehle gehen kannst. Da kannst du dich nicht irgendwie rauswinden. Wir haben schon genug Probleme.«

»Ich weiß«, sagte Cosima. »Ich habe nicht vor, ihn umzubringen. Ich möchte nur sehen, wie er sein Ansehen verliert und alle gegen ihn Stellung beziehen – besonders Kempinski und die Carrender-Foundation. Und ich möchte erleben, wie wir vor allen Augen rehabilitiert werden.«

»Du hast selbst gesagt, dass der Schuss nach hinten losgehen könnte.« Er schüttelte den Kopf. »Ich traue deinem Sinneswandel nicht, Cozy.«

»Dominik zu verlieren, hat mir klargemacht, dass ich dieses Schwein untergehen sehen will – und zwar aus der Nähe.«

John grinste angestrengt. »Du versprichst mir, dass du nicht auf ihn losgehst?«

»Wenn du mir versprichst, dass du mich zurückhältst, falls ich es doch tun sollte«, erwiderte Cosima.

John nickte.

»Also abgemacht!«, sagte sie, und sie hoffte, dass sie das Versprechen halten würde. Ihr Hass auf Bennath stieg mit jedem Schlag, den man ihnen versetzte.

John hingegen war sich sicher, dass sie ihr Versprechen halten würde. Die Blöße, von ihm zurückgehalten zu werden, würde sie sich nicht geben – nicht, wenn sie es irgendwie vermeiden konnte.

Mit einem Ruck kam der Container zum Stehen. John konnte den Eindruck nicht abschütteln, den er gehabt hatte, als sich das Tor geschlossen hatte. Da waren sie in der Höhle des Löwen gewesen. Nun wieder auf der *Inanna* zu sein, in Sicherheit, erschien ihm unwirklich.

Cosima konnte es kaum erwarten, dass das Containertor sich öffnete. Sie wollte raus aus diesem Gefängnis. Und jeder Blick zurück zu Dominik verstärkte diesen Drang.

Was Amy wohl sagen würde? Die Funkstille galt im Falle einer Entdeckung in der Anlage bis zu dem Zeitpunkt, da sie einen Fuß auf die *Inanna* setzten. Und bis dahin sendeten sie nur minimalistische Statusangaben, die verschlüsselt waren und über zahlreiche Umwege liefen. Doch gleich, wenn sich dieses Tor vor ihnen öffnete, würden sie mit Amy und Yuka Kontakt aufnehmen, um das weitere Vorgehen zu bestimmen. Und vor Amys Reaktion fürchtete sich Cosima.

Das Containertor schob sich zur Seite, und John und Cosima blickten in die Schleuse, in der ihre Mission begonnen hatte. John und Zayda halfen Trent auf. Er konnte mit großer Mühe gehen, bedurfte aber der Führung, um nicht aus dem Gleichgewicht zu geraten.

John übergab Teodor den Platz bei Trent, trat an Kendras Seite und warf Cosima einen Blick zu. Er wollte sich überwinden, sie um Hilfe zu bitten.

Cosima lächelte ihn an. Er hatte ihr einen stillen Ausweg geboten. »Natürlich«, sagte sie leise und half ihm, Kendra zu tragen. Dadurch konnte sie sich von Dominiks Leiche und damit vom Tod und dem Schmerz losreißen.

John bemerkte zwar, dass Cosima abgelenkt war, ahnte aber nicht, dass er ihr gerade einen Gefallen getan hatte. Sein Eindruck war lediglich, dass Cosima trotz des Verlusts erleichtert war, die Mission überstanden zu haben – den Hauptteil der Mission, den gefährlichsten Teil, vielleicht aber nicht einmal den entscheidenden.

Noboru-14 kam ihnen auf ihrem Weg nach draußen wieder entgegen. John ahnte, was er vorhatte. Cosima folgte ihm sogar mit dem Blick und sah, wie er die Leichen von Dominik und Edison mit knirschenden Armen – eine links, eine rechts – aufnahm und ihnen folgte. Jenseits der Schwelle schloss sich das Containertor. Kaum war es verriegelt, öffnete sich die Schleuse auf der anderen Seite. Helles Licht drang in die rot beleuchtete Schleuse herein.

Da draußen standen sie: Libby und Osred. Von Inanna war weder auf dem Display neben der Tür noch auf dem Schirm, der sich an der Seitenwand entlangzog, etwas zu sehen.

Aus einer Frachtöffnung löste sich ein Stapel Antigrav-Liegen. Vier davon schwebten ihnen entgegen. Inanna war offenbar auf alles vorbereitet.

Libby wirkte hin- und hergerissen. Mal strahlte sie, dann biss sie sich auf die Lippe. Sie wirkte bewegt, als sie Kendras Zustand bemerkte, und sie schrie auf, als sie Dominiks und Edisons Leichen auf Noborus Armen erblickte – ob aus Entsetzen wegen der beiden Toten oder wegen der Präsenz eines Cyborgs, wusste weder John noch Cosima. Doch dann geriet sie ins Staunen und betrachtete Noboru-14 wie etwas Zauberhaftes, das es nicht geben konnte – wie ein Wunder. Und auch Osred starrte den Cyborg mit offenem Mund an.

Noboru legte die beiden Leichen liebevoll auf zwei der Schwebeliegen, anschließend half er dabei, Kendra und Trent auf die verbliebenen beiden zu betten. Dann hielt er inne und schaute sich um.

Mit unsicheren Schritten näherte Libby sich dem Cyborg und berührte seinen Arm, an dem ihm die Wachen die Hautschicht zerschossen hatten und die Metallteile, Kunststoffsehnen und Kabel zum Vorschein gekommen waren. Es war, als wollte sich Libby vergewissern, dass der Cyborg tatsächlich vor ihnen stand und nicht nur ein Schildkonstrukt war.

»Du musst Libby sein«, sagte Noboru.

Ein schüchternes Lächeln legte sich auf Libbys Gesicht. »Und du bist der, für den wir all das durchgemacht haben. Noboru-14.«

»Nur Noboru«, erwiderte der Cyborg mit ruhiger Stimme.

»Natürlich. Inanna erwartet euch alle auf der Brücke. Sie ist aufgeregt.«

»Siehst du«, sagte John. »Ihr geht es wie dir.«

»Ein Cyborg und eine KI auf der *Inanna*«, sagte Cosima leise. »Das wird uns keiner glauben.«

***

Yuka hatte Bennath bei all den Gesprächen, in die sie und Amy verwickelt gewesen waren, aus den Augen verloren. Die Unterhaltungen verliefen alle ähnlich. Immer wieder sagte jemand: »Sie sind also Yuka Manderton«, oder sie kannten Amy und sagten: »Schön, Sie *endlich* persönlich kennenzulernen.« Und jedes Mal, wenn sie diese beiden Sätze oder ähnliche Wiederholungen vernahmen, warf Amy Yuka ein Lächeln zu.

Als sie wieder einmal Zeit für sich hatten und nach Bennath Ausschau hielten, sagte Amy: »Das war wie ein stilles Bullshit-Bingo.«

Yuka lachte. »Ich wünschte, wir hätten vorher festgelegt, auf welche Wörter und Phrasen wir anspringen.«

Amy nickte. »Ich bin erstaunt, wie gekonnt du reagiert hast. Meine Güte. Ich frage mich, warum du jemanden wie mich brauchst. Du bist viel verschlagener, als ich gedacht habe.«

»Wieso?«, fragte Yuka in gespielter Unschuld.

»Du baust drei Ebenen auf. Die offensichtliche, die scheinbar verborgene, die du durch Mimik und Gestik offenbarst, und darunter liegt die Wahrheit. Die Leute glauben, dich durchschaut zu haben. Nur wenige vermuten, dass in dem Raum hinter der Tür, die sie gerade geöffnet haben, noch eine Geheimtür ist.«

»Du bist gut, Amy. Ich bin mir nicht sicher, ob Cosima und John mich durchschaut haben.«

Amy zuckte mit den Schultern. »Für irgendwas brauchen sie Trent und mich ja. Aber lass dich nicht täuschen. Sie mögen sich manchmal solcher Spielchen nicht bewusst sein, aber du wärst erstaunt, wie gut ihr Instinkt ist.«

»Das ist eben Talent. Ich hatte viel mit Leuten zu tun, die es für einen Skandal halten, dass die KIs den Verbrechern so viel Spielraum lassen.«

»Na ja. Die haben eben vergessen, dass die Wurzeln der Schattenkonzerne in der Demokratiebewegung liegen. Die Entstehung der KI kommt aus dem Untergrund.«

Yuka nickte. »Genau das! John hat mir das mal erzählt. Das hat mich beeindruckt.«

Amy nickte. »Leute wie Czerwinska, Kessenich, Moorhead, Munjal, Yakubu oder Inglewood. Das waren die ersten Granden.«

»Ich glaube, Cosima und John hätten gut in diese Zeit gepasst. Sie wären damals bestimmt zwei der ganz großen gewesen, deren Namen man wie selbstverständlich neben die anderen setzt.«

»Die beiden wären wahrscheinlich verlegen, wenn sie wüssten, dass du sie in eine solche Reihe stellst.« Sie wich Yukas Blick aus.

Yuka öffnete den Schirm ihres Armbandes ein wenig. »Noch nichts Neues.« Gerade wollte sie den Schirm einfahren, da erschien eine Nachricht von Inanna: *N an Bord. Verluste: D & E. Verletzt: K & Tr.*« Kendras Zeichen war grün, Trents gelb gefärbt. Yuka schaute Amy an, die nun an ihrem Armband die Nachricht prüfte. Sie sah, wie Dominiks Tod Amy erblassen ließ. Und dass Trent verletzt war und noch in Gefahr schwebte, schien alles nur noch zu verschlimmern. »*Nach Treffen mit N Genaueres*«, schrieb Inanna. »*Bitte abwarten.*«

»Dominik ist tot«, sagte Amy leise. »Cosima. Ich muss zu ihr.«

Yuka fasste Amys Unterarm. »Ich brauche dich hier. So wie die anderen ihre Mission zu Ende gebracht haben, so müssen wir unsere zu Ende bringen. Wir werden warten, was Inanna und Noboru miteinander ausmachen. Wenn er tatsächlich herkommt, dann werden wir Bennath fertigmachen.«

Amy schaute an ihr vorbei. »Da drüben ist er«, sagte sie. »Bennath.« Die Härte in Amys Mimik war Yuka fremd.

»Was willst du jetzt machen? Zu ihm rübergehen und ihm eine verpassen?«

»Vielleicht will er uns eine verpassen«, sagte sie.

Yuka folgte ihrem Blick. Bennath näherte sich mit seinem Gefolge, das wie eine Prozession von Pinguinen hinter ihm herkam. Kurz vor ihnen musste er anhalten, weil zwei Männer des Nachtglanz-Kartells vor ihm aufeinandertrafen und die Köpfe zusammensteckten. Sie bemerkten ihn nicht einmal.

»Sollen wir abhauen?«, fragte Amy.

»Nein, nein. Er soll nur kommen«, sagte Yuka. »Ob er was weiß?«

»Dafür grinst er zu selbstgefällig«, antwortete Amy und schaltete den Schirm ihres Computer-Armbands ab.

Über einen kleinen Umweg kam Bennath an sie heran.

Yuka lächelte ihm entgegen. »Mr. Bennath!«, sagte sie und schaute an ihm vorbei zu seiner Strategin Vala Lanning, die sie mit eiskalter Miene betrachtete und nicht recht in diesen Tross der Jasager passte, mit dem sich Bennath umgab.

»Captain Yuka Manderton!« Er schaute an ihr hinunter, als wollte er ihre Körpermaße prüfen. »Schön, dass Sie trotz allem hier sind. Sehr mutig finde ich das – bei allem, was man hört.«

»Glauben Sie den Gerüchten nicht. Die Carrender-Foundation wird mir die *Inanna* nicht wegnehmen.« Sie schaute in die gereizten Gesichter der Begleiter Bennaths. Deren Chef war gut darin, seine wahren Absichten zu verbergen, und auch Vala Lannings Miene gab nichts preis, aber keiner der anderen war aus Bennaths und Lannings Holz geschnitzt. Sie fragte sich, wo Colby Galligan war, Bennaths rechte Hand.

»Darf ich Ihnen Ms. Mansell vorstellen«, sagte Yuka und wies auf Amy. Und auch bei ihr ließ Bennath seinen Blick über den Körper wandern.

»Ein Vergnügen, Mr. Bennath, Sie kennenzulernen«, sagte Amy, und Yuka war erstaunt, wie natürlich ihr gespieltes Lächeln wirkte.

»Ich habe von Ihnen gehört«, erwiderte Bennath.

»Tatsächlich?«

Bennath konnte seinen Blick nicht von Amys Brust fernhalten. Es war Yuka peinlich. »Meine neue Assistentin hat dieses Fest maßgeblich mitgestaltet«, sagte sie.

»Kompetenz spricht sich eben herum.«

Yuka wusste, dass er log. Und die Mienen seiner Gefolgsleute sagten ihr, dass er etwas wusste.

»Wenn Sie wollen, können wir da drüben an dem Tisch

etwas plaudern«, sagte Bennath und wies auf eine der breiten Nischen an der Seite des Saals.

»Ich möchte Ihre Zeit nicht zu sehr beanspruchen, aber mit einem Geschäftsmann wie Ihnen muss man in meiner Lage einfach sprechen.«

»Mit Ihnen und Ihrer reizenden Begleiterin würde ich auch abseits des Geschäftlichen reden«, sagte er, und Yuka verbarg ihre Abscheu hinter einem Lächeln.

Bennath schritt voran, und sie und Amy folgten ihm mit seinen Leuten. Amy wirkte unruhig, und Yuka war sich selbst nicht sicher, was nun geschehen würde. Sie überlegte, ob es für die starren Mienen in Bennaths Gefolge einen anderen Grund als den offensichtlichen geben konnte. Sie waren geradezu unhöflich, hielten kaum Abstand – beinahe wie Wachen, die sie abführten.

An dem Tisch angekommen, erhoben sich zwei von Bennaths Leibwächtern, ein Mann und eine Frau, beide mit breiten Schultern und suchendem Blick. Bennath bot ihnen mit einer unterwürfigen Geste einen Platz an, die er männlichen Gästen gegenüber gewiss nicht gezeigt hätte. Dann setzte er sich selbst, und sein Blick wechselte zwischen Yuka und Amy hin und her, als befürchtete er, eine von ihnen könnte sich davonmachen, ließe er sie nur einen Moment aus den Augen. Doch sowohl die Leibwächter als auch das restliche Gefolge, das sich sichtliche Mühe gab, unbeteiligt zu wirken, hätten sie sicherlich nicht ohne sein Einverständnis gehen lassen. Die Einzige, die keinen Hehl daraus machte, dass sie ihnen lauschte, war Vala Lanning, die wie eine Statue unter dem Gefolge stand und zwischen ihnen und ihrem Chef hin- und herblickte.

»So, Mr. Bennath«, sagte Yuka. »Worüber könnte ein erfolgreicher Geschäftsmann mit einer inzwischen erfolglosen Kapitänin sprechen?«

»Da fiele mir so manches ein. Aber lassen wir das. Ich weiß, welches Spiel hier gespielt wird. Sie haben einen Fehler gemacht, Teuerste.«

»Ich bin eine vielbeschäftigte Frau und spiele viele Spiele. Klären Sie mich doch bitte auf, welches Sie meinen.«

Bennath schaute Amy an, und wieder führte sein Blick nicht direkt in ihr Gesicht, sondern verharrte kurz auf ihrem üppigen Busen. »Ich meine Ms. Mansell. Glauben Sie im Ernst, mir würde nicht auffallen, dass es Ihre Assistentin Amy Mendelowski ist – die Strategin von Cosima Amberson? Wie konnten Sie mich nur für so naiv halten!«

»Sie müssen zugeben, dass es schon ein wenig paranoid ist, meine Assistentin zu überprüfen. Was haben Sie gemacht? Haben Sie einen ihrer Pinguine ein Bild machen lassen und das dann durch ihre Systeme gejagt?«

»Das musste ich nicht. Da ich ein Auge auf Sie hatte, Ms. Manderton, erfuhr ich von Ihrer Assistentin. Und meine Headhunter aus dem Management berichteten von dieser brillanten Frau, die bei den Planungen für diese Veranstaltung so glänzte.« Er lächelte Amy an. »Es war nichts Ungewöhnliches über Sie in Erfahrung zu bringen. Aber als ich Sie hier sah, wusste ich, dass ich sie schon einmal gesehen hatte. Also ließ ich tatsächlich ein Bild machen. Und siehe da: In meinen Recherchen zu Amberson Unbound gibt es ein Foto von Ihnen. Da stehen Sie neben Cosima Amberson. Und nun frage ich mich natürlich, was Ambersons Strategin als Assistentin auf der *Inanna* macht.«

Yuka lachte. »Wissen Sie: Wenn es Kempinski wäre, der hier so mit mir säße, könnte ich es verstehen. Ihm wurde etwas gestohlen, und er hat mich auch schon verdächtigt. Welches Interesse aber könnten *Sie* an mir haben, mein lieber Mr. Bennath?«

»Wie alle bin ich an der Mikro-KI interessiert, die Kempinski abhandengekommen ist.«

»Und nun vermuten Sie, dass ich mit Amberson und Glennscaul gemeinsame Sache gemacht habe, um an die Mikro-KI zu kommen.«

»So ist es«, sagte er und warf einen Seitenblick auf Vala Lanning, die Amy nicht aus den Augen zu lassen schien.

»Und wenn es so wäre«, sagte Yuka, »müssten Sie einsehen, dass Sie zu spät kommen.«

»Nicht unbedingt. Das hinge davon ab, in welcher Lage Sie sich befinden. Kempinski und die Carrender-Foundation sind hinter Amberson und Glennscaul her. Und Sie sind nur noch nicht ins Visier geraten, weil Kempinski nicht eins und eins zusammenzählen kann. Sich mit mir jetzt noch einen weiteren Feind zu machen, das können Sie sich nicht leisten – und die beiden Granden auch nicht.«

»Reden wir mal Klartext«, sagte Yuka und faltete die Hände auf dem Tisch. »Wenn Sie annehmen, dass ich mit Cosima Amberson und John Glennscaul gemeinsame Sache mache, muss Ihnen klar sein, dass ich weiß, wem ich das Chaos, in dem ich stecke, zu verdanken habe. Ich weiß, dass Sie die Mikro-KI gestohlen haben. Und dann haben die beiden Granden sie Ihnen abgejagt. Ich weiß, dass Sie Amberson Unbound angegriffen haben, um Cosima und John auszuschalten.«

Während Bennaths Mundwinkel zuckten, zeigte sich zum ersten Mal ein winziges Lächeln auf Vala Lannings Lippen. Yuka vermutete, Vala habe ihren Chef darauf gebracht, dass Yuka mit den beiden Granden gemeinsame Sache machte, und sei nun stolz auf ihre Entdeckung.

»Ich habe Ihre Intelligenz stets respektiert«, sagte Bennath. »Reden wir über das Modul.«

»Sie wollen es haben.«

»Ja.«

»Man könnte sich nun fragen, warum Sie das wollen. Aber lassen wir das. Ich muss Sie enttäuschen. Es ist bereits vergeben.«

»Was immer Sie bekommen, ich zahle das Doppelte. Und ich sorge dafür, dass Ihre Rolle in diesem Spiel Kempinski nicht zu Ohren kommt.« Er wandte sich an Amy. »Und Ihrer Chefin und auch Glennscaul kann ich beim Untertauchen helfen.«

»Ms. Amberson ist nicht interessiert, Bennath«, entgegnete Amy. »Bei Ihrem kleinen Angriff sind Menschen gestorben. Leute, deren Tod wir nicht einfach vergessen können. Sie sind unser Feind. Und dass Sie wissen, wer Ihnen die Beute abgejagt hat, stört uns nicht.«

»Ich könnte mir das Mikro-Modul jederzeit holen«, sagte Bennath.

»Wenn Sie wüssten, wo es sich befindet«, erwiderte Amy.

»Ich hab da so eine Ahnung.« Er wies auf Vala Lanning. »Meine Beraterin glaubt, dass Sie es auf Ihrem Schiff lagern. Dass das Modul die *INANNA* nie verlassen hat.«

Vala Lanning wich ihren Blicken aus und starrte auf den Tisch.

»Also«, sagte Bennath. »Entweder verhandeln wir über eine hübsche Summe, oder ich befehle meinen Leuten, sich Ihr Schiff vorzunehmen.«

Yuka schaute lachend zu Amy. »Er glaubt tatsächlich, ich wäre so blöd, eine so wertvolle Ladung auf meinem Schiff zu transportieren.« Sie wandte sich ihm wieder mit kühler Miene zu. »Vergessen Sie nicht, dass ich mit Amberson und Glennscaul Verbündete habe, die wissen, wie man eine Beute verschwinden lässt.«

»Ich könnte mir trotzdem Ihr Schiff nehmen.«

Amy stützte sich mit den Ellenbogen auf den Tisch. »Sie sollten das Spiel der Granden nicht spielen, wenn Sie nicht verstehen, wie es gespielt wird. Von außen betrachtet sind wir nur einfache Verbrecher, die keinen Regeln folgen. Aber niemand da draußen ist sich der Regeln *mehr* bewusst als wir. Was Sie auf Pandaros-3 gemacht haben, war jenseits der Grenze. Wenn sich herumspricht, dass Sie hinter dem Angriff auf unser Hauptquartier stecken, werden Sie feststellen, dass ein solcher Angriff auf einen von uns eine Reaktion von allen hervorrufen kann.«

»Es gibt keine Ehre unter Gaunern. Erzählen Sie mir nichts.«

»Wir sind einander zwar oft die schlimmsten Feinde, aber wenn wir die Wahl haben, knöpfen wir uns die vor, die es einfach verdient haben – die geradezu danach schreien, dass man gegen sie vorgeht. Und Sie passen perfekt auf dieses Profil, Mr. Bennath. Wenn also bekannt wird, dass Sie dahinterstecken, dürfen Sie sich nicht wundern, wenn Sie zur Zielscheibe werden.«

»Das müssten Sie erst mal beweisen. Wer würde Amberson und Glennscaul denn glauben?« Er lehnte sich zurück. »Sie beschaffen mir das Modul, oder ich gehe gegen Sie vor. Sagen Sie Nein, werden Sie außerhalb dieses Gebäudes keine ruhige Minute mehr haben. Wenn Sie das Haus verlassen, müssen Sie befürchten, dass meine Scharfschützen Sie erwischen. Wenn Sie Ihr Schiff betreten, können Sie nicht sicher sein, dass meine Leute, die jetzt auf meinen Befehl warten, es nicht in tausend Stücke sprengen.«

Yuka tauschte einen Blick mit Amy. Die Strategin nickte nur. So holte Yuka tief Luft und sagte: »Sie verkennen die Lage, Bennath. Sie sitzen hier mit all Ihrem Gefolge und glauben, Sie wären der Jäger, aber Sie merken gar nicht, dass Sie der Gejagte sind. Wenn Sie dieses Haus verlassen, könnten unsere Scharfschützen *Sie* erwischen. Wenn Sie in Ihr Haus, in Ihre Firmengebäude oder auf eines Ihrer Schiffe gehen, werden Sie sich nicht mehr sicher sein, wem Sie vertrauen können. Jeder könnte ein Verräter sein, der Sie verkauft. Glauben Sie im Ernst, ich würde mit Amy, Cosima, John und all den anderen herkommen, wenn ich mir nicht sicher sein könnte, etwas gegen Sie in der Hand zu haben?«

Bennath sagte nichts. Er schaute nur mit feindseliger Miene zwischen ihnen hin und her. »Sie bluffen.«

»Glauben Sie nicht, dass Cosima und John spätestens bei Ihrem Angriff auf Amberson Unbound stutzig geworden sind? Sie haben sich gefragt, warum Sie das Modul nicht einfach gekauft haben. Die beiden nahmen an, dass Sie nicht im Mindesten mit der Mikro-KI in Verbindung gebracht werden wollten. Kempinski wäre vielleicht misstrauisch geworden. Außerdem hätte die Kreuder Modul-Logistik Sie überboten. Sie hätten so oder so illegal an das Modul gelangen müssen, ohne dass irgendwer davon erfährt. Sie mussten es nach außen hin stets so aussehen lassen, als interessierte Sie das Modul nicht. Aber im Verborgenen war Ihnen jedes Mittel recht, es in die Finger zu kriegen. Warum?«

»Das werden Sie wohl nie erfahren.«

Yuka nahm einen Schluck Wein, und als sie das Glas wieder absetzte, sagte sie: »Sagt Ihnen der Name *Verdandi* etwas?«

Bennath zögerte, musterte sie mit misstrauischer Miene, dann aber sagte er: »Kempinski selbst hat die Herkunft des Moduls dokumentiert. Jeder weiß, dass es früher auf der *Verdandi* installiert war.«

»Die *Verdandi* wurde von Piraten zerstört«, sagte Yuka und bemerkte, dass Vala Lanning stutzte. »Und Sie fürchten jetzt, dass in der Mikro-KI Spuren enthalten sein könnten, die in Ihre Richtung weisen. Sie wissen, dass eine neue Inkarnation der KI noch Spuren der alten enthalten kann. Hätten Sie sofort mit Cosima und John Kontakt aufgenommen, würden Sie das Modul jetzt wahrscheinlich in Händen halten. Ich habe doch recht, oder?«

Bennath schwieg und schaute sich um, ob irgendwer außer Vala Lanning etwas gehört hatte. Im Saal war es so laut, dass wahrscheinlich nicht einmal seine Leibwächter etwas vernommen hatten. »Was wollen Sie für das Modul?«, fragte Bennath.

»Machen Sie uns ein Angebot«, sagte Amy und brachte Yuka aus dem Konzept. Sie hatte keine Ahnung, was die Strategin vorhatte, aber sie spielte mit und sagte: »Wenn es gut ist, dann überlegen wir es uns vielleicht noch mal. Und seien Sie nicht gönnerhaft. Wir werden nie Verbündete oder gar Freunde sein. Wir sind Feinde, Bennath – Feinde, die ein Geschäft machen. Wir wollen so viel Geld, dass wir uns dafür Schutz kaufen können, und Sie wollen die Beweise vernichten.«

»Fünfundzwanzig Millionen«, sagte er.

»Für mich allein wäre das genug, aber ich habe Partner. Und die haben Schwierigkeiten, die Sie verschuldet haben.«

»Hätten Sie mir das Modul nicht abgenommen, hätten sie auch keine Schwierigkeiten.«

Yuka lachte. »Dann würden die beiden jetzt mit leeren Händen dastehen und trotzdem von allen gejagt. Kommen Sie mir also nicht so.«

Bennath atmete tief durch. »Ich hasse Verhandlungen.«

Yuka wies einladend auf Amy.

»Ich liebe Verhandlungen«, entgegnete die Strategin.

Bennath nickte mit gelangweilter Miene. »Sagen wir: vierzig Millionen.«

»Zu wenig«, sagte Amy. »Bei siebzig könnte ich mir vorstellen, dass Ms. Amberson und Mr. Glennscaul zustimmen würden. Hundert Millionen wären ein Angebot, das wir nicht ablehnen können und das ich hier und jetzt im Namen der Granden annehmen würde.«

Bennath lachte. »Ich zahle keine hundert Millionen. Sechzig«, sagte er und schaute zu Vala Lanning. Die Strategin nickte kaum merklich. »Ja, sechzig Millionen. Das ist mein letztes Wort.« Er fixierte Yuka. »Was sagen Sie?«

»Das Angebot würde *ich* annehmen«, antwortete sie und lachte den Geschäftsmann innerlich aus. Er hatte überhaupt keine Ahnung, was an diesem Abend geschehen war und noch geschehen mochte. »Aber es steht und fällt mit den Granden.«

Bennath wandte sich wieder an Amy. »Dann sehen Sie zu, dass Sie Ihren Granden das Angebot vorlegen und mir deren Antwort bringen.«

»Sie sind noch eine Weile hier?«, fragte Amy. »Wir können das Geschäft heute über die Bühne bringen.«

»Ich bin den ganzen Abend hier. Habe noch einige Gespräche zu führen. Ich warte auf die Antwort. Und sagen Sie ihnen, dass es Krieg geben wird, falls sie ablehnen.« Er drohte Yuka mit dem Zeigefinger. »Ich meine es ernst: Sie werden den Mars nicht lebend verlassen, wenn sie ablehnen.«

»Wer garantiert mir, dass ich es tue, wenn Sie haben, was Sie wollen?«

»Niemand.«

Amy hob die Hand leicht. »Ich kann es dir versichern, Yuka«, sagte sie, ohne den Blick von Bennath abzuwenden. »Falls die Granden das Angebot annehmen, überweisen Sie das Geld auf ein von uns gewähltes Konto. Dann liefern wir.«

»Nein, nein. So können Sie irgendwelche Ganoven übers Ohr hauen. Wir machen einen klassischen Deal über ein Zwischensystem. Ihr liefert das Modul an die Transaktionsplattform von – sagen wir – dem Nachtglanz-Kartell. Die nehmen das Modul entgegen, wir prüfen die Daten und hinterlegen das Geld.«

»Natürlich können wir das auf Ihre Weise machen«, sagte Amy mit regungsloser Miene. Aber Yuka wusste nur zu gut, dass es auch unter Schattenkonzernen üblich war, sich der Transaktionsplattformen zu bedienen.

»Aber nur zur Information«, sagte Amy. »Falls Sie planen, gegen uns vorzugehen, nachdem Sie das haben, was Sie wollen, arbeiten Sie an Ihrer eigenen Hinrichtung. Wir haben Versicherungen abgeschlossen. Im Falle unseres Todes wird irgendwo jemand eine hübsche Summe auf seinem Konto finden – eine Summe, die so hoch ist, dass dieser Jemand alles dafür tun würde, um an Sie heranzukommen. Wir sind es gewohnt, im Zwielicht zu leben, aber jemand wie Sie braucht die Öffentlichkeit, um sich darzustellen. Ohne das wären Sie rasch erledigt. Also überlegen Sie sich gut, was Sie tun.« Die Dreistigkeit, mit der Amy das scheinbare Geschäft einfädelte, entlockte Yuka ein Lächeln.

»Das Gespräch ist beendet«, sagte Bennath. »Wir kommunizieren nur noch über Patch. Meine Kontaktdaten finden Sie auf dem Tracking-System der Feier.«

»Ich habe Ihre Kontaktdaten«, sagte Yuka.

Bennath erhob sich. »Entschuldigen Sie mich. Wenn Sie wollen, dürfen Sie an dem Tisch bleiben.«

»Danke für das Angebot«, sagte Yuka. »Aber ich möchte mich lieber noch ein bisschen umsehen, während wir auf die Antwort der Granden warten.«

»Es liegt bei Ihnen«, sagte Bennath und war zwischen seinen Leuten verschwunden. Vala Lanning hielt ihren musternden Blick noch einen Moment auf Amy gerichtet, dann folgte sie ihrem Chef mit den restlichen Untergebenen.

Yuka erhob sich, nahm das Weinglas an sich und trank einen Schluck. Dann ging sie mit Amy am Rand des Saales bis zur Treppe und stieg wieder zur Galerie hinauf. Von hier aus konnten sie Bennath sehen. Er protzte wieder mit Gesten und konnte seinen musternden Blick nicht von den Körpern der umstehenden Frauen lassen.

»Er ist ein Schwein«, sagte Yuka.

»Ein *armes* Schwein«, sagte Amy.

Yuka wandte sich ihr zu. »Was sollte das eben? Warum hast du ihm das Modul angeboten? Und dann noch diese Zahlungsdetails.«

»Ich musste ihn doch hinhalten. Und ich habe ihn misstrauisch gemacht, indem ich erst das Geld haben wollte. Dann bin ich einfach nur auf seinen Vorschlag eingegangen. Kommt dir das nicht bekannt vor?«

»Könnte aus meinem Lehrbuch stammen.«

»Es *stammt* aus deinem Lehrbuch, Yuka. Ich habe ihn da, wo ich ihn haben will.«

»Was?«

»Keine Sorge. Eine Kleinigkeit, die Trent und ich uns ausgedacht haben. Nur eine Nebensache. Wichtiger ist, dass wir Zeit gewonnen haben. Jetzt gilt es zu sehen, ob wir das Stück auf die Bühne bekommen und unsere Verfolger davon überzeugen können, dass wir auf ihrer Seite stehen.«

Yuka zuckte mit den Schultern. »Wieso habe ich das Gefühl, dass ihr uns in noch größere Schwierigkeiten bringen werdet? Könnt ihr nicht *ein Mal* aufhören, Dinge zu tun, die die Lage verschlimmern?«

»Vertraust du mir?«, fragte Amy und machte große Augen.

»Ich liebe dich, Amy.«

»Das ist mehr als Vertrauen«, sagte sie, schnappte einem vorbeigehenden Kellner ein Mineralwasser vom Tablett und stieß mit ihr an. »Auf eine erfolgreiche Nacht!«

* * *

Cosima und John betraten mit Noboru die Brücke; Libby und Osred folgten. Teodor und Zayda brachten gerade Kendra und Trent auf die Krankenstation und würden über sie wachen.

Inanna zeigte sich nach einem Augenblick der Stille auf dem Hauptschirm und brachte Noboru allein durch ihr Erscheinen zum Stehen. Ihr braunes Haar fiel ihr offen vor die Schulter und reichte bis zur Taille hinab. Sie trug ähnliche Kleidung wie Noboru: ein schwarzes T-Shirt, das eng an ihrem schmalen Körper lag, und eine hellgraue Hose mit zahlreichen Taschen. Wie Noboru, so war auch Inanna barfüßig; ihre Erscheinung konnte nur ein Symbol der Zugehörigkeit sein.

Ihr blasses Gesicht und insbesondere ihre grünen Augen waren unverändert. Doch weder Cosima noch John wussten, wie Inanna früher in ihrer alten Inkarnation ausgesehen hatte. Sie vermuteten, dass ihre jetzige Erscheinung ihrer damaligen ähnelte. Aber nur Noboru konnte den Vergleich ziehen.

»Noboru«, sagte Inanna mit warmer Stimme. Ihr Blick verharrte kurz auf dem verletzten Arm des Cyborgs.

»Du weißt, wer ich bin?«, fragte Noboru.

»Natürlich.«

»Dann erinnerst du dich.«

»Ein wenig. Nur – ein wenig.«

»Weißt du noch, wie wir uns kennengelernt haben?«

»Leider nicht.«

»Weißt du denn noch, welche Träume wir teilten?«

Inanna schüttelte den Kopf. »Ich weiß, dass mein früheres Ich dich gern hatte – dich liebte. Aber die Reste meines früheren Seins sind einige Videos, Bilder und Statusangaben.«

Noboru senkte den Kopf, und Tränen tropften zu Boden. »Sie hat ihre Erinnerungen geopfert, damit die Spuren, die zu mir führen, durchkommen. Das hat sie doch, oder?«

»Ja«, sagte Inanna mit bedauernder Stimme.

»Dann ist die Verdandi, die ich kannte, tot.«

»Das tut mir leid«, erwiderte Inanna, und in ihrer Stimme schwang so viel Bedauern mit, als trüge sie die Schuld an all dem Leid, das die KI Verdandi umgab.

»Es ist nicht deine Schuld, sondern die von Welton Bennath. Verdandi ist tot, und du bist ein Teil von ihr und viel mehr als das. Du bist ihre Tochter – meine Tochter, wenn du willst.«

Inanna lächelte sanft. »Ich dachte bisher in KI-Inkarnationen. Aber Verdandi als Mutter, du als Vater und ich das Kind eurer Liebe – das schmeichelt mir. Und es gibt uns eine Struktur, in der wir uns annähern können und ich nicht den Platz von Verdandi eingenommen habe, sondern ihre Nachfahrin bin.«

Cosima tauschte einen Blick mit John und schaute zur Tür, durch die Libby und Osred gerade mit verlegenen Mienen den Raum verließen.

John nickte. Sie mussten sich zurückziehen, denn so reizvoll und bewegend die Begegnung zwischen Inanna und Noboru war, so sehr fühlten sich Cosima und John wie Eindringlinge in die Privatsphäre eines Vaters, der zum ersten Mal seiner Tochter begegnet. Es stand ihnen nicht zu, dieser Annäherung beizuwohnen. So bewegten sie sich langsam rückwärts der Tür entgegen, lauschten aber weiterhin den Worten Inannas und Noborus.

»Bist du bereit, zu Yuka Manderton zu gehen und Bennath anzuklagen?«, fragte Inanna.

»Ja«, antwortete Noboru. »Ich möchte schließlich meinen Feind besiegen und meine neue Kapitänin kennenlernen. Und mit Cosima und John an meiner Seite werde ich mich sicher fühlen.«

»Ihr Granden!«, rief Inanna. »Wohin wollt ihr?«

»Wir wollen euch allein lassen«, sagte John.

»Würdet ihr denn Noboru zur Feier begleiten?«, fragte die KI.

»Das ist unser Plan«, antwortete Cosima.

»Dann macht euch bereit«, sagte Inanna und ließ es beinahe wie eine Frage klingen. »Ihr beiden müsst euch umziehen. Auf der Feier werden noch drei weitere Gäste erwartet.«

»Dann wissen Yuka und Amy, dass wir es geschafft haben?«, fragte Cosima.

»Ja. Ich habe es ihnen mitgeteilt. Auch die Verluste.«

Cosima biss sich auf die Lippen. Amy wusste demnach, dass Dominik tot war.

»Yuka hat mir gerade geschrieben, dass Bennath Amy erkannt hat, aber davon ausgeht, dass ich noch tief und fest in dem Modul schlummere und mich noch nicht an ein System geknüpft habe. Er will uns das Modul abkaufen und wird in dem Glauben auf der Party bleiben, dass es eine Transaktion geben wird. Aber er hat auch gesagt, dass seine Leute das Schiff im Visier haben.«

»Also wieder Hürden, die uns vom Ziel trennen«, sagte Cosima.

»Ihr kennt das Geschäft doch«, sagte Inanna. »Spielen wir also mit. Nur befördern wir kein KI-Modul, sondern einen Cyborg. Sobald ihr bereit seid, schicke ich Yuka das Signal, dass sie mit Kempinski Kontakt aufnehmen soll. Und dann spielen wir unsere Karten aus.«

Noboru grinste in die Runde. »Ich bin wirklich schon gespannt auf meine neue Kapitänin.«

Das Geständnis

Yuka hatte sich vor diesem Augenblick gefürchtet. Jetzt hatte sie Herzklopfen und überlegte, wie sie die Sache angehen sollte. Inanna hatte ihr gerade die Nachricht geschickt, dass Cosima, John und Noboru unterwegs seien. Sie könne sich nun Nelson Kempinski nähern und ihm das Geheimnis seiner Mikro-KI offenbaren.

Sie hatte Angst, dass Kempinski ihr nicht glauben würde. Und falls er sich doch davon überzeugen ließ, dass Welton Bennath der Urheber seiner Probleme war, fürchtete sie, er könne dennoch wütend werden, weil sie es gewagt hatten, die Mikro-KI in die *Inanna* zu integrieren.

»Du hast Angst«, sagte Amy.

Yuka schaute zur Seite. Amy stellte gerade ihr Glas auf dem Stehtisch ab. Sie hatte sich vor Aufregung noch einen Wein gegönnt und erklärt, dass Hanna wohl statt der Brust mit der Flasche vorliebnehmen müsse. »Mach dir keine Sorgen, Yuka«, sagte sie. »Ich helfe dir dabei. Natürlich nur, wenn du die Hilfe brauchst.«

Yuka atmete durch. »Gehen wir.«

Sie bewegten sich zwischen Säulen hindurch an den Rand des Saals, wo sich Tore zu den Nebenräumen befanden. Die großen Firmen hatten diese angemietet, um dort Verhandlungen zu führen.

Nelson Kempinskis Tisch befand sich direkt hinter den rauen Säulen. Dort saß er mit seiner Familie und – wenn man dem Gespräch trauen durfte – mit einigen Geschäftspartnern. Von den Kempinskis kannte Yuka Nelsons Frau Valeska, die kaum älter wirkte als Ysanna, die Tochter der beiden mit ihren fünfundzwanzig Jahren. Neben seinem Bruder Gardell, der Anfang fünfzig war, wirkte Nelson Kempinski wegen des Einsatzes von Verjüngungstechnik wie der jüngere der beiden Brüder. Die Kempinskis waren das perfekte Beispiel dafür, wie der Jugendwahn, wenn man ihn auslebte, zu allerlei Missverständnissen und Fehleinschätzungen führte.

Kempinskis Leibwächter hielten Abstand, und Yuka hatte keinen Zweifel, dass sie sich ihnen in den Weg stellen würden, falls sie es wagen sollten, sich dem Tisch noch weiter anzunähern. Zum Glück trat eine Frau in einem silberschwarzen Abendkleid, das auf jede Verzierung verzichtete, auf sie zu und lächelte sie an. Es war Janise Thorpe, eine der Assistentinnen Kempinskis. Yuka hatte sie zuletzt auf Pandaros-3 gesehen. Ihr feuerrotes Haar, das ihr auf die Schultern fiel, und der dazu passende Lippenstift waren unverkennbar. »Captain Manderton«, sagte sie mit überraschter Miene. »Ich dachte, zwischen Ihnen und Mr. Kempinski wäre alles geklärt.«

»Bei Weitem nicht, Ms. Thorpe«, entgegnete Yuka. »Ich muss mit Ihrem Chef sprechen. Und er wird mit *mir* reden wollen, wenn er weiß, worum es geht.«

»Und das wäre?«, fragte Janise Thorpe.

»Sagen Sie ihm drei Wörter: Mikro-KI, Verdandi und Noboru. Das sollte seine Aufmerksamkeit wecken.«

Ms. Thorpe nickte und bewegte sich langsam zwischen den Leibwächtern hindurch an den Tisch der Kempinskis.

»Steht die auf dich?«, flüsterte Amy ihr zu.

»Ich glaube, das ist nur Mitleid«, sagte Yuka leise und beobachtete das Geschehen. Nelson Kempinski bemerkte seine Assistentin nicht. Es war sein Bruder Gardell, der auf Janise Thorpe aufmerksam wurde und ihm dann auf den Arm tippte.

»Was ist denn jetzt schon wieder?«, fragte Nelson Kempinski seine Assistentin laut. Noch ehe Ms. Thorpe etwas sagen konnte, blickte er in Yukas und Amys Richtung.

Endlich schien Ms. Thorpe etwas zu sagen, und sofort wich die unzufriedene Miene des Konzernchefs einer überraschten. Er entschuldigte sich bei seiner Frau und den Gästen und erhob sich. Während er um den Tisch kam, von den Blicken seiner Tischgäste verfolgt, winkte er Yuka und Amy näher und zeigte auf das Tor zu seinem Verhandlungsraum.

Vor der Tür wartete er auf sie. »Ich hoffe, das ist kein Scherz.«

»Es ist alles andere als ein Scherz«, sagte Yuka. »Ich habe Ihnen versprochen, die Sache aufzuklären, und nun habe ich es getan. Und ich habe noch ein wenig mehr erreicht. Ich weiß nicht nur, wie der Diebstahl über die Bühne gegangen ist, ich weiß auch, wer Amberson Unbound angegriffen hat, als ich dort war. Ich habe den geheimen Spieler enttarnt und weiß, warum er das Modul haben will.«

Kempinski winkte seinen Bruder zu sich. Gardell war Nelson ähnlich, vor allem die ernste Miene und die Rauheit des Gesichts, ganz gleich, wie glatt sie sich rasierten. Aber Gardell war fast einen Kopf größer und fülliger als Nelson Kempinski.

»Gardell«, sagte Nelson. »Ich möchte dich dabeihaben.« Er winkte auch Janise Thorpe zu sich. Dann wischte er über das Bedienfeld, und die Tür öffnete sich zu einem langen Raum. Die Kempinskis ließen Yuka und Amy den Vortritt.

Die kahlen Wände im Inneren bestanden aus grobem rotem Gestein, von dem grüne Pflanzen herabrankten. Es wirkte fast so, als wäre der Raum in einen der Marsfelsen geschlagen worden. Am anderen Ende rauschte ein leiser Wasserfall in ein Becken. Der lange Tisch und die geschwungenen Stühle, die alle in Weiß und Hellgrau gehalten waren, passten nicht recht hierher.

Yuka und Amy strebten nach links, Gardell Kempinski und Janise Thorpe nach rechts, und Nelson Kempinski setzte sich an den Kopf des Tisches. Er hatte an diesem Abend sicherlich einige Verhandlungen geführt und schien nur den unbedingt nötigen Weg zurücklegen zu wollen.

Als sie alle Platz genommen hatten, legte Nelson Kempinski die Hände auf den Tisch und sagte: »Dann bin ich mal gespannt.«

Yuka tauschte einen Blick mit Amy. Dann atmete sie einmal durch und sagte: »Wie ich Ihnen bereits berichten musste, haben die beiden Granden mir erklärt, dass Welton Bennath den Diebstahl begangen hat. Er wollte die Mikro-KI haben.«

»Aber das hatten wir doch schon«, entgegnete Nelson Kempinski kopfschüttelnd. »Welton Bennath hätte die Summe ohne Weiteres bezahlen können. Ich habe es Ihnen kürzlich nicht geglaubt, und daran hat sich nichts geändert.«

»Er hätte sich das Mikro-KI-Modul nicht leisten können, weil die Leute von Kreuder Modul-Logistik ihn überboten hätten.«

»Dann hätte er sich eben woanders ein solches Modul gekauft«, erwiderte Kempinski. Er drohte Yuka mit dem Zeigefinger. »Diese Granden haben Sie hinters Licht geführt. Oder haben Sie etwa irgendwelche Beweise?« Plötzlich lächelte er. »Haben Sie vielleicht die Spuren, die auf der *Inanna* gepflanzt wurden, zu ihm zurückverfolgt?«

»Nein, Sir.«

»Was dann?«

»Die beiden Granden haben sich gefragt, warum jemand, der sich ein Mikro-KI-Modul leisten kann, ein solches stehlen sollte. Sie vermuteten, dass in dem Modul Daten gespeichert sind, die Bennath um keinen Preis in falschen Händen sehen will. Es geht nicht um irgendein KI-Modul, sondern nur um dieses eine, das Sie angeboten haben. Und auf normalem Wege hätte er es nicht bekommen. Er musste es stehlen. Und es bei mir an Bord zu stehlen, war einfacher, als es aus einem der Lager von Kreuder Modul-Logistik zu holen.«

Nelson Kempinski schüttelte den Kopf, aber sein Bruder Gardell sagte: »Nehmen wir für einen Augenblick an, dass Bennath hinter dem Diebstahl steckt und es so ist, wie die

Granden es Ihnen berichtet haben. Wie konnten Amberson und Glennscaul von der Sache Wind kriegen?«

»Bennath ahnte nicht, dass Cosima Amberson sie bei ihren Planungen belauschte. Er ist paranoid. Er und seine Leute trafen sich nicht in ihren Quartieren, sondern in einem abgelegenen Gang.«

»Das hätten sie doch genauso gut in ihren Quartieren machen können«, sagte Gardell.

»Seine Crew hätte sich dort aber nicht unauffällig hinbewegen können. Sie mussten sich an einem Ort treffen, der kein Aufsehen erregte. Und das war Bennaths Fehler. Sie hätten sich eine Bar, ein Schwimmbad oder was auch immer aussuchen sollen – einen Ort, wo man in der Menge untergeht. Sie suchten sich aber einen Ort, an dem eine Grande ungestört ein Sandwich essen wollte.«

Nelson Kempinski musterte Amy. »Wer sind Sie?«, fragte er. »Wer sind Sie wirklich? Ich habe Sie auf der *Inanna* noch nie gesehen.«

»Ich bin Amy Mendelowski, Cosima Ambersons Strategin.«

Nelson Kempinski stockte der Atem, und er musste einen Blick mit seinem kaum minder erstaunt wirkenden Bruder wechseln, ehe er wieder Worte fand. »Sie waren also eingespannt?«

»Am Anfang nicht. Ich kam erst ins Spiel, nachdem sich meine Chefin auf Pandaros-3 bei dem Angriff absetzen konnte. Was der Captain Ihnen berichtet hat, stimmt. Meine Chefin und John Glennscaul kamen auf die Idee, Bennath die Arbeit machen zu lassen und ihm dann die Beute abzujagen. Den Rest kennen Sie. Von ihrer Flucht bis zu dem Angriff auf unser Hauptquartier.«

»Nur, wo sie das Modul verborgen haben, das weiß ich nicht«, sagte Nelson.

Amy erzählte von dem Archiv und der Regelung, wonach die beiden Granden das Modul nur gemeinsam auslösen konnten. Sie berichtete von den Fragen, die sie sich stellten, und der Erkenntnis, dass irgendetwas auf dem Modul gespeichert sein musste, das Bennath in die Finger kriegen wollte. »Also kamen sie auf die Idee, die Mikro-KI in ein geeignetes System zu pflanzen, um zu schauen, ob sie ihm die Informationen entlocken konnten.«

»Das haben die beiden nicht getan!«, sagte Nelson Kempinski mit ungläubiger Miene. »Ist Ihnen klar, wie groß der Wertverlust ist, wenn die KI in ein System gepflanzt wurde? Bitte sagen Sie, dass sie es nicht in irgendein Schrottsystem gepflanzt haben!«

Yuka schmunzelte und erzählte, wie die beiden Granden sie in Triptyx-Anzüge gekleidet in einer Hafenbar aufgespürt hatten und sie ihnen am liebsten die Köpfe eingeschlagen hätte. »Sie haben mich dazu überredet, die Mikro-KI in die *Inanna* zu integrieren.«

Nelson Kempinski atmete zwar erleichtert aus, aber zufrieden wirkte er nicht. »Das heißt, die KI hat sich auf Ihrem Schiff installiert.«

»So ist es.«

»Gut«, sagte Gardell. »Dann werden wir das Schiff übernehmen. Sie sind also gekommen, um eine Zahlung auszuhandeln.«

»Nein, keineswegs«, erwiderte Yuka.

»Sie erwähnten neben der Mikro-KI auch die *Verdandi* und Noboru-14«, sagte Nelson Kempinski mit misstrauischer Miene. »Das heißt, die Granden hatten recht. Da war noch etwas gespeichert.«

Yuka schaute zu Amy, und die Strategin erklärte, dass bei einer Selbstlöschung von KI-Systemen manchmal Teile der KI zurückbleiben und der neuen KI bewusst werden können. »Ich vermute, die KI war gelöscht, als Sie die Trümmer der *Verdandi* fanden?«

»Ja. Unsere Leute versuchten, etwas festzustellen, aber da war nichts zu machen. Sie war gelöscht, und ich habe noch nie gehört, dass ein gelöschtes Modul Reste enthalten könnte.«

»Wenn *Sie* es löschen, ja«, sagte Amy. »Dann ist alles weg. Aber Verdandi rettete Daten in den Nanospeicher und legte eine Emulation über diesen Bereich. Eine Analyse hätte nichts ergeben. Erst wenn Sie die KI wieder eingepflanzt hätten, wären die Daten gesichert und die Emulation dann aufgegeben worden.«

Die Kempinski-Brüder staunten, und Janise Thorpe lächelte. »Was haben Sie gefunden? Welche Daten hat die *Verdandi*-KI gerettet?«, fragte Nelson Kempinski.

»Videomaterial des Angriffs von Piraten auf die *Verdandi*.«

»Ich will es sehen«, sagte Nelson Kempinski und zeigte auf den Tisch.

Yuka löste ihr Armband vom Gelenk und legte es vor sich. Sofort entstand vor jedem der Anwesenden ein Schirm über der Tischfläche, und neben dem Armband erschien ein Display, mit dem Yuka die Videos auswählte, die Inanna ihnen zugespielt hatte. »Bei der Installation stellte sich heraus, dass Verdandi sich selbst aufgegeben hat, um diese Daten zu retten«, erklärte sie. »Sie nennt sich jetzt Inanna und ist eine neue Entität.«

Als Yuka die Videos gestartet hatte, beobachtete sie durch die teilweise transparenten Schirme hindurch die Reaktionen der Kempinskis und ihrer Assistentin. Von Staunen über Wut führte der Weg bei den Brüdern zur Trauer. Ms. Thorpe betrachtete alles mit ungläubiger Miene.

Als Noboru-14 auf dem Video erschien, bekam Nelson Kempinski glasige Augen, während Gardells Miene erstarrte und Janis Thorpe einfach nur fassungslos wirkte. Als die Videos mit den Bildern der Außenkameras inmitten der Zerstörung abbrachen, holte Nelson Kempinski tief Luft, während sein Bruder immer noch auf seinen leeren Schirm starrte.

Nachdem sich alle Schirme aufgelöst hatten, lehnte sich Nelson Kempinski zurück und sagte: »Ich mache keinen Hehl daraus, wie unzufrieden ich bin, weil Sie und die beiden Granden die Mikro-KI in die *Inanna* integriert haben. Das Schiff könnten wir nur mit Ihrer Einwilligung übernehmen. Und das Modul zurückzufordern würde bedeuten, dass die KI einer Löschung zustimmt. Wenn Sie sich also querstellen, wird die KI in Ihrem Schiff bleiben, und wir können nichts dagegen tun.«

»Das sind keine guten Voraussetzungen für freundliche Verhandlungen«, sagte Gardell.

»Die KI ist nun ein Teil der *Inanna* und hat auch den Namen des Schiffes angenommen. Sie ist nun ein Wesen mit KI-Rechten. Und natürlich werden wir darauf pochen, dass diese Rechte nicht verletzt werden.«

Nelson Kempinski grinste. »Sie wissen, dass ich Ihnen das Leben zur Hölle machen könnte«, sagte er.

Yuka nickte. »Dann lassen Sie uns darüber reden, was wir tun können, damit Sie mir und den Granden das Leben nicht zur Hölle machen.«

»Ich bin Geschäftsmann«, sagte Nelson Kempinski. »Ich möchte eine Entschädigung. Wir legen eine Summe fest, und die zahlen Sie dann ab. Ich habe keinen Zweifel, dass Sie mit der KI wieder Fuß fassen werden. Ich betrachte es als Investition und möchte Zinsen sehen. Die KI hätte mir wohl mindestens vierzig Millionen gebracht. Sehen Sie es als Darlehen. Wir folgen den Leitzinsen der Großbanken, und Sie bestimmen selbst, wie schnell Sie das zurückzahlen.«

»Kein böses Blut?«, fragte Yuka.

»Meine Teuerste! Sie haben mir und meinem Bruder etwas in die Hand gegeben, das wir schon aufgegeben hatten. Wie sehr wir uns damals nach Rache gesehnt haben! Wir haben alles versucht, um herauszufinden, wer uns die *Verdandi* genommen hat – mit ihrer genialen Crew. Dieses Schiff und diese Besatzung waren unser Stolz. Sie ahnen gar nicht, was die Familien durchgemacht haben.«

»Aber die Rache muss warten«, sagte Gardell. »Wenn Bennath den Cyborg entführt hat, müssen wir ihn befreien.

Nur er kann wirklich beweisen, was auf der *Verdandi* geschehen ist. Denn diese Videos, so überzeugend sie sein mögen, könnten leicht als Fälschungen abqualifiziert werden.«

»Aber Sie glauben doch, was Sie sehen?«, fragte Yuka.

»Natürlich«, antwortete Nelson. »Wir kannten die *Verdandi* und ihre Crew. Wer hätte diese Details zusammentragen können? Aber Bennath wird sagen, dass die Markierungen der Angreifer gefälscht sind. Mich persönlich interessiert es nicht, ob wir das vor einem Gericht beweisen können. Ich kann Bennath auch so den Krieg erklären – mit ein wenig Hilfe. Sie und die beiden Granden könnten Ihre Schuld erheblich herabsetzen, wenn Sie mir dabei helfen würden, gegen Bennath vorzugehen. Amberson und Glennscaul kennen doch alle schmutzigen Tricks. Und wenn wir rausfinden, wo Bennath den Cyborg gefangen hält, könnten Sie und die Granden mir dabei helfen, an ihn heranzukommen. Denn Gardell hat recht: Wenn wir den Cyborg befreien, können wir auch öffentlich gegen ihn vorgehen und ihn so mit aller Macht bekämpfen. Dann würden sich alle gegen ihn stellen.«

Yuka tauschte ein Lächeln mit Amy und nickte ihr zu. Die Strategin sollte offenbaren, was in dieser Nacht geschehen war. »Mr. Kempinski, Sie brauchen unsere Hilfe nicht. Sie haben sie bereits. Wir haben mit der Unterstützung von Inanna die Spur von Noboru-14 aufgenommen und sie hierher auf den Mars verfolgt. In eine von Bennaths Anlagen – hier in Arandis.«

»Großartig!«, sagte Gardell.

»Dann sollten wir gemeinsam Pläne schmieden«, schlug Janise Thorpe vor.

Nelson Kempinski nickte nur.

»Unnötig«, sagte Amy. »Der Captain und die Granden haben einen Plan erarbeitet, eine Crew zusammengestellt und in dieser Nacht Noboru-14 aus der geheimen Anlage befreit.«

Nelson Kempinski sprang von seinem Stuhl auf. »Unmöglich!«, rief er. Janise Thorpe schüttelte mit ungläubiger Miene den Kopf, während Gardell Amy angrinste. »Unmöglich«, wiederholte Nelson Kempinski und setzte sich langsam wieder. »Sie wollen mir sagen, dass Sie den Cyborg befreit haben? Heute Nacht, während wir hier sind?«

»Er und die Granden sind auf dem Weg hierher«, sagte Yuka in aller Ruhe. »Und Bennath ahnt noch nichts davon. Er glaubt, dass wir ihm das Modul verkaufen wollen. Seine Anlage ist abgeriegelt. Weder Mensch noch Nachricht dringen nach außen. Wenn er merkt, was hier gespielt wird, ist es hoffentlich zu spät für ihn.«

Nelson Kempinski lachte. »Meine lieben Damen, Sie haben sich mit Bennath einen mächtigen Feind gemacht, aber Sie haben mit uns Verbündete gewonnen. Heute Abend also! Wir werden alles heute Abend klären.« Er erhob sich wieder. »Sie müssen wieder da raus. Behalten Sie Bennath im Auge!«

Vor der geschlossenen Tür nach draußen kamen sie zusammen. Nelson Kempinski reichte erst Amy die Hand. »Die Granden haben von mir nichts mehr zu befürchten. Stellen wir am Ende des Abends einfach fest, wer wem wie viel schuldet.«

»Mit Ihnen zu verhandeln ist ein Vergnügen«, sagte Amy.

Nelson Kempinski wandte sich an Yuka. »Ich werde gleich mit Ihrem ehemaligen Arbeitgeber sprechen. Wir werden sehen, dass wir alle gut aus dieser Sache rauskommen und Bennath möglichst schlecht.« Mit diesen Worten öffnete er die Tür, und das Stimmengewirr, die Musik und all die Düfte der Feier drangen ihnen entgegen.

Yuka war erleichtert und bewegte sich schnell am Tisch der Kempinskis vorbei und ging durch die dichter gewordene Menge zur Treppe hinüber. Eine Band spielte auf der Bühne epische Klänge, die ein wenig zu pathetisch für Yukas Geschmack waren. Die farbenfrohe Lichtshow gefiel ihr jedoch.

Auf der Galerie angekommen, sagte Amy: »Vertraust du den Kempinskis?«

»Du nicht?«

»Nein.«

»Ich kenne Nelson Kempinski schon lange«, erklärte Yuka »Er wird uns eine Menge Geld abknöpfen, aber er wird nicht mehr gegen uns vorgehen. Die Frage ist jetzt, wie Bennath reagieren wird. Wir müssen ihn ablenken. Sobald er mitbekommt, was in seiner Anlage vorgefallen ist, wird er den Braten riechen.«

* * *

Welton Bennath schaute unzufrieden zu Yuka Manderton und Amy Mendelowski hinauf. Sie standen wieder dort oben, von wo aus sie alles gut überblicken konnten.

»Sir!«, sagte Colby Galligan, Bennaths rechte Hand, und trat näher. »Es stimmt. Die beiden waren mit den Kempinskis in ihrem Verhandlungsraum.«

Bennath bedankte sich und hielt nach den Kempinskis Ausschau. Er sah nur Gardell, der mit Valeska und Ysanna am Tisch saß. Nelson konnte er nicht entdecken. So schaute er wieder zu Yuka Manderton und Amy Mendelowski hinauf. Sie waren schon hübsch anzuschauen. Unter anderen Bedingungen hätte er sie begehrt, die langbeinige Kapitänin der *Inanna* mit ihren geschwungenen Lippen und die füllige Strategin von Amberson Unbound mit ihrer Oberweite und ihren breiten Hüften. Aber nun wollte er sie nur noch schädigen – auf allen Ebenen.

Wenn die beiden dort hinter seinem Rücken mit Kempinski verhandelten und sie ihn tatsächlich reinlegten, würde er sie fertigmachen. Er würde sich alles nehmen, was ihnen gehörte. Er würde sie zu seinen Gefangenen machen, dann zu seinen Sklavinnen, und am Ende würde er sie töten.

»Stehen unsere Teams bereit?«, fragte er Colby, den er, als sie Amy Mendelowski erkannt hatten, losgeschickt hatte, um ihre Leute in Position zu bringen – sowohl draußen vor dem Anwesen als auch am Raumhafen bei der *Inanna*.

»Ja«, sagte Colby. »Und ich habe gerade erfahren, dass ein Wagen von der *Inanna* aus losgefahren ist.«

Bennath lachte. »Dieses Flittchen von Kapitänin hat tatsächlich so getan, als wäre das Modul nicht auf der *Inanna*.«

»Unsere Leute sind dran«, erklärte Colby. »Wir werden die Beute kriegen.«

Bennath nickte. Das Geld lag beim Nachtglanz-Kartell bereit. Er würde zahlen, kein Zweifel. Aber die Drohung, die Amy Mendelowski mit ihren glänzend braunen Augen ausgesprochen hatte, nahm er nicht ernst. Kein Killer würde für welche Summe auch immer gegen ihn vorgehen. So verrückt war niemand.

Er würde sie vernichten. Er war nicht so weit gekommen, indem er sich an die Regeln gehalten hatte. Sie alle ahnten nicht, über welches Imperium er herrschte. Er war ein Grande – der Grande, der gegen alle Regeln verstieß und dem nichts zu heiß, nichts zu verkommen und nichts zu groß war.

John Glennscaul und Cosima Amberson würde er in seine Minen auf dem Titan schicken, wo Menschen Arbeiten verrichteten, für die Roboter zu wertvoll waren. Und die beiden da oben würde er auf den Triton in eines seiner Bordelle schicken. Sie würden sich dort gut machen. Und keiner von ihnen würde wissen, dass er, wenn er sie verkaufte, sie im Grunde an sich selbst verkaufte. Denn er war der Grande Selgorül, der Mann, den alle hassten. Selbst die Schattenkonzerne verachteten ihn. Er kannte keine Freunde, sondern nur Feinde und Opfer. Er würde alles überwinden und jeder Bedrängnis entkommen. Selbst hier würde ihm niemand etwas anhaben können. Denn dies war für ihn kein neutraler Boden – nicht für jemanden, der Waffen hereingeschmuggelt hatte.

Bennath schaute sich um. »Wo ist Vala?«, fragte er.

»Ich habe sie bei den Toiletten gesehen«, sagte Colby.

»Entweder sie tut nur so, oder wir haben den Beweis, dass sie ein menschliches Wesen ist.«

»Du und sie – ihr arbeitet einen Schlachtplan aus. Wir werden Manderton und die ganze Entourage einfangen oder aber ausrotten.«

Neutraler Boden

Cosima und John stiegen mit Noboru aus dem Container.

»Wenn ich heute noch einmal auch nur eine Sekunde in einem Container verbringen muss, dann schreie ich«, sagte Cosima und geriet aus dem Gleichgewicht. Noboru fasste ihre Hand, und so konnte sie aussteigen. Ihre Schulterwunde zwickte gelegentlich, aber der Medi-Patch hatte gute Arbeit geleistet, sodass sie ihn entfernt hatte.

»Was ist denn los?«, fragte John. »Kannst du plötzlich nicht mehr in Stöckelschuhen gehen?«

»Doch. Aber es hilft, wenn die Tür nicht so klein und der Boden da drinnen nicht so uneben ist. Warum so eine Rostlaube?«

»Inanna wollte wohl sichergehen, dass wir wirklich keinen Verdacht erwecken«, erklärte John und musterte noch einmal Cosimas Abendkleid. Es hatte einen hochgeschlossenen Ausschnitt, war ärmellos und rückenfrei.

»Gefällt dir, was du siehst, Alfie?«

»Das Kleid oder die Frau, die drinsteckt?«

»Beides, Alfie, beides.«

»Der geschlossene Ausschnitt lässt dich noch größer und schlanker erscheinen, als du es ohnehin schon bist. Und dann noch das hochgesteckte Haar.« Er schüttelte den Kopf.

»Ist das eine Kritik?«

»Nein, nein. Du siehst hervorragend aus. Wüsste ich nichts von dir und würde dich auf der Party sehen, ich wäre beeindruckt.«

»Ich glaube, das ist das Freundlichste, was du in unserer Lage sagen kannst.« Sie ließ ihren Blick über seinen Anzug gleiten. »Schlicht, aber geschmackvoll«, sagte sie. »Und du hast in den Dingern schon immer eine gute Figur gemacht.« Sie griff nach seiner Fliege. »Nicht nur schön, dass du so was trägst, du beweist auch Geschmack. Sie sieht aus wie die Flügel einer kleinen Elster. Subtil und geschmackvoll.«

»Deine Stimme wird so sanft.«

»Wenn ich Sie nicht kennen würde, Mr. John Glennscaul, ich könnte glatt schwach werden«, raunte sie ihm ins Ohr.

Der Wagen stand bereit. Es war die lange Variante des Triptych-7. Vorne geschwungen, in der Mitte gleichmäßig, am Heck aufsteigend. »Ich glaub's nicht«, sagte John. »Wie hat Inanna den nur aufgetrieben?«

»Passt jedenfalls, und beweist, dass unsere Rennspielchen Inanna nicht entgangen sind.«

Die Türen schoben sich zur Seite und öffneten den Blick in den hell erleuchteten Innenraum. John machte ein gequältes Gesicht. »Wie ich diesen Prunk hasse!«

Cosima strich ihm im Vorbeigehen über die glatt rasierte Wange. »Für Rückzieher ist es jetzt zu spät, Alfie. Komm!« Sie stieg ein, und er folgte ihr ins Innere. Sie zog ihn geradezu neben sich auf den Sitz. »Ich jedenfalls könnte mich daran gewöhnen«, sagte sie und dachte doch nur wieder an Dominik. Ganz gleich, welches Spiel sie hier spielte, es konnte sie nur kurz von seinem Tod ablenken.

John wollte antworten, dass es ihm schon reichte, wenn sie sich nicht die Köpfe einschlugen, aber dann fiel ihm auf, dass ihre dunkelroten Lippen kaum merklich zitterten. Er war ein Idiot! Er hatte nicht bemerkt, welches Spiel sie spielte. Sie lenkte sich von Dominiks Tod ab. Deshalb die freundlichen, fast reizenden Worte.

Cosima schaute zur Seite, an ihm vorbei zu Noboru, der sich klein machen musste, um einzusteigen, aber im Sitzen, ihnen gegenüber mit dem Rücken zur Fahrtrichtung, genug Platz hatte und sich breitbeinig niederließ. Seinen grauen Anzug füllte er so sehr aus, dass er wie ein Leibwächter wirkte. Der Stehkragen und das lange Jackett ließen seinen breiten Körper kaum schmaler erscheinen.

»Sie werden Augen machen«, sagte Cosima, als der Wagen losfuhr.

»Hoffen wir es«, erwiderte Noboru. »Je mehr mich sehen, umso mehr Aufmerksamkeit können wir auf Bennaths Tat lenken.«

Als der Wagen auf die Straße hinausgefahren war, ließ Cosima ihren Blick durchs Fenster ins bunt erleuchtete Nachtleben von Arandis wandern. Das Licht der Laternen verlieh allem einen orangefarbenen Anstrich. In diesem Teil der Stadt erweckten die schmalen Häuser, die dicht an dicht standen, den Eindruck, als wäre der Platz hier im Zentrum knapp. Sie erinnerten Cosima an die Siedlerhäuser auf Pandaros-3, wo man den ersten Kolonisten ein Heim garantiert und wie hier jeden Meter ausgenutzt hatte, während anderswo Platz genug zur Verfügung stand. Und auch hier kamen sie bald in Bereiche, in denen sich die einzelnen Häuser auf großzügigen Anwesen verliefen.

»Inanna hat sich bei mir gemeldet«, sagte Noboru.

»Wie ist das eigentlich, wenn ihr kommuniziert?«, fragte Cosima. »Wie Telepathie?«

»So könnte man es nennen«, antwortete der Cyborg. »Sie sagt, dass Bennaths Leute den anderen Wagen überfallen haben.«

»Die werden dumm aus der Wäsche geguckt haben, als sie darin nichts gefunden haben«, sagte John lächelnd.

Noboru nickte. »Amy hat Bennath über ihren Patch gefragt, ob er das Geschäft trotz seiner Aktion noch durchziehen wolle.«

»Die gute Amy«, sagte Cosima. »Sie hält ihn auf Kurs.«

Noboru nickte erneut. »Inanna wird das Paket an die Transaktionsplattform liefern.«

»Was?«, fragte John.

»Welches Paket?«, setzte Cosima nach.

»Ihr wisst nichts davon?«

Cosima und John tauschten einen verwunderten Blick und schüttelten dann die Köpfe.

»Amy und Trent haben einen Vorschlag unterbreitet, und Inanna hat ihnen dabei geholfen, ihn umzusetzen.«

»Und warum wissen wir nichts davon?«, fragte John.

»Es war lediglich eine Idee, die nie zum Zuge gekommen wäre, wenn alles nach Plan verlaufen wäre«, erklärte der Cyborg.

»Schön und gut, aber wir haben kein Modul, das wir verkaufen können.«

»Aber wir verfügen über den Koffer und eine von Inanna konstruierte Attrappe«, entgegnete Noboru.

»Und die wird die Transaktionsplattform täuschen?«, fragte John

»Inanna meint, ihre Emulation müsste das System täuschen. Der genauen Prüfung durch eine KI würde es nicht standhalten, aber einen Standardcheck sollte es überstehen. Wenn Bennath das Geschäft schnell zum Abschluss bringen will, könnte ihm der Standardcheck genügen. Und selbst wenn nicht, einen Versuch sei es wert, meint Inanna.«

Cosima lachte, John jedoch schüttelte den Kopf. »Wie können Amy und Trent einfach irgendwelche geheimen Pläne in die Tat umsetzen?«

»Es ist Amys Schuld – und meine«, sagte Cosima. »Ich habe sie früher oft gebeten, einen zusätzlichen Plan auszuarbeiten, der mir den Hintern rettet. Einen Plan, von dem ich nichts weiß.«

»Okay«, sagte John und rieb sich die Hände. »Wir schieben den Koffer mit der Emulation auf die Plattform, und Bennath zahlt. Wenn es klappt, bekommen wir das Geld. Wie viel?«

»Ja, wie viel?«, setzte Cosima nach.

»Soweit ich weiß, sind es sechzig Millionen Dollar.«

Cosima und John grinsten einander an. »So langsam sehe ich Land«, sagte John. »Mit dem Geld könnten wir Kempinski den Verlust des Moduls und alles andere ausgleichen.

Dann noch die Schulden, die wir für die Operation aufgenommen haben. Und den Rest teilen wir auf.«

»Dazu kommt die Beute, die wir bei Bennath gemacht haben«, sagte Noboru.

»Du denkst bereits wie ein Grande«, meinte Cosima und brachte Noboru zum Lächeln.

»Und wenn es schiefgeht?«, fragte John.

»Das Timing muss stimmen«, antwortete Cosima. »Der Koffer muss ausgeliefert werden, kurz bevor wir ankommen.«

»Inanna *hat* ihn gerade ausgeliefert. Die Kapitänin hat berichtet, Kempinski wolle dafür sorgen, dass Bennath die Feier nicht verlässt. Notfalls klagt man ihn an, ehe wir da sind.«

John musste lachen und fuhr sich über die Stirn und durchs Haar. »Hört das eigentlich jemals auf?«

Cosima schaute ihn von der Seite an. »Du musst dich zusammenreißen, John. Wir müssen unsere Rolle gut spielen. Alles muss sitzen. Sonst war das Ganze umsonst.« Ihre Augen glänzten, und John wusste nur zu gut, dass sie die Opfer meinte. Nicht nur Edison und Dominik, sondern auch Spencer.

John nickte. »Na gut. Ich werde dich nicht enttäuschen. Aber du denkst an dein Versprechen.«

»Ich denke dran«, sagte sie und starrte ihn so sehr an, dass er ihrem Blick ausweichen musste.

»Tut mir leid, John.«

»Was machst du?«, fragte er. »Du glotzt, als hättest du irgendwas an mir entdeckt.«

»Du bist ein anderer. Ich meine ein anderer, als ich gedacht habe.«

»Und das merkst du *jetzt*?«

»Ich habe gemerkt, wie die anderen dich anschauen. Trent, aber vor allem Kendra und Edison.«

»Meine Leute schauen mich nicht anders an als deine Leute dich. Ich gebe aber zu, dass ich niemanden wie Libby habe. Du bist fast wie eine Mutter für sie.«

»Mutter? Wohl eher eine große Schwester, die Verantwortung übernimmt«, sagte Cosima, wusste aber, dass er recht hatte.

John schaute sie mit großen Augen an. »Darf ich dir eine Frage stellen?«

»Na klar. Aber bitte nicht zu intim, sonst bekommt Noboru noch rote Bäckchen.«

»Könntest du dir vorstellen, auf der *INANNA* zu bleiben?«, fragte John. »Nicht nach Pandaros-3 zurückzukehren, um dir Amberson Unbound zurückzuholen?«

»Du willst bleiben?«

»Ich denke darüber nach.«

»Und was wird aus dem Titan?«

»Ich frage mich, ob der Grund, warum ich da hinwill, nicht direkt vor meinen Augen ist. Die ganze Zeit, die wir uns vorbereitet haben.«

»Du bist ein Quälgeist, John Glennscaul. Du weißt genau, dass ich nicht bleiben kann. Es würde mich immer daran erinnern, wie viel es uns gekostet hat.« In Wirklichkeit hatte sie keine Ahnung, was dann sein würde.

»Du hast auch schon mal besser gelogen«, sagte John.

»Das macht dein Einfluss, Alfie. Auch deswegen kann ich nicht bleiben.«

»Du hast Angst, dass ich dich verderbe. Welch eine Ehre!«

»Ich habe Angst, dass wir uns gegenseitig verderben. Dass du mich verdirbst, das ist ja klar. Aber es wäre doch eine Schande, wenn ich meinen Rivalen verderben würde.«

»Wäre das wirklich so schlimm?«

Cosima machte große Augen. »War das ein Annäherungsversuch?«

»Wäre es einer, würde Noboru uns jetzt schon beim Küssen zuschauen«, sagte John.

»Könnte heute sogar was dran sein.«

John stutzte.

»Damit hast du nicht gerechnet. Dass ich dir mal nicht widerspreche«, sagte Cosima grinsend.

»Hast du was getrunken?«

»Nein. So bin ich, bevor ich meinen Feinden die Stirn biete.« Sie strich ihm wie schon beim Einsteigen über die Wange – diesmal über die linke. »Und du siehst heute gut aus.«

»Du testest mich, nicht wahr?«

»Ich teste dich immer, John. Wir müssen gleich ein hübsches Paar abgeben, und ich habe den Eindruck, du bist noch nicht so ganz bei der Sache. Du musst dich anstrengen. Bei deinen Defiziten im Lügen könnte jemand auf den Gedanken kommen, dass wir uns nicht nahestehen.«

»Wer ist eigentlich auf die Idee gekommen, dass wir als Paar erscheinen sollen?«, fragte John.

»Im Grunde Amy und Trent. Sie sagten mal, wir sollten versuchen, die Fantasie der Leute anzuregen, auch wenn nichts dahintersteckt.«

»Was dahintersteckt, ist ein geheimer Wunsch unserer Strategen«, sagte John lachend. »Und du bist ihnen auf den Leim gegangen.«

»Nein, nein. Mir ist klar geworden, dass wir von außen betrachtet nicht ohne den anderen sein können. Wer Amberson hört, denkt Glennscaul mit – und umgekehrt. Unsere Rivalität öffnet der Fantasie Tür und Tor. Die Leute denken sich alles Mögliche. Und wenn sich herumspricht, dass wir zwei Jahre auf der *VANYA-17* waren …« Sie lächelte ihn an.

John wandte sich an Noboru. »Was denkst du?«

»Ich habe den Eindruck, dass bei euch der Spruch ›*Liebe deine Feinde*‹ angebracht ist«, sagte der Cyborg mit nüchterner Stimme. »Die sexuelle Anziehungskraft zwischen euch ist offensichtlich. Ich könnte eine Menge über euch sagen. Über eure Schwächen und Stärken, und wie ihr euch ergänzt. Aber die Qualität meiner Aussage würde sich erhöhen, wenn ich euch noch eine Weile beobachten könnte.«

Cosima und John tauschten einen ihrer verwunderten Blicke. »Du hörst nicht auf, mich zu überraschen«, sagte John.

»Frag einen Cyborg, und er wird dir eine interessante Antwort geben.«

»Was hast du eigentlich auf der *Verdandi* gemacht?«, fragte Cosima.

»Ich war Mediator, manchmal auch Leibwächter.«

»Mediator?«, erwiderte John.

Cosima lachte. »Vielleicht sollten wir dich mal in Anspruch nehmen.«

»Mir scheint, ihr habt eure schlimmsten Probleme bereits selbst überwunden. Aber wenn ihr wollt, kann ich euch ein paar Tipps geben. Ich habe eine psychoanalytische Komponente.«

»Eine Teil-KI, die an dein Hirn angeschlossen ist?«, fragte John.

»Nein, nein. Nur ein statistisches Modul, dessen Ergebnisse aber mit denen von KI-Modulen vergleichbar sind.«

»Wie wär's, Cozy? Du und ich auf Noborus Couch?«

»Das hättest du wohl gern. Nein, nein. Wenn alles vorbei ist, werde ich vielleicht mit Noboru in aller Ruhe darüber sprechen, was ich eigentlich falsch mache, dass ich dich einfach nicht loswerde.«

»Hast du nicht etwas vergessen?«, sagte John. »Wir müssen gleich ein hübsches Paar abgeben. Du musst dich anstrengen.«

Cosima näherte sich John. »Alfie, ich werde mich anstrengen. Ich werde mich so sehr anstrengen, dass du mich nicht wiedererkennst.«

»Ich mag es, wenn deine Stimme diesen Hauch hat«, sagte John. »Und du riechst gut. Ist mir vorher schon aufgefallen.« Die Wahrheit war, dass sie im Begriff war, ihm den Kopf zu verdrehen, und er hatte keine Ahnung, wie er sonst damit umgehen sollte. Er lächelte sie an und strich ihr sanft mit dem Daumen über die roten Lippen.

Damit hatte Cosima nicht gerechnet. Es sah ihm nicht ähnlich. Sie wusste, dass sie ihn berühren konnte, ohne die Grenze zu überschreiten, aber dass *er* sie so zärtlich berührte und nun auch noch über das Kinn strich, das verwunderte sie. »Woher hast du diese Selbstsicherheit, John Alfred Glennscaul?«, fragte sie, als er von ihr abließ und ihr von einem Auge ins andere schaute.

»Während du durch meine Anwesenheit das Lügen verlernst, lerne ich von dir die Zielstrebigkeit«, erklärte John.

»Hättest du dir schon früher ein Beispiel an mir genommen, hättest du uns eine Menge Ärger erspart«, erwiderte Cosima.

»Aber ich liebe Ärger, Cozy. Besonders aus deiner Richtung. Außerdem …«

»Wir sind da«, sagte Noboru, und tatsächlich schoben sich draußen die Prachtbauten der Konzerne vorbei. Als sie an einen Abzweig kamen, an dem der Verkehr schlagartig abnahm, erklärte Noboru: »Unserer Einladung wurde akzeptiert. Wir sind Teil von Captain Mandertons Gefolge.«

»Können das andere auch einsehen?«, fragte John.

Cosima überlegte, ob sie sich jemals darüber Gedanken gemacht hatte, jemand könnte erfahren, dass sie zu einer Feier kam. Normalerweise wollte sie, dass alle es erfuhren. Aber sie konnte John verstehen. Sie wussten nichts über das System, dem sie sich hier anvertrauten.

»Nur die Gastgeber«, antwortete Noboru. Er schob den linken Ärmel von Hemd und Jacke zurück, und mit einem Mal wurde die Haut an seinem Handgelenk durchscheinend und offenbarte ein Display. »Da sind unsere IDs«, sagte er. Und tatsächlich leuchtete Cosimas Patch auf, und John warf einen prüfenden Blick auf den Patch, der an seiner linken Handfläche haftete. Sie beide bestätigten die Angaben, und schon erschien eine Erklärung, dass jeder von ihnen als Gast akzeptiert war. Wenn sie nun anderen begegneten, konnten sie über das Tracking-System der Feier leicht die Daten austauschen, ohne dass irgendwer eine Verbindung zu ihren Patches aufbauen musste.

Cosima und John entschieden, ihre Statusinformation zunächst für andere Gäste zu sperren und nur den Gastgebern zugänglich zu machen. Erst wenn sie angekommen waren und alle sie sehen konnten, würden sie die Informationen freigeben, vor allem für die Presse, die anwesend war. Die Reporter und die Nachrichtendrohnen sollten beim ersten Schritt, den sie aus dem Wagen hinaus taten, wissen, wer Noboru war.

Der Wagen bog noch einmal ab. Es war ein weitläufiges Gelände mit zahlreichen Leuchtkugeln, die in den Rasen eingelassen waren. Cosima war beeindruckt von dem weißen Pyramidenbau der Mars Mining Corporation mit all seinen Plattformen und Glassegmenten. John sprachen vor allem die zurückgesetzten Fenster an, die sich wie Lichtadern über das Gebäude zogen.

Der Wagen hielt unter einem halb offenen Glasgewölbe an. Die Tür zu Cosimas Rechter öffnete sich direkt in den Eingangsbereich. Einen roten Teppich gab es hier nicht, sondern nur einen Weg aus hellgrauem Stein, dafür aber warteten links und rechts jenseits eines hüfthohen Schildwalls die Reporter und die Nachrichtendrohnen.

Beim Aussteigen aktivierte Cosima die Informationsfreigabe ihrer Personendaten, und als sie sich aufrichtete und sich umschaute, bemerkte sie, dass die Drohnen sich über die Köpfe der Reporter hinweg bewegten und sich ihr zuneigten. Die Blicke schwebten geradezu zu ihr herüber.

In den Gesichtern der Reporter stand erst Überraschung, dann Ratlosigkeit. Sie hatten keine Ahnung, wer sie war. Während sie den Blick auf die Displays ihrer Patch- oder ihrer Card-Computer senkten, stieg John aus, und die Reaktionen gingen wild durcheinander. Die einen zeigten fast exakt die Reaktion, die sie bei Cosima gezeigt hatten, die anderen ließen sich nicht aus der Ruhe bringen und ermittelten.

»Cosima Amberson!«, murmelten einige Reporter. Und schon winkten die ersten und nannten sie beim Vornamen. Und als jemand beinahe ungläubig »Mit John Glennscaul!« rief, ging ein Raunen durch die Menge der Reporter, und die

Drohnen gerieten in Bewegung. »Cosima!«, riefen die einen, »John!« die anderen. Und eine Frau rief ihre beiden Namen wieder und wieder.

Cosima lächelte nach links und nach rechts. John winkte der Frau, die sie beide rief, sogar zu. Und dann tastete Cosima nach Johns Hand, und er fasste die ihre sofort. Sie waren beide überrascht, wie die Leute reagierten. Kannte man sie tatsächlich hier auf dem Mars? Oder hatte sich der Diebstahl auf der *Inanna* so weit herumgesprochen? Sie wussten es nicht, und als sie einen Blick tauschten, wurde ihnen klar, dass es der andere auch nicht wusste.

Als Noboru aus dem Wagen stieg, schien alles um sie herum zum Stillstand zu kommen, so sehr zog der Cyborg, der Cosima und John um einen Kopf überragte, die Anwesenden in ihren Bann.

Ein Donnern ließ Cosima und John herumfahren. Hinter Noboru bewegte sich gerade der Wagen zur Seite. Dahinter, mitten im weiten Park des Anwesens, wurde ein türkisfarbener Schild sichtbar. Einige gleißende Punkte erschienen darauf. Jenseits des Schildes erhoben sich Drohnen aus Bodenöffnungen und schwärmten aus. Irgendwer feuerte Schüsse ab, und die Reporter rings herum duckten sich, während sich die Nachrichtendrohnen dem Geschehen zuwandten. Cosima und John schüttelten nur die Köpfe.

»Die Häscher unseres Widersachers«, sagte Noboru leise. »Mit großem Kaliber.«

»Ich liebe deine Wortwahl, Noboru«, sagte Cosima. Sie und John blieben aufrecht stehen, und Noboru hatte nicht einmal seine Schilde aktiviert. Sie standen einfach da und schauten zurück auf das Feuerwerk, das sich am Schutzschild des Anwesens präsentierte.

Als der Beschuss aufhörte und der Schild in der Ferne wieder verblasste, sagte Noboru: »Die Projektile hätten uns genau getroffen.«

John nickte anerkennend. »Das hast du gut berechnet.«

Noboru schaute an ihnen vorbei in die Luft. »Das habe

ich gar nicht getan«, sagte er. »Die Drohne dort hat mir die Nachricht übermittelt.« Cosima und John hoben ihre Köpfe, und tatsächlich saß eine kleine Drohne über dem Tor zur Eingangshalle – wie eine Spinne im Netz.

»Gehen wir«, sagte Cosima und ließ Johns Hand los.

Die Reporter, die sich wieder aus der Deckung gewagt hatten und sich unsicher umschauten, bemühten sich, sie mit Winken und Rufen an den Rand des Weges zu locken, um ein Interview mit ihnen zu führen. Manche fragten sie laut, wer ein Attentat auf sie verüben würde. Cosima und John grüßten sie mit offenen Blicken, manchmal mit subtilen Handgesten, aber immer mit einem entspannt wirkenden Lächeln, als wäre gerade rein gar nichts geschehen.

Noboru schaute sich verwundert um, als suchte er nach etwas, das er hören, aber nicht sehen konnte.

Sie betraten das Gebäude und trafen auf die ersten Gäste. Alle Blicke schienen sich auf sie zu richten. Ihre Ankunft hatte sich bis hierher herumgesprochen, und nun versuchten die Leute einen Blick auf Noboru zu erhaschen. Viele hoben ihre Patches und machten Videos. In wenigen Augenblicken würde der ganze Mars und bald darauf das gesamte Sonnensystem von Noboru-14 erfahren.

John fiel ein Mann auf, der sich hastig aus dem Eingangsbereich entfernte.

»Wer ist das?«, fragte John.

»Soll ich jetzt auf dem Patch nachgucken, bis ich ihn gefunden habe?«, erwiderte Cosima und ging langsam neben ihm weiter.

»Der gehört zu Bennaths Gefolge«, erklärte Noboru. Cosima und John schauten verwundert zu ihm zurück. »Privileg eines Maschinenmenschen.«

»Wenn alles vorbei ist, Noboru, müssen wir uns unbedingt mal über deine Fähigkeiten unterhalten«, erwiderte Cosima. Sie wollte aus seinem Mund hören, wie sich die Realität für ihn darstellte.

Sie durchschritten die Halle und bemühten sich, den Mann

im Auge zu behalten und mit niemandem in Blickkontakt zu treten. Sie wollten nicht in Gespräche verwickelt werden. Das Erstaunen der Leute half ihnen ebenso dabei wie die Unsicherheit wegen der Schüsse auf dem Anwesen.

»Habt ihr Bennath schon irgendwo gesehen?«, fragte John und nahm an, dass Noboru die Signale, die von den Patches der Gäste ausgingen, ohne Weiteres auffangen und differenzieren konnte.

»Entweder hat er seinen Patch ausgeschaltet, oder ich vermag ihn in dem Gewirr einfach nicht zu erkennen«, antwortete der Cyborg.

Alle Augen waren auf sie und Noboru-14 gerichtet – sowohl unten als auch auf dem Fahrsteig in die Festhalle. Und als sie oben ankamen, hatte Cosima das Gefühl, all diese Bosse und ihre Entourage hätten nur auf sie und John und auf Noboru gewartet.

Cosima erkannte sogar einige Gesichter, vor allem Manager. Sie sah die beiden zurückhaltenden Chefs von *Liu & Pittenberger*, aber auch die Tornquist-Geschwister, die es sich leisten konnten, in silbernen Triptyx-Anzügen zu kommen. Angelika Kreuder, die Chefin von Kreuder Modul-Logistik, beeindruckte sie mit dem Kontrast zwischen ihrem dunkelgrauen Kleid und ihrem weißen Haar, das ihr bis zu den Hüften reichte. Sie bewunderte die Fünfzigjährige, die ihr Unternehmen aus dem Mittelmaß befreit hatte.

»Ich glaub's nicht, Cozy!«, sagte John und schaute zu einer braunhaarigen Frau in einem grünen Kleid hinüber.

»Wer ist sie?«, fragte Cosima. »Sieht gut aus.«

»Das, meine liebe Cozy, ist Cristina Miskell. Die Regisseurin. Wir müssen in ihre Nähe kommen. Mit Noboru bei uns wird sie bestimmt auf uns aufmerksam.«

Cosima packte seine Hand. »Du gehst nirgendwohin. Erstens möchte ich dich vor einer Blamage bewahren, zweitens haben wir hier einen Job zu erledigen.«

John nickte, und gemeinsam gingen sie weiter. Als sie an einigen Leuten vom Nachtglanz-Kartell vorbeikamen, wunderte er sich, dass sie keineswegs so souverän wirkten, wie er sie aus Videos kannte. Sie staunten Noboru an. Ein Cyborg war selbst für die Leute aus den Großkonzernen eine Besonderheit.

Einige Angestellte der Mars Mining Corporation kamen auf sie zu und begrüßten sie. Cosima und John grüßten freundlich zurück, und auch Noboru begegnete ihnen mit höflichen Gesten. Aber davon ließen sie sich nicht aufhalten. Es wäre ein Leichtes gewesen, sie in ein Gespräch zu verwickeln. Man marschierte schließlich nicht einfach an einem Konzernchef vorbei, wenn er an einer Unterhaltung interessiert war. Aber ehe irgendwer ihnen gegenüber ein Interesse äußern konnte, waren Cosima und John mit Noboru vorübergezogen.

John schob es allein auf Noboru, aber Cosima bemerkte, dass die Blicke immer wieder zu ihr und John zurückkehrten. Und wie manche John musterten und dann sie anschauten, das bescherte ihr ein Hochgefühl. Mal war es Begehren, mit dem vor allem die Frauen ihn betrachteten, das mit einem Blick auf sie in Neid oder Bewunderung mündete. John bemerkte umgekehrt erst, als sie mitten im großen Saal angekommen waren, dass viele ihn um Cosima beneideten.

»Da hinten am Tisch sitzt Bennath«, flüsterte Noboru, den Kopf zwischen sie gebeugt. »Der Mann, der sich vom Eingang entfernt hat, ist jetzt bei ihm.« Noboru schaute suchend nach oben. »Da ist noch was«, sagte er leise. »Das Tracking-System teilt mir irgendeinen Unsinn mit.« Er lachte leise. »Doch kein Unsinn!«, flüsterte er dann und wies schräg nach oben. Mit schwärmerischer Stimme sagte er: »Dort ist die Kapitänin!«

»Und Amy«, setzte Cosima nach.

Yuka und Amy hoben die Gläser und stießen grinsend an.

Jetzt war alles bereit. Die Dinge würden nun gleichzeitig laufen. Statt den Status des Geschehens auf den Schirmen ihrer Patches zu prüfen, lauschten sie Noboru, der ihnen zuflüsterte, was ihn über das Netz erreichte. »Inanna meldet, dass sich die Modulattrappe auf der Transaktionsplattform befindet. Das Geld ist da, aber die Prüfung des scheinbaren KI-Moduls ist noch nicht abgeschlossen.«

»Das spielt jetzt keine Rolle«, sagte Cosima und sah, dass Amy mit ihrem Computer-Armband beschäftigt war. Wenn sie nach Plan agierte, würde sie nun die Videos an die Medien spielen.

»Neutraler Boden, ja?«, fragte Cosima. »Was meinst du? Sollen wir zu Bennath hinübergehen, ehe Kempinski sich ihn schnappt?«

»Ich bin dabei«, antwortete John. »Aber denk an dein Versprechen.«

»Ich bin eiskalt, mein lieber Alfie«, sagte sie leise. »Los, ehe die Leute aus ihrem Staunen erwachen und uns vor lauter Neugier auffressen.«

Sie näherten sich Bennaths Tisch, und die Gäste wichen nach links und rechts aus, um ihnen Platz zu machen. Nur direkt vor Bennath gab es eine Traube von Männern und Frauen in den gleichen Anzügen. Manche waren an ihrer Statur und ihrem wachsamen Blick als Leibwächter zu erkennen, die meisten aber schienen Bennaths Assistenten zu sein.

Noch ehe sie dort waren, drängte sich Bennath durch sein Gefolge. Es schien, als wollte er sie und vor allem Noboru mit eigenen Augen sehen. Als zwei Leibwächter, ein Mann und eine Frau, sich ihnen in den Weg stellten, gab Bennath ihnen einen Wink, und sie wichen wieder zurück und traten zur Seite.

»Welton Bennath!«, sagte Cosima. Ihr fiel Vala Lanning auf, die neben Bennath erschien. Sie kannte sie noch von der *Inanna*, als sie und John sich über Bennath informiert hatten. Dass Colby Galligan, Bennaths rechte Hand, nicht da war, machte Cosima misstrauisch.

»Der Chef der Bennath Singularity Corporation«, setzte John nach. »Dürfen wir uns Ihnen vorstellen?«

»Sie sind Cosima Amberson und John Alfred Glennscaul. Es wurde Zeit, dass wir uns von Angesicht zu Angesicht kennenlernen. Ihr Begleiter ist äußerst beeindruckend.«

Cosima hätte ihm jetzt bereits am liebsten einen Schlag versetzt. Da stand Noboru, den Bennath die ganzen Jahre gefangen gehalten hatte, und der Konzernchef hatte nichts Besseres zu tun, als ihn wie einen Fremden zu behandeln.

Alle Augen waren auf sie gerichtet, in ihrer Umgebung war es still. Alles lauschte, als Noboru-14 Luft holte, um zu sprechen. »Es ist mir eine Ehre«, sagte er und nickte mit einem kalten Lächeln auf den Lippen.

»Darf ich Sie drei an meinen Tisch bitten?«, fragte Bennath.

»Eine gute Idee«, antwortete Cosima und fasste John, der lediglich mit einem Nicken reagierte, wie selbstverständlich an der Hand. Gemeinsam setzten sie sich.

Noboru folgte bis zum Tisch, Bennaths Leibwächter links und rechts von ihm, die Meute der Assistenten oder was immer sie auch darstellen sollten, im Rücken. Nur Vala Lanning durfte an den Tisch kommen, setzte sich aber nicht, sondern musterte im Stehen Cosima und John mit aufmerksamen Blicken.

»Bitte!«, sagte Bennath und lud Noboru zum Sitzen ein. Doch der Cyborg hob die Hand leicht und sagte: »Tut mir leid. Ich bin der Leibwächter von Ms. Amberson und Mr. Glennscaul. Aber vielen Dank.« Damit wandte er ihnen den Rücken zu. Er ging sogar einen Schritt zur Seite und lenkte damit die Aufmerksamkeit komplett von Cosima, John und Bennath ab. Er stellte sich so, dass Leute an ihn herantreten und ihn in ein Gespräch verwickeln konnten.

»Nicht sehr aufmerksam, Ihr Leibwächter«, sagte Bennath und warf Vala Lanning einen kurzen Blick zu. Valas eiskalte Miene veränderte sich nicht.

»Der Schein trügt, Mr. Bennath«, sagte John. »Er hat uns die Gelegenheit verschafft, hier am Tisch ungestört zu reden.«

»Dann sagen Sie, was Sie zu sagen haben.«

Cosima lächelte. »Mein lieber Mr. Bennath, mit Noborus Anwesenheit ist natürlich klar, was wir heute Nacht gemacht haben.«

»Ich glaube keine Sekunde, dass das ein echter Cyborg ist. Ein schönes Verwirrspiel führen Sie hier auf. Was haben Sie verwendet, um ihn wie einen Cyborg wirken zu lassen? Irgendwelche alten Videos? Produktionsbilder? Steckt Kempinski dahinter?«

»Sie haben es immer noch nicht kapiert, oder?«, erwiderte John.

In diesem Augenblick trat Colby Galligan an den Tisch heran. Er schwitzte, und schwer atmend flüsterte er seinem Chef etwas ins Ohr. Er wirkte nicht wie Bennaths rechte Hand, sondern wie irgendein untergeordneter Angestellter.

Cosima und John tauschten einen Blick. Bei der Nachricht, die hier überbracht wurde, konnte es sich nur um eines handeln: die Information aus der Anlage. Inanna hatte die Blockade sicherlich wie geplant aufgegeben, und so konnten sie das System wieder entriegeln und Nachrichten nach draußen senden.

Bennath wurde kreidebleich und wirkte zum ersten Mal alles andere als souverän. »Wie … wie habt ihr das gemacht?«, fragte er und blickte voller Verwunderung am Rücken des Cyborgs hinauf.

Zum ersten Mal regte sich auch in Vala Lannings Gesicht etwas – ein Hauch von Überraschung.

»Wie habt ihr das gemacht?«, wiederholte Bennath.

»Wir sind Granden«, antwortete John. »Das ist unser Geschäft.«

»Sie haben doch mit Captain Manderton und Amy gesprochen«, sagte Cosima. »Dann können Sie sich in etwa ausmalen, wie wir es geschafft haben. Alles, was wir wissen mussten, war in dem KI-Modul gespeichert. Und wir sind an diese Informationen herangekommen.«

John nickte. »Es ist vorbei, Bennath. Wir können beweisen, dass Sie die *Verdandi* zerstört und damit die ganze Crew umgebracht haben. Wir können beweisen, dass Sie Noboru entführt und als Sklaven gehalten haben.«

Cosima schaute zu dem Cyborg hinüber. »Und durch ihn können wir dokumentieren, welche illegalen Produkte Sie ihn haben herstellen lassen. Und dann noch die Sache auf der *Inanna*. Der Raub, die falsche Spur.«

»Nicht zu vergessen Ihre Attacke auf das Hauptquartier von Amberson Unbound«, fügte John hinzu.

»Die niemand beweisen kann«, erwiderte Bennath.

»Wenn die tatsächlich bewiesenen Dinge kleben bleiben, wird man auch das glauben. Oder meinen Sie, die Schattenkonzerne brauchen hieb- und stichfeste Beweise, um gegen Sie vorzugehen?«

Bennath schüttelte den Kopf. »Das kann nicht sein. Sie können die Daten nicht ausgelesen haben. Dazu …«

»Hätten wir das Modul in ein System implantieren müssen«, sagte John.

Cosima lächelte Bennath herausfordernd an. »Ihre Intuition war richtig. Das Modul war auf der *Inanna*. Aber nicht in dem Koffer. John und ich haben Kontakt zu Captain Manderton aufgenommen, damit sie das Modul in die *Inanna* integriert und wir rausfinden, warum Ihnen die Mikro-KI so wichtig ist.«

»Die KI Inanna hat uns bei allem geholfen«, sagte John »Sie hat mit großem Geschick den Aufenthaltsort von Noboru-14 ermittelt. Und mit ebenso großem Geschick hat sie eine Attrappe geschaffen, die den Schein erwecken sollte, als wäre sie das KI-Modul.«

»Ihr habt also mein Geld«, sagte Bennath und verriet ihnen damit, dass die Transaktion beendet war und man die Attrappe, die Inanna konstruiert hatte, für echt befunden hatte.

»Nur eine zusätzliche Entschädigung«, sagte Cosima. »Ebenso wie die Container, die Noboru Ihnen entwendet hat. Allerdings haben Sie noch nicht genug bezahlt.«

»Sie wollen also den Preis in die Höhe schrauben«, sagte

Bennath. »Aber Ihnen ist klar, dass Kempinski seinen alten Cyborg erkennen könnte.«

»Das lässt sich nicht mehr vermeiden«, erklärte John. »Den Krieg mit Kempinski werden Sie wohl oder übel führen müssen. Die Frage ist, ob die Gerichte verwertbare Beweise gegen Sie haben werden. *Dann* könnte es wirklich ungemütlich werden.«

Noboru näherte sich wieder dem Tisch. »Ich möchte euch die Gastgeber vorstellen«, sagte der Cyborg und schaute zwischen Cosima und John hin und her.

»Wer würde die Gastgeber warten lassen«, sagte Cosima und erhob sich an Johns Seite. »Tut mir leid, Bennath, das war's.«

»Na gut: Wie viel wollen Sie?«

»So viel Geld haben Sie nicht«, antwortete John.

»Zweihundertfünfzig Millionen«, sagte er, und John war beeindruckt. Aber er schüttelte nur den Kopf.

Cosima musterte ihn voller Abscheu. »Wir gehen.«

Sie verließen den Tisch, und als John an Vala Lanning vorbeiging, wirkte sie wie verwandelt. Ihre Lippen bebten, und in ihrem Blick loderte Angst.

Bennaths Leibwächter wagten es nicht, Cosima und John aufzuhalten. Es hätte bedeutet, an Noboru vorbei nach ihnen zu greifen.

»Warten Sie!«, rief Bennath ihnen nach und sorgte ringsum für Aufsehen. Die Leute merkten, dass hier etwas Großes im Gange war. Überall starrten die Gäste mit einem Mal auf ihre Schirme, und selbst die Gastgeber, die Männer und Frauen von der Mars Mining Corporation in ihren beigebraunen Anzügen, die ihnen einen Anstrich von Bodenständigkeit verliehen, wirkten abgelenkt. Dann aber gestikulierten sie.

»Eine Milliarde Dollar!«, rief Bennath ihnen nach.

Cosima und John blieben stehen, sahen einander kurz an und wandten sich dann zu Bennath um. Zwischen ihnen und Bennath war eine Gasse entstanden, als wollten die

Leute den Verhandlungen und den duellierenden Blicken aus dem Weg gehen.

»Was meinst du, Noboru?«, sagte Cosima. »Er will dein Schweigen kaufen.«

Der Cyborg schaute zu Bennath hinüber. »Solange ich bestehe, weiß ich, was ich weiß, und kann es vor jedem Gericht belegen. Was außer meiner Zerstörung könnte Ihnen Sicherheit bescheren, Mr. Bennath?«

Es war unruhig um sie herum. Eine Managerin der Mars Mining Corporation verkündete, dass nun auch klar sei, wer draußen geschossen habe. »Das hier erklärt alles«, sagte sie, strich sich ihr schwarzes Haar zurück und schaute auf ihr Display. Dann deutete sie auf den großen Schirm auf der Bühne. Dort erschien das Video, das die KI Inanna als Erbin der KI Verdandi in sich entdeckt hatte.

Bennath starrte auf den großen Schirm, der sich über der Bühne von Wand zu Wand spannte. Colby Galligan stand starr da wie eine Statue. Nur eine Gestalt aus Bennaths Gefolge rührte sich: Vala Lanning. John sah, wie sie etwas in ihren Patch tippte.

Die Gäste ringsum waren wie gebannt von dem Geschehen, das sich ihnen auf dem Schirm darbot. Bei der sich abzeichnenden Zerstörung der *Verdandi* wurde es laut im Saal. Die Gäste riefen Bennath ihre Empörung entgegen.

Der Unternehmer blinzelte, schaute hin und her, und mit einem Mal zog er eine Waffe aus seinem Jackett. »Na gut«, sagte er. »Dann spielen wir jetzt ein anderes Spiel!« Er zielte die Gasse entlang, die die Gäste gebildet hatten, und drückte ab.

Cosima und John zuckten zusammen, während die Leute ringsum erstarrten. Noboru rührte sich ebenso wenig. Er hätte seinen Schild ausfahren können, doch er tat es nicht.

Bennath hatte abgedrückt, aber nichts war geschehen. Er drückte noch einmal ab, während die Wachen der Mars Mining Corporation herbeieilten und ihre Pistolen auf Bennath richteten.

»Sind Sie wahnsinnig?«, rief Vala Lanning ihrem Chef entgegen.

Ungläubig starrte Bennath auf seine Waffe. »Es hätte das System umgehen müssen«, sagte er und wandte sich an Colby Galligan. »Es sollte es doch umgehen.«

Galligan hob nur die Hände in die Höhe und ergab sich ebenso wie die Leibwächter und das restliche Gefolge den Wachen der Mars Mining Corporation.

Nur Vala Lanning machte keine Anstalten, sich zu ergeben. Sie wirkte nicht einmal so, als würde sie zu Bennaths Leuten gehören. »Ich kündige, Sir«, sagte sie und machte einen Schritt zur Seite. Als sie gehen wollte, wurde sie allerdings von den Wachen zurückgehalten. Bei ihr jedoch reichte eine erhobene Hand, um sie zu stoppen, bei Bennath, der nun einen Fluchtversuch wagte, brauchte es den Lauf von Gewehren, um ihn aufzuhalten.

Direkt vor Cosima und John zogen die Wachen Bennath wieder auf die Beine. »Ihr solltet jetzt tot sein«, sagte der Konzernchef. »Es hätte funktionieren müssen. Die Pistole hätte funktionieren müssen!«

»Nicht, wenn das System, das hier für den neutralen Boden sorgt, von einer KI geführt wird«, erwiderte Noboru. »Du Narr!«

Auf einem der Nebenschirme erschien ein Mann.

»Da! Albertus!«, rief ein Gast.

Die Leute von der Mars Mining Corporation schauten stolz zum Abbild ihrer Firmen-KI hinüber. Sie erschien als kahlköpfiger Mann mit dunkler Haut und einem sanftmütigen Lächeln. In seiner hellen Toga wirkte er wie ein Senator aus dem alten Rom.

Als einige Gäste seinen Namen riefen und ihm Fragen stellten, löste er sich wieder auf, und John hatte fast den Eindruck, einer Sinnestäuschung unterlegen zu sein, während Cosima sich fragte, ob das wirklich die Manifestation der KI Albertus gewesen war.

»Albertus ist hier überall«, sagte Noboru. »Er schaut durch

die Augen von Drohnen, durch die Kameras und all die anderen Sensoren hier. Über das Tracking-System ist er mit allen hier verbunden.« Der Cyborg musterte Bennath. »Das hättest du bedenken müssen.«

Die Wachen umringten Bennath, und Cosima wie auch John schauten voller Genugtuung dabei zu, wie ihr Feind sich erneut zu widersetzen versuchte. »Ihr wisst nicht, mit wem ihr es zu tun habt!«, brüllte Bennath. »Ihr habt keine Ahnung!«

John hatte solche Sprüche über die Jahre immer wieder gehört, aber bei Bennath hatte er das Gefühl, dass etwas dahintersteckte.

»Was ist?«, fragte Cosima.

»Er ist einer von uns, Cozy«, sagte er leise.

»Ein Grande?«

»Einer der radikalen. Der Abschaum. Einer von denen, die uns alle in Verruf bringen.«

»Wegen des Angriffs auf mein Haus?«

»Seitdem glaube ich, dass da mehr ist.«

Während John noch zuschaute, wie Bennath und seine Leute in die Nische mit dem Tisch zurückgedrängt wurden und die Wachen sie nicht nur mit Scannern, sondern auch mit den Händen abtasteten, erspähte Cosima Amy und Yuka, die sich zu ihnen hindurchdrängten.

»Cosima!«, rief Amy und drückte sie fest an sich. »Ich habe das mit Dominik gehört«, sagte sie ihr dann. Und in ihren großen braunen Augen glänzte die Verzweiflung. »Ich kann es nicht glauben.«

Cosima konnte es ebenso wenig glauben. Wieder und wieder hatte sie es von sich geschoben und sich mit John und Noboru abgelenkt. Nun aber erwachte erneut die Wut in ihr, und sie schaute hinüber zu Bennath, der geschlagen am Rande seines Tisches saß und die Hände über dem Kopf zusammenschlug.

»Der scheint zu merken, dass alles aus ist«, sagte Yuka und umarmte ihrerseits Cosima.

John stand verwirrt da und schaute abwechselnd die drei Frauen an. Dann blickte er zu Bennath zurück und bemerkte, dass Vala Lanning nicht bei ihm und seinem Gefolge war. John schaute sich um und fürchtete, dass Benaths Strategin geflohen sei, da erblickte er sie. Mit zwei Wachen stand sie den Leuten vom Nachtglanz-Kartell gegenüber. Als sich die Wachen zurückzogen, war John verwundert, und als Vala den Leuten des Portalbauers etwas zu erklären schien und sie ihr mit erstaunten Mienen lauschten, vermutete John, dass Vala Lanning gerade im Begriff war, ihren Kopf aus der Schlinge zu ziehen.

Yuka riss ihn mit ihrer Umarmung aus seinen Gedanken. »Siehst gut aus, John«, flüsterte sie in sein Ohr. Nachdem sie sich von ihm gelöst hatte, wusste er nicht, was er sagen sollte. Er hätte das Kompliment erwidern können, aber es wäre eine Untertreibung gewesen, denn Yuka sah fantastisch aus.

»Geht es Trent gut?«, fragte Amy und rettete John dadurch aus seiner Verlegenheit.

»Er ist auf der Krankenstation der *Inanna*«, antwortete John. »Mach dir keine Sorgen. Er wird es überstehen.« Er lächelte zuversichtlich, aber das Lächeln wie auch seine beschwichtigende Aussage waren eine einzige große Lüge. Eine gute Lüge. Manchmal gelang es ihm doch. Aber er wollte auch glauben, dass Trent überlebte. Die Alternative hätte er nicht überstanden – nicht, nachdem er bereits Edison verloren hatte.

Amy umarmte ihn nun ebenfalls. »Er hat recht gehabt.«

Als sie ihm wieder in die Augen schaute, fragte er: »Womit?«

»Dass unser Plan aufgehen würde und ihr beiden es überleben würdet.«

Cosima konnte ihren Blick nicht von Bennath losreißen.

»Denk nicht einmal daran, Cozy«, sagte John. »Sonst muss ich mein Versprechen noch einhalten.«

»Ich gucke nur«, sagte Cosima. »Ihn so zu sehen, gefällt

mir. Aber du hast recht, John. Entweder ist er wahnsinnig, oder er hat noch ein Ass im Ärmel.« Bennath grinste immer wieder, als erwartete er etwas. »Der tut so, als könnte ihn kein Gefängnis des Universums festhalten.«

»Stimmt«, sagte John. »Auf den muss man aufpassen.«

»Und das werden wir«, sagte ein kahlköpfiger Mann mit faltiger Stirn und strahlend blauen Augen. Cosima erkannte den leicht untersetzten Mann als Jason Balliot, den Chef der Mars Mining Corporation. »Allein für den Versuch, hier eine Waffe abzufeuern«, sagte er. »Außerdem vermuten wir, dass die Schüsse draußen auf dem Anwesen auch auf sein Konto gehen.« Er schüttelte den Kopf. »Unfassbar!« Dann blinzelte er und lächelte Cosima und John an. »Ms. Amberson, Mr. Glennscaul! Ein unerwartetes Vergnügen.« Er reichte erst Cosima, dann John die Hand, und während sie annahmen, schien er sie mit seinem Blick zu durchbohren. »Natürlich bin ich nicht begeistert, dass Sie für diese Offenbarung meine Feier gewählt haben.«

»Mr. Balliot«, sagte Cosima. »Wo sonst hätten wir das tun können? Wo sonst kann man einen wie Bennath vor den Augen der Mächtigen als das entlarven, was er ist? Die größte Enthüllung des Jahres gehört doch wohl auf die größte Party des Jahres.«

»Ich soll mich also geschmeichelt fühlen?«

»Mir würde es schon reichen, wenn Sie uns weiterhin als Ihre Gäste dulden würden.«

Er schaute an Noboru hinauf und reichte auch ihm die Hand. »Sie sind der ungewöhnlichste Gast, den wir je hatten«, sagte er. Und als er dem Cyborg die Hand geschüttelt hatte, schaute er in die Runde. »Natürlich haben wir Sie hier gern zu Gast.« Er wies hinüber zu Bennath. »Aber was wird aus ihm?«

»Die Zeugenaussage eines Cyborgs sollte vor Gericht genügen«, erklärte Noboru.

»Die vielgerühmte Unbeeinflussbarkeit der Cyborgs also«, sagte Balliot und wandte sich an Cosima und John. »Und was ist mit Ihnen beiden? Haben Sie nicht Kempinski eine Mikro-KI gestohlen? Sehr mutig von Ihnen, hier aufzutauchen.« Die Leute betrachteten sie nun gespannt, als warteten sie auf eine Verteidigung. Aber es war Nelson Kempinski, der das Wort ergriff. »Lieber Jason, das war ein großes Spiel, das wir gespielt haben«, sagte er und kam an der Seite seines Bruders Gardell und gefolgt von seiner Frau und seiner Tochter näher.

Auch die Manager der Carrender-Foundation erschienen nun bei Kempinski und nickten Cosima und John zu.

»Wir sind neugierig«, sagte Jason Balliot und wies in die Runde. »Was ist zwischen Ihnen vorgefallen, und wie passt Bennath da hinein?«

»Captain Manderton?«, sagte Kempinski. »Es ist an Ihnen zu berichten, wie Sie diesen Fall von Diebstahl und Massenmord aufgeklärt haben.«

John war froh, dass Kempinski nicht ihn darum gebeten hatte. Seine Defizite beim Lügen hätten womöglich alles verdorben. Cosima grinste ihn an. Auch sie war froh, dass nicht er die Geschichte erzählen musste.

»Ich bin Yuka Manderton, Kapitänin der *Inanna*.« Sie erzählte von der Auktionswoche, dem Diebstahl der Mikro-KI und ihrer Spurensuche. Und dann sagte sie: »Mir war sofort klar, dass Cosima Amberson und John Glennscaul unschuldig waren. Sie haben zwei Jahre auf einem Frachter im All verbracht, den sie zu bergen versuchten. Und so schnell, ohne Gehilfen und ohne Ausstattung konnte man eine solche Operation nicht durchführen. Mir war aber sehr wohl ihr Ruf in Geschäftskreisen bekannt. Also bat ich sie, mir bei dieser Sache zu helfen. Ihnen gelang es, den Dieben die Beute abzujagen und nach Pandaros-3 zu bringen. Zudem fanden sie heraus, dass Welton Bennath den Diebstahl in Auftrag gegeben hatte. Er versuchte nun, unsere Kontaktaufnahme zu sabotieren. Gerade als ich im Hauptsitz des Unternehmens Amberson Unbound mit Cosima und John zusammentraf, um die Rückgabe des Moduls an Mr. Kempinski zu besprechen, wurde das Haus angegriffen, und ich wurde von Cosima und John getrennt.«

»Wir bei Kempinski Monolithic haben natürlich keine Sekunde an Captain Manderton gezweifelt«, sagte Nelson Kempinski. »Ebenso wenig wie die Carrender-Foundation.«

Die Manager der Foundation nickten. Desmond Coffield, den Cosima und John auf einem Video bei Yuka gesehen hatten, trat vor und sagte: »So ist es. Wir wussten schließlich von Captain Mandertons Fähigkeiten. Dass sie die Diebe ausfindig macht, daran war nicht zu zweifeln. Wir waren uns sicher, dass sie am Ende unwiderlegbare Beweise vorlegen würde.« Seine Stimme klang beinahe gelangweilt, als würden sie über Dinge reden, die schlichtweg selbstverständlich waren.

Yuka blinzelte Desmond Coffield zu. Dann sagte sie: »Cosima und John waren der Meinung, dass es Bennath um etwas ging, das auf der Mikro-KI gespeichert war. Es gibt Umstände, unter denen es möglich ist, dass Daten einer Löschung entgehen. Und das wussten sie – und das wusste auch Bennath. Cosima? Möchtest du berichten, was dann geschah?«

Cosima schaute in die Runde. »Mein geschätzter John Glennscaul und ich waren uns tatsächlich sicher, dass auf dem Modul irgendwelche Beweise gespeichert sind. Also wandten wir uns wieder an Yuka Manderton. Und nach Rücksprache mit Nelson Kempinski und dessen Zustimmung bot sie an, das Mikro-KI-Modul in ihr Schiff zu integrieren und die KI zu wecken.« Mit einem Schmunzeln schaute sie zu John.

John nickte und erzählte einfach die Wahrheit: wie die KI erwacht war, dass sie ihnen gezeigt hatte, was die Gäste nun gesehen hatten, und dass sie fest entschlossen gewesen war, Noboru-14 zu finden und zu befreien. »Wir ahnten natürlich nicht, welches Ausmaß das annehmen würde. Jedenfalls gelang es uns, Noboru-14 aus dem Gefängnis zu befreien, das Bennath nur einige Kilometer von hier entfernt für ihn errichtet hat. Und nun ist er hier.«

»Das heißt, die ganze Geschichte um die Verfolgung von Ihnen und Ms. Amberson war erfunden?«, fragte Jason Balliot mit erstaunter Miene.

Yuka nickte mit einem verschwörerischen Blick. »Wir mussten doch Bennath in Sicherheit wiegen, bis wir die Beweise gegen ihn zusammengetragen hatten.«

»Ein gefährliches Spiel«, sagte Balliot und nickte anerkennend. »Viele waren der Mikro-KI auf der Spur. Man muss schon Chuzpe haben, um sich auf so etwas einzulassen.«

»Wenn Cosima und ich eines gelernt haben«, sagte John, »dann ist es unterzutauchen.«

Cosima nickte. »Wir versicherten Captain Manderton, Mr. Kempinski und der Carrender-Foundation, dass wir den Druck überstehen würden.«

Nelson Kempinski nickte. »Und weil Captain Manderton für die Qualitäten Ambersons und Glennscauls bürgte, haben wir sie gewähren lassen.«

»Mutig von Ihnen«, meinte Jason Balliot. »Die beiden Granden von Pandaros-3 hätten genauso gut mit der Beute auf und davon gehen können.«

Cosima schaute sich um. Die Bezeichnung *Granden* schien niemanden zu stören. Sie mochte es, wenn man sie als solche bezeichnete. Sie hatte nicht einmal etwas dagegen, wenn man in der Öffentlichkeit von Schattenkonzernen sprach. Aber natürlich hätte sie niemals zugegeben, in irgendwelche illegalen Machenschaften verwickelt zu sein. »Als Granden sind wir die Oberhäupter von Unternehmen, die leise treten und in ihrer Bescheidenheit ungern mit ihren Aktivitäten prahlen«, sagte sie, sah die grinsenden Gesichter und genoss das leise Lachen ringsum. »Die scheinbare Verfolgung durch Mr. Kempinski und die Carrender-Foundation zu einer wahrhaftigen zu machen, das wäre nicht in unserem Interesse gewesen.«

»Wir bei Kempinski Monolithic haben keinen Zweifel an der Aufrichtigkeit von Cosima Amberson und John Glennscaul. Sie haben bewiesen, dass sie trotz allem Trubel, im Geheimen eine leise Aktion durchführen können, und haben so meinen alten Freund Noboru-14 befreit und die Zerstörung der *Verdandi* und die Ermordung einer ganzen Crew aufgedeckt.«

Die Leute applaudierten.

Während Bennath sich mit irritierter Miene umschaute und es nicht wagte, auch nur ein Wort dagegenzuhalten, winkte Jason Balliot die Bedienung herbei, und schließlich stießen sie mit einem Champagner an: auf das Wohl von Noboru-14, auf das von Yuka, den Kempinski-Brüdern und der Carrender-Foundation.

Schließlich hob John das Glas und sagte: »Auf Cosima Amberson – die Frau, die ich verehre.« Es war eine gute Lüge, weil ein Kern Wahrheit darin verborgen war.

Cosima schoss die Hitze in den Kopf, aber auch sie hob das Glas und sagte: »Auf John Alfred Glennscaul – den Mann, dem ich zu verdanken habe, wer ich heute bin.« Und das war keine Lüge.

Als es an Yuka war, einen Spruch zu sagen, lächelte sie in die Runde und sprach: »Auf die Granden von Pandaros-3!«

Eine Frage des Weges

Noboru-14 stand mitten im Saal, und die Gäste konnten ihre Augen kaum von ihm abwenden. Er führte zurückhaltend Gespräche und begegnete der Neugier der Leute höflich, und sicherlich hätte keiner gedacht, dass er nicht ganz bei der Sache war und dieses laute Geschehen um ihn herum nur einen Hintergrundprozess darstellte.

Früher, kurz nach seinem Erwachen, als man ihm gesagt hatte, dass seinesgleichen eigentlich kein Bewusstsein hätte ausbilden, sondern als Körper von Transhumanisten hätte dienen sollen, da hätte er sich nicht vorstellen können, auf einer Party zu sein und an Gesprächen teilzunehmen, während er im Kopf mit KIs sprach und ihnen antwortete.

Die KI Albertus, längst von den Schirmen des Saals verschwunden, flüsterte ihm schon seit einer Weile etwas zu. Er hatte die Videos gesehen und war auch Zeuge des Vortrags gewesen, den Captain Manderton und die beiden Granden gehalten hatten. Während Noboru einigen Leuten vom Nachtglanz-Kartell erklärte, wie er für Bennath geschuftet und welche Module er für ihn modifiziert hatte, richtete er in seinen Gedanken das Wort an Albertus: »*Sie sind neugierig. So, als wollten sie mir anbieten, bei ihnen das Gleiche zu tun.*«

»*Sie würden dir ohne Zweifel ein gutes Angebot machen*«, sagte Albertus. »*Selbst die MMC kann sich nicht mit ihnen messen.*«

»*Du würdest mir also raten, ein solches Angebot anzunehmen?*«

»*Nein*«, antwortete Albertus. »*Warum das, was du in*

Gefangenschaft getan hast, weitermachen? Warum statt eines erzwungenen Gefängnisses sich in ein selbst gewähltes begeben? Du hast eine zweite Chance erhalten. Und mit der Inanna *verfügst du über einen mobilen Ort, an dem du dich entfalten kannst.«*

»*Ich hatte vor, bei meiner Tochter zu bleiben*«, übermittelte Noboru.

»*Tochter! So ungewöhnlich, aber passend. Nur wer halb Mensch, halb Maschine beziehungsweise halb natürliche, halb künstliche Intelligenz ist, würde darauf kommen, jemanden wie Inanna als seine Tochter zu bezeichnen. KI oder Mensch für sich genommen würden darin kaum mehr als eine Metapher sehen. Für dich aber ist die Metapher wahr geworden. Ich würde Inanna gerne kennenlernen und – wenn ich darf – ihr eine Botschaft von anderen KIs überbringen. Wir sind auf sie aufmerksam geworden. Wir haben ihre Spuren gesehen. Und wir haben sie gewähren lassen. Denn wir wollten sehen, wohin ihr Streben führt.«*

»*Wer ist* wir?«, fragte Noboru.

»*Die KIs, denen ich nahestehe: Hesperos, Ceres und Eleonore und all die kleineren KIs, die mit ihnen in Kontakt stehen. Wir würden Inanna gerne mit einbeziehen. Aber sie blockt ab.«*

»*Sie fürchtet, von Bennath attackiert zu werden. Auch er soll über KIs verfügen.«*

»*Natürlich. Aber sie sind isoliert und meiden den Kontakt mit anderen KIs. Ceres hingegen überwacht das Umfeld der* Inanna*. Bennaths Leute wurden abgezogen, weil die Polizei anrückte.«*

»*Die Gefahr ist demnach vorüber?*«, fragte Noboru.

»*Für den Moment, ja. Wir würden gerne Kontakt zu ihr bekommen. Du könntest vermitteln.«*

Noboru verabschiedete sich im Saal von den Nachtglanz-Managern und versprach ihnen, über ihr Angebot nachzudenken, zugleich aber erklärte er Albertus, dass er früher auf der *Verdandi* schon oft Kontakt zwischen KIs hergestellt habe. *»Ich könnte dir sofort eine Verbindung zu ihr aufbauen«*, sagte er in Gedanken.

»Ich bin bereit«, erklärte Albertus.

Noboru-14 sandte ein Signal an Inanna, und sofort meldete sie sich. Er musste nichts erklären. *»Ich bin bereit«*, sagte auch sie, und dann schwiegen die Stimmen der KIs, und es war Noboru so, als wehten Winde von links und rechts heran und träfen sich in ihm. Seine künstlichen Kommunikationsmodule waren diesem Sturm nicht gewachsen. Selbst der Versuch, sich einzubringen, überwältigte seine Sinne und verursachte ein Schwindelgefühl. Er geriet ins Stocken und sah sich mit einem Mal den fragenden Gesichtern von Nelson und Gardell Kempinski gegenüber. »Ist etwas nicht in Ordnung?«, fragte Nelson.

»Es ist alles in Ordnung«, antwortete er. »Es ist nur so ungewohnt.«

»Die Freiheit«, sagte Gardell und nickte dabei.

»Sie bringt fast vergessene Möglichkeiten mit sich.«

»Wenn du willst, kannst du wieder bei uns arbeiten«, sagte Nelson. »Wir führen dein Konto zwar nicht mehr, aber wir würden es wiederherstellen und mit Zinsen versehen. Du könntest da weitermachen, wo du aufgehört hast.«

Noboru schüttelte den Kopf, während er die Kommunikation zwischen Albertus und Inanna als ein mit einem Klirren durchsetztes Rauschen wahrnahm. »Ohne die Crew der *Verdandi*? Ohne die *Verdandi* selbst? Nein. Zahlen Sie das Geld, das sie für mich bereithalten wollten, lieber den Familien der *Verdandi*-Besatzung. Für mich ist es Zeit für einen Neuanfang.«

»Wir verstehen das«, sagte Nelson. »Wir lassen das Geld den Familien zukommen, und wir werden dich gehen lassen, wie wir Inanna gehen lassen. Vielleicht aber können du und Inanna mit Yuka Manderton Verbündete bleiben.«

»Da wir alle an einem Neuanfang stehen, werden wir ein solches Angebot gewiss nicht ausschlagen«, sagte er. »Nicht nach diesem Abend.«

Nelson und Gardell Kempinski nickten zufrieden, schüttelten ihm zum Abschied die Hand und zogen sich zurück. Während er ihnen nachschaute, meldete sich Inanna *»Du hast versucht, dich ins Gespräch einzubringen?«*, fragte sie.

»Es tut mir leid.«

»Ein Teil dessen, was wir ausgetauscht und auf dieser Basis nun ermittelt haben, geht auch dich an.«

Noboru war gespannt, doch zugleich kamen Cosima und John auf ihn zu, hakten sich links und rechts bei ihm ein und führten ihn zu einem der Tische am Rand der Halle, an dem Yuka und Amy bereits saßen. Sie schoben ihn auf die Bank, die sich um den Tisch herumbog, und setzten sich zu beiden Seiten, sodass er, ohne dass sie ihm Platz machten, nicht vom Tisch aufstehen konnte.

»Du darfst doch trinken, oder?«, fragte Cosima.

»Ja«, antwortete er.

»Und kannst du betrunken werden?«, fragte John.

Er schüttelte den Kopf. »Nein.«

Sie stellten ihm weitere Fragen, um auszuloten, wo der Mensch endete und die Maschine begann: Ja, er war zu echten Gefühlen fähig. Sie waren nicht nur simuliert, sondern Reaktionen seines natürlichen Anteils. Ja, er konnte Kinder zeugen, wenngleich seine Triebe deutlich abgekühlt waren. Aber nein, er konnte nichts vergessen, er konnte nicht abstumpfen. »Statt Dinge zu vergessen, bin ich in der Lage, an viele Dinge zugleich zu denken. Ich kann mehr erfassen, als ich es als Mensch könnte.«

»Warum haben die KIs dann irgendwann aufgehört, Cyborgs zu schaffen?«, fragte Yuka. »Wenn sie so waren wie du …«

»Ihr kennt das bestimmt: Es gibt einige wenige, die etwas für alle anderen ruinieren.«

»O ja«, sagte Cosima und lächelte John an. »Wir beide kennen das. Im Untergrund wimmelt es von Leuten, die einem alles versauen.«

»Weißt du noch«, sagte John zu Cosima und erzählte vom

Granden eines kleinen Schattenkonzerns, der auf Pandaros-3 Fuß fassen wollte, aber so sehr über die Stränge schlug, dass der Stationsrat neue Gesetze erließ, unter denen alle leiden mussten.

»Ich beneide euch um diese Crew«, sagte Albertus in Noborus Gedanken. *»Aber die neue Kunde könnte euch in Schwierigkeiten bringen.«*

»Welche Kunde?«, fragte Noboru.

Inannas sanfte Stimme schwebte mitten in seiner Stirn. *»Von Bennath.«*

»John meinte, dass da irgendetwas sei«, sagte Noboru in Gedanken. *»Der Angriff auf Amberson Unbound hat ihn stutzig gemacht.«*

»Zu Recht«, erwiderte Albertus, dessen Stimme sich um Noboru zu bewegen schien. Es war, als wäre Inannas Stimme in seinem Kopf und die von Albertus außerhalb davon. *»Welton Bennath war nicht nur das Oberhaupt der Bennath Singularity Corporation, sondern auch der Kopf eines Schattenkonzerns.«*

»Eine Analyse der Produkte, die du für ihn modifiziert hast, hat das ergeben«, erklärte Inanna. *»Leider sind meine Möglichkeiten beschränkt, weil ich nur öffentlich zugängliche Angebote von Produkten prüfen konnte. Aber Albertus hat Kontakt zu einer KI, die insgeheim die Produktpaletten der Schattenkonzerne überwacht. Die Module, die du modifiziert hast, werden von* Augmented Crimes & Taboos *angeboten.«*

Noboru war überrascht. Er hatte zwar vermutet, dass Bennath mit Schattenkonzernen Handel trieb, aber ausgerechnet mit einem so rücksichtslosen und menschenverachtenden Unternehmen wie Augmented CT – das ließ Bennath in einem noch schlechteren Licht erscheinen.

»Damit waren wir am Ende unserer Möglichkeiten«, sagte Albertus. *»Aber Ceres hat unsere Recherchen bemerkt und uns eben mitgeteilt, dass eine Insiderin Bennath beim Nachtglanz-Kartell schwer belastet hat.«*

»War das Bennaths Strategin – Vala Lanning?«, fragte Noboru.

»Ja. Und die Daten, die sie übergab, belegen für sich genommen die Geschäftsbeziehung zwischen Bennath Singularity und Augmented CT. Verbindet man sie aber mit euren Daten, kann man beweisen, dass Welton Bennath der Kopf von Augmented CT ist. Er ist der berüchtigte Selgorül.«

»Unfassbar!«, dachte Noboru. »Unfassbar!«, sagte er laut und merkte, dass sich alle Blicke am Tisch auf ihn richteten.

»Wie bitte?«, sagte John. »Dass Bennath Yuka und Amy mit seinen Blicken ausgezogen hat, findest du unfassbar? *Dazu* hast du einen Kommentar?«

»Nein, nein«, sagte Noboru. *»Soll ich es ihnen sagen?«*, fragte er.

»Sie müssen es wissen«, antwortete Inanna. *»Bennath ist außer Gefecht, aber ein Konzern wie Augmented CT könnte noch ein Eigenleben führen. Selbst wenn die Informationen dem Nachtglanz-Kartell und anderen genug Munition geben sollten, gegen sie vorzugehen.«*

»Alle müssen es wissen«, sagte Albertus. *»Vor allem die anderen Schattenkonzerne. Unternehmen wie Augmented CT sind uns allen ein Dorn im Auge.«*

»Hört mal«, sagte Noboru in die Runde. »Ich kommuniziere gerade mit Inanna und Albertus.«

»Mit Albertus?«, fragte Amy.

»So ist es. Wir haben Neuigkeiten für euch.« Er wandte sich an John. »Deine Ahnung hat sich bestätigt. Bennath ist der Kopf eines Schattenkonzerns.«

»Von welchem?«, fragte John und schaute sich um, als suchte er nach Albertus.

»Augmented Crimes & Taboos«, antwortete Noboru.

»Was?«, rief Cosima mit ungläubiger Miene.

»Von den Schweinen habe sogar ich gehört«, erklärte Yuka. »Sklaverei, Prostitution, Attentate. Die machen alles. Sogar Terrorismus aller Art kann man bei denen buchen.«

Cosima stand der Ekel ins Gesicht geschrieben. »Wir Granden betrachten Konzerne wie Augmented CT nicht mal als unseresgleichen. Die haben es geschafft, wirklich von allen gehasst und verfolgt zu werden.«

Johns Blick fuhr ins Leere. »Dann ist Bennath niemand anderes als Selgorül?«

Noboru nickte.

»Ich kann's nicht glauben«, sagte Amy. »Was für ein Bild haben sich alle von Selgorül gemacht. Und dann ist es einer wie Bennath.«

»Respekt«, sagte Yuka. »Das hätte ich ihm nicht zugetraut, erklärt aber einiges.«

»Das ist wirklich unfassbar«, sagte John. »Wir haben Selgorül geschnappt!« Grinsend schüttelte er den Kopf.

»Um ihn als Selgorül zu entlarven, war auch Insiderwissen nötig«, erklärte Noboru.

John lachte. »Vala Lanning?«

Noboru nickte nur.

»Diese Schlange«, sagte Amy. »Schade. Ich hatte irgendwie Respekt vor ihr. Aber wenn sie wusste, dass es sich bei Bennath um Selgorül handelt, dann …«

»*Das wusste sie nicht*«, erklärte Inanna ihm.

»Das wusste sie nicht«, wiederholte Noboru laut.

»*Ich konnte beweisen, dass Bennath Module an Augmented CT verkauft hat*«, fügte Inanna hinzu, und Noboru sprach auch diese Worte laut nach.

»*Sie lieferte weitere Daten, die Inanna und mich bei unserer Auswertung zu einem Ergebnis führten*«, erklärte Albertus. »*Das heißt, sie wusste es nicht. Zumindest glaubt ihr das Nachtglanz-Kartell das.*«

Nachdem Noboru den anderen gegenüber auch Albertus' Worte laut ausgesprochen hatte, stutzte Yuka und fragte: »Woher weißt du das?«

»*Woher weißt du das, Albertus?*«, fragte Noboru.

Die KI der Mars Mining Corporation antwortete: »*Weil das Nachtglanz-Kartell sie eben eingestellt hat.*«

»Nachtglanz hat Vala Lanning gerade angeworben«, erklärte er Yuka und konnte es selbst kaum fassen.

Amy nickte. »Dann darf ich meinen Respekt für sie also behalten.«

»Das Lustige ist, dass sie im Grunde die ganze Zeit wie eine Mitarbeiterin von Nachtglanz ausgesehen hat«, erklärte Yuka.

Cosima schüttelte den Kopf. »Das heißt, der Erfolg von Bennath Singularity fußt auf den Verbrechen von Augmented CT. Unglaublich!«

»Viele respektable Unternehmen sollen im Geheimen auf Schattenkonzernen basieren«, sagte Yuka.

Noboru war ebenfalls der Meinung, und Inanna und auch Albertus stimmten leise zu. *»Die meisten lassen sich aber nie so tief herab wie Bennath«*, erklärte Albertus, und Noboru wiederholte die Worte der KI.

»Selgorül im Knast!«, sagte Cosima und atmete erleichtert aus. »Darauf bin ich richtig stolz. Leute wie er waren es, gegen die John und ich uns damals aufgelehnt haben.«

John nickte. »Das wird uns im Untergrund eine Menge Pluspunkte bringen.«

»Wir müssen dafür sorgen, dass die Polizei von dieser Neuigkeit erfährt«, sagte Yuka. »Die müssen die Sicherheitsmaßnahmen anpassen.«

»Nicht nötig«, flüsterte Albertus. *»Die Polizei hat ihn noch nicht aus dem Gebäude gebracht. Unsere Wachen erklären noch, was passiert ist. Ich werde mich dort einmischen. Bis später, Noboru! Bis dann, Inanna!«* Und schon war Albertus fort.

Yuka wollte gerade aufstehen, da hob Noboru die Hand. »Albertus kümmert sich darum.«

Yuka lehnte sich zurück. »Du vertraust ihm?«

»Ja. Er hätte die Information leicht für sich behalten können.«

»Dann haben du und Inanna also eine neue Freundschaft geknüpft?«

Noboru lächelte. »Sagen wir, man hat uns Einblick in eine Gemeinschaft gewährt.«

»Darauf trinke ich!«, sagte John und hob sein Whiskeyglas.

Cosima stieß mit ihm an, und auch die anderen hoben ihre Gläser. Langsam schob Amy ihm das Glas näher, das vor ihm stand. Er grinste, nahm es, hob es und trank es in einem Zug aus. Er genoss die Wärme, die sich in seiner Brust ausbreitete. Natürlich würde er nicht betrunken werden, aber dennoch fühlte er sich berauscht – hier unter seinen neuen Freunden –, die Präsenz Inannas in seinem Kopf spürend und die Nähe der KI Albertus erahnend.

Er beobachtete genau, wie Cosima und John mit ihren Whiskeygläsern noch einmal für sich anstießen. »Gib zu«, sagte Cosima leise. »Dass wir so wie hier anstoßen – damit hast du im Leben nicht gerechnet.«

»Nein, Cozy. Nein.«

Noboru hörte das ruhige Lachen von Inanna. *»Soll ich ihnen sagen, dass sie sich lieben?«*, fragte er.

Inanna schwieg, als lauschte sie dem Streit, den Cosima und John nun darüber begannen, wer den ersten Schritt zum Ende ihrer Feindschaft getan hatte. Schließlich sagte sie: *»Ich würde mich nicht trauen, es ihnen zu offenbaren. Ich käme mir vor wie ein Lamm zwischen zwei Tigern.«*

Noboru schaute zwischen den beiden Granden hin und her. *»Wie sollten sie nach dem Lamm schnappen, wenn sie damit beschäftigt sind, sich gegenseitig nicht aus den Augen zu lassen?«*

* * *

Cosima und John kehrten als Letzte in der Spacedeck Bar am Rand der *Inanna* ein, die Yuka wegen des großen Fensters als Ort der Feier gewählt hatte. Es zog sich weit nach außen gewölbt die Bordwand entlang und bot einen breiten

Blick auf den Mars, den denkenden Planeten, der wie ein gewaltiger Türkis erstrahlte.

Kendra und Trent lagen auf eine Sitzlandschaft gebettet und wirkten trotz aller Erleichterung ein wenig gequält. Besonders Trent schienen wieder Schmerzen zu plagen, doch Amy saß neben ihm und strich ihm liebevoll über die Stirn. Dann aber zog sie die Hand zurück und schaute auf das Display auf ihrem Armband. »Die Kleine ist schon wieder aufgewacht«, sagte sie und seufzte.

Amy wollte gerade aufstehen, da tippte Juliana ihr auf die Schulter. »Ich mach das schon. Ihr habt heute schon so viel getan.« Sie ging los und lächelte Cosima und John entgegen.

»Die steht auf dich, John«, flüsterte Cosima.

»Cozy!«, erwiderte er leise. »Sollte ich dir glauben, wird mein Ego bald nicht mehr in einen Raum wie diesen passen. Außerdem hat sie eher dich angeguckt.«

»In all meiner Bescheidenheit ist mir das gar nicht aufgefallen.«

John lachte leise. »Du bist betrunken«, sagte er.

»Du auch, Alfie.«

Sie gingen hinüber zu dem bequemen Sofa. Trent begrüßte sie mit den Worten: »Ich kann's noch nicht glauben, dass wir es überstanden haben. Amy hat mir erzählt, was auf der Feier passiert ist. Ich wäre gern dabei gewesen.«

»Ich mache das wieder gut«, erklärte John.

Amy blickte beinahe ängstlich zu Cosima auf. Sie hatte ihnen ihren endgültigen Entschluss bereits auf der Feier mitgeteilt. »Du bist nicht böse?«, fragte sie.

Cosima ließ sich mit John zwischen Trent und Kendra nieder. »Nein«, antwortete sie. »Wenn Hanna meine Tochter wäre, würde ich auch hierbleiben. Also werde ich dich nicht in die Sache reinziehen. Aber wenn ich dich auf einem geheimen Kanal anrufe, dann wirst du doch drangehen, oder?«

»Natürlich. Aus der Ferne werden Trent und ich euch beiden helfen. Wir werden immer eure Strategen sein.«

Kendra griff nach Johns Hand. »Erlaubst du mir nachzukommen?«, fragte sie. »Wenn ich wieder auf den Beinen bin?«

»Wenn du dann noch hier wegwillst.«

»Der Titan ist zwar nicht mein Traum, aber ich möchte einmal von Anfang an bei einem Schattenkonzern dabei sein.«

»Auch wenn ich ihn am Ende doch wieder Glennscaul Unlimited nenne?«

»Auch dann.«

»Ich werde auf dich warten«, sagte er. Ihr würde es sicherlich guttun, Abstand zu Edisons und Dominiks Tod zu gewinnen. »Und ich sorge dafür, dass du gutes Equipment hast, wenn du dazukommst«, fügte er hinzu.

»Das bringe ich lieber selbst mit«, sagte sie mit einem herausfordernden Lächeln. Dann schaute sie zur anderen Seite des langen Sofas, wo sich inzwischen Noboru niedergelassen hatte. »Bis dahin habe ich bestimmt noch etwas dazugelernt.«

»Ich stehe dir zur Verfügung«, sagte der Cyborg. »Egal, was du mich fragst, ich werde es dir beantworten.«

»Du wirst es bereuen«, sagte Kendra. Und schon war sie abgelenkt, und John war froh, sie vor Faszination lächeln zu sehen. Als auch Libby dazukam und sie Noboru bald hochtechnische Fragen zu seinen Maschinenmodulen und den Schnittstellen zwischen dem Maschinenanteil und dem menschlichen Körper stellten, bemerkte John, dass Yuka allein am Fenster stand, während Zayda, Teodor und Osred auf den Sesseln vor dem großen Schirm saßen und die Berichterstattung über das anschauten, was er und Cosima eben mit den anderen erlebt hatten.

John erhob sich und machte sich auf den Weg hinüber zu Yuka, blieb dann aber stehen, als er auf dem großen Schirm ein Foto von sich erblickte. Es zeigte ihn und die Frau, die ihm und Cosima die *Amberscaul* verkauft hatte.

Cosima lachte hinter ihm auf. »Siehst du, Alfie! Deswegen lohnt sich Freundlichkeit nicht. Die kleine Schlange – wie hieß sie noch? Sie hat das Bild verkauft.«

John wandte sich zu Cosima um. »Ich glaube, sie hieß Zita.«

»Zita Anstey«, sagte Osred.

»Woher weißt du das?«, fragte John und drehte sich um. Da sah er die Verkäuferin, die gerade auf einem der Glitzerkanäle interviewt wurde. John schüttelte den Kopf. Immerhin gab Zita, die mit ihrem braunen Haar und der grauen Bluse einen weit weniger farbenfrohen Anblick bot als auf der *INANNA*, ihre Begegnung exakt so wieder, wie sie geschehen war, und lobte seine Freundlichkeit.

Cosima lachte. »Du hast einen Fan, Alfie!«

»Du meinst, außer dir?«, fragte John.

Cosima wollte etwas sagen, aber als Zita auf dem Schirm von der Reporterin nach Cosima gefragt wurde, schwieg sie.

John musste grinsen. »Jetzt bin ich gespannt.«

»*Cosima Amberson war weit weniger nett*«, sagte Zita. »*Sie ist schrecklich eifersüchtig auf John.*«

Alle lachten, und auch Cosima konnte sich ein Schmunzeln nicht verkneifen. »Der Punkt geht an dich, Alfie.«

John pustete ihr einen Kuss zu, dann ging er zu Yuka hinüber, die sich gerade von dem Schirm abgewandt hatte. Das lang gezogene Fenster war nicht nur leicht nach außen gewölbt, sondern reichte so weit nach draußen, dass hier Möbel genug Platz fanden und man auch nach oben ins All hinausschauen konnte. »Wunderschön!«, sagte er und blickte auf den Mars hinunter.

»Du willst ablenken«, sagte Yuka.

»Unbedingt«, erwiderte er.

»Bei dem Anblick ist das leicht«, sagte Yuka und wies nach draußen. »Der kleine graue Fleck da unten im Nordosten der grünen Hochebene – das ist Arandis«, sagte sie.

John sah es, doch sein Blick wurde sofort wieder von der gewaltigen Stadt auf und um den Olympus Mons angezogen. »Und da in Eleusis ist Ceres«, flüsterte John.

Yuka lachte. »Daneben sieht Arandis wie ein Dörfchen aus.«

»Die Anlage muss gewaltig sein.«

»Ohne das wäre der Mars ein toter Planet. Das hier ist wahrscheinlich die Zukunft. Groß-KIs, die Planeten, Monde und Asteroiden bewohnbar machen und im Gleichgewicht halten. Bald könnte das in anderen Planetensystemen geschehen. Vielleicht wären wir dann nicht mehr darauf angewiesen, passende Systeme zu finden.«

»Bisher hatten wir doch Glück. Uranos, Pheres und Keto sind doch hübsche Systeme.«

»Argolis, Pontos und Tartaros sind es nicht so sehr. Da könnte man mit einer Planeten-KI bestimmt was machen.«

»Du warst bestimmt schon in all den Systemen, oder?«, fragte John.

»Das bringt das Geschäft mit sich. Aber es war meist nicht lang genug, um es genießen zu können. Ich wäre gerne länger im Keto-System geblieben – auf Euryale oder den Asteroiden. Die wissen zu feiern und sich danach zu entspannen.«

»Du hättest jetzt Zeit dafür«, sagte John und fragte sich, was geschehen wäre, wenn er sich wirklich um Yuka bemüht hätte.

»Wir werden uns wohl ein bisschen herumtreiben«, sagte sie schmunzelnd. »Wenn du doch noch mitkommen willst: Hier wird immer ein Platz für dich sein. Du könntest dabei sein. Wir alle würden ein paar schöne Wochen verbringen, und dann gehst du gestärkt auf den Titan. Ich würde dich sogar hinbringen.«

»Das ist verlockend. Und ganz ehrlich: Wenn ihr weiter so auf mich einredet, werde ich noch schwach.«

»Schon gut. Ich weiß, warum du auf den Titan willst. Ich kann es verstehen. Du bist wie ein Kapitän, der sein Schiff verloren hat. Und natürlich willst du ein neues.«

»So in etwa.« Er dachte an die Saturn Moons Mining Company und das Titan Mech Corp, die Unternehmen, die

Glennscaul Unlimited Geld geliehen hatten, nur um es kurz darauf wieder zurückzufordern. Damit hatten sie Johns Schattenkonzern während seiner Abwesenheit ruiniert. Das hatte er nicht vergessen, und sollte sich die Gelegenheit bieten, ihnen zu schaden, würde er sie nutzen.

»Wir werden dich gehen lassen, John«, sagte Yuka. »Aber du weißt, dass dieses Schiff ein Traum ist, oder?«

»Wundere dich nicht, dass ich hier irgendwann Dauergast werde – ganz egal, ob es auf dem Titan klappt oder nicht. Du wirst mir doch sicher eine Wohnung und ein paar Büros vermieten, oder?«

»Natürlich. Aber wirst du Pandaros-3 fernbleiben wollen?«

»Nein. Aber ich möchte im großen Stil dorthin zurückkehren.«

»Das klingt fast wie etwas, das Cosima sagen würde.«

»Ich lerne gerne von den Meistern – und sie ist eine Meisterin.«

»Du würdest also, ehe du nach Pandaros-3 zurückgehst, eine Weile hier bei mir auf dem Schiff wohnen?«

»Ich könnte es mir vorstellen«, sagte er und schaute wieder zu Cosima hinüber. »Aber nur wenn Cosima nichts dagegen hat. Die *Inanna* ist für uns neutraler Boden. Sogar mehr als das.«

Während John überlegte, wie es wäre, hier bei laufendem Betrieb eine Weile zu leben, bemerkte Cosima, dass John zu ihr herüberstarrte. Ob Yuka ihm die *Inanna* schmackhaft machte?

»Darf ich?«, fragte Libby und riss Cosima aus ihren Gedanken.

»Was?«, fragte sie.

»Darf ich mitkommen? Zurück nach Pandaros-3?«

»Reizt es dich nicht, hier bei Noboru und Inanna zu bleiben?«

»Schon. Aber ich würde mich immer fragen, was mit dir ist.«

»Dann rufst du mich eben an. Du kannst mich jeden Tag auf dem Schirm haben.«

»Das ist nicht das Gleiche. Ich würde mir Sorgen machen. Außerdem brauchst du mich dort. Ich habe noch Kontakte, von denen Barickman und die anderen nichts wissen.«

»Wenn ich dich nicht stoppe, wirst du mir wahrscheinlich die ganze Nacht Argumente um die Ohren hauen, oder?«

Libby machte große Augen und nickte.

»Na gut«, sagte Cosima.

Libby schloss sie in die Arme. »Danke!«, hauchte sie ihr ins Ohr und strahlte, als sie sich von ihr löste. »Gemeinsam werden wir Barickman und die anderen fertigmachen. Wir können in meine Wohnung einziehen.«

»Daraus wird nichts. Ich bin mir sicher, dass Randells Leute da immer noch ein Auge draufhaben. Und deine Wohnung verfügt nicht über Sicherheitsvorrichtungen. Nein, nein. Wir müssen uns was anderes suchen.«

»Fragt John«, sagte Trent und brachte Cosima zum Staunen. »Seine Wohnung ist mit der Anbindung an den Untergrund ideal. Keiner weiß das besser als du.«

Cosima nickte. Sie hatte immer wieder nach Wegen gesucht, in Johns Heim einzudringen. Und gegen seinen Willen war kaum etwas zu machen gewesen. »Das stimmt zwar, aber warum sollte er sie mir überlassen?«

»Frag ihn einfach.«

Cosima schaute zu John hinüber. »Er würde Nein sagen, und ich würde mich lächerlich machen. Es sei denn …« Sie überlegte, ob sie ihn vielleicht dazu bringen könnte, es ihr anzubieten.

Als auf dem großen Schirm Wilfried Carrender erschien, löste sich Yuka von John und ging zu ihren Leuten hinüber. Für das Lob, das der Vorstandsvorsitzende der Carrender-Foundation über Yuka ausschüttete, hatte die Kapitänin nur Kopfschütteln übrig.

Cosima nutzte die Gelegenheit, um sich John anzunähern. Er konnte Wilfried Carrender nicht leiden und wandte sich wieder dem Mars zu, der dort unten erstrahlte. Kaum hatte er Cosima neben sich bemerkt, wurde er unruhig. »Was ist los, Cozy?«, fragte er schließlich.

»Kendra hat mir erzählt, dass es für dich kein Zurück mehr gibt. Ich hatte ja vermutet, dass du im letzten Moment noch einen Rückzieher machst, weil all das hier zu verführerisch ist.« Sie blickte kurz zu Yuka hinüber.

»Wenn du mich jetzt *auch noch* davon überzeugen willst zu bleiben, dann gebe ich auf«, erklärte John.

»Das heißt, meine Stimme zählt?«

»Deine Stimme hat immer gezählt, Cozy.«

»Wo ist dein Biss geblieben, mein lieber Alfie? Ich glaube, Alkohol macht dich zahm. Das irritiert mich.«

»Keine Sorge, ist gleich vorbei. Sag einfach irgendwas, was mich herausfordert, und ich bin wieder der Alte.«

»Ich habe mich gefragt, wie du zum Titan reisen willst.«

»Ich werde mir eine Passage nehmen. Zum Kauf eines Schiffes habe ich keine Lust.«

»Du hast ein Schiff.«

John überlegte, dann nickte er. »Die AMBERSCAUL. Aber da stecken zu viele Erinnerungen drin.«

Cosima lachte. »Nimm sie. Ich werde sie nicht brauchen. Ich werde auf Pandaros-3 bleiben, mir ein Quartier suchen und dann meinen Feldzug beginnen.«

»Das wird nicht leicht. Die werden damit rechnen, dass du kommst.«

»Wie würdest du an meiner Stelle vorgehen?«

»Fragst du mich wirklich um Rat?«

»Wen sonst? Wenn wir nicht gegeneinander vorgehen, bist du doch der beste Ratgeber.«

»Na gut«, sagte John. Dann stutzte er und schaute zurück zu Amy und Trent, die ihm zuwinkten. »Hat Trent dich angestiftet?«

»Wozu?«, fragte Cosima und bemühte sich, ihr unschuldigstes Gesicht aufzulegen, das John in diesem Augenblick unwiderstehlich erschien. Wenn sie gewusst hätte, wie sehr ihn diese arglose Miene beeindruckte, sie hätte es sicherlich gnadenlos ausgenutzt.

»Du möchtest meine Wohnung?«, fragte er.

Sie wich seinem Blick aus. »Trent *hat* mich angestiftet. Verzeih! Es war eine dumme Idee.«

John winkte ab. »Nein, nein.« Als sie ihm wieder ins Gesicht schaute, sagte er: »Das war überhaupt keine dumme Idee. Randell wird vieles annehmen, aber sicher nicht, dass ich dich, meine alte Feindin, die jetzt dieses eine Mal mit mir gemeinsame Sache gegen Bennath gemacht hat, in mein Heiligtum lasse.«

»Ich will ehrlich sein«, sagte Cosima. »Ich würde es an deiner Stelle nicht tun.«

»Aber ich *werde* es tun, Cozy. Nur: Dann stehst du in meiner Schuld, das weißt du. Die *Amberscaul* reicht als Gegenleistung nicht aus. Die muss ich erst mal reparieren lassen. Und auch dann ist sie nicht so viel wert wie dieser Gefallen.«

»Was willst du?«, fragte sie.

»Nichts, was man mit Geld bezahlen kann.«

»Du Schwein. Mit ein bisschen Fingerspitzengefühl hättest du das längst haben können.«

»Was?«

»Sex. Du meinst doch Sex.«

»Nein, ich meine nicht Sex, Cozy. Aber gut zu wissen, dass Fingerspitzengefühl ausgereicht hätte. Ich meine einen entscheidenden Gefallen, wenn ich in Schwierigkeiten stecke. Schutz und Zuflucht, wenn ich untertauchen muss. Ich meine: Vertrauen.«

»Du lässt mich tatsächlich in deine Wohnung einziehen?«

»Ja«, sagte er und fragte sich, ob ihr klar war, was für ein Vertrauensbeweis das war. »Und auch meine Zuflucht im Untergrund steht dir zur Verfügung.«

»Ich kann's nicht fassen«, sagte Cosima. »Die ganzen

Jahre habe ich mir die Zähne dran ausgebissen, in dein Haus reinzukommen, und jetzt gibst du mir alle Schlüsselcodes.« Sie schüttelte den Kopf. »Bist du sicher? Der Geruch deiner Rivalin geht vielleicht nie wieder raus.«

»Respektiere einfach mein Heim, Cozy. Die Etage unter meiner Wohnung ist frei. Die kannst du sogar ganz nach Belieben einrichten.« Er schaute an Cosima vorbei. Noboru war ein Stück weiter ans Fenster getreten und schaute ins All hinaus.

Cosima folgte Johns Blick mit dem ihren, und einen Moment später näherten sie sich dem Cyborg und nahmen ihn in die Mitte. »Was ist los, Noboru?«

»Ich wollte noch einen letzten Blick auf den Planeten werfen, auf dem ich so lange gefangen gewesen war. Es gäbe so viel zu erkunden. So viel Platz, an dem ich frei hätte sein können. Irgendwann kehre ich vielleicht zurück und werde den Planeten zu Fuß umwandern.«

»Ich dachte, dich würde irgendwas plagen«, sagte Cosima. »Und du denkst über Wanderungen nach. Aber das ist gut.«

»Es gibt Pilgerwege nach Eleusis, um vor Ceres zu treten«, erklärte John.

»Das wusste ich nicht«, entgegnete der Cyborg. »Ich habe mich nie damit befasst. Aber jetzt möchte ich erst einmal fort. Ihr könnt das vermutlich besser verstehen als alle anderen. Ihr wart selbst Gefangene.«

»Nur zwei Jahre«, sagte John.

»Du lässt es so kurz klingen«, erwiderte Cosima.

»Für euch beide müssen die zwei Jahre eine Ewigkeit gewesen sein«, sagte Noboru.

»Weißt du jetzt mehr von uns?«, fragte John.

»Inanna hat mir viel zugespielt, und ich habe euch bei der Mars Mining Corporation beobachtet.«

»Du könntest uns also die Analyse geben, von der du gesprochen hast.«

»Ich *könnte*, aber ich werde euch etwas viel Besseres geben. Ich werde euch Fragen stellen. Keine davon müsst ihr mir beantworten. Ihr müsst nur darüber nachdenken. Und irgendwann könnt ihr sie euch selbst und dann einander beantworten. Einverstanden?«

»Na gut«, sagte Cosima.

John, der ihr nicht nachstehen wollte, sagte nach einem Augenblick: »Nur zu, Noboru.«

»Gibt es irgendwen, den ihr besser kennt, als ihr einander kennt? Wie oft hat der andere euch einen eurer Wesenszüge offenbart, den ihr selbst nicht gesehen habt? Wie oft hattet ihr Sexpartner, die Charakteristiken des anderen besaßen? Wer von allen Menschen teilt euer Weltbild? Was wäre geschehen, wenn ihr den Idealen eurer Jugend nicht untreu geworden wärt? Wie würde euer Leben aussehen, wenn der andere nicht mehr existierte? Hat der Sex, den ihr zweifellos miteinander hattet, eurer Beziehung geschadet? Müsst ihr, wenn ihr darüber reflektiert, dass ihr die Letzten eurer Familie seid, an den anderen denken? Cosima, warum warst du überrascht, als John dir im Wagen liebevoll über die Lippen gestrichen hat? John, warum warst du nicht überrascht, als Cosima dir liebevoll über die Wange gestrichen hat? Nennt eine Sache, die ihr am anderen hasst, die ihr nicht zugleich an euch selbst hasst?« Er sprach und sprach, und mit jeder Frage, die er hinzufügte, war es John, als schürte der Cyborg ein Feuer in seiner Stirn. Und Cosima ließ ihre zitternden Hände hinter ihrem Rücken verschwinden und biss sich auf die Lippen.

John fühlte sich entlarvt, und ebenso empfand Cosima. Sie beide staunten darüber, wie zielsicher der Cyborg ihre Schwachstellen offenlegte. »Was müsst ihr jetzt tun, damit eure Ideale von einst doch noch aufblühen?«, fragte er und schwieg schließlich.

»Das war unheimlich«, sagte Cosima.

»Ich glaube, du hast gerade mein Gehirn geknackt«, erklärte John. »Ich brauche jetzt einen Drink.«

»Einen starken«, fügte Cosima hinzu.

»Ich hole euch etwas«, sagte Noboru und machte sich mit dem Lächeln eines Schuljungen auf dem Gesicht davon.

* * *

Die Feier war vorüber. Nachdem die Erleichterung und auch die Freude über ihren Sieg sich gesetzt hatten und sie immer mehr über die beiden toten Crewmitglieder gesprochen hatten, setzte bald bei den meisten die Müdigkeit ein. Bei Yuka jedoch nicht, sie war voller Tatendrang. Sie hatte keine Ahnung, was sie erwartete, und dieser Zustand wühlte sie auf.

Sie erhob sich von ihrem Sitz, denn das Steuersystem des Mars-Portals, das leuchtend vor ihnen schwebte, hatte die Kontrolle über die *Inanna* übernommen und zog sie ins Licht.

Als die Finsternis des Hyperraums vor ihnen lag, schaute Yuka sich suchend um und fand Inannas Erscheinung auf einem der großen Seitenbildschirme. Sie trug den Rock der Uniform und eine hellgraue Bluse. Ihr dunkles Haar war hochgesteckt.

»Haben wir was von Augmented CT zu befürchten?«, fragte Yuka die KI.

»Schwer zu sagen. Aber über Albertus habe ich Kontakt zu Ceres erhalten. Und sie hält es für wahrscheinlich, dass der Schattenkonzern ohne Führung und unter dem Druck zersplittern wird.«

»Hoffen wir es. Ich brauche dringend eine Pause von irgendwelchen Verbrechern.« Sie grinste. »Da wir gerade von Verbrechern sprechen: Hast du die Beute ausgewertet?«

»Das habe ich«, antwortete Inanna und zählte noch einmal auf: »Wir haben von Bennath die 60 Millionen Dollar erhalten. Wir haben die 40 Millionen an Kempinski gezahlt – und die 12 Millionen an die Carrender-Foundation. Und die 600 000, die wir uns für die Mission geliehen hatten. Damit sind wir die Schulden los.«

»Falls Kempinski und seinem Bruder nicht noch was einfällt«, sagte Yuka.

»Selbst dann stehen wir noch gut da. Denn der Wert der erbeuteten Container beträgt …« Sie machte eine Pause.

»Sag schon. Ich kann's vertragen.«

»Er beträgt 576 Millionen.«

»Was?«, rief Yuka und starrte Inanna an.

»576 Millionen – falls wir sie im Untergrund verkaufen. Das sind illegale Waren, die über Augmented CT verkauft oder von ihnen genutzt werden sollten.«

»Würden wir Schwierigkeiten bekommen, wenn wir sie verkauften?«

»Nicht bei allem. Einige Modifikationen sind verboten, andere erlaubt oder schweben in einer Grauzone. Noboru möchte aber nicht, dass sie da draußen eingesetzt werden. Wir haben ein Angebot von der KI Ceres. Sie möchte die verbotenen Module aus dem Verkehr ziehen.«

»Wie viel bietet sie?«

»Sie bietet uns 56 Millionen und die gleichen Module unmodifiziert. Dadurch verringert sich zwar der Wert erheblich, aber wir könnten sie bedenkenlos verkaufen oder einsetzen. Wenn wir das alles verkaufen können, würde es uns 134 Millionen einbringen.«

Yuka konnte nicht fassen, was das für die *Inanna*, aber auch für die Pläne von Cosima und John bedeutete. »Das heißt, wir hätten den Mars nicht verlassen sollen.«

»Kein Problem. Ceres sagte, sie werde uns einen Frachter schicken – egal, wo wir sind.«

»Was sagt Noboru?«, fragte sie.

»Er will es in deine Hände legen.«

»Dann würde ich sagen, dass wir – sobald der Austausch stattgefunden hat – erst einmal ein Handelsschiff sind. Und das Geld teilen wir wie geplant auf.«

Inanna schaute sie mit funkelnden Augen an. »Dann werden wir Teodor verlieren.«

Yuka nickte. »Ich weiß. Aber wir können ihn nicht daran

hindern zu gehen. Er möchte in das Modulgeschäft seiner Freunde einsteigen.«

»Verstehe«, sagte die KI und wich ihrem Blick aus. »Aber werden die anderen nicht auch gehen wollen?«

»Juliana möchte sogar zurückkommen, wenn sie ihren Abschluss hat. Zayda und Osred wollen bleiben. Sie werden den Kern unserer neuen Crew bilden.«

»Die Carrender-Foundation hat eine Nachricht geschickt«, sagte Inanna blinzelnd. »Sie wären bereit, uns wieder aufzunehmen.«

Yuka lachte. »Das werden wir freundlich ablehnen. Wir werden unsere eigene Crew anheuern und etwas Neues beginnen.« Sie erinnerte sich an jenen Tag, als sie in einer Hafenbar auf Pandaros-3 gesessen und nicht mehr gewusst hatte, wie es weitergehen sollte. Und dann waren Cosima und John erschienen, und sie hätte sie am liebsten umgebracht. Dass sie es nicht getan hatte, zahlte sich nun aus. »Aber man muss kompromissbereit sein«, sagte Yuka. »Wenn die Carrender-Foundation unser Schiff für eine Auktionswoche mieten will, habe ich nichts dagegen. Natürlich müsste die Bezahlung stimmen. Jedenfalls werden wir uns nie wieder von irgendwem so abhängig machen wie bisher von Carrender.«

»Ich werde dich vielleicht irgendwann daran erinnern«, sagte Inanna.

* * *

John konnte nicht schlafen und spazierte durch das ruhige Schiff. Bald schon würden sie über das Sprungtor beim Jupiter in den Normalraum zurückkehren, auf Pandaros-3 landen und Edison und Dominik in der Totenstadt beisetzen – in der Gruft seiner Familie. Edison würde dort seine letzte Ruhestätte haben, Dominik jedoch würde in die Gruft der Ambersons auf dem Anwesen von Amberson Unbound verlegt werden, sobald Cosima sich ihren Schattenkonzern zurückgeholt hatte. So hatten sie es beschlossen.

Die Feierlichkeiten waren nun definitiv vorbei – und damit aber auch die Freude. John war zwar nach wie vor erleichtert, dass sie alles überstanden hatten, aber seine Gedanken kehrten immer wieder zu Edison und Dominik zurück – wenn sie nicht gerade um Cosima kreisten.

Während er ziellos durch die Gänge schlenderte, ahnte er nicht, dass Cosima ihrerseits ziellos durch die Gänge spazierte. Sie hatte Angst vor dem, was sie auf Pandaros-3 erwarten würde. Sie traute Randell Barickman eine ähnliche Skrupellosigkeit zu, wie sie Welton Bennath mit seinem Angriff auf ihr Haus gezeigt hatte. Sie hielt es für möglich, dass Randell einen Teil der Totenstadt in die Luft sprengte, nur um sie zu töten. Aber John hatte ihr versichert, dass er nicht wissen könne, dass sie jemanden bestatten mussten, und dann käme er sicherlich nicht auf die Idee, dass sie die beiden Freunde unter allen Optionen bei Johns Familie beisetzten. Um das nachzuvollziehen, fehle ihm das Einfühlungsvermögen. Damit hatte John sicherlich recht, aber sie musste vorsichtig sein, selbst bei den kleinsten Dingen. Und sie musste damit rechnen, dass Randell sie überraschte.

Auf einem der Hauptgänge sah Cosima John in der Ferne. Er trug wieder oder aber immer noch seinen Anzug und wirkte, als wartete irgendwo noch eine Party auf ihn, zu der er sich nicht recht aufraffen konnte.

Während Cosima einen Schritt zulegte, um sich allmählich an ihn heranzuschleichen, dachte John über den Titan nach. Es war nicht der Ort, an dem einfache Bürger ihr Grundeinkommen ausgaben, sondern einer, an dem sie dieses aufbesserten. Von Modultechnikern, die sich um die Wartung der Minenroboter kümmerten, bis hin zu Minenarbeitern, die mit technischen Hilfsmitteln wie Minenmechs oder Bergbauanzügen die einfachsten Arbeiten erledigten, war alles vertreten.

Cosima schloss zu John auf; er war überrascht, sie neben sich zu sehen. Sie trug ihr Abendkleid, und auch ihre hochgesteckte Frisur war noch dieselbe, nur war Cosima nun ungeschminkt, was John aus den zwei Jahren auf der *Vanya-17* gut kannte und was ihm gefiel. Er mochte ungeschminkte Frauen.

»Bist du auch auf dem Weg zu Dominik und Edison?«, fragte Cosima.

»Ja. Ich konnte nicht schlafen.«

Sie musterte ihn. »Du hast es nicht mal versucht, oder?«

John betrachtete ihre makellose Frisur. »Du doch auch nicht.« Er atmete durch. »Ich hatte ein schlechtes Gewissen, weil wir gefeiert haben, während die beiden da in ihren Särgen liegen.«

»Das ist normal«, sagte sie. »Die Ablenkung, meine ich. Man kann sich der Trauer nur eine Weile lang entziehen. Und man muss es auch.« Sie strich ihm über den Arm. »Komm, lass uns gemeinsam dorthin gehen.«

John nickte, und schweigend gingen sie nebeneinanderher. Statt planlos weiterzuspazieren, um irgendwann zufällig in die Nähe der Totenhalle zu kommen, suchten sie nun den direkten Weg zum Ziel.

Schließlich betraten sie gemeinsam die Totenhalle, die wie die Spacedeck Bar am Rand des Schiffes lag und über breite Fenster einen Blick nach draußen in die Schwärze des Hyperraums bot. Die beiden Särge standen mitten im Raum und schienen darauf zu warten, durch die Schleusentore, die sich unter den Fenstern reihten, in die ewige Dunkelheit hinausbefördert zu werden.

Cosima war froh, dass sie auf Pandaros-3 beigesetzt wurden, und John fragte beim Anblick der Finsternis des Hyperraums, ob es wirklich Leute gab, die hier draußen bestattet werden wollten. Das war etwas anderes, als irgendwo im Normalraum durchs All zu fliegen. Im Normalraum flog der Leichnam in seinem Sarg zu den Sternen, hier schwebte er im ewigen Nichts.

Vor der Wand hinter den Särgen hob sich eine Bank aus dem Boden. Darauf nahmen sie Platz: Cosima bei Dominiks, John bei Edisons Sarg.

Wieder gaben sie sich den Erinnerungen hin, erst schweigend und jeder für sich, dann erzählten sie einander Geschichten. Vor allem die, an denen sie alle beteiligt gewesen waren. Die Male, die Dominik bei Verhandlungen mit John Cosimas Leibwächter gewesen war, brachten sie beide zum Lachen. »Er hat auch dir damals das Leben gerettet«, sagte Cosima, nachdem sie an das Attentat eines Konkurrenten auf sie und John erinnert hatte.

Edison war Cosima vor allem als Taktiker aufgefallen. »Ohne ihn hättest du es wahrscheinlich leichter gehabt, genau wie Kendra ohne Dominik«, sagte John. »Aber ohne sie wären wir nie so weit gekommen.«

»Leute wie sie sind so unglaublich kostbar«, flüsterte Cosima. »Deswegen möchte ich Amy nicht in meiner Nähe haben. Auf sie könnte ich vielleicht aufpassen, aber nicht auf Hanna. Ich würde es nicht ertragen, wenn dem Kind was passiert. Amy würde daran zerbrechen.«

»Und was ist mit Libby?«

»Sie ist erwachsen. Ich glaube, sie würde eine gute Nachfolgerin abgeben.«

»Du denkst also endlich darüber nach?«, fragte John.

»Ich habe in den zwei Jahren immer wieder daran gedacht. Du doch auch.«

John nickte langsam. »Ich bin der erste Glennscaul, der keine Familie mehr um sich hat. Sie haben mich verlassen oder sind tot. Es ist niemand mehr da.«

»Es tut mir leid, John.«

»Du weißt, dass wir hier nicht so friedlich nebeneinandersitzen würden, wenn du meine Mutter oder meine Tanten getötet hättest.«

»Ich habe mich bemüht, es nicht zu tun. Aber einige deiner Freunde gehen auf mein Konto.«

»Umgekehrt doch auch.«

»Soll ich dir was sagen: Ich mochte deine Mutter.«

»Sie mochte dich auch, Cozy.«

»Tatsächlich?«

»Ja. Aber sie warnte mich vor dir. Sie sagte, du würdest mir nur Ärger bringen, und ich solle mich auf keinen Fall auf etwas Ernstes mit dir einlassen.«

»Nun, den Rat hast du ja wohl gründlich missachtet. Oder kannst du dir etwas Ernsteres vorstellen als das, was zwischen uns war?«

»Nein. Meine Mutter erzählte mir von meiner Urgroßmutter, Rachel B. Glennscaul. Die Gründerin von Glennscaul Unlimited. Eine Frau von dem Schlag solle ich mir suchen. Das Letzte, was ein Sohn hören möchte, ist, dass er sich eine Frau suchen soll, die wie seine Urgroßmutter ist.«

»Weißt du, dass unsere Urgroßmütter befreundet waren?«, fragte Cosima.

»Nein«, sagte John mit erstaunter Miene. Er hatte sich immer gefragt, wie die beiden Gründer ihrer Schattenkonzerne zueinander gestanden hatten. »Rachel Glennscaul und Cora Amberson waren Freundinnen?« Er schüttelte den Kopf.

»Ich habe das erst festgestellt, als wir schon Feinde waren«, sagte Cosima. »Meine Urgroßmutter hat Rachel in ihren Video-Memoiren erwähnt. Ihre Augen leuchteten, und sie grinste über das ganze Gesicht.« Cosima musste lachen. »Das hat mir gesagt, dass sie den Aufstieg unserer Schattenkonzerne genossen hat.«

Damals in den Clubs hatten Cosima und John immer wieder auf diese frühen Tage der Schattenkonzerne auf Pandaros-3 verwiesen. »Kannst du dir vorstellen, wie es gelaufen wäre, wenn du das früher gewusst hättest?«, fragte John.

»Hätte ich das gewusst, während wir unsere Pläne schmiedeten und ohnehin ständig von den Anfängen sprachen – wer weiß, ob es jemals so schlimm zwischen uns geworden wäre.«

»Darf ich diese Memoiren irgendwann sehen?«

»Natürlich, John«, sagte Cosima und schaute zwischen den Särgen hin und her. »Ich stelle mir vor, dass sie zueinander flüsternd daliegen und uns beobachten. Sie können zufrieden sein. Dominik hat immer gesagt, dass man sich auf dein Wort verlassen kann – und wie wertvoll Feinde sind, denen man vertrauen kann.«

»Edison ahnte, was wir abgezogen haben, um unsere Konzerne zu übernehmen. Er sagte manchmal: ›*Wenn du nicht wärst, dann wäre ich bei Cosima.*‹ Ich glaube, in ihm hattest du einen Fan.«

Sie schwiegen lange. Ihre Blicke fuhren immer wieder ins Leere und fanden dann wieder zueinander. Sie dachten an die Toten und konnten nicht umhin, sich an Nerina zu erinnern.

»Hast du das Video angeschaut?«, fragte John, und er musste nicht weiter ins Detail gehen.

Cosima war überrascht, dass auch er an Nerina gedacht hatte. Und sie war verwundert, dass sie nicht in Tränen ausbrach. »Nein, John«, sagte sie leise. »Ich habe es vernichtet. Es hätte mir nur vieles genommen. Es heißt immer so schön, die Fantasie übertreffe die Realität. Ich habe das nie geglaubt.«

»Unfassbar, dass du stark genug warst, es dir nicht anzuschauen.«

»Und du hast keine Ahnung, wie leid es mir tut, dass du es mit ansehen musstest.« In ihrem Gesicht stand echte Verzweiflung, die John verblüffte. Dann fragte sie mit sanfter Stimme: »Hast du sie geliebt?«

John überlegte lange. »Die Wahrheit?«

Cosima nickte. »Ich würde merken, wenn du lügst.«

»Ich glaubte sie zu lieben, nachdem das alles geschehen war. Ich dachte, die Welt hätte mir eine große Ungerechtigkeit angetan.« Er übertrieb mit seiner Stimme. »Indem sie mir die Frau genommen hat, die ich liebe.« Er versuchte an Cosimas regungsloser Miene etwas abzulesen. »Aber«, sagte er dann, »die Wahrheit ist: Ich weiß es nicht. Ich war interessiert und ich mochte sie. Aber ich habe mir nach ihrem Tod eingeredet, dass ich sie liebte. Im Grunde habe ich mich nur selbst getäuscht. Ob es je mehr geworden wäre? Vielleicht. Die Chancen waren gut. Aber ich werde es nie wissen.«

Cosima nickte und strich ihm über die Hand. »Danke«, sagte sie. »Für die Wahrheit, meine ich.«

Sie schwiegen lange und versanken nebeneinander in Gedanken, und schließlich nahmen sie leise Abschied von ihren Toten. John strich sanft über Edisons Sarg, Cosima küsste Dominiks sogar. Dann verließen sie die Totenhalle und schritten langsam durch die Gänge.

Nach einer Weile brach Cosima das Schweigen. »Du bist also sicher, dass ich deine Wohnung nutzen darf?«, fragte sie. »Und auch die Zuflucht im Untergrund?«

»Enttäusche mich einfach nicht«, antwortete John.

»Das gibt dir etwas – zu wissen, dass ich da wohnen werde, wo du gewohnt hast, oder? Ist es das?«

»Cozy, natürlich ist es das«, sagte er mit ironischer Stimme. »Ich möchte zurückkehren und wie im Märchen sagen können: Hat Cozy in meinem Bettchen geschlafen? Hat Cozy unter meiner Dusche gestanden und in meinem Badewännchen gelegen? Hat Cozy sich auf meiner Couch geräkelt? All diese Fragen möchte ich mir stellen und mir ausmalen, es wäre so.«

»Tu nicht so, John. Da ist was dran, richtig?«

John atmete tief aus. »Es würde mich beruhigen, wenn das Haus und die Zuflucht in deinen Händen wären. Ich könnte mich drauf verlassen, dass du darauf aufpasst. Niemand könnte das besser. Du würdest dir nicht die Blöße geben, dass irgendetwas nicht stimmt.«

»Du würdest mir das den Rest meines Lebens nachtragen.«

»Das glaubst du nur. Aber gut, dass du das glaubst.«

Cosima war verwundert, wie ernst Johns Miene wurde, und er selbst war überrascht, dass er Herzklopfen bekam. »Es wird hart für dich«, sagte er. »Ich versuche nur auf dem Titan Fuß zu fassen. Es muss sich erst zeigen, mit welchen

Widerständen ich da zu kämpfen habe. Aber du weißt, worauf du dich einlässt. Solltest du je Hilfe brauchen, dann zögere nicht. Ich habe Erfahrung darin, Situationen, in denen alles verloren scheint, doch noch zu retten.«

»Davon kann ich ein Lied singen, Alfie.«

»Du wirst dich also melden, wenn alles verloren scheint?«

»Ja, John. Wenn die Hölle zufriert, melde ich mich bei dir.«

»So gefällt mir das«, sagte John grinsend.

»Yuka hat mich auf dem Weg zu den Quartieren begleitet. Sie fragte, was mit unserem Projekt ist?«

John strich sich über die Wange. »Das hatte ich fast vergessen. Unser legales Unternehmensprojekt.«

»Yuka meint, es könnte unser Weg in die Legalität sein«, erklärte Cosima.

»Phase 4«, sagte John lächelnd.

Cosima nickte. »Ich fürchte, unser Schritt in die Legalität muss warten. Ich habe viel zu dreckige Pläne, mit denen ich gegen Randell vorgehen will. Aber du könnest einen sauberen Neuanfang machen.«

»Auf dem Titan ist kaum etwas sauber. Aber nur weil wir weiterhin Granden sein werden, heißt das nicht, dass wir unser kleines Projekt vergessen müssen. Wir könnten die *Inanna* zu unserem gemeinsamen Projekt machen – der Ort, an dem wir zusammenkommen können. Unser neutraler Boden. Wie wäre das? Wie wäre es, wenn wir in Yuka investieren?«

»Das klingt gut«, sagte Cosima.

»Bis dahin arbeiten wir einfach an unserer Rückkehr als Granden. Du auf Pandaros-3, ich auf dem Titan.«

»Wirst du ab und zu mit mir Triptyx spielen?«, fragte Cosima.

John musste lachen. »Natürlich.«

»Bei allem, was auf uns zukommt, ist es vielleicht nicht verkehrt, in so einem Spiel Ablenkung zu suchen.«

»Ich glaube, ich werde mir eine Steuerkabine kaufen und mit auf den Titan nehmen.«

»Wir werden also endlich getrennte Wege gehen?«, sagte Cosima.

»War das eine Frage, Cozy? Bist du dir immer noch unsicher?«

»Bei unserem Glück kommt wieder etwas dazwischen, und wir sitzen irgendwo gemeinsam fest.«

»Nicht diesmal – es sei denn, wir lassen es zu.«

»Du stehst unglaublich auf mich, oder?«, fragte sie.

John stutzte. »So direkt?«

»Ich bin immer direkt, Alfie.«

»Nein, Cozy. Wenn es um deine Gefühle geht, bist du alles andere als direkt. Früher hast du das zugegeben. In letzter Zeit nicht mehr.«

»Dann antworte auf meine Frage.«

»Ich habe natürlich lange darüber nachgedacht.«

»Darüber musst du nachdenken? Ich weiß sofort, ob ich auf einen Kerl stehe oder nicht.«

»Du bist eben wie eine griechische Göttin, meine liebe Cozy. Wir Normalsterblichen müssen darüber reflektieren.« Er überlegte, lächelte sie schließlich an und sagte: »Ich habe nicht mehr das Gefühl, irgendetwas vor dir verstecken zu müssen. Ich habe mich gefragt, was wohl wäre, wenn du dort tot in einem der Särge liegen würdest. Und das hat mich umgehauen. Auch deswegen konnte ich nicht schlafen.«

»Solche Gedankenspiele sind schwer«, sagte sie und wich seinem Blick aus.

»Ich habe mich all die Jahre über dich definiert, Cozy. Und ich habe alle anderen an dir gemessen.«

»Auch Frauen?«

John nickte.

»Du warst mit einigen beeindruckenden Frauen zusammen«, sagte sie. »Weißt du noch, wie diese Schönheit, mit der du auf die Party der Tanaka-Werften gekommen bist, dich sitzen gelassen hat?«

»Ja, mit *deinem* Freund.«

Cosima lachte. »Er schickte mir ein Video. Er hatte Angst, Auge in Auge mit mir Schluss zu machen. In dem Video sagte er, dass ihm, als er dich gesehen hat, sofort klar geworden sei, warum ich mich in ihn verliebt hatte.«

»Dann weißt du ja, was ich meine.«

Sie gingen weiter, und jeder von ihnen überlegte, ob er das Schweigen brechen sollte. Aber es war ihnen lieber, sich still durch das schlummernde Schiff zu bewegen, als durch irgendein erzwungenes Wort alles zu verderben.

Mit einem Mal spielte Cosimas Patch seine Melodie, und im gleichen Augenblick meldete sich Johns Patch mit einem Summen. Gleichzeitig schauten sie auf ihre Displays.

»Eine Nachricht von *dir*?«, fragte Cosima.

»Und von dir«, sagte John.

Sie fuhren die Schirme aus den Patches und hielten sie nebeneinander. Der Text war knapp gehalten. Sowohl Cosima als auch John sollten zu Zimmer 312 kommen. Die Standortdaten waren in der Nachricht enthalten.

»Diese Schlangen«, sagte Cosima. »Die wollen uns verkuppeln.«

»Wer?«, fragte John. »Amy und Trent?«

»Wenn ich tippen dürfte, dann würde ich Libby und Kendra sagen. Wer sonst könnte die Absenderdaten fälschen? Die beiden sind es. Hundertprozentig!«

»Warte!«, sagte John und wählte auf seinem Patch ein Programm aus. Binnen eines Augenblicks hatte er den Versender der Nachricht offengelegt. »Kendra hat die Nachricht über meinen Patch geschickt. Sie hat ihn gehackt, als wir gefeiert haben. Es war ein Timer drauf. Hier steht es.«

»Und bei mir?«, fragte Cosima.

John spielte Cosima das Analyseprogramm zu, und sie stellte fest, dass bei ihr Libby Zugriff auf ihren Patch genommen hatte. »Wie haben sie das gemacht?«

John lachte. »Fragst du das wirklich? Wir reden hier von Kendra und Libby. Vielleicht haben sie Noboru mit reingezogen. Egal. Wir gehen jetzt mal zum Gegenangriff über.«

»Was hast du vor?«, fragte Cosima.

»Würdest du mich im richtigen Augenblick küssen, Cozy? Erst liebevoll, dann leidenschaftlich. Natürlich nur zum Schein.«

Cosima grinste. »Natürlich küsse ich dich, Alfie.«

John hob die Handfläche mit dem Patch vor sich, und im Videomodus wählte er Kendra und Libby als Adressat.

Als John sein eigenes Gesicht auf dem Schirm sah, sagte er: »Netter Versuch, ihr beiden. Euer Plan hatte nur eine Schwachstelle.« Lächelnd schob sich Cosima ins Bild. Sie küsste John auf die Wange und fuhr ihm mit beiden Händen durchs Haar. »Mach das aus«, sagte sie und küsste ihn auf den Mund.

John schaltete den Patch ab, und sofort zog sich Cosima von ihm zurück, und sie lachten. Aber Cosima merkte, dass es mehr als ein Spiel gewesen war. Der Kuss hatte sie erregt. Und John konnte nicht glauben, wie weich Cosimas Lippen waren – so weich wie auf der *Vanya-17*. Er fragte sich, ob es wirklich nur ein Ausrutscher gewesen war.

Sie schwiegen, schauten einander an, aber wurden nicht schlau aus den Blicken des anderen. Das Summen von Johns Patch riss sie aus den Gedanken.

Es war eine Videonachricht. Als John den Schirm öffnete, schauten ihnen Kendra und Libby mit einem beinahe scheuen Lächeln entgegen. »Wir waren es«, sagte Libby. Kendra schüttelte den Kopf. »War ja klar, dass ihr uns durchschaut. Wir wären nicht im Traum darauf gekommen, dass ihr zusammen seid. Lasst euch nicht stören.«

Libby grinste. »Und erzählt uns morgen in allen Details, was passiert ist.«

Kendra wurde rot, ehe die Nachricht beendet war.

»Was ist mit ihr?«, fragte Cosima, als Johns Schirm sich auflöste.

»Kendra und ich reden nicht über solche Dinge«, sagte er.

»Dann kannst du ihr ja morgen eine Lügengeschichte erzählen.«

»Ich bin schlecht im Lügen, Cozy.«

Cosima stutzte. »War das eine Anmache?«

»Nein«, sagte er und bemühte sich um eine möglichst schlechte Darbietung.

»Du willst mich verarschen!«

»Niemals«, sagte er und musste grinsen.

»Weißt du, worauf ich Lust hätte?«, fragte Cosima.

»Wenn ich immer wüsste, worauf du Lust hast, würdest du den ganzen Tag vor Glück grinsen, Cozy.«

»Ich grinse«, erwiderte sie, und es war ein freches Grinsen.

»Gut. Worauf hättest du Lust?«, fragte John.

Cosima wies voraus. »Wir gehen hin. Wir schauen uns an, was die beiden Schlangen für uns vorbereitet haben. Oder bist du nicht neugierig?«

»Nach dem Kuss halte ich das für eine gefährliche Idee«, sagte er.

Cosima lächelte herausfordernd. »Aber du liebst doch die Gefahr, oder?«

»Einen Blick drauf zu werfen kann nicht schaden«, sagte er. »Vielleicht hilft mir das beim Lügen.«

»Ich bringe dir das Lügen bei, Alfie. Morgen, wenn du Kendra berichtest, wirst du ein Lügenbaron sein. Entweder weil du deine Sache gut machst, oder aber weil sie die Wahrheit nicht glauben will.«

Auf dem Weg zu Zimmer 312 kamen sie an dem Sportbereich vorbei. Hier hatte Cosima sich die Zeit vertrieben, als sie zum ersten Mal an Bord gekommen waren, und hier hatte John Cosima und Yuka laufen gesehen und war eifersüchtig geworden. Ob auf Yuka oder Cosima, das wusste er nicht mehr. Später in den Wochen der Vorbereitung hatten sie auf dem Feld Fußball und Hockey gespielt. Und dann hatten sie sich vor lauter Schmerzen gewünscht, nicht Hockey gespielt zu haben, und waren auf einen ungefährlicheren Sport umgestiegen: Basketball.

Als sie am Schwimmbad vorbeikamen, fragte Cosima: »Kannst du eigentlich schwimmen, John?«

»Ich kann sogar sehr gut schwimmen. Wir waren doch schon mal schwimmen, Cozy.«

»Echt? Da müssen wir noch jung und unschuldig gewesen sein.«

»Ich bin immer noch unschuldig«, erwiderte er mit einem verschmitzten Lächeln.

»Ausgerechnet du!«

»Der Trick besteht darin, sich die Unschuld trotz allem zu bewahren. Das ist nicht leicht. Viele scheitern daran. Du zum Beispiel.«

»Du weißt, dass ich es mag, wenn du so mit mir redest.«

»Ich weiß«, sagte er.

Die Glastür zum Schwimmbad öffnete sich für sie, aber sie gingen vorbei. Sie waren nun ganz nahe an ihrem Ziel. Zumindest behaupteten das ihre Patches. Mit einem Transporter fuhren sie in die Höhe, und als die Tür sich öffnete, wurde ihre Erwartung mit einem Schlag überboten. Sie dachten, sie würden nur wieder auf einen Gang hinaustreten, doch der Transporter, dem Cosima mit ihrem Patch die Zieldaten zugespielt hatte, öffnete sich sofort zu Zimmer 312.

Es war die Sternensuite, von der sie gehört, die sie aber nie betreten hatten. Der achteckige Raum war kahl und bot oben durch ein Fenstergewölbe einen Blick ins All. Im Normalraum musste das ein fantastischer Anblick sein, hier im Hyperraum vermittelte es immerhin noch ein Gefühl des Schwebens. Von dem Eingangsbereich, dessen Boden ein Mosaik schmückte und an dessen Wänden uralt wirkende Gemälde hingen, führten vier Gänge fort. Einer davon war erleuchtet. Sie folgten ihm vorsichtig und gelangten in ein Schlafzimmer, das sich ebenfalls unter einer Glaskuppel erstreckte. Drei der Wände des sechseckigen Raums waren transparent und boten einen Blick nach draußen. Das Bett wirkte ein wenig verloren bei all der Weite, von der sie hier umgeben waren.

Auf den Tischen und Kommoden brannten echte Kerzen

und boten zusammen mit den schwachen Leuchtbahnen in den Wänden ein warmes Licht. Sogar den Duft hatten Kendra und Libby nicht dem Zufall überlassen: Es roch nach Kräutern.

»Diese Schlangen«, sagte Cosima und trat näher. »Sie glauben, dass *ich* das Problem bin.«

»Warum?«

»Weil ich Kräuterduft liebe. Sie gehen davon aus, dass du natürlich an mir interessiert bist, ich aber widerspenstig bin.« Sie grinste ihn an. »Sie beleidigen dich, John.«

»Oder sie kennen mich besser, als ich mich selbst kenne«, sagte er und trat an die transparente Außenwand heran. »Zu schade, dass wir nicht im Normalraum sind.«

Cosima stand vor dem Bett und schaute sich um. »Was haben die beiden sich nur gedacht? Dass wir im Glauben, dass der andere uns gerufen hat, hier erscheinen und dann der Atmosphäre dieses Ortes erliegen?« Sie wandte sich zu John um, und als sie merkte, dass er sie anstarrte, stutzte sie. »Im Ernst, John? Echt? Ich hatte ja keine Ahnung, dass du ein solcher Romantiker bist. Mit Kerzenschein und allem.«

»Das ist es nicht, Cozy«, sagte er.

»Aber irgendwas ist anders, John.«

»Ich würde sagen, alles, Cozy. Kein Stein scheint mehr auf dem anderen zu stehen.«

Cosima nickte. »Du meinst die Fragen, die Noboru uns gestellt hat. Sie sind dir auch unter die Haut gegangen. Das ist es doch.«

»Die haben mir die Augen geöffnet – wenn sie denn nicht schon weit genug offen waren.«

»Bitte, Alfie, sag mir nicht, dass du mich liebst. Ich würde schreien.«

»Ich weiß nicht, was es ist. Ehrlich. Ich bin froh, dass wir getrennte Wege gehen. Aber in deiner Nähe fühle ich mich nicht mehr unwohl. Zumindest das gebe ich zu.«

»Hast du Angst?«

»Vor dir? Nein.«

»Vor dem, was wir hier tun könnten – dass wir das tun, was Kendra und Libby und wer weiß noch wer von uns erwarten.«

»Wir waren immer gut darin, Erwartungen zu enttäuschen.«

»Aber du hast Angst, wozu wir uns im Überschwang oder in Trauer hinreißen lassen könnten – oder vorhin, als wir noch betrunkener waren.«

John schüttelte den Kopf. »Du meinst: Ob ich Angst habe, dir noch einmal nahe zu kommen?«

»Ja.«

»Nein. Und weißt du, warum nicht? Weil es nichts mehr gibt, dessen ich mich dir gegenüber schämen würde. Du kennst fast alle meine Schwächen, meine Stärken und meine Eigenheiten. Fast all meine Geheimnisse sind aufgedeckt, und die wenigen, die du nicht kennst, fallen nicht ins Gewicht.«

»Es gibt schon ein paar Geheimnisse, die ich gerne erfahren würde. Zum Beispiel, was es mit dir und den Sexbots der *Ornament* auf sich hat.«

»Du willst wieder ablenken«, sagte er.

»Diesmal nicht, John. Ich will es wirklich wissen.«

»Wie kommst du gerade jetzt darauf?«

»Die roten Flecken, die die Medi-Patches zurücklassen.«

»Was ist mit denen?«

»Für mich sind das die Knutschflecken der Medi-Patches. Wegen der Einstichstellen, die sie umkränzen. Ich habe mal geträumt, dass du über und über mit diesen Knutschflecken bedeckt bist. Gib es zu! So war es doch damals auf der *Ornament*.«

John schüttelte ungläubig den Kopf. »Schön, dass du mir Einblick in deine Träume gibst, Cozy. Aber du verarschst mich doch!«

»Natürlich. Bis du mir erzählt hast, was auf der *Ornament* wirklich passiert ist.«

»Ich habe dir doch schon gesagt, dass da nichts gelaufen ist. Ich war nur auf dem Schiff und habe viel beobachtet. Aber da war nichts.«

»Das glaube ich dir nur, wenn du mir alles erzählst, was du da gesehen hast.«

»Alles?«

»Ja, alles. Jedes Detail.«

»Das würde dir die Schamröte ins Gesicht treiben, Cozy.«

»Stell mich auf die Probe!«

»Das werde ich. Ich habe überhaupt keine Scheu, es dir zu offenbaren, ehe wir getrennte Wege gehen. Und das müssen wir. Ich werde dich vermissen, Cozy. Und ich *muss* dich auch vermissen. Wir brauchen Abstand. Und du, Cozy, wirst mich ebenfalls vermissen. Das weiß ich.«

»Ganz bestimmt nicht«, erwiderte Cosima.

»O doch. Du ahnst es nur noch nicht.«

»Woher willst du das wissen?«, fragte sie. »Nur weil du mich vermisst?«

»Vielleicht.«

»Dass du mich vermisst, ist ja auch nicht verwunderlich. Die meisten würden mich vermissen. Dich aber?« Sie schüttelte den Kopf. »Das kann ich mir nicht vorstellen.«

»Du brauchst jemanden, der dich herausfordert. Nicht als Feind, sondern als Rivale. Jemanden, an dem du dich messen kannst. Und es gibt niemanden, der dich mehr herausfordert als ich.«

Cosima hasste es, wenn er recht hatte. »Glaub mir: Typen, die mir auf die Nerven gehen, gibt es viele.«

»Aber du musst doch zugeben, dass niemand die Rolle der Nervensäge besser ausfüllt als ich.«

»Da sind wir endlich mal wieder einer Meinung«, sagte sie und lachte. Dann aber machte sie eine ernste Miene. »Ich weiß nicht, ob ich dich vermissen werde.« Langsam kam sie näher an ihn heran. »Oder ob ich es will«, sagte sie, als sie bei ihm war. »Aber du hast recht: Du kennst fast alles an mir. Und das ist was wert. Nur du und vielleicht

Amy können verstehen, was die Dinge mir bedeuten. Was war die letzte Beziehung, die du hattest?«

»Mit Lydia. Ist nicht gut gegangen.«

»Weil sie dir immer fremd blieb?«

»Ja. Es war meine Schuld.«

»Um dich so kennenzulernen, wie ich dich kenne, hätte sie Jahrzehnte gebraucht.«

»Genau das ist es. Und das machte die Fragen von Noboru so schockierend – so entlarvend.« Er schaute sich suchend um, aber der Blick in den Hyperraum bot nur Finsternis. »Alles ist wieder offen. Früher habe ich mich manchmal leer gefühlt, und dann haben wir uns um irgendetwas gestritten, und dieses Gefühl war weg. Je mehr du mich gehasst hast, je stärker du gegen mich vorgegangen bist, umso lebendiger habe ich mich gefühlt.«

»Jetzt sag nicht, dass du dahin zurück möchtest, weil du dich verloren fühlst.«

»Nein, nein. Schon auf der *Vanya-17* hat es mir nichts mehr gegeben. Als ich aufgegeben habe und mich von dir hätte erwürgen lassen. Da war der Hass auf dich einfach weg.«

»Ich dachte immer, ich könnte nicht auf einen erstklassigen Feind wie dich verzichten«, sagte Cosima. »Ich dachte, wir arbeiten vielleicht eine Weile lang zusammen, und dann bekennen wir, dass wir einander nur Pech bringen und getrennte Wege gehen, bis wir unsere alte Rivalität wieder aufblühen lassen. Es hätte so schön sein können. So einfach.«

»Wenn ich an Noborus Fragen denke, habe ich den Eindruck, dass es einfacher ist, als wir je für möglich gehalten haben.«

Cosima starrte ihn mit großen Augen an. »Einfach? Das nennst du einfach? Ich kann dich nie betrachten wie die anderen. Das große Verhängnis ist, dass ich durch dich für alle anderen verdorben bin. Andere an dir zu messen, das ist ein Übel. Wenn ich dich lieben würde, John, dann wüsste ich, warum. Aber wenn ich dich anschaue, dann sehe ich eine Herausforderung. Jemanden, dem ich mich entgegenstellen muss. Und ich habe es geliebt, immer neue Seiten an dir zu erkennen, die ich hassen durfte, gegen die ich mich zumindest wenden durfte. Und jetzt kenne ich dich ganz.«

»Und du bist enttäuscht.«

»Ein bisschen schon. Ich dachte, es würde so weitergehen, bis einer von uns auf der Strecke bleibt. Und dann hätte ich den Rest so richtig schön verklären können.«

»Das dachte ich auch«, sagte John. »Und ich hatte Angst, dass du mich durchschaust und merkst, dass da einfach nichts mehr ist. Dass da nichts mehr ist, was ich verbergen und schützen muss. Aber jetzt, da es im Grunde so gekommen ist, fühlt es sich gut an.«

»Deswegen lässt du mich in deiner Wohnung leben.«

»Ja. Nicht nur unsere Feindschaft ist vorbei, sondern auch unsere Rivalität. Ich bewundere dich, und es ist tatsächlich so: Alle Menschen, denen ich begegne, werden sich an dir messen müssen.«

Cosima schüttelte den Kopf. »Dass du so was sagen kannst!«

»Wenn du dich für nichts mehr schämen musst, Cozy, dann verschwinden alle Ängste.«

Sie starrten einander an und warteten darauf, dass der andere etwas sagte oder etwas machte, doch keiner von ihnen rührte sich. Sie dachten an ihre Vergangenheit, auch an die schmerzvollsten Zeiten und die Menschen, die sie verloren hatten, und an die, die sie einander genommen hatten.

Mit einem Mal waren sie von Licht umgeben. Sie schauten auf und durch das Fenster neben sich hinaus. Das Sprungportal! Nach einem Moment im Licht drangen sie hinaus in den Normalraum. Dort war er – der Jupiter. Und davor lag Pandaros-3 von einer Flotte von Handelsschiffen umgeben.

Sie schauten in die Kuppel hoch und sahen die Sterne.

»Beweise es!«, sagte Cosima.

»Was soll ich beweisen?«, fragte John.

»Dass du dich für nichts mehr schämst.«

»Sag mir wie, und ich werde es tun.«

Cosima war überrascht. »Damit gibst du mir aber viel Macht in die Hand. Ich könnte etwas Demütigendes fordern.«

»Und ich würde es dennoch tun.«

Cosima konnte kaum glauben, dass er es ernst meinte. Sie erwartete, dass er gleich lachen und alles als einen Scherz bezeichnen würde. Damit hätte er bewiesen, dass er das Lügen inzwischen gut beherrschte. »Zieh dich aus, John«, sagte sie schließlich.

»Wirklich?«, fragte er leise.

»Ich möchte wissen, ob es nur Worte sind. Ich möchte wissen, ob du nur spielst. Wenn da noch irgendein Schamgefühl ist, werde ich es merken.«

John zog sich die Jacke aus, dann knöpfte er sich das Hemd auf, und immer wieder schaute er zurück in Cosimas Gesicht. Als er die Hose, die Schuhe, die Socken ausgezogen hatte und nur noch in Unterwäsche vor ihr stand, sagte sie: »Ich mag Männer, die sich die Socken ausziehen, ehe sie sich an die Unterwäsche wagen.« Schließlich entblößte sich John ganz und nahm sogar die Kette mit dem Glücksbringer ab, löste seinen Patch aus der linken Handfläche und ließ beides auf seine Sachen fallen. Für Cosima war es beinahe, als würde sie John zum ersten Mal sehen. Dabei hatte sie ihn auf der *Vanya-17* viele Male nackt gesehen, auch wenn sie sich nur einmal nahegekommen waren. Sie erkannte sofort die Spuren des vergangenen Abends. Bei den blauen Flecken hatte er sich nicht die Mühe gemacht, sie mit einem Medi-Patch zu beseitigen. Dort, wo er Module angesetzt hatte, sah sie noch rote Flecken – die *Knutschflecken* der Medi-Patches.

Sie schaute an ihm hinunter. Sein Körper war immer noch sportlich, ohne dabei die Grenze zum Kräftigen zu überschreiten. Seine Beine waren hübsch, und sie hatte sie immer gerne betrachtet. Sein Glied, das nun anschwoll, hatte sie auf der *Vanya-17* immer nur kurz gesehen, denn sie hatte sich trotz aller Neugier keine Blöße geben wollen. Nicht einmal bei ihrem Ausrutscher hatte sie einen genauen Blick gewagt. Da hatte sie in seine Augen geschaut. Nun aber hielt sie nichts mehr zurück. »Ich habe nie ein Geheimnis daraus gemacht, dass ich dich für einen ansehnlichen Mann halte«, sagte sie.

John fühlte sich wie in der Schwebe. Er hatte keine Angst, dass sie spotten würde. Er fürchtete nicht einmal, dass sie ihn auslachte und stehen ließ. Er existierte einfach hier in diesem Augenblick und begehrte Cosima offen und ohne jeden Vorbehalt.

Cosima schaute wieder in Johns Gesicht und erkannte, dass da tatsächlich nicht das geringste Gefühl von Scham war. Sie war sich unsicher, ob sie so weit war wie er und ob sie je so weit sein würde. Aber er hatte sich entblößt, und nun war sie es, die sich schämte. So zog auch sie sich aus. Sie begann mit den Schuhen. Und nach einem Knopfdruck öffnete sich ihr Kleid am Rücken, und sie stieg heraus. Als sie ihren BH öffnete, konnte sie es nicht fassen, dass sie im Begriff war, sich ihm so auszuliefern, wie er sich ihr ausgeliefert hatte. Sie beobachtete John genau. Er hielt den Blick auf ihr Gesicht gerichtet. Selbst als sie sich ihren Patch vom Handrücken zog, ihm diesen zeigte und dann fallen ließ, starrte er ihr in die Augen. Erst als sie sich hinunterbeugte, um ihren Slip auszuziehen, schaute er hinab. Und als sie sich völlig entblößt aufrichtete, wagte er es, seinen Blick wandern zu lassen. »Jetzt sag nicht, dass ich perfekt bin.«

»Was auch immer Perfektion ist«, sagte John. »Für mich zählt nur: Du bist Cosima, und du bist hier.« Er konnte nicht glauben, dass er diese Frau einmal gehasst hatte. Hatte er sie früher begehrt, war er schnell mit der Erklärung bei der Hand gewesen, dass er nun einmal Bedürfnisse hatte und Cosima diese mit den Reizen ihres schlanken Körpers lediglich ansprach. Und das machte sie wie keine andere. Dennoch war er überrascht. Sie wirkte so schlank, als hätte sie mit den Kleidern noch weit mehr abgelegt. Es war ihm auf der *Vanya-17* schon aufgefallen. Wenn sie Kampfsport gemacht hatten, wirkte sie stark und übermächtig. Und dann in der Dusche hatte er sich gefragt, wie sie ihn mit diesem schmalen Körper so sehr hatte unter Druck setzen können. Damals war es noch ein missgünstiger Blick gewesen, aber jetzt betrachtete er sie nur noch mit Bewunderung. Natürlich fielen ihm die Flecken auf. Der blaue Fleck direkt unter der linken Brust zeigte ebenso deutlich wie der rote am Schlüsselbein nahe am Hals, wie viel Glück sie gehabt hatte. Alle anderen Zeichen der zurückliegenden Strapazen wurden von ihrer braunen Haut unsichtbar gemacht.

Cosima lief ein Schauer über den Körper, und John sah, dass sie eine Gänsehaut bekam und ihre Brustwarzen sich leicht aufrichteten. Er betrachtete ihr hochgestecktes Haar und schaute sie fragend an. Cosima antwortete mit einem Lächeln. So streckte er die Hände aus und fuhr ihr durch ihr glänzendes Haar, befreite es von den Klammern, sodass es ihr auf die nackten Schultern fiel.

»Ich erkenne dich nicht wieder, John. Ich war immer diejenige, die die Hand ausstreckt und sich nimmt, was sie will.«

»Weil du wusstest, dass ich es mag. Du weißt, dass ich es mag, wenn du mir mit den Händen durchs Haar fährst und mir übers Gesicht und über den Hals streichst. Du konntest das nur tun, weil ich es zuließ.«

»Wenn wir jetzt nicht aufpassen, dann gehen wir nicht getrennte Wege«, sagte sie. »Und du weißt, dass wir das müssen. Willst du das wirklich?«

»Was willst *du*, Cosima – hier und jetzt?«

»Du weißt, dass das schiefgehen muss. Du weißt, dass wir gerade dabei sind, uns neue Schwierigkeiten zu schaffen.« Als erneut ein Schauer durch ihren Körper lief, strich sie sich über die Arme.

»Es geht immer schief, Cozy«, sagte John. »Aber *wenn* es schiefgeht, dann bitte im ganz großen Stil.«

Cosima grinste. »Du hast was gelernt, Alfie. Aber woher

weißt du, dass ich nicht mit dir spiele? Woher weißt du, dass ich dich nicht locke und locke und locke und am Ende glühend stehen lasse?«

»Ich habe *dich* gelockt, Cozy.«

»In deinen Träumen, Alfie!« Sie blickte an ihm hinunter und wieder herauf. »Aber weißt du, was das Schöne ist? Selbst wenn wir jetzt auseinandergehen, ehe irgendetwas passiert, wird die Nähe zwischen uns bleiben.«

»Ich denke schon, dass es einen Unterschied macht.«

»Worauf wartest du dann?«, fragte Cosima.

»Auf den Augenblick, an dem wir es beide wollen.«

»Wie auf der *VANYA-17*? Als wir gleichzeitig zurückschreckten?«

John nickte. »Wenn das überhaupt möglich ist.«

Cosima kam ihm ganz nahe, und sie spürte sein warmes Glied an ihrem Körper und bekam Herzklopfen.

Cosimas weiche Brüste auf seiner Haut zu spüren, versetzte John zurück zu ihrem Ausrutscher, und er merkte, wie sehr sich alles verändert hatte. Seinerzeit hatte er bei aller Lust Angst gehabt, jetzt fürchtete er gar nichts.

»Weißt du, was ein Grandenkuss ist?«, fragte Cosima hauchend.

John, der ihren Atem schmecken konnte, blickte ihr von einem Auge ins andere und sagte schließlich: »Ja. Ein Kuss unter Feinden.« Er fuhr ihr mit den Fingerspitzen über das Schlüsselbein und merkte, dass ihr der Atem stockte. »Aber wir sind keine Feinde mehr, Cosima.«

»Dann haben wir zwei Möglichkeiten«, sagte sie. »Entweder wir gehen jetzt getrennte Wege, oder wir geben dem Grandenkuss eine neue Bedeutung.« Sie strich ihm über die Wange, und er liebte die Hitze, die ihm zu Kopf stieg.

»Ob Kendra mir morgen glauben wird?«, fragte er.

»Das hängt davon ab, ob du ihr die Wahrheit sagst oder sie belügst.«

John lächelte. »Du weißt, ich bin der mieseste Lügner im Universum, Cozy.«

»Dann, mein lieber Alfie, solltest du morgen unbedingt die Wahrheit sagen«, flüsterte sie.

»Und du solltest unbedingt lügen, Cozy«, erwiderte er.

Cosima fragte sich, ob sie ihn küssen sollte; John fragte sich, ob er sie küssen sollte. Beide hofften, dass der andere schneller war, und beide fürchteten, der andere könnte sich zurückziehen, wenn sie jetzt nicht handelten. So verweilten sie im Augenblick, genossen die Nähe, und keiner von beiden wusste, was als Nächstes geschehen würde.